Erika Diemer

einsam... zweisam... gemeinsam...

AF205900

Felicidad ...

... das Leben ist wunderbar und voller Überraschungen,
also lasst uns leben,
denn wenn nicht genau jetzt, wann dann?

Erika Diemer

einsam...
zweisam...
gemeinsam...

Ein Camino-Troll auf dem Jakobsweg

"Camino del Norte" von Irún nach Santiago de Compostela

Alle in diesem Buch dargestellten Erlebnisse und Ereignisse, Personen und auch Gespräche basieren auf meinen täglichen Tagebuchaufzeichnungen während meiner Pilgerreise und können minimal abweichen. Zum Schutz der persönlichen Privatsphäre der maßgeblichen Personen wurde deren Identität und Namen verändert.

Impressum

Bibliografische Information der Deutschen Nationalbibliothek:
Die Deutsche Nationalbibliothek verzeichnet diese Publikation in der Deutschen Nationalbibliografie; detaillierte bibliografische Daten sind im Internet über http://dnb.dnb.de abrufbar.

© Erika Diemer
3. Auflage, überarbeitet, Dezember 2019
Fotographien und Wellen-Muschel-Logo©: Erika Diemer

Unterstützung, Herstellung und Verlag:
BoD – Books on Demand, Norderstedt

ISBN: 9783750412972

Inhalt

An die Pilger

Geh,
seit Deiner Geburt bist Du auf dem Weg.
Geh,
eine Begegnung wartet auf Dich,
wo, mit wem, Du weißt es noch nicht.
Vielleicht mit Dir selbst!
Geh,
Deine Schritte werden Deine Worte sein. Der Weg Dein Gesang,
deine Ermüdung dein Gebet, dein Schweigen wird schließlich zu
dir sprechen.
Geh,
allein, mit anderen, aber tritt heraus aus Dir.
Du, der du Dir Rivalen geschaffen hast, wirst Kameraden finden.
Du, der du dich von Feinden umgeben siehst, wirst sie zu
Freunden machen.
Geh,
auch wenn Dein Geist nicht weiß, wohin deine Füße Dein Herz
führen,
Geh,
Du bist für den Weg geboren, den Weg der Pilger.
Geh,
ein Anderer kommt Dir entgegen und sucht Dich, damit du Ihn
finden kannst.
Im Heiligtum am Ende des Weges.
Dem Heiligtum im Innersten Deines Herzen.

Kloster Randa – Mallorca

Vorwort

Viele Bücher wurden über Jakobswege geschrieben, Reiseberichte, Wanderführer, Hilfen zur Ausrüstung, usw. Und doch sind gerade „Neulinge", also die Menschen, die das erste Mal vor der Entscheidung stehen, sich auf einen Jakobsweg zu begeben, verunsichert, stellen die Fragen: Schaffe ich dies körperlich? Habe ich genügend Ausrüstung? Habe ich zu viel eingepackt? Was brauche ich wirklich? Schaffe ich dies mental? Und alleine gehen? Für mich! Nur für mich!

Dann hört man immer wieder: Der Weg gibt dir alles, was du brauchst! Habe nur Mut, dich darauf einzulassen. Und oft kommen gerade diese Fragen meist in einer angespannten Lebenssituation, private Probleme im Familien- oder Partnerbereich, berufliche Extremsituationen, „Burn-out!"

Wir alle haben zu viel materiellen und immateriellen Ballast in unserem Leben, oder?

Der Satz „Ich bin dann mal weg" ist mittlerweile zu einem geflügelten Wort geworden. Ja, das ist der erste Schritt.
Nicht: „ ... ich würde", nicht „ ... ich könnte, nicht „ ...ich möchte", nein, sondern: MACHEN !

Dann mal weg sein, ist keine Flucht, sondern DIE Herausforderung.

Jakobswege („Caminos") sind eine Herausforderung. Aber noch mehr eine Chance. Eine Chance, sich selbst zu erkennen.

Auf einem Camino reisen wir gleichzeitig auf zwei Wegen; wir bewegen unsere Füße, Schritt für Schritt. Wir schleppen manchmal unseren Körper. Das ist der äußere Weg. Und dann gibt es noch den inneren Weg. Das ist der Weg der Seele und der Weg der Emotionen.
Womit wir wieder bei den anfangs gestellten Fragen wären ... Angst!
Wir müssen uns beider Wege bewusst werden und uns Zeit nehmen, nicht nur für eine körperliche Vorbereitung. Nach der Tradition ist der Weg des Pilgers eine Reise zu Fuß, alleine. Er trägt allen materiellen Besitz, den er für die bevorstehende Pilgerreise benötigen wird, mit sich.
Was lernen wir daraus?
Lektion 1 für den Pilger: alles Überflüssige hinter sich zu lassen und nur mit dem Notwendigen zu gehen.

Lektion 2 für den Pilger: Ich trage alles selbst in meinem Rucksack. Je weniger, desto leichter ist mein Weg. Die Vorbereitung für den inneren Weg gestaltet sich ähnlich. Sie beginnt mit dem Zurücklassen von „psychischem Müll". Vorurteile, Ängste, Groll, Hass usw. Mit Offenheit werden wir umso leichter die Leere (!) annehmen und daraus die Lehren (!) ziehen, die entlang dieser Wege gefunden werden können.

In einer von vielen als chaotisch empfundenen Welt reift aber, immer mächtiger, der Wunsch, sich dem Risiko auszusetzen, einen neuen Weg zu betreten. Denn Camino ist nicht nur ein Wanderweg, Camino ist ein Lebensweg. Und mancher möchte auch aus Hektik, Gleichgültigkeit und Lethargie erwachen. Zeichen dieses Erwachens ist die Anzahl der Menschen, die sich angezogen fühlen, die Caminos zu erwandern, oder treffender gesagt, zu erpilgern. Die Hektik des modernen Lebens, die wir nicht nur in unserem beruflichen, sondern auch in unserem familiären und gesellschaftlichen Bereich erfahren, schleudert uns weg von unserem inneren Ich. Wir haben es zugelassen und sind nicht glücklich mit unserem Dasein.
Eine Pilgerreise bietet uns die Gelegenheit, langsamer zu werden und Weite in unser Leben hineinzulassen. Wir sehen es in der Landschaft, durch die wir kommen. In diesem Umfeld können wir auch über die tiefere Bedeutung unseres Lebens nachdenken und über den Grund, wozu wir hierher kamen. „Warum pilgerst du?" Der Camino ermutigt uns, die immerwährende Frage zu stellen: Wer bin ich? Und entscheidend ist: der Camino bietet uns Zeit dafür, die Antworten zu finden und zu integrieren. Wir haben ja „nur" zu laufen. Also hetz' nicht auf dem Camino - nimm dir die Zeit, die er erfordert, denn er könnte sich als ein entscheidender Wendepunkt in deinem Leben herausstellen.
Wir brauchen nur die grundlegendsten Informationen, um an das Ziel zu gelangen. Es ist schwer, sich zu verlaufen; wir brauchen nur auf die gelben Pfeile oder die Muschel achten, die den Weg nach Santiago de Compostela weisen. Und oft lernen wir auch wieder, auf unsere innere, unsere eigene Stimme zu hören und über unseren Weg zu entscheiden. „Ich bin dann mal weg." Vergessen sollten wir aber nicht: Das Ankommen nach einem Camino, sich wieder in Beruf, in Umfeld und Familie einzufügen. Von Vielen, die den Weg gegangen sind, wird berichtet, was sich hinterher verändert hat. Trotzdem - oder gerade deshalb:

Nimm dir Zeit und Mut. Mach es!

Joachim Paeulgen   (Arzt, Naturwissenschaftler, Pilger)
Bad Urach

Einleitung

Es ist die Frage aller Fragen, die jeder Pilger einmal gestellt bekommt: „Warum pilgerst du? Bist du denn so christlich?" Kaum einer kann sich vorstellen, dass man, auch wenn man nicht übermäßig religiös ist, zum Pilgern aufbricht. Wobei man tatsächlich irgendwann auf seinem Weg nachzudenken beginnt, ob es denn nicht wirklich einen Gott gibt, der unsere Geschicke lenkt.

Bei mir kristallisierte sich der Wunsch, einmal im Leben den Jakobsweg zu laufen, so nach und nach mit den Jahren heraus. Bis dahin war mir nur der *Camino Francés* bekannt, der in einem kleinen Ort in den Pyrenäen unmittelbar an der Grenze zu Frankreich, in *Sant-Jean-Pied-de-Port*, beginnt. DER Jakobsweg schlechthin. Zuerst empfand ich es als schiere Utopie, ca. 700 km auf gut vier Wochen verteilt, zu Fuß zu marschieren, obwohl ich eine begeisterte Bergwanderin und Joggerin war. Aber das Pilgern gehörte für mich in eine ganz andere Kategorie, reduziert auf das Wesentliche, in Gemeinschaftsschlafsälen in Herbergen zu nächtigen, bei Wind und Wetter draußen, Verzicht auf Bequemlichkeit ... das war schon eine Herausforderung und hatte etwas abenteuerliches an sich. Aber Herausforderungen liebte ich schon damals und ich war neugierig darauf, ob ich das überhaupt bewältigen könnte. Und als sich dann ein einschneidender Wendepunkt in meinem Leben ereignete, wurde der Wunsch immer stärker in mir, bis ich eines Morgens aufwachte und genau wusste: Jetzt will ich laufen, jetzt bin ich soweit. Im Frühsommer 2012, mit 55 Jahren, tat ich meinen ersten Schritt auf dem *Camino Francés*. Ziemlich unvorbereitet, unbedarft aber voller Optimismus pilgerte ich los und ließ mich auf das ein, was der Weg mir täglich bot. Und er hatte viel zu bieten, eine unvergessliche Zeit, wunderbare Momente, interessante Menschen und wertvolle Erkenntnisse. Und er infizierte mich mit einem Virus, der seit dieser ersten Pilgerreise beständig eine Sehnsucht in mir wach hält. Eine Sehnsucht nach dem puren Leben, nach Freiheit, Natur, Kameradschaft, aber auch nach einem reduziertem Leben ohne Pflichten und Zwänge, in dem Freude und Leid dicht beieinander liegen, und nur mit dem unterwegs, was mein bester Freund, mein Rucksack, fassen und ich tragen kann. Und eine andere Frage taucht ebenfalls immer wieder in Gesprächen auf, nämlich die, dass man doch solche Empfindungen und Erlebnisse auch auf einem ganz normalen Wanderweg erleben könne. Da müsste man nicht unbedingt auf einem Pilgerweg in Spanien oder Portugal laufen. Diese Meinung kann ich nicht teilen. Denn genau das macht die Faszination und das Besondere der Jakobswege aus, über Wege und Steine zu wandern, über die bereits Tausende vor mir gegangen sind, viele hunderte von Jahren zurück. Diese Energie und die Aura all dieser Menschen schwingt in der Luft und lässt diese Wege zu etwas ganz Besonderem für uns werden. Für mich sollten und werden noch viele Caminos folgen, denn es war der Beginn einer leidenschaftlichen Liebe für mich.

Bewusst verzichte ich auf die Angabe der Kilometer, denn einzig und alleine das Loslaufen und Ankommen ist wichtig und nicht die Distanz, die zurückgelegt wird.

Diese Schilderung eines meiner Jakobswege ist eine Schilderung meines eigenen Weges. Es sind meine ganz persönlichen Empfindungen, Erfahrungen, Erlebnisse und Eindrücke. Kompromisslos ehrlich und authentisch. Jeder wird seinen Pilgerweg, welchen er auch immer erwandern möchte, auf eine ganz andere Art und Weise empfinden und erfahren, jeder hat eine eigene Herangehensweise, jeder besitzt einen eigenen, ganz persönlichen Charakter.

Und ist nicht auch unser Leben eine einzige große Pilgerreise?

*E*ntspannt drücke ich mich in den bequemen Sitz des Zuges, der mich von Santiago de Compostela am Ende meines Weges zurück nach Bilbao bringt. Bereits bei meiner ersten Pilgertour trat ich meine Heimreise auf diese Weise an. So komme ich ein wenig langsamer wieder zurück in das hektische und laute Alltagsleben. Damals packte mich die pure Lust am Pilgern und seitdem habe ich diesen Virus nach Freiheit und Kameradschaft, nach Frieden und Abenteuer im Blut, der in uns Pilgern ständig eine stille Sehnsucht wach hält. Solange, bis uns das Camino-Heimweh wieder unser Päckchen schnüren lässt und wir uns von Neuem auf eine unbeschreiblich schöne aber auch fordernde Wanderschaft begeben.

Jetzt fliegen die vielen Kilometer, die ich in den letzten Wochen zu Fuß zurückgelegt hatte, innerhalb weniger Stunden in Windeseile vor dem Fenster an mir vorbei. Das monotone Rattern der Schienen unter mir macht mich schläfrig. Meine Gedanken schweifen ab, zurück zu dem Tag, als ich vor 5 Wochen in Bilbao aus dem Flugzeug stieg. Viel ist seit dem geschehen. Wochen, gefüllt mit Erlebnissen, Emotionen, Freude, lachen, weinen, kämpfen.

„Nur wo Du zu Fuß warst,
bist Du auch wirklich gewesen"
Johann Wolfgang von Goethe

Auch der weiteste Weg beginnt mit dem ersten Schritt
- Konfuzius -

Irún - Hondarribia

D ie Maschine der Germanwings, die mich von Stuttgart nach Bilbao
bringt, ist im Landeanflug. Unter mir liegt der kleine baskische
Flughafen mit dem markanten Terminal, das in der Sonne
schneeweiß leuchtet und einem startenden Starfighter gleicht. Bereits
vor zwei Jahren beeindruckte mich dieses Gebäude. Damals pilgerte ich
von Pamplona aus auf dem Camino Francés. Jetzt kommt mir alles sofort
wieder vertraut vor. Gerade einmal zwei Stunden hatte der Flug
gedauert. Jetzt ist es kurz vor Mittag. Mittlerweile steht die Maschine auf
dem Rollfeld und wir Passagiere warten ungeduldig auf das Öffnen der
Türen. Beim Aussteigen kommt mir ein Schwall feuchtwarmer Luft
entgegen. Ich liebe Spanien und schon alleine durch die vielen
unterschiedlichen Gerüche fühlt es sich jedes Mal an wie ein Nachhause
kommen. Der Abflug kurz vor zehn Uhr in Stuttgart kam mir seltsam
unwirklich vor. Alles ging so schnell, die Fahrt zum Flughafen, der
Abschied von meinem Lebenspartner. Er wird nun die nächsten sechs
Wochen ohne mich auskommen müssen. Für mich wird jeder Tag neu und
aufregend sein, aber für ihn werden es lange Wochen werden.

Lange muss ich nicht auf meinen roten Rucksack am Gepäckband warten.
Da ich vom letzten Mal weiß, wo sich die Bushaltestelle Richtung
Innenstadt befindet, laufe ich zielstrebig vor die Eingangshalle. Mit mir
kamen noch einige andere Pilger an, die ebenfalls diesen Weg nehmen.
In Erwartung dessen, was jetzt in den nächsten Tagen und Wochen auf
sie zukommen mag, stehen die einen noch ein bisschen unsicher herum,
weil es für sie die erste Pilgerreise ist. Die anderen geben sich fröhlich
und ausgelassen, voller Tatendrang und Ungeduld, weil sie sich endlich
wieder auf den Weg machen können. Ich bin die einzige unter ihnen, die
ohne Begleitung wartet. Die meisten sind zu zweit oder mit einer Gruppe
unterwegs. Schon nach wenigen Minuten erscheint der Bus. Der Fahrer
verstaut unsere Rucksäcke in den Gepäckraum unterhalb der
Fahrgastsitze, und wir suchen uns, nachdem wir bei ihm ein Ticket gelöst
haben, einen Sitzplatz. Die Fahrt in die Innenstadt dauert nicht lange.
Einen ersten Eindruck von Bilbao bekommt man bereits, wenn man über

eine bemerkenswerte Metallbrücke mit rotfarbenen Streben fährt, die sich über den breiten *Ria Nervión* spannt. Links der Brücke erkennt man einen Teil der Altstadt und rechts davon besticht das imposante Guggenheim-Museum, das wie ein träger Koloss am Flussufer liegt und dessen Außenfassade, die komplett aus Titanplatten besteht, in der Mittagssonne silbern glänzt und funkelt. Beeindruckend sind auch die vielen anderen auffälligen Gebäude, die die Uferpromenaden säumen. Begrenzt wird die Altstadt im Hintergrund von den letzten Ausläufern der Berge.

Unterdessen stehe ich ein wenig verloren zwischen lachenden und lärmenden Menschen im Busterminal, denn ich muss noch etwas mehr als eine Stunde warten, bis der *Irísbus*, der mich zu meinem Ausganspunkt Irún bringen soll, hier eintrifft. Zeit genug, auf einer Bank zu sitzen, die bunt gemischten Menschen zu beobachten und den Gedanken nachzuhängen. Dabei kommt mir meine vorgezogene Geburtstagsfeier von gestern in den Sinn. Da ich mein Wiegenfest auf dem Jakobsweg verbringen werde, kam meine ganze Familie noch zum Kaffee vorbei. Auch meine Kollegin hatte sich eingefunden. Sie wird jetzt die nächsten Wochen die Stellung an unserem gemeinsamen Arbeitsplatz halten. Das rechne ich ihr hoch an, denn ohne ihre bereitwillige Hilfe und auch nicht ohne das Verständnis meines Arbeitgebers könnte ich mir diese längeren Pilgerreisen momentan noch nicht erlauben. Es war schön, sie alle vor meiner Abreise noch zu sehen, denn so ganz alleine losziehen und völlig auf mich gestellt zu sein, ist eine vollkommen neue Herausforderung. Schon beim Packen war ich dieses Mal mehr als konfus und unorganisiert, obwohl ich ja nur meinen Rucksack, meinen treuen Begleiter für die kommenden Wochen, dabei habe. Das sollte ich dann auch in den nächsten Tagen schmerzhaft zu spüren bekommen. Meine Gäste meinten es gut mit mir und beschenkten mich reichlich mit Glücksbringern. Damit kann jetzt garantiert nichts mehr schief gehen! Zu einem witzigen kleinen lilafarbenen „Muskelkater" aus samtigem Stoff gesellte sich ein Metall-Schutzengel und ein Marienkäfer als Anhänger für den Rucksack.

Die Geräusche und das Stimmengewirr um mich herum reißen mich aus meinen Gedanken. Ich beobachte die Pilger, die sich hier im Busterminal in zwei ungleiche Hälften teilen. Die meisten von ihnen machen sich auf in Richtung *St.Jean-Pied-de-Port*, einem kleinen französischen Pyrenäenörtchen. Dort beginnt der *Camino Frances*, der Weg, der allgemein bekannt ist unter dem Namen Jakobsweg. Oder aber auch

Richtung Pamplona, dort beginnen diejenigen, die sich die ersten schweren Bergetappen über die Pyrenäen auf dem Frances ersparen möchten. Nur eine Handvoll Pilger wartet mit mir auf den Bus, der uns an die Grenze zu Frankreich, nach *Irún* bringen wird. Nicht ohne den nötigen Respekt habe ich mich dieses Jahr für den *Camino del Norte*, den Weg am Atlantik entlang, entschieden. Dieser gilt als schwerer und härter. Die Berge hier im Baskenland sind steiler und die Wälder dunkel und geheimnisvoll und trotzdem herrlich und abwechslungsreich. Mit ca. 850 km ist der *del Norte* um einiges länger als der Frances. Vor meiner Abreise hatte ich immer wieder einschlägige Erlebnisberichte gelesen, und einer davon, der mich besonders in seinen Bann zog, war ausschlaggebend dafür, dass ich mich letztendlich für diesen Camino entschieden habe. Schon beim Lesen wäre ich am liebsten auf und davon. Für Mai liegt bereits eine ungewohnte Hitze über der Stadt, und nach den eher kühlen Temperaturen in Stuttgart ist diese Witterung für mich noch gewöhnungsbedürftig. In einem Kiosk kaufe ich mir eine Flasche Wasser und suche mir wieder einen Sitzplatz auf einer der reichlich unbequemen Bänke. Um mich herum herrscht ein buntes Gewirr von Menschen und Sprachen. Hier und da versuche ich etwas von den Gesprächen aufzuschnappen, fühle mich alleine unter diesen frohgestimmten Menschen. Noch immer kann ich nicht wirklich realisieren, dass ich mich tatsächlich auf diesen langen Weg begebe. Diesem Moment habe ich monatelang entgegengefiebert und jetzt, da ich hier mitten in *Bilbao* sitze, erscheint es mir noch immer reichlich unwirklich. Die meisten Pilger stehen auch hier in Grüppchen beisammen und eine davon, eine reine Männerrunde, ist bereits mit einem ordentlichen Vorrat an Bier versorgt. Diese fidelen Wandervögel wollen den *Camino Francés* laufen, und die Busfahrt nach *St. Jean-Pied-de-Port* wird wohl recht feuchtfröhlich ausfallen. Die vier machen bereits jetzt schon einen reichlich beschwipsten Eindruck auf mich. Der Bus fährt ein, und die mitfahrenden Passagiere drängeln sich ungeduldig an dessen Eingang. Der Fahrer stopft die Rucksäcke und das Gepäck drunter und drüber in den Stauraum. Dabei habe ich jedes Mal Sorge, dass meine schöne große Jakobsmuschel, die mir mein jüngster Sohn geschenkt hatte und die das Erkennungszeichen des Jakobspilgers ist, zu Bruch geht. Aber immer übersteht sie wie durch ein Wunder alles wohlbehalten, und ich deute das als positives Zeichen. Spanische Reisebusse sind bequem und der Platz, den ich ergattere, ideal, um während der Fahrt in Ruhe die Landschaft zu betrachten. Und die ist unbeschreiblich herrlich! Dieses

Baskenland habe ich jetzt schon in mein Herz geschlossen. Es erinnert mich ein wenig an das Allgäu, aber auch sehr stark an den Schwarzwald. Beim Anblick dieser dunklen Wälder kommt mir die schwäbische Geschichte „Das steinerne Herz" von Wilhelm Hauff in den Sinn. Mal sind die Berge schroff und steil, bewaldet mit Kiefern, Esskastanien, Eichen, Ginster und den unterschiedlichsten Laubbäumen. Mal sind sie sanft und überzogen mit einem Samtteppich aus saftig grünen Wiesen, auf denen das Vieh weidet. Ein Ort, der mich besonders fasziniert, ist eingebettet in ein tiefes, schmales Tal, umgeben von dunklem Wald. Die Häuser, zumeist Hochhäuser, kleben an den Hängen wie Schwalbennester und wurden hauptsächlich aus terracottafarbenen Steinen gebaut. Alles wirkt auf mich seltsam fremd und doch so vertraut. Leider achte ich nicht auf den Namen dieser Stadt, so bin ich mit Schauen beschäftigt. Die Fahrt vergeht wie im Flug, denn begierig sauge ich alles in mich auf, was vor meinem Fenster an mir vorbeifliegt. Die Landschaften und Orte sind für mich neu und aufregend und einige dieser Städte werde ich auf meinem Weg zurück in Richtung *Bilbao* wieder durchlaufen.

Eine kleine unscheinbare Haltestelle empfängt meinen Bus in Irún. Mit mir steigen nur noch vier weitere Pilger aus, die allerdings weiter möchten nach *St.Jean-Pied-de-Port*. Der erste Schritt auf meinem weiten Weg ins entfernte Santiago verursacht in mir schon ein wenig banges Herzklopfen. Dementsprechend unsicher stehe ich auf dem Gehweg. Bei einer Körpergröße von gerade mal 1,57 m sieht man von hinten wohl nur meine Beine unter dem großen Rucksack hervorschauen. Die gut 850 km, die vor mir liegen, sind vergleichbar mit einem neuen, ungelesenen Buch. Erst dann, wenn man die letzte Seite umblättert, kennt man die ganze Geschichte. Mit welchen Geschehnissen wird wohl mein Buch gefüllt werden?

Ratlos und völlig alleine stehe ich nun mit meinem Rucksack auf der Straße. Welche Richtung ist nun die richtige, um in das vier Kilometer entfernte *Hondarribia* zu gelangen? Dort habe ich mir bereits vor der Abreise außerhalb des Ortes kurz vor dem Anstieg auf den *Jaizkibel* in einer Jugendherberge eine Unterkunft reserviert. In *Irún* wollte ich nicht bleiben, denn meine Überlegung war die, dass ich mir am ersten Etappentag auf diese Weise acht Kilometer einsparen könnte. Außerdem schadet ein wenig Bewegung nach dem Flug und der Busfahrt den eingerosteten Gelenken sicherlich nicht, und mein Rücken bekommt schon mal einen Vorgeschmack des Ballastes, den er die nächsten

Wochen tragen muss. Ich entscheide mich dafür, meine Schritte in Richtung Ortsmitte zu lenken. Das kann nie verkehrt sein, und auf dem Weg dorthin werde ich dann hoffentlich die Muschel oder einen gelben Pfeil, die Zeichen des Jakobsweges, an einer Hauswand oder auf dem Boden entdecken. Beide werden mir in den nächsten Wochen den Weg nach Santiago weisen. Gleich vor der ersten Bar, auf die ich stoße, sitzt eine blonde Frau. Dem Aussehen nach ist sie eine Landsmännin von mir. Mit einem *„Hola"* und *„Buen Camino"* spreche ich sie kurz entschlossen an. Überglücklich, wohl darüber, dass jemand ihre Sprache spricht, dreht sie sich zu mir. Meine Vermutung, dass sie ebenfalls aus Deutschland stammt, bestätigt sich. Sie heißt Natalie und macht einen mehr als aufgeregten Eindruck auf mich.

„Bist du erst angekommen?", möchte ich wissen.

„Du glaubst es nicht! So ein Mist! Ich sitze schon seit heute Vormittag hier herum. Die haben doch tatsächlich meinen Rucksack in Frankfurt nicht in die Maschine gepackt und mir jetzt hoch und heilig versprochen, ihn mit dem nächsten Flieger nachzuschicken. Jetzt warte ich hier auf eine Freundin, mit der ich gemeinsam pilgere. Sie hat versprochen, ihn mir mitzubringen. Hoffentlich klappt das, sonst kann ich gleich wieder nach Hause zurück. Im Moment besitze ich nur das, was ich anhabe und was in meiner kleinen Tasche steckt", sprudelt es aufgeregt aus ihr heraus. Dass sie so aufgelöst ist, kann ich sehr gut verstehen.

„Ist das deine erste Pilgerreise?", frage ich neugierig.

„Ja, das auch noch. Ich habe keine Ahnung, was da auf mich zukommt. Und die Freundin, auf die ich warte, kenne ich noch nicht einmal persönlich. Wir haben uns im Internet auf einer Pilgerseite gefunden. Ich war auf der Suche nach einer Begleitung, weil ich mir das nicht alleine zutraue."

Oh je, dumm gelaufen, denke ich.

„Jetzt mach dir mal nicht zu viele Gedanken, das wird schon alles klappen. Dein gutes Stück taucht bestimmt auf. Schlimmstenfalls hast du eben einen Tag verloren. Sag mal, bekomme ich in der Bar einen Stempel für meinen Pilgerpass? Sonst muss ich hier noch zur städtischen Herberge laufen."

Natalie deutet mit dem Finger in Richtung Tresen.

„Ja, geh einfach rein. An der Bar bekommst du einen."

Der erste Stempel in meinem *Credenzial*, meinem Pilgerausweis. Solch' einen Ausweis, den man bei uns in Deutschland bei den Jakobusgesellschaften oder auch hier auf dem Camino in den Herbergen erhält, berechtigt jeden Pilger, in den Herbergen übernachten zu dürfen. Zudem sammelt man darin die Stempel der jeweiligen Tagesetappen, die in den Unterkünften, in Bars, Kirchen, Touristenbüros und auch Rathäusern erhältlich sind. Später in Santiago im Pilgerbüro ist das *Credenzial* der Nachweis dafür, dass diese Strecke tatsächlich zu Fuß bewältigt wurde und für sich selbst eine schönes Erinnerungsstück.

„Natalie, hast du eine Ahnung, wie ich von hier nach *Hondarribia* komme?“
Freudestrahlend darüber, mir helfen zu können, reckt sie ihren Arm in die Richtung einer Abzweigung.
„Das weiß ich inzwischen. Du biegst einfach hier in diese Straße und läufst immer geradeaus und dann kommst du direkt auf den Ort zu.“
„Prima, ich drücke dir ganz fest die Daumen, dass du deinen Rucksack bekommst. Alles Gute für dich und vielleicht treffen wir uns ja unterwegs. Ich mache mich jetzt auf den Weg. Heute Abend will ich in einer Jugendherberge unterhalb des *Jaizkibel* übernachten. Ich habe mir dort schon ein Bett reserviert. Mach's gut und Bon Camino Natalie.“
Ich schüttle ihr die Hand und lasse sie wieder alleine wartend vor der Bar zurück. Im Stillen freue ich mich auf die Zeit, die vor mir liegt.
Viele Wochen ohne diese andauernde Fremdbestimmung.
Grenzenlose Freiheit!
Die ganze Alltagsroutine loslassen … keine Arbeit, kein Haushalt, keine Termine, keine Planungen, einfach nichts … nur laufen und warten, was der jeweilige Tag an Neuem im Gepäck bereithält. Aber in mir steckt noch sehr viel Unruhe und es wird seine Zeit brauchen, bis ich die tägliche Routine ablegen kann.
Noch ungewohnt heiß brennt die Sonne für mich vom Himmel. Meine Wetter-App zeigt mir mehr als 30 Grad an. Bereits nach kurzer Zeit drückt der Rucksack unangenehm und schwer auf meine Schultern. Diese Last sind sie noch nicht gewöhnt. Selbst meine Füße sträuben sich gegen das Laufen, und der Durst steigert sich mit jedem Meter. Sträflicherweise habe ich nicht daran gedacht, mir einen Wasservorrat mitzunehmen und nirgends gibt es hier an der Straße eine Bar oder einen Laden, um etwas zum Trinken zu kaufen.
Hondarribia soll eine sehr malerische und sehenswerte Altstadt besitzen und direkt am Atlantik liegen. Auch wenn mich dieser Ort neugierig macht, aber dieser Umweg übersteigt heute noch meine Kräfte. Also erspare ich mir diesen Stadtbesuch und wende mich gleich der ersten

Steigung zu, die am Ortsbeginn hinauf in Richtung Berge zu meiner Herberge führt. Die kleine Asphaltstraße, die sich in der prallen Sonne teuflisch böse bergauf windet, lässt meine Beinmuskeln brennen und der Durst tut sein Übriges. Wenigstens mündet dieser Weg in ein idyllisches Gebiet mit Gärten, Wiesen und Bäumen und ich bekomme endlich ein wenig Schatten. An einer Weggabelung treffe ich das erste Mal auf einen hölzernen Wegweiser, der mir zeigt, dass ich mich auf dem Camino de Santiago befinde, dem *Donejakue Bidea,* wie er auf Baskisch heißt. *Done,* das baskische Wort für Heilig, und *Jakue* für Jakob. Baskisch, eine furchtbar fremde Sprache für mich. Beim besten Willen kann ich keine Ähnlichkeit mit dem Spanischen erkennen. Das ist mir vertraut, ich kann es lesen und zumindest ausreichend sprechen. Verwunderlich ist es nicht. Denn *Euskara,* wie diese seltsam klingende Sprache auf Baskisch heißt, ist mit keiner anderen Sprache der Welt genetisch verwandt. Sie ist eine vollkommen isolierte Sprache und wird in der spanischen Grenzregion Biskaya bis nach Frankreich hinein in den unterschiedlichsten Unterdialekten gesprochen. Während der Franco-Diktatur von 1939 – 1975 war *Euskara* sogar verboten. Inzwischen wird es aber wieder begeistert von den Bewohnern gepflegt und gesprochen. Und auch alle öffentlichen Verkehrsschilder, Ortsschilder, Hinweisschilder, eigentlich alles ist auf Baskisch verfasst, und schon alleine beim Lesen breche ich mir fast die Zunge. Der Anblick dieses Wegweisers lässt in mir vertraute Gefühle aufsteigen und gibt mir die beruhigende Gewissheit, mich auf dem richtigen Weg zu befinden. Aber der Durst quält mich immer heftiger. Meine Kehle gleicht einem ausgetrockneten Wasserloch. Wie kann man auch so dämlich sein, bei dieser Hitze ohne Wasser loszulaufen? Außerdem fühlt sich mein Rucksack mittlerweile an, als hätte ich Blei eingepackt. Trotzdem hält mich das alles nicht davon ab, diese wunderbare Landschaft rings um mich herum begeistert aufzunehmen. Es ist, als ob ich gerade durch den Garten Eden wanderte. Die Blütenpracht und die Vegetation sind trotz dieser Hitze unbeschreiblich. Am Wegrand huschen Eidechsen in den unterschiedlichsten Größen und in schillernden Farben vor mir davon oder bleiben neugierig sitzen und beäugen mich. Vögel zwitschern in den Bäumen, und ab und an meckern Schafe und Ziegen. Der Duft der vielen Blumen und das würzige Aroma der Kräuter mischen sich zu einem betörenden Bouquet. Und endlich taucht wie eine Fata Morgana vor meinen Augen ein Schild mit dem rettenden Hinweis auf eine Bar auf. Augenblicklich erscheint in meinem Kopf das Bild eines eisgekühlten,

prickelnden Radlers. Die wenigen Gäste, die sich zu dieser Stunde noch auf der Terrasse der Bar befinden, haben sich alle in den Schatten der Sonnenschirme geflüchtet. Aber in der Gaststube empfängt mich eine erfrischende Kühle. Der Wirt eilt sofort auf mich zu.
"Du siehst durstig aus. Was möchtest du haben? Magst du auch etwas essen?"
„Oh ja, sehr gerne, ich bin völlig ausgedorrt. Am besten eine große *Clara* und noch eine Flasche Wasser dazu. Zum Essen nur ein *Bocadillo* mit Schinken und Käse bitte."
Mein Gott, freue ich mich auf dieses Radler!
Auf der Terrasse suche ich mir einen ruhigen Platz, nehme den Rucksack ab und lege meine Füße auf einen Stuhl. Jetzt bin ich noch nicht mal sechs Kilometer gelaufen und schon so erledigt. Das kann ja heiter werden. Eilfertig bringt der Wirt mir das Bestellte. Die Clara, ein erfrischend kaltes Radler, trinke ich fast in einem Zug leer, so lechzt mein Körper nach Flüssigkeit. Jetzt fällt mir auch auf, dass ich seit dem Frühstück zuhause in Stuttgart nichts Vernünftiges mehr in den Magen bekommen habe. Das große, dick belegte Brötchen stillt vorerst den schlimmsten Hunger. Obwohl es ja nicht mehr allzu weit sein kann bis zu meiner Herberge, mache ich es mir im Garten unter dem ausladenden Schirm gemütlich und genieße diese willkommene Unterbrechung.
„Du bist eine Jakobspilgerin, nicht wahr? Bis wohin willst Du denn gehen?", fragt mich der Wirt neugierig, als ich zahle. Nicht ohne Stolz erwidere ich: „Bis nach Santiago de Compostela."
„So ganz alleine als Frau? Hast du gar keine Angst?"
Diese Frage klingt ehrlich besorgt.
"Bis nach Galicien ist es sehr weit", meint er sichtlich beeindruckt. Und um dem Gesagten wohl noch mehr Gewicht zu verleihen, fügt er hinzu: „Ich selbst bin noch nie dort gewesen, aber irgendwann will ich da auch mal hin". Ein wenig feierlich drückt er mir den Stempel seiner Bar in meinen Pilgerausweis und mit einem herzlichen *„Bon Camino"* verabschiedet er mich mit einem heftigen Händeschütteln.
Ohne quälenden Durst und mit gefülltem Magen läuft es sich besser. Aber zur Sicherheit habe ich mir noch genügend Wasser für die restliche Strecke mitgenommen. Wenig später stehe ich vor einer winzig kleinen Jakobskapelle und halte für einen Moment inne. Dabei fällt mir dieses Pilgergebet wieder ein:

„Möge der Weg sich öffnen und mich treffen.
Möge der Wind in meinem Rücken sein.
Möge die Sonne warm auf mein Gesicht scheinen
Und der Regen weich auf meine Pfade fallen.
Und bis wir uns wieder sehen, möge Gott mich sanft in
seinen Händen halten.

Pilgrims Oasis

Ein Stückchen weiter im Garten eines Wochenendhauses wird lautstark ein Familienfest gefeiert. Und endlich entdecke ich ein Holzschild mit dem Hinweis auf die Herberge *„Capitan Ximista"*. Friedlich gelegen in einer Wiesensenke steht die einstige Wassermühle, umgeben von vielen hochgewachsenen, schattenspendenden Bäumen und üppigen Büschen. Noch immer wird das mächtige Holzmühlenrad vom Bach angetrieben. Sein monotones aber beruhigendes Plätschern hallt bis zu mir nach oben. Auf der angrenzenden Weide lässt es sich eine Herde Ziegen gutgehen. Fasziniert stehe ich am Eingangstor oberhalb des Anwesens und betrachte ganz versunken diese Szenerie. Es ist bereits das zweite Mal heute, dass ich das Gefühl habe, mich in einem kleinen Traumland zu befinden. Darum wundert es mich nicht, dass mir der Name *„Shangri La"* in den Sinn kommt, dieses elysische Wunderland irgendwo in Tibet. Ein großer Steinbuddha, der am Eingangstor ruht und den Wanderer dazu einlädt, in sein kleines Reich einzutreten, strahlt eine wohltuende Atmosphäre von Frieden und Bedächtigkeit aus. Bunte tibetanische Gebetswimpel flattern in den Bäumen, und unten an einem großen Tisch sitzen mehrere Personen, die zu mir herauf blicken. Fröhlich winken sie mir zu und deuten zum Eingang der Herberge. Schon während ich Richtung Haus laufe, weiß ich, hier fühle ich mich geborgen. Der Gastraum im Inneren erinnert mich an eine Berghütte bei uns in den Alpen.
„Hola, Guten Abend. Schön, dass du da bist."
Ein junges baskisches Paar, das diese Unterkunft bewirtschaftet, begrüßt mich freundlich.

„Ich bin Erika, da sollte ein Bett für mich reserviert sein", erkläre ich der jungen Frau.

„Ja stimmt. Das geht in Ordnung. Nachdem wir die letzten Nächte voll belegt waren, haben wir heute Nacht kaum Gäste. Es wird also für dich ein ruhiger Aufenthalt werden. Willst du nachher mit zu Abend essen? Das kostet dann ein bisschen mehr. Jetzt trage dich erst mal hier in unser Gästebuch ein und dann zeige ich dir den Schlafraum, die Waschräume und Toiletten."

Sie drückt mir einen Stempel in meinen Pilgerpass und steigt mit mir die Holztreppe nach oben.

„Such dir einfach ein Bett aus, das du magst. Es übernachten nur fünf Personen im Haus, drei Männer, du und noch eine deutsche Frau."

Mehrere Stockbetten aus Holz stehen in einem ebenfalls mit Holz getäfelten, gepflegten und einladenden Zimmer. Das Licht, das durch die Fenster fällt, hüllt alles in einen warmen honigfarbenen Ton. Meine Wahl fällt auf ein Bett direkt an einem großen Fenster, das sich zur vorderen Gartenseite hin befindet. Ich liebe es, bei offenem Fenster zu schlafen, in der Nacht den Sternenhimmel zu sehen und den Geräuschen zu lauschen, die von draußen ins Zimmer dringen. Das einzige Bett, das in diesem Raum noch belegt ist, gehört der zweiten Frau, die ebenfalls hier übernachtet. Die drei Männer haben sich im Nebenzimmer einquartiert. Jetzt verkrümele ich mich erst einmal in den Waschraum. Bei nur einer weiteren Pilgerin im Hause habe ich den quasi für mich alleine und ich kann mir Zeit lassen, da ja keine weitere verschwitzte Wandersfrau darauf wartet, ebenfalls duschen zu können. Von unten steigt mir leckerer Bratenduft in die Nase, der meinen Appetit anregt. Die jungen Hospitaleros sind dabei, das Abendessen zuzubereiten, das wir kurze Zeit später im Garten serviert bekommen. Wir fünf zusammengewürfelte Pilger sitzen dort gemeinsam um einen großen rustikalen Tisch und genießen dabei, nachdem die Hitze des Tages abgeklungen ist, die angenehm milde Abendluft. Mit großem Appetit lasse ich mir nach diesem aufregenden ersten Tag den frischen knackigen Salat schmecken und erst recht das gebratene Fleisch. Dazu gibt es noch einen Berg lecker gerösteter Kartoffeln und Gemüse. Und was wäre ein spanisches Essen ohne Vino Tinto, mit dem wir uns immer wieder zuprosten und uns dabei auf unser Caminoabenteuer einstimmen? Ein kleines Festmahl unter dem funkelnden Sternenbaldachin. Die Zikaden fiedeln dazu ein lautstarkes Konzert, ab und an quakt ein Frosch im nahen Bach und ein Nachtvogel lässt seinen Schrei ertönen. Trotz der unterschiedlichen Nationalitäten entwickelt sich zwischen Gabi, den beiden Franzosen Michel und Claude, dem Kanadier Fred und mir eine rege Unterhaltung. Erst die kühle, vom Mühlbach an unseren Tisch herüber wehende Nachtluft, vertreibt uns in unsere Betten. Es ist bereits 23 Uhr. Die Männer wollen am Morgen frühzeitig aufbrechen. Gabi, die ein wenig jünger ist als ich, und ich beschließen, die morgige Etappe gemeinsam zu pilgern. Irgendwie ist man wohl doch nie wirklich alleine auf diesen Wegen.

Wohlig in meinen Schlafsack eingekuschelt, falle ich nach diesem langen Tag in einen tiefen Schlaf, wache aber trotzdem mitten in der Nacht auf. Still liege ich da und lausche den Tönen, die ich durch das geöffnete Fenster wahrnehme. Der Mühlbach plätschert leise und die Ziegenglocken klingen zart im Hintergrund. Der Vorhang am Fenster bewegt sich leicht durch die kühle Nachtluft. Eine herrliche Nacht, wenn da nicht die tausend Gedanken wären, die mir durch den Kopf schießen. Denn der Weg, der vor mir liegt, ist mir noch gänzlich fremd. Was wird mich alles erwarten?

Man kann sich wohl den Weg wählen, aber nicht die Menschen, denen man begegnet
Arthur Schnitzler, österr. Schriftsteller (1862–1931)

Hondarribia - San Sebastian

Ein Schweizer Dorf am Atlantik und eine faszinierende Stadt am Muschelstrand

Irgendwann schlafe ich doch wieder tief und fest und werde am Morgen von den Geräuschen der drei Männer geweckt, die bereits dabei sind, die Herberge zu verlassen. Gabi und ich begnügen uns mit einer schnellen Katzenwäsche und verstauen unsere Habseligkeiten in unsere Rucksäcke. Noch fehlt die nötige Routine beim Packen und irgendwie habe ich einfach zu viel dabei. Wer braucht auf einem Pilgerweg einen Kulturbeutel? Was habe ich mir bloß dabei gedacht, den mitzunehmen! Dann einen in spanischer Sprache verfassten Etappenführer, den ich notfalls als Waffe benutzen kann, so schwer und umfangreich ist er. Meine Haarbürste aus Olivenholz ... und sicher habe ich auch zu viel an Kleidung mit und wer weiß, was noch alles. Dafür habe ich eine Zahnbürste vergessen.

Merklich aufgeregt sitzen wir zwei Frauen alleine im Frühstücksraum. Das spartanische Mahl bereiten wir mehr oder weniger selbst zu. Eine merkwürdige Stille hat sich im Haus breitgemacht, denn die Hospaleros übernachten nicht hier in der Mühle, sondern kommen erst später wieder, um Ordnung zu schaffen, wenn alle Pilger die Herberge bereits verlassen haben. Der Kaffee, der in einer Thermoskanne bereit steht, schmeckt bitter. Auf einem Tisch liegt ein wenig Obst. Der Rest wie Butter, Marmelade, Brot, süße *Madalenas*, Sandkuchen und Müsli ist, wie in Spanien üblich, alles in Folie eingeschweißt oder in Pappschachteln und Plastikschälchen abgefüllt. Dadurch bleibt immer ein Berg Müll zurück und daran muss ich mich erst wieder gewöhnen. Umweltschutz lässt grüßen! Endlich verlassen auch wir die Herberge. Noch ist die Luft angenehm kühl, der Himmel tief mit Wolken verhangen. Der Tau der Nacht und die Nässe des Nebels hängen in den Bäumen und Sträuchern. Blauen Himmel und Hitze wie gestern wird es heute sicher nicht geben. Uns steht der Aufstieg auf den „heiligen Berg der Basken", den *Jaizkibel*, bevor. Er ist ein Klassiker der Baskenland-Rundfahrt und bei Radfahrern deshalb sehr beliebt. Aber wir wollen nicht die bequeme Straße nehmen, sondern den direkten Anstieg auf den Bergkamm. Und dabei geht es ausgerechnet am ersten Tag gleich 550 m steil bergauf. Ehrlich gesagt ist mir davor ein wenig mulmig nachdem, was ich darüber schon alles so gelesen habe! Trotzdem marschieren wir beide voller Tatendrang aus der

Senke, in der die Herberge steht, den Asphaltweg hinauf, bevor wir in einen Waldweg Richtung Kloster Guadeloupe abbiegen. Durch die enorm hohe Luftfeuchtigkeit, die bereits am frühen Morgen herrscht, ist es beklemmend schwül und erschwert das Atmen. In kürzester Zeit komme ich mir vor wie ein nasser Waschlappen, den man auswinden könnte, denn es geht stetig steil bergauf. Meine Knie zittern verdächtig und meine Hände beginnen zu kribbeln. Das verheißt nichts Gutes. Schließlich bricht mir auch noch kalter Schweiß aus und es rauscht heftig in meinen Ohren. Und dann wird es mir mit einem Mal schwarz vor den Augen. Verdammt noch mal, jetzt fange ich gleich an Sternchen zu sehen! Für den ersten Tag und für diese Witterung stürmen wir beide einfach mit einem viel zu hohen Tempo los! Am liebsten würde ich mich sofort und hier auf den Boden schmeißen! Auch Gabi keucht hinter mir her, ihr geht es kein bisschen besser. Fast gleichzeitig plumpsen wir am Wegesrand ins Gras. Wir brauchen dringend eine Pause und etwas Süßes, um unseren Kreislauf wieder aufzupäppeln. Zum Glück haben wir uns etwas von dem eingepackten zuckrigen Kuchen mitgenommen. Auch unser Wasservorrat muss heftig dran glauben, bis unsere Lebensgeister langsam zurückkehren. Einigermaßen erholt setzen wir unseren Marsch fort. Bald darauf erreichen wir das kleine Kloster *„Heiligtum von Guadeloupe".* Mit frischem Trinkwasser, das aus einem Brunnen sprudelt, löschen wir nochmals unseren Durst, der nach diesem ziemlich kurzen Wegestück bereits wieder ordentlich angestiegen ist. Auch sämtliche Flaschen werden aufgefüllt. Wer weiß, wie das heute noch weitergeht. Unser Pilgerführer schwärmt von einem eindrucksvollen Blick von dieser Stelle Richtung Meer. Eindrucksvoll ist aber nur der fahle wabernde Nebel, der über der Aussicht liegt. Irgendwo da unten in diesem undurchdringlichen Grau liegt der Atlantik und davor *Hondarríbia.* Nach einer kurzen Pause schultern wir unsere Rucksäcke und machen uns auf in Richtung Anstieg. Der Pfad, der hinauf auf den Bergkamm führt, ist tatsächlich sehr steil. Wankelmütig stehe ich da, denn durch die Feuchtigkeit auch noch sehr matschig, schlängelt er sich durch den kargen Strauch- und Grasbewuchs hangaufwärts. Ein Schild weist darauf hin: „Alpin, nur für geübte Wanderer". Noch könnten wir uns für den bequemen breiten Schotterweg um den Berg herum Richtung *Pasaia* entscheiden. Aber furchtlos wie wir sind, wählen wir den senkrechten Anstieg. So schlimm wird es schon nicht werden. Schließlich bin ich oft genug in den Alpen gewandert und habe dabei bereits steilere Hänge erklommen. Wie bergerfahren Gabi ist, weiß ich allerdings nicht, aber sie schließt sich mir ohne lange zu überlegen an. Keine von uns beiden denkt in diesem Moment an unsere Rucksäcke. Also kraxeln wir los, um ziemlich schnell festzustellen, dass steil noch untertrieben ist. Die Beschaffenheit des Untergrundes durch die Nässe macht es noch schwerer. Zeitweise haben wir den Eindruck, senkrecht am Berg zu kleben. Wir halten uns an allem fest, was uns zwischen die Finger kommt, Ginstersträucher, Heidekraut, Gräser, Steine und kleine Kiefern. Dabei müssen wir höllisch Acht geben, uns nicht an den scharfen Halmen des Schneidgrases oder den Dornen der Büsche zu verletzen. Jetzt um Himmelswillen nur nicht ausrutschen! Wir kämen mit Sicherheit erst am Kloster wieder zum Halten. Letztendlich erreichen wir aber wohlbehalten und außer Atem und noch verschwitzter, als wir sowieso schon waren, den Bergkamm. Eigentlich war es dann doch nicht so schwierig. Lediglich die Nässe war es, die uns den Aufstieg mühsam machte und der Umstand, dass wir beide noch nicht in Übung sind, was das Laufen und diese Anstrengung anbelangt. „Wenn sie den Bergkamm erreichen, dann werden sie für ihre Mühen mit einem grandiosen Ausblick auf den Atlantik belohnt", ... mal wieder! Wenigstens, oder zum Trost, befindet sich neben diesem Satz auch ein Foto dazu im Pilgerführer. Es hätte uns ja klar sein können, dass wir hier oben nicht plötzlich mit strahlend blauem Himmel und Sonnenschein empfangen werden. Aber so wissen wir zumindest, wie die Aussicht sein könnte, denn die Sicht auf das Meer und auf das ganze Gebiet hier um uns herum ist ebenso in eine undurchdringliche Suppe aus dicken schweren Wolken und undurchdringlichen Nebelfetzen gepackt wie der Ausblick unten vom Kloster. Nichts ist zu erkennen. Wo endet der Berg und wo beginnt die Unendlichkeit? Auf dem jetzt nahezu ebenen aber felsig verlaufenden Pfad trotten wir auf dem breiten Bergkamm vorwärts. Immer wieder gibt der Nebel geisterhaft eine bizarre, geheimnisvolle Felsenlandschaft frei, in der wir mannshohen gelb blühenden Ginster und erikafarbenes Heidekraut entdecken können, die sich abwechseln mit Zistrosen, Kiefern, Steineichen, Laubbäumen, Wachholdersträuchern, Esskastanien und hohem Schneidgras. Almwiesen, übersät mit leuchtenden Blumen, tauchen aus diesem beklemmenden Grau auf. Und über allem hängt ein aromatisch würziger Duft. Die Nebelwand verschluckt jedes Geräusch und wir tapsen schweigend vorwärts. Ab und an tauchen schemenhafte Ziegen aus diesem fast angsteinflößenden Nichts auf und kreuzen unseren Weg, oder wir hören zumindest ihre Glöckchen. Wenigstens sind wir hier nicht die einzigen Lebewesen, auch wenn es nur Kühe sind, die unverhofft vor uns auf dem holprigen Weg stehen. Trotz der Höhe hat sich an der Witterung nichts geändert, im Gegenteil, hier oben ist es noch schwüler und drückender. Gefühlt sitze ich in einem römischen Dampfbad. Alles ist klamm und feucht, und von meiner Nasenspitze und meinen Haaren tropft ständig Wasser. Wir machen Pause bei den Überresten eines alten verlassenen Steinwachturms aus den Anfängen des 19. Jahrhunderts und packen unsere Essensvorräte aus. Mit einem Mal purzelt aus diesen Nebelschwaden eine sich laut unterhaltende und wild gestikulierende Pilgergruppe und reißt uns aus unserer Lethargie. Vorneweg mit weit ausholenden Schritten springt ein blonder junger Bursche, nicht viel größer als ich. Irgendwie kommt er mir vor wie das *„Tapfere Schneiderlein".* Im Gänsemarsch folgen ihm mit lautem Geschnatter drei junge Frauen.

„Hey, hallo Natalie", rufe ich erstaunt.

„Das ist ja eine Überraschung. Wie es aussieht, hast du deinen Rucksack bekommen." Die vier bleiben ruckartig stehen, denn sie haben hier oben ebenfalls mit keiner anderen Menschenseele gerechnet.

„Mensch Erika! Das hätte ich jetzt nicht gedacht, dass wir uns so schnell wieder treffen. Ja, das mit meinem Rucksack hat geklappt, wie du siehst. Das da ist übrigens Nora, mit der ich mich zum Pilgern verabredet hatte."

Natalie zeigt auf eine etwa 40-jährige Frau mit kurzen dunklen Haaren und einem frechen Grinsen im Gesicht.

„Ach ja, und sie ist Alba und der da Eric. Die sind alle mit Nora im Bus angekommen. Zusammen haben wir in *Irún* in der Herberge übernachtet und jetzt laufen wir eben gemeinsam."

Eric scheint ein ziemlich aufgedrehter, redefreudiger, deutscher Bursche zu sein und Alba, die dritte Frau im Bunde, ist Spanierin, trägt lange dunkle Haare und erfreut sich einer recht drallen Figur. Diese kleine Gruppe veranstaltet einen gehörigen Spektakel und als sie wie ein Geisterspuk wieder weiterzieht, versinkt alles um uns herum erneut in Stille und Nebel. Zumindest sind wir nicht die einzigen Deppen, die sich bei diesem Wetter einen steilen Hang hinauf quälen, um dann auf dem Bergkamm im Nebel herum zu stochern. Zügig marschieren Gabi und ich vorwärts, bis meine Begleiterin plötzlich feststellt, dass ihre Sonnenbrille, eine teure Brille mit eingearbeiteter Sehstärke, fehlt. Die hat sie doch tatsächlich am Wachturm liegen lassen und jetzt möchte sie die unbedingt zurückholen. Das kann ich gerade noch leiden! Kann man denn nicht auf seine Sachen aufpassen? Und es nervt vor allem auch, weil das unnötig Zeit kostet. Trotzdem setze ich mich auf einen Felsen und verspreche, auf sie zu warten. Im Stillen hoffe ich aber, dass das nicht allzu lange dauert. Auch wenn ich nicht unerschrocken bin, aber so ganz alleine in einer Nebelsuppe in einer einsamen Bergwelt zu sitzen, ist schon etwas schräg und unheimlich. Jedes noch so kleine Geräusch lässt mich aufschrecken und es knackst und raschelt überall. Wer weiß, welches Ungetüm sich aus dem Nebel herausschält. Nach einer Weile aber beginne ich, diese Ruhe zu genießen. Ich lausche auf das Zwitschern jedes einzelnen Vogels und auf die Klänge der Natur. Betrachte die Spinnweben, in denen Wassertropfen hängen wie silberne Perlen an einer Schnur, wundersame filigrane Gebilde. Völlig in meine Gedanken versunken, vergesse ich die Zeit bis, wie ein Gespenst, plötzlich Gabi geräuschlos aus der Nebelwand wieder auftaucht, ihre Brille triumphierend in der Hand. Schweigend setzen wir unseren Weg entlang der Waldgrenze fort, kommen an weiteren verlassenen Wachtürmen vorbei und an *Dolmen*, alten prähistorischen Gräbern. Dort, wo die Straße bis zum Bergkamm empor führt, treffen wir auf eine Aussichtsplattform mit einem Parkplatz. Gerade mal ein Auto steht verlassen da, denn auch hier stecken wir noch immer im feuchten Nebel und mit Aussicht ist nicht viel zu wollen. Erst als wir die höchste Erhebung des *Jaizkibel*, den Gipfel *Alerru* mit seinen 547 Metern erreichen, beginnt sich die Nebelwand zu lichten, und zumindest die Wiesenhänge und die Wälder rings um uns herum tauchen wie kleine Inseln aus dem Nichts auf. Dieser Berg zeigt uns endlich sein Gesicht, aber der Blick in die Ferne liegt noch immer im Verborgenen. Vorbei an einer alten Festungsanlage und Fernmeldemasten leitet uns der Pfad jetzt über felsiges Gelände bergab. Wieder passieren wir einige Wachtürme nebst einer weitläufigen Schießanlage. Dann teilt sich unser Weg, aber es ist nicht genau ersichtlich, welche Richtung wir einschlagen müssen. Mal wieder verwirren die Wegweiser. Der eine Pfad führt einen steilen Hang hinauf, der andere, breitere Pfad führt durch eine Waldschneise den Berg abwärts in einen Wald hinein. Mein Bauchgefühl drängt mich, den Weg nach unten zu nehmen. Vielleicht auch, weil mich der steile aufwärts ein wenig abschreckt. Aber Gabi ist felsenfest davon überzeugt, dass ausgerechnet dieser der richtige sei. Zum Diskutieren habe ich jetzt keinen Nerv. Aber hätte ich den mal gehabt! Denn wir stellen bald fest, dass das die falsche Entscheidung war. Es wird Zeit, dass ich beginne, meinem Gefühl und meinem Orientierungssinn mehr zu vertrauen. Also wieder zurück und weiter durch ein Waldgebiet Richtung

Tal. Wie ein verwunschener Märchenwald der Gebrüder Grimm sieht das Gehölz hier aus. Umgestürzte Baumstämme, Wurzeln und Zweige liegen immer wieder kreuz und quer auf und entlang des schmalen Trampelweges, und alles wächst wild durcheinander. Durch die unzähligen Moose und Flechten, die wie zerzauste Bärte von den Ästen hängen, habe ich den Eindruck, durch einen grünen, baumbewachsenen Tunnel zu schreiten. Ein halb zerbrochener Holzzaun versperrt uns hangabwärts den Weiterweg und es bleibt uns nichts anderes übrig, als darüber zu klettern. Mit unseren unförmigen Rucksäcken ist das nicht so einfach und fast hätte ich es geschafft, da bleibe ich mit einem Fuß an einem der Pfosten hängen und stürze nach vorne den Hang hinunter. Das Gewicht auf meinem Rücken schiebt mich weiter. Ein stechender Schmerz durchfährt mein linkes Knie.

„Scheiße! So ein Mist!", schießt es mir durch den Kopf.

„Das war´s jetzt. Kaum angefangen, schon zu Ende."

Erst mal bleibe ich unbeweglich am Boden liegen und fühle in mich hinein, versuche, meine Gedanken zu sortieren. Ich bin wütend auf mich, weil ich so unkonzentriert über das Hindernis geklettert bin und wage es kaum, mich zu rühren. Allerdings ist es auch nicht einfach mit dem Gewicht des Rucksackes auf dem Rücken und dann auch noch hangabwärts aufzustehen, und Gabi muss mich dabei stützen. Sie schaut genauso erschrocken drein wie ich. Vorsichtig versuche ich, mit dem linken Bein aufzutreten und bin mehr als erleichtert, keinerlei Schmerzen zu verspüren. Schritt für Schritt taste ich mich mit Hilfe meiner Stöcke langsam vorwärts. Ein Stein fällt mir vom Herzen als ich feststelle, dass alles in Ordnung ist. Nichts scheint verletzt, die Gelenke funktionieren. Noch mal Glück gehabt und erleichtert atme ich auf.

Die dichten Steineichenwälder, die mich an die Berge Mallorcas erinnern, begleiten uns noch ein gutes Stück bergabwärts. Sie sehen so ganz anders aus als unsere Eichen in Deutschland. Die Bäume sind kleiner und gedrungener und sie besitzen winzige dunkelgrüne, ledrige Blättchen. Angeblich ist ihr Holz so schwer wie Stein, daher der Name. Wenn das Licht durch ihr Blätterdach fällt, erzeugt das eine ganz mystische, in sphärischen Grüntönen leuchtende Aura, die typisch ist für diese Eichen. Bei trübem Wetter wiederum wirkt es sehr unheimlich. Ich liebe dieses Licht, das man bei uns in den Wäldern nirgends so vorfindet.

Irgendwann erreichen wir nach einem langen mühsamen Abstieg endlich eine Landstraße und auf ihr zur Mittagszeit *Pasaia*. Warum fühlen sich auf diesem Weg zehn Kilometer an wie zwanzig? Liegt es daran, dass ich das Laufen noch nicht gewohnt bin und auch die Zeit noch nicht einschätzen kann? Der Ort *Pasaia* befindet sich beidseitig einer spektakulären schmalen Meeresbucht, eingerahmt von steilen Bergen. Für das nahe gelegene *San Sebastian* ist *Pasaia* der ideale Platz für ein Industriegebiet mit Werftanlagen und alten Fabriken. Allerdings können die großen Frachtschiffe, die hier in den Hafen einlaufen möchten, dies nur mit Hilfe eines kleinen Lotsenbootes bewerkstelligen, da die Einfahrt so schmal ist. Der alte Teil des Ortes liegt vom Meer her gesehen auf der linken Seite der Bucht und besteht aus pittoresken alten, dicht aneinander gebauten bunten Häuschen, die mich an ein altes Schweizer Bergdorf erinnern. Der modernere Teil der Stadt befindet sich im Hinterland am Ende der Hafeneinfahrt und entbehrt in meinen Augen jeglicher Romantik.

Im selben Moment, in dem ich die vielen Bars und Restaurants an einem weitläufigen Platz an der Bucht entdecke, melden sich ganz heimtückisch aus dem Hinterhalt bei mir Hunger und Durst. Zu Recht, denn es ist bereits Mittagszeit. Haben wir in den letzten Stunden außer Natalie und ihrer Gruppen nur noch zwei weitere Wanderer getroffen, so befinden wir uns jetzt plötzlich in Gesellschaft unzähliger Ausflügler und auch Pilger. Vermutlich haben sich die meisten für den bequemeren breiten Schotterweg entschieden, der um den Berg herum führt, oder für die Straße. Wir genießen die Rast im Schatten auf der Terrasse einer Bar und füllen unsere Speicher mit Clara und Tortilla auf, bevor wir uns auf den Weiterweg Richtung *San Sebastian* machen. Irgendjemand dort oben im Himmel legt wohl gerade einen Schalter um, während wir essen. Denn der Nebel beginnt sich durch die immer stärker werdende Sonne aufzulösen. Schneller als uns lieb ist, heizt uns dieser Planet erbarmungslos ein.

Da es über die Bucht keine Brücke, sondern nur ein kleines Fährboot gibt, das im Pendelverkehr die Menschen von einem Ufer zum anderen bringt, setzen auch wir damit über. Auf einer Asphaltstraße geht unser Weg weiter, bis diese abrupt vor einer Steinmauer an der Öffnung der Bucht zum Meer hin endet. Und wie versteinert stehen wir vor einer äußerst steilen Steintreppe mit enorm vielen Stufen. Das sind mehr als 100 Meter, die es hier fast senkrecht in die Höhe geht. Hatte ich eigentlich schon bemerkt, dass ich vorhatte, den Eiffelturm zu besteigen? Nicht wirklich! Heilige Mutter Gottes, geht es mir durch den Kopf, das wird kein Honigschlecken! Bei dieser Hitze ist das Folter. Immerhin können wir, angelehnt an eine Steinbrüstung, das erste Mal an diesem Tag ganz bewusst auf die Weite des Atlantiks blicken und hinab in die tosende, schwindelerregende Tiefe unter uns. Und dann klettern wir beherzt Stufe um Stufe auf der Himmelsleiter nach oben, die kein Ende zu nehmen scheint. Wir passieren dabei einen kleinen Friedhof und freuen uns schon, es geschafft zu haben. Aber nein, abermals geht es über einen schmalen Pfad im Zickzack weiter Richtung Wolken, bis wir unerwartet eine Stelle erreichen, von der aus sich uns eine umwerfend phantastische, klare Sicht auf den Atlantik bietet. Diese schweißtreibende Mühe hat sich mehr als gelohnt, und ich kann mich nicht satt sehen am leuchtenden Blau und der Weite dieses Ozeans, der inzwischen tief unter uns in der Ferne glitzert.

Ein kurzes Stück müssen wir entlang der Straße weiter, bis wir wieder in einen dieser märchenhaften Waldabschnitte des Küstenweges eintauchen können. Dichte Baumbestände, auch hier zumeist Steineichen und Esskastanien und Bäumen, deren Namen mir unbekannt sind, wuchern entlang unserer Strecke. Die Äste und Blätter bilden ein herrlich kühlendes Dach als Schutz gegen die mittlerweile herrschende Hitze, und die von außen durchscheinenden Sonnenstrahlen malen ein wunderbares Lichterkaleidoskop auf den Boden. Genau so stellt man sich als Kind einen verwunschenen Zauberwald vor, in dem allerlei Geisterwesen und Elfen zu Hause sind. Es würde mich nicht wundern, wenn hinter einem dieser knorrigen Bäume ein Kobold hervorlugen würde. Auf den Wiesenflächen, die wie kleine Seen immer wieder zwischen den Bäumen auftauchen, stechen die magentafarbenen Kardinalsnelken hervor und sogar winzige, leuchtend blaue Enziane. Die Sträucher der zartgelb blühenden Zistrosen umranken die Pfade und das balsamisch-würzige Aroma des intensiv blauen Rosmarins mischt sich mit dem betörend süßen Duft der Akazienbäume. Und immer wieder eröffnen sich uns überraschende Ausblicke auf den Atlantik, die vor Begeisterung das Herz höher schlagen lassen. Mehr braucht man nicht zum Glücklichsein, und genau das bin ich jetzt in diesem Moment … einfach nur glücklich und von allen Lasten befreit! Befremdlich wirken auf mich nur die vielen sportlichen Jogger, die uns auf diesem schmalen, mit Baumwurzeln durchzogenen und steinigen Waldweg entgegenkommen oder uns überholen. Sie springen leichtfüßig und ohne Ballast über diese holprigen Pfade, als wollten sie uns verspotten, weil wir uns mit unserem Gepäck und den klobigen Wanderstiefeln an den Füßen wie plumpe Dickhäuter bewegen.

Kurz vor unserem Tagesziel stehen wir unversehens an einem Felsvorsprung weit oberhalb des Meeres. Der Ausblick von hier auf die Endlosigkeit des Ozeans und entlang der Felsenküste Richtung *San Sebastian* raubt mir beinahe den Atem und macht mich demütig und sprachlos. Wenn ich mir vorstelle, dass von hier aus immer weiter westwärts hinter dem blauen Streifen des Horizontes Amerika liegen muss? Na ja, eigentlich England, würde man eine gerade Linie ziehen. Und trotzdem, unfassbar! Es ist nur die Weite des Atlantiks, die mich von jenem Kontinent trennt, der für mich in diesem Augenblick fast zum Greifen nahe scheint und doch so weit entfernt ist. Dieser Gedanke fühlt sich sonderbar an. Versunken schaue ich auf die unendlich wirkende Wasserfläche, die in der gleißenden Sonne in allen erdenklichen Blautönen flimmert, wie eine Aneinanderhäufung von Milliarden von Edelsteinen zu einem grandiosen Mosaik. Tief unter mir klatscht die Gischt an die Felsen und hoch über mir ziehen kreischende Möwen ihre Kreise am Himmel oder stürzen sich im Sturzflug auf die bewegte See hinab. Ihre Nesterkolonien kleben dicht an dicht in den hohen Klippen und die Felsen sind mit ihrem Kot bekleckst. Der salzige Geruch des Meeres lässt Weite, Ferne und Freiheit erahnen. Der milde Wind trocknet die Schweißperlen auf meinem Gesicht und meine nassgeschwitzte Kleidung. Ach, könnte ich nur ewig hier stehen und die Zeit vergessen, aber es hilft nichts, wir müssen weiter. In *San Sebastian* haben wir für heute Nacht noch keine Unterkunft und es ist bereits später Nachmittag.

Nach dieser beeindruckenden Unterbrechung gelangen wir alsbald auf einen asphaltierten Fußweg, der gemächlich bergab führt und die ersten Häuser der Vororte unseres heutigen Etappenziels auftauchen lässt. Einen ersten, staunenswerten Überblick von der, wie es heißt schönsten Stadt Europas, erhalten wir von einer Aussichtsplattform. Die beiden Strände, von denen der hintere die berühmte *La Concha*, der *Muschelstrand*, ist, liegen im Abenddunst. Das verleiht diesem Anblick eine ganz besondere Stimmung, so als ob man die ganze Szenerie durch einen Weichzeichner betrachtet. Inzwischen ist es kurz vor 18 Uhr und trotz dieser Zeit herrscht ein reges Treiben unten am Strand. Die vielen Surfer, die sich auf dem Wasser tummeln, sehen von hier oben aus wie kleine Seehunde, die ihren Spaß in den Wellen haben.

Kurz darauf erreichen wir die Strandpromenade und es empfängt uns ein fröhliches buntes Gemisch von Menschen. Surfer, die mit ihren Brettern unter dem Arm Richtung Wasser laufen, Familien mit ihren Kindern, die zum Strand schlendern, dazwischen Spaziergänger, die ihre Hunde ausführen, Menschen in eleganter Garderobe, die ins Theater strömen, und jene, die erst von der Arbeit kommen oder einfach nur einen Stadtbummel genießen. Diese Stadt lebt, ist heiter und quirlig und wirkt auf mich sehr unkonventionell. *Donostia*, wie der baskische Name von *San Sebastian* lautet, ist die Hauptstadt der Provinz *Gipuzkoa*. Seit Mitte des 19. Jahrhunderts wurde dank der strengen Bauvorschriften das Stadtbild nicht verändert und die Architektur ist bemerkenswert. Zwischen neuzeitlichen und modernen Gebäuden kann man noch immer wunderbare alte Jugendstilhäuser bewundern. Verblüfft lese ich, dass der neue Kongress- und Musikpalast tatsächlich „Kursaal" heißt.

San Sebastian blickt auf eine sehr bewegte Vergangenheit zurück. 1489 wurde die Stadt das erste Mal durch ein Großbrand komplett zerstört, da zu dieser Zeit die Häuser noch aus Holz gebaut wurden. Der nächste Großbrand im Jahre 1813 ereignete sich im Befreiungskampf gegen die französische Besatzung. Abermals wurde die komplette Stadt in Schutt und Asche gelegt. Durch ihre besondere Lage im Zentrum des Baskenlandes wurde sie sehr oft in heftige Kämpfe verwickelt. Trotzdem entsteht hier im Jahr 1914 ein weltoffenes Zentrum, in dem sich alles, was Rang und Namen hatte, die Hand gab.

Gabi und ich schlendern, völlig gebannt von diesem Treiben, entlang der belebten Strandpromenade, die über eine Brücke über die Flussmündung des *Urumea* führt, Richtung *Parte Vieje-Alde Zaharra*, der Altstadt. Dort hoffen wir für die heutige Nacht eine Unterkunft zu finden. Eine Pilgerherberge direkt in der Stadt gibt es nicht und die Jugendherberge liegt weit abseits des Zentrums am Ende des La Concha-Strandes. In einer der engen Altstadtgassen werden wir fündig. Ein Backpacker-Hostel, das sich in einem der oberen Stockwerke befindet, bietet uns beiden ein angenehmes Zimmer zu einem akzeptablen Preis. Selten habe ich mich so auf eine heiße Dusche gefreut wie jetzt gerade, und kurze Zeit später stehe ich entspannt unter dem heißen Wasserstrahl in einer engen Kabine und spüle den Schweiß und die Strapazen dieses Tages von mir ab. Etwas, das ich im Laufe meiner Pilgerreise immer mehr zu schätzen lerne. Auch meine Füße haben eine Belohnung verdient und werden von mir nach allen Regeln der Kunst mit Fußbalsam verwöhnt. Immerhin mussten sie heute für den ersten Tag ordentlich etwas leisten. Inzwischen ist es fast einundzwanzig Uhr und gegen unser Hungergefühl sollten wir auch noch etwas unternehmen. Tatsächlich entdecken wir in einer Seitengasse der Altstadt eine Pizzeria. Genau das Richtige für uns zwei Frauen. Welche Überraschung, als wir dort Claude, Fred und Michel wiedertreffen. Die Freude ist auf beiden Seiten groß. Sofort rücken die drei zusammen und machen Platz für uns. Bei einem reichhaltigen Abendessen mit dem dazugehörigen Rotwein gibt es genug zu berichten, und im Nu vergeht die Zeit. Nicht ohne uns viel Glück für den weiteren Weg zu wünschen und mit vielen Umarmungen und den obligatorischen Küsschen rechts, Küsschen links verabschieden wir uns dann spätnachts voneinander.

Zu den täglichen Ritualen auf meinen Pilgerreisen gehört auch das Schreiben eines Tagebuches. Wohlweislich wurden mir dafür gleich zwei kleine Notizbücher geschenkt. Es ist mir beim Pilgern zu einer liebgewordenen Angewohnheit geworden, meine Erlebnisse und Gedanken am Ende des Tages aufzuschreiben. Außerdem komme ich dabei zur Ruhe und kann meine Gedanken Revue passieren lassen. Und genau das ist es, womit ich selbst zu dieser späten Stunde den heutigen Tag ausklingen lasse. Die erste Etappe ist geschafft, ich bin noch ganz aufgedreht von den vielen neuen Eindrücken und doch gleichzeitig rechtschaffen müde. Die Muskeln am Körper schmerzen leicht, auch die Füße melden sich. Und trotzdem bin ich rundum glücklich und zufrieden mit mir.

Erst am Ende unseres Weges stehen die Antworten
Lao-Tse, chinesischer Philosoph (6.Jh.v.Chr.)

San Sebastian - Zarautz

Alleine unterwegs - Einsamkeit, Hitze und Durst - Bettensuche

Trotzdem wir gestern einen langen ersten Tagesmarsch absolviert haben, sind wir beide recht früh wach. Gabi möchte noch einen Tag länger hier in *San Sebastian* bleiben, da sie ohnehin nicht vor hat, die ganze Strecke bis Santiago zu pilgern.

Heute ist mein achtundfünfzigster Geburtstag und so wie es aussieht, werde ich diesen Tag also alleine mit mir und meinen Gedanken verbringen. Ein bisschen mehr als zweiundzwanzig Kilometer liegen vor mir bis *Zarautz*. Meine Habseligkeiten sind schnell verstaut und wieder ärgert mich das Zuviel an Gepäck. Gemeinsam frühstücken wir noch in einer Bar. Das Glas Sekt auf mein Wohl verkneife ich mir allerdings, sonst fällt mir vielleicht das Gehen schwer. In *Zarautz* kann das ja am Abend nachgeholt werden. Gabi begleitet mich noch ein Stückweit bis zur Promenade am *La Concha*-Strand, bevor wir uns dann mit einer herzlichen Umarmung voneinander trennen. Wir werden uns wohl nicht mehr begegnen auf der Strecke.

Nun heißt es wirklich alleine pilgern und ein wenig fühlt es sich jetzt doch eigenartig an. Meine vertrauten Muschelzeichen finde ich an der Strandpromenade schnell wieder. Ein lang geschwungener, breiter Sandstrand säumt die etwa drei Kilometer breite *Concha*-Bucht, in deren Mitte sich die kleine Felseninsel *Santa Clara* befindet. Die Bucht beeindruckt mit ihrem muschelförmigen Aussehen und wird nicht umsonst „*La Concha*" genannt. Allerdings hatte ich es mir hier ein wenig spektakulärer vorgestellt. Wahrscheinlich liegt es am grauen und wolkenverhangenen Himmel, der diesen Stadtteil gerade trist erscheinen lässt. Aber immerhin weht über den im Jugendstil erbauten Hotels, den aristokratisch wirkenden Häusern und der langen Strandpromenade ein wenig das verstaubte und mondäne Flair von englischem Brighton und den Atlantikseebädern Frankreichs.

Da ich noch immer ohne Zahnbürste unterwegs bin, halte ich Ausschau nach irgendeinem Laden und entdecke einen kleinen *Mercado*, in dem ich mich zudem mit Schokoriegeln eindecke. Alleine zu laufen fühlt sich herrlich frei an, denn endlich kann ich mein eigenes Tempo finden und brauche auf niemanden Rücksicht zu nehmen. Wie sollte es auch anders sein, führt der *Camino* vom breiten Strand weg zuerst wieder eine steile

Straße den Berg hinauf, um sich dann weiter leicht ansteigend durch schmucke Vororte zu ziehen. Ein fürsorglicher Anwohner mit einem Herz für uns Pilger bietet auf dem Gehweg einen Tisch und zwei Stühle zum Rasten an. Gegen den Durst steht frisches Wasser bereit und auch Obst. Sogar an einen Stempel samt Stempelkissen hatte er gedacht. An der Hauswand prangt riesengroß die noch zurückzulegende Kilometerzahl bis Santiago: 795 Kilometer. Noch immer klingt das für mich sehr utopisch, fast unvorstellbar zum Laufen. Den Atlantik rechts von mir und eine hügelige, von Viehzucht und Landwirtschaft stark geprägte Gegend um mich herum, pilgere ich voller Tatendrang und gut gelaunt vorwärts. Inzwischen ist das Grau des Himmels dabei, sich zaghaft zu verziehen, und ich stelle mich auf einen erneut heißen Tag ein. Kleine Weiler und Gehöfte sorgen für ein kurzweiliges Gehen. Alles strotzt vor Frische und Grün, und auch heute beeindruckt mich diese überbordende Vegetation. Irgendwann biege ich auf einen geschotterten Betriebsweg ab, der mich in ein stark entholztes und bergiges Waldgebiet führt. Treffe ich auf der Straße noch vereinzelt auf Anwohner, so bin ich jetzt alleine unterwegs. Ganz selten begegnet mir eine andere Person, jedoch kein einziger Pilger.

Mit der Zeit lässt mich mein Rucksack spüren, dass er nicht optimal sitzt, und auch das Gehen beginnt zu quälen. Es ist eben doch kein Spaziergang, den man mal so eben unternimmt. Jetzt, da ich völlig auf mich alleine gestellt bin, nimmt in dieser Waldeinöde das Gedankenkarussell volle Fahrt auf. So als ob es genau auf diesen Moment gewartet hätte. Auch die Frage, warum ich mir diese Plackerei überhaupt antue, schwirrt immer wieder durch meinen Kopf. Gestern und auch noch heute Morgen fühlte ich mich so euphorisch, jetzt ist alles so falsch und mühsam. Welcher Sinn steckt hinter dieser Schinderei? Jetzt einfach nur einen Fuß vor den anderen setzen, ja nicht denken. Nur zwingt mich dieser Weg gerade jetzt, mich mit mir selbst auseinanderzusetzen. Gefühle und Gedanken fahren Achterbahn. Heute erlebt man ein absolutes Hoch, morgen steckt man im tiefen Keller. Und jetzt sitze ich im Keller, ganz tief unten. Na super, Caminokoller am zweiten Tag! Stoisch laufe ich weiter und will einfach leiden. Von Werner, meinem Lebenspartner, habe ich noch nichts gehört seit ich unterwegs bin. Mir fehlt ein aufmunterndes Wort. Alleine sein will wirklich gelernt sein.

Irgendwann zur Mittagszeit erreiche ich den am Fluss *Oriá* gelegenen Ort *Orio*. In einer Bar bestelle ich mir ein *Bocadillo* und meinen

Lieblingsdurstlöscher. Alles strengt mich heute über die Maßen an und ich bin fast zu kraftlos zum Essen. Ständig diese bohrende Frage, wie bescheuert man sein muss, in sengender Hitze und zudem jetzt auch noch auf Asphalt im Norden Spaniens herumzulatschen. Die Verlockung, gleich am zweiten Tag alles hinzuschmeißen, ist groß, aber mein Wille weiterzulaufen gewinnt die Oberhand. Erbarmungslos brennt die Sonne unterdessen wieder von einem makellos blauen Himmel. Dass ich die Unmengen an Flüssigkeit, die ich in mich hineinschütte, komplett wieder ausschwitze, merke ich daran, dass ich kaum den Drang verspüre, auf die Toilette zu müssen. Ohne mein rotes Tuch um den Kopf wage ich mich nicht in die Sonne. Das wäre Leichtsinn, ohne Kopfbedeckung unterwegs zu sein. Man hört immer mal wieder von Pilgern, die sich einen Sonnenstich eingehandelt haben.

Nach der kurzen Rast fühle ich mich wieder besser und auch die Stimmung steigt. Der gelbe Pfeil leitet mich über eine Brücke auf die andere Seite des Flusses, um von dort über Betonpisten und Asphaltstraßen, immer dem Verlauf des Atlantiks folgend, weiter Richtung *Zarautz* zu ziehen. Ständige mörderische Steigungen, bergauf und genauso steil wieder bergab, zermürben mich und zehren an meinen Kräften. Ich fluche vor mich hin, trotte einfach nur vorwärts, versuche mal wieder, nicht zu denken. Aber so einfach ist das nicht. Wie bösartige Kobolde sitzen die Gedanken in den Hirnwindungen und schlagen heimtückisch zu. Meinen Laufrhythmus habe ich auch noch nicht gefunden. Für den zweiten Tag ist alles viel zu heftig. Währenddessen wandelt sich die Landschaft um mich herum zu einer lieblichen Gegend mit beschaulichen Dörfern, blumenreichen Wiesen und Feldern, auf denen das Getreide wächst. Trotz dieser Plackerei kann ich mich kaum daran sattsehen. Unverhofft erblicke ich von einer Anhöhe aus *Zarautz*, das an einem wunderbaren langen und gelben Sandstrand in einiger Entfernung vor mir liegt. Achtzig Meter soll er breit sein und ein Paradies für Surfer. Endlich mein Ziel vor Augen, stapfe ich forscher den Berg hinab. Ich kann schon förmlich spüren, wie es sich anfühlt, nach diesem Tag in ein Bett zu fallen. Am Ortsschild treffe ich auf einen älteren Pilger aus Holland, der ganz schön resolut marschiert für sein Alter. Gemeinsam machen wir uns auf die Suche nach der Jugendherberge, wobei ich mit seinem Tempo kaum Schritt halten kann. Ich renne regelrecht neben ihm her, während er mit ausholenden Schritten in das Ortszentrum marschiert.

Wir durchlaufen den ganzen Ort, bis uns die Straße am Ende wieder einen steilen Berg hinauf führt. Für heute mag ich keine Steigungen mehr. Entnervt beschließe ich umzukehren, auch weil ich mir mit diesem Weg nicht sicher bin. Der Holländer geht unbeirrt weiter. Hilfe bei der Bettensuche erhoffe ich mir im Touristenbüro. Dort empfiehlt man mir aber ebenfalls nur diese Jugendherberge oder ein Hostel, das sich allerdings am Beginn des Ortes befindet. Inzwischen ist mein Körper taub, ich muss sicher schon tot sein. Meine Beine verweigern den Dienst, mein Kopf liegt bereits irgendwo in den Federn und hat ausgerechnet jetzt das Denken eingestellt. Trotzdem beschließe ich, mein Glück nochmals mit der Jugendherberge zu versuchen. Fatalerweise habe ich mich tatsächlich vorhin gemeinsam mit dem Holländer auf dem richtigen Weg befunden. Weit wäre es nicht mehr gewesen. Unter Aufbietung meiner letzten Kraftreserven erreiche ich das große Gebäude. So riesig, wie das hier ist, sollte es doch wohl noch wenigstens ein einziges Bett für mich geben. Kurze Zeit später sitze ich indes endgültig resigniert auf einem Stuhl im Büro der Herbergsleitung. Ob ich reserviert hätte, fragt mich die ältere Dame freundlich, die sich hier um alles kümmert. Hab ich natürlich nicht. Woher sollte ich wissen, dass das Bettenfinden hier ein Problem werden würde.

„Es tut mir leid, aber wir sind komplett belegt. Mehrere Schulklassen sind gerade im Hause untergebracht und es ist noch nicht einmal eine Abstellkammer frei. Aber versuche es doch in einer der Pensionen im Ort. Dort bekommen Pilger Sonderpreise."

Peng! Das saß genauso heftig wie eine Ohrfeige. Warum glaube ich gerade an einen schlechten Scherz? Jetzt soll ich tatsächlich wieder ganz zurück in den Ort? Na prima, inzwischen bin ich so erschlagen, dass ich mich noch nicht mal ärgern kann. Ein Tobsuchtsanfall wäre jetzt angebrachter als stille Resignation. Wenigstens holt mir die *Hospitalera* fürsorglich eine kleine Flasche Wasser, denn die Hitze ist auch jetzt noch unerträglich. Und noch mehr als nach einem Bett sehne ich mich nach einer Dusche. Ergeben in mein Schicksal schlurfe ich wieder zurück. Inzwischen ist mir die Lust auf langes Suchen vergangen und der Preis für ein Bett ziemlich egal. In der nächstbesten Pension, sie heißt „Txiki-Politi", frage ich kurzerhand nach einem Einzelzimmer. Ich bezahle fünfundzwanzig Euro und endlich öffnet sich eine Türe für mich ins Himmelreich. Ein Zimmer mit Bett, Dusche und Toilette! Heraus aus den dampfenden Stiefeln und aus den nass geschwitzten Kleidern. Meine Füße kochen, sind aufgequollen und freuen sich auf eiskaltes Wasser.

Aber erst einfach nur auf dem Bett ausstrecken, Augen zu und Ruhe! Die heiße Dusche wenig später holt meine verlorengegangenen Lebensgeister wieder zurück und ich kann mich daraufhin tatsächlich noch zu einem Spaziergang über die Strandpromenade aufraffen. Aber vorher schrubbe ich noch im Handwaschbecken meine schmutzige Wäsche und verteile sie irgendwie zum Trocknen im Bad.

Mittlerweile macht sich nach diesem ganzen Hin und Her auch der Hunger wieder bemerkbar. Leider bleibt meine Suche nach einem „Italiener" heute erfolglos. Dann gibt es eben *Pintxos*. Was die *Tapas* im restlichen Spanien sind, sind die *Pintxos* hier im Norden, nur einen Tick größer, richtige gigantische Häppchen. Auf kleinen Brotscheiben türmen sich Meeresfrüchte, verschiedene Fisch- oder Fleischsorten, Gemüse, Obst, Saucen und sonstigen Leckereien. Diese Köstlichkeiten werden mit einem Holzstäbchen am Auseinanderfallen gehindert. Im Restaurant, das zu meiner Pension gehört, stapeln sie sich zuhauf auf der gesamten Theke und ich bin mit der Auswahl völlig überfordert. Dennoch gelingt es mir nicht, mehr als vier von ihnen zu verdrücken, denn danach bin ich pappen satt. Als ich mich anschicke, auf mein Zimmer zu gehen, entdecke ich den Holländer hinter mir am Tisch sitzen. Dann hat es ihn also auf der Suche nach einem Schlafplatz auch in dieses Hotel verschlagen.

Was für eine Wohltat, jetzt kann ich mich endlich ins Bett fallen lassen. Es gibt nichts, was an meinem Körper heute nicht schmerzt, auch die Seele ist angekratzt. Das kann heiter werden! Zu allem Übel ist auch der Rucksack definitiv zu schwer. Energisch beschließe ich, morgen ein Päckchen auf den Heimweg zu schicken. Ich muss dringend Ballast abwerfen, in jeglicher Hinsicht.

Bevor dieser Tag und somit auch mein Geburtstag zu Ende geht, halte ich trotz meiner Müdigkeit das Erlebte von heute in meinem Notizbuch fest. Viele haben mir zu meinem Ehrentag eine Nachricht geschrieben oder mich angerufen. Aber von meinem Lebensgefährten habe ich noch immer nichts gehört. Ein Gefühl der Einsamkeit schleicht sich in mein Gemüt und lässt mich niedergedrückt einschlafen.

„Je freier man atmet, desto mehr lebt man"
Theodor Fontane

Zarautz - Pobeña - Deba

Unnötiger Ballast und eine zwitschernde Straßenampel

Schlag sieben Uhr liege ich wach im Bett und strecke zaghaft meine Arme und Beine aus, spüre in meinen Körper hinein. Die Schmerzen sind nicht mehr so heftig wie gestern Abend, aber die Füße, und das ist die Hauptsache, fühlen sich erholt an. Alle Kleidungsstücke, die ich gestern Abend noch gewaschen hatte, sind getrocknet. Während ich den Rucksack packe, sortiere ich etliche Dinge aus, auf die ich guten Gewissens verzichten kann. Da kommt so einiges zusammen. Da es hier in der Pension erst um acht Uhr Frühstück gibt und ich nicht so lange warten möchte, gönne ich mir daher in einer nahegelegenen Bäckerei eine *Xchokolat* und ein Croissant. Ich liebe diese dicke süße Trinkschokolade, die eine absolute Kalorienbombe ist und sich unter normalen Umständen gemeinsam mit einem Buttercroissant unweigerlich in pures Hüftgold verwandelt. Aber bei dieser Belastung jeden Tag, kann ich das mit ruhigem Gewissen verdrücken. Und dann ab zur Post. Das Päckchen nach Hause erleichtert mich um einiges an Gewicht und um zwanzig Euro in meiner Reisekasse. Ich justiere die Gurte meines Rucksacks neu, er passt wunderbar und fühlt sich spürbar leichter an. Augenblicklich geht es mir so richtig gut. Auf in den neuen Tag, komme was da wolle, und bestens gelaunt und motiviert auf weitere Abenteuer stiefle ich los.

Inzwischen habe ich begriffen, dass ich dort, wo ich steil hinabsteigen kann, auf der anderen Seite wieder steil hinauf klettern muss. Deshalb war zu erwarten, dass auch dieser Weg gleich sehr heftig aus *Zarautz* heraus führt. Und dann auch noch große schiefe Pflastersteine. Kindsköpfe würde man zuhause dazu sagen. Dieses kräftezehrende, ewig steile Auf und Ab an den Meereseinschnitten des Atlantiks wird mich wohl noch einige Tage begleiten. Relativ schnell erreiche ich die Anhöhe und finde mich zwischen Wiesen und Weinreben wieder, die hier, wie so oft in Spanien, flach angebaut werden. Hier und da schmiegt sich ein einsamer Bauernhof in die welligen Hügel, und rings um mich herum kann ich beobachten, wie die Felder emsig bewirtschaftet werden und wie zwischen den Weinreben gewerkelt wird. Es ist ein kurzweiliges Gehen dadurch, dass ich immer wieder durch kleine Waldgebiete komme und winzige Dörfer durchstreife. Dabei fällt mir auch hier das grasende Vieh auf den Weiden auf und die vielen Pferde, die ausgelassen über die Koppeln springen.

Auch der heutige Tag lässt Temperaturen über dreißig Grad erwarten und ich habe mich mit reichlich Wasser eingedeckt. Nichts ist vernichtender als Durst. Meine heimlichen Begleiter, die farbenprächtigen Eidechsen, huschen ganz geschäftig in allen Größen und Schattierungen über die Steine und durch das Gebüsch oder tanken genüsslich auf den Steinmauern in der Sonne Hitze auf. Mal wieder bin ich völlig alleine unterwegs, aber immer mehr erfreue ich mich daran, einfach nur so vor mich hinzulaufen, einen Fuß vor den anderen zu setzen, den Gedanken nachzuhängen. Im Gegensatz zu gestern fällt heute das Gehen leicht. Der Körper gewöhnt sich schnell an diese Strapazen und hoffentlich auch meine Beine. Nicht wenige Pilger bekommen eine gefürchtete Knochenhautentzündung an den Schienbeinen zu spüren, die durch die ungewohnte Belastung entsteht. Meist wird derjenige dann gezwungen, eine Laufpause einzulegen. Da ich auf meinem ersten Pilgerweg davor verschont geblieben bin, hoffe ich sehr, dass es mir auch dieses Mal erspart bleibt.

Mein Handy klingelt und Benjamin, einer meiner Söhne, gratuliert mir noch nachträglich zum Geburtstag. Eine vertraute Stimme zu hören tut gut, und vor allem auch ein paar aufmunternde Worte. Das macht das Alleinesein erträglicher. Bei einer Rast um die Mittagszeit in einer Bar am Straßenrand fällt mir einen Pilger auf, der einen etwas verwahrlosten Eindruck macht. Seine Kleidung und vor allem seine Schuhe sehen sehr mitgenommen aus. Groß und hager ist er und ich schätze ihn auf Mitte Vierzig. Die Haare sind zerzaust, die Zähne ungepflegt. Lediglich eine Umhängetasche trägt er bei sich. Seine blauen Augen leuchten wach und freundlich und mit seiner offenen und fröhlichen Art spricht er nicht nur mich sofort an, sondern auch zwei weitere Pilger, die sich dort ein wenig ausruhen möchten. Munter erzählt er drauf los. Er stamme aus Lettland und habe schon hunderte von Kilometern in den Beinen. Was mag das nur für ein seltsamer Kauz sein, denke ich im Stillen bei mir.

Von einer Anhöhe aus kann ich auf *Zumaia* hinabsehen, das an der Mündung des *Ria Urola* liegt, der hier in den *Golf von Biscaya* mündet. Den Hafen entdecke ich ein kleines Stückchen landeinwärts. Auf seinem letzten Stück Weg zum Meer wird der Fluss von einer langen Kaimauer begrenzt, so dass er dadurch schon fast einem Kanal ähnelt. Die erste Erwähnung des Ortes geht bis ins Jahr 1292 zurück. Das Sehenswerteste in diesem Städtchen ist wohl das *Museo Ignacio Zuloaga*. *Zuloaga* ist einer der bekanntesten galicischen Maler in Spanien, und das Museum befindet sich in dem Haus, in dem dieser Maler (1870 –1945) einst lebte. Die Kunstliebhaber unter den Pilgern bekommen dort u.a. auch Werke von *Francisco de Goy* und *El Greco* zu sehen. Diese beiden sind den meisten wohl eher bekannt.

Um in den alten Stadtkern zu gelangen, muss ich die Flussbrücke überqueren. Nach einer Stärkung in einer kleinen Bar zieht es mich weiter Richtung *Elorriaga*. Irgendwann finde ich mich auf der Nationalstraße wieder, auf der ich über eine Brücke die alles beherrschende Autobahn überquere. Betonpisten und Asphaltwege wechseln sich ab, bis es schließlich durch ein reizvolles Tal geht. Ein steiler Pass bringt mich hinauf zu dem Ort *Itziar*, der wie eine Krone oben auf einer Bergkuppe thront. Kurze Zeit später läuft mir Lucas über den Weg, ein achtundzwanzigjähriger Tscheche. Da er fließend Deutsch spricht, unterhalten wir uns angeregt, während wir nebeneinander her laufen. So ganz nebenbei fällt mir am Wiesenrand ein braun-schwarzer Falter auf, der wohl mindestens eine Spannweite von dreißig Zentimetern besitzt. Beeindruckt über seine Größe bleibe ich einen Moment stehen und fotografiere dieses erstaunliche Exemplar. Bisher ist mir so etwas in der freien Natur noch nicht begegnet.

Und völlig unverhofft kreuzt sie wieder meinen Weg, die Gruppe mit Natalie, lärmend und aufgedreht. Irgendwo trifft man sich dann doch immer wieder. Und wie beim letzten Mal läuft auch dieses Treffen lautstark und mit dem gebührenden Begrüßungsprocedere ab. Danach setzten Lucas und ich unseren Weg jedoch alleine fort, da die vier uns ein bisschen zu geräuschvoll und zu anstrengend sind. Außerdem haben wir keine Lust dazu, ihr schnelles Lauftempo mitzuhalten. Die scheinen einen Geschwindigkeitsrekord brechen zu wollen. Heute Abend werden wir sowieso alle in *Deba* in der Herberge antreffen. Für mich wird das die erste wirkliche Pilgerherberge auf diesem Weg sein. Gegen halb fünf am Spätnachmittag erreichen Lucas und ich schließlich den Ortsbeginn des Fischerortes *Deba*, ein Örtchen, das sich zwischen dem Meeresarm des *Ria del Deba* und einer hohen Felswand schmiegt. Alles erinnert mich eher an einen skandinavischen Fischerort, der sich an einem Fjord befindet, wäre da nicht das spanische Flair. Später erfahre ich, dass *Deba*, ebenso wie *Zarautz* und *Getaria*, bis Mitte des 19. Jahrhunderts noch vom Walfang gelebt hatte. Viele Denkmäler und Häuser erinnern heute noch daran. Die Vorstellung, dass in Nordspanien tatsächlich seit

dem 14. Jahrhundert Wale gefangen wurden, klingt für mich eher befremdlich. So etwas war mir nur von den nördlicheren Ländern Europas bekannt. Wer sich für Höhlenmalerei aus der Altsteinzeit interessiert, findet hier in den Höhlen *Ekain, Ermittia* und *Urtiaga* interessante Zeichnungen. Und noch eine Besonderheit besitzt *Deba*. Da der Ort teilweise eng an einen sehr steilen Hang gebaut wurde, gibt es einen Aufzug, mit dem man ganz bequem zwischen dem oberen und dem unteren Teil der Altstadt hin und her fahren kann. Für Lucas und mich kommt das natürlich sehr gelegen. So ersparen wir uns immerhin den steilen Abstieg. Schnell finden wir das Touristoffice und melden uns dort für die Nacht in der Herberge an. Jeden von uns beiden kostet das fünf Euro, beide bekommen wir einen Schlüssel für das Haus ausgehändigt und den Stempel für unseren Pilgerausweis. Die Herberge selber befindet sich im kleinen alten Bahnhofsgebäude der Stadt im 1.Stock. Tatsächlich sind am Abend in den drei Schlafräumen alle achtzehn Stockbetten restlos belegt. Wo kommen mit einem Male diese vielen Pilger her? Und wie es der Zufall will, treffe ich genau in dem Raum, in dem ich eines der oberen Betten ergattere, wieder auf Natalie, Alba, Nora und Eric. Inzwischen hat sich mit Eva noch eine weitere junge deutsche Frau zu ihnen gesellt. Der seltsame Pilger aus Lettland bezieht direkt mir gegenüber auf einem der oberen Stockbetten mit seinen spärlichen Habseligkeiten Quartier und wird von einigen mit neugierigen Blicken verfolgt und misstrauisch beäugt. So manch einer bemerkt tatsächlich hinter vorgehaltener Hand, dass man Angst haben müsse, von ihm bestohlen zu werden. Ich kann es nicht glauben! Spielt es denn eine Rolle, wie viel Geld der ein oder andere besitzt oder wie er aussieht? Schon auf meinem letzten Pilgerweg habe ich damit aufgehört, den Einzelnen nach seinem Eindruck zu beurteilen, zu unterschiedlich sind die Schicksale, die hinter jedem Menschen stecken.
Bevor ich im Duschraum verschwinde, richte ich mich auf meiner oberen Schlafstätte schon mal häuslich ein und verstaue meine wenigen Dinge so gut es geht am Fußende des Bettes. Heute bin ich längst nicht mehr so müde wie gestern und ich beschließe, gemeinsam mit Natalies Gruppe in ein nahegelegenes Restaurant zum Essen zu gehen. Nora hatte herausgefunden, dass man dort ein Pilgermenü für zehn Euro bekommt. Auf dem Weg in dieses Restaurant bleibt sie in einem kleinen Sportladen hängen. Sie meint, sie brauche ganz dringend eine kurze Wanderhose. Was ich zu viel eingepackt habe, hat sie wohl zu wenig dabei.

Das Essen in dem kleinen Restaurant ist ein Gedicht und wird reichlich in großen Schüsseln mitten auf dem Tisch platziert. Nachdem dieser aufgeregte Haufen bereits geräuschvoll darüber diskutiert hatte, was man essen möchte, wird auch jetzt während des Essens nicht gerade vornehm geflüstert. Wenigstens sitzen wir alleine in einem Nebenzimmer, so werden zumindest die anderen Gäste nicht gestört. Natalie und Eva jammern über jede Unannehmlichkeit auf dem *Camino*, Alba und Eric schäkern lauthals miteinander und reißen Witze über die beiden anderen Frauen. Einzig Nora hält sich aus allem heraus. Und ich sitze nur da und schaue diesem Treiben entgeistert zu. Was für ein Kindergarten! Das ist mir, ehrlich gesagt, alles zu dumm. Das ist nicht das, was ich mir vorgestellt hatte.

Nicht wirklich leise sputen wir uns kurz vor zweiundzwanzig Uhr durch die Gassen von *Deba* zurück in unsere Unterkunft. Dort empfangen uns bereits heftige Schnarchgeräusche, die in einem ungleichen Kanon aus den drei Schlafräumen dringen. Die abgestandene Luft im Gang ist zum Schneiden dick und ich bin froh, dass jemand in unserem Zimmer wohlweislich die Fenster geöffnet hat. Wir sind die letzten, die in ihre Betten klettern, und endlich kann ich mich in meinen Schlafsack rollen und schlafen.

Es gibt Berge, über die man hinüber muss, sonst geht der Weg nicht weiter
(Ludwig Thoma, deutscher Schriftsteller, 1867–1921)

Deba - Markina-Xemein

Der Heilige Jakobus und der „Kleine Muck" mit seinem Hühnerhaufen

Ein Schnarcher hätte meinen Schlaf nicht so gewaltig stören können wie der grausame Lärm der Straße während der Nacht. Die Fußgängerampel, die sich direkt vor der Herberge befindet, zwitschert kurioserweise jedes Mal wie ein Vogel, wenn sie auf grün schaltet. Warum das auch die ganze Nacht hindurch so sein muss, weiß der Himmel. Dann kam auch noch zu allem Überfluss die Müllabfuhr, die in Spanien üblicherweise nachts die Tonnen leert. An viel Schlaf war nicht zu denken. Trotzdem muss ich dann doch irgendwann ins Reich der Träume gefallen sein, denn gegen halb sieben weckt mich das Rascheln der ersten Pilger, die sich schon auf den Weg machen. Im kleinen Waschraum ist ein Gedränge. Es trieft vor Nässe, Wasserpfützen stehen auf dem Boden und es ist kaum Platz zu finden, um sich an den wenigen Waschbecken wenigstens die Zähne zu putzen. Auch der Lette sitzt bereits dort auf einer Bank und ist dabei, seine Füße zu verarzten. Mir kommen fast die Tränen, als ich die blutigen Pflaster und Bandagen sehe. Das müssen doch höllische Schmerzen sein. Die alten abgelaufenen Militärstiefel, die ihm irgendein freundlicher Mensch geschenkt hatte, können beim besten Willen nicht bequem sein.

Ich packe meine Sachen zusammen und schaue, dass ich in der gegenüberliegenden Bar etwas in den Magen bekomme. Meine Chaostruppe sitzt bereits dort und veranstaltet schon wieder ein lautstarkes Palaver, bis die Türe sich öffnet und der sonderbare Lette den Raum betritt. Plötzlich ist alles still und alle Augen richten sich auf ihn. Er fragt den jungen Angestellten hinter dem Tresen etwas und ich bemerke, wie er wieder enttäuscht nach draußen verschwindet. Dort setzt er sich auf eine Bank und packt die wenigen Dinge, die er zum Essen bei sich hat, aus. Der Morgen ist noch sehr frisch und zur Abwechslung auch noch regnerisch. Warm angezogen ist der Mann nicht gerade.

„Hola Señor, kann ich einen Kaffee für den Pilger dort draußen bekommen? Ich bezahle ihn natürlich. Er hat kein Geld und ist auf Spenden angewiesen", bitte ich den Angestellten hinter der Theke.

„Ja natürlich, Señora. Aber er soll ruhig herein kommen und sich hier ins Warme setzen. Den Kaffee brauchst du nicht zu bezahlen. Das geht schon

in Ordnung. Und auch ein Croissant bekommt er von mir dazu",
versichert mir der junge Mann.

Schnell laufe ich nach draußen und fordere den dünn bekleideten Pilger
auf, in das warme Lokal zu kommen, einen heißen Kaffee zu trinken und
etwas zu essen. Er strahlt über das ganze Gesicht. Überglücklich setzt er
sich zu mir an den Tisch und es sprudelt förmlich aus ihm heraus.

"Danke, danke, das ist sehr freundlich. Weißt du, ich heiße Jakob, wie
der Heilige Jakobus. Ist das nicht ein Zufall?"

Er strahlt mich an.

„Wie ist dein Name?", möchte er von mir wissen.

„Tatsächlich wie der Heilige Jakobus? Das passt ja! Du sprichst sehr gut
Deutsch, wo hast du das denn gelernt? Ich heiße übrigens Erika."

Aufgeregt beginnt er, mir eine äußerst abenteuerliche Geschichte zu
erzählen.

„Weiß du, ich habe von Jesus den Auftrag bekommen, zu Fuß und ohne
Geld und Besitz von Lettland nach Santiago zu pilgern. Ich darf nur mit
dem Vorlieb nehmen, was mir barmherzige Menschen schenken".

Ungläubig starre ich ihn an. Man trifft ja so manchen Verrückten hier auf
dem Weg.

„Das hört sich ja schon recht abenteuerlich an. Und das funktioniert?
Wie lange bist du bereits unterwegs?"

Jetzt interessiert mich seine Geschichte dann doch. Jakob kramt sein
Credenzial aus seinem ramponierten kleinen Rucksack und zeigt ihn mir.
Laut diesem Stück Papier heißt er tatsächlich Jakob und hat bereits viele
hunderte von Kilometern hinter sich gebracht. Kein Wunder, sehen seine
Füße so mitgenommen aus. „Ich bin jetzt schon mehr als vier Monate
unterwegs. Bis Polen ist es mir auch wirklich gut gegangen. Dort waren
die Menschen sehr hilfsbereit zu mir. In Deutschland habe ich dann ganz
schlechte Erfahrungen gemacht. Kaum einer hat mir geholfen. Die
meisten haben in mir einen Landstreicher und Bettler gesehen. Eine
Gruppe junger Männer hat mich sogar zusammengeschlagen. Dabei habe
ich ein paar Zähne verloren und wurde in ein Krankenhaus gebracht. Ich
musste ein paar Tage Pause machen, bis es mir wieder besser ging. In
Frankreich war alles dann noch schlimmer. Da hat mich sogar noch nicht
mal die Kirche unterstützt. Erst seit ich hier in Spanien bin, geht es mir
wieder besser. Hier gibt es viele Menschen, die mir helfen. Und deine
Sprache habe ich übrigens in Lettland gelernt und unterwegs."

Ich weiß nicht so recht, ob ich das alles für bare Münze nehmen soll. Nun
denn, egal wie, Respekt habe ich trotzdem vor dieser Leistung.

„Danke nochmals für den Kaffee und das Croissant. Ich mache mich jetzt auf den Weg. Wir sehen uns sicherlich wieder."

Jakob steht auf und will gehen.

„Bedanke dich nicht bei mir. Der junge Mann dort drüben hat das alles auf seine Kappe genommen. Ich habe lediglich gefragt. Viel Glück, pass auf dich auf und schau, dass es dir gut geht. Bon Camino, Jakob."

Meine Chaostruppe verfolgt natürlich mit neugierigem Blick und großen Ohren diese Unterhaltung zwischen Jakob und mir, und auf das Gehörte hin fangen sie an, ihn nur noch *Jesus"* zu nennen.

Nachdem ich meinen Milchkaffee und ein *Bocadillo* verdrückt und mir Jakobs Geschichte angehört habe, rapple auch ich mich auf und verlasse *Deba*. Das Wetter sieht nicht einladend aus. Es ist trüb, es nieselt und es ist wolkenverhangen. Nach dem Überqueren der Bahngleise führt mich eine alte Brücke über den gleichnamigen Fluss *Deba*. Die Betonpiste, die danach folgt, hat es am frühen Morgen gleich wieder in sich. Steil geht es vom Atlantik aus bergauf ins Landesinnere. Jede Menge Höhenmeter stehen mir heute bevor. Diese andauernden Steigungen bringen mich gefühlsmäßig fast an meine körperlichen Grenzen. Außerdem sind diese Berge tückisch und hinterhältig zu mir. Immer, wenn ich denke, ich hätte den höchsten Punkt erreicht, wachsen sie heimlich wieder um zehn Meter. Na ja, so kommt es mir jedenfalls vor. Zu allem Überfluss sind die Pfade steinig und schlecht zu laufen. Schließlich, nachdem ich mich durch dichte Wälder einen achthundert Meter hohen Anstieg hinauf gequält habe, stehe ich vor der kleinen Kapelle *El Calvario*. Von dort aus schweift mein Blick in die Ferne bis zu dem Hafenstädtchen *Murtriku*. An den Stationen eines Kreuzweges vorbei zieht sich anschließend eine Betonpiste hinab in eine grüne, weitläufige Talsenke. Dort hat sich an deren Ende dicht am Waldrand das winzig kleine Dörfchen *Arnope* angesiedelt. Es ist später Vormittag und im einzigen Gasthaus am Ort mache ich eine Pause. Wenigstens hört der Niesel auf und die Sonne drückt schüchtern durch die Wolkendecke. Ab und an zeigen sich blaue Lücken am Himmel. Als ob wir uns verabredet hätten, treffen wir hier alle wieder aufeinander ... Claude, Michel, Jonas, Alba, Eric, Natalie, Nora. Es spielt keine Rolle, wie schnell oder wie langsam man unterwegs ist. An irgendeinem Punkt führt uns der Weg wieder zusammen oder aber er trennt uns endgültig. Natalie ist dabei, sich zu einer richtigen Nörgelliesel zu entwickeln. Allmählich scheint sie das Pilgern zu überfordern. Die langhaarige blonde Eva ist irgendwo in den Wäldern abhandengekommen. Mir ist nicht nach Unterhaltung und Klamauk zumute und ich suche mir deshalb hinter dem kleinen Gasthaus im Garten ein einsames sonniges Plätzchen. Auch, weil ich die Pause dazu nutzen möchte, meinen Vater zuhause anzurufen. In Deutschland ist heute Vatertag. Nach meinem Bericht über den Weg und den Strapazen meint er nur ganz lapidar zu mir: „Da wirst du wohl abbrechen müssen." Das ist jetzt nicht gerade das, was ich hören will. Ich habe mir eher eine Aufmunterung erhofft. Es ist wichtig, Menschen um sich zu wissen, die dir den Rücken stärken und dir dadurch Kraft geben. Und Abbrechen? Niemals! Diesen Ausdruck gibt es in meinem Wortschatz nicht. Ich werde in Santiago ankommen; wenn es schwer wird, dann kann ich kämpfen. Frei nach dem Motto: „Was nicht umbringt, macht stark!"

Gesättigt und gut gelaunt nehme ich den nächsten steilen und mitunter felsigen Anstieg nach *Olatz* in Angriff. Dieser bergige Landstrich mit seinen tief eingeschnittenen Tälern, der mich einmal mehr an unseren Schwarzwald erinnert, ist dicht bewachsen mit Kiefern und Föhren und diesem leidigen Eukalyptus, der vielen anderen Bäumen das Wasser abgräbt. Die spitzen Stauden des roten Fingerhutes setzen fröhliche Akzente mit ihren kräftigen Farben in diese Landschaft. Tief atme ich den harzigen Geruch der Nadelbäume ein, während ich so vor mich hin trotte. Dabei begleiten unzählige Vögel meinen Weg mit ihren aufgeregten Konzerten. Hin und wieder passiere ich ein einsames Gehöft, wie auch jetzt. Ein mehrstöckiges Haus, gestrichen in einem auffällig leuchtenden Pink, taucht wie eine unwirkliche Erscheinung auf einer Wiese mitten im Wald auf. Dieser Anblick begeistert mich. Ich liebe kräftige Farben, und das pinkfarbene Haus versprüht gute Laune in dieser zeitweise düster wirkenden Umgebung. Auf den Wiesen, die sich immer wieder zwischen den dichten Bäumen auftun, treffe ich auf Pferdekoppeln und Viehweiden, auf denen die Tiere ausgelassen herumtollen. Hühnern schrecken in ihren Gehegen auf, wenn ich an ihnen vorbeilaufe, vollführen ein aufgeregtes Gegackere und beginnen eifrig im Sand zu scharren. Laut schnatternde Gänse watscheln behäbig über Wiesen und wackeln dabei mit ihren kurzen Stummelfedern am Hinterteil. Man sieht es ihnen förmlich an, dass sie sich wohl fühlen, so als ob sie wüssten, dass sie sich glücklich schätzen können, ihr Leben nicht in engen Käfigen fristen zu müssen. Ganz zu schweigen von den vielen Schafen und Ziegen, die mit ihren Lämmern und Zicklein ein unbeschwertes Leben auf den Weiden führen. Die Frage stellt sich nur, wie lange? Denn Ostern steht vor der Türe und da werden viele ihr

Leben lassen müssen. Trotz allem leben diese Tiere hier im Paradies. Nur dass dieses Paradies für mich andauernd durch ein grünes Dickicht steinig auf und ab geht. Im einen Moment benebelt mich förmlich der süße Duft der Akazien, im anderen Moment ist es wieder das holzige Aroma der Nadelbäume. Vorwitzig blitzen in den Wiesen die purpurnen Kardinalsnelken hervor, der blaue Rittersporn wiegt seine bizarren Glöckchen sachte im Wind, schüchtern ducken sich die kleinen Vergissmeinnicht im Gras und weiße Margeriten strecken keck ihre Blüten zum Himmel. Vereinzelt flammt feuerroter Klatschmohn am Wegrand empor, der auf dem *Camino Frances* ein ständiger Begleiter war. Hier taucht er nur hin und wieder auf. Und immer wieder faszinieren mich die wundervollen Callas mit ihren weißen, elegant geschwungenen Blütenkelchen und dem gelben Stab in ihrer Mitte, die hier einfach mal so in üppigen Stauden am Wegesrand und in den Gärten blühen. Für eine dieser wundervollen Blüten bezahlt man bei uns fast ein Vermögen und hier könnte man ganze Sträuße davon pflücken.

Irgendwo auf diesem Weg mache ich meine allererste Bekanntschaft mit einem der unzähligen Hunde auf der Strecke. Dieser hier, eine Wald-Wiesenmischung in der Größe eines Schäferhundes, ist seinem Herrchen ausgebüxt und will auf dessen Rufen partout nicht gehorchen. Aufgebracht umrundet er mich, knurrt und fletscht die Zähnen. Hilflos stehe ich nur da und wehre das Tier so gut es geht mit meinen Wanderstöcken ab. Trotzdem gelingt es dem Kläffer, mich leicht ins Bein zu schnappen. Zu meinem Glück erwischt er mich nicht wirklich, sonst hätte das böse enden können. Endlich kommt sein Herrchen völlig außer Atem von einem nahen Bauernhof angerannt und entschuldigt sich tausendmal bei mir. Ihm ist das sichtlich unangenehm. Schließlich gelingt es ihm, seinen Hund zu beruhigen und der trollt sich, noch immer leicht knurrend, zu seinem Herrn und Gebieter. Wenn auch ein bisschen unsicher, ob mir dieser aufgebrachte Köter nicht doch noch folgt, setze ich meinen Weg schließlich fort.

In einem einsamen Waldgebiet treffe ich erneut auf Erics „Hühnerhaufen", wie diese Truppe mittlerweile genannt wird. Und tatsächlich, wie die Hühner sitzen sie alle auf einem gefällten Stamm zwischen den hohen Bäumen auf einer Lichtung und machten Pause. Das Ganze läuft wie immer nicht ohne geräuschvolles Palaver ab. Über irgendetwas wird heftig diskutiert und sie scheinen wohl alle unterschiedlicher Meinung zu sein.

„Hey Erika, komm lauf ein Stück mit uns mit", es ist Alba, die mir das zuruft. „Das muss ich dir mal sagen, ich finde deinen Wanderrock absolut elegant. So einen will ich mir unbedingt auch zulegen. Meinst du, den bekomme ich hier in Spanien?"

Es handelt sich um einen dunkelgrauen, schmal geschnittenen Rock mit einer kurzen Hose darunter, der es ihr so angetan hat. Wegen dieses Wanderrockes nennt sie mich inzwischen *„Lady Peregrina"*. Die junge Spanierin Alba arbeitet als Psychologin in einem reinen Männergefängnis für Schwerverbrecher in Barcelona. Alle Achtung, da weiß sie sich sicher auch im normalen Leben durchzusetzen. Eigentlich sollte sie doch mit diesem verrückten Haufen perfekt umgehen können. Natalie ist mittlerweile nur noch am Dauerjammern … der Rucksack ist zu schwer, die Füße schmerzen, der Berg ist zu steil, es ist zu heiß oder zu kalt oder sie hat Hunger oder Durst. Erics Ausrüstung, die ich mir erst jetzt näher betrachte, lässt darauf schließen, dass er sicher ziemlich überstürzt auf den Pilgerweg aufgebrochen ist. Gerade findet er sich äußerst witzig dabei, mit einem viel zu großen klobigen Holzstock durch den Wald zu staksen. Da er nicht gerade sehr groß gewachsen ist, sieht er mit diesem Monstrum aus wie der „Kleine Muck" aus einer Geschichte von Wilhelm Hauff. Nur der Turban fehlt noch. Seine Turnschuhe (er läuft tatsächlich in Chucks) sind durch den Regen und den Morast auf den Waldwegen völlig durchweicht. Kurzerhand hat er sich im Internet neue Wanderstiefel bestellt, die in eine seiner nächsten Unterkünfte geschickt werden. Ob das mal in Spanien so klappt, wie er sich das vorstellt, und ob die Schuhe dann auch wirklich passen? Die einzige, die weder murrt noch meckert und einfach nur läuft, ist Nora. Immer wieder treibt sie die anderen drei vorwärts, wenn mal wieder alle durch das ständige Gackern und Herumalbern hängen bleiben. Selten kommt das nicht vor. Und jetzt marschieren wir also gemeinsam nach *Markina-Xemein*. Irgendwo auf der Strecke dorthin überschreiten wir die Grenze zwischen den beiden Provinzen *Gipuzkoa* und *Biscaya*.

Nach und nach ziehen bedrohliche Wolken am Himmel auf, obwohl das Wetter sich bis jetzt ganz ordentlich verhalten hatte. Es wird düster und der einsetzende Nieselregen verwandelt den Betonweg, auf dem wir gerade unterwegs sind, in eine rutschige Angelegenheit. Aber die Rampe, die uns dann kurz vor *Markina-Xemein* den Berg hinunter führt, ist die pure Herausforderung. Sie ist so steil, dass es uns fast nur im Zickzackgang möglich ist, sie ohne Sturz zu bewältigen. Zwischendurch versuchen wir es sogar mit Rückwärtsgehen, denn die Fußsohlen fangen gewaltig an zu brennen und die Knie beginnen, ihren Dienst zu verweigern.

Ein auffälliger großer Steinbruch direkt am Ortsanfang fällt sofort ins Auge. Er frisst sich wie eine tiefe Wunde in die Landschaft. Jedem Marmorliebhaber würde allerdings das Herz höher schlagen. Von hier stammt der schwarze Marmor, der *Nero Marquina*. Der seltsame Ortsname *Markina-Xemein* bezeichnet übrigens die Stelle, an der sich früher die Bevölkerung der Provinz *Gipuzcoa* mit der von *Bizkainos* bekämpft hatte.

Allmählich geht der Niesel in Regen über, das Wetter wird immer ungemütlicher, die Temperaturen sinken. Es wird Zeit, eine Unterkunft zu finden. An einer Weggabelung treffen wir auf den Niederländer Claude und auf Roswita, die ebenfalls aus der Württemberger Ecke stammt. Eric und seine Begleiterinnen diskutieren lautstark über verschiedene Übernachtungsmöglichkeiten. In die städtische Herberge wollen sie nicht zwingend. Und ich habe keine Lust, mich ihnen anzuschließen, da sie sich nicht einigen können. Zudem gibt es da so ein paar Punkte, die ich nicht wirklich mag und auch, wie so mancher von ihnen abfällig über andere Pilger, insbesondere Jakob, redet. Ausgerechnet über Jakob, der in vier Monaten 10.000 Kilometer gelaufen ist. Das soll von denen erst mal einer nachmachen! Also entscheide ich mich dafür, gemeinsam mit Roswita und Claude in der städtischen Alberge, im *„Conventos de los Padres Carmelitas"*, einem alten Kloster in der Innenstadt, zu übernachten. Der „Hühnerhaufen mit Gockel" zieht für heute in eine komfortablere Unterkunft. Auf unserem Weg in das Stadtzentrum machen wir einen kurzen Abstecher in die Kirche *San Miguel de Aretxinaga*. Das besondere an diesem Kirchlein ist, dass sie um einen Altar gebaut wurde, der aus drei gewaltigen megalithischen Felsblöcken besteht und aus dem Hochmittelalter stammt. Vor dieser Kirche befindet sich eine traditionelle baskische Ochsenrennbahn aus Kopfsteinpflaster. Darauf werden Wettkämpfe ausgefochten, bei denen jeder Ochse einen schweren Stein hin und zurück ziehen muss. Andere Länder, andere Sitten.

In der Klosterherberge nimmt uns drei der *Hospitalero*, ein älterer Spanier namens Manolo, warmherzig in Empfang. Inzwischen hat der Regen noch mehr zugenommen und es wurde dadurch noch ungemütlicher. Auch die Temperatur sinkt weiter, aber hier im Kloster ist es angenehm warm. Luxus gibt es hier für die acht Euro pro Übernachtung keinen, es ist einfach, aber sauber und warm. In einem der

Schlafräume, in dem ziemlich eng an eng acht Stockbetten gepfercht stehen, bekomme ich ein freies Bett zugewiesen. Erstaunlicherweise ist die Herberge bereits wieder ordentlich gefüllt. Es verblüfft mich jedes Mal, wo diese vielen Menschen herkommen. Laufen die alle andere Wege, sind wir einfach nur langsam oder rennen die tatsächlich bereits frühmorgens im Dunkeln los?

Viele Pilger nutzen die Gelegenheit, hier im Kloster ihre Wäsche zu waschen. Zum Trocknen stehen Wäscheständer in den Gängen bereit. Die unzähligen Wanderstiefel und Schuhe sind ordentlich an den Wänden entlang aufgereiht. Dementsprechend zieht ein Gemisch aus Waschmittel, feuchten Socken, müffelnden Stiefeln und Schweiß durch den Klostergang. Nach diesem kalten garstigen Wetter am Ende des Tages freue ich mich umso mehr auf die heiße Dusche, um meine Muskeln und Gelenke richtig durchzuwärmen. Leider empfängt mich ein unangenehm kühler Waschraum und ich mag mich im ersten Moment kaum ausziehen. Mutig schäle ich mich aus meinen verschwitzten Kleidern und hoffe auf heißes Wasser. Der dünne lauwarme Wasserstrahl, der auf mich hernieder rieselt, belehrt mich eines anderen und wärmt mich kaum auf. Dann muss die Körperpflege eben ein wenig schneller als üblich vonstattengehen. Anschließend werfe ich mich in meine einigermaßen warme „Feierabendkluft" und rubble zu guter Letzt auch noch meine schmutzige Kleidung von heute im Waschbecken sauber. Während ich dabei bin, die wenigen Kleidungstücke zum Trocknen auf einem der Wäscheständer aufzuhängen, fragt mich Roswita, ob wir uns nicht gemeinsam auf die Suche nach einem Restaurant machen sollten. Irgendetwas essen müssen wir ja schließlich noch heute Abend. Gut in unsere Jacken eingepackt durchstreifen wir den Ort, aber wir entdecken kein Lokal, das uns zusagt. Viele Restaurants öffnen erst später oder sind einfach zu teuer für unseren schmalen Geldbeutel. Also schlage ich Roswita vor, in einen Supermarkt zu gehen und uns dort mit Essen einzudecken und gleich auch noch etwas Proviant für den nächsten Tag zu kaufen. Zu Abend essen können wir auch im Gemeinschaftsraum im Kloster. Dort ist es wenigstens warm, trocken und gemütlich. Mittlerweile ist mir auch die Lust vergangen, noch lange in einem Restaurant zu sitzen. Bei diesem Mistwetter zieht es mich nur noch zurück ins Kloster und dann später ins Bett. Auch Roswita findet die Idee prima, denn ihr reicht es ebenso wie mir für heute. Außerdem stellt sie enttäuscht fest, dass in dieser Stadt am Abend überhaupt nichts geboten wird. Wir betreten den *Eroski-Supermercado*, der sich direkt vor unserer

Nase befindet, und decken uns mit Verpflegung ein. Auf direktem Wege geht es danach zurück ins Kloster, denn inzwischen sind wir bis auf die Knochen durchgefroren. Eine wohlige Wärme schlägt uns im Aufenthaltsraum entgegen und überraschenderweise treffen wir dort auf Jakob und den älteren Holländer, den ich in *Zarautz* getroffen hatte. Um uns auch von innen aufzuwärmen, kochen wir Frauen uns heißen Tee und gesellen uns mit den Tassen und unserem Abendessen zu den beiden Männern an den Tisch. Roswita, eine Mittsechzigerin, drahtig und mit wuscheligen, ungebändigten dunkelblonden Locken, die sie gerne hochsteckt, ist Yoga- und Meditationslehrerin. Sie redet gerne und viel. Aber ich muss zugeben, sie ist eine interessante Person. Schon mehrmals ist sie auf den verschiedensten *Caminos* gepilgert und möchte im kommenden Jahr gerne als freiwillige *Hospitalera* in einer *Alberge* helfen.

„Ich gebe dir mal ein paar hilfreiche Tipps", dabei schaut sie mich mahnend an.

„Merke dir, du darfst niemals deinen Rucksack auf das Bett stellen. In manchen Herbergen gibt es leider noch Floh- und Wanzenbefall. So schnell, wie sich diese putzigen Tierchen in deinem Gepäck einnisten, so schnell bekommst du die dann kaum mehr los. Bevor du dich für ein Bett entscheidest, überprüfe erst die Matratze, ob sich kleine Blutflecken darauf befinden. Auch das lässt auf diesen ungeliebten Ungezieferbefall schließen."

„Das ist ja interessant, das mit dem Rucksack wusste ich bisher noch nicht. Glücklicherweise habe ich noch nie Bekanntschaft gemacht mit diesen Bewohnern und ehrlich gesagt es gruselt mich mehr vor Kakerlaken", ich schüttle mich und muss lachen. Garantiert gibt es diese Tierchen hier in den Herbergen ebenfalls. Aber wenn ich sie nicht zu sehen bekomme … was soll's.

„Was mir zurzeit auffällt ist, dass sich mein ganzer Körper irgendwie umstellt, auch meine Verdauung. Die arbeitet auf Hochtouren. Sicher liegt das an der vielen Bewegung und der frischen Luft", erkläre ich der angehenden *Hospitalera*. Aber selbst darauf weiß Roswita eine, wenn auch sehr esoterische, Erklärung:

„Auf einem Pilgerweg scheidet der Körper unweigerlich alles aus, was er nicht mehr benötigt. Das bezieht sich nicht nur auf die Verdauung, sondern auch auf den seelischen Ballast."

Aha, das erklärt dann auch meine ständigen seelischen Hochs und Tiefs, und mein Ausscheidungssystem läuft dann ja wohl auf Hochtouren.

Wieder einmal stelle ich fest, es grenzt schon an ein Phänomen, dass man immer wieder Menschen mit einem ähnlichem Hintergrund wie dem eigenen anzieht. Schon bei Gabi war dies der Fall. Um eine gescheiterte Beziehung, aber auch, um ihre Kindheitserlebnisse zu verarbeiten, hatte sie beschlossen, einen Pilgerweg zu laufen. Auch hinter Roswita liegt eine problematische Partnerschaft, an der sie noch heftig knabbert und unaufhörlich davon redet. Ehrlicherweise muss ich mir eingestehen, dass auch mich meine zurückliegende Scheidung noch immer auf ähnliche Weise beschäftigt. Selbst die eine oder andere Prägung aus meiner Kindheit sorgt für manche Auseinandersetzung mit meinem Unterbewusstsein. Die Gespräche, die wir hier auf dem Weg miteinander führen, sind für jeden eine Bereicherung. Vieles lernt man dabei von einem anderen Standpunkt aus zu betrachten und auch besser zu verstehen. So gesehen ist pilgern eine Art Psychoanalyse, und Erlebnisse dieser Art sollte ich noch oft auf meinem Weg nach Santiago machen. Mit dem Dunkelwerden fällt das Thermometer noch weiter, es ist ungemütlich kalt draußen und dicke schwere Regentropfen prasseln gegen die Fenster und auf den Gehweg nieder. Behaglich kuschle ich mich in meinen wärmenden Schlafsack ein und versuche, meine Tageserlebnisse niederzuschreiben. Aber meine Augen werden schwer und trotz der sechzehn bunt durcheinander gewürfelten Menschen, die in diesem Raum untergebracht sind, schlafe ich sehr schnell ein. Den ganzen Tag an der frischen Luft und in Bewegung sorgen für rechtschaffene Müdigkeit. Erstaunlicherweise machen mir diese Schlafräume und auch die Schnarcher, im Gegensatz zu manch anderen Frauen, keinerlei Probleme. Auch dass man als Pilger für die Zeit, in der man unterwegs ist, seine Privatsphäre an den Eingängen der Herbergen abgibt, wird zur Selbstverständlichkeit und gehört irgendwie dazu. Befindet man sich doch mit immer wieder neuen fremden Menschen gemeinsam auf sehr engem Raum. Selbst an die täglichen Strapazen habe ich mich inzwischen gewöhnt. Das Ziehen in den Muskeln wird weniger oder bleibt ganz aus.

Markina-Xemein - Guernika

Regen, Nässe, Matsch - Schmerzen - Einsamkeit

Vor dem Fenster rauscht es verdächtig und mir schwant Böses. Der Himmel hat über Nacht sämtliche Schleusen geöffnet. Ein Wetter zum im Bett bleiben ... einfach umdrehen und weiterschlafen. Hätte ich mal gestern Abend die Decke genommen, die mir Manolo noch geben wollte, denn irgendwie kam die Kälte in meinen Schlafsack gekrochen und ließ mich unruhig schlafen. Trotzdem wache ich ausgeruht auf. Die umtriebige Roswita ist bereits eifrig am Packen. Ich liege noch eingemummelt auf meinem Bett und überlege mir ernsthaft, ob ich nicht auch den Bus nehmen sollte, wie das einige andere wegen des Wetters vorhaben. Aber da reckt mein mahnendes Gewissen den Zeigefinger empor und flüstert zu mir, dass das ja mal gar nicht geht! Jedenfalls nicht heute und schon überhaupt nicht wegen des miesen Wetters. Als einer der letzten bin ich mit Frühstücken und Packen fertig. Irgendwie habe ich es heute nicht eilig. Ich trödle herum, unterhalte mich mit Manolo und erfahre von ihm, dass er bereits auf dem *Camino Frances* in *Najera*, in *Estella* und in *Burgos de Rano* als *Hospitalero* tätig war. Seit er im Ruhestand ist, wäre das eine schöne und abwechslungsreiche Beschäftigung für ihn. Er hilft mir, mich in meinen Regenponcho zu verpacken. Der ist heute bitter nötig, möchte ich nicht bis auf die Haut nass werden. Zum Abschied tätschelt er mir die Wange und nimmt mich in den Arm, wünscht mir viel Glück auf dem Weg. So eine Geste streichelt die Seele. Auch gut war, dass ich mich gegen die Herberge mit Eric und seinem Anhang entschieden habe. Die sind mir einfach zu partymäßig unterwegs und hier war es ruhig und entspannt. Roswita ist schon längst über alle Berge. Darüber bin ich nicht traurig. Ich mag sie, aber heute ist sie mir mit ihrem umtriebigen Wesen und ihrer mitteilsamen Art zu viel. Ich möchte alleine sein, will meine Ruhe haben, die Stille genießen. Unter meinem roten Regencape fühle ich mich wie in Watte gepackt und den prasselnden Regen empfinde ich wie eine Meditation. Jedes Geräusch dringt gedämpft an meine Ohren, beruhigend und monoton. Vor einiger Zeit schon habe ich festgestellt, dass ich es liebe, im Regen zu wandern und mich dabei treiben zu lassen. Dummerweise lasse ich mich gerade zu sehr treiben, denn ich schlage die falsche Richtung ein. Irgendwo an einer Straßenecke entdecke ich die gelben Pfeile wieder und auch meine Orientierung. Vorbei an einer

Kapelle und weiter am Lauf eines kleinen Flusses entlang, erreiche ich nach einiger Zeit den Ort *Iruzubieta*. Ständig zieht sich die Strecke bergauf, entlang einer Landstraße, Beton- und Teerpisten, hinein in Laubwälder, die mir hier durch das trübe Wetter noch dunkler und dichter erscheinen als am Tag zuvor. Längst empfinde ich die Steigungen nicht mehr so anstrengend wie zu Beginn meines Weges. Nur habe ich vor den vielen freilaufenden und auch angeketteten Hunden seit meinem unangenehmen Erlebnis vom Vortag gehörig Respekt und ich umrunde sie mit einem respektvollen Abstand. Um mich herum sprudelt und plätschert es. Das Wasser kommt hier in den Wäldern von allen Seiten, von oben und von unten. Und leider auch von innen, denn ich schwitze gehörig unter meinem Plastikumhang. Trotz des starken Niederschlags ist es schwülwarm. Das Aroma der Holunder-und Akazienblüten wird durch die Nässe noch intensiver und hängt wie ein leichter Schleier überall in der Luft. Ich lasse mich vollkommen auf die mich umgebende Einsamkeit ein und genieße es, mein eigenes Tempo zu finden, nur einen Fuß vor den anderen zu setzen. Dabei vergeht die Zeit wie im Flug, denn unverhofft taucht das Ortsschild des kleinen Städtchens *Bolibar* am Straßenrand auf. In diesem winzigen Städtchen mitten in den baskischen Bergen erwartet man nicht gerade ein *Simón-Bolivar-Museum*. Aber hier tief in den Wäldern befindet sich der Stammsitz der Familie Bolivar, und der Großvater von *Simón Bolivar*, dem Befreier von Südamerika zu Beginn des 19. Jahrhundert, wurde hier geboren.

Schon von weitem fallen mir zwei Gestalten in roten Regenumhängen auf, die vor einer Bar stehen. Es überrascht mich dann doch ein wenig, als ich Roswita erkenne. Wie sich herausstellt, hat sie Peter, einen jungen Mann aus der Nähe Stuttgarts, der ebenfalls im Kloster übernachtet hatte, unterwegs aufgegabelt. Obwohl sich die beiden gut zwei Stunden vor mir auf den Weg gemacht hatten, kamen sie nicht weiter als bis hierher. Ihnen bereitet das schlechte Wetter Probleme. Ich nutze das Zusammentreffen für einen kurzen Halt und bestelle mir einen heißen Tee. Alle drei stehen wir unter dem breiten Terrassendach der Bar und wärmen unsere klammen Hände an den erhitzten Tassen. Im Inneren des Lokals drängen sich jede Menge Gäste und es ist unangenehm warm. Wir müssten uns umständlich aus unserer Regenbekleidung heraus schälen, wozu wir keine Lust haben. Roswita und Peter schicken sich kurze Zeit später an, ohne mich weiter zu ziehen, und auch jetzt bin ich froh darüber. Heute ist für mich kein Tag, an dem ich beim Laufen Gesellschaft haben mag.

Über einem mittelalterlichen Weg, auf dem das alte Pflaster noch stellenweise gut erhalten ist, mache ich mich auf in Richtung Kloster *Cenarruza*. Ziemlich einsam oberhalb einer Landstraße thront es auf einer Anhöhe. Der Ursprung dieser Abtei liegt im 10. Jahrhundert. Damals war dies der einzige christliche Vorposten, denn die baskischen Küstenprovinzen waren noch nicht christianisiert. Das jetzige, gut erhaltene Gebäude jedoch stammt größtenteils aus dem 16. Jahrhundert. Durch den geräumigen Innenhof führt ein Weg durch das Anwesen hindurch. Dabei nutze ich die Gelegenheit für eine kurze Verschnaufpause in der Kirche. Aber dort herrscht nicht die erhoffte Ruhe. Ein Ausflugsbus hatte kurz vor meinem Eintreffen eine große Besuchergruppe ausgespuckt. Jetzt drängt sich die Schar der Ausflügler geräuschvoll im Kirchenschiff um ihren Reiseführer, der mit lauter Stimme darum bemüht ist, ihnen die Geschichte dieses Klosters nahezubringen. Dadurch vergeht mir die Lust auf eine Kirchenbesichtigung und ich will nichts wie raus hier und zurück in die Stille der Natur. Je länger man durch die einsamen Wälder streift, desto weniger kann man lauten Trubel um sich herum ertragen.

Sehr rasch verschwinde ich wieder weg von der Straße und hinein in den Wald. Noch immer regnet es, und die tief in den Erdboden eingeschnittenen Pfade sind glitschig und nicht selten gänzlich überschwemmt und ausgewaschen. An meinen Wanderstiefeln klebt fast knöchelhoch brauner Matsch. Ohne meine Stöcke wäre ich jetzt aufgeschmissen. Möglichst ohne auszurutschen bin ich redlich darum bemüht, den teilweise sehr steilen Weg abwärts zu bewältigen. Dieser Abstieg erfordert meine volle Konzentration. Zu allem Übel erschweren immer wieder größere Gesteinsbrocken oder wucherndes Gestrüpp das Vorwärtskommen. Schlussendlich gelingt es mir aber doch, ohne Blessuren ins Tal zu gelangen. Allerdings gestaltet sich dort der Weiterweg nicht wirklich bequemer, denn es geht unmittelbar an einem Bach entlang. Stellenweise ist der Weg überschwemmt und ich vollführe einen wahren Eiertanz, um auf einigermaßen begehbaren Untergrund zu gelangen. Inzwischen kann ich es kaum erwarten, wieder auf einer Straße wandern zu können, denn auf weitere Schlammschlachten kann ich gerne verzichten. Die verstreuten Bauerndörfer *Gerrikaitz*, *Arbazegi* und *Aldaka*, die im Grunde malerisch zwischen den Wiesen liegen, wirken wie ausgestorben. Kein Wunder bei diesem Wetter, wer geht da schon vor die Türe? Es fällt auf, dass das Zentrum dieser Dörfer zumeist durch eine gewaltige Kirche gebildet wird, um die sich die Häuser scharen wie die Küken um die Glucke.

Und dann werde ich Zeuge eines ungewohnten und faszinierenden Schauspiels. Ungläubig bleibe ich an einem Weidezaun stehen und beobachte das Geschehen. Auf einer Koppel streiten sich erbittert zwei Pferde und galoppieren immer wieder aufgebracht und mit schäumendem Maul aufeinander los. Da kommt plötzlich ein drittes dazu, stellt sich zwischen die beiden Streithengste und schlichtet das Gezanke. Das Unfassbare geschieht, denn die beiden Kontrahenten lassen voneinander ab und traben friedlich von dannen. Unglaublich! Wenn das mal bei den Menschen auch so einfach wäre.

Die wenigen Pilger, die mir heute begegnen, stapfen, gut geschützt vor dem strömenden Regen, stoisch an der Straße entlang. Dieses Hundewetter will nicht besser werden. An einer Straßenkreuzung irgendwo auf der Strecke treffe ich auf einen Engländer, der offenbar mit seiner Tochter unterwegs ist. Das Mädchen kann kaum mehr einen Fuß vor den anderen setzen, so schmerzen ihr offenbar die Knie. Ich kann es ihrem Gesicht ansehen und förmlich fühlen, dass sie leidet.

In *Munitibar*, einer der größeren Orte auf der heutigen Etappe, ruhe ich mich ein wenig aus und suche Schutz vor dem Regen unter dem breiten Vordach der Kirche. Eine vierköpfige englische Gruppe macht es sich dort bereits gemütlich und hat ihren ganzen Proviant auf einer kleinen Mauer ausgebreitet. Hier scheinen wieder alle aufeinander zu treffen, denn an einer Haltestelle, die sich direkt gegenüber befindet, entdecke ich den Engländer und die leidende junge Frau wieder. Sie scheint mit ihren Kräften wohl endgültig am Ende zu sein, und da es noch immer in Strömen gießt, beschließen die beiden, mit dem Bus nach *Guernika* zu fahren. Auch den Holländer Claude sehe ich dort stehen und, sieh' mal einer an, Eric und Alba warten ebenfalls. Als der Bus eintrifft, klettern alle frohgelaunt, endlich diesem Unwetter zu entkommen, ins Trockene. Claude eigentlich nur, weil er vollkommen durchnässte Schuhe hat, Eric aus dem gleichen Grund und Alba wegen Eric. Von Nora ist nichts zu sehen. Auch nicht von Natalie. Ich freue mich über meine wunderbar trockenen Füße und auch, dass nirgends etwas schmerzt. Nach dieser Pause geht es mir richtig prima.

„So eine Sauerei, das ist doch nicht zu glauben!"

Eine von oben bis unten schlammverschmierte, aufgebrachte Roswita kommt wütend angepoltert, mit einem bedröppelt dreinblickenden Peter im Schlepptau.

„Dieser Weg durch den Wald ist ja gemeingefährlich. Da muss man ja froh sein, wenn man heil den Berg runter kommt. Das werde ich auf alle Fälle in der nächsten Herberge melden. So geht das nicht. Der Pfad muss ausgebessert werden. Fast wäre ich mehrmals gestürzt." Sie kann sich gar nicht beruhigen und schimpft wie ein Rohrspatz.

„Wo kommt ihr zwei eigentlich her? Solltet ihr nicht schon ein Stück vor mir sein?", interessiert es mich.

„Ja, und verlaufen haben wir uns auch noch. Die Ausschilderung ist eine Katastrophe." Roswita steht der Zorn ins Gesicht geschrieben und sie mag sich gar nicht beruhigen.

„Ich mache mich mal wieder auf den Weg. Was habt ihr zwei vor? Kommt ihr mit?", fragend blicke ich zu Roswita.

„Nein! Peter, wir gehen jetzt in die Bar und schauen zu, dass wir trocken werden. Außerdem muss ich mich erst mal beruhigen. Ich brauche einen *Cafe con Leche!*", ordnet Roswita in einem energischen Ton an. Dieser Befehl duldet absolut keinen Wiederspruch. Der arme Peter, dem man deutlich ansieht, dass er gerne weiter möchte, traut sich nicht, nein zu sagen und trottet ergeben hinter Roswita her, die bereits in Richtung Bar davonrauscht.

Bis nach *Guernika* bietet die Gegend nicht viel Aufregendes und irgendwann finde ich mich letztendlich am Seitenstreifen einer Landstraße wieder, der das Laufen eintönig und stupide macht. „Weißer Strich … weißer Strich … weißer Strich", wie ein Mantra bete ich mir diese Worte ständig vor, um das Denken abzuschalten. Es gelingt mir nicht wirklich, denn meine Gedankenmühle beginnt trotzdem wieder, sich erst langsam und dann immer schneller und schneller zu drehen. Inzwischen ertappe ich mich sogar dabei, wild durcheinander auf Spanisch und Englisch zu denken. So langsam komme ich mit den Sprachen komplett durcheinander, obwohl man meinen könnte, die heimliche „Caminosprache" sei im Grunde Englisch. Damit kann sich nahezu jeder mit jedem verständigen. Immer eintöniger und zäher gestaltet sich das letzte Wegstück, die Kilometer ziehen sich wie Gummiband. Mittlerweile rede ich schon mit meinen Beinen. „Hallo ihr zwei Burschen, jetzt habt ihr beiden schon den ganzen Tag so tapfer durchgehalten, da kriegt ihr doch die letzten Kilometer mit links hin. Und du, mein lieber linker Fuß. Was ist los bei dir da unten? Im

Zieleinlauf Zicken machen haben wir nicht vereinbart. Was soll ich davon halten? Muss ich mir jetzt Sorgen machen?" Seit einiger Zeit spüre ich einen undefinierbaren Schmerz in meinem linken Fußgelenk. Es wird Zeit, dass ich die Stadt erreiche. Den einzigen Pilger, den ich auf diesem Stück des Weges treffe, ist Marten. Ein blonder, junger Ungar mit blauen Augen und sportlicher Statur, der, das muss ich neidvoll zugeben, unverschämt gut aussieht. Bevor er sich mir anschließt, fragt er höflich, ob das für mich in Ordnung sei. Zu zweit schrumpfen die letzten Kilometer wie Schnee in der Sonne dank unserer angeregten Unterhaltung. Deshalb überrascht es mich, als die ersten Häuser von *Guernika* auftauchen. In meiner Vorstellung habe ich mir diese Stadt viel größer vorgestellt und auch das ganze Umland völlig anders, als es hier tatsächlich aussieht. Und schon gar nicht eingebettet zwischen bewaldeten Hügeln und Wiesen. Genau genommen hatte ich gar keine Vorstellung. Wer kennt schon *Guernika*, außer vielleicht aus dem Geschichtsunterricht früher in der Schule? Das einzige, das uns damals erzählt wurde, war, dass dieser Ort am 26. April 1937 durch deutsche Sprengbomben zerstört wurde. Mittlerweile ist von diesem Angriff nichts mehr zu sehen. Nur Denkmäler erinnern noch daran, denn diese Stadt wurde vollständig wiederaufgebaut. Aber dieser 26. April muss tiefe Wunden in der Bevölkerung hinterlassen haben. Es soll ein Markttag gewesen sein und die Stadt voller Menschen, als die deutschen Kampffflugzeuge der Legion Condor unter dem Kommando von Wolfram von Richthofen nahezu 40 Tonnen Fliegerbomben auf die ahnungslose Bevölkerung abwarfen. Kurze Zeit später, als das Bombardement bekannt wurde, entwarf *Pablo Picasso* sein düsteres Monumentalwerk „*Guernika*", das an diesen Tag erinnern sollte. Wie ich später erfahre, gibt es hier kaum eine Familie, die nicht wenigstens ein Opfer durch diesen Angriff zu beklagen hat. Der Vorort allerdings, durch den wir jetzt laufen, ist grau und staubig, nicht wirklich schön, wie so viele spanische Vororte eben. Kurz vor dem Ortskern verabschiedet sich Marten von mir. Er möchte noch weiter in Richtung *Bilbao* und nicht hier übernachten. Für mich heißt es erst mal wieder, das Touristenbüro zu finden und mir dort einen Stempel geben zu lassen. Dort frage ich auch gleich nach der Jugendherberge, denn eine Pilgerherberge gibt es hier nicht. Die Herzlichkeit der Angestellten in diesem Büro mir gegenüber überrascht mich, bin ich doch der Ansicht, dass hier alle Einwohner uns Deutsche hassen müssten. Noch mehrmals am Abend konnte ich feststellen, wie freundlich man mir hier entgegen kommt.

Die Jugendherberge ist leicht zu finden, ein schmuckloses, kleineres Haus in einer Nebenstraße. Als ich durch die Eingangstüre trete, schlägt mir feuchtwarme, stickige Luft entgegen. Die unzähligen durchnässten Wanderstiefel und Sportschuhe, die zum Trocknen mitsamt den dazugehörigen Socken hier fein säuberlich aufgereiht stehen, verströmen einen mir inzwischen wohlbekannten und ganz speziellen Mief. Ein Duft, der einer Luxusparfümerie mit Sicherheit keine Ehre macht. Heute Abend sehe ich hier viele bekannte Gesichter von unterwegs. Gottseidank aber nicht Eric und sein Gefolge. Für siebzehn Euro ergattere ich einen der letzten Schlafplätze in einem der engen, aber sauberen Zimmer und ein Frühstück am nächsten Morgen ist auch noch dabei. Auf einem der oberen Stockbetten richte ich mir einen Platz direkt am Fenster für die Nacht her. Fünf Stockbetten hat man eng an eng in diesen kleinen Raum gepfercht und alle fünf sind belegt. Ein Wellness-Tempel sind die Duschräume nicht gerade, aber wenigstens ist das Wasser nach diesem tristen Regentag heiß. Bei einem Blick in den Nebenraum fällt mir ein junger querschnittsgelähmter Mann auf, der mit einem Behindertenfahrrad auf dem Pilgerweg unterwegs ist. So wie es aussieht, begleitet ihn sein Freund, der ihm wohl unterwegs bei vielem behilflich sein muss. Beide kommen aus Frankreich, und nicht ohne Respekt beobachte ich sie für einen kurzen Moment. Mittlerweile ist es neunzehn Uhr, mein Magen will gefüttert werden. Am liebsten wäre ihm wieder Pasta. Auch wenn ich Spanien liebe, aber das übliche fette und schwere landestypische Essen nicht wirklich. Leider werde ich auf der Suche nach einem „Italiener" nicht fündig, auch nach keinem anderen vernünftigen und bezahlbaren Restaurant. Die ganze Stadt scheint aus überfüllten Bars und Cafés zu bestehen. Vollgestopft mit bunt gemischten Menschen, die sich lautstark unterhalten. Mir hatte mal jemand gesagt, die Spanier seien das lauteste Volk auf der Erde. Was ich bisher so erlebt habe, kann das nur bestätigen. Eine schlechte Uhrzeit, um einen freien Platz zu finden. Die meisten Bewohner sind jetzt nach Büroschluss unterwegs, um noch schnell eine *Copa*, ein Glas Wein, oder einen *Café* zu trinken und sich mit Freunden zu treffen. Ich irre lustlos durch die verregnete Stadt, schlendere unter den Arkaden einer Einkaufsstraße hindurch, schaue mir die Häuser an und treffe immer wieder auf mannshohe Messingfiguren, die die unterschiedlichsten Personen mit ihren Tätigkeiten darstellen. Solche Messingfiguren sind beliebt in den spanischen Städten. Mit einem Mal entdecke ich Jakob, wie er im Trockenen unter einem Bogengang auf dem Gehweg sitzt und auf Spenden der vorbeikommenden Passanten hofft. Gerne möchte ich ihm auch etwas geben, aber mein Geld will er nicht annehmen.

„Nein Erika, von dir nehme ich nichts an. Du bist ein Pilger wie ich und brauchst dein Geld selbst."

Er sieht immer so zufrieden aus, so, als ob er sich niemals um sein Wohlergehen Sorgen zu machen braucht. Vielleicht ist das ja auch so. Wir machen uns alle viel zu viele Gedanken um das, was wird oder sein könnte und um das liebe Geld. Wenn ich ihn das nächste Mal treffe, spendiere ich ihm einfach etwas zum Essen. Mein Hunger gibt inzwischen auf. Er hat nach kurzzeitigem Aufbäumen kapiert, dass es heute Abend kein Festmahl gibt. Trotzdem trinke ich in einem Cafe, in dem nur Frauen jeden Alters sitzen, die sich lautstark unterhalten und dabei wild gestikulieren, eine dicke *Xchokolat* und esse Zimttoast dazu. Ich liebe Zimttoast! Heißes, dick gebuttertes Weißbrot mit Zucker und Zimt bestreut. Mehr bekomme ich nicht mehr herunter heute Abend. Außerdem mag ich mich auch nicht länger in diesem Lokal aufhalten. Eine bleierne Müdigkeit macht sich auf meinen Schultern breit, es ist kalt vor der Türe und trotzdem ist die Stadt umtriebig, laut und voller Leben. Wie fühlt sich Einsamkeit an, frage ich mich niedergeschlagen. Wie ein grauer schwerer Mantel, der sich drückend auf mein Gemüt legt und mich völlig einhüllt. Tränen schießen mir in die Augen. Inzwischen setzt die Dämmerung ein und noch immer regnet es leicht. Plötzlich sieht alles so trist aus. Die Kälte kriecht wie ein Vampir unter meine Kleider und saugt mir die letzte Wärme aus meinem Körper. Ich will nur noch ins Bett und meine Ruhe haben, will nichts mehr hören und sehen von dieser Welt. Vielleicht baut mich eine vertraute Stimme wieder auf und ich telefoniere mit meinem Lebenspartner. Die letzten Tage hatte er, wie er mir zu erklären versucht, Probleme mit seinem Smartphone gehabt und aus diesem Grund hätte ich nichts von ihm gehört. Er erzählt mir von gestern, von der Vatertags-Hocketse bei uns im Ort und dass er mit meinen Söhnen dort war. Ich stehe frierend und einsam in der Dämmerung und im Nieselregen in *Guernika*. Zuhause ist gerade so weit weg. Und dabei täte es so gut, jetzt jemanden an meiner Seite zu haben, der mich einfach nur in den Arm nimmt.

Wer geht, lernt zu leiden und das Leid anderer zu teilen

(aus dem Gästebuch einer Pilgerherberge)

Guernika - Bilbao - Portugalete - Pobeña

Ein silbernes Ungetüm, ein Weg, der nicht enden will und ein nörgelnder Landsmann

Trotz der anderen neun Personen im Raum war die Nacht ruhig und erholsam. Das Fenster an meinem Bett konnte ich während des Schlafens geöffnet lassen, so dass frische Luft ins Zimmer strömte. Durch die Unruhe, die das hektische Packen der anderen Pilger im Raum verursacht, wache ich endgültig auf. Überall raschelt und knistert es, weil irgendwelche Gegenstände in diverse Beutel verstaut werden. Ein Geruch zieht durch das Zimmer, der mich sehr an einen beliebten Kaugummi aus meinen Kindertagen erinnert. Der *„Bubble Gum"*, mit dem man riesengroße Blasen formen konnte, die, wenn man Pech hatte, über das ganze Gesicht zerplatzten. Dieser nicht wirklich unangenehme Duft rührt von einer Salbe her, mit dem sich hauptsächlich die spanischen Pilger ihre Beingelenke einreiben. Das muss ja ein Wundermittel sein, wenn so viele es verwenden.

Das Frühstück fällt auch heute wieder spärlich aus. Toni, der „Engländer" von gestern, und Kathi mit den kaputten Knien, die, wie ich jetzt erfahre, nicht seine Tochter ist, sitzen bei mir am Tisch. Beide stammen allerdings aus Irland, lernten sich hier auf dem Weg kennen und beschlossen dann, gemeinsam weiterzulaufen. Schon lustig, was für unterschiedlichen Menschen der Weg zusammenführt. Sie bleiben noch einen Tag länger in *Guernika*. Toni möchte sich die Stadt ansehen, Kathi muss ihren schmerzenden Knien Ruhe gönnen. Auch Lukas, der gestern am späten Abend noch eingetroffen war, bleibt ebenfalls hier. Diesen Ort hätte ich mir auch gerne genauer angesehen. Allerdings habe ich Bedenken, es in meinem mir zur Verfügung stehenden Zeitrahmen nicht ganz bis nach Santiago zu schaffen. Also ziehe ich weiter und entscheide mich heute, um noch etwas Zeit einzusparen, für den Bus nach Bilbao. Außerdem gefällt mir mein linkes Fußgelenk nicht. Vielleicht habe ich mich in diesen ersten sechs Tagen doch ein wenig zu sehr verausgabt. Für zwei Euro fünfzig, einem schlechten Gewissen und eine Dreiviertelstunde später steige ich gegen neun Uhr genau in dem Busterminal aus, in dem ich vor sechs Tagen in den Bus nach *Irún* gestiegen bin.

War es in *Guernika* noch immer regnerisch, so blitzt hier in *Bilbao* die Sonne ab und an hinter den Wolken hervor. Die Sonnenstrahlen erzeugen bei mir augenblicklich gute Laune, und mit einem überschwänglichen

Glücksgefühl im Herzen laufe ich in Richtung *Guggenheim-Museums* los, das träge am *Ria Nervión* liegt. Dieses beeindruckende Kunstmuseum ist 1997 vom Architekten *Frank Gehry* geplant und erbaut worden. Ihm verdankt Bilbao einen neuen Aufschwung. Bereits 1301 wurde diese Stadt von *Don Diego Lopez V de Haro, Graf von Vizcaya*, gegründet, und von je her wird dieses Gebiet durch Eisen und Meer geprägt. Auch die Römer haben dort in den Bergwerken Eisenerze abgebaut. Der weit schiffbare Fluss und der Hafen, der sicherer war als die Häfen in Kastilien, waren für alle von großem Vorteil. Der Niedergang der Industrie fing in den 1970er Jahren an. Daraus entwickelte sich die Chance für Bilbao, sich nun von der schmutzigen und düsteren Industriestadt in eine aufgeschlossene, moderne und attraktive Stadt zu wandeln.

Gegenüber dem Museum setze ich mich vor eine Bar in die wärmende Sonne, trinke noch einen *Cafe con Leche* und esse ein Sandwich, denn inzwischen macht sich wieder mein altbekannter Freund bemerkbar. Auch jetzt fesselt mich der Anblick der grauen Titanplatten des Museums, die in der Morgensonne blinken wie pures Silber. Nur zögerlich reiße ich mich von diesem Bild los und nehme gestärkt den Weg Richtung *Portugalete* in Angriff, immer am *Ria Nervión* entlang. Zwölf Kilometer Asphalt vor Augen, kein angenehmes Laufen, vorbei an schrottreifen, rostigen Schiffen, halb zerfallenen Industrieanlagen und schäbigen Wohnungen. Die Arbeitervororte *Barakaldo* und *Sestao* gehören mit Sicherheit nicht zu den Vorzeigeecken von Bilbao. Erst kurz vor *Portugalete* werden die Gebäude ansehnlicher und schmucker. Das bräunliche Wasser des breiten *Nervión* fließt träge, schmutzig und schlammig Richtung Atlantik und trotzdem entdecke ich zu meiner Überraschung jede Menge Fische darin. Das erklärt auch die vielen Angler, die geduldig an den Uferbereichen sitzen. Schon bei meinen letzten Malen in dieser Stadt konnte ich sehr viele Ruderer in ihren Booten auf dem breiten Fluss beim Trainieren beobachten und so auch heute.
Bereits zu dieser frühen Stunde wird Bilbao von Touristengruppen überschwemmt. Und die verirren sich auch hierher an diesen abseits gelegenen Uferabschnitt. Für die vielen Jogger und Radfahrer hat die Stadtverwaltung einen langen, ebenen und gut gepflegten Weg bis kurz vor *Portugalete* angelegt, dazu kommen die Urlauber und, nicht zu vergessen, die Hundebesitzer! Die auffällig vielen Läufer und Radfahrer hier auf der Strecke nerven allerdings ziemlich heftig. Von allen Seiten

flitzen sie an mir vorbei. Ständig muss ich ausweichen oder Angst haben, angefahren oder angerempelt zu werden. Langsam habe ich den Eindruck, dass ganz Spanien rennt oder Rad fährt. Und überall die Hinterlassenschaften der unzähligen Vierbeiner. Nicht alle Besitzer sind so ordentlich und räumen die Häufchen ihrer Lieblinge aus dem Weg. Dieser Trubel verwirrt mich mächtig nach den vergangenen einsamen Tagen. Wenigstens ist es bis jetzt nicht heiß, aber der Wettergott kann sich nicht entscheiden, ob er es regnen lassen soll oder nicht. Ich laufe stur einfach geradeaus, Asphalt, Beton, Asphalt, Beton …

Ein älterer Spanier spricht mich an, stellt mir Fragen wohin ich gehe, woher ich komme. Er hätte selbst lange Jahre in Deutschland, irgendwo im Ruhrpott, gearbeitet. Meine Spanischkenntnisse werden gefordert, dabei lerne ich ständig dazu und es geht immer besser. Nach einem kurzen Gespräch wünscht er mir viel Glück auf meinem Weg und eine gesunde Ankunft. Die schier endlosen Kilometer auf diesem harten Untergrund bis *Portugalete* wollen nicht enden und doch taucht schließlich das heiß herbeigesehnte Ortsschild auf. Die im Jahre 1893 von *Alberto de Palacio y Elissague* erbaute *Puente de Vizcaya*, die älteste Hängebrücke der Welt, die noch in Betrieb ist und inzwischen auch zum Weltkulturerbe der UNESCO zählt, spannt sich hier über den Ría Nervion. *Portugalete* selbst wurde bereits 1322 von *Dona Maria Diaz de Haro*, genannt *„The good Lady"* gegründet, und blickt auf eine bewegte Vergangenheit hinab. Unbedachterweise habe ich mich für die linke Seite des Flusses entschieden. Hätte ich die rechte Seite gewählt, könnte ich jetzt mit der großen Gondel, die an Stahlseilen unter dem Stahlgerüst der Brücke hängt, über den *Ria Nervión* schweben. Diese Stahlkonstruktion sieht schon beeindruckend aus, mit dem Hafen dahinter, den Hochsee-Containerschiffen, den Kreuzfahrtschiffen und den bunten, unzähligen Booten auf dem Atlantik und ist eines der Wahrzeichen von *Bilbao*.

Im Ort ist Wahlkampf. Große Plakate hängen in den Straßen und Propagandaautos fahren mit laut dröhnenden Megaphonen durch die Stadt. Spanischer Wahlkampf eben, denn mit viel Musik und Radau feiern die Bewohner dazu eine *Fiesta*. Der Platz, auf dem ich mich befinde, und auch die Straßen wimmeln vor Menschen und jede Menge Kinder springen kreuz und quer. Ich leide bereits an Menschenmassen-Abstinenz und komme mir vor wie in einem falschen Film. Dieses Getümmel überfordert mich. Unmittelbar am Flussufer stoße ich auf das Touristenbüro und treffe dort auf eine junge Radfahrerin, die sich nach dem Weg zur

Herberge in *Pobeña* erkundigt. Genau das ist auch mein Ziel für heute, aber zu Fuß werde ich wohl etwas länger brauchen als sie mit dem Rad. Und dann überrascht mich doch noch etwas hier in *Portugalete*. Dieser Ort besitzt eine Hammererfindung! Nämlich breite Rolltreppen, die auf der Straße vom unteren Teil der Stadt in den Teil der Stadt oben am Berg führen. Eine überaus bequeme Angelegenheit für viele ältere Menschen. Und für uns Pilger ebenso ... oder dürfen wir die nicht nutzen, da wir ja gefahren werden? Ich grinse in mich hinein. Wegen mir könnten diese Rolltreppen noch ein paar Kilometer weiterführen. Aber letztendlich geht es dann doch wieder auf unangenehmen Asphaltstraßen und geteerten Wegen in Richtung *Pobeña*. Aus *Portugalete* heraus, durch einen Vorort und entlang einer befahrenen Hauptstraße bewege ich mich stetig aufwärts bis zu einem gigantisch großen Autobahnkreuz, das ich durch unterschiedliche Über- und Unterführungen queren kann. Ich befinde mich in einem Gewirr von Straßen. Wieder teile ich den Weg mit Joggern, zu denen sich jetzt auch noch Scharen von Radrennfahrern gesellen. Die breite Autobahn oder einer ihrer Zubringer durchpflügen das Gebiet in sämtliche Richtungen. Aber die Streckenführung hat ein Einsehen, und bald kann ich von der Hauptstraße abbiegen und der Jakobsmuschel entlang kleineren Landstraßen folgen, die sich durch etliche verstreute Ortschaften wie z.B. *Urioste, Nocedale* oder *Ortuella* winden. Üppige Wiesen und Felder ziehen sich über sanfte Hügel und wechseln sich ab mit kleineren Wäldern. Mit dieser freundlicheren Gegend habe ich die steilen Berge und die dunklen Wälder vor *Bilbao* wohl endgültig hinter mir gelassen. Im Großen und Ganzen habe ich mir für heute trockenes Wetter erhofft, zumindest laut Wetterbericht. Aber das sieht nach Wunschdenken aus. Aus einem leichten Niesel werden ziemlich schnell wieder dicke Tropfen, und der Himmel verdunkelt sich. Bevor es richtig zu schütten beginnt, stelle ich mich unter ein großes Ladenvordach und versuche, mir mit vielen Verrenkungen meinen roten Regenumhang über den Rucksack zu ziehen. Hoffentlich beobachtet mich niemand bei diesem Unterfangen, denn das muss garantiert ziemlich bescheuert aussehen. Und wieder stelle ich genervt fest, dass das alleine ein schier unmögliches Unterfangen ist. Dieser Rucksack ist wie ein gigantischer Buckel auf meinem Rücken und da ohne Hilfe ein Stück Plane darüber zu ziehen, gelingt nur sehr schwer und umständlich. Zu meinem Leidwesen kommt auch noch Wind auf und verschlimmert das Problem. Aber nach einem heftigen Kampf mit Böen, Regen und Poncho marschiere ich gut vor Nässe geschützt an der Straße entlang weiter. Wie ich befürchtet habe, wird der Regen immer heftiger und auch die Temperatur fällt merklich. Die ständig entgegenkommenden Autos und LKWs erschweren das Gehen durch das Spritzwasser und ihren Fahrtwind. Irgendwann biegt der Camino auf einen komfortabel angelegten, breiten Fußweg nebst Radweg ab und ich bin den nervenden Verkehr los. Einfacher wird es aber dadurch auch nicht. Selbst wenn ich immer wieder kleinere Ortschaften passiere, die Strecke ist nur zäh. Ablenkung verschaffe ich mir, indem ich versuche, die Umgebung bewusst wahrzunehmen und alles genau zu betrachten. Die großen Spinnennetze, die in die Zäune und ins Gebüsch gewoben sind, fesseln mich. Unzählige Wassertropfen glitzern wie kleine Diamanten zwischen den zarten Fäden und spiegeln in sich die Umgebung wieder. Kleine vergängliche Kostbarkeiten am Wegesrand. Gegen Nachmittag fällt mir eine kleine Bar auf mit einem Schild *„Sellos de Camino de Santiago"*. Da ich für heute nur Stempel von *Bilbao* und *Portugalete* habe, überlege ich nicht lange und öffne die Türe. Drinnen ist es gemütlich und heimelig warm und der Wirt begrüßt mich mit einem freundlich *Buenas Dias*. Es ist zu verlockend, sich hier einfach an einen Tisch zu setzen. Aber wenn ich das mache und eine *Copa de Vino* trinke, dann, da bin ich mir sicher, laufe ich heute keinen Schritt mehr. Allerdings, ich könnte auch hier übernachten. Aber das möchte ich nicht. Also nur den Stempel und nichts wie raus! Laut Wirt sind es nur noch etwa acht Kilometer bis *Pobeña*, weniger als zwei Stunden Gehzeit. Einige Hochhäuser von *La Arena*, das kurz davor liegt, erheben sich schon bald am Horizont, aber die Strecke zeigt wieder die Eigenschaft eines Kaugummis. Langsam steht mir der Sinn nach Gesellschaft oder, besser noch, nach einem Bett. Außer der Radpilgerin sind mir seit *Portugalete* keine anderen Pilger mehr begegnet. Aber, und da bin ich mir sicher, die Herberge wird wieder gut gefüllt sein. Mittlerweile bin ich schon den sechsten Tag zu Fuß unterwegs und mein Körper hat sich an die tägliche Anstrengung gewöhnt, ebenso mein Magen und meine Verdauung. Dafür kommt mein Zeitgefühl völlig abhanden. Kein Wunder, denn an neuen Eindrücken mangelte es nicht und die Tage vergehen wie im Flug. Und was ist schon Zeit? Vier Kilometer sind eine Stunde, so sieht meine Zeiteinteilung gerade aus. Die WhatsApp-Nachrichten meiner Freunde oder auch mal meiner Söhne, die ich hin und wieder erhalte, unterstützen mich seelisch. Den Weg laufen ist eine Sache, den Weg psychisch aushalten eine andere. So weiß ich, da sind Menschen, die an mich denken und mich in meinem Tun bestärken. Nur mein Lebenspartner hüllt sich die meiste Zeit in Schweigen. Das Telefonieren und das Schreiben sind nicht gerade seine Stärken, also sollte es mich nicht übermäßig wundern. Dafür meldet sich jetzt ziemlich schmerzhaft neben meinem linken Fuß auch noch mein rechter. Und das bereitet mir ernsthafte Sorgen. Der Asphalt ist hart und ein Wanderstiefel dafür denkbar ungeeignet. Ich kann die Füße nicht richtig abrollen und laufe verkrampft. Jeder Schritt bedeutet einen Schlag auf die Ferse. Ja, ihr lieben Füße, dann werde ich euch beiden wohl gut zureden müssen. Man kommt ja auf die tollsten Ideen auf dem *Camino*. Irgendwann wird hier fast jeder auf die ein' oder andere Weise spirituell. Es soll ja helfen, wenn man seinem Körper positive Gedanken und strahlend weißes Licht zur Heilung sendet. Also versuche ich das gleich mal bei meinen gerade wichtigsten Körperteilen. Wenn's hilft? Dass mein Rucksack noch immer nicht sehr viel leichter ist, trotzdem sich bereits einiges auf dem Heimweg befindet, nehme ich so nebenbei auch noch wahr. Irgendwann wird noch mehr Inhalt den Weg zurück in die Heimat nehmen müssen.

Die hügeligen Gärten, durch die sich der Weg vor *Pobeña* zieht, kommen mir vor wie ein Blumendickicht. Der betörende, süße Duft der Jasminsträucher vermischt sich mit dem pudrigen Duft der Rosenbüsche. Überhaupt die Rosen hier mit ihren prallen samtigen Blüten! Es ist ein wahrer Farbenrausch. Holunder, Bougainvillea und große Passionsblumen ranken sich an den Zäunen empor. Hier wächst und gedeiht alles im Überfluss und in einer Größe, wie ich es von Zuhause kaum kenne. Selbst bei einem Wetter wie heute gärtnern die Spanier, genau wie meine Landsleute daheim, fleißig in ihrem kleinen Reich oder sitzen gemütlich am Grill oder mit Freunden und Familie beim Kaffee. Einige winken mir zu, wenn sie mich erblicken oder rufen aufmunternde Worte. Langsam bewegt sich der Uhrzeiger Richtung achtzehn Uhr und es nieselt inzwischen nur noch seicht. Es ist einsam um mich herum, die Wolken über mir trist und grau. Mechanisch setze ich einen Fuß vor den anderen, laufen, laufen ... Die Füße schmerzen. Wohl auch vor Müdigkeit. Auf einen schwarzen Lichtmasten hat jemand mit weißem Stift eine Schnecke gemalt und dazu geschrieben:

„ STEP by STEP, Italy 2014".

Sicher war das ein Pilger aus Italien, und genau wie eine Schnecke, so fühle ich mich im Augenblick. Schleichend mit meinem Hausrat auf dem Rücken. Und endlich taucht hinter einem der endlosen breiten Sandstrände am Horizont der Atlantik wieder auf. Aber heute zeigen sich weder das Wasser noch der Himmel darüber einladend blau und glitzernd. Heute ist das Meer furchteinflößend, dunkel und aufgebracht und der Horizont darüber trüb, abweisend und regenverhangen. Genauso wie meine Stimmung. Zu allem Übel befindet sich die Pilgerherberge nicht da, wo ich sie vermutet habe. Also noch einen weiteren Kilometer am Strand entlang durch die Sanddünen. Eine kleine Fußgängerbrücke, die über einen Wasserzulauf, der Richtung Meer fließt, verbindet den alten Ortskern von *Pobeña* mit dem Strand und ich entdecke direkt am Meeresufer ein mehrstöckiges, gepflegtes Gebäude. Die Herberge ist ja mal schön gelegen, denke ich bei mir. Falsch gedacht! Beim Näherkommen stellt sich heraus, dieses gepflegte Haus ist ein Altersheim. Die kleine, nicht ganz so schmucke Herberge befindet sich ein paar Meter weiter hinten am Ortsbeginn. Ein älteres deutsches *Hospitalero*-Ehepaar bewirtschaftet für einige Wochen diese Unterkunft, und heute darf ich hier gegen eine Spende übernachten. In einem Raum, in dem mindestens zehn Stockbetten hinein gestapelt wurden, kann ich mir einen Schlafplatz aussuchen. Ich entscheide mich für eines der oberen Betten. Dort ist einfach mehr freier Raum um mich herum und mehr Ruhe. Natürlich sieht die *Hospitalera* anhand meines *Credenzial*, dass ich nicht von *Guernika* nach *Bilbao* gelaufen bin. Dafür wirft sie mir einen missbilligenden Blick zu. Was soll's, es gibt noch genug Kilometer, die ich zu pilgern habe und deshalb stelle ich mich nicht in die Ecke und schäme mich. Garantiert sind die Pilger im Mittelalter auch ab und an mit dem Ochsenkarren gefahren oder auf einem Esel oder Pferd geritten. Jetzt richte ich mir erst mal meinen Schlafsack her und dann ab unter die Dusche. Die allerdings steht nach jedem Pilger, der sie benutzt, unter Wasser. Etwas am Ablauf will nicht so, wie es sollte, und die Herbergsbetreiber müssen nach jedem Duschgang das ganze Schaumwasser mit Gummischabern und Lappen beseitigen. Zu meinem Verdruss ist das Wasser auch noch kalt. Ausgerechnet heute, wo mir heißes Wasser so guttun würde. Aber es hilft nichts, wenn ich mir den Schweiß von heute vom Körper spülen möchte, heißt es jetzt, Zähne zusammenbeißen und durch. Was mich mehr nervt ist eher die kleine Blase, die ich heute Morgen an der linken Ferse entdeckt habe. Während des Tages hatte sie alles darangesetzt, größer zu werden. Die wird jetzt hoffentlich nicht zum Problem. Da ich nicht gerade zimperlich bin, steche ich sie mit einer Nadel auf und schneide die Haut ein. Damit nehme ich dem guten Stück die Chance, sich wieder zu füllen. Aus den Erfahrungen meines ersten *Caminos* habe ich gelernt. Jetzt lasse ich das alles erst mal schön austrocken und morgen früh wird die Stelle ordentlich mit Pflaster verpackt. Das wäre ja gelacht, wenn ich die nicht klein bekäme.

Unter den Pilgern ist in dieser Herberge heute keiner, den ich kenne, alles fremde Gesichter. Roswita werde ich wohl auf meinem weiteren Weg nicht mehr treffen, da ich ja durch die Busfahrt einen Vorsprung habe. Und Eric mit seinem Harem sicher auch nicht mehr. Wo die wohl alle gerade stecken mögen? Hunger meldet sich mit einem ordentlichen Knurren im Magen. Nur ein paar Häuser entfernt befindet sich das Restaurant, das mir der *Hospitalero* empfiehlt. So ziemlich alle Pilger aus der Herberge sitzen dort bereits beim Essen. Da ich sehr spät dran bin, ist an keinem ihrer Tische noch ein Platz frei. So bekomme ich vom Wirt den „Katzentisch" in einer Ecke zugewiesen. Und da sitze ich jetzt wie ein armes Sünderlein. Das angebotene Pilgermenü für zehn Euro ist reichlich und heiß. Vom Wein trinke ich nur ein Glas, dafür aber die ganze Flasche Wasser. Vielleicht liegt es an diesem Tisch, vielleicht auch am ungemütlichen Wetter draußen, vielleicht aber auch an den Schmerzen in meinen Fußgelenken … meine Stimmung ist auch heute wieder so was von ganz tief im Keller. Diese Warum-Fragen bohren erneut in meinem Kopf:

warum mache ich das …

warum schmerzen meine Füße so sehr …

warum bin ich gerade in solch einer seltsamen Stimmung …

warum kann ich meinen Partner nicht erreichen …

warum meldet er sich nicht bei mir…

warum ist das Leben so wie es ist …

warum, warum …

Weltschmerz! Alles Scheiße!

Bis plötzlich Manolo, der *Hospitalero* aus *Markina-Xemein,* im Restaurant auftaucht. Was für eine Überraschung und welche Wiedersehensfreude. Er entdeckt mich sofort und kommt auf mich zu.

„Erika!", ruft er, er weiß sogar noch meinen Namen. „Es ist schön, dich hier zu sehen, wie waren die letzten Tage? Wie fühlst du dich?"

Er nimmt mich in den Arm und drückt mich ganz fest an sich. Das tut einfach gut, und augenblicklich weiß ich wieder, warum ich diese Strapazen auf mich nehme und diesen Weg gehe. Es ist dieses ungeheure Gefühl der Zusammengehörigkeit und der Kameradschaft. Hier auf dem Camino ist keiner alleine, auch wenn man sich hin und wieder so fühlt. Plötzlich passiert etwas Unvorhergesehenes und das Tief ist überwunden. Genau wie jetzt. Manolo ist im richtigen Moment gekommen.

„Wie kommst du denn hier her?", möchte ich wissen.

„Ganz einfach, *Pobeña* ist mein Heimatort und ich wohne hier in der Nähe. Meine *Hospitalero*-Zeit im Kloster in *Markina-Xemein* ist zu Ende."
Die nächste Überraschung ist Marten, den ich bei meiner Rückkehr in der Herberge antreffe. Marten, dieser gutaussehende junge Mann, der eine glatte 10 auf der Skala bekommt. Wäre ich ein paar Jahrzehnte jünger, wer weiß ...
Auch wenn ich nicht bewusst darauf achte, aber bisher ist mir noch kein wirklich interessanter Mann über den Weg gelaufen. Da gibt es den „Mamas-Liebling-Typ" oder „ich mach mal auf Auszeit", den Ehemann, der ständig seiner Frau simst oder mit ihr telefoniert, nach den Kindern fragt. Dann die älteren Herren jenseits der 65, die wohl ihrer Frau zuhause aus dem Weg gehen möchten oder sich noch etwas beweisen wollen. Junge Burschen, die, bevor sie ins Berufsleben einsteigen, erst mal auf Pilgerschaft gehen. Oder aber auch gestresste Manager, die auf diese Art und Weise versuchen, ihre innere Ruhe wieder zu finden und um sich neu zu erden. Und auch jene, die diese ganze Angelegenheit von der sportlichen Seite nehmen und in Windeseile Kilometer fressen.
Natürlich sind nicht alle Herren der Schöpfung so und auch Marten nicht, er ist ganz natürlich und normal. Heute ist er von *Eskerika*, das liegt ein Stück hinter *Guernika*, nach *Bilbao* gepilgert und dann weiter nach *Portugalete*. Das müssen doch locker mehr als fünfundvierzig Kilometer gewesen sein. Leider ist die Herberge in *Portugalete* um diese Jahreszeit noch geschlossen, und ein freundlicher spanischer Autofahrer hatte ihn jetzt hierher nach *Pobeña* in die Unterkunft gebracht. Auch das zeichnet die Menschen am Jakobsweg aus. Man hilft ganz selbstverständlich da, wo Hilfe gebraucht wird.

Ein Spätankömmling, der das nahezu letzte Bett im hintersten Eck des Raumes ergattert, ist ein deutscher Mann Ende Vierzig. Mit einem lockeren Spruch in bayrischem Dialekt begrüßt er uns. Sein wiegender Gang passt zu seiner sportlichen, hochgewachsenen Statur. Zwei schelmische grüne Augen blitzen aus dem Gesicht und sein Grinsen passt zu seinem „Drei-Tages-Bart". Der ist genauso dunkelblond mit einem rötlichen Stich wie seine kurzen Haare. Hoppla, das ist mal endlich ein Mannsbild, das angenehm aus der Rolle fällt, fährt es mir sofort durch den Kopf.
Bevor ich mich in meinen Schlafsack verkrieche, brühe ich mir in der Küche einen Tee auf. Mit der dampfenden Tasse, an der ich mir meine

klammen Finger wärme, setze ich mich an den Tisch, und kurze Zeit später poltert ein anderer deutscher Pilger, ich schätze ihn auf Mitte Sechzig, zu mir in die Küche. Er ist mir bereits aufgefallen, als er nach mir die Herberge erreichte. Sein lautes, geräuschvolles Wesen stieß mir da schon sauer auf.

„Mal wieder typisch ungehobelter Deutscher", kam mir in den Sinn. Er hatte sich mit einem schweren Plumpser auf den Stuhl vor dem Tisch der *Hospitalera* fallen lassen und teilte jedem lautstark mit, ob er es nun hören wollte oder nicht, welche Erlebnisse er auf seiner heutigen Etappe hatte. Und auch jetzt, während er sich etwas zum Essen zubereitet, schimpft er munter drauf los über die „bescheuerten Spanier", die allen Müll genau getrennt haben wollen (hier in der Küche stehen verschieden Behälter zum Mülltrennen), darüber, dass man immer zum Wassersparen angehalten wird ... und wahrscheinlich auch darüber, dass es ständig hier regnet. Ich höre weg, mir ist das einfach zu dämlich. Jetzt gesellt sich auch noch der Bayer zu uns, und Alfred, mit diesem Namen hat sich der Meckerfritze mir vorgestellt, mault munter weiter. Genau das ist es, was ich jetzt am allerwenigsten leiden mag und mir platzt der Kragen: „Vielleicht sollte sich mancher Deutsche mal eine Scheibe abschneiden und auch ein bisschen mehr Umweltbewusstsein entwickeln. Ich kann das nur begrüßen. Ich habe drei Söhne und würde es schön finden, wenn auch meine Enkelkinder einmal in einer gesunden und sauberen Welt aufwachsen könnten!"

- Stille –

„Ja sooo", meint daraufhin Alfred, „Kinder kann ich auch vorweisen, zwei sogar. Und trotzdem, die Spanier übertreiben einfach."

„Na ihr beiden", mischt sich da die bayrische Frohnatur ins Gespräch, „da bin ich euch eins aber voraus und setze noch einen drauf, ich habe vier Kinder und eine Enkeltochter. So, und jetzt kommt ihr!"
Er grinst.

„Und übrigens, ich heiße Leander."

Aha, er heißt also Leander und ist bereits Opa. Jetzt grinse ich. Die Diskussion zwischen Leander und Alfred wird kurzzeitig sehr heftig, bis Alfred kneift und sich ins Bett verabschiedet. Auch wir beide verschwinden bald darauf, nach einem kurzen Gespräch. Um zweiundzwanzig Uhr ist in den Herbergen rigoros Bettruhe.

Pobeña – Castro-Urdiales – Islares

Regen ist auch nur Wasser!
Felicidad ... das Leben ist schön!

Vom Geräusch einiger anderer Pilger, die mal wieder munter raschelnd ihre Siebensachen verstauen, wache ich gegen halb sechs auf. Warum muss eigentlich immer alles in Plastiktüten verpackt werden? Steht das irgendwo als eisernes Pilgergesetz geschrieben? „Du sollst die anderen Pilger morgens mit Tütenrascheln ärgern!"
Ich habe geschlafen wie ein Stein, obwohl sich ein paar Schnarcher unter den Pilgern befanden, und am lautesten hatte Alfred gesägt. Vor der Herberge steht garantiert kein Baum mehr, die hat er alle plattgemacht! Bis *Castro-Urdiales*, meinem nächsten Etappenziel, habe ich etwa fünfundzwanzig Kilometer vor mir. Bis *Santiago* sind es noch mindestens siebenhundert, aber ich will das nicht wirklich wissen. Wichtig ist nur das Heute, denn gelaufen wird jeder Tag einzeln für sich.
Die *Hospitaleros* sind rührend um uns besorgt. Sie hatten sich gestern Abend um unsere nasse Bekleidung gekümmert und versucht, es uns so bequem wie möglich zu machen. Dank ihrer Hilfe sind heute Morgen alle unsere Kleidungsstücke und Schuhe trocken. Zum Frühstück steuere ich wieder das Restaurant von gestern Abend an. Dort treffe ich auf ein älteres englisches Pärchen aus der Herberge und geselle mich zu ihnen an den Tisch. Bisher habe ich nur lustige, sympathische Briten getroffen, die bisher jeder Situation, egal wie misslich diese auch gewesen sein mochte, mit einer gehörigen Portion englischem Humor eine positive Seite abgewinnen konnten. Das *Bocadillo*, das ich bekomme, ist so groß, dass ich mir die Hälfte gleich in den Rucksack packe.
Ich trete vor die Bar, schaue in den Himmel und ahne nichts Gutes. So wie der heute aussieht, wird es einen weiteren grauen Tag geben. Vorsichtshalber packe ich mich gleich in warme Kleidung, bevor ich gegen sieben Uhr lostrabe. Ein paar Meter von der Herberge entfernt fällt mir ein sehr alter Koreaner auf, der die Nacht in seinem kleinen Zelt verbracht hatte. Gemütlich konnte das bei der kühlen Temperatur nicht gewesen sein. Gerade ist er dabei, auf seinem Camping-Gaskocher sein Frühstück zu köcheln. Von diesem Mann hatten gestern Abend einige Pilger in der Herberge gesprochen. Das sei ein seltsamer Kauz, meinten sie. Er würde sich immer von den anderen absondern, nur in seinem Zelt übernachten und sein Essen selbst zubereiten. Zudem könne er weder

Englisch noch Spanisch. Seltsam ist immer nur das, was wir nicht verstehen und begreifen können. Vielleicht möchte er einfach nur alleine sein.

Um auf meinen Weg, der auf den Felsenklippen oberhalb des Atlantiks entlang führt, zu gelangen, klettere ich eine lange steile Treppe hinauf. Zwei Kilometer weit zieht sich dieser Panoramaweg auf der Klippenkante hin und ist ein interessanter Lehrpfad. Schautafeln geben auf diesem Küstenabschnitt Einblicke in die Zeit der Eisenerzgewinnung. Dieses Gebiet erstreckt sich vom Baskenland bis weit nach Kantabrien hinein. Es werden u.a. die alten Verladetechniken erklärt, mit denen man das in den Bergen geförderte Eisenerz auf die Schiffe gebracht hatte. Die Landschaft ist voll von Ladekränen, Ruinen und alten Verhüttungs-Öfen. Von hier oben wäre wohl eine wunderbare Aussicht auf die Weite des Atlantiks und der Küste. Aber zum wiederholten Male macht mir eine dicke Nebelsuppe einen Strich durch die Rechnung. Alles ist in träge graue Wattefetzen gepackt. Nur ganz schemenhaft kann ich den breiten Strand von *Pobeña* erkennen, der in der Ferne tief hinter mir liegt. Das aufgewühlte Meer ist noch bedrohlicher und dunkler als gestern. Es klatscht und tobt und die schäumenden Wellen lecken gierig an der hohen Felsenwand empor. Selbst bis weit oben an den Klippenrand ist die feine Gischt zu spüren. Jetzt setzt auch noch Regen ein, der schnell stärker wird, und ich sollte zusehen, unter meinen Regenumhang zu kommen. Aber wieder stehe ich vor dem gleichen Problem wie gestern. Alleine habe ich heute noch weniger Chancen, so stürmt es inzwischen. Hilfesuchend schaue ich mich nach jemandem um, der mir zur Hand gehen könnte. Und just in diesem Moment taucht das englische Pilgerpaar vom Frühstück hinter einer Biegung auf und hilft mir ganz selbstverständlich.

Gut verpackt und zugeschnürt verfolge ich weiter meinen Weg, um bald darauf von der stürmischen Klippe weg ins Landesinnere geleitet zu werden. Sofort lässt der unangenehme Wind nach. Dafür aber hat mich die Asphaltstraße wieder, die sich durch eine dichtbewachsene grüne, hügelige Bauernregion bis nach *Onton* schlängelt. Hier verlasse ich nun das Baskenland. Mit dem Erreichen der Provinz *Kantabrien* verschwinden wie von Zauberhand die ETA-Parolen an den Hauswänden und auch die vielen Propaganda-Plakate und die ETA-Fahnen, die für den Kampf um ein freies Baskenland an vielen Häusern hingen. In den letzten Tagen waren diese Hinweise meine ständigen Begleiter, und hin und wieder konnte man auch Spuren von kämpferischen Auseinandersetzungen sehen.

In den dichten Wäldern, die jetzt folgen und die einen hohen Eukalyptusbestand aufweisen, wird der Regen immer stärker. So muss sich ein Urwald zur Regenzeit anfühlen. Alles ist nass, wobei der Ausdruck NASS noch untertrieben ist. Was ist eigentlich die Steigerung für NASS? Wasserfall? Es ist schon erstaunlich, wie dick und schwer Wassertropfen sein können! Dummerweise wird gerade auch mein Durst stärker, nur wie komme ich jetzt an meine Trinkflasche? Die steckt gut verstaut unter meinem Regenumhang an einer Seite des Rucksackes. Auf weiter Flur bin ich schon wieder mal vollkommen alleine ... ein Weiblein steht im Walde ... nicht still und stumm, sondern durstig und ratlos. Wenn ich mich jetzt aus meinem Regenschutz schäle, dann gleiche ich in kurzer Zeit einer triefnassen Wasserratte. Ich schicke ein Stoßgebet zum Himmel, dass wenigstens bald eine Bar auftaucht. Und siehe da, wieder hilft der „Geist des Caminos". Eine Bar kommt nicht in Sicht, nachdem ich jetzt wer weiß wie lange einsam dieser sich in engen Serpentinen den Berg hinauf windenden Fahrstraße gefolgt bin, aber plötzlich biegt die junge Radfahrerin, die ich in *Portugalete* im Tourismusbüro getroffen hatte, wie eine Fata Morgana um eine steile Kehre. Wir schauen uns beide überrascht an. Dass wir uns ausgerechnet hier treffen, ist schon mehr als Zufall. Mit dem Rad sollte sie doch bereits viel weiter sein als ich. Endlich komme ich zu meiner Flasche und trinke gierig. Nicht zu glauben, dass man bei so viel Wasser um sich herum so großen Durst haben kann. Wir unterhalten uns noch ein wenig und fotografieren uns gegenseitig, wie wir so dastehen mit unserer triefenden Regenbekleidung. Ein Fisch würde erblassen vor Neid, denn an uns läuft das Wasser in genau den gleichen Sturzbächen herab wie an den eng stehenden Bäume rings um uns herum. Grund genug in schallendes Gelächter auszubrechen, denn wir sehen zu komisch aus. Bald darauf trennen sich unsere Wege wieder. Sie strampelt weiter und ich trotte wieder alleine an der Straßenkante entlang. Zumindest ist es nicht so kalt, wie ich heute Morgen vermutet hatte. Allerdings hat das zur Folge, dass sich unter meinem Poncho ein römisches Dampfbad entwickelt und mir langsam Schwimmhäute wachsen.

Den Ort *Baltzzana* lasse ich hinter mir und erreiche gegen zwölf Uhr mittags das kleine Städtchen *Sámano* genau in dem Moment, in dem der Gottesdienst zu Ende ist. Die Kirchgänger zieht es mit Kind und Kegel zielstrebig über die Straße in die nächste Bar. Für mich wäre mittlerweile eine Verschnaufpause angebracht, denn mein Untermieter grummelt schon wieder im Magen. Das Innere des Lokals ist gestopft voll mit lärmenden und heftig gestikulierenden Menschen. Mit wenigen Ausnahmen sitzen oder stehen die Männer und Frauen getrennt voneinander an den Tischen und am Tresen. In Spanien sei das so üblich, wurde mir einmal erklärt. Auf diese Weise können sich beide Geschlechter über ihre eigenen Gesprächsthemen unterhalten und es gibt keinerlei Diskussionsfrust. Nur bei öffentlichen oder wichtigen Festlichkeiten säßen die Paare nebeneinander. Dieser Brauch ist gar nicht so übel, denke ich mir. Das entkrampft doch so manches Treffen. An der Theke bestelle ich mir eine große *Clara* und dazu *Tortilla*, das sollte vorhalten bis *Castro-Urdiales*. Bis dorthin kann es höchstens noch eine gute Stunde sein. Ich lehne am Tresen und betrachte die Szenerie hier im Raum. Aber mit der Zeit wird es mir zu warm und zu laut und ich bezahle. Mittlerweile hat es zu regnen aufgehört und die Sonne schaut verstohlen hinter den Wolken hervor. Ich bin froh, meine tragbare Sauna wieder einpacken zu können. Dem Verlauf der Nationalstraße folgend, geht es recht zügig vorwärts und bald erreiche ich die ersten Häuser von *Castro-Urdiales*. Herrschaftliche Jugendstilbauten, die mitten in gepflegten Gärten stehen, wechseln sich ab mit modernen Wohnanlagen und Hotels je näher ich dem Zentrum komme. Der Jugendstil, der *Modernisme*, war Ende des 18., Anfang des 19. Jahrhunderts einer der beliebtesten Baustile auf der iberischen Halbinsel und man trifft ihn fast überall an. In Kantabrien ist *Castro-Urdiales* die drittgrößte Stadt und hier in ihrem alten Teil kann man noch an den Häusern die für hier typischen Holzbalkone bewundern. Im Untergrund des gesamten Ortes befinden sich die eindrucksvollen Fundstätten des römischen *Flaviobriga*, und in der Höhle *Peña del Cuco* gibt es Zeichnungen aus dem Spätpaläolithikum zu bestaunen. Man müsste nur mehr Zeit dazu haben. Nach der Einsamkeit der vergangenen Stunden ist der lärmende Trubel hier ein Schock für mich. Je näher ich dem alten Zentrum komme, umso belebter werden die Gassen und Straßen. Auch am Hafen ist es völlig überlaufen mit Spaziergängern und Sonntagsausflüglern. Mich macht das ganz nervös. So viel Rummel ertrage ich nicht mehr. Vor einem Restaurant am Hafen entdecke ich ein bekanntes Pilgerpaar aus der Herberge in *Guernika*. Es ist der querschnittsgelähmte junge Mann mit seinem Begleiter, die in ein angeregtes Gespräch mit anderen Gästen vertieft sind.

Die markante Kirche *Santa Maria* thront wie eine Trutzburg auf einem Hügel hoch über dem Hafen vor der Altstadt. Sie stammt aus dem 13.-15. Jahrhundert und ist der bedeutendste Gotikbau Kantabriens. Der Kirche förmlich zu Füßen liegt der alte Fischerhafen mit seinen betagten bunten Holzbooten und rechts daneben, jenseits der trennenden Mole, der moderne mit Segelbooten, Yachten, Motorschiffen und Hotels. Trotz des Treibens möchte ich mir gerne die Kirche ansehen, aber selbst auf dem weiten Platz um das Gotteshaus herum drängen sich Menschengruppen. Kein Wunder! Erst hier stelle ich fest, dass heute Erstkommunion gefeiert wird. Die Familien bilden mit ihren Sprösslingen viele kleine Gruppen vor dem Gebäude und Fotografen knipsen eifrig für die Nachwelt Bilder. Wie kleine herausgeputzte Bräute sehen die Kommunionsmädchen aus. Stolz stehen sie mit ihren langen weißen, geschmückten Kleidern bei ihren Familien. Akkurat frisierte Buben stecken in ebenfalls weißen oder blauen Miniuniformen und wirken wie Offiziere in Kleinformat. Ich schüttle nur mit dem Kopf. Was für ein Pomp und was für ein Aufwand! Das ist ja noch verrückter als bei uns zu Hause.

Der Gott über Regen und Sonne schlägt mal wieder Kapriolen, denn das Wetter verkehrt sich von einer Minute auf die andere ins Gegenteil. Gnadenlos brennt der Planet inzwischen vom Himmel und kennt keinerlei Erbarmen. Nicht die kleineste Wolke ist zu sehen. Wer es nicht selbst erlebt hat, glaubt es kaum. Heute Morgen hatte ich das Gefühl, der Regen will mich ertränken, und jetzt reiße ich mir alle unnötigen Kleidungsstücke vom Leib, weil die Hitze nicht auszuhalten ist. Mir wird der Betrieb um die Kirche zu viel. Außerdem komme ich mir vor wie ein Außerirdischer in meinen verschwitzten Wanderklamotten und meinem unförmigen Rucksack zwischen all den festlich gekleideten Menschen. Es zieht mich zur Pilgerherberge, denn meine Füße beginnen zu schmerzen. Die Unterkunft soll sich ein Stück stadtauswärts direkt neben der kleinen Stierkampfarena befinden. Nirgends sind Hinweise, geschweige denn die Jakobsmuschel oder einer der gelben Pfeile zu finden. Der kleine Stadtplan, den ich im Touristenbüro bekommen hatte, als ich mir meinen Stempel geben ließ, hilft mir nicht viel weiter. Die Herberge ist darauf nicht eingezeichnet. Also marschiere ich einfach in die Richtung, in der ich sie vermute, stadtauswärts. Entlang der Strandpromenade, an kleinen Felsbuchten vorbei, komme ich in einem neuerbauten Stadtviertel an einen weiten, bogenförmigen Sandstrand. Wenigstens ist es hier ruhiger als im Hafenviertel.

Meine Fersen schmerzen. Ein Gefühl, als liefe ich auf Reißnägeln. Rechts ist es ganz harmlos, aber links nervt es gewaltig. Mein Mund ist staubtrocken und mein Magen mal wieder leer. Schattenplätze sind rar und ich finde an der Strandpromenade nur eine Bank in der Sonne. Zum Glück befindet sich noch Wasser in meiner Flasche und gegen den Hunger krame ich mein eingepacktes halbes *Bocadillo* vom Frühstück aus dem Rucksack. Erstaunlich, wie viel Energie der Körper bei dieser Lauferei braucht. Mit Hilfe meines Pilgerführers bemühe ich mich herauszubekommen, wo diese verflixte Herberge sein könnte, erfolglos. Halbwegs gestärkt mache ich mich auf die Suche, verlasse die Strandpromenade und treffe auf eine breite Hauptstraße, die stadtauswärts führt. Ich folge ihr, aber noch immer kann ich keine Hinweise auf den Jakobsweg, geschweige denn auf die Unterkunft entdecken. Das macht mich unsicher und ich kehre wieder um und versuche mein Glück in Richtung Innenstadt. Aber auch da werde ich nicht fündig. Ratlos und genervt stehe ich an einer Kreuzung. Aber bevor ich jemanden nach dem Weg fragen kann, entdecke ich durch Zufall einen kleinen gelben Pfeil an einem Laternenmast. Der zeigt genau in die Richtung, aus der ich gerade komme. Das glaube ich jetzt nicht! Diese Pfeile sind so dämlich angebracht, dass man sie sehr schnell übersieht oder, je nachdem, von welcher Seite man kommt, erst gar nicht entdeckt. Also wieder kehrt und die Straße zurück. Meine Fersen melden sich jetzt bei jedem Schritt und ich bemühe mich so aufzutreten, dass sich der Schmerz in Grenzen hält. Nach ein paar Metern springt mir ein Hinweisschild zur Stierkampfarena in die Augen und ich bin erleichtert, bald am Ziel zu sein. Die weiß gestrichene Arena mit ihren roten Fensterläden und Eingängen befindet sich in einer Seitenstraße, und mich erstaunt es, wie klein sie ist für eine Stadt in der Größe von *Castro-Urdiales*. Direkt dahinter versteckt sich die bescheidene Herberge, die nur einen Schlafraum mit wenigen Betten haben soll. Auf den Stufen zum Eingang lümmeln bereits einige müde Pilger und warten geduldig, bis gegen Spätnachmittag geöffnet wird. Jetzt ist es gerade mal fünfzehn Uhr. Trotzdem ich mich bereits auf ein Bett gefreut habe, beschließe ich, zur nächsten Unterkunft nach *Islares* weiter zu ziehen, Fußschmerzen hin oder her. Hier in der Sonne möchte ich nicht darauf warten, einen Schlafplatz in einer überfüllten Herberge zu bekommen. Nochmal weitere siebeneinhalb Kilometer, weitere zwei Stunden Marsch. Nach meiner Rechnung müsste ich gegen siebzehn Uhr dort ankommen. Tapfer ignoriere ich meine peinigenden Fersen und tigere los. Nachdem

ich die Autobahn unterquert habe, die werde ich wohl nicht loswerden bis *Ribadeo*, führt mich der *Camino* eine Anhöhe hinauf, vorbei an einem Campingplatz und weiter aus dem bewohnten Gebiet heraus. Bald finde ich mich zwischen Gärten und Wiesen wieder. Tief atme ich die herrliche Luft ein. Wohltuende Stille! Keine lauten Menschen! Kein Autoverkehr! Nur das Zirpen der Grillen und das Zwitschern der Vögel. Von hier oben kann ich beim Zurückblicken den Strand von *Castro-Urdiales* erkennen und das blaue Band des Atlantiks, der jetzt unter der gleißenden Sonne glitzert. Heute Morgen noch war er aufgewühlt, finster, abweisend. Jetzt liegt er träge wie ein Ölfilm und spiegelglatt vor mir, schimmert in den herrlichsten Blautönen und tut so, als ob er niemandem ein Haar krümmen könnte. Man möchte nicht glauben, dass es sich um denselben Ozean handelt. Inzwischen fällt mir das Laufen trotz meiner Beschwerden wieder erstaunlich leicht und auch meine Stimmung hat sich deutlich gebessert. Wieder einmal stelle ich fest, wie wohltuend diese Landschaft auf mich einwirkt. So grässlich wie das Wetter heute Morgen war, so herrlich ist es jetzt. Die Natur packt hier ihren Farbenkasten aus und koloriert damit verschwenderisch und intensiv die Umgebung, dass es mich fast blendet. Wiesen und Gärten berauschen das Auge mit der kompletten Grünpalette, Birkengrün, Kiwigrün, Maigrün, Laubfroschgrün, Grasgrün, Lärchengrün, Olive, Moosgrün, Tannengrün ... und die Farben der Blüten, strahlendes Weiß, Rosatöne, zartes Violett, leuchtendes Purpur, blendendes Rot, vom lichtesten Gelb bis zum strahlenden Sonnengelb, und Blau in allen Facetten übertrumpfen sich gegenseitig. Das intensive Azur des wolkenlosen Himmels über mir, das Wasser zu meiner rechten Seite, das in Schattierungen angefangen von kristallenem Türkis bis hin zu sphärischem Tiefblau glitzert, die spärlich bewaldeten kantabrischen Berge zu meiner Linken ... es ist einfach eine grandiose Sinnessymphonie. Die ganze Landschaft hat sich zu der von gestern vollkommen verändert. Auch wenn ich jetzt wieder nur über Asphalt- und Schotterwege laufe, es ist ein unbeschreibliches und wunderbares Gefühl, hier zu sein. Im kleinen Städtchen *Cérdigo*, durch das ich komme, feiert man ausgelassen eine *Fira*. Aus Lautsprechern höre ich fröhliche Musik,
... Felicidad ...
„Das Leben ist schön" ...
tatsächlich auf Deutsch! Es stimmt, das Leben ist nicht nur schön, das Leben ist wunderbar und jetzt im Augenblick besonders. Am liebsten würde ich es laut hinausbrüllen.

Obwohl man mich zum Bleiben auffordert, mir Wein und Gegrilltes anbietet, drängt es mich weiter. Für heute will ich endlich ankommen. Einige Zeit später erreiche ich dann auch *Islares*. Jetzt heißt es nur noch die Herberge finden, und ein Passant, den ich am Beginn des kleinen Örtchens treffe, schickt mich Richtung Meer. Diese Unterkunft hier ist ja noch kleiner als die in *Castro-Urdiales*, schießt es mir durch den Kopf, als ich sie so vor mir sehe. Winzig und ein wenig schäbig. Allerdings ist der herrlich ruhige Platz hier in Meeresnähe und inmitten der Gärten nicht zu vergleichen mit dem anderen, direkt neben der Stierkampfarena in der aufgeheizten Stadt. Ein Pilger, der vor der Türe in der Sonne sitzt, erklärt mir, dass der *Hospitalero* im Moment nicht da sei. Ich solle einfach reingehen, mir ein Bett aussuchen und auf ihn warten. Das Innere der Herberge ist beengend. Auf den ersten Blick wirkt es nicht einladend auf mich. Lediglich zwei kleine Schlafräume gibt es, wobei in dem einen vier dreifach übereinander gestapelte Betten stehen, von denen einige bereits belegt sind. Ich bin mir nicht sicher, ob ich hier bleiben möchte. Aber die nächste Übernachtungsmöglichkeit befindet sich in *El Pontarron del Guriezo*, das wären nochmals knapp drei Kilometer. Als der *Hospitalero* dahergeschlendert kommt, schaue ich wohl ziemlich verblüfft drein. Er heißt Hervé und ist ein Farbiger. Wer rechnet denn damit? Aber warum eigentlich nicht. Hervé erklärt mir auf Spanisch, dass die Herberge im nächsten Ort schmutzig und ungemütlich sei. Na ja, einladend ist es hier auch nicht wirklich und ein wenig sauberer könnte es ebenfalls sein. Aber um eventuell in einer noch primitiveren Unterkunft zu landen, muss ich nicht nochmal eine Stunde laufen. Also bleibe ich hier. Hervé verpasst mir einen Stempel in mein *Credenzial*, trägt meinen Namen, Ausweisnummer, Nationalität und von wo ich heute gestartet bin, in das Herbergsbuch ein. Das wird im Übrigen überall so gemacht. Kein Pilger geht verloren, man wird lückenlos registriert. Wenigstens ist diese Übernachtung nicht teuer. Lediglich fünf Euro kostet dieser Luxus. Ich sollte bald feststellen, dass alle Herbergen ab jetzt weitaus billiger sind als im Baskenland. Und jetzt ab unter die Dusche. Inzwischen klebt alles an meinem Körper. Da es nur eine Dusche in einem winzigen Raum gibt, ist die sowohl für Mann als auch für Frau. Zumindest sind zwei Toiletten vorhanden. Momentan bin ich noch das einzige weibliche Wesen hier und habe somit mein Privatklo. Im Handwaschbecken schrubbe ich meine schmutzige Kleidung der letzten Tage, denn die hat es nötig. Die Trockenständer vor der Herberge sind bereits gut gefüllt, aber ich finde für meine Wäsche noch ein Plätzchen.

Jetzt kann ich nur darauf hoffen, dass bis morgen früh alles trocken wird.

„Ja hallo! Stuttgart ist auch schon hier!", dröhnt es plötzlich von der kleinen Straße herüber. Ich schaue vom Trockenständer auf und erkenne Leander, wie er mit seinen Wanderstöcken leichtfüßig den Weg entlang marschiert. Gemeinsam mit ihm trifft noch ein junges englisches Pärchen ein. Wenigstens noch eine zweite Frau, denke ich, so bin ich nicht ganz alleine unter Männern.

„Ist da noch Platz in der Hütte?", ruft er mir entgegen, „wir sind dort vorne im Ort bei einer Fiesta hängengeblieben. Ein paar Spanier haben uns förmlich zu Wein und gegrilltem Fleisch genötigt."

„Aber sicher doch, da sind noch einige Betten frei", rufe ich ihm zu. Wenigstens ein bekanntes Gesicht. Leander hockt sich auf die Treppenstufen, zieht sich seine Wanderstiefel von den Füßen und schlurft mit seinem Rucksack in den Schlafraum.

„Das ist ja verrückt, drei Betten übereinander. Erika, wo liegst du denn?" Ich zeige mit dem Finger auf ein Bett vor ihm.

„Was dagegen, wenn ich unter dich komme?"

„Tu dir mal keinen Zwang an, solange du nicht ständig nachts auf Wanderschaft gehst oder dich auf der Matratze hin und her wirfst", ich muss lachen.

Und dann kommt Alfred.

Ausgerechnet Alfred!

Hier in diesem winzigen Raum! Er wird wieder schnarchen, dass sich die Balken biegen. Selbst Leander kann sich eine Grimasse nicht verkneifen. Mein Magen kneift unsanft und ich erkundige mich bei Hervé, wo ich hier etwas zwischen die Zähne bekomme. Er erklärt mir den Weg zum Strand. Noch immer ist keine Saison hier in den Atlantik-Badeorten, aber dort gibt es angeblich ein paar geöffnete Kneipen. Leander meint, er käme nach. Eine Kleinigkeit bräuchte er auch noch zum Essen. Also ziehe ich erst mal alleine los. Bis zum Strand gehe ich eine gute Viertelstunde und viel Auswahl an Lokalen gibt es nicht. Die meisten sind tatsächlich noch geschlossen. In einem der beiden offenen Restaurants sitzt Alfred. Hoffentlich sieht er mich nicht! Im zweiten Lokal, das um diese Uhrzeit noch gut besucht ist, finde ich auf der Terrasse einen Platz in der warmen Abendsonne und bestelle mir erst ein Glas Wein. Das habe ich mir heute verdient. Und Spaghetti bekomme ich hier ebenfalls, die ich mit Heißhunger verschlinge. Zu meinem Schreck entdeckt mich Alfred doch noch und steuert zielsicher meinen Tisch an. Ohne zu fragen setzt er sich zu mir und beginnt augenblicklich einen Monolog über seine Frau, über seine Kinder und über Gott und die Welt. Nur mit halbem Ohr höre ich ihm zu. Warum kapiert der nicht, dass ich meine Ruhe will! Dieses aufdringliche Gerede geht mir so etwas von auf den Nerv. Da erscheint Rettung in Gestalt von Leander. Kurzerhand schmettert der Alfred ein paar saftige Kommentare entgegen, bis dieser schließlich klein beigibt und sich mit der Bemerkung, er müsse noch etwas im *Mercado* erledigen, aus dem Staub macht.

„Hab' vorhin noch schnell meine verschwitze Wäsche gewaschen, jetzt brauch ich noch ein kaltes Bier am Abend", Leander grinst mich an, „und ich habe mir erlaubt, deine Schlüpfer auf dem Wäscheständer umzuhängen, um für meine Unterwäsche Platz zu schaffen", erklärt er mir mit einem schelmischen Grinsen. „Dein Mann hat doch wohl hoffentlich nichts dagegen, dass ich deine Reizwäsche angelangt habe?" Der sagt doch tatsächlich „Schlüpfer". Bei diesem Wort sehe ich riesengroße, unförmige, hautfarbene Ungetüme vor meinem geistigen Auge, wie ich sie von älteren Frauen von früher her kenne. Überhaupt „ältere Frauen" ... ab wann gehört man denn eigentlich in diese Kategorie? Gehöre ich mit meinen 58 Jahren auch schon dazu? Die letzten Jahre sind so unglaublich schnell vergangen und in Gedanken sehe ich mich noch immer als junge Frau. Aber ist es denn nicht auch so? Unser Geist altert nicht, er wird nur reifer und wissender, weiser. Inzwischen bin ich in einem Alter angekommen, in dem ich - hoffentlich - begriffen habe, mein Leben zu leben und es auch zu genießen. Manche mögen es egoistisch nennen, aber haben wir nicht alle ein Recht darauf, so zu handeln, wie es uns guttut, einfach authentisch sein? Frauen meiner Generation wurde noch mit der Muttermilch eingetrichtert, zu funktionieren. Da meine Mutter schon von je her eine sehr dominante und tonangebende Frau war und nur ungern Widerspruch duldete, habe ich dadurch viele Prägungen übernommen und mich wie selbstverständlich bis zur Selbstaufgabe in die Hausarbeit und die Familie gekniet. Ist man als Kind oder Jugendlicher einfach nur herumgesessen und hatte sich die Wolken betrachtet, so wurde man doch gleich gefragt, ob man nichts Besseres zu tun hätte, denn es gäbe genug Arbeit. Wo doch auch Nichtstun und Wolken betrachten eine durchaus wichtige Aufgabe für Körper und Seele darstellen. Aber Nichtstun und einfach mal die Seele baumeln lassen war zu dieser Zeit eine ungeheuerliche Vorstellung, geschweige denn einmal an sich selbst denken, sich selbst etwas gönnen. Unsere Mütter haben uns ein Leben vorgelebt, das aus

Arbeit, aus Dienst an der Familie und am Mann und aus der Erziehung der Kinder besteht. Dazu kommt, dass wohl die wenigsten Kinder ihre Eltern als „Liebespaar" wahrnehmen, als eigenständige Menschen mit einem eigenen Leben, mit eigenen Wünschen, abgekoppelt von ihren Sprösslingen. Sie sehen in ihnen im Grunde die Autoritätspersonen, die für ihre Zeugung zuständig sind und im Zuge dessen eben auch für ihr Wohlergehen und die dadurch obendrein das Recht besitzen, vorgeben zu können, was zu tun und zu lassen ist. Wie könnten wir ihnen dafür böse sein? Da sie es ja selbst nicht besser wussten, war es in diesem Moment auch richtig. Selbst unsere Männer hatten dieses Verhaltensmuster gerne so angenommen, denn auch ihre Eltern lebten damals nach diesem Prinzip. Inzwischen weiß man, dass selbst ein ungeborener Säugling alles und jede Stimmungslage seiner Mutter ganz bewusst miterlebt. Und so haben wir bereits im Mutterleib das Leben unserer Mütter im wahrsten Sinne des Wortes aufgebürdet bekommen. Diese unsichtbare Bürde, ob positiv oder negativ, schleppen wir auf unseren Schultern mit uns mit und sie wird mit den Jahren immer schwerer, und es kostet Kraft und einen starken Willen, aus diesem Kreislauf auszubrechen. Inzwischen hat sich das Bild der Frau in der Familie, im Beruf und im Alltag verändert. Noch nicht alle, aber viele Frauen in der westlichen Welt nehmen sich das Recht, ihr Leben selbstbestimmt zu leben und sich auch Auszeiten zu gönnen. Meine Ehe mit dem Vater unserer drei Söhne ging nach mehr als fünfundzwanzig Jahren in die Brüche. Diese Trennung war ein Schock für mich, denn mein „Funktionieren" hatte mich an einen Punkt gebracht, an dem meine Psyche anfing, zu rebellieren. Ich konnte mich selbst nicht mehr wahrnehmen, konnte weder Liebe geben noch Freude, Glück und Schmerzen fühlen. In mir war alles tot. Eine Situation, in der man im Grunde genommen auf die Liebe und Hilfe seines Partners dringender als sonst angewiesen ist. Es gibt einen wunderbaren Spruch:

„In dem Moment, in dem ich Dich am wenigsten liebe, brauche ich Deine Liebe am Meisten ".

Beide waren wir damals mit dieser ganzen Situation überfordert und ein Wort hatte das andere ergeben. Wie eine Spirale, die sich immer weiter in den Himmel dreht. Eine Therapeutin, mit der ich nach meiner Scheidung versucht hatte, diese Prägungen aufzulösen, sagte mir ganz unverblümt: „Ist Ihnen bewusst, dass Sie all die Jahre das Leben Ihrer

Mutter geführt haben?" Da war sie wieder, diese unsichtbare Last, die ich mit mir schleppe. Für mich waren diese Worte wie ein Schlag ins Gesicht und ich habe Rotz und Wasser geheult. Dann aber begann ich, darüber nachzudenken und das erste Mal in meinem Leben fing ich an, mich als eigenständige Person wahrzunehmen. In Gesprächen mit Frauen meiner Generation erfuhr ich dann, dass ich mit diesem vermeintlichen Problem nicht alleine war. Unsere Elterngeneration ist gebrandmarkt vom Krieg. Die meisten Familien haben dadurch ihr gesamtes Hab und Gut und ihre Heimat verloren. Die Zeit nach dem Krieg war gekennzeichnet vom Wiederaufbau. Da wurde fleißig gearbeitet, „um sich und seinen Kindern ein besseres Leben zu gönnen". Aber was bedeutet „ein besseres Leben"? Mehr Geld, mehr Besitz? Unsere Eltern wurden in derselben Weise von ihren eigenen Eltern geprägt wie meine Generation von den unseren. Genauso agierte ich später in meiner Ehe. Alles musste perfekt sein, die Kindererziehung, der Haushalt, die Ehe. Nichts durfte beanstandet werden. Eine Vorzeigefamilie eben. Nur bleiben dadurch irgendwann auch die Gefühle, eingefroren wie ein riesiger Eisklotz, auf der Strecke. Ich begann allmählich darunter zu leiden, wurde depressiv und verkroch mich hinter einem Schutzwall. Eine perfekte Fassade nach außen, aber niemand sollte merken, wie es in meinem Inneren aussieht. Oft habe ich später mit anderen Frauen meiner Altersgruppe über diese Thematik gesprochen und dabei festgestellt, dass wir alle ähnliche Probleme und Hintergründe besitzen. Unseren Eltern können wir keine Vorwürfe machen. Sie wussten es nicht besser und haben zu jeder Zeit ihr Bestes gegeben, um ihren Kindern ein schönes Zuhause und ein angenehmes und sorgenfreies Leben bieten zu können. Irgendwann in den vergangenen Jahren nach meiner Scheidung war ich so sehr am Boden zerstört, dass ich kaum mehr Lebenskraft besaß, dabei wollte ich doch noch so viel machen in meinem Leben. Ich rappelte mich wieder auf und bestritt ein Jahr später meinen ersten Halbmarathon und war so sehr begeistert davon, dass noch viele folgen sollten. Ganz langsam schlich sich daraufhin die Idee in meinen Kopf, den Jakobsweg, den *Camino Francés*, zu pilgern. Aber dieser Gedanke musste noch in mir reifen. Diese Strecke mit ihren gut siebenhundert Kilometern kam mir so unwirklich lang vor und war somit für mich unvorstellbar. So viele Kilometer zu Fuß! Eines Tages wachte ich auf und wusste, jetzt ist es soweit, jetzt bin ich bereit dafür. Mein erster *Camino* war ein wunderbares Erlebnis. Er war auch ein Gang zurück in mein Innerstes, um endlich Vieles verarbeiten zu können. Jeder Camino ist dem Pilger eine Lehre und mein erster lehrte mich, selbstbewusster und selbständiger zu handeln. Als ich damals in *Santiago de Compostela* ankam, war ich voller Dankbarkeit und unwahrscheinlich glücklich. Es wurde mir bewusst, dass Pilgern die Seele stärkt und das Herz. Seit diesem Moment bin ich von diesem Virus infiziert. Und jetzt sitze ich hier in *Islares*, am sechsten Tag meines zweiten *Caminos*, mit schmerzenden Füssen und mit Leander, und empfinde genau dieselbe Glückseligkeit.

Ich tauche aus meinen Gedanken auf und lache Leander an.

„Das ist doch kein Thema. Ich hoffe nur, das ganze Zeug wird über Nacht trocken. Viel Sonne war vorhin schon nicht mehr vor dem Haus." Beide trinken wir, in unsere Gedanken versunken, die Gläser leer, lassen uns noch von der milden Wärme der Abendsonne verwöhnen, bevor wir uns wenig später auf den Rückweg machen. So allmählich wird die Abendluft kühl und ich beginne zu frösteln. Beim Laufen spüre ich wieder den lästigen Schmerz in meinem linken Fuß. Wo die Ursache sitzt, im Gelenk, in der Ferse? Es ist nicht auszumachen. Hoffentlich beruhigt sich das über Nacht.

Während wir beim Essen waren, kam der alte Koreaner in der Herberge an. Jetzt steht er im kleinen Gemeinschaftsraum, der Küche, Esszimmer und Aufenthaltsraum in einem ist, am Zweiplatten-Elektrokocher und köchelt sich etwas völlig Undefinierbares, aber wohlriechendes zum Essen. Dabei verhält er sich so, als ob sich im Raum außer ihm keine anderen Personen befinden würden. Völlig in seine Welt und in sein Tun versunken, blendet er alles aus. Leander und ich setzen uns zu den anwesenden Pilgern an den großen Tisch und beginnen damit, wie einige andere auch, unsere Erlebnisse und Gedanken des heutigen Tages aufzuschreiben. Alfred hat bereits ein komplettes breites Tischende für sich in Beschlag genommen, schreibt eifrig, wühlt dabei in diversen Prospekten und Papieren, die um ihn herum verteilt liegen, und grummelt dabei ständig vor sich hin. Plötzlich schlägt er geräuschvoll seine Kladde zu und beginnt, munter und lautstark in die Runde hinein über seine Tageserlebnisse zu sinnieren. Wir schrecken entgeistert hoch. Sogar der Koreaner blickt von seiner Suppenschüssel auf, obwohl er garantiert kein Wort versteht. Geflissentlich ignorieren wir beide Alfred und stecken unsere Köpfe in unsere Notizbücher. Die anderen am Tisch verstehen zum Glück kein Deutsch, aber unser Plappermaul lässt sich wie immer nicht davon beeindrucken.

Allmählich verkriechen sich die ersten müde in ihre Schlafkojen. Bevor auch wir verschwinden, trägt Leander noch den Wäscheständer mit unseren noch immer feuchten Kleidungsstücken in den Aufenthaltsraum. Hervé, unser Herbergsvater, hat die Herberge schon lange verlassen und kommt erst am Morgen wieder, um uns das Frühstück zuzubereiten. Endlich schlafen. Hier im Raum bin ich die einzige Frau, Leander unter mir, über mir im Dreifach-Stockbett ein junger Engländer, wunderbare Stille – bis ein fürchterliches und lautes Schnarchen uns alle erschrocken hochfahren lässt. Alfred! Er raubt uns sogar im Schlaf den letzten Nerv!

Es gibt keinen Weg zum Glück. Glücklich sein ist der Weg
Buddha, (563 v.Chr. – 483 v.Chr.)

Islares - Laredo - Santoña

Zuckerwatte-Nebel, stürmische See und Fischgeruch

Irgendwie weckt mich meine innere Uhr gerade morgens immer kurz vor sechs. Alles liegt noch ruhig in den Betten. Stehe ich jetzt auf oder nicht? Ich möchte die anderen Schläfer ungern wecken. Auf dem *Camino Francés* krochen die ersten bereits in der Dunkelheit aus ihren Schlafsäcken und machten sich auf den Weg. Hier auf dem Nordweg geht alles ein wenig gemächlicher zu. Doch plötzlich ist wie auf ein Kommando allgemeines Aufstehen angesagt und nach einer kurzen Katzenwäsche verstaut jeder in Windeseile seine Habseligkeiten in seinen Rucksack. Hervé kommt mit frischem, knusprigem Stangenweißbrot, kocht Kaffee, macht Frühstück, wieder einmal pappsüße *Madalenas*, Marmelade, Nutella. Dann gibt es unterwegs eben später in einer Bar herzhafte belegte Brötchen mit Schinken und Käse. Der morgendliche Zuckerschock muss unbedingt mit etwas Würzigem ausgeglichen werden. So wie der wolkenlos blaue Himmel leuchtet, erwartet uns heute ein Bilderbuch-Frühlingstag. Bereits jetzt stellt sich die Sonne auf einen neuen Hitzerekord ein. Munteres Vogelgezwitscher empfängt uns vor der Türe und Schwalben, oder sind es Mauersegler, vollführen gewagte Flugmanöver über unseren Köpfen hinweg. Obwohl Leander und ich nicht ausgemacht hatten, gemeinsam zu laufen, ergibt es sich einfach. Mein schmerzender linker Fuß konnte sich über Nacht einigermaßen beruhigen und es geht ganz passabel vorwärts. Wir verlassen *Islares* entlang der Küstenstraße. Unser Blick fällt nach einiger Zeit auf die Bucht von *El Pontarron del Guriezo*. Was sich uns in dieser Sekunde zeigt, ist eine einzigartige, märchenhafte Illusion. Wie eine rosafarbene Zuckerwattewolke hängt der Frühnebel über der Bucht. Die Morgensonne übersprüht alles mit strahlendgoldenen Tupfen. Keine Kamera der Welt könnte diesen Moment genau so festhalten, wie wir ihn in diesem Augenblick empfinden. Staunend und verzaubert stehen wir am Straßenrand, bis der zarte Schleier beginnt, langsam zu zerfließen. Während wir entlang der Straße weiterziehen, entwickelt sich eine angeregte Unterhaltung zwischen uns beiden.

„Gestatten, mein Name ist Katz, Leander Katz."

„Ne jetzt, wirklich Katz?", frage ich ungläubig.

„Diesen Nachnamen habe ich ja noch nie gehört. So nach dem Motto: Die Katz' die lässt das Mausen nicht?"

Beide müssen wir herzhaft lachen.

„Als ich dich in *Pobeña* in der Herberge mit Alfred habe reden hören, dachte ich so bei mir, was ist das denn für eine schräge Umwelttussi. Aber jetzt muss ich zugeben, du bist schwer in Ordnung."

„Habe ich tatsächlich so auf dich gewirkt? Ne, so bin ich wirklich nicht, aber dieser Alfred geht mir so was von auf den Senkel. Bei seinem ewigen Gemeckere ist mir der Kragen geplatzt. Feingefühl besitzt der keines. Der merkt noch nicht mal, wenn er verarscht wird."

Leander nickt bestätigend. Nach einer Weile meint er:

„Ich verrate dir jetzt mal, was ich so arbeite", und schmunzelt dabei geheimnisvoll.

„Na, da bin ich aber mal gespannt, das muss ja schon was Besonderes sein."

„Ich bin mit verantwortlich für die Herstellung von Tampons."

Uuups, der Lacher geht an ihn und ich schaue wohl gerade ziemlich dämlich aus der Wäsche. Ich vermute, dass er diese Reaktion bei Frauen schon gewöhnt ist, sonst würde er daraus nicht so eine Nummer machen.

„Also für die Herstellung von Tampons?", wiederhole ich, „klingt ja sehr interessant. Das muss man dir lassen, diese Anmache erlebt man selten. Die ist Guinnessbuchreif."

Und als ob es das Normalste der Welt für einen Mann wäre, fängt er doch tatsächlich an, mir alles Mögliche, was es so an diesen Hygieneartikeln für die Frau gibt, aufzuzählen und zu erklären. Der weiß tatsächlich besser Bescheid als unsereins. Schon spaßig, wenn dir ein Mann erklärt, welches dieser Produkte man als Frau am besten bei welcher Gelegenheit verwendet. Na, da bin ich jetzt ja bis ins letzte Detail aufgeklärt.

„Bist du eigentlich verheiratet?", möchte er gerne ein wenig später wissen. Etwas bitter erwidere ich:

„Nein, ich wurde, nachdem ich es fünfundzwanzig Jahre war, vor acht Jahren geschieden."

Sehr nachdenklich schaut mich mein Begleiter an.

„Inzwischen lebe ich mit einem neuen Partner zusammen. Aber es ist alles nicht so einfach", bemerke ich, „man braucht lange, das Passierte und auch eine vergangene Ehe zu verarbeiten und wer weiß, ob das jemals wirklich möglich ist."

Jetzt blickt mein Pilgerfreund ziemlich niedergedrückt drein. Ich erzähle ihm ein wenig mehr über meine Ehe und meine Trennung, und das ermutig ihn, auch mehr über sich zu berichten.

„Erika, bisher habe ich auf dem Weg noch mit Niemandem darüber gesprochen. Bei dir fällt mir das seltsamerweise ganz leicht."

Und wirklich, es sprudelt förmlich aus ihm heraus, er erzählt mir, dass er aus einer kleineren Stadt in Niederbayern käme, dass er seine Frau lange Zeit betrogen hätte, dass sie sich daraufhin vor einem Jahr von ihm getrennt habe und er seitdem alleine lebe. Er erzählt von seinen Kindern, wo er wohnt, dass er achtundvierzig Jahre alt sei - und dass er leiden würde wie ein Hund. Er will seine Frau zurück. Noch immer gäbe er die Hoffnung nicht auf, diese Ehe kitten zu können, wisse aber in seinem Innersten, dass das wohl Wunschdenken sei. Zwischen ihm und seiner Frau geht es sicher genauso heftig zur Sache, wie das zwischen mir und meinem geschiedenen Mann irgendwann der Fall war.

„Leander, ich kann dir nur einen Rat geben. In solch einer Situation liegen die Emotionen blank und ein Wort ergibt das andere. Man schenkt sich nichts. Man möchte gerne einen Schritt auf den Partner zugehen und entfernt sich dabei immer weiter von ihm aus lauter Stolz und verletzter Eitelkeit. Bis es dann irgendwann kein Zurück mehr gibt. Dabei kann alles so einfach sein, das Zauberwort auf beiden Seiten heißt VERZEIHEN."

„Ja, aber was mache ich, wenn meine Frau mir nicht verzeihen kann oder möchte?"

„Du musst deiner Frau zeigen und sie auch spüren lassen, dass es dir ernst ist mit ihr. Dass du bereit bist, etwas in deinem Leben zu ändern", gebe ich ihm zu verstehen.

„Weißt du, diesen Camino laufe ich im Grunde nur, damit meine Frau zu mir zurückkommt. Ich bin Hals über Kopf aufgebrochen und wusste anfangs gar nicht, auf was ich mich da einlasse. Das einzige, was ich weiß ist, dass ich furchtbar unter dieser Trennung leide und meine Frau vermisse."

„Wer weiß, ob du dadurch, dass du dich jetzt mit diesem Weg bestrafst, deine Frau zurückbekommst? Ihr lebt schon recht lange getrennt und in dieser Zeit baut sich jeder sein eigenes Leben auf. So einfach wird das nicht werden. Denn jeder verändert sich auch in dieser Zeit. Ihr seid beide nicht mehr dieselben. Aber vielleicht bekommt sie wieder Achtung und Vertrauen zu dir, und mit Sicherheit wirst du ein anderer Mensch am Ende deines Weges sein."

Mit diesen Worten versuche ich, ihn ein Stück weit zu ermutigen.

Der Jakobsweg ist schon merkwürdig. Da schüttet man ohne Scheu einem wildfremden Menschen sein Herz aus, knöpft sozusagen sein Hemd vor ihm auf und kehrt dabei sein Innerstes nach außen. Niemals würde einem das zu Hause bei einem praktisch wildfremden Menschen so auf diese Art und Weise passieren. Pilgern auf dem *Camino de Santiago* ist mehr als pilgern, es ist eine Art Psychoanalyse, eine Reflektion seines Lebens, es ist Therapie und Selbsterkenntnis. Kein Therapeut könnte das besser als dieser Weg. Man geht durch Höhen und Tiefen. Sich selbst dabei auszuhalten ist wohl der schwierigste Part, und so manch einer scheitert genau daran. Wir reden und reden und laufen und keiner von uns beiden achtet auf den Weg, bis wir mitten in einem winzigen kleinen Ort stehen, völlig orientierungslos.

„Das kann jetzt aber nicht richtig sein. Wir laufen in eine völlig falsche Richtung." Unsicher schaue ich mich um.

„Nirgends kann ich hier einen gelben Pfeil oder eine Muschel entdecken. Siehst du hier etwas?"

Wir finden beide keine Wegweiser, auch unser Pilgerführer hilft uns nicht weiter. Ein Dorfbewohner, den wir um Hilfe bitten, schickt uns schließlich einen Großteil der Strecke zurück, aus der wir kommen. Vertieft in unser Gespräch haben wir tatsächlich eine Abzweigung übersehen. Nach kurzer Zeit treffen wir wieder auf die Muschelzeichen, die uns jetzt stetig bergauf führen, entlang der stark befahrenen Nationalstraße bis nach *Linde*. Seit dem spärlichen Frühstück in *Islares* ist bereits viel Zeit vergangen. Wir halten Ausschau nach einer Bar und entdecken eine am Ende des langgestreckten Ortes. Und mit was sonst als mit *Clara*, herzhaften *Bocadillos* und saftiger *Tortilla* machen wir es uns vor dem Wirtshaus im Halbschatten bequem. Gestärkt geht es danach weiter, um nach kurzer Zeit endlich am Ortsende die Straße verlassen zu können. Einer Route folgend, die Kasper-Route heißt und die in unserem *Outdoor*-Pilgerführer beschrieben wird, erreichen wir über eine steile Piste die Ruinen der alten Kapelle von *San Julian*, die sich vor das malerische Bergmassiv von *Candina* ducken. Rechts von uns windet sich ein Schotterweg steil hinab zu einem, zwischen hohen Felswänden idyllisch gelegenen, einsamen winzigen Strand. Zu diesem kitschigen Bild passt auch noch das kleine Schiff, das gerade dort unten in der blauen Bucht mit seinen weißen Segeln vor Anker liegt. Unser Weg aber, der bald noch schmaler, noch steiler wird, schlängelt sich weiter einen breiten Bergrücken hinauf. Durch niedrig wachsendes Gestrüpp, Heidekraut, hohes Schneidgras, Zistrosen, Mastix und Rosmarinbüschen suchen wir unseren Pfad. Ab und an kreuzen Ziegen den Weg. Es ist eine schweißtreibende und kräftezehrende Angelegenheit, denn schattenspendende Bäume sind Wunschdenken und die Sonne brennt unbarmherzig auf uns herab. Dieser Abschnitt des Küstenweges soll einer der schönsten sein. Wenn man von der Plackerei absieht, mag das bis jetzt zutreffen. Die Aussicht auf Atlantik, Strände, Berge und Felsen, egal in welche Richtung, bietet eine atemberaubende Traumkulisse. Kleine, teils zugewachsenen gelben Pfeile, die uns die Richtung nach *Laredo* weisen, entdecken wir oft nur mit Mühe. Zum Glück kann man hier nicht wirklich vom Weg abkommen, denn es geht im Grunde nur in eine Richtung. Bevor wir von einer Anhöhe aus die Altstadt von *Laredo* erblicken, haben wir bereits eine postkartenreife Sicht auf den breiten ausgedehnten Strand bis weit nach *Santoña*, einem Fischereiort, der sich auf der gegenüber liegenden Meeresbucht am Ende von *Laredo* befindet. Der Abstieg hinunter zur Stadt geht schnell und wir schlendern durch die schmalen Altstadtgassen, die durch die breiten Hausdächer endlich ein bisschen kühlenden Schatten spenden. Es ist bereits nach vierzehn Uhr, Siesta-Zeit, und die Bars und Cafés sind überfüllt. Inzwischen macht sich mein linker Fuß wieder bemerkbar, fast habe ich ihn schon vermisst, diesen seltsamen Schmerz. Ich kann ihn einfach nicht einordnen. Leander hinkt mittlerweile ebenfalls, da ihm sein linkes Knie Probleme bereitet. Wir sind schon ein lustiges Gespann, der Hinkende und die Lahme. In einem Strand-Restaurant rasten wir und füllen unsere Energiespeicher mit Calamares-Ringen und Clara. Währenddessen ziehen bedrohlich dunkle Wolken am Himmel auf und das Wetter ändert sich zusehends. Da es noch relativ früh am Nachmittag ist, möchten wir aber trotzdem weiter. Die nächste Übernachtungsmöglichkeit bietet sich uns erst wieder in der Jugendherberge in *Santoña*. Noch knapp acht Kilometer, die wir hauptsächlich über den langen Strand zurücklegen können. Kaum haben wir den Sand unter den Füßen, entledigen wir uns unserer schweren Stiefel. Der kühle Untergrund ist eine Wohltat für die heiß gelaufenen Fußsohlen. Gerade ist Ebbe und ich stelle verwundert fest, dass der nasse Sand hart und unnachgiebig ist, fast wie Beton. Nicht so weich, wie ich ihn von den Mittelmeerstränden her kenne. Wie zwei ausgelassene Kinder hüpfen und springen wir umher und vergessen dabei völlig unsere Schmerzen. Die Ebbe lässt überall große und kleine Muscheln verstreut im nassen Sand zurück und vor Begeisterung fange ich an, sie einzusammeln.

„Nimm ja nicht zu viele mit! Dir ist schon klar, dass du die alle tragen musst", ermahnt mich Leander. Dabei sammelt er ja selbst welche und hüpft durch die Gegend wie ein kleiner Junge.

Ein älterer Spanier spricht uns an und meint, dass momentan nur 2.800 Personen in *Laredo* wohnen würden. Im Sommer in der Hochsaison seien es 28.000. Mir scheint die momentane Einwohnerzahl ein bisschen wenig. Laut einer Statistik sollten es um die 12.000 sein. Und in knapp zwei Monaten sind es mehr als doppelt so viele. Nicht auszudenken, was dann hier los sein wird. Dieser Strand ist mit vier Kilometern der längste in *Kantabrien*. Im Vergleich zu den Stränden am Mittelmeer wird das wohl trotzdem noch überschaubar sein, denke ich mir.

Am Ende des Strandes fließt der *Ria del Treto* in eine ausgedehnte und breite Lagune und von da in den Atlantik. Wenn wir nicht einen weiten Umweg zu Fuß über *Colindres* und um diese ganze Bucht mit ihren Sumpfgebieten in Kauf nehmen möchten, bleibt uns nichts anderes übrig, als mit einem winzig kleinen Fährboot an das gegenüberliegende Ufer nach *Santoña* überzusetzen. Misstrauisch beobachte ich die kleine Nussschale, wie sie gerade gegen den inzwischen heftigen Wind ankämpft. Das Wasser des Atlantiks erstaunt mich immer wieder. Was vor höchstens drei Stunden noch in einem herrlichen Blau spiegelglatt vor uns lag, ist jetzt dunkelgrau und feindlich aufgewühlt. Der Wellengang ist enorm und wir beäugen skeptisch die schwankende Barkasse, wie sie gerade mit aller Mühe versucht, am anderen Ufer anzulegen. Das kann ja heiter werden! Wir müssen winken, um damit dem Fährmann ein Zeichen zu geben, uns abzuholen und uns an die andere Seite der Bucht überzusetzen. Auf unserer Seite am Strand gibt es keinen Anlegesteg. Nur über ein Brett, das auf den Sand geschoben wird, gelangen wir auf das schlingernde Boot. Tapfer kämpft sich die kleine Barke daraufhin durch die heftigen Wellen zurück ans andere Ufer. Das Anlegemanöver an der Kaimauer von *Santoña* ist Maßarbeit. Mir ist ziemlich mulmig dabei zumute, bin aber schwer beeindruckt von der Manövrierkunst des Fährmanns. Bei der Überfahrt entdecken wir auf dem Boot die Visitenkarten der *Pension Miramar* in *Santoña*, die für die Übernachtung pro Person nur zehn Euro verlangt.

Spontan entscheiden wir uns bei diesem Preis gegen die Jugendherberge und fragen uns zu der betreffenden Unterkunft durch. Die Pension, im Grunde eine große Wohnung mit vielen Zimmern, befindet sich im 1. Stock eines Wohnhauses in einer Gegend, in der frisch gefangener Fisch verarbeitet wird. Dementsprechend riecht es in diesem Viertel. Nachdem ich die Inhaberin über Handy verständigt habe, kommt sie kurze Zeit später mit dem Auto angefahren und zeigt uns ein Zimmer. Ich schlucke erst mal und wir zwei Pilger schauen wohl ziemlich verdattert drein. Na prima, das war ja klar! Das mit den zehn Euro pro Person musste ja einen Haken haben. Der Haken ist ein *Cama Matrimonio*, ein Ehebett. Leander und ich bleiben unschlüssig in der Türe stehen und machen betretene Gesichter. Keiner weiß gerade so richtig, wie er darauf reagieren soll. Ein merkwürdiger Gedanke, dieses Bett mit einem fremden Mann zu teilen. Obwohl es ja schon sehr verlockend wäre. Aber, nein danke. Keine gute Idee. Wir fragen nach Einzelzimmern. Die Einzelzimmer kosten uns jeweils fünf Euro mehr. Aber was soll's, nach den einfachen Herbergen bisher tut ein bisschen Privatsphäre gut. Wir verabreden uns auf achtzehn Uhr, um gemeinsam zu essen, und verschwinden in unsere Séparées. Kurze Zeit später genieße ich nach den mehr als einfachen Duschgelegenheiten der letzten Tage ausgiebig das wohlig heiße Wasser in der Etagendusche. Und ich kann mir auch noch herrlich viel Zeit dabei lassen. Keiner steht wartend vor der Türe.

In den letzten Tagen wurden wir von milden und sternenklaren Nächten verwöhnt, aber nun schlägt das Wetter völlig um und dunkle schwere Regenwolken hängen über unseren Köpfen. Jeden Moment kann der Himmel seine Schleusen öffnen und den Regen auf uns herabprasseln lassen. Aber noch ist es trocken, allerdings lässt uns der kühle Wind erschauern, denn die Hitze der letzten Tage hat uns verwöhnt. Zielstrebig steuern wir eine der Bars an und genehmigen uns erst einmal einen *Cafe con Leche* mit einem zuckersüßen Kuchenstück. Danach gönnen wir uns zur Feier des Tages einen wirklich großen Campari Orange. Wann habe ich den zum letzten Mal getrunken? Da muss ich ja noch ein Teenager gewesen sein. Wir blödeln herum und sind trotzdem noch leicht befangen im Umgang miteinander. Wir kennen uns ja gerade mal seit zwei Tagen und sind uns auf einer Seite nahe und trotzdem noch fremd. Auf den übergroßen Fernsehbildschirmen, die an den Wänden der Bar hängen, wird gerade ein Stierkampf übertragen und die Gäste, die hier sitzen, nehmen regen Anteil daran. Auch ich verfolge gebannt dieses Geschehen. Seit ich irgendwann vor Jahrzehnten das Buch „*Oder du wirst Trauer tragen*" von Collins/ Lapierre gelesen hatte, in dem das Leben eines der berühmtesten Toreros Spaniens, von El Cordobés erzählt wird, interessiert mich dieses Spektakel immer wieder aufs Neue.

Leicht beflügelt durch Campari Orange durchstreifen wir den Ort, auch, um irgendwo ein Lokal zu finden, in dem wir nicht allzu teuer zu Abend essen könnten. Direkt am Meer hinter der Fischhalle entdecken wir dabei einen langen Steg in Form eines Schiffbugs, der steil über das Meer hinausragt. Wir albern herum wie Teenager, laufen bis ganz oben ans

Ende der Spitze und lehnen uns mit ausgebreiteten Armen an das Geländer, wie in „Titanic". Dabei bläst uns der Wind heftig um die Nase. Aber uns plagt der Hunger mittlerweile ganz gehörig, nur wird in den Restaurants erst ab halb acht das Abendessen serviert. Eigentlich dachten wir, wenn wir uns schon in einem Fischerort befinden, dass wir uns ein Lokal suchen, in dem frischer Fisch angeboten wird. Im Restaurant „La Lonja" direkt am Hafen gäbe es den auch fangfrisch auf den Teller. Aber mindestens vierzig Euro pro Person, und das ohne Getränke? Für uns arme Pilger ist das ein bisschen zu heftig. Also begnügen wir uns mit einem Menü für jeweils neun Euro fünfzig in einer Bar in der Innenstadt und sind überrascht. Die geschmackvoll angerichteten Teller sind die eines Restaurants der Nouvelle Cuisine absolut ebenbürtig und die Gerichte schmecken vorzüglich. Da das Lokal über kostenloses WiFi verfügt, nutzen wir die Gelegenheit, um ein Lebenszeichen nach Hause zu senden. Leander macht sich über das Wetter der nächsten Tage schlau. Es sieht wohl so aus, als ob die Sonne eine Pause einlegen möchte und der Donner, der plötzlich mit lautem Krachen über unsere Köpfe rollt, ist der erste Vorbote. Schlagartig setzt starker Regen ein und fegt die belebten Gassen leer. Auch wir werden von unserem Terrassenplatz vertrieben, aber zum Glück haben wir unsere Teller bereits leergeputzt. Jetzt heißt es allerdings Beeilung, um möglichst schnell und einigermaßen trocken in die Pension zurück zu kommen. Todmüde, wie wir inzwischen sind, zieht es uns auch sofort in unsere Betten. Die Beine quälen, die Hände sind geschwollen, alles schmerzt. Der Tag war lang und erlebnisreich. Auch Leander geht es nicht besser. Wieso tut man sich das alles freiwillig an? Ein wenig verrückt muss man dafür wohl schon sein! Eine Woche gelaufen, bereits 240 km in den Beinen und noch mehr als 600 vor mir. Morgen Abend steht die Fünf davor und jeder Kilometer davon ist hart erarbeitet.
Der Camino Frances erscheint mir inzwischen wie ein Spaziergang.

Santoña - Güemes

Hinkelstein, Aprilwetter, Weltschmerz und Freunde

Was gibt es Schöneres, als gemütlich im Bett zu liegen, wenn draußen der Regen prasselt? Es ist fünf Uhr morgens und mein Schlaf war tief und fest und erholsam. Ich döse vor mich hin und lausche auf die Geräusche der Straße, die ich durch das offene Fenster höre ... und den Regen. Während ich mich genussvoll räkele, spüre ich sofort, dass sich meine Füße nicht so gut erholt anfühlen wie der Rest meines Körpers. Pünktlich um halb sieben ertönt eine Sirene, die schon gestern Abend ständig gedröhnt hatte. Das Zeichen dafür, dass jetzt die fangfrischen Meeresfrüchte und Fische in den Fischerläden verkauft werden. Der unverkennbare Geruch, der in *Santoña* in der Luft hängt, zeugt davon, dass nicht nur Fisch gefangen, sondern auch gleich in den unzähligen Fabriken verarbeitet wird, wie z.B. Sardinen in Dosen. Unser Zielort heute ist *Güemes*, das sich ein Stück weiter im Landesinneren befindet. Von *Noja* aus, dem nächsten Ort, durch den wir kommen werden, möchte Leander unbedingt einen Abstecher zu einem Campingplatz machen, auf dem er vor einigen Jahren mit seiner Familie den Urlaub verbrachte. Er quält sich gerne selbst mit diesen Erinnerungen. Das kann nicht gut sein und ich rate ihm davon ab. Was erhofft er sich davon? Nur Tränen, Einsamkeit, Schwermut. Aber er lässt sich nicht umstimmen. Wer weiß, vielleicht würde ich es an seiner Stelle ebenso machen. Aber ich kann ihm jetzt schon sagen, dass er sich mit diesem sentimentalen Verhalten nur Herzschmerzen einhandelt. Das Herz braucht mehr Zeit, um das zu verstehen, was der Kopf schon längst begreift.

Zumindest gibt es vor dem Weiterweg eine dicke süße *Xchocolat* und ein Croissant zu einem humanen Preis im Restaurant *„La Lonja"*, bevor wir uns wasserfest verpacken. Ohne ordentlichen Regenschutz brauchen wir heute gar nicht erst losmarschieren. Es windet und regnet, es ist ungemütlich und trist. Vorbei an den zahlreichen Fischläden, die gerade ihren meeresfrischen Fang hinter ihren Fenstern zum Verkauf anbieten und an den Konservenfabriken, die die Sardinen verarbeiten, stiefeln wir vorwärts, um ziemlich bald orientierungslos am Straßenrand zu stehen. Von Wegweisern weit und breit nichts in Sicht. Ein Anwohner bemerkt uns und dirigiert uns in die richtige Richtung. Immer an der Straße entlang geht es nach *Berria*, vorbei an einem großen, von einer hohen

Mauer umgebenen Backsteinkomplex, einem Gefängnis. Die Lage hierfür könnte durchaus schlechter sein. Aber den Insassen wird es ohnehin egal sein, wo sie einsitzen. Sie werden kaum die Gelegenheit bekommen, Landausflüge zu machen. Hinter *Berria* empfängt uns ein langer Strand, der geschützt hinter einer riesigen Düne versteckt liegt. Er ist bei Ebbe so breit und hart, dass hier zweimal im Jahr auf drei Fußballfeldern ein regionales Fußballturnier ausgetragen wird.

Denkt man sich die Berge und Hügel ringsherum weg, bekommt man den Eindruck, man befände sich an der Nordsee. Sogar das Meer verhält sich nordseemäßig rau. Und irgendwie ist ständig Ebbe, sobald wir uns am Wasser befinden. Am westlichen Ende des Strandes erwartet uns ein durch den Regen matschiger und steiler Berghang. Wir müssen höllisch aufpassen, um nicht auszurutschen, und die glitschigen Felsen erschweren uns die ganze Angelegenheit zudem. Die Regenumhänge sind dabei nicht gerade von Vorteil. Ständig kleben sie sich wie ein nasser Sack um die Beine oder verheddern sich in den stacheligen Mastix- und Wachholdersträuchern oder in den kleinwüchsigen Strandkiefern. Ein junges, englischsprachiges Pilgerpärchen erkämpft sich ebenfalls seinen Weg nach oben. Die ersten Pilger, die wir seit längerem wieder treffen. Ihre durchnässten Turnschuhe sind auf dem aufgeweichten Pfad wenig hilfreich und sie eiern noch mehr in der Gegend herum als wir beide. Wenigstens werden wir für diese Plackerei mit einer einzigartigen Aussicht über den Strand von *Berria* bis hinüber nach *Santoña* und in die entgegengesetzte Richtung, nach *Noja* belohnt. Überhaupt, der Strand von *Noja*! Als ob ein Riese an diesem Küstenstreifen wahllos bizarre spitze Felsbrocken auf dem Sand verstreut hätte. Bei Flut werden sie von Wasser umspült, bei Ebbe bieten sie einen rätselhaften Anblick.

Der Abstieg hinter dem Bergkamm ist ein einziger Eiertanz und nicht spaßig für mich. Jetzt heißt es, auch noch höllisch aufpassen, um nicht zu stürzen. Denn die Abstufungen, die in die Tiefe führen, sind für meine Beine oft zu hoch. Aber auch das schaffe ich ohne Blessuren und erreiche erleichtert den Strand. Während der letzten Tage konnte ich feststellen, dass ich alles, auch jede noch so winzige Kleinigkeit, die sich am Wegesrand befindet, sehr viel intensiver und bewusster wahrnehme als noch zuvor bei Wanderungen. So auch hier die frische gelbe Rose, die in einem kleinen Loch in einem Felsenbrocken steckt, der aussieht wie ein großer Hinkelstein und unmittelbar am Ende des Bergpfades auf dem Strand aufragt. Eine ganze Weile stehe ich da und betrachte gedankenversunken dieses Bild. Was mag das für ein Mensch gewesen sein, der diese Rose dabeihatte und warum hatte er diese Rose ausgerechnet hierhergebracht? Dieser Anblick strahlt etwas traurig Sentimentales und Vergängliches aus. Ist es ein Liebesbeweis oder zum Gedenken an einen verstorbenen Menschen? Oder nur Zufall? In absehbarer Zeit wird dieser Felsen vom Wasser umspült sein. Aber diese gelbe Blüte ist in ihrem Loch davor sicher und mit der Zeit wird sie dahinwelken. Ich reiße mich aus meinen Gedanken und suche den Strand nach Leander ab. Der steht ein Stück entfernt von mir und mustert interessiert ein kleines Steinhäuschen, das am Rande eines Kiefernwäldchens direkt am Ufer steht.

„Genau so etwas stelle ich mir zum Leben vor", schwärmt er.

„Ist das nicht ein Traum? Ein kleines einfaches Haus direkt am Strand. Viel Luxus brauche ich nicht, nur das Meer und die Wellen und meine Ruhe."

Ganz leuchtende Augen bekommt er, der große Bub. Leander und das Meer, eine unendliche Liebesgeschichte.

Am Ende des langen Strandes liegen verstreut die ersten Häuser von *Noja*. Wir halten uns Richtung Ortsmitte und passieren dabei einen Skaterplatz, der mit kunstvollen bunten Graffiti-Malereien verziert worden war. Aus einer grünen Dschungelhölle blickt uns ein riesiges, verträumt dreinschauendes Gorillagesicht mit großen sanften Augen entgegen. Sofort zeigt sich wieder das Kind im Manne und Leander fängt an, wie ein Schimpanse zu hüpfen. Dabei trommelt er sich unentwegt mit den Fäusten auf die Brust und gibt laute Affenschreie von sich. Auf einer anderen Wand grinst mich mein Liebling aus der *Muppet-Show* an, ein übergroßer grüner, singender Kermit, der auf seiner Mandoline spielt.

Um im Touristenbüro einen Stempel in unseren Pilgerpass zu bekommen, müssen wir Geduld beweisen. Drei ältere und elegant gekleidete Französinnen löchern die junge Frau hinter dem Tresen mit tausend Fragen. Ihre Haare sind zu kunstvollen Frisuren aufgetürmt, die diese Damen sicherlich mit einer kompletten Dose Haarspray festbetoniert haben. Ihre Haartracht muss ja schließlich dem heftigen Atlantikwind standhalten. Wir üben uns in Geduld und amüsieren uns köstlich über diese groteske Frage- und Antwort-Show, bis wir an die Reihe kommen. Mittlerweile ist es elf Uhr und bevor sich unsere Wege trennen, kehren wir in einer Bar ein. Nach dem nicht allzu üppigen Frühstück folgt jetzt Frühstück Teil 2. Die Tortilla ist heiß, frisch und saftig, dazu ein spanisches Radler, einen *Café con Leche* und natürlich Schokocroissant. Den ganzen Tag mit Laufen verbringen hat schon etwas für sich. Ich kann

Berge verdrücken, ohne mir Gedanken zu machen. Und trotzdem sitzt der Hosenbund von Tag zu Tag lockerer. Leanders sentimentalen, gedrückten Gemütszustand allerdings kann ich nicht nur sehen, sondern auch körperlich fühlen.

„Sag mal, willst du dir wirklich diesen Campingplatz antun? Das wird dir sehr wehtun. Du wirst noch mehr Wunden aufreißen. Außerdem liegt das doch schon Jahre zurück. Wer weiß, wie es da heute aussieht."

„Das kann schon sein, Erika. Aber ich muss dort einfach hin und mir alles noch mal anschauen. Auch wenn es mich bis ins Innerste schmerzt. Und ich muss da alleine hin. Gib mir mal deine Handynummern, damit wir in Kontakt bleiben."

Er ist einfach nicht davon abzubringen. Wir tauschen unsere Nummern aus und bereiten uns auf den Weitermarsch vor. Es ist eine stumme Umarmung vor der Bar, bevor sich jeder in eine andere Richtung davonmacht. Wieder getrennte Wege zu gehen, ist gut. Trotzdem fühle ich mich seltsam verlassen und alleine. So schnell gewöhnt man sich an einen Menschen.

Wie das Schicksal so spielt, ein Stückchen hinter dem Ortsende von *Noja* läuft mir Nora über den Weg. An sie und die ganze Eric-Truppe habe ich schon gar nicht mehr gedacht. Umso größer ist die gegenseitige Freude.

„Mensch hallo, Erika! Wo kommst du denn her?"

„Das glaube ich jetzt nicht! Nora! Das ist ja ein Zufall und überhaupt, wo ist der Rest der Gruppe?"

„Ich war heute Nacht in *Laredo* und du? Von den anderen habe ich mich getrennt. Die sind mir mit der Zeit ganz schön auf die Nerven gegangen. Außerdem kommt man mit denen nicht vorwärts. Ständig war irgendetwas und Natalie hat am Ende nur noch rumgezickt."

„Das kann ich mir vorstellen", erwidere ich. „Mir ging das vor *Markina-Xemein* schon so mit denen. Heute Nacht war ich übrigens in *Santoña* mit einem Pilgerfreund. Der will sich gerade noch einen Strand aus vergangenen Zeiten anschauen. Mal sehen, wo wir uns wieder treffen. Wo willst du heute hin?"

„Ich habe mir in *Güemes* die Herberge von *Padre Ernesto* ausgesucht. Die soll richtig schön und gemütlich sein. Komm doch auch dort hin, dann sehen wir uns heute Abend wieder."

„Keine schlechte Idee. Eigentlich habe ich noch keinen Plan, wo ich am Abend übernachte, aber schon auch irgendwo Richtung *Güemes*. Prima, dann treffen wir uns dort. Ich freue mich. *Bon Camino* Nora und bis später."

Es macht keinen Sinn, gemeinsam zu pilgern, da Nora flotter unterwegs ist als ich. Mein linker Fuß zickt schon wieder herum. Die Schmerzen sind auszuhalten, aber es nervt einfach und hindert mich daran, zügig vorwärtszukommen. Langsam beschleicht mich das dumpfe Gefühl, dass ich dieses Problem meinen Wanderstiefeln zu verdanken habe. Obwohl meine Bergstiefel wunderbar bequem sind, eignen sie sich leider kaum, um weite Strecken über Asphalt zu marschieren. Mit ihnen ist es unmöglich, den Fuß richtig abzurollen und jeder Schritt versetzt der Ferse einen gehörigen Schlag. Da bringen auch die Wanderstöcke nicht viel Erleichterung beim Gehen.

Auch die heutige Etappe zieht sich hinter *Noja* endlose Kilometer auf verschiedenen Landstraßen und über Asphalt. Die steileren Berge bis kurz vor *Laredo* wandelten sich inzwischen zu sanft geschwungenen Hügeln und es grünt und blüht, wohin das Auge reicht. Es ist, als ob ich durch einen wunderbaren Garten spazieren würde. Wieder leuchten in mächtigen Stauden die herrlich stolzen Callas. In den prachtvollen, prallgefüllten Rosenblüten haben sich kleine Insekten häuslich eingerichtet. Rosa und gelb leuchtender Hibiskus, üppiger Oleander und betörend süßlich duftender Jasmin wuchern in den Gärten. In den Zitronen- und Orangenbäumen hängen die reifen Früchte neben den zart duftenden weißen Blüten. Immer wieder vernehme ich aufgeregtes Hühnergackern und lautes Hähnekrähen. Auffällig viele Viehherden gibt es hier, und aus jedem Haus heraus beobachten mich neugierige Katzen oder huschen schnell vor mir über die Straße. Und Hunde, Hunde, Hunde … ich kann sie gar nicht mehr zählen. Die meisten von ihnen zerren laut bellend an ihren Ketten, wenn ich an ihnen vorüber laufe. Von den weitläufigen Weiden blicken mir die Kühe mit ihren großen sanften Augen entgegen. Auf mich wirken sie vollkommen tiefenentspannt, wie sie so dastehen oder widerkäuend im Gras liegen. Auch der unvermeidliche und strenge Geruch der vielen Misthaufen und Güllegruben schwängert hier die Luft. So wie sich der Weg endlos die Hügel hinauf und hinab zieht, genauso wechseln sich Niesel und Sonnenschein miteinander ab. Ein Wetter zum Verrücktwerden. Irgendwann schäle ich mich wieder aus meinem Regenumhang, denn die Schwüle durch diese Wechselwirkung wird zunehmend unangenehmer. Jetzt, da ich wieder mit mir alleine bin, surren meine Gedanken erneut in meinem Kopf durcheinander wie Bienen im Bienenstock. Zeitweise wird es so heftig, dass es schon schmerzt.

ICH WILL DAS NICHT!

Verdammt noch mal, kann man diesen Bienenschwarm nicht vertreiben! Aber dieses Umhersinnen lässt sich nicht so leicht beenden. Es geschieht einfach. Und immer und immer wieder die gleichen Fragen. Was mag Werner wohl jetzt gerade zuhause so treiben? Von ihm höre ich so wenig und irgendwie vermisse ich ihn. Und wie geht es Leander mit seinen Erinnerungen an der *Playa Joyel*? Das war doch eine Schnapsidee von ihm, dorthin zu gehen. Na Gott sei Dank bin ich mit meiner Vergangenheitsbewältigung schon ein Stück weiter ... oder doch nicht? Darin bin ich richtig gut, alles einfach zu verdrängen. Noch immer habe ich keine richtige Vorstellung, wohin meine Lebensreise gehen soll. Und nun? Durch das Gespräch mit Leander wurden meine Gefühle ordentlich durcheinander geschleudert und längst vergessen geglaubte Empfindungen spült es wieder heftig an die Oberfläche. Eine Trennung ist so, als ob man bei vollem Bewusstsein ein Körperteil amputiert bekommt. Der Phantomschmerz flackert immer wieder auf. Daher bedrücken mich erneut schmerzliche Gedanken. Durch meine Scheidung habe ich den Ankerpunkt in meinem Leben verloren. Alles, was wichtig und vertraut war, ist in einer Nacht in tausend Scherben zerbrochen. Nach Jahrzehnten des Zusammenseins hatte man sich alles sehr bequem eingerichtet und das Miteinander verläuft in zu vertrauten Bahnen. Und von heute auf morgen bricht alles auseinander und man wird aus dieser „Wohlfühlecke" herausgeschleudert. Obwohl, keine Trennung passiert plötzlich. Da schleicht sich wie ein Dämon etwas in die Beziehung ein und schlägt unverhofft und urplötzlich zu. Nicht wenige Paare fühlen sich nach Jahren der Kindererziehung unvermittelt mit einer neuen Situation konfrontiert. Der Nachwuchs verlässt die elterliche Wohnung und hinterlässt eine Lücke. Jetzt heißt es, sich als Paar wieder neu zu entdecken und zu finden, und da sind beide gefordert, Mann und Frau. Tauchen erst einmal Unstimmigkeiten auf, kann man durchaus auch die Orientierung verlieren. Es ist, als ob man auf einer riesengroßen unbekannten Kreuzung steht und unfähig ist zu erkennen, wie und wohin der Weg weiterführt. Man nimmt die erstbeste Abzweigung ohne sich Zeit zu nehmen, eine alternative Möglichkeit zu sehen. Vielleicht kann man ja einen Weg, der noch im Dunkeln liegt, nicht gleich erkennen. Aber manchmal gehen Beziehungen auch einfach zu Ende, weil die gemeinsamen Aufgaben erfüllt sind. Für mich hatte sich alles so angefühlt, als ob eine geheime Macht über mein Leben entscheidet und ich in einem Strudel mitgerissen werde, um mich etwas Neuem zu stellen. Nach den langen Jahren mit einem Mann an der Seite fühle ich mich als geschiedene Frau allerdings gerade sehr unvollständig. Jetzt ist da nur noch schmerzliche Leere ... und von meinem jetzigen Partner höre ich gerade mal wieder nicht viel. Das lässt mich die Verlassenheit hier auf dem Weg noch deutlicher spüren.

Diese verdammten gelben Pfeile, die den Camino kennzeichnen! Heute verstecken sie sich wieder besonders gut und ich sollte besser auf den Weg achten, anstatt mich diesen quälenden Gedanken hinzugeben. Einen Pfeil entdecke ich nur durch Zufall. Da hat doch tatsächlich ein Spaßvogel seinen Briefkasten darüber gehängt. Zu meinem Glück würde mir das heute noch fehlen, vom Weg abzukommen. Zu allem Übel kämpfen auch noch Sonne und Regen gerade miteinander um die Vorherrschaft. Sie stehen in ständigem Wettstreit, mal gewinnt der eine, mal der andere. Die Luft heizt sich dabei auf und ist inzwischen tropenschwül. Ob ich jetzt einen Regenschutz umhänge oder nicht, es spielt keine Rolle, nass bin ich mit oder ohne. Allerdings habe ich bereits fast meinen ganzen Wasservorrat in mich hineingekippt. Es muss dringend Nachschub her, aber in den winzigen Orten entdecke ich weder eine Bar noch einen Laden. Vielleicht habe ich Glück und es gibt einen Brunnen am Wegrand. Zu Hause würde ich mir Gedanken darüber machen, ob ich das Wasser auch unbedenklich trinken kann. Hier stille ich wie selbstverständlich meinen Durst damit.

Prima, durch den ständigen Asphalt plagen mich jetzt beide Füße und ich schlurfe irgendwie vorwärts. Dieses verflixte *Güemes* muss doch endlich auftauchen. Bin ich mal wieder der einzige Pilger, der durch diese Gegend latscht. Eine einladende und neue Herberge taucht am Straßenrand auf und der Gedanke, einfach hier zu bleiben, ist zu verlockend. Aber nein, ich widerstehe der Versuchung. Wenigstens am Abend möchte ich ein bekanntes Gesicht sehen und vielleicht sind dort noch ein paar andere, die ich kenne. Heute brauche ich dringend Gesellschaft. Es können doch nur noch ein paar Kilometer sein. Hinter den sieben Bergen bei den sieben Zwergen ... mir fehlt nur noch eine Zipfelmütze. Und am Ende verlaufe ich mich doch noch und mache einen unnötigen Umweg.

Fast hätte ich nicht mehr daran geglaubt, da taucht die Herberge auf, hoch oben auf einem Hügel. Mir kommen vor Verzweiflung fast die Tränen, ich mag keine steilen Anstiege mehr! Nicht mehr heute! Warum müssen die Unterkünfte nach so einem Tag auch noch auf einem Berg

stehen? Alles Jammern hilft nichts, ich muss da rauf, will ich nicht hier unten im Gras übernachten. Meine letzten Kräfte kratze ich dafür zusammen und werde an der Eingangstüre von einem hilfsbereiten freundlichen *Hospitalero* empfangen, der mir sofort meinen Rucksack abnimmt und mir einen Wasserkrug, gefüllt mit frischem Wasser, vor die Nase stellt. Die *„Albergue del Abuelo Peuto"* ist im wahrsten Sinne des Wortes ein Pilger-Grandhotel und entschädigt für die Tagesmühen. Fast ein kleines Dorf, denn mehrere Gebäude stehen verteilt auf einem großzügigen Grundstück. Ich trage mich im Pilgerbuch ein und man zeigt mir die Unterkünfte. Zu meiner Freude erwartet mich tatsächlich bereits Nora. Sie hat mir im selben Raum, in dem auch sie schläft, ein Bett reserviert. Dieser gemütliche Raum ist mit hellem Holz getäfelt. An den beiden Längsseiten befinden sich jeweils zwei Dreifach-Stockbetten. An der Stirnseite steht ein einzelnes Bett, das bereits von einem Pilger, der gerade abwesend ist, in Beschlag genommen wurde. Mit meinem quälenden Bein kann ich keine Leiter mehr nach oben klettern und ich bin froh, dass sich Nora für mich um ein Bett ganz unten bemüht hat. Selbst die Treppe zu den Duschen stellt sich als Problem dar. Ich kann meinen Fuß nicht abrollen und muss daher jede Stufe einzeln nehmen, so, als ob mein Gelenk eingegipst wäre. Da es hier den Luxus einer Waschmaschine gibt, nutzen das Nora und ich, um unsere Schmutzwäsche zu reinigen. Wer weiß, wann sich so eine Gelegenheit wieder bietet. In der Zeit bis zum Abendessen inspiziere ich diesen Flecken Erde ein wenig genauer. Auf einem ausgedehnten Gartengrundstück reihen sich mehrere kleine Häuser zum Übernachten aneinander. Separat auf der Wiese steht ein runder Meditationspavillon, dessen Wände innen bunt bemalt sind. An alles ist gedacht, auch an ein Lesezimmer, vollgestopft mit interessanten Büchern und Fotos aus dem Leben von *Padre Ernesto*.
Welch' eine freudige Überraschung! Mit großen Schritten kommt Leander die Treppe herauf. Dass wir uns bereits hier wieder treffen, hatte wohl keiner von uns beiden erwartet. In kurzen Sätzen berichtet er mir davon, wie es ihm an der *Playa Joyel* ergangen ist. Das Wiedersehen muss schwer gewesen sein und dabei sind wohl viele Tränen geflossen. Dieser dämliche Kerl! Hatte er etwas anderes erwartet?
Vor dem gemeinsamen Abendessen werden wir Pilger alle ins Lesezimmer gebeten. Auch das junge englische Pärchen vom Vormittag sitzt auf der langen Fensterbank, innig händchenhaltend, direkt mir gegenüber. Bernard, die „rechte Hand" von *Padre Ernesto*, erklärt uns die

Besonderheit dieser Herberge und natürlich auch die Geschichte von *Padre Ernesto*. Dieses Haus wird nach der *Taizé*-Philosophie geführt und ist keine Herberge im Sinne des *Camino de Santiago*, sondern eine des „*Camino de la Vida*", eine Herberge des Lebens. Nachdem Ernesto als *Saserdotte*, als Priester, die ganze Welt bereist hatte und später in den Kohlegebieten der *Picos de Europe* half, wo Not am Manne war, kehrte er nach *Güemes* zurück. Mit Helfern erbaute er dann in und um das alte Haus seiner Großeltern und Eltern eine Herberge und nannte sie nach seinem Großvater. Jeder ist hier herzlich willkommen und kein Pilger ist gezwungen, wenn ihm die finanziellen Mittel fehlen, für Übernachtung, Abendessen und Frühstück zu bezahlen. Alles basiert auf Spendenbasis. Und jeder spendet hier gerne und auch reichlich.

Im gemütlichen Aufenthaltsraum, der sich unter dem Lesezimmer befindet, herrscht eine heimelige Atmosphäre. Fleißige Helfer sind dabei, den Tisch für das Abendessen zu decken. Der offene Kamin ist angeheizt, das Holz knistert in der Glut und verströmt dabei eine wohlige Wärme und einen angenehmen Geruch. Auch wenn die Temperaturen tagsüber in die Höhe klettern, am Abend fallen sie in den Keller. Ein junger Mann klimpert auf seiner Gitarre, die er auf dem Pilgerweg mit sich trägt. Jetzt erfahre ich auch die Namen des englischen Pärchens, Louise und John. Beide haben sich ebenfalls erst auf dem Camino kennen und wohl auch lieben gelernt und laufen seitdem gemeinsam. Sie hängen aneinander wie die Kletten. Wir sind mehr als dreißig Personen, die an den beiden großen Tischen Platz nehmen. Reichlich Gemüse, geschmortes Fleisch, Reis und Salat in großen Schüsseln stehen für die hungrigen Mäuler bereit. Auch *Padre Ernesto* ist inzwischen eingetroffen. Ein alter Herr mit kleinem Bäuchlein, schlohweißen, halblangen gelockten Haaren, weißem Bart und einem abgeklärten Gesichtsausdruck, der zeigt, dass er schon lange mit sich und der Welt in Frieden lebt. So wie der alte Herr jetzt vor uns steht, genau so habe ich mir als Kind Moses vorgestellt, wie er mit den in Steintafeln eingravierten Zehn Geboten, wallendem Gewand und Vollbart vor seinem Volke steht.

Pünktlich um zweiundzwanzig Uhr ist die übliche Bettruhe angesagt und so nach und nach trollen wir uns in unsere Zimmer. Rocco, ein junger, schlanker und feingliedriger Holländer mit blonden kurzen Locken, schläft in einem der ganz oberen Betten bei uns im Raum. So hoch oben, das wäre nichts für mich. Da bekäme ich Höhenangst und hätte Bedenken, herunterzufallen, wenn ich mich im Schlaf drehe. Noch nicht

einmal ein Brett als Sicherheit wurde an der Bettkante angebracht. Auf dem Einzelbett hat sich zu meinem Schrecken Alfred breitgemacht. Ausgerechnet Alfred!
Mit Sicherheit wird er uns die ganze Nacht mit seinem unsäglichen Sägen den Schlaf rauben. Und er liegt ausgerechnet am nächsten zu mir, an meinem Kopfende. Das lässt Böses ahnen!

Kein Weg fällt dem Menschen schwerer zu gehen als den,
der ihn zu sich selbst führt
Hermann Hesse, (1877–1962)

Güemes - Santander - Bezana

Schnarchmonster, Irrweg und Schmerz, Gastfreundschaft und Wärme

Das war bisher wohl die schlimmste Nacht, und ich hätte bereits am Abend schon im Stehen einschlafen können. Ewigkeiten lag ich wach. Bei acht Personen im Raum wäre es ratsam gewesen, ein Fenster zu öffnen. Mit der Zeit wurde es unerträglich warm und stickig. Das Licht einer Laterne schien mir durch das Fenster von draußen direkt ins Gesicht und Alfred war dabei, seinen eigenen Weltrekord im Dauerschnarchen zu brechen. Entnervt schlich ich mich in der Nacht aus dem Zimmer. Draußen war es frisch, aber die kühle Luft tat gut und nach einer Weile verkroch ich mich wieder in meinen Schlafsack. Nora litt wohl ebenfalls unter der Wärme im Raum und hatte in der Zwischenzeit endlich ein kleines Fenster geöffnet, das wenigstens ein bisschen Erleichterung brachte. Nach einer Zeit, die mir endlos lange erschien, übermannte mich doch der Schlaf, aber dafür träumte ich schlecht. Wie gerädert wache ich am Morgen auf. Mein heißgeliebter Freund Alfred springt mit einem Satz von seiner Matratze hoch und posaunt mich ekelhaft gut gelaunt an.

„Na, hast du gut geschlafen? Ich habe geratzt wie ein Bär im Winterschlaf."

Ich verziehe nur entnervt meine Mundwinkel. Nora schüttelt den Kopf. Ihr fällt dazu nur ein: „Wie Schnabbel und Gerd bei Hape Kerkeling". Trotz Ohrstöpsel in den Ohren hatte sie sein Sägen gestört. Übellaunig denke im mir im Stillen: "Alfred, die nächste Klippe am Atlantik gehört dir!"

Wenigstens fällt das Frühstück reichhaltig aus und die Laune steigt sofort. Gestärkt machen wir uns das erste Mal zu dritt auf den Weg, Nora, Leander und ich. Heftiger Regen hatte in der Nacht eingesetzt und unsere Regenponchos müssen wieder zeigen, was sie können. Meine Füße wollen sich nicht wirklich erholen und auch das rechte Gelenk ist inzwischen angeschwollen. Die ersten Schritte am Morgen sind eine Tortur und es braucht ein Weilchen, bis ich mich eingelaufen habe. Im strömenden Regen verlassen wir auf der Landstraße *Güemes*, um dann später auf eine noch größere in Richtung *Galizano* abzubiegen. Bereits von hier aus können wir die Atlantik-Steilküste erkennen und in der Ferne auch ganz vage die Umrisse von *Santander*. Genau an der Kante dieser Steilküste zieht sich unser Pfad dahin. Die Strecke wurde uns in der

Herberge als landschaftlich sehr reizvoll und wesentlich angenehmer zum Gehen beschrieben als die originale an der Straße entlang. Wir ignorieren die gelben Pfeile, die uns ständig auf einen anderen Weg locken wollen, und orientieren uns jetzt an der Ausschilderung Richtung „*Playa*". Durch einen kleinen Ort hindurch, vorbei an einigen Bauernhöfen, steuern wir direkt auf die Klippenkante zu. In einem respektvollen Abstand von zwei bis drei Metern wandern wir an ihr entlang hoch über dem Abgrund in Richtung *Santander*. Unter uns tobt und braust wild der Atlantik und die Wellen klatschen hörbar an die Felsen. Der Wind pfeift uns heftig um die Ohren und der inzwischen seichter gewordene Regen fällt beharrlich weiter. Immer wieder bietet sich in der Felswand eine Gelegenheit, über Steintreppen hinab zu kleinen, lauschig gelegenen Sandbuchten zu gelangen. Bei blauem Himmel und Sonnenschein wäre die Verlockung sicherlich groß, dort unten eine Pause einzulegen. Schilder warnen indes am Klippenrand immer wieder vor der Absturzgefahr. Ein tiefsinniger Witzbold, der weiß, was wir alle am nötigsten brauchen, hat auf eines dieser Schilder einen großen Aufkleber mit dem Schriftzug:

„All you need is love!"

geklebt, wie wahr! Was ist schon ein Leben ohne Liebe?
Wir machen uns einen Spaß daraus, mit wehenden aufgeblähten Regenponchos hoch über dem brodelnden Meer auf den Klippen im heftigen Wind zu stehen und uns gegenseitig zu fotografieren. Mein Bauch mag den Blick in die Tiefe nicht und er macht mich durch ein unangenehmes Ziehen darauf aufmerksam. Unter mir tosen die Urgewalten des Atlantiks und das Wasser schäumt und spritzt wie in einer Waschküche. Ununterbrochen donnert die Brandung gegen die hohen Felswände und der Dunst, den die Gischt verbreitet, schmeckt nach Salz und vernebelt den Blick. Möwen kreischen und kämpfen spielerisch gegen die immer wiederkehrenden Windböen an. *Santander* liegt im Wolkenschleier am Horizont vor uns und scheint zum Greifen nahe. In der Ferne ziehen große Handels- und Kreuzfahrtschiffe auf der unruhigen Wasserfläche vorbei, die Kurs auf die Stadt nehmen oder gerade auslaufen. Wo mögen die alle wohl hinreisen? Wieder wird mir bewusst, dass am gegenüberliegenden Ende dieses unendlich erscheinenden Meeres ein anderer Kontinent liegt, und wieder versuche ich, diese Weite zu begreifen. Von der Stelle aus, an der ich mich gerade befinde, erkennt man die Halbinsel *La Magdalena*, die kleine Insel *Mouro*

und den Leuchtturm von *Cabo Mayor*, der vor der ausgedehnten Bucht Wache steht.

Am Ende der Steilklippen mündet unser Pfad in einen Weg, der uns gemächlich hinab zu einem ca. zwei Kilometer langen Sandstrand führt. Jetzt endlich hört der Regen auf. Es scheint wohl so, dass ich einen Strand immer bei Ebbe erreiche. Aber auch das hat etwas Interessantes an sich. Auch auf diesem hier liegen und stehen Felsbrocken in den unterschiedlichsten Formen und Größen. Mal schmal und hoch wie Säulen, mal hingeworfen wie Würfel liegen sie hier auf dem Sand verteilt. Hohe Dünen, hinter denen sich ein Kiefernwäldchen duckt, begrenzen den Strand. Über bequeme lange Holzplanken, die die Sandberge miteinander verbinden, kommen wir bequem voran. Weit entfernt vom Wasser stapfen Nora und ich auf *Somo* zu, einem Vorort, dem *Santander* an der breiten Bucht gegenüberliegt. An einem der hoch aufgestellten Felsen, die wie Stelen auf diesem Strand wirken, entdecke ich einen Tierkadaver. Ein nicht allzu großer schwarzer Hund. Wo mag der arme Kerl wohl hingehören und was mag ihm passiert sein? Ob ihn jemand vermisst? Wahrscheinlich ist er einer der vielen streunenden Tiere, die einem unterwegs häufig über den Weg laufen.

Leander, der, wenn er das Meer sieht, kein Halten mehr kennt, hüpft bereits ohne Stiefel wie das tapfere Schneiderlein durch das seichte Wasser. Als Nora und ich das Ende des Strandes erreichen, sitzt er bereits gemütlich und grinsend in einer Surfbar und wartet auf uns. Das zweite Frühstück kommt wie gerufen und wir lassen uns erneut unsere Lieblingspilgermalzeit schmecken. Jetzt, da ich mich nach diesem am Ende anstrengenden Marsch über den Sand endlich setzen kann, treiben mir die Schmerzen in meinen Füssen fast die Tränen in die Augen. Ich ziehe mir die Stiefel aus und hoffe, dass mir das ein bisschen Linderung verschafft, bevor es ans Weiterlaufen geht. Dieser Weg mag mich einfach nicht. Er quält mich. Jeden Kilometer muss ich mir erkämpfen. Was ist das nur, das mich so herausfordert?

Da *Santander* und somit auch unser weiterer Weg auf der gegenüberliegenden Seite der Bucht liegen, müssen wir mit einer größeren Barkasse von *Somo* aus übersetzen. Auf dem Wasser wird der Wind eisig und peitscht unangenehm ins Gesicht. Heftiger kalter Regen setzt wieder ein und wir Frauen verziehen uns ins warme Bootsinnere. Leander hält dem Wetter eisern stand und trotzt ihm im Freien. Die stolze Stadt *Santander*, die Hauptstadt Kantabriens, empfängt uns mit dicken Regentropfen. Ihr heutiger Name leitet sich vom frühchristlichen

Märtyrer *Emeterius* ab. Sein Haupt wurde angeblich im 3. Jahrhundert nach Santander gebracht. Auch diese Stadt hatte einige Schicksalsschläge zu erleiden. Im Jahre 1893 geriet der Frachter *Cabo Machichaco* in Brand und explodierte mit einundfünfzig Tonnen Dynamit an Bord im Hafen. Das war für Spanien eine der folgenschwersten Katastrophen. Sogar die in der Nähe gelegenen Häuser wurden durch die enorme Druckwelle zerstörte. Eine weitere Katastrophe, ein verheerender Brand im Jahre 1941, vernichtete nahezu vollständig den historischen Stadtkern von Santander. Man baute die Stadt wieder auf, aber dadurch hatte sich das Stadtbild gravierend verändert. Das ist auch der Grund dafür, dass man hier kaum historische Bauwerke finden kann. Aber schon allein die Lage von *Santander* ist beachtenswert und lohnend für einen Besuch.
Nach dem Verlassen der Barkasse erhalten wir in der Verkaufsstelle für die Schiffsfahrkarten Stempel in unsere *Credenzials* und halten danach Ausschau nach unseren Wegweisern. In dieser Stadt sind die Muschelzeichen aus Metall gegossen und in den Gehwegen eingelassen. Wir sind uns einig, dass wir uns hier nicht lange aufhalten möchten, da wir sowieso nicht übernachten wollen. Und im strömenden Regen eine Stadtbesichtigung zu unternehmen, macht keine Freude. Für die vielen Prachtbauten und den eleganten Läden fehlt mir im Moment der Sinn. Ich kämpfe mit meinen Beinen und komme Nora und Leander kaum hinterher. Immer stadtauswärts, durch belebte Straßen und vorbei an der großen Stierkampfarena, gelangen wir zu einem sehr großen Platz, dem *Cuatro Caminos*. Dort treffen sechs breite Straßen aufeinander und irgendwo hier verlieren wir die Muscheln und die Orientierung, zu sehr war ich damit beschäftigt, den beiden hinterher zu humpeln, und die zwei waren beim Gehen in ein lebhaftes Gespräch vertieft. Keiner von uns achtete dabei auf den Weg. Jetzt stehen wir völlig planlos an einem großen Kreisverkehr. Leander weist in eine Richtung und beharrt darauf, dass der Weg dort weiterginge. Er lässt sich auch nach längerer Diskussion mit uns nicht davon abbringen. Wir zwei Frauen geben schließlich nach und folgen ihm. Irgendwie beschleicht uns aber ein ungutes Gefühl dabei. Hier sieht alles sehr nach ödem Industriegebiet aus, keinerlei Anzeichen nach dem Jakobsweg, auch keine anderen Pilger in Sichtweite. Einzig unser Mann im Bunde ist davon überzeugt, auf dem richtigen Weg zu sein. Nach einigen gelaufenen Metern streiken Nora und ich. Wir weigern uns strikt noch einen Schritt zu gehen. Da weit und breit weder eine Bushaltestelle noch sonst irgendein Fortbewegungsmittel zu sehen ist, bitte ich kurzerhand in einem Lagerhallenbüro darum, uns ein

Taxi zu rufen. Ich kann beim besten Willen keinen weiteren Schritt mehr gehen und Nora hat schlicht und ergreifend keine Lust mehr dazu. Die sechs Kilometer bis *Bezana* können wir ruhigen Gewissens in einem Taxi zurücklegen. Außerdem, wer weiß, wie weit wir zurück müssten, um wieder auf den richtigen Weg zu gelangen. Leander bleibt stur. Er weigert sich, mit uns mitzufahren und kehrt um. Ich hätte nicht gedacht, dass ich mich einmal so sehr darüber freuen würde, in ein Taxi einzusteigen. Auch Nora sinkt völlig erledigt auf den Rücksitz. In Windeseile erreichen wir *Bezana* und berappen gerne die knapp dreizehn Euro, denn diese Entscheidung war goldrichtig gewesen.

Die private Herberge, die Nora ausgesucht hatte und die ein wenig außerhalb des Ortskerns liegt, ist schnell gefunden. Ein gemütliches älteres Haus aus groben Steinen mit einem schönen Garten. Wieder einmal werden wir herzlich von der *Hospitalera* empfangen, einer sympathischen Frau mittleren Alters mit dunklen längeren, lockigen Haaren. Die Unterkunft nebst Abendessen und Frühstück ist auch hier auf Spendenbasis. Über eine Holztreppe gelangen wir in die obere Etage, in der sich der Schlafraum befindet. Mehrere Stockbetten aus Holz stehen aneinander gereiht an den rauen Natursteinwänden. Bunte Stoffteppiche verbreiten eine urgemütliche heimelige Stimmung, die irgendwie an Peru erinnert. Nora und ich finden ein freies Stockbett und ich klettere trotz meiner lädierten Füße freiwillig nach oben, da meine Mitpilgerin an „Stockbetten-Höhenangst" leidet. Ja, so etwas soll es tatsächlich geben. Bevor ich mich zum Duschen wieder die Treppen nach unten hangle, richte ich mein Lager für die Nacht her. Eine Längsseite des Bettes steht an der Wand, alle anderen Seiten des Bettes sind offen und ohne schützende Kante. Das bereitet mir schon ein wenig Sorge und ich hoffe, dass ich nachts im Schlaf nicht zu nahe an den Rand komme und womöglich auch noch herunter falle.

Unter uns im Eingangsbereich ertönen laute Stimmen. Irgendjemand diskutiert mit der *Hospitalera*.

„Hallo!" ruft plötzlich eine uns wohlvertraute Stimme von der Treppe aus zu uns herauf. „Sind meine Mädels schon da?"

Ruckartig gehen sämtliche Köpfe Richtung Stiegen. Da steht doch wahrhaftig Leander vor uns und grinst uns an. Nachdem er in *Santander* einige Passanten nach dem richtigen Weg gefragt hatte, ist es ihm gelungen, die Orientierung wieder zu finden. Somit wären wir also alle drei wieder vereint.

Unter der heißen Dusche tauen meine Lebensgeister wieder auf. Auch wenn mein linkes Bein mittlerweile ordentlich dick ist, so verliere ich keineswegs meine gute Laune und meinen Humor. Bevor es Abendessen gibt, das die *Hospitalera* und ihre Familie zubereiten, verkrieche ich mich noch eine Weile in mein Bett und halte meine Tageseindrücke in meinem Notizbuch fest. Während ich so in die Runde schaue, fällt mir auf, dass sich hier eine bunt gemischte Truppe zusammengefunden hat. Sogar ein Ehepaar aus Mallorca ist dabei, das den Pilgerweg allerdings mit dem Rad zurücklegt. Auch Rocco ist eingetroffen und ein franko-kanadisches, älteres Ehepaar mit ihrer Tochter Laurence. Dann sind da noch Holländer und Italiener und natürlich Engländer, die nirgends fehlen. Selbst mein Freund, der alte Koreaner, befindet sich unter ihnen. Der scheint langsam aufzutauen, denn er mischt sich immer mehr unter die anderen Pilger und nimmt irgendwie an den Unterhaltungen teil. Nach dem heutigen verregneten und zeitweise trüben Tag herrscht jetzt unter uns Pilgern eine entspannte Stimmung. Die meisten von uns sitzen gemütlich verteilt auf den Sofas, schmökern in den herumliegenden Büchern und kraulen die beiden Katzen, die schnurrend um unsere Beine streichen und um Aufmerksamkeit betteln. Irgendjemand klimpert auf dem Klavier und Rocco erzählt ein wenig über sich. Es überrascht mich zu hören, dass er Balletttänzer ist. Niemals wäre mir in den Sinn gekommen, dass ein Tänzer die Strapazen eines Jakobsweges auf sich nehmen würde. Für die sind doch ihre Füße und Beine das Arbeitskapital, das geschont und gepflegt werden sollte. Die Lauferei auf diesem langen Weg könnte da schon beträchtliches Unheil anrichten. Zu Roccos Leidwesen hat der Camino bei ihm bereits zugeschlagen. Nach den ersten Pilgertagen zeigte sich bei ihm eine sehr schmerzhafte *Tendinitis* an den Schienbeinen und er musste eine geraume Zeit pausieren. Um nicht nochmals vor demselben Problem zu stehen, hat er sich dann kurzerhand ein gebrauchtes Trekking-Rad gekauft, mit dem er jetzt seinen Weg fortsetzen kann.

Und endlich gibt es Abendessen. Hungrig scharen wir uns in der großen behaglichen Küche um eine lange gedeckte Tafel. Der Duft frischer, heißer Tortilla steigert unseren Appetit. Der Salat dazu ist reichlich und frisch. Wir sind schon fast alle fertig mit Essen, da gibt es für die Franko-Kanadierin Laurence, die heute ihren 25. Geburtstag feiert, eine Überraschung. Unsere *Hospitalera* gratuliert ihr mit einem selbstgebackenen Schokoladenkuchen, in den sie für jedes Jahr eine kleine Kerze gesteckt hatte. Und natürlich ist es die Aufgabe von

Laurence, die alle auf einem Sitz auszublasen. Was für ein Kauderwelsch ist das Geburtstagsständchen. In den unterschiedlichsten Sprachen stimmen wir „Happy Birthday" an und unser Geburtstagskind bricht darüber in ein herzhaftes lautes Lachen aus.
Der Abwasch und das Aufräumen wird nach dem Abendessen von uns Pilgern schnell gemeinsam erledigt. Anschließend bietet Gabi, eine Physiotherapeutin, mir eine Lymphdrainage an, als sie mein mitgenommenes Bein sieht. Dankend nehme ich ihr Angebot an und merke, wie mir diese Behandlung guttut. Sie ist gemeinsam mit ihrem Mann unterwegs, beide kommen aus Polen und sprechen fließend Deutsch. Es muss doch schön sein, einen Menschen zu haben, der mit dir all diese wunderbaren Erlebnisse auf dem Camino teilt. Wieder einmal vermisse ich meinen Partner. Ich verkrümle mich bald darauf in meinen Schlafsack und versuche, meine etwas niedergeschlagene Stimmung zu verdrängen. Selbst Leander ist heute Abend seltsam ruhig und kriecht wortlos in sein Bett. So nach und nach trudeln auch alle anderen ein und es dauert nicht lange, bis Ruhe einkehrt. Obwohl dies eine private Herberge ist und man es da mit der Bettruhe nicht allzu genau nimmt, um zweiundzwanzig Uhr ziehen sich die meisten trotzdem zurück. Die Tage sind lang und die Luft und das Laufen machen müde.

Wenn du erkennst, dass du den falschen Weg eingeschlagen hast, zögere nicht, umzukehren oder abzubiegen.
Unbekannt

Bezana - Santillana del Mar

Im spanischen Rothenburg ob der Tauber,
Gucci-Taschen-Ladies und das Kind im Manne

Dass ich am Morgen, trotzdem ich wunderbar tief und fest geschlafen habe, wieder sehr früh aufwache, daran sind die Franko-Kanadier nicht ganz unschuldig. Sie rascheln bereits mit ihren Plastiktüten, in denen sie alle ihre Habseligkeiten verpacken. Witzig an der ganzen Aktion ist allerdings, dass sie sich nur flüsternd unterhalten. Also ob das was an der Sache ändern würde. Sie machen einfach Lärm, und raschelnde Plastiktüten gehören auf dem Camino unter Androhung der Todesstrafe verboten. Erst recht morgens, wenn alles noch schläft.

So liebevoll wie das Essen gestern Abend zubereitet war, genauso liebevoll und reichhaltig ist nun auch das Frühstück hergerichtet. Nach und nach taucht jeder mehr oder weniger ausgeschlafen am Tisch auf und stärkt sich für den Tag. Auch jetzt am Morgen wird noch gemeinsam das Frühstückschaos beseitigt, bevor sich jeder auf seinen Weg macht. Kein Pilger verlässt das Haus, bevor er nicht persönlich von unserer Herbergsmutter umarmt und mit einem herzlichen *Buen Camino* verabschiedet wird. Schweren Herzens entschließe ich mich wegen der Schmerzen in meinem Fuß, mit dem Zug nach *Barreda* zu fahren und erst von dort die letzten zehn Kilometer nach *Santillana del Mar* zu laufen. Also verabschiede ich mich von Leander und Nora. Wir werden uns heute Abend im „Rothenburg ob der Tauber" von Spanien, wie unser Zielort auch genannt wird, wieder treffen. Da ich bereits vor ihnen dort ankommen werde, habe ich die verantwortungsvolle Aufgabe übernommen, mich um eine Unterkunft für uns drei zu kümmern.

Schon die kurze Strecke zum Bahnhof bereitet mir Mühe. Nur langsam komme ich vorwärts. Wie bitte soll ich später die letzten zehn Kilometer bewältigen? Etwa zweieinhalb Stunden Fußmarsch! Auf einer Schmerzskala von 1 bis 10 bin ich inzwischen bei 9 angelangt. Vermutlich würde so manch' anderer jetzt aufgeben, aber erstaunlicherweise kommt mir diese Idee kein einziges Mal in den Sinn. Nach wie vor habe ich Freude an diesem Weg und es steht für mich außer Frage, nicht in Santiago anzukommen. Das Bahnticket kostet gerade mal knappe drei Euro und zum wiederholten Male erstaunt es mich, wie günstig Bahnfahren in Spanien ist. Wenigstens hat der Wettergott ein Einsehen.

Es hat sich ausgeregnet und die Sonne lugt hinter den Wolken hervor. Das könnte wieder ein heißer Tag werden. Beim Einsteigen in den Zug stelle ich fest, dass ich nicht der einzige Pilger bin, der dieses Fortbewegungsmittel ab *Bezana* wählt. Wenn die Landschaft einfach so an dir vorbeigleitet und du dich auf deinem Sitz zurücklehnen kannst, fragst du dich schon einen kurzen Moment lang, warum man sich die Plagerei mit dem Laufen antut. Aber dieser Moment ist wirklich nur kurz, denn diese wunderbare Freiheit, die man beim Gehen in der freien Natur verspürt, kann eine Bahnfahrt nicht ersetzen. Heute ärgert mich deshalb auch kein schlechtes Gewissen mehr. Noch immer sind genügend Kilometer vor mir, die ich marschieren kann. Da fallen die paar, die ich jetzt fahre, nicht ins Gewicht. Und der liebe Gott ist mir sicher nicht böse deswegen. Dabei grinse ich in mich hinein. Schon lustig, wie sich die Denkweise mit der Zeit verändert.

Schnell erreicht die Bahn die Station von *Barreda* und mit mir verlassen noch eine Handvoll weiterer Pilger den Zug. Der Chemie-Riese Solvay betreibt hier seine Fabriken, die einen Teil des Ortes beherrschen. Nach dem Verlassen des kleinen Bahnhofs überquere ich eine Brücke über den *Ria Saja*, um durch den Vorort *Viveda* bergauf der Straße zu folgen. Alles sieht hier sauber und gepflegt aus, angefangen von den Vorgärten bis zu den Häusern selbst. Die Bewohner hier haben mit dem Chemieunternehmen wohl einen guten Arbeitgeber. Nach dem letzten Anwesen geht es mehrere Kilometer über Asphalt nur immer bergauf und bergab Richtung *Camplengo*. Es ist erst kurz nach zehn Uhr und schon jetzt steht der flirrende Sonnenball gnadenlos am Himmel, nur von ein paar kleinen fotogenen Schleierwolken durchzogen. Die Windstille sorgt dafür, dass sich eine bleierne Hitze über die Felder und die Straße legt. Für Ende Mai klettert das Thermometer abermals nahe an die 30 Grad Marke. Was für Wetterkapriolen täglich! Und warum ziehen sich diese kurvenreichen, lächerlichen zehn Kilometer in die Länge wie ein Gummiband? Hin und wieder passiere ich kleinere Häusergruppen, aber nicht wirklich größere Ortschaften. Bei den unzähligen Haustieren, die mich hier neugierig beäugen, beschleicht mich der Verdacht, dass jeder Spanier mindestens einen Hund und auf alle Fälle zehn Katzen besitzt. Wenigstens sind diese Tiere präsent, wenn ich schon ihre Besitzer nicht zu sehen bekomme. Diese hügelige Weite hier wirkt mit den blühenden Wiesen und den Obstbäumen auf mich wie ein bunter Patchwork-Flickenteppich, der in den herrlichsten Farbschattierungen leuchtet.

Auffallend sind die vielen Pferdekoppeln, die es hier gibt und auf denen sich herrliche Reitpferde austoben dürfen.

Auf einer Anhöhe hinter *Camplengo* raste ich bei der kleinen Kapelle *San Cipriano*. Von hier aus kann *Santillana del Mar* nur noch ein Katzensprung entfernt sein. Beim Weiterlaufen mache ich vor mir in der Ferne einen einsamen Pilger aus, aber die Distanz verkürzt sich nicht wirklich zwischen uns beiden. Darauf bedacht, irgendwie eine Gangart zu finden, die mich den Schmerz in den Füssen nicht spüren lässt, laufe ich sehr konzentriert. Wieder nerven meine Gedankenflüge ganz gewaltig und ich bemühe mich krampfhaft, sie irgendwie auszuschalten. Aber das will nicht gelingen. Gebetsmühlenartig wechselt ein Gedanke den anderen ab ... wo mögen die anderen beiden jetzt gerade sein ...? Was macht meine Familie zu Hause ...? Wie geht es meinem Lebenspartner ...? Überhaupt, er meldet sich noch immer sehr selten bei mir. Wie habe ich das zu verstehen, aus den Augen, aus dem Sinn? Irgendwie würde es mir schon helfen, wenn da einer wäre, der sich mit einem liebevollen „Guten Morgen" oder einem „Gute Nacht und schlaf gut, ich denk an dich", bei mir meldet. Und selbst wenn ich mich melde, lässt die Antwort lange auf sich warten. Bekommt man beim Gehen in der Natur ein dünneres Fell oder macht der Weg einfach nur sentimental? Nein, das tut er nicht, aber man wird empfindsamer, bekommt eine vollkommen andere Denkweise. Dadurch, dass man den ganzen Tag eins ist mit der Natur, nimmt man alles viel intensiver und detaillierter wahr. Die Gedanken werden klarer, man erkennt, was wirklich wichtig ist im Leben. Dieses Leben, das doch nur einen kurzen Moment dauert von der Geburt bis zum Tod. Wir fangen an, uns abzustrampeln. Sind zuerst dem Willen unserer Eltern unterworfen, dann den Anweisungen der Schule und denen der Ausbildung. Es kommen immer mehr dazu, die meinen, uns sagen zu müssen, wie wir unser Leben zu gestalten haben. Wir beugen uns dem äußeren Druck, verfallen dem Massenkonsum, werden manipuliert von den Medien. Es wird so viel von uns erwartet und wir funktionieren und erfüllen diese Erwartungen, in der Familie und im Beruf. Wir vergessen, was wirklich wichtig ist. Das einzige, was von einem Menschen erwartet wird in diesem kurzen Moment zwischen Geboren werden und Sterben, ist GLÜCKLICH SEIN und LEBEN. Und der Schlüssel dazu ist innere Zufriedenheit und Gelassenheit. Zu nichts anderem sind wir auf der Welt. Und um glücklich zu sein, dazu braucht es sehr wenig. Genau dieses lehrt uns der Camino. Jeder von uns schleppt einen imaginären Rucksack mit sich herum, und wir füllen ihn von Jahr zu Jahr mit immer mehr sinnlosem Ballast. Wir sind so in unserem Alltag gefangen, dass wir nicht merken, wie uns dieses Gewicht zu Boden drückt. Nicht wenige werden dadurch krank und so manch einem bricht es im wahrsten Sinne des Wortes das Rückgrat. Sagt man nicht, man schenkt einem Kind das Leben? Das Leben ist tatsächlich ein Geschenk und so sollten wir auch damit umgehen. Dankbar und voller Lebensfreude. Und was machen wir Menschen daraus? Wir plagen uns tagtäglich und versuchen den Turm von Babel neu zu erbauen. Und dann passieren unvorhergesehene Schicksalsschläge. Und wieder jammern wir und bedauern uns und suchen die Gründe und Fehler und des Scheiterns bei anderen. Aber niemand anderes hat für unser Unglück oder auch Glück die Verantwortung, als nur wir ganz alleine. Es liegt in unseren Händen, was mit unserem Leben passiert. So manch einer begreift dann endlich, was wirklich zählt und erkennt in einer Ausnahmesituation eine Chance, sein Leben neu zu ordnen. Mir ist es ähnlich ergangen. Erst in dem Moment, in dem mein geordnetes Leben in Scherben zerbrach, habe ich festgestellt, hier muss etwas passieren. Wirklich aufgewacht bin ich allerdings erst, als ich während der ersten Monate nach meiner Trennung bei Freunden auf meiner Lieblingsinsel Mallorca zur Ruhe kommen wollte. Dort kam ich, der ich in meinem ganzen Leben noch niemals Interesse an Spiritualität und Meditationen gezeigt hatte, durch ziemlich seltsame Umstände damit in Berührung. Auf einer Finca in der Nähe von *Santanyí* lernte ich Rolf Hofmann und seine damalige Partnerin Uschi kennen, die mich zu ihren regelmäßigen Meditationsabenden einluden. Schon beim ersten Zusammentreffen mit den beiden war ich mehr als erstaunt, was da passierte, und es machte mich neugierig auf mehr. Wenn ich so nachdenke, war genau das mit ausschlaggebend, dass in mir der Entschluss zu reifen begann, den *Camino Frances* zu laufen. Jetzt pilgere ich bereits zum zweiten Mal und seit elf Tagen begnüge ich mich nur mit dem, was ich auf dem Rücken in meinem Rucksack mit mir trage. Überhaupt Rucksack … ich habe doch schon unnötiges Gewicht nach Hause geschickt und noch immer fühlt es sich an, als hätte ich Blei eingepackt. In der Zwischenzeit führt die Straße leicht den Berg hinab und geht von Asphalt in Kopfsteinpflaster über. Kein Straßen- oder Ortsschild hat mich darauf hingewiesen, dass ich mich bereits am Ortsbeginn von *Santillana del Mar* befinde. Das überrascht mich dann doch ganz angenehm. Da war das Gedankenwälzen ausnahmsweise zu etwas nützlich, denn dadurch hatte ich nicht bemerkt, wie die Kilometer dahinschmolzen, und meine plagenden Füße konnte ich ebenfalls vollkommen vergessen. Ein schmuckes und blitzblank sauberes, mittelalterliches Städtchen liegt vor mir ... und Horden von lärmenden Touristen und tobenden Schulklassen. Nach der Einsamkeit der letzten Kilometer lasse ich mich wie paralysiert durch diesen Rummel treiben und über das große, unförmige Kopfsteinpflaster, das man bei uns zuhause „Kindsköpfe" nennt. Die mittelalterlichen, sehr gut erhaltenen Bauwerke und Herrenhäuser entrücken mich in eine andere Welt. Mitten auf der autofreien Gasse, die sich schnurgerade leicht ansteigend durch den Ort zieht, befindet sich der alte Waschplatz. Ein langgezogener Steintrog liegt geschützt unter einem Dach. Zu beiden Seiten der Gassen drängen sich Souvenirläden, Restaurants und Bars aneinander. Vor den Fenstern der Wohnhäuser hängen Blumenkästen, aus denen üppige, rot leuchtenden Geranien quellen. Ein interessantes Städtchen, aber grauenhaft touristisch ausgerichtet. Der komplett autofreie Ort ist ein jahrhundertealtes lebendiges Museum, errichtet um die Stiftskirche „*Colegiata de Santillana del Mar*", die Kirche der Heiligen Juliana. Vor einer kleinen Bar lasse ich mich auf einen freien Stuhl fallen, bestelle mir mein Lieblingsgetränk und betrachte das Treiben vor meiner Nase. Ein Bus aus Marbella spuckt eine deutsche Frauengruppe aus. Nach ihrem Äußeren zu schließen, sind wohl alle von Beruf „wohlsituierte Ehefrau" und leiden keineswegs an Geldmangel, wohl eher an Langeweile. Der Schmuck und die Handtaschen, die von ihnen spazieren getragen werden, stammen nicht vom Wochenmarkt. Ich amüsiere mich köstlich damit, sie zu beobachten, wie sie sich auf groteske Weise bemühen, mit ihren teils hochhackigen Designerschühchen über das grobe Kopfsteinpflaster zu balancieren und dabei noch eine gute Figur zu machen. Noch ist es früher Nachmittag, gerade mal zwei Uhr. Die städtische Pilgerherberge öffnet erst um vier. Allerdings sitzen schon einige müde Wanderer im Garten und die Unterkunft bietet nicht sehr viele Betten an. Es wird wohl besser sein, ich kümmere mich um ein privates Zimmer für uns drei und frage deshalb nach dem Touristoffice. Das zumindest hat geöffnet. Dort bekomme ich einen Stempel und die hilfsbereite Mitarbeiterin empfiehlt mir das Hotel „*Solar de Hidalgos*", das sich am Ende der breiten Gasse befindet, die durch den Ort hindurch führt. Auf meinem Weg dorthin fällt mir ein Museum auf. Eine alte rostbraune Ritterrüstung, die ein Schwert in der Hand hält, macht auf das „*Museo de la Tortura*" aufmerksam. Wen es interessiert, der kann hier mittelalterliche Foltergeräte und Folterkammern besichtigen. Mir kommen sofort meine Söhne in den Sinn. Als kleine Buben haben sie sich mit Begeisterung auf unseren

Italienreisen die dortigen Folterkammern der altertümlichen Adriastädtchen angesehen.

Das Hotel finde ich am Ortsausgang von *Santillana,* ein stattliches Herrenhaus. Zu früheren Zeiten wohnte hier sicherlich eine einflussreiche Familie. Es erinnert mich sehr stark an das Geburtshaus einer mallorquinischen Freundin. Ihr Anwesen ist inzwischen ein Museum. Diese herrlichen Häuser zu erhalten kostet eine Menge Geld und Leidenschaft. Viele von ihnen werden deshalb in ein Hotel umfunktioniert. Durch eine schwere dunkle Holztür trete ich ein und finde mich in einem langengestreckten kühlen Flur wieder. Überall trifft man auf die Hinterlassenschaften und Zeichen einer bewegten Vergangenheit. Ein älterer, beleibter Mann empfängt mich an der Rezeption. Für gerade mal fünfundvierzig Euro vermietet er mir ein Dreibett-Zimmer und um mir dieses Zimmer zu zeigen, schnauft er vor mir die breite dunkle Holztreppe bis in den zweiten Stock hinauf. Die Wände des Hotels sind allesamt aus rohem Naturstein und auf jeder Etage stehen liebevoll angeordnet alte Sessel und Sofas, Tische, Kommoden und Schränke aus längst vergangenen Zeiten. Die alten Möbel wirken wuchtig und schwer und wurden ebenfalls aus dunklem Holz gefertigt, wie auch die Treppe. Und natürlich ist alles sorgfältig dekoriert mit allerlei Schnickschnack, Deckchen und Kunstblumen. Unser Zimmer liegt zum Hinterhof hinaus, ist hell, groß und ruhig. Die drei einzelnen Betten stehen mit der Kopfseite an einer Längswand nebeneinander. Sogar ein kleiner Balkon ist dabei und das Bad ist der reine Luxus. So groß, dass man eine Party darin feiern könnte.

„Euch erwartet bei eurer Ankunft eine königliche Unterkunft", teile ich per WhatsApp Nora und Leander mit. Bis die beiden eintrudeln habe ich noch genug Zeit, mich in aller Ruhe meiner ausgiebigen Körperpflege zu widmen. In den einfachen Herbergen kommt das immer zu kurz. Hier im Hotel ist das neben den herrlich frischen, weißen Handtüchern wieder ein willkommener Genuss. Anschließend setze ich mich auf den kleinen Balkon in die Sonne und stelle fest, dass sich unter mir im Zimmer Rocco eingefunden hat. Mit dem Rad möchte er „noch schnell mal" einen Abstecher ans Meer machen, das sich einige Kilometer von *Santillana del Mar* entfernt befindet. Auch die *Höhlen von Altamira* mit ihren prähistorischen Malereien kann man in unmittelbarer Nachbarschaft bestaunen und eventuell schaut er sich auch die noch an. Mein Smartphone fiept und eine Nachricht von Nora leuchtet auf: "Es dauert nicht mehr lange, wir sind bald da". Also setze ich mich mal in Bewegung

Richtung Ortsbeginn. Inzwischen geht es auf vier Uhr zu. Vor der Kirche kauere ich mich auf die Mauer und betrachte noch immer ganz ungläubig das bunte Treiben. Schade, da die Kirche verschlossen ist, kann ich sie nicht von innen besichtigen. Lange muss ich hier nicht sitzen und warten. Schon von weitem erkenne ich Leander an seiner für ihn ganz typischen tänzelnden Gangart. Nora besitzt ebenfalls einen eigenen Laufstil, eher kurze stakkatoartige, schnelle Schritte. Freu! Freu! Ich komme mir vor wie *Littlefoot* aus dem Film *„In einem Land vor unserer Zeit"*, als der seine Familie wiederfindet.

„Hallo Erika! Wartest du schon lange auf uns? Lass uns erst mal in eine Bar gehen und was trinken", begrüßt mich Leander.

„Wir haben einen Megadurst. Das ist eine Hitze heute", stöhnt er.

„Prima Idee", pflichtet ihm Nora bei. „Eine Bleibe für heute Nacht haben wir ja bereits. Da fällt das Suchen weg und wir haben Zeit."

Wir finden einen freien Platz vor der nächsten Bar und die beiden verschwinden im Inneren, um kurze Zeit später beladen mit Gläsern und Flaschen wieder aufzutauchen.

„Mädels, ich hab' noch einen Teller Tapas bestellt. Man muss sich ja auch mal was gönnen."

Fröhlich lachend sitzen wir beieinander und haben unseren Spaß. Es macht uns noch nicht mal etwas aus, als Alfred auftaucht. Unsere gute Laune stimmt uns milde ihm gegenüber. Na ja, so daneben ist er nun auch nicht, abgesehen von seinem Schnarchen und seinem Mitteilungsbedürfnis.

Er jedenfalls freut sich unbändig, uns zu treffen. Mehr freuen wir uns allerdings darüber, dass heute Nacht die anderen Pilger in der Herberge das Vergnügen seiner Schnarchattacken genießen dürfen.

Meine beiden Pilgerkameraden sind völlig aus dem Häuschen, als ich ihnen unsere Unterkunft zeige, und sie nehmen gleich jeder eines der Betten in Beschlag. Erst verschwindet Nora im Bad und spült sich ausgiebig den Staub vom verschwitzten Körper und dann belegt Leander pfeifend die Brause. Aber bald quengelt er wie ein kleiner Junge.

„Kann mal eine von euch reinkommen und mir den Rücken kratzen? Und einseifen?"

Das glaube ich jetzt nicht!

- Stille im Raum -

Nora liegt dösend, eingekuschelt bis zur Nasenspitze, unter ihrer Zudecke und reagiert nicht. Ich sitze auf meinem Bett und schreibe.

„Jetzt stellt euch doch mal nicht so an ihr zwei. Von euch hat doch jeder schon mal einen nackten Mann gesehen!", mault er im Badezimmer herum. „Jetzt macht schon. Ich stehe mit dem Bauch zur Wand. Da kann sich doch mal eine von euch reintrauen".

Er gibt keine Ruhe.

„Mann, halt die Klappe, du nervst", schreit Nora.

„Erika, jetzt mach doch wenigstens du mal. Ihr benehmt euch wie die Klosterschwestern."

Er mault und macht tatsächlich keine Anstalten, mit dem Gezeter aufzuhören. Nora weigert sich demonstrativ und meint, dass ich das doch übernehmen könnte. Was sei schon dabei, ihm den Rücken einzuseifen? Wenn es ihm danach bessergehe? Warum macht sie das dann nicht gleich selber...?

„Dein Geschrei hört man durch das ganze Haus. Sei endlich ruhig, ich komme ja schon", besänftige ich ihn und laufe ins Bad.

„So", meint er daraufhin zufrieden, „jetzt erst mal ordentlich den Rücken eingeseift, aber so richtig. Der hat es nötig. Und dann kratz mal, das brauch ich jetzt!"

Der hat heute wohl zu viel Sonne abbekommen! Oder aber das Pilgern bringt tatsächlich auch noch das Kind im Manne zum Vorschein. Ich glaub' es nicht! Er steht tatsächlich in der Wanne und lässt sich betütteln wie ein kleiner Junge. Ich pruste los, so komisch ist diese Situation. Brav, mit dem Rücken zu mir, steht Leander da, wie ein kleines trotziges Kind, das erst dann Ruhe gibt, wenn es bekommen hat, was es haben will. Irgendwann ist auch Mister Sonnyboy fertig mit der Pflege seines Astralleibes. Ja, auch Männer können sich damit ausgiebig Zeit lassen. Wir zwei Frauen liegen mittlerweile beide in unseren Betten und träumen träge vor uns hin. Aber unser großer Junge mag keine Ruhe geben. Jetzt hopst er doch wirklich wie ein kleiner Schimpanse auf Nora herum, die noch immer bis zur Nasenspitze in ihre Decke eingewickelt daliegt. Dem Kind im Manne ist langweilig und es braucht Nähe.

„Lass mich jetzt mal mit unter die Decke, mir ist nach kuscheln."

Aber da hat er sich verrechnet, denn Nora wird ziemlich ungehalten und schnauzt ihn wütend an.

„Hau ab, du Depp, verkriech dich in deine Kiste und gib endlich Ruhe oder verschwinde aus dem Zimmer!"

Nora gehört zu der Spezies Frauen, die sich den Herren der Schöpfung gegenüber sehr kumpelhaft verhalten, im Speziellen aber nicht gut auf die Männerwelt zu sprechen ist. Irgendetwas scheint auch in ihrem Leben vorgefallen zu sein, dass sie an keinem Mann ein gutes Haar lässt. Und Leander findet wohl gerade Spaß daran, sie gewaltig zu nerven. Er führt sich auf, als wolle er sich auf Teufel komm raus mit ihr anlegen. Als er merkt, dass er bei Nora auf Granit beißt, trollt er sich nach einem Weilchen zurück auf sein Bett und schmollt. Endlich Ruhe!

Aber nicht lange, denn der Hunger treibt uns wenige Zeit später vor die Türe. Beim Hinuntersteigen der Treppe entdeckt unser Lausbub auf einer Etage ein großes, wunderschön verziertes, altes Holzschaukelpferd. Und was macht dieser Tausendsassa, er schwingt sich wie ein Cowboy in den Sattel, wedelt ein imaginäres Lasso über seinem Kopf, galoppiert in Gedanken wahrscheinlich über die Prärie und schreit „Yippieee" durch das ganze Haus.

„Mann ist dieser Typ bescheuert", Nora wischt sich mit der Hand vor dem Gesicht hin und her, verdreht die Augen und schüttelt den Kopf. Schließlich reißt sich Leander, wenn auch ungern, von seinem Pferdchen los. Wir durchkämmen daraufhin den mittelalterlichen Ort nach einem Restaurant. Dabei fällt mir in einer der Gassen ein gigantischer Avocadobaum auf, dessen mit Früchten schwerbeladenen Äste über die Gartenmauer hängen. Das habe ich selbst auf meiner Lieblingsinsel so noch nicht gesehen. Auf einem der Plätze erweckt ein Laden Noras Interesse und sie verschwindet „nur mal ganz kurz" in sein Inneres. Da es noch immer angenehm sonnig ist, nutzen Leander und ich die Gelegenheit, um uns vor einer Bar einen Milchkaffee zu gönnen.

„Sag mal", meint er dabei zu mir, „das kann aber schon sein, dass die Nora ein Problem mit Männern hat, oder?"

„Schon möglich", erwidere ich nachdenklich, „soweit ich weiß, ist sie mit Brüdern aufgewachsen und irgendeine kaputte Beziehung gibt es da auch noch. Das einzige männliche Wesen, das sie an ihrer Seite duldet, ist ihr Schäferhund. Sie redet nicht viel darüber. Du hast dich vorhin schon saublöd benommen. Was sollte das denn eigentlich?"

Nach gefühlten Stunden taucht unsere Dritte im Bunde wieder auf und hat natürlich nichts gefunden, was es wert gewesen wäre zu kaufen. Dafür wird es Zeit, uns nach einem Restaurant umzusehen, denn so langsam meldet sich bei uns allen der Hunger. Wenn nur das Anlaufen nicht wäre. Ich könnte brüllen. Leander sieht mir das wohl an, packt mich und nimmt mich Huckepack auf seinen Rücken. Die herumstehenden Passanten klatschen, nur Nora kann sich einen bösen, spöttischen Kommentar nicht verkneifen.

„Lach du nur", feixt er in ihre Richtung, „dass du es weißt, wenn es sein muss, trage ich Erika überall hin."
Er zwinkert mir zu und setzt dabei ein breites Grinsen auf. Nora schüttelt nur den Kopf, lässt sich aber nicht ärgern. Muss er sie denn ständig provozieren!
Das mit dem Abendessen wird wohl kein kulinarischer Höhepunkt werden. Die Speisekarten der Gasthäuser sehen alle gleich aus, nämlich nach Touristenabzocke, und das Essen ist überall ähnlich teuer. Also wählen wir eines der Lokale, das uns optisch am ehesten zusagt und wir auf einer Terrasse sitzen können, denn selbst jetzt am Abend ist es noch drückend schwül. Die Idee mit der Terrasse war nur zu unserem Leidwesen keine gute Idee. Wir haben Mühe uns gegen die Heerscharen von Mücken zu wehren. Die Bedienung ist missmutig und kurz angebunden, das Essen, wie befürchtet, miserabel. Aber es erfüllt seinen Zweck und sättigt zumindest. Auch der Wein trägt dazu bei, diesen kulinarischen Tiefschlag zu verdauen, und ziemlich angeheitert trollen wir uns spät in der Nacht in unser Hotel zurück und bekommen dort leider, oder wohl eher Gott sei Dank, keinen Wein mehr, da unser Wirt die letzte Flasche kurz zuvor verkauft hatte. Ein wenig enttäuscht beugen wir uns diesem Umstand und verkrümeln uns, so angeheitert wie wir bereits sind, in unsere Betten. Wir drei sind schon eine schräge Truppe, denke ich vor dem Einschlafen. Nora mit ihrer Männeraversion, ständig auf Krawall gebürstet. Leander, dem sämtliche Frauen auf dem Camino zu Füßen liegen. Und ich! Ich bin die Älteste von uns. Mit welchen Augen sehen mich die beiden wohl? Es ist schon interessant, wie zufällig der Camino Menschen zusammenbringt. Aber gibt es Zufälle überhaupt …

Ich habe mir meine besten Gedanken ergangen und kenne keinen Kummer, den man nicht weggehen kann
(Søren Kierkegaard 1813 – 1855)

Santillana del Mar - Cóbreces - Comillas - San Vicente de la Barquera

Zwei Rotkäppchen,
ein überfülltes Gefängnis und ein rosa Plüschmonster

War das mal ein ruhiger und angenehmer Schlaf ohne störende Schnarchgeräusche. Inzwischen haben wir Routine darin, unser weniges Hab und Gut morgens in kürzester Zeit in unseren Rucksäcken zu verstauen. Vor dem Abmarsch bekommen wir in diesem ehrwürdigen Gemäuer sogar noch Frühstück. Oder was man in Spanien eben so Frühstück nennt.

Alles ist noch still und verschlafen in diesem mittelalterlichen Städtchen, als wir vor die Hoteltüre treten. Nur ein paar Katzen schleichen schläfrig über das Kopfsteinpflaster und betrachten uns distanziert. Am Ortsausgang entdecken wir ein übergroßes Werbeplakat von *Santillana del Mar*. Ein Foto dieser mittelalterlichen Stadt mit einem lebensgroßen, stilisierten Pilger darauf. Stellt man sich vor diese Person, sieht es beinahe so aus, als gehöre man in dieses Bild hinein. Wir schießen von uns gegenseitig Fotos als Erinnerung und traben dann weiter durch die ausgedehnten Weinfelder in Richtung *Cobreces*. Die Weinreben hier werden ausschließlich in der Ebene angebaut, nicht, wie wir es von uns zuhause gewohnt sind, an Hängen. Heute liegen wieder viele Kilometer harter Asphalt und Betonpisten vor uns, kein wirklich angenehmes Laufen, das uns da erwartet.

Na super, jetzt spüre ich auch noch mein linkes Knie. Das wird ja immer besser. Inzwischen habe ich Mühe, mit Leander und Nora Schritt zu halten. Alle drei besitzen wir einen unterschiedlich schnellen Laufstil. Leander eilt mit weit ausholenden Schritten voraus, Nora macht kurze Trippelschritte, läuft aber trotzdem schnell und zügig, ich humple deutlich langsamer hinterher.

Klärchen zieht es heute vor, am Himmel einigen Regenwolken Platz zu machen. Und die kündigen sich gerade bedrohlich dunkel an und türmen sich dabei mächtig auf. Wir werden uns wohl tatsächlich nach dem herrlichen Tag von gestern wieder in unsere Regenumhänge zwängen müssen. Noch ist es früh am Morgen und noch ist die Luft angenehm frisch. Aber wer weiß, nach der Hitze von gestern wird das erfahrungsgemäß schnell einen ordentlichen Dampf geben. Ein klangvolles Orchester der unterschiedlichsten Vogelstimmen begleitet uns. Immer wieder stürzen sich Schwalben im Flug herab und schnappen nach Insekten. Als Kind hatte mir mein Vater die Sache mit den Schwalben einmal so erklärt: Bei schönem Wetter fliegen diese Vögel hoch am Himmel, bei schlechtem Wetter fliegen sie tief. Ich denke, das hängt wohl eher mit dem Luftdruck zusammen und mit den Insekten, die dann jeweils auch ihre Flughöhe verändern. Wenn ich geglaubt hatte, die Landschaft könnte nicht noch grüner und üppiger werden, dann habe ich mich gewaltig getäuscht. Es war mir nicht bewusst, dass es so viele unterschiedliche Grüntöne geben kann, und für jemanden, den Farbe fasziniert, ist das schlichtweg überwältigend. Weinbaugebiete, Obstplantagen, Wiesen mit leuchtenden Blumen, Landwirtschaft. Das und dieser vermaledeite Jauchegeruch wird uns wohl die nächst Zeit begleiten. Dazwischen verstreut liegen kleine verschlafene Dörfer wie *Oreña*, *Caborredondo* und *Cigüenza*, in denen überall auffallende Stille und Ruhe herrscht. Zum einen stehen viele Häuser leer bzw. wurden verlassen, zum anderen sind die Bewohner tagsüber sicher in ihren Arbeitsstätten oder auf den Feldern und den Weinplantagen. Nur ältere Menschen trifft man vereinzelt an. Die unvermeidlichen Hunde bellen laut beim Vorbeigehen und die neugierigen Katzen huschen über die Straßen oder liegen träge auf Fensterbänken. Immer wieder erstaunen mich die vielen unterschiedlichen Rassen. Ausgesprochen malerisch ist der letztere Ort, *Cigüenza*, denn um ihn herum liegen verstreut alte Adelspaläste, die allerdings schon bessere Zeiten gesehen haben und jetzt vor sich hin zerfallen. Ein Bild des Jammers.

Meine Füße hindern mich heute irgendwie daran, besser auf meine Umgebung zu achten, so sehr bemühe ich mich, eine erträgliche Gangart zu finden. Nora ist bereits in ihrem Stakkatotrippelschritt auf und davon. Leander und ich marschieren noch eine geraume Zeit nebeneinander her und er erzählt mir von seiner kranken Mutter, die seit einiger Zeit in einem Pflegeheim untergebracht ist. Ständig gäbe es Reibereien mit dem Leistungsträger. Er erhält einen Anruf von zuhause und entfernt sich, in das Gespräch vertieft, immer weiter von mir. Dabei gestikuliert er heftig mit seinem freien Arm. Bei diesem Gespräch geht es offensichtlich um seine Mutter, soviel habe ich mitbekommen. Mit einem Male hinke ich wieder alleine und fluchend durch die Gegend. Meine Fußgelenke nerven und lassen mich zeitweise verzweifeln. Um mich abzulenken, konzentriere ich mich auf die üppigen, farbenfrohen Blumen, die in den

Wiesen und an den Feldrändern blühen. Ab und an springt mir sogar tiefroter Klatschmohn ins Auge. Auf dem *Camino Frances* gab es Wiesen, die in seinem feurigen Rot brannten. Aber hier auf dem Nordweg taucht er nur spärlich auf. Zwei äußerst gut gelaunte deutsche Pilgerinnen holen mich ein und laufen ein Stück weit mit mir mit. Die beiden dürften etwa in meinem Alter sein und stellen sich mir als Emely und Petra vor. Auch sie sind in rote Regencapes eingehüllt. Da marschieren jetzt also drei Rotkäppchen im Regen entlang der grünen Wiesen oder eher drei Weiblein entlang des Waldes mit ihren purpurroten Mäntelchen.

In *Cobréces* nahe dem Zisterzienserkloster hole ich Nora wieder ein. Sie sitzt dort mit zwei weiteren Pilgern auf einer Bank und redet, wie das so ihre Art ist, mit Händen und Füßen. Als sie mich heranhumpeln sieht, ruft sie mir schon von weitem zu:

„Wie machst du das eigentlich mit deinem Gehinke? Du bist ja beinahe so schnell wie wir! Jetzt komm und setzt dich erst mal hier her zu uns." Sie rutscht zur Seite und macht mir Platz.

„Brauchst du etwas zum Essen oder zum Trinken? Ich laufe schnell rüber in den kleinen Supermarkt und besorg dir etwas."

Das muss man ihr lassen, sie kümmert sich um alles und um jeden. Gerne nehme ich das Angebot an und lasse mich ziemlich mutlos auf die Bank fallen.

„Was ist mit deinen Füßen?", möchte einer der beiden spanischen Pilger interessiert wissen.

„Keine Ahnung, die Fersen schmerzen, die Gelenke schmerzen. Das Anlaufen ist am Schlimmsten. Wenn ich mal im Gehen drin bin, dann funktioniert das ganz gut."

„Kauf dir in der nächsten Apotheke *radio salil*, eine Salbe, die viele von uns verwenden", schlägt er mir vor. „Irgendwann bekommt hier jeder so seine Probleme mit den Beinen."

Dann schultert er seinen Rucksack, klopft mir auf die Schulter und wünscht mir beim Weitergehen ein aufmunterndes *"Bon Camino y Mucha Suerte"*. Nora verlässt mich kurz darauf ebenfalls und ich sitze noch ein Weilchen alleine da und verputze das Obst, das sie mir aus dem Supermarkt geholt hatte. Aber lange mag ich nicht so einsam und verlassen auf dieser Bank hocken und trotte ebenfalls los, vorbei am Kloster „*Monasterio de Santa Juliana*" und dann den Hügel hinab Richtung Meer. Die Küste ist hier wesentlich flacher als vor *Santander*, keine steilen Klippen, sondern nur mäßig hohe Felsen und Hügel. An der kleinen Badebucht „*Playa de Luaña*" steuere ich die Strandbar an und entdecke bereits aus der Ferne, dass Nora in der Zwischenzeit noch nicht weit gekommen ist. Sie lümmelt dort gemütlich neben Leander auf einem Stuhl und beide lassen sich ihren Milchkaffee schmecken. Da wären dann die drei Musketiere wieder vereint. Allerdings scheint sich die Laune bei den zweien auf dem Nullpunkt zu befinden. Leanders Gesichtsausdruck lässt erahnen, dass das nicht nur mit seiner Frau zusammenhängt, sondern auch mit dem Anruf von vorhin. Nora in ihrer burschikosen Art flachst unsensibel mit ihm herum. Mir ist gleichfalls nicht zum Lachen zumute. Im Augenblick ist bei uns allen die Stimmung verhagelt. Einen Kaffee mag ich jetzt nicht und bestelle mir zur Abwechslung Weißwein. Jetzt ist es schon egal, entweder ich laufe danach besser oder gar nicht mehr, denn Alkohol beschert mir nicht nur müde Beine, sondern auch einen müden Kopf. Was spielt das im Moment für eine Rolle? Immer mehr falle ich in eine sentimentale Gemütslage, woran aber auch das grau-triste Wetter Schuld hat. Wenigstens regnet es inzwischen nicht mehr.

„Kann mich eigentlich mal einer in den Arm nehmen und drücken?", flehe ich, schon beinahe den Tränen nahe, in die Runde.

„Ich brauche das jetzt, sofort! Sonst bekomme ich einen Heulkrampf." Heute bin ich mit Lamentieren an der Reihe, habe ich jetzt einfach mal beschlossen.

„Ne, ne, dafür bin ich nicht zuständig", wie aus der Pistole geschossen kommt es aus Noras Mund und sie wehrt heftig mit beiden Händen ab. Mit Gefühlsduseleien hat sie so ihre Probleme.

„Dafür ist Leander zuständig. Der kann das besser!" Sie schaut ihn auffordernd von der Seite an.

„Los Leander, drück' Erika jetzt mal, aber ordentlich!", fordert sie ihn herrisch auf. Leander, völlig in seinem eigenen Herzweh versunken, sitzt wie ein Häuflein Elend vor mir und schaut mich geistesabwesend an. Die ganze Zeit ist er merkwürdig still und in sich gekehrt. Das passt überhaupt nicht zu ihm. Mit einem Ruck erhebt er sich wortlos, nimmt mich in seine Arme, drückt mich und lässt sich wieder auf seinen Plastiksessel fallen. Was war das denn? Völlig perplex sitze ich da. Ihm geht es genauso mies wie mir. Ganz still hockt er auf seinem Stuhl, ohne sein verschmitztes Lachen im Gesicht. Seine Augen sehen gerade etwas, das sich sehr weit von ihm entfernt abspielen muss. Kurz darauf springt er mit einem Satz auf.

„Mädels, ich laufe los. Ich muss mal alleine sein. Wir treffen uns in *Comillas*."

Und weg ist er, als ob der Teufel hinter ihm her wäre. Es hat den Anschein, als ob heute allgemeiner Heulsusentag ist und jeder von uns geht wohl besser erstmal seinen Weg alleine weiter.

Mittlerweile hat sich eine gemischte Schulklasse, die hier irgendwo in einem Schullandheim untergebracht ist, in der Bucht eingefunden. Ausgelassen toben die Kinder auf dem breiten Sandstrand herum. Ein Teil von ihnen stürzt sich mit den Betreuern in die Fluten, die anderen vergnügen sich mit Ballspielen auf dem Sand. Das Atlantikwasser muss doch noch sehr kalt sein, aber es scheint den Kindern nichts auszumachen, denn sie plantschen begeistert in den Wellen herum. Nora und ich beobachten ein Weilchen amüsiert das übermütige Treiben, bevor auch wir unsere Rucksäcke schultern und uns auf den Weiterweg begeben. Während wir in der Strandbar saßen, hat die Sonne den zähen Kampf mit den Regenwolken gewonnen, die Plastikcapes verschwinden im Rucksack und Schwitzen ist wieder angesagt. Natürlich verliere ich Nora aus den Augen. Sie ist schneller als ich und ich komme heute einfach in keinen vernünftigen Laufrhythmus. Ich gehe verkrampft und das strengt an. Trotzdem bewegen sich meine Beine wie von selbst und ganz mechanisch setzt sich einen Fuß vor den anderen.

Die kleinen rustikalen Dörfer *Ruiloba-Iglesias*, *Pando* und *Concha* sind fast menschenleer. Nur ihre vierbeinigen Bewohner streichen auf ihrer Patrouille um die Häuserecken und passen auf, dass nichts Unrechtes geschieht. Die engen Gassen mit ihrem Kopfsteinpflaster werden von kleinen Steinhäusern gesäumt. Über die Mauern und Zäune der Bauerngärten wuchern ausladende Sträucher und Bäume. Alles wirkt so ursprünglich und sympathisch, so friedvoll. Dieser Schein täuscht aber keineswegs darüber hinweg, dass die Bewohner nicht wirklich in Reichtum leben. Immer wieder fällt mir hier eine typische nordspanische Balkonbauweise auf. Es sind große ausladende Holzbalkone, die wie Schwalbennester an den Häuserfassaden kleben, über die sich die Hausdächer spannen. Bald funkelt mir der Atlantik wieder entgegen, während ich eine steile Straße hinab humple. *Comillas*, das heutige Tagesziel, ist zum Greifen nahe, und ich freue mich zum wiederholten Male auf ein einfaches Bett.

Schnell ist der gut erhaltene historische Ortskern erreicht, über dem der Palast des *Grafen von Comillas, der Palacillo de Sobrellano,* thront. Dann gibt es hier noch die alte Universität und eine weitere besondere Sehenswürdigkeit, das kleine Schlösschen „*El Capricho*", das von Gaudi erbaut wurde und die Touristenmassen anlockt. Man entwickelt wirklich eine Touristenphobie mit der Zeit. Zumindest geht es mir mittlerweile so, denn solche Massenansammlungen von Menschen sind inzwischen eine Herausforderung für mein Gemüt. Das passt ja mal wieder! Wer kommt eigentlich auf die bescheuerte Idee, eine Pilgerherberge auf den nahezu höchsten Punkt des Ortes zu legen? Die Herberge *La Pena* wurde im ehemaligen Schlossgefängnis untergebracht. Zugegebenermaßen eine phantastische Lage. Aber den ehemaligen Gefangenen war das sicherlich egal. Mir im Übrigen ebenfalls, denn der holprige Weg über grobes Kopfsteinpflaster kostet mich den Rest meiner Kräfte und meiner Nerven. Ständig versperren mir lärmende Stadtbesucher den Weg, die zumeist im Pulk auftreten und einem mit einem Schirm bewaffneten Guide folgen. Mein Handy dudelt.

„Erika, wo bist du? Bist du schon in Comillas?"

Warum muss Nora immer so in ihr Smartphone schreien?

„Ich bahne mir gerade den Berg nach oben zur Herberge. Und wo steckst du?"

„Ich bin schon da und sitze vor dem Eingang. Dann stelle ich mich schon mal in die Warteschlange. Hier ist ein mächtiger Pilgerandrang."

Böse humpelnd, dieses Kopfsteinpflaster meint es nicht gut mit mir, erreiche ich das „Pilgergefängnis" und entdecke sofort Nora unter den vielen Menschen.

„Du glaubst es nicht", sie hört sich mehr als gereizt an. „Hier sind schon fast alle Betten belegt. Ich habe wegen Leander nachgefragt. Aber die wollen kein Bett reservieren, solange so viele Pilger Schlange stehen. Wo ist dieser verdammte Kerl überhaupt? Ans Telefon geht er auch nicht."

Ich zucke mit den Schultern.

„Woher soll ich das wissen? Seit er in der Strandbar auf und davon ist, habe ich von ihm nichts mehr gehört."

Denkt sie denn, wir stehen ständig in Kontakt miteinander? Wir reihen uns in die Warteschlange ein und werden immer unruhiger, je näher wir dem Tresen kommen. Die Betten werden zunehmend knapper.

„Nein, leider kann ich nichts für euren Begleiter reservieren. Inzwischen sind nur noch zwei Betten frei."

Das hört sich enttäuschend an, was uns die junge Herbergsmutter da erklärt. Nora und ich beraten, ob wir uns nicht besser gleich eine Pension suchen, da ruft mir die junge Frau an der Anmeldung zu: „Aber du", und dabei schaut sie mich so überaus mitleidig an, „du kannst hier auf alle Fälle übernachten. Für kranke und verletzte Pilger wird immer ein Bett zur Verfügung gestellt."

Aha, jetzt besitze ich also schon einen Sonderstatus.

Wieder klingelt mein Smartphone.

„Mensch Leander, wo steckst du?"

Ärgerlich maule ich in mein Handy.

„Wir stehen hier gerade in der Herberge. Du glaubst es nicht, hier ist der Teufel los. Da ist kaum mehr ein Bett frei und reservieren wollen die nicht. Nora und ich sind am Überlegen, ob wir in einer Pension übernachten."

„Sorry, ich bin am Strand eingeschlafen und habe das Klingeln nicht gehört", das hört sich nach einem ziemlich zerknirschten Leander an.

„Na ja, ok, ich melde mich dann wieder bei dir, wenn wir wissen, was wir machen. Du brauchst dich also gar nicht erst hier auf den Berg hoch quälen."

Jetzt heißt es beratschlagen, was wir tun. Es gibt nur zwei Möglichkeiten: hier eine Pension zu suchen oder weiter in die nächste Herberge in *San Vicente de la Barquera*. Und die liegt fünfzehn Kilometer entfernt. Eine Pension zu finden erweist sich ebenfalls als Wunschdenken. *Comillas* ist mit Touristen überfüllt und dadurch sind auch keine bezahlbaren Betten zu bekommen. Das ist die enttäuschende Antwort, die wir in der Touristeninformation erhalten, zu der wir uns wieder auf dem holprigen Kopfsteinpflaster den Hügel hinab mühen mussten. Ratlos rufe ich bei Leander an.

„Hör zu, hier gibt es massive Übernachtungsprobleme. Selbst die Hotels und Pensionen sind voll. Wir haben gerade überhaupt keinen Plan."

„Dann sucht nur für euch etwas", meint er. „Ich laufe dann noch bis *San Vicente de la Barquera* weiter und schaue dort nach einer Unterkunft". Der spinnt doch, denke ich. Das sind doch leicht nochmal drei Stunden. Ich schaffe die heute auf keinen Fall mehr und selbst Nora streckt die Flügel.

„Das können wir beide vergessen. Wir können keinen Schritt mehr laufen", teile ich ihm mit. „Aber wir fahren mit dem Bus dorthin. Dann treffen wir uns später in *San Vicente*. Hier weiter zu suchen macht keinen Sinn."

In einer Apotheke besorge ich mir noch schnell die Salbe, die mir der Spanier empfohlen hatte. Dann erkundigen wir uns nach einem Bus. Nur fährt heute keiner mehr nach *San Vicente*. Dann eben wieder mit dem Taxi, das uns für fünfzehn Euro das Gehen abnimmt. Unsere Beine danken es uns.

Der Ort *San Vicente de la Barquera* liegt postkartenreif auf einem Hügel einer Halbinsel. Der Blick von hier auf die im Hinterland liegenden *Picos de Europa*, den „*Gipfeln Europas*", ist einfach nur ein Traum! Die mittelalterliche Burg und die Stadtbefestigung beherrschen das Stadtbild. Auch eine Kirche, die am höchsten Punkt über allem thront, fehlt nicht. Unser Chauffeur bringt uns noch über die lange Brücke, die sich am Ortsbeginn über einen breiten Meeresarm schwingt. Den Rest des Weges bis zur Herberge *El Galeon* legen wir zu Fuß zurück. Diese private Pilgerherberge soll Kultcharakter haben. Laut unserem Pilgerführer ist eine Übernachtung dort ein absolutes Muss. Nur liegt auch diese Unterkunft zu unserem Leidwesen nahezu am höchsten Punkt des Ortes, unterhalb der Kirche. Auch Nora tut sich mit dem Laufen mittlerweile schwer. Also ackern wir uns den hauptsächlich wieder mit Kopfsteinen gepflasterten steilen Weg nach oben, bis dieser in eine schmale Straße mündet, an deren Ende die alles überragende Kirche thront. Kurz davor prangt an der Stirnseite eines langgestreckten Hauses eine riesige dreimastige Galeone. Sprachlos und auch etwas unschlüssig stehen wir schließlich am Eingang der Herberge. Irgendwann in grauer Vorzeit war das bestimmt eine große Garage, denn genau danach sieht diese Unterkunft von außen aus. Vor dem breiten Eingangstor wurden mehrere Regale aufgestellt, die bereits ordentlich gefüllt sind mit verschwitzten und verdreckten Wanderstiefeln, Turnschuhen und Sandalen. Unzählige Wanderstöcke lehnen durcheinander an der Hauswand. Zögerlich betreten wir den großen Aufenthaltsraum, in dessen Mitte ein überaus langer Tisch seinen Platz gefunden hat. Unzählige unterschiedliche Stühle reihen sich an seinen Seiten. Die Wand dahinter zieht die Blicke des Eintretenden magisch auf sich, denn sie ist über und über mit Postkarten und allerlei Bildern beklebt und besitzt kaum noch einen freien Platz für neue. Wir werden von Louis und Sofia, dem *Hospitalero*-Ehepaar, in Empfang genommen oder besser gesagt, recht mürrisch begrüßt. So reizend, wie vor allem Sofia im Pilgerführer beschrieben wird, ist diese groteske Dame beileibe nicht. Recht ungepflegt mit ihren karottenrot gefärbten Haaren und in einen rosaroten Plüschschlafanzug gekleidet, sitzt sie als „Pink Panther" in einem ausladenden Sessel und beäugt jeden ankommenden Gast argwöhnisch. Im Laufe der Jahre hat ihre Figur zudem an Form verloren und so bietet sie den eintreffenden Pilgern einen skurrilen Anblick. Ein junger Mann, der seit kurzem für einige Zeit als Unterstützung hier arbeitet, kümmert sich um die Eintreffenden. Wir zwei Frauen stehen noch immer unschlüssig im

Eingangsbereich. So wirklich wohl fühlen wir uns hier nicht. Sollen wir tatsächlich nochmal losgehen und uns eine andere Unterkunft suchen? Wir brauchen einen Schlafplatz und hier gibt es noch freie Betten. Sogar für Leander könnten wir eines reservieren. Es hilft ja nichts, und eine Nacht werden wir schon überstehen. Aber beim Anblick der Schlafräume trifft uns der nächste Schlag. In jedem der Zimmer wurden so viele Metallstockbetten wie nur möglich hineingepfercht. Alles liegt im schummrigen Halbdunkel, aber man sieht den Eisengestellen trotzdem an, dass sie die besten Zeiten bereits hinter sich haben. Von den Matratzen ganz zu schweigen. Das erste Mal auf meinen *Jakobswegen* kommen mir Bedenken. Das hier sieht verdächtig nach Läusen und Wanzen aus, und da es mich bereits unangenehm juckt, fange ich instinktiv an, mich zu kratzen. Wenigstens der junge *Hospitalero* ist sehr aufmerksam und hilfsbereit. Als er mein Hinken bemerkt, sorgt er dafür, dass ich in einem der beiden Zimmer eines der unteren Betten bekomme. Die Kletterei nach oben auf der Metallleiter in eines der Betten bleibt mir somit erspart. Mittlerweile habe ich eine gewisse Routine darin entwickelt, meinen Schlafplatz für die Nacht herzurichten. Alle wichtigen Dinge platziere ich so in meinem Bett, dass ich sie während der Nacht schnell zur Hand habe. Außerdem habe ich mir angewöhnt, meine persönlichen Wertgegenstände samt Bargeld immer zu mir in den Schlafsack zu packen. Bis jetzt ist mir allerdings noch nicht zu Ohren gekommen, dass tatsächlich ein Pilger bestohlen wurde. Nachdem das alles erledigt ist, verschwinden Nora und ich Richtung gekachelte Räume. Immerhin, die Duschen sind sauber. Zum wiederholten Male stelle ich fest, welchen Luxus es bedeutet, einen Hahn aufdrehen zu können und heißes und kaltes Wasser fließt heraus. Leider besitzt der Duschraum keine Fenster und es entwickelt sich feuchter Nebeldampf, der sich auch auf die Spiegel niederschlägt. Wie durch Watte sehen wir eine rosa Wolke hereinwallen. Das rosarote Ungetüm mault uns unwirsch an und lässt sich über den Dampf und den Schaum auf dem Boden aus. Es ist Sofia, die irgendetwas wie „ständig muss man allen hinterher putzen" vor sich hin meckert. Wir grinsen uns nur an und ignorieren sie einfach. Frisch geduscht und letztendlich doch noch guter Laune, tigern wir in den Ort hinunter. Zuvor massiere ich mir allerdings meine Fußgelenke mit diesem Wundermittel *radio salil* ein, das mir ja der Spanier wärmstens empfohlen hatte. Dabei löst sich für mich auch das Rätsel des Kaugummi-Geruchs aus der Herberge in *Guernika*. Genau diese Schmerzsalbe ist es, mit der sich die Wanderer vorsorglich ihre Beine und

Füße dort einbalsamiert hatten. Und jetzt, da es nur noch heißt, auf Leander zu warten, lümmeln wir beiden Frauen entspannt auf dem breiten Gehweg am Hafenbecken und genießen die milden Strahlen der Abendsonne. Der lange Tag war zeitweise ziemlich deprimierend, aber nun können wir herumalbern und unbeschwert lachen wie kleine Kinder. Von hier aus haben wir eine perfekte Sicht auf die lange Brücke, die über den Meeresarm führt, denn von dort muss unser Pilgerkamerad kommen. Und tatsächlich dauert es auch nicht lange, bis wir ihn entdecken. Unverkennbar in seinem roten Shirt und seinem typischen Laufschritt. Sofort gestikulieren wir wie wild mit den Armen und tatsächlich, er bemerkt uns und fuchtelt mit seinen Stöcken zurück. Bei seinem Näherkommen vollführen wir einen Indianertanz, ganz so, als ob unser verlorener Sohn heimkehrt. Dieser verrückte Kerl ist doch tatsächlich noch die ganzen fünfzehn Kilometer bis hierher marschiert und hat dabei garantiert nicht den noch so kleinsten Strand ausgelassen. Fröhlich gelaunt nimmt er uns in die Arme und drückt uns. Seine depressive Stimmung hat er sich offensichtlich aus dem Leib gelaufen. Und noch einmal geht es den Berg hinauf zur Herberge. Es ist schon verwunderlich, was für Strecken man am Ende des Tages, wenn man bereits am Ziel ist, noch zurücklegen kann. Erstaunlicherweise funktioniert das Laufen bei mir gerade ganz gut, obwohl ich heute bereits an meiner Grenze war. Wir warnen unseren Nachkömmling schon mal vor auf das, was ihn im *El Galeon* erwartet. Trotzdem steht er genauso wie vom Blitz getroffen da wie wir vorhin. Zwischenzeitlich sind auch noch Rocco und, zu meinem großen Erstaunen, auch der alte Koreaner eingetroffen. Dieser Mann verwundert mich immer wieder aufs Neue, vor allem, wie fit er für sein Alter ist. Wenn der Hunger nicht wäre! Der jagt uns zum hoffentlich letzten Male für diesen Abend den steilen Weg hinunter in den Ort. Alle Lokale sind bereits gut besucht, aber in einem kleinen, gemütlichen Restaurant in der Nähe des Wassers finden wir noch einen freien Tisch. Von einem diensteifrigen, freundlichen Kellner bekommen wir Paella, Langostinos, Fisch, *Crema Katalan* und Wein serviert. Alles was das Herz begehrt, und es schmeckt vorzüglich. Das sind die Momente, die man einfach nur genießt, vollkommen glücklich und zufrieden mit sich und der Welt und dankbar, dies alles erleben zu dürfen. Angeregt unterhalten wir uns, und die Themen werden mit der Zeit immer persönlicher und direkter, je später der Abend wird. Bis Leander dann eine „so eine Frage verkneift man sich besser"-Frage in die Runde wirft:

"Sagt mal Mädels, jetzt mal ehrlich! Wann hattet ihr eigentlich das letzte Mal Sex?"

Bums, da ist es, dieses unausweichliche Thema, wenn Männlein und Weiblein enger zusammen viel Zeit verbringen.

Nora und ich schauen uns völlig perplex an.

Was bezweckt er jetzt mit dieser Frage?

Und dann schauen wir Leander an, sprachlos.

Dieses Thema war bis jetzt immer außen vor, zu heikel, zu direkt.

„Wie sieht das denn bei dir aus, wenn du uns schon so fragst?"

Ich bin die erste, die ihre Sprache wiederfindet.

„Diese Frage muss doch für dich einen tieferen Grund haben!"

Eine saublöde Frage, was soll man da antworten? Die Wahrheit oder schummeln? Irgendwie ist das jetzt eine befremdliche, peinliche Situation und wirklich ehrlich ist von uns wohl keiner. Konsterniert und peinlich berührt blicken wir in die Runde, selbst unser Sonnyboy. Aber dann geht die Diskussion trotzdem heftig weiter. Zum ersten Mal lässt Nora ein wenig von ihrer kaputten Beziehung heraus. Das muss übel gewesen sein. Ohne Grund äußert sie nicht permanent so eine schlechte Meinung über die Männerwelt. Leander philosophiert über seine Eheprobleme und darüber, wie mies er sich verhalten hätte. Ich berichte über meine Vergangenheit und von meinem jetzigen Partner. Dabei frage ich mich selbst immer wieder, was für ein Zusammenleben wir eigentlich führen? Ständig kommt es zu Meinungsverschiedenheiten. Er ist rational, ich bin emotional, ich kann sehr spontan sein, er muss alles planen. Das birgt Sprengstoff. Und unsere Gemeinsamkeiten? Welche sind das eigentlich? Wir sind so gegensätzlich wie Feuer und Wasser. Manchmal habe ich den Eindruck, ich mache ihm Angst mit meinen Ideen und meinem ständigen Tatendrang. Er liebt es doch eher ruhig und ohne Aufregung, ist eher der verschlossene Einzelgänger. Ich dagegen suche den Konsens mit anderen Menschen, brauche ständig Input. Und ja, ich brauche die Aufmerksamkeit und die Bestätigung und auch die Zuneigung des Menschen an meiner Seite. Aber vielleicht ist es ja genau das, was unsere Beziehung ausmacht. Sagt man nicht auch, Gegensätze ziehen sich an? So ganz will ich das selber nicht glauben.

„Sag mal Erika, hörst du dich da eigentlich gerade selber reden?"

Leander schaut mir völlig entgeistert ins Gesicht.

„Da fehlt doch alles, was eine Beziehung ausmacht!"

Er legt mal wieder ziemlich ungestüm den Finger in die Wunde. Und auch Nora bekommt ihr Fett ab.

„Ne, ne, Mädels, eine Partnerschaft braucht Gemeinsamkeiten und viel Nähe. Lasst Euch das von mir sagen. Na ja, jedenfalls für mich als Mann."

Betretenes Schweigen.

Leander braucht sich gar nicht so weit aus dem Fenster lehnen. Warum hat er denn seine Frau betrogen?

„Weißt du, du hörst dich wohl auch nicht reden. Einen Partner zu betrügen ist niemals eine Option. Zweigleisig geht überhaupt nicht. Schau dich doch mal an, wohin das führt!"

Nora pflichtet mir tatsächlich bei und äußerst sich, wenn auch ziemlich desillusioniert, ebenfalls zu diesem Thema.

„Ich für meinen Teil habe die Nase voll von den Kerls. Ich brauche keinen mehr und ich will auch keinen mehr. Mir reicht der letzte. Hunde sind mir da lieber. Da weiß ich, was ich habe."

Na ja, das ist jetzt wieder typisch Nora.

„Und überhaupt, wie sieht das mit euch beiden aus? Ihr zwei passt doch perfekt zusammen!"

Spitzbübisch schaut sie zwischen Leander und mir hin und her.

Uups!

Nora, das war jetzt so was von unsensibel und dämlich! Das hättest du dir verkneifen können. Aber so ist sie nun mal. Immer frei von der Seele und immer ohne Rücksicht auf Verluste.

Betretene Stille.

Für Leander war das zu direkt und seine Reaktion fällt dementsprechend giftig aus. Und auch mir fehlen erst mal die Worte, denn so ganz daneben liegt Nora mit ihrer Behauptung wohl nicht.

„Eine ältere Frau kommt für mich überhaupt nicht in Frage! Auf gar keinen Fall", platzt es kategorisch aus ihm heraus.

„Und überhaupt! Eine, die mit Elefantenfüßen in Santiago ankommt, hinkend und humpelnd, nein danke."

Der Hieb in meine Richtung hat gesessen. Seine Worte sind deutlich und verletzend. Er will mir bewusst wehtun aus Angst, zu viel von sich preiszugeben. Prima Nora, die Stimmung ist hinüber. Was hast du dir da wieder dabei gedacht? Wohl ziemlich wenig. Sollte das etwa lustig sein? Es ist doch alles gut so, wie es ist. Wolltest du einfach nur Unruhe stiften oder deine Chancen ausloten? Als ob Leander sich bei irgendetwas ertappt fühlt, würdigt er mich keines Blickes mehr, und die Situation am Tisch wird heikel. Solange wir hier noch beisammensitzen, schneidet er mich bewusst und beschäftigt sich auffällig mit Nora. Ich fühle mich verletzt und gekränkt. Wenig später machen wir uns auf den Rückweg ins

El Galeon, da wir ja vor zweiundzwanzig Uhr dort sein müssen, um nicht vor verschlossener Türe zu stehen. Die beiden laufen mit ein wenig Abstand vorneweg, ich stapfe verdrossen im Dunkeln hinterher.

Der Weg gibt Dir nicht das was Du willst,
sondern das was Du brauchst
(alte Pilgerweisheit)

San Vicente de la Barquera - Colombres -Buelna

Postkartenpanorama, Freudentränen, Pilgerfrust und Einsamkeit

Offensichtlich von Wanzenbissen verschont, wache ich wenigstens, nachdem mich das Gespräch von unserm gemeinsamen Abendessen noch lange wach gehalten hatte, ausgeruht auf. Auch wenn das starke Geschlecht in der Überzahl war, hatte es sich hier im Raum kein nervender Schnarcher gemütlich gemacht. Meine Fußgelenke massiere ich vor dem heutigen Marsch mit meiner neuen Wundersalbe ein. Mal sehen, ob sie tatsächlich Wunder bewirken kann, denn die Schmerzen sind noch immer da. Ich könnte heulen und fange an, meine Füße zu hassen.

Um den großen Tisch im Aufenthaltsraum haben sich bereits jede Menge Pilger eingefunden und langen kräftig bei dem üblichen zuckerlastigen Frühstück zu. Nora und ich quetschen uns noch dazwischen. Kein Wort fällt über den verpatzten gestrigen Abend. Leander frühstückt bereits und außer einem „Guten Morgen" verhält er sich uns gegenüber äußerst wortkarg und in sich gekehrt. Er signalisiert überdeutlich, dass er seine Ruhe haben möchte. Nach einer Weile schultert er seinen Rucksack und verschwindet. Kein Wort darüber, wo wir uns heute wieder treffen oder ob überhaupt noch einmal. Wenig später verlassen auch Nora und ich gemeinsam dieses, na ja, nicht wirklich gastliche Haus, bevor auch wir uns am Ortsende trennen. Allerdings verabreden wir uns für den Abend in der Herberge in *Buelna*. Im Grunde sollte ich ja missgelaunt sein auf sie. Aber wer weiß, wie die Welt heute am Ende des Tages aussieht. Und der verspricht zumindest ein wunderbarer zu werden ... jedenfalls wettermäßig. Aber meine Seele ist traurig. Leander ist auf und davon, die Stimmung zwischen uns getrübt. Alles nur, weil Nora nicht überlegt, bevor sie etwas heraus plappert. Einfach mal einen blöden Kommentar in die Runde gequatscht. Ich spüre, wie die Traurigkeit sich wie eine Zentnerlast auf meine Schultern legt. Wer weiß, ob wir uns wieder treffen?

Noch ist es früh am Morgen, keine acht Uhr. Viele Einwohner treffe ich noch nicht unterwegs in den Straßen und Gassen an. Ich stehe auf einer Anhöhe und werfe einen letzten Blick zurück auf den Ort, der friedlich vor mir im Morgendunst ruht. Ein Anblick so richtig zum Träumen. Dazu verwandelt die Morgensonne das Meer in einen schimmernden Spiegel aus flüssigem Gold. Über die sanften Hügel und die sattgrünen Wiesen, die mich an das Allgäu erinnern, verteilt der Morgennebel filigrane Schleierfetzen. Die fröhlichen Morgengesänge der zahllosen Vögel verwandeln den Himmel um mich herum in einen großen Konzertsaal. Wie kleine Kampfflugzeuge jagen hoch droben Schwalben in wilden Formationen nach Futter. Ist es nicht ein großes Geschenk, hier stehen zu dürfen, durch dieses wunderbare Land zu laufen? Vor mir die üppigen Wiesen und Felder und der endlose Ozean. Hinter mir die schroffen Gipfel der *Picos de Europa*. Ein unbändiges Glücksgefühl lässt mein Herz wieder höherschlagen. Dabei könnte ich laut hinausschreien vor Glückseligkeit. Wieder packt mich dieser Freudentaumel, der mich trotz meiner malträtierten Füße weiterlaufen lässt. Die Morgensonne auf der Haut spüren, die klare Luft einatmen, die Natur aufsaugen und jede Faser des Körpers bewusst wahrnehmen. Das bedeutet LEBEN, das bedeutet GLÜCKLICHSEIN.

In den vergangenen Tagen waren es eher sanfte Wiesen und Hügel, durch die mich der Jakobsweg führte. Jetzt verändert sich die Landschaft. Die Hügel verwandeln sich in kleine Berge, zwischen Wiesen und Feldern tauchen Wälder auf und am Horizont ragen die schroffen und sehr steilen Gipfel der *Picos* wie spitze Nadeln in den Himmel. In diesen Bergen, so berichtet die spanische Geschichte, begann 722 n.Chr. bei *Covadonga* die *Reconquista*. Hier wurden die christlichen Herrschaftsbereiche zurückerobert, hier wies man die muslimischen Mauren in ihre Schranken. Ein bedeutungsvoller Ort also, denn noch heute verehrt man dort in einer Höhle die Jungfrau von *Covadonga*.

Dieses imposante Gebirge besitzt etwa 200 Gipfel und der höchste davon ist der *Torre de Cerdo* mit 2.648 m. Es gibt wenig in der Natur, das uns so viel Ehrfurcht einflößt wie gewaltige Berge, so auch diese hier. Inzwischen befindet sich dort ein Nationalpark, der seit 2003 durch die UNESCO ein ausgewiesenes Biosphärenreservat ist und viele Wanderer anlockt. Auch mich reizen diese Berge und ich werde mich sicherlich einmal zu einem anderen Zeitpunkt dazu aufmachen, um durch diese interessante Bergwelt zu wandern.

Von *Vicente de la Barquera* geht es stetig in Richtung *Picos* aufwärts, mal mehr, mal weniger steil. Das Dorf *La Acebosa* lasse ich hinter mir und ein gutes Stück vor *Hortigal* treffe ich auf Januz, einen älteren polnischen Pilger. Wir haben uns in der „Kultherberge" kennengelernt. Januz spricht fließend Deutsch und so unterhalten wir uns angeregt und laufen ein Stück gemeinsam des Weges, bis wir uns kurz hinter *Hortigal* wieder trennen. Sein Ziel ist die bizarre Welt der spitzen Berge. Für mich geht es alleine entlang einer einsamen Landstraße weiter, mitten durch ein Waldgebiet. Als ob ich durch einen botanischen Garten wandeln würde, denn hier säumen die unterschiedlichsten Nadelbäume, Eukalyptus, ja sogar Palmen die Straße und immer wieder tauchen abseits mal größere, mal kleinere Gehöfte auf. Auf deren Vorplätze zerren große, bedrohlich wirkende Hunde bellend an ihren Ketten und gebärden sich angriffslustiger, als sie in Wirklichkeit sind. Inzwischen beachte ich sie nicht mehr und dadurch verlieren sie ziemlich schnell die Lust an ihrem wilden Gehabe. Das beschauliche Dörfchen *Estrada* mit seiner Burgruine ist genauso menschenleer und still wie die kleine Stadt *Serdio*. Nach einigen Kilometern erreiche ich *Pesús* und überquere dort die *Ria de Tina Menor*. Es wird Zeit für eine Pause. So ins Laufen vertieft, bemerke ich noch nicht mal mehr Hunger und Durst. Vor einer Bar am Straßenrand finde ich einen kühlen Platz im Schatten, ziehe meine Stiefel von den heiß gelaufenen Füßen und lege die Beine zum Ausruhen auf einen Stuhl. Das gewaltige Käse-Schinken-*Bocadillo* verschlinge ich mit Heißhunger. Ein junges Pilgerpärchen, eine Philippinin mit ihrem englischen Freund, grüßt mich beim Vorbeigehen. Das Mädchen plagt sich mit Blasen an den Füßen und kann kaum mehr auftreten. Keine Ahnung, was schlimmer ist, ihre Blasen oder meine Fersen. Die nächste Stadt, *Unquera*, ist gleichzeitig auch der letzte Ort in *Kantabrien*. Wie viele Tage bin ich jetzt eigentlich durch diese Provinz gelaufen? Tage, Wochen, Monate? Man verliert vollkommen das Zeitgefühl und dabei sind es noch nicht mal zwei Wochen, die ich unterwegs bin. *Unquera*, das langgezogen zwischen grünen Hügeln liegt, macht auf mich einen hässlichen und staubigen Eindruck. Immer der Hauptstraße entlang beeile ich mich, diese schmutzige und laute Stadt hinter mir zu lassen. Auch das geschäftige Treiben und der Autoverkehr irritieren nach der ländlichen Ruhe der vergangenen Stunden. Am Ende des Ortes angekommen, überschreite ich eine lange Brücke, die sich über die *Ria de Tina Mayor* spannt, und verabschiede mich von Kantabrien, um von dem kleinen Städtchen *Bustío*, dem ersten Ort in Asturien, in Empfang genommen zu werden. Für etwa einen Kilometer führen die gelben Pfeile zwischen kleinen Häusern hindurch einen langen, sehr steilen gepflasterten Weg auf eine Hochebene hinauf. Na prima! Das fängt hier ja schon wieder gut an. Trotzdem erreiche ich zügig die Anhöhe und bleibe wie angewurzelt stehen. Dieses beeindruckende Panorama, das sich mir im gleißenden Sonnenlicht vor meinen Augen zeigt, könnte genauso gut einem Hochglanz-Bildband entsprungen sein. Gerade befand ich mich noch unten im Tal in einer staubigen, heißen Stadt und jetzt stehe ich hier oben im hellen Sonnenlicht. Vor einem strahlend blauen Himmel mit ein paar dekorativen Postkarten-Wölkchen erheben sich die spitzen, schneebedeckten Gipfel der *Picos de Europa*. Irgendjemand meinte einmal, das sei kein Schnee, sondern Kalk. Nun ja, es stimmt, die *Picos* sind Kalkberge. Aber das hier sieht sehr nach richtig echtem Schnee aus. Außerdem hatte es in diesen Bergen in den letzten Tagen einen Wetterumschwung gegeben und es mussten einige Wanderer mit Helikoptern aus der Kälte und dem Schnee ins Tal geflogen werden. Vor dieser Kulisse wirken die bewaldeten Hügel, die ausgedehnten Viehweiden, die Wiesen und Felder doppelt kitschig. Die ersten Häuser von *Colombres* lugen hinter den Bäumen hervor. Eines sticht mir dabei ganz besonders ins Auge, eine herrschaftliche Jugendstil-Villa. Ihre Fassade leuchtet in einem intensiven Kobaltblau und die Fenster sind mit strahlend weißen Stuckelementen eingerahmt.

Mitten auf diesem gepflasterten Weg vor *Colombres* befindet sich ein winziges Kapellchen mit einer Heiligenfigur darin. Auf dem *Camino Francés* hatte mir einmal ein Mitpilger folgende Frage gestellt: „Und, wann ist dir denn Gott auf diesem Weg das erste Mal begegnet?" Da war mir damals plötzlich klar, Gott ist mir tatsächlich begegnet. Allerdings auf eine völlig andere Art, wie der ein' oder andere es vermuten würde. Du läufst und spürst plötzlich eine unendliche Leichtigkeit im Herzen, eine allesumfassende Freude und eine Liebe in dir. Die Tränen rinnen vor lauter Glück übers Gesicht und man meint gar, diese Empfindung nicht aushalten zu können. Dir wird bewusst, Gott ist überall, in jeder Blume, jedem Grashalm, jedem Tier, in den Regentropfen, in der Luft, die wir atmen, in den Sonnenstrahlen, in den Wellen, im Wind, aber am meisten in uns selbst. Und du fängst an zu beten, anfangs zaghaft und irgendwann aus vollem Herzen, selbst der, der von sich aus behauptet, nicht gläubig zu sein. Und du schämst dich nicht dafür, denn es tut gut. Und was heißt überhaupt, gläubig sein? Schon lange bin ich aus dem starren, dogmatischen Gebilde Kirche bei uns in Deutschland ausgetreten. Der Klüngel der großen Glaubensgemeinschaften hat mit Christsein wenig zu tun. Die Kirchensteuer ist kein Eintrittsgeld dafür, von Gott die Absolution zu erhalten und sie sorgt auch nicht dafür, dass man christlicher ist als der, der aus der Kirche ausgetreten ist. Ob ich Katholik oder Protestant bin, Jude, Moslem, Buddhist oder Hindu, was auch immer! Wir alle sind in erster Linie Menschen, wir sind alle gleich und glauben letztendlich alle an denselben Gott. Denn Gott hat keine Religion. Wenn es denn einen Gott gibt. Irgendwie bin ich davon überzeugt, dass da eine höhere Macht unsere Geschicke lenkt. Also spielt es auch keine Rolle, wie ich glaube, sondern nur, dass ich glaube, das Leben achte und die Schöpfung um mich herum. Und davon abgesehen, ändert sich nicht auch im Laufe des Lebensalters die Art des Glaubens und wie man glaubt?

Rumi, ein persisch-sprachiger Dichter aus dem 13. Jahrhundert, dessen Zitate und Gedichte ich sehr liebe, drückt es mit folgenden Worten aus:

„Ich versuchte, ihn zu finden am Kreuz der Christen,
aber er war nicht dort.
Ich ging zu den Tempeln der Hindus und zu den alten
Pagoden,
aber ich konnte nirgendwo eine Spur von ihm finden.
Ich suchte ihn in den Bergen und den Tälern,
aber weder in den Höhen noch in den Tiefen sah ich mich
imstande, ihn zu finden.
Ich ging zur Kaaba in Mekka, aber dort war er auch nicht.
Ich befragte die Gelehrten und Philosophen,
aber er war jenseits ihres Verstehens.
Ich prüfte mein Herz, und dort verweilte er, als ich ihn sah.
Er ist nirgends sonst zu finden".
(aus: Das Herz ist das Haus Gottes)

Und jetzt stehe ich vor dieser kleinen Kapelle und fange wie selbstverständlich und aus tiefstem Herzen an zu beten. Das erste Mal auf diesem Nordweg. Die Worte kommen erst zaghaft und stockend. Tränen rinnen über mein Gesicht und ich schäme mich keineswegs dafür, denn ich bin unendlich dankbar für das, was ich erlebe und fühlen darf. Ich muss an meine Familie zuhause denken. Wie schön wäre es, könnten sie all dieses hier miterleben und diese Freude verstehen und teilen. Mit einem wohligen Gefühl tief im Herzen erreiche ich die ersten Häuser von *Colombres*. Meine schmerzenden Beine nehme ich kaum wahr, aber umso mehr die laute Reggae-Musik, die gerade unwirklich die Stille hier unterbricht. Neugierig folge ich diesem, für dieses Städtchen ungewöhnlichen Laut, und der führt mich schnurstracks in die hiesige Pilgerherberge, die sich unmittelbar am Ortsanfang befindet. Bei dem niedrigen, langgestreckten Gebäude, das ebenfalls, wie einige andere Häuser hier auch, in einem auffällig leuchtenden Blau gestrichen ist, stehen alle Türen und Fenster weit offen. Im Garten davor liegen Fahrräder im Gras und bunte Surfbretter lehnen an der Hauswand. Keine Menschenseele lässt sich blicken, auch nicht auf mein Rufen hin. Ich betrete den Vorraum und entdecke auf einem Tischchen einen Pilgerstempel samt Stempelkissen. Wenigstens bekomme ich so eine weitere Trophäe für mein *Credenzial*.

Es ist Mittagszeit und die Gassen dieses beschaulichen Ortes, der eingebettet ist in die nördlichen Ausläufer der *Picos*, wirken völlig leergefegt. Die wunderbaren, schön restaurierten Häuser in den Straßen gehören zu den „*Casas Indianos*". Ende des 19. Jahrhunderts bis Anfang des 20. Jahrhunderts wanderten viele Asturier nach Lateinamerika aus. Die Rückkehrer errichteten dann hier ihre Häuser in dem dort üblichen Baustil. Ausgerechnet im hintersten Winkel von Asturien, in dem kleinen Colombres, steht eines der größten und bekanntesten dieser *Casonas*, die 1906 erbaute „*Quinta Guadeloupe*", von den Bewohnern auch liebevoll der „Weiße Elefant" genannt. Es ist das große, blau angestrichene Landhaus, das mir als erstes beim Anblick dieser kleinen Stadt aus der Ferne aufgefallen war. Seine vier Stockwerke sind mit übergroßen, mit Renaissance-Elementen verzierten Fenstern geschmückt. Heute beherbergt dieses Gebäude das *Archivó de Indianos*. Ein Museum und Archiv zugleich, das von den vielen Asturiern berichtet, die damals ausgewandert sind und wieder zurückkamen. Ich sollte auf meinem Weg durch Asturien noch auf einige dieser schönen Gebäude stoßen.

Die Luft steht inzwischen auf dem kochendheißen Boden. Es ist drückend schwül und der Schweiß rinnt in Strömen und vermengt sich mit dem Staub der Straße. *Colombres* liegt schon lange hinter mir, da treffe ich wieder auf die inzwischen noch stärker humpelnde Philippinin und ihren Begleiter. Es überrascht mich, Rocco bei ihnen zu sehen. Er läuft neben den beiden her, unterhält sich angeregt mit ihnen und schiebt sein Rad. Bis *Buelna* zeigt sich die Route wenig attraktiv. Mal zieht sich die Strecke an der Straße entlang, mal auf staubigen Feldwegen, mal an der neuen Autobahn. Die frisst sich unerbittlich in die Landschaft mit ihren hässlichen und schmutzigen Baustellen. Die Örtchen *El Peral* und *La*

Franca sind keine Attraktion und ich will einfach für heute nur ankommen. Inzwischen schleppe ich mich nur noch über den harten Straßenbelag, so schmerzen mir die Fußgelenke. Das Thermometer kletterte weiter nach oben, meine Kleidung ist völlig durchgeschwitzt und in meinen Stiefeln steht der Schweiß. Die letzten Kilometer entlang der neuen, glutheißen Nationalstraße ziehen sich mal wieder endlos. Über dem Asphalt flirrt die Luft und ich würde mich nicht darüber wundern, würde mir auf einmal eine Fata Morgana irgendein Fantasiebild vorgaukeln. *Buelna* - ich könnte das Ortsschild küssen. Dieses Nest ist winzig, nur wenige Häuserreihen entlang der Straße und den Hang hinunter zum Strand, dort, wo die Herberge sich befinden soll. Beinahe laufe ich an dem unscheinbaren kleineren Haus vorbei ... geschlossen. Es ist kurz vor vier Uhr am Nachmittag und geöffnet wird erst in einer Stunde. Soll ich tatsächlich solange im Vorgarten herumsitzen? Eine Bar hier in der Nähe, in der ich etwas trinken könnte, kann ich nicht entdecken und auch keine Menschen weit und breit. Geschweige denn Nora oder Leander. Ich versuche, einen der beiden telefonisch zu erreichen. Aber es herrscht Funkstille. Keiner meldet sich. Meine Beine spüren, dass ich meinen Zielort erreicht habe und wollen nichts sehnlicher, als sich auszuruhen. Und überhaupt, ich habe Durst und für heute ist es genug! Allerdings hier alleine herumhängen mag ich auch nicht. Es bleibt mir nichts anderes übrig, als zurück zur Hauptstraße zu laufen. Oben angekommen entdecke ich zu meiner Freude auf der gegenüberliegenden Seite das Restaurant „Santa Maria" mit einer privaten *Alberge*. Mir ist inzwischen egal, wo die beiden anderen abgeblieben sind, hier bleibe ich, basta! Ein ausgesprochen freundlicher Wirt empfängt mich im Gastraum.

„*Buenas Dias*, eine gute Entscheidung, hier zu bleiben. Bisher ist nur ein einziger Pilger da. Die meisten zieht es weiter nach *Llanes*. Du hast also freie Auswahl bei den Betten."

Er lacht und drückt mir ein kühles Bier als Willkommensgruß in die Hand. Fünfzehn Euro kostet mich die Übernachtung inklusive Frühstück und Abendessen, wenn das kein Angebot ist! Hilfsbereit trägt er mir meinen Rucksack einen Stock höher, wo mich ein gemütlicher und überaus sauberer Schlafraum erwartet. Begeistert, vor allem nach der erbärmlichen Unterkunft der letzten Nacht, entscheide ich mich für ein Bett direkt am Fenster. Mir gegenüber hat ein hagerer, älterer Herr sein Lager bereits für die Nacht hergerichtet.

„Na Mädel, da haben wir es hier doch prima getroffen. Grüß dich, ich bin der Johannes", stellt er sich mir vor.

„Ja, da hast du recht. Die letzte Unterkunft war grauenhaft", gebe ich zur Antwort. „Dieses *El Galeon* kann man doch niemandem ruhigen Gewissens empfehlen."

Es entwickelt sich ein angenehmes Gespräch zwischen uns, wobei ich von ihm erfahre, dass er in den vergangenen Jahren schon öfter auf Pilgerreise war.

„Ich wohne in Seesen, das ist am Rande des Harzes. Inzwischen bin ich Ende Sechzig und hoffe, noch viele Pilgerreisen unternehmen zu können. Meine Frau hat sich inzwischen schon daran gewöhnt, dass ich immer wieder ein paar Wochen im Jahr unterwegs bin. Weißt du, mich hält das jung und ich lerne dabei so viele neue und interessante Menschen kennen. Und immer wieder kommen einige davon zu uns auf Besuch. Unser Haus ist immer voll. Wenn du nach Seesen kommst, dann schau bei uns vorbei", dabei strahlt Johannes mich mit einem breiten Lächeln an und zeigt dabei sein markantes Gebiss. „Warum humpelst du so sehr? Welches Problem hast du denn mit deinen Füßen?", möchte er wissen.

Ich versuche, ihm den Schmerz einigermaßen zu beschreiben. Auch er ist daraufhin derselben Meinung wie ich. Die Wanderstiefel sind die Übeltäter.

„Ich pilgere nur in Trekkingschuhen. Die Wanderstiefel habe ich schon lange an den Nagel gehängt."

Aber ich habe nun mal diese Schuhe dabei und muss sie entweder ertragen, am Rucksack hängend mitschleppen oder mir neue kaufen. Diese vermaledeiten Fußprobleme kosten Kraft und die Strecke heute auf dem harten Untergrund war mühsam. Müdigkeit macht sich in mir breit. Aber erst heißt es, ab unter die heiße Dusche und runter mit dem Staub und Schweiß des Tages. Danach hangle ich mich am Geländer die schmale Holztreppe nach unten. Wie schön, dass im Garten Liegestühle bereitstehen, von denen ich mir einen in die Abendsonne rücke, bevor ich es mir darin bequem mache. Der Wirt sieht mich und eilt sofort, fürsorglich wie er ist, zu mir und bringt mir einen Beutel voller Eiswürfel für meine lädierten Gelenke. Ich muss im Pilgerparadies gelandet sein, denke ich und nehme die kühlenden Säckchen dankbar entgegen. Faul liege ich in der Abendwärme, genieße die Ruhe und werde umsorgt, bis eine vierköpfige französische Pilgergruppe lautstark diese Stille unterbricht. Allesamt Männer um die Fünfzig. Sie haben einen kleinen separaten Raum für sich alleine reserviert. Und dann traue ich meinen

Augen kaum. Da taucht doch wahrhaftig mein alter Koreaner auf. Dieser zähe Kerl spult wie ein Uhrwerk einen Kilometer nach dem anderen herunter. Man sieht ihm noch nicht einmal an, dass es ihn sonderlich anstrengen würde. Jetzt endlich meldet sich Nora.

„Wo steckst du denn Erika?"

Warum schreit sie nur immer so ins Telefon?

„Wo steckst DU denn?" Leicht verstimmt stelle ich diese Frage.

„Ich war bei der Herberge in *Buelna* und von dir keine Spur. Außerdem war die noch geschlossen. Deshalb bin ich jetzt hier in einer anderen, wirklich herrlichen Herberge zu einem super Preis untergekommen." Ganz beiläufig bemerkt sie dann, „du, Leander ist auch bei mir. Den habe ich unterwegs wieder getroffen. Wir sind bis *Pendueles* durchmarschiert. Die Herberge ist ganz in Ordnung. Kannst du nicht auch kommen?", versucht sie mich zu locken. „Es ist lediglich noch einen Kilometer. Dann könnten wir nachher wieder zusammen essen gehen."

Was soll das jetzt von ihr? Nochmal so ein Abend wie gestern? Sie betrachtet Leander wohl als Trophäe. Glaubt sie jetzt, mich damit ärgern zu können, nur damit ich tatsächlich noch einen Kilometer bis in den nächsten Ort laufe? Ich bin hin und her gerissen und unschlüssig, entscheide mich dann aber doch dagegen.

„Nein, Nora, ich habe dazu heute keine Lust mehr. Hier ist es supergemütlich und ich bin in netter Gesellschaft. Der Koreaner ist auch hier. Habt ihr mal einen schönen Abend zusammen." Daraufhin überlegen die beiden kurz, ob nicht sie zu mir in die Herberge kämen. Aber das wollen sie dann auch nicht mehr. Jetzt grummelt es tatsächlich ein wenig in mir. Ich bin sauer. Sollen sie doch bleiben wo der Pfeffer wächst. Meine Herde hat mich verlassen, einfach mal wieder ausgestoßen wie ein verwundetes Tier. Ich lümmle auf meiner Liege und heule ein bisschen vor mich hin. Dann rufe ich zuhause an, kotze mich erst bei Werner aus und dann bei meinen Jungs. Alle bemühen sich redlich, mich wieder aufzubauen. Selbst die vier Franzosen kümmern sich später rührend um mein Wohlergehen. Neben gut gemeinten Ratschlägen für meine geschwollenen Gelenke kramen sie aus ihren Rucksäcken noch allerlei Salben und Elastikbinden heraus. Mittlerweile knurrt mein Magen sehr beängstigend und ich kann kaum erwarten, bis wir das Essen serviert bekommen. Johannes und ich nehmen im Gastraum Platz und der Koreaner (seinen Namen werde ich mir wohl nie merken) gesellt sich zu uns. Mit der Zeit wird es richtig kurzweilig. Unser Wirt schleppt eine dampfende Schüssel voller Nudeln herbei, die Hackfleischsoße duftet

würzig und Salat gibt es zum Abwinken. Selbst an Wein, Wasser und Nachtisch fehlt es nicht. Angeregt unterhalten wir uns, das heißt, eher Johannes und ich. Da der Koreaner kaum Englisch spricht und schon gar kein Spanisch, ist die Konversation mit ihm ein wenig schwierig. Aber immerhin verstehen wir, dass er bereits 81 Jahre alt ist und zu Hause in Korea seine junge 69-jährige Frau auf ihn wartet. Und wir staunen nicht schlecht, als er in seinem Kauderwelsch berichtet, bereits den *Camino Frances* hin und zurück gepilgert zu sein und anschließend an den *Camino del Norte* die *Via de la Plata* in Angriff nehmen möchte. Sein Ziel ist es, ca. 4.000 Kilometer zu Fuß zurückzulegen und er ist sich absolut sicher, diese enorme Strecke auch zu schaffen. Erst dann will er in seine Heimat und zu seiner Frau heimkehren. Ich bin sprachlos, Johannes ebenfalls. Wir kommen uns so unbedeutend und klein diesem alten Mann gegenüber vor. Er strahlt eine Ruhe und Gelassenheit aus, wie man sie von asiatischen Menschen kennt, die ihren Geist und Körper täglich mit Meditation und Thai Chi schulen. Vor allem auch darüber, wie er mit so wenig Sprachkenntnissen durch dieses Land kommt. Als Europäer mag das noch einigermaßen funktionieren, aber als Asiate?
Nachdem wir wirklich alle Teller und Schüsseln leergeputzt haben, verziehen wir uns rechtschaffen müde freiwillig in unsere Schlafsäcke, halten noch unsere Tageseindrücke in unseren Büchern fest und fallen anschließend schnell in den Schlaf. Gute Nacht Welt, heute habe ich wieder viel erlebt. Morgen ist ein neuer Tag. Mal sehen, was er so mit sich bringt.

Wer seinen eigenen Weg geht, dem wachsen Flügel
Aus dem Buddhismus

Buelna - Llanes - Póo - Nueva

*Geisterbahnhof, Strandkühe, ein fataler Irrtum und
wunderbare Fügungen*

Glücklicherweise gehören weder Johannes noch der alte Koreaner der Schnarcherfraktion an, und so konnte ich wunderbar tief und entspannt schlafen, trotz eines unruhigen Traums. Überhaupt träume ich seit einigen Nächten sehr intensiv. Wahrscheinlich verarbeite ich nachts noch einmal die Gedanken, die mir tagsüber durch den Kopf gehen, und das sind bei der vielen Zeit, die man mit sich alleine verbringt, eine unendliche Menge. Gegen halbsieben verlassen die Franzosen rücksichtsvoll und darum bemüht, leise zu sein, ihr Zimmer. Ganz im Gegensatz zu unserem schrulligen Koreaner. Immer ist er völlig im Hier und Jetzt versunken und vergisst alles um sich herum. Eigentlich beneidenswert, aber nicht, wenn man noch ein wenig vor sich hindösen möchte. Denn er knipst gnadenlos oder eher gedankenlos das Licht im Raum an und beginnt zu packen. Es hat den Anschein, als ob er tausend Plastiktüten zu verstauen hätte. Johannes und ich lassen uns nicht aus der Ruhe bringen, wir bleiben in unseren Betten liegen, darum bemüht, dieses Tun einfach zu ignorieren. Kurz vor acht Uhr sind auch wir dann aufbruchsbereit und frühstücken noch gemeinsam. Johannes schlägt mir vor, ich solle doch die zehn Kilometer bis nach *Llanes* mit dem Zug fahren. Er meint, das sei für meine Füße zwischendurch ganz erholsam. Auf diese Weise könnte ich meine Beine für den Weiterweg noch ein wenig schonen. Nach dem Zustand meiner Füße zu urteilen, erscheint mir der Vorschlag vernünftig. Der Wirt erklärt mir allerdings, dass sich die Bahnstation im ein Kilometer entfernten *Pendueles* befindet. Bis dorthin müsste ich wohl oder übel laufen. Also machen wir uns auf den Weg, Johannes zu Fuß direkt nach *Llanes*, ich zum Bahnhof nach *Pendueles*. Dieser Tag kann nur wunderbar werden, denn vom wolkenlosen blauen Himmel lacht mir bereits jetzt am Morgen schon die Sonne entgegen. Was will das Herz mehr?
Gesunde Füße zum Marschieren!
Ich könnte schreien vor Wut. Ich will laufen und nichts wird mich daran hindern. Innerlich bin ich so voller Zorn auf meine Beine und genauso

stapfe ich vorwärts, wütend und ohne Rücksicht auf irgendwelche Zipperlein. Recht zügig gelange ich dann auch zu diesem besagten kleinen Bahnhof und suche nach einem Fahrplan. Skepsis macht sich bei mir breit. Das sieht mir doch alles ein wenig verkommen aus, ein verwahrlostes Wartehäuschen, ein ramponierter Bahnsteig, überall Unkraut und nirgends ein aktueller Fahrplan. Aber der Wirt hatte mir doch versichert, dass hier ein Zug hält. Dann vertraue ich da einfach mal drauf! Schließlich wohnt er ja hier und sollte das wissen. Zuversichtlich setze ich mich auf eine Bank und warte geduldig. Nichts rührt sich. Es gesellen sich auch keine weiteren Fahrgäste zu mir. Langsam werde ich nun doch unruhig. Das wäre mal wieder typisch. Garantiert wurde diese Haltestelle stillgelegt. Soll ich jetzt doch besser zu Fuß Richtung *Llanes* marschieren? Während ich noch unschlüssig überlege, stoppt ein Verkehrsbus vor dem kleinen Bahnhofsgebäude, Menschen steigen aus und ein. Eine Busbegleiterin, die mich sitzen sieht, eilt zu mir. „Señora, wo wollen sie denn hin? Etwa nach Llanes? Sie müssen in den Bus dort unten einsteigen. Hier fährt schon lange kein Zug mehr."
Als ob ich es geahnt hätte. Ich schicke ein Stoßgebet zum Himmel, denn da oben gibt es doch jemanden, der ein Auge auf mich hat, und lasse mich erleichtert in einen der bequemen Bussessel fallen. Zügig erreicht der daraufhin die Station von *Llanes*. Ich klettere aus dem Gefährt und begebe mich direkt in das Ortszentrum, suche wieder einmal das Touristenbüro und finde es in einem stattlichen Altstadthaus. Natürlich möchte ich auch von hier einen Erinnerungsstempel mit nach Hause nehmen. *Llanes* ist einer der bekanntesten Badeorte an der asturischen Küste und besitzt noch einen funktionierenden Fischereihafen. Von seinen drei Sandstränden ist die *Playa de Gulpiyuri* der kleineste Badestrand Asturiens. Die alte Stadtmauer grenzt den ebenfalls gut erhaltenen mittelalterlichen Stadtkern vom restlichen Ort ab. Und dann gibt es noch eine besondere Sehenswürdigkeit, die „Erinnerungswürfel", die „*Cubos de la Memoria*" des baskischen Künstlers *Agustín Ibarola*. Er bemalte 2001 große Steinblöcke in fröhlichen bunten Farben, die entlang der Hafenmole übereinander gewürfelt liegen. Eine weitere Attraktion ist der *Paseo de San Pedro*, ein schöner Spazierweg, der hoch auf den Klippen angelegt wurde. Nach einer Stadtbesichtigung ist mir allerdings nicht zumute. Mich treibt eine innere Unruhe weiter und deshalb halte ich mich nicht lange im Zentrum auf, sondern suche den Weg Richtung *Poó*. Am kleinen Sandstrand *Playa de Sáblon* verlasse ich die Strandpromenade und erklimme die Treppen empor zum *Paseo de San*

Pedro. Von hier aus schweift mein Blick ungehindert über die Dächer der Altstadt von *Llanes* und auf die Erinnerungswürfel, auf den Atlantik und die umliegende Landschaft bis hin zu den beeindruckenden Bergen am Horizont. Auch viele Touristen und Spaziergänger nutzen das herrliche Wetter zu einem Spaziergang auf dem Damm. Am Ende des langgestreckten *Paseos* leitet mich ein Wegweiser wieder hinunter auf die Straße. Zu meiner Überraschung funktioniert das Laufen nach dem gestrigen Desaster recht gut und ich komme prima vorwärts. Über zumeist sandige Schotterpisten wandere ich bequem entlang der idyllischen Meeresküste. Ein sanftes welliges Wiesen- und Weidengelände breitet sich vor meinen Augen aus, das immer wieder unterbrochen wird von kleinen felsigen Buchten mit markanten Felsklötzen. Bis ans Wasser erstrecken sich die Viehweiden und die schwarzweiß gescheckten und braunen Kühe lassen sich von mir nicht aus ihrer Ruhe bringen. Unbeeindruckt glotzen sie mich mit ihren großen Samtaugen an und zermalmen die würzigen Strandkräuter zwischen ihren Zähnen. Ein wenig skurril wirkt das schon auf mich. Manche von ihnen verirren sich sogar bis unmittelbar ans Wasser auf die kleinen Sandstrände, die sich zwischen den Felsen zum Verweilen anbieten. Kein anderer Pilger begegnet mir hier auf der Strecke und ich stapfe mal wieder tapfer wie *Frodo* aus „*Herr der Ringe*" alleine durch das weite Elfenland. Wo mögen meine treulosen Gefährten jetzt sein? Ab und an treffe ich auf einen Bauern oder einen einsamen Spaziergänger, der seinen Hund ausführt. Ein älterer Spanier, der, wie er mir stolz berichtet, selbst schon nach Santiago gepilgert sei, bittet mich darum, stehen zu bleiben. Er möchte gerne ein Foto von mir knipsen. Wie mag ich wohl aussehen mit meinem roten Kopftuch, meinem olivgrünen Rock, dem roten Rucksack, an dem noch immer alle meine Glücksbringer baumeln und an dem meine Wandersandalen hängen.

Ein weiß-blauer Münchner Himmel strahlt mir vom Meer her entgegen, aber in Richtung Berge beginnen sich schwere dunkle Wolkenungetüme aufzutürmen. Das verheißt nichts Gutes. Eine erdrückende Schwüle treibt den Schweiß aus allen Poren und ein Sprung in das kühle Atlantikwasser wäre sicherlich erfrischend. Aber diese Zeit nehme ich mir nicht, wie getrieben will ich einfach nur weiter. Wenn ich geglaubt habe, jetzt könne die Natur nicht noch üppiger und grüner werden, dann habe ich mich auch jetzt zum wiederholten Male gewaltig geirrt. Die Vegetation explodiert um mich herum, so dicht bewachsen und grün ist es hier. Schließlich gelange ich nach *Poó* und kurz darauf nach *Celorio.* Das

Kloster, unmittelbar am Strand gelegen, wirkt friedlich und ruhig. Weiter über *Barro* gelange ich nach *Niembro*. Von der Straße aus sauge ich im wahrsten Sinne des Wortes den zauberhaften Ausblick über eine Meeresbucht, die sich hier ins Landesinnere bohrt, begeistert ein. Schilfpflanzen und Moose wuchern am Ufer und da gerade wieder einmal Ebbe ist, versammeln sich auf den Sandbänken und in den vereinzelt zurück gebliebenen Wasserpfützen die unterschiedlichsten Meeresvögel und Enten. Alte, zum Teil halb zerfallene Boote dümpeln vertäut im restlichen Wasser. Und am Ende der Bucht thront über alldem auf einer kleinen Anhöhe die Kapelle *El Santín*, die durch eine hohe Mauer vor den Wellen des Atlantiks geschützt wird. Eine kleine Brücke, die sich am Ende dieses Meereseinschnittes über ein schmales Flüsschen spannt, verbindet beide Seiten der Bucht miteinander. Auf der linken Uferseite schmiegt sich ein kleines Gehöft in die Landschaft, auf der rechten Seite überwuchern dichte Bäume und Sträucher das Gewässer. Üppiges zartes Frauenhaar und Nestfarne bedecken die Böschung. Die großen Steine, die verstreut am Ufer und im Wasser liegen, sind überzogen von einem flauschigen Pelz aus leuchtend grünen Moosen. Im Flusslauf selbst wallen dichte, in allen Grüntönen schillernde Algen und Wasserpflanzen. Dazwischen tummeln sich Unmengen der unterschiedlichsten Fische. Eine friedliche und entrückte Idylle. Ich könnte ewig auf der Brücke stehen, auf dieses Wasser schauen und die Welt um mich herum vergessen. Schweren Herzens reiße ich mich von diesem Anblick los und überquere die Brücke, an deren Ende mich ein winziges Marienmarterl empfängt, das sich bescheiden an den Waldrand duckt. Irgendjemand hatte dort vor kurzem frische Nelken und Lilien abgelegt und für einen Moment halte ich versunken inne und bete und sauge tief den feinen Duft der Blumen ein. Weiter geht es anschließend durch einen kleinen Wald hindurch auf einem schmalen Pfad eine Anhöhe hinauf. Nach der sengenden Hitze entlang der Küste beschirmt mich jetzt der kühle Baldachin dicht stehender Bäume und spendet wohltuende Frische. Wieder springt die Landschaft hin und her zwischen dichten Wäldern, farbenfrohen Wiesen und Weiden. Eine Oase der Ruhe, in der sich in einem friedlichen Miteinander Stiere mit gewaltigen Hörnern, Kühe, Schafe und Pferde ihren Platz teilen. Niemand stört mich auf meinem Weg und ich lausche wie schon so oft begeistert dem munteren Vogelzwitschern, das mir aus allen Richtungen entgegentönt. Bunte Schmetterlinge gaukeln an mir vorbei. Ich liebe das spanische Wort dafür, *Mariposas*. Es klingt so zart und zerbrechlich. Auch die schillernden Eidechsen huschen wieder über

die warmen Steinmauern oder beäugen mich aufmerksam. Durch das andauernde Bergauf und Bergab, den wechselnden Landschaften und den unterschiedlichsten Eindrücken ist es ein kurzweiliges Wandern. Aber auch heute treffe ich nur vereinzelte Pilger und niemanden, den ich bereits kenne. Irgendwann gegen Spätnachmittag spuckt mich der Wald wieder auf die Nationalstraße. Dort überquere ich den *Bedón*, der träge dem Atlantik zufließt. Auf einem großzügigen Wiesengelände rechts der Straße entdecke ich, versunken in einen Dornröschenschlaf, das verlassene Kloster *San Antólin de Beón*. Von einer Minute auf die andere spüre ich plötzlich, wie müde und erschöpft ich mittlerweile bin. Kein Wunder, wenn man läuft wie ein aufgezogener Blechsoldat, ohne Pause, immer im gleichen Tempo. Meine Gelenke strafen es mir mit höllischen Schmerzen und die Fersen ebenfalls. Es treibt mir die Tränen in die Augen und wieder keimt Wut in mir hoch. Ich lasse mich nicht unterkriegen! Dieses dumme Bein, ich will doch einfach nur laufen. Während ich so dastehe und gedankenversunken auf das Kloster starre, stoppt neben mir ein Auto. Ein älterer, akkurat gekleideter Mann steigt aus und drückt mir einen Zettel mit der Adresse einer Pension in *Nueva*, der *„Casa Principado"*, in die Hand. Die Werbung verspricht mir ein Einzelzimmer für fünfzehn Euro die Nacht und als Extra bekäme ich meine Wäsche gewaschen. Den Flyer stecke ich mir vorsorglich ein, bedanke mich für diesen Tipp und nehme mir vor, auf jeden Fall dort nachzufragen. Das erspart mir ein langes Suchen. Und *Nueva* ist ja gleich der nächste Ort ... denke ich.
Die Vorstellung, bald einen Schlafplatz zu erreichen, lässt mich zuversichtlich in Richtung Meer weiterziehen, um dann aber nach einem kurzen Schlenker an den Atlantik wieder ins Landesinnere abzubiegen. In den nächsten kleinen Ort. Und wie ich annehme, nach *Nueva*. Groß ist der Flecken nicht, aber die *Casa Principado* kann ich beim besten Willen nicht finden. Entnervt, durstig und müde humple ich auf die Terrasse eines kleinen Restaurants. Heute am Feiertag ist jeder Tisch des Lokals belegt und die Gäste werfen mir mitfühlende Blicke zu. Resigniert lasse ich mich auf einen freien Platz auf einer Bank an der Hauswand fallen, öffne meine Stiefel und bestelle mir ein großes Glas *Clara*. Dabei fällt mir auf, dass ich ja auch noch nicht viel gegessen habe, eigentlich nichts außer Frühstück am Morgen. Aber dazu bin ich im Moment viel zu erschlagen. Jetzt werde ich zickig! Ich will sofort ein Bett, ich will eine Dusche und ich will meine Füße ausruhen. Ich mag nicht mehr für heute! Ich frage den Kellner, der mir mein Radler bringt, wie ich denn zur

Casa Principado komme? Der schaut mich verständnislos an und möchte wissen, wo die denn sein soll? Eine *Casa Principado* sei ihm nicht bekannt. Ich halte ihm den Flyer unter die Nase und er schüttelt bedauernd den Kopf. Nein, die befände sich nicht hier im Dorf. Ich sei hier in *Naves*. Die Pension ist im vier Kilometer entfernten *Nueva*. Und hier gäbe es leider keine Pilgerunterkünfte. Jetzt ist es an mir, den Kellner völlig entgeistert anzustarren, genau so, als hätte er gerade das Todesurteil über mich gesprochen. Mein Verstand will das nicht begreifen. Ich kann nicht mehr denken. In meinem Kopf befindet sich nur noch tiefste Schwärze. Das kann doch nicht wahr sein! Nochmal weitere vier Kilometer! Mindestens eine Stunde Gehzeit. Wie ein Häufchen Elend sitze ich da auf meiner Bank. Selbst zum Nachdenken, was ich denn jetzt machen könnte, bin ich zu müde.

Am Nebentisch beobachtet mich ein spanisches Ehepaar, das mit seiner etwa siebenjährigen Tochter hier gegessen hat. Sie haben das Gespräch zwischen mir und dem Kellner aufmerksam verfolgt, woraufhin mich der Mann anspricht. Es interessiert ihn, wo ich meinen Pilgerweg begonnen hätte und wie lange ich denn bereits unterwegs sei. Bereitwillig gebe ich ihm Auskunft darüber und, sichtlich beeindruckt, bieten er und seine Frau mir an, mich nach *Nueva* zu fahren, wenn ich nicht in Eile sei. Sie müssten nur noch ihre Rechnung begleichen und das Auto holen, das ein Stück vom Restaurant entfernt parke.

Welcher Pilger ist schon in Eile? Jetzt bin ich sprachlos. Da schickt mir doch der Himmel heute einen zweiten Engel, und erleichtert und dankbar nehme ich dieses hilfsbereite Angebot an. Raul, so heißt der Mann, seine Frau Susi und Lucie, ihre Tochter, sind sehr bemüht um mich. Für sie scheine ich wohl so etwas Ähnliches wie ein Außerirdischer zu sein, der sich auf die Erde verirrt hat. Sie packen meinen Rucksack und die Stöcke in den Kofferraum ihres Autos und fragen mir auf der kurzen Fahrt nach *Nueva* beinahe ein Loch in den Bauch. Raul besteht darauf, mich bis vor die Türe der Pension zu bringen. Bevor ich aussteige, möchte Raul sich höchstpersönlich selbst erkundigen, ob in der *Casa Principado* auch wirklich noch ein Bett frei sei. Wenn nicht, würde er sich für mich um eine andere Unterkunft kümmern. Er kommt zum Auto zurück mit genau diesem Mann, der mir die Adresse dieser Pension gab. Der erkennt mich wieder und ist ganz bestürzt.

„Du meine Güte, wenn ich das geahnt hätte, dass du kaum mehr laufen kannst. Ich hätte dich doch mit meinem Auto gleich mitgenommen. Aber dafür bekommst du jetzt ein Zimmer für dich ganz alleine."

Raul und seine Familie sind beruhigt, freuen sich, dass sie mir helfen konnten und verabschieden sich überschwänglich von mir. Vermutlich bringt es Glück, wenn man einem Jakobspilger behilflich ist. Alle drei nehmen mich in den Arm, drücken mich und wünschen mir *Mucha Suerte*, viel Glück, auf meinem weiteren Weg.

Es richtet sich auf dem Camino doch immer alles zum Besten. Jetzt bin ich einfach nur selig, endlich ein Bett! Die Stiefel, in denen der Schweiß steht, ausziehen und die Beine ausstrecken. Mein Zimmer ist nicht groß, aber dafür sehr gemütlich und sauber. Obwohl noch ein zweites Bett darin steht, kann ich den Raum ganz für mich alleine nutzen. Und tatsächlich, das hilfsbereite Vermieter-Ehepaar kümmert sich auch um meine schmutzige Wäsche. Über welche Kleinigkeiten man sich inzwischen freuen kann! Während ich unter der Dusche stehe, belegen die blasengeplagte Philippinin und ihr Begleiter zusammen mit einem Chilenen, der sich ihnen unterwegs angeschlossen hatte, das Nebenzimmer. Es verwundert mich in keinster Weise mehr, dass der alte Koreaner auch noch hier auftaucht. Die Dreiergruppe aus dem Zimmer nebenan fordert mich dazu auf, gemeinsam mit ihnen essen zu gehen. Hungrig wie ich mittlerweile bin, folge ich gerne ihrem Vorschlag, und außerdem tut mir jetzt nach diesem einsamen Tag am Abend Gesellschaft ganz gut. Wir entdecken ein rustikales Lokal und finden dort auf der Terrasse einen freien Tisch. Gemeinsam entscheiden wir uns für einen köstlich schmeckenden Fischeintopf und *Crema Katalan* zum Nachtisch. Die hübschen rosafarbenen Schalen einer offenbar winzig kleinen Jakobsmuschelart, die ich in meiner Portion finde, wickle ich mir in eine Serviette und nehme sie als Erinnerung mit. An denen trage ich sicherlich nicht schwer. Die Rationen waren so riesig, dass wir alle zufriedenen mit gefüllten Bäuchen dasitzen und eigentlich nur noch ins Bett fallen wollen. Aber bei einem Blick auf mein Smartphone stelle ich fest, dass Leander mehrmals versucht hatte, mich zu erreichen. Hier in diesem Lokal ist der Geräuschpegel so hoch, dass ich das Klingeln nicht hören konnte. Auf dem Rückweg zur Pension rufe ich ihn zurück und erfahre, dass er ebenfalls in *Nueva* gelandet ist. Entrüstet berichtet er mir, dass die Unterkunft, die er hier noch gefunden hätte, die letzte Absteige sei. Das Zimmer wäre ein grässlich dunkles und schmuddeliges Loch und die Vermieterin mehr als pampig. Das sei leider das einzige gewesen, das noch frei war, als er ankam und wo ich denn untergekommen sei.

Begeistert beschreibe ich ihm meine sehr angenehme Pension und mein gemütliches und sauberes Zimmer. Dumm, dass ich mein Telefon nicht gehört hätte. Bei mir im Zimmer stünde nämlich noch ein freies Bett. Ärgerlich erklärt er mir dann, dass er die fünfzehn Euro für die Übernachtung bereits bezahlt habe und die Vermieterin inzwischen wieder fort sei. Die wohne nicht im gleichen Haus. Dumm gelaufen. Aber wir könnten wenigstens gemeinsam etwas essen gehen. Er hätte einen Mordshunger. Mist, denke ich da bei mir und erkläre ihm, dass ich bereits gegessen habe. Aber ich könnte ja auch nur etwas trinken.

Die Freude, uns hier unverhofft wieder zu begegnen ist bei uns beiden groß und meine Müdigkeit augenblicklich wie weggeblasen. Kein Gedanke mehr ans Schlafengehen, obwohl es bereits auf einundzwanzig Uhr zugeht. In einer gut besuchten *Sideria,* die gleichzeitig auch ein Steakhaus ist, ergattern wir noch einen freien Tisch und kurze Zeit später steht ein Teller mit einem gigantischen, verführerisch duftenden Stück Fleisch, krossen Kartoffelecken und Salat vor Leander. Die Größe des Steaks lässt ihn über das ganze Gesicht strahlen und er macht sich mit Appetit ans Essen. Und dann wagen wir uns an das typische asturische Getränk. *Sidra,* ein Apfelwein, der weniger herb schmeckt wie der französische Cidre, eher süß und richtig süffig. Leider spürt man auch kaum den Alkohol. Das Interessante ist die Art, wie er getrunken wird. Dazu wird die Flasche kopfüber in eine Halterung eingespannt. An der Flaschenöffnung befindet sich eine Vorrichtung, gegen die man das Glas drückt, damit das goldgelbe, leicht perlende Getränk ins Glas spritzt. Das wird nur zu etwa zwei Zentimeter gefüllt und der Inhalt auf einen Satz dann getrunken. Eine spaßige Trinkerei, bei der man allerdings leicht den Überblick verliert und im Nu sind zwei große Flaschen geleert.

Ohne die Anwesenheit von Nora und ihren ständigen provozierenden Kommentaren ist unser Beisammensein wieder befreit und entspannt. Der Vorfall aus dem Restaurant in *Vicente de la Barquera* scheint vergessen. Es ist, als ob wir uns schon ewig kennen. Wir verlieren uns aus den Augen, treffen uns wieder und sitzen jedes Mal erneut ganz vertraut beieinander, scherzen, lachen und reden wie selbstverständlich über Dinge, die wir sonst niemandem erzählen würden. Und auch jetzt drehen sich unsere Gespräche um unsere Familien, unsere Kinder, den Enkeln.

„Erika, ich muss dir was beichten."

Zerknirscht schaut er mich an. Auweia, diesen Dackelblick kenne ich bereits von ihm, was kommt jetzt wieder?

„Ich hab dir doch von der Geschäftskollegin erzählt, mit der habe ich nach wie vor ein Verhältnis", platzt es schuldbewusst aus ihm heraus. Fassungslos starre ich ihm ins Gesicht.

„Wie tickt ihr Männer eigentlich? Das glaube ich jetzt nicht!", schnauze ich zurück. „Meinst du, das spürt deine Frau nicht? Frauen haben dafür eine Antenne, die können das fühlen."

Er sitzt da wie ein kleiner Junge, der dabei erwischt wurde, wie er den Sahnetopf seiner Mutter leer schleckt. Da scheint wohl wirklich etwas dran zu sein, dass Männer in mancher Hinsicht einfach gestrickt sind. Nicht nachdenken, immer ein Eisen im Feuer. Wenn das mit der einen Frau in die Binsen geht, dann ist ja noch die andere da.

„Wenn du klug bist und es noch eine winzige Chance gibt, deine Frau zurückzubekommen, dann beende diese Angelegenheit ganz schnell. Dir sollte im Grunde schon klar sein, dass das nur so funktioniert."

Ich bin richtig sauer auf ihn. Da jammert er mir die Ohren voll, wie sehr er seine Frau vermisst, und dann kommt so etwas. Denken Männer alle nur mit der unteren Körperhälfte oder bemüht da auch mal einer seinen Kopf? Dieses Gespräch lässt meine eigene Trennung wieder hochkochen. Ich will das nicht mehr. Ich will das alles vergessen. Aber bei dem, was mir Leander gerade beichtet, stelle ich fest, dass es wohl bei allen Trennungen Parallelen gibt. Ganz weit weg in meine eigenen Gedanken versunken, höre ich ihn sagen:

„Ich mache Schluss mit ihr, ich beende das. Du hast Recht, so macht das keinen Sinn."

„Dann sei aber bitte so fair und rufe diese Frau an und sage ihr das persönlich", dabei schaue ich ihm direkt in die Augen.

„Per SMS oder WhatsApp Schluss machen ist erbärmlich und feige", beschwöre ich ihn. Dass ihm bei der Sache nicht wohl ist, kann ich ihm ansehen. Diesen Mist hat er sich selbst eingebrockt, jetzt muss er eben sehen, wie er da wieder rauskommt. Aber offensichtlich meint er es ehrlich.

„Weißt du, das ist einfach traurig, wenn Beziehungen kaputtgehen. Jetzt habe ich wieder einen Partner und fühle mich trotzdem so alleine. Irgendwie habe ich keine Heimat mehr. Wie ein Baum, der entwurzelt wurde und der keinen Boden mehr unter den Füßen findet", bricht es da aus mir heraus. „An einem Tag fühlt es sich richtig an, am anderen Tag ist alles falsch."

Und dann erzähle ich ihm von meinem ersten Mann, dem Vater meiner drei Söhne. Angefangen von unserem Kennenlernen bis hin zu den

Kindern und den Problemen und Sorgen, durch die man sich gemeinsam durchkämpfte. Und von all dem Schönen, das man mit den Kindern, mit der Familie und den Freunden gemeinsam erleben durfte. Irgendwie wurde man dadurch auch gemeinsam erwachsen. So etwas lässt sich nicht so einfach von heute auf morgen beenden. Die Erinnerungen lassen sich nicht ausradieren, sie bleiben in deinem Kopf eingeschlossen bis an dein Lebensende. Auch von meinem jetzigen Partner berichte ich ihm und davon, wie schwierig es ist, gemeinsam ein neues Leben aufzubauen. Jeder hat seine Prägungen, jeder hat bereits ein Leben gelebt. Das führt zu Spannungen und Missverständnissen und zu Verhaltensweisen, die man selbst nicht an sich kennt. Und immer wieder kommt man an einen Punkt, an dem man sich fragt, ob man das alles wirklich so will. Einfach eine Beziehung über den Haufen werfen, löst keine Probleme, denn man nimmt sie auf diese Weise von einer Partnerschaft in die andere mit, ohne dass sich irgendetwas daran ändert. Und trotzdem, es gibt Tage, da wünsche ich mir mein altes Leben zurück, obwohl ich weiß, dass das nie mehr das wäre, was mich glücklich machen würde. Betretene Stille zwischen uns beiden, das war eine Lebensbeichte. Leander schaut mich nachdenklich an und ich kann mir vorstellen, was ihm seit Tagen durch den Kopf geht. Ziemlich heftig meint er dann zu mir:
„Erika, du wirkst auf mich wie eine sehr starke Frau, die genau weiß, was sie will und die ihre Prinzipien hat. Und dann bist du mit einem Male trotzdem so schwach?"
„So habe ich mich noch nie gesehen", antworte ich erstaunt und plötzlich müssen wir beide grinsen.
„Das ist das Leben", philosophiere ich leicht angeheitert.
„Da lebst du fast dein ganzes Leben mit ein und demselben Mann, ziehst mit ihm die Kinder groß und über Nacht liegen nur noch Scherben vor dir und du weißt nicht, wie dir geschieht. Ist doch Scheiße, oder? Und eine zweite Beziehung ist auch nicht so einfach, wie man sich das vorstellt. Wir haben doch alle schon ein Leben hinter uns. Wir sind nicht mehr so leer wie ein unbeschriebenes Blatt Papier. Jeder will doch nur glücklich sein und wissen, wo er hingehört."
Ich habe definitiv zu viel *Sidra* getrunken.
„Leander, wenn du deine Frau liebst, dann sieh zu, dass du deine Ehe wieder auf die Reihe bringst. Zeig ihr, dass sie dir wichtig und es dir ernst ist. Sonst hast du sehr viele schlaflose Nächte."
Wir sitzen vor unseren Gläsern und sind richtig gut darin, uns gegenseitig zu bemitleiden. Der *Sidra* zeigt seine Wirkung! Gegen Mitternacht stellen

wir fest, dass es langsam angebracht wäre, ins Bett zu verschwinden, um wenigstens noch ein paar Stunden zu schlafen. Die kühle Nachtluft vor dem Lokal hält uns aber nicht davon ab, auch hier noch beieinander zu stehen und uns weiter gegenseitig unsere Herzen auszuschütten. Unsere Stimmung wird immer sentimentaler, bis schließlich bei uns beiden die Tränen fließen. Da stehen wir nun in *Nueva* mitten in der Nacht auf der Straße, halten uns in den Armen und versuchen einander zu trösten. Keiner von uns beiden mag so wirklich in seine Unterkunft zurück, denn wenn man einsam in seinem Zimmer liegt, spürt man das Alleinsein noch drückender. Das sind dann wieder die Momente, in denen man sich selbst aushalten muss, und die kosten Kraft und Willensstärke. Schließlich beginnt es leicht zu nieseln und wir frösteln. Aber bevor jeder in eine andere Richtung verschwindet, verabreden wir uns noch für den nächsten Morgen zum gemeinsamen Frühstück.

Alleine trotte ich ins *Casa Principado*, schleiche leise auf Zehenspitzen die Treppe nach oben in mein kleines kuscheliges Zimmer. Jetzt vermisse ich meinen Partner. Liebe ich ihn denn? Heute zumindest ... und mir fehlt seine Nähe, denn gerade fühle ich mich unendlich einsam. Morgen kann alles schon wieder anders sein.

Endlich liegen und die Beine ausstrecken. Dieser Tag war länger als geplant. Weit öffne ich das Fenster und kringle mich unter meiner Bettdecke zusammen. Die kühle Nachtluft weht über mein Bett und hin und wieder höre ich einen Nachtvogel schreien. Alles ist still und friedlich. Gute Nacht ihr alle, irgendwo da draußen, heute war ein heftiger, gefühlsbeladener Tag, morgen beginnt ein neuer, ein anderer Tag.

Man kann laufen soweit man will,
überall sieht man nur den eigenen Horizont
Max von Eyth

Pfingstmontag

Nueva - Ribadesella - La Isla

Keine Saison, eine resolute Angelita, Pilgerleid - Pilgerfreud'

Reichlich unausgeschlafen schlage ich am Morgen die Augen auf. Das kommt davon, wenn man abends ein Gelage abhält. Und dann verursacht dieser Weg nebenbei auch noch einen Sturm der Gefühle in mir, wie er intensiver nicht sein könnte. Zudem treibt mich eine innere Unruhe vorwärts, als ob ich mir keine Ruhe gönnen darf. Schnell ist mein Marschgepäck verstaut und ich mache mich auf in die Bar, in der Leander bereits an einem Tisch sitzt und wartet. Vor ihm stehen der übliche Milchkaffee und ein großes Sandwich. Verdrießlich schaut er drein und er macht keineswegs einen aufgeräumten Eindruck. Da sind bei ihm die Gedanken wohl die ganze Nacht Karussell gefahren. Schweigend setze ich mich mit meinem Frühstück dazu und kann sofort spüren, dass er seine Ruhe haben möchte und auch nicht viel reden mag.

„Erika, ich habe die Beziehung zu dieser anderen Frau beendet", platzt es kurz und knapp in die Stille zwischen uns. Holla, das ging aber schnell. Wann hat er denn das gemacht, heute Nacht noch oder gleich jetzt am Morgen? Hat er überhaupt geschlafen, so wie er aussieht?

„Ich habe sie angerufen und mit ihr gesprochen. Das war kein gutes Gespräch", dabei schüttelt er mit dem Kopf.

„Na, das kann ich mir denken. Wer weiß, was du ihr alles versprochen hast. Was hast du denn erwartet? Dachtest du, sie würde das einfach so hinnehmen?", erwidere ich. „Das Schwierige kommt aber noch. Du musst diesen Entschluss durchhalten. Hier auf dem Weg ist das einfach, aber zu Hause sieht alles wieder anders aus. Bist du erst mal wieder im Alltagstrott drin, fallen viele Vorsätze einfach über Bord."

Inzwischen kenne ich Leander gut genug, um zu wissen, dass er jetzt alleine sein möchte, denn er ist mit seinen Gedanken irgendwo ganz weit weg. Und plötzlich springt er, wie schon so oft, abrupt auf und packt seine Ausrüstung.

„Ich muss los. Wir treffen uns später in *Ribadesella*", und fort ist er.

Wo mag Nora gerade stecken? Von ihr hatte er sich gestern hinter *Llanes* getrennt. Nora und Leander, das ist auch so ein Fall für sich. Nora, die Männerhasserin, die immer wieder beteuert, keinerlei Interesse an

irgendeinem männlichen Wesen zu haben, außer an Hunden, ausgerechnet Nora sendet ständig ganz deutliche Signale in seine Richtung. Aber die beiden sind wie Hund und Katz', da schlägt es Funken. Inzwischen heißt er bei ihr nur noch „Camino-Gockel". Ihrer Ansicht nach baggert er jede Frau auf dem Camino an, aber, anscheinend zu ihrem Verdruss, nicht sie. Kann es sein, dass da eine Prise Eifersucht mit im Spiel ist? Oder hat Leander sie etwa gnadenlos abblitzen lassen? Die Bar füllt sich mit Menschen, die noch schnell vor Arbeitsbeginn einen Kaffee trinken möchten, und der Lärmpegel steigt dadurch hörbar an. Noch dazu plärrt in einer Ecke der Fernseher seine Morgennachrichten in den Raum, aber kaum einer achtet darauf. Hauptsache, er läuft. Auch für mich wird es Zeit zu verschwinden. Als ob sich mein Körper gegen mich verschworen hat, verursacht mir jetzt auch noch das linke Knie Probleme. Vermutlich kommt das von der Schonhaltung, die ich inzwischen beim Laufen einnehme, um meine Ferse zu entlasten. Für heute habe ich beschlossen, das Laufen einfach mal mit meinen Wandersandalen zu probieren. Vielleicht sind die ja angenehmer, anstatt der starren Stiefel. Und tatsächlich verlasse ich fast leichtfüßig *Nueva* in Richtung der neuen Autobahn und weiter nach *Piñeres* und *Pría*. Die Betonpisten und den Asphalt werde ich heute nicht los, nur ab und an weicht der Weg auf Schotter- und Feldwege aus, die mich auch hier durch ausgedehnte Ackerlandschaften führen. Auf den Feldern strotzt das üppige Getreide, unzähliges Vieh steht auch hier auf den ausgedehnten Weiden und Bauern arbeiten auf den Äckern. Aber seit ich durch Asturien pilgere, kommt es mir so vor, als ob die Luft reiner sei, die Wiesen grüner, der Himmel blauer und das Wasser klarer als in den vergangenen Provinzen. Nur der unverkennbare Geruch nach Kuhdung und Mist ist der gleiche. Kleine Gewässer glitzern aus den Wiesen hervor und Bäche gurgeln am Wegesrand. Noch immer kann ich mich nicht sattsehen an diesem traumhaften Blicke auf die *Picos de Europa* am Horizont. Ich sauge tatsächlich alles in mich auf, was meine Augen erfassen können. Wenigstens gibt es heute keine heftigen Steigungen und die Route zieht sich nur in einem seichten Auf und Ab Richtung *Ribadesella*. Ich frage mich zum wiederholten Male, wo denn die ganzen Pilger, die ich abends in den Herbergen treffe, tagsüber laufen. Offensichtlich nicht auf meiner Strecke, denn auch heute bin ich alleine auf weiter Flur.
Vereinzelte dicke Wolken breiten sich am Himmel aus und ein feiner Sprühregen durchnässt hin und wieder die Gegend und auch mich. Kaum

hört das Nieseln auf, drückt die Sonne wieder mit aller Macht hervor und verwandelt das Grün um mich herum in ein dampfendes Biotop. Die unzähligen Bäche unterstützen den gelben Ball am Himmel fleißig dabei. Es macht keinen Unterschied, ob ich mit oder ohne Regenschutz unterwegs bin. Bei diesem Treibhauswetter verzichte ich liebend gerne darauf, da bekommt man ja Schwimmhäute darunter. So oder so ist alles klamm und feucht und mir tropfen Schweiß und Regen abwechselnd von der Nasenspitze. In der Nähe des Dorfes *Cuerres* taucht ein gepflegtes Haus neben dem Pilgerweg auf, das einladend am Wegesrand in einem großen, schön angelegten Garten steht. Es sieht so friedlich aus und alles verführt zum Verweilen. Die Besitzer, ein deutsches Ehepaar, betreiben hier eine private, inoffizielle Pilgerherberge. Allerdings kommen täglich nur wenige Pilger in den Genuss ihrer Gastfreundschaft, da der Platz begrenzt ist. Aber diesen wird dann exklusiv eine Unterkunft mit Familienanschluss geboten. Selbst eine kleine Andacht in einer hauseigenen Kapelle ist dabei. Und natürlich Frieda, eine kolossale, anhängliche Bernhardinerdame, die jeden Ankömmling mit ihren großen gutmütigen Augen mustert. Versunken in meine Gedanken bewundere ich den herrlichen Garten, als der Hausherr mich anspricht.

„Ich bin so wütend auf mein linkes Bein", klage ich ihm mein Leid.

„Es verursacht mir üble Schmerzen und lässt mich einfach im Stich. Dabei habe ich mich doch so auf diesen Weg gefreut. Langsam weiß ich nicht mehr, was ich noch tun soll."

Da schaut er mir fast streng ins Gesicht und erklärt in ganz ruhigem Ton: „So darfst du nicht denken. Warum bist du auf dein Bein zornig? Sei barmherzig mit ihm, es leistet dir treue Dienste und tut sein Bestes, also sei sanftmütig und gütig."

Verdutzt schaue ich ihn an. Von dieser Seite habe ich es noch gar nie betrachtet. Ständig hadere ich mit meinem Fuß, anstatt ihm dafür zu danken, dass er mich bereits viele hunderte Kilometer weit gebracht hat, ohne seinen Dienst endgültig einzustellen. Nun denn, dann versuchen wir es eben ab jetzt mit Sanftmut und Dankbarkeit … wenn es hilft?

Seine Frau kommt hinzu und Frieda, die Bernhardinerhündin, schnüffelt an meinen Schuhen und stupst mich mit ihrer großen schlabbrigen Schnauze an.

„Wenn du magst, kannst du bei uns übernachten. Bis jetzt sind noch Betten frei", bietet sie mir an. Ich überlege kurz, denn der Vorschlag ist verlockend.

„Danke für das schöne Angebot, aber das ist mir jetzt noch zu früh am Tag. Ich möchte gerne weiterlaufen. Zudem bin ich in *Ribadesella* mit einem Pilgerfreund verabredet."

„Wenn das so ist, dann wünschen wir dir *Buen Camino* und viel Glück auf deinem weiteren Weg nach Santiago. Und denk daran, nicht böse sein mit deinem Fuß", ermahnen mich die beiden noch einmal beim Abschied. Ist das nicht seltsam mit uns Menschen? Da gibt es etwas, das uns unser ganzes Leben treu und brav dient, und wir schätzen es in keinster Weise, weil es uns einfach nicht bewusst ist. Oder ist es uns denn wirklich klar, dass wir nur diesen einen Körper besitzen? Wir sollten ihn pfleglich und gebührend behandeln, damit er uns lange gute Dienste leisten kann, aber wir muten ihm ungesundes Essen zu, trinken zu viel Alkohol, gönnen ihm zu wenig Ruhe, hetzen von Termin zu Termin, lassen die Gelenke einrosten, überbeanspruchen das Herz. Wir treiben Schindluder mit unserem besten Kameraden, gerade so, als ob wir in einen neuen Körper schlüpfen könnten, sobald der alte zerschlissen ist. Kaum einer gönnt sich die Zeit, mit seinem Körper achtsam und liebevoll umzugehen, ihn auf eine positive Art zu spüren, ihn zu respektieren. Und erst dann, wenn er uns seinen Dienst verweigert, nehmen wir ihn schmerzlich wahr. Erst wenn wir an Leib und Seele erkranken, erkennen wir den Wert der Gesundheit. Bis dahin regiert das Wort MÜSSEN unser Leben. Wenn wir allerdings dieses Wort austauschen in DÜRFEN, dann hört sich das schon besser an. Ja, in Ordnung, ich habe es begriffen. Ab sofort werde ich meinen Beinen danken und nachsichtig mit ihnen sein und ihnen die nötige Aufmerksamkeit zukommen lassen. Heute Abend werde ich sie pflegen und ihnen die nötige Ruhe gönnen und ich werde ihnen gut zureden, doch bitte bis Santiago durchzuhalten.

Entlang eines kleinen Baches, über den sich kurze Zeit später eine sehr alte, kleine Steinbrücke spannt, setze ich, so richtig beflügelt, einen Fuß vor den anderen. Die Brücke stammt noch aus dem Mittelalter. Wer mag da wohl alles im Laufe der vielen Jahre den kleinen Wasserlauf überquert haben? Ein Stückchen weiter an einer Wegkreuzung verkündet ein Schild an einem Baum: 405 km bis *Santiago de Compostela*. Seltsam, auf meinem diesjährigen Pilgerweg interessiert mich die Kilometerzahl überhaupt nicht, nur immer der Ort, den ich am nächsten Tag erreichen möchte. Was sind schon Entfernungen? Man läuft am Morgen los und kommt am Abend irgendwo an und freut sich auf ein Bett und auf etwas zu essen.

Entlang der Felder und Wiesen, an kleinen gepflegten Häusern, die in noch gepflegteren und üppig wuchernden Gärten stehen, gelange ich in den nächsten Ort, *Toriello*. Ab und an verschwindet der Weg auch in kleineren Wäldern, um sich kurz danach wieder durch die Wiesen weiter zu schlängeln. Kurz vor *Ribadesella* überholen mich zwei Radpilger und halten an.

„Hola Erika, ist alles in Ordnung mit dir?"

Vor mir steht das mallorquinische Ehepaar aus der Herberge von *Bezana*. Ich bin überrascht und freue mich sehr, die beiden zu sehen. Sollten sie nicht schon viel weiter sein mit ihrem Rad? Die zwei sind sehr besorgt um mich und wollen wissen, wie es meinem Bein geht. Bevor wir uns wieder voneinander verabschieden, stehen wir eine ganze Weile beieinander und berichten gegenseitig, wie es uns in den letzten Tagen erging.

Ribadesella! Ich kann es kaum glauben, als ich das Ortsschild sehe. Die ganze Zeit hatte ich mich so ins Laufen vertieft und in die Landschaft, dass mir gar nicht bewusst wurde, wie die Kilometer dahinschmelzen. Mein Tagesziel ist erreicht und die Herberge in greifbarer Nähe. Die Straße ins Altstadtzentrum, das sich am rechten Ufer der *Ria Sella* befindet, zieht sich den Berg hinunter. Sofort fallen mir die gusseisernen Laternen auf, die den alten Gaslaternen von früher nachempfunden sind und die die Straßenränder säumen. Die *Ria Sella* mündet hier ins Meer und teilt den Ort in zwei Hälften. Über eine lange Brücke gelangt man in den auf der gegenüberliegenden Seite des Flusses und dem Meer zugewendet liegenden touristischen Teil dieses Badeortes mit seinen Hotels und Stränden. Der alte Stadtkern befindet sich auf der Landseite des Flussufers und hinter ihm ragen in der Ferne die Berge auf. Das Touristenbüro ist geschlossen, aber das hätte ich mir ja denken können. Um zwei Uhr mittags beginnt die Siesta und die Angestellten der umliegenden Büros und Läden strömen in die Restaurants und Cafés zur Mittagspause. Und wo steckt Leander nun? Mit Sicherheit ist er bereits angekommen. Über Handy versuche ich ihn zu erreichen.

„Hallo Erika", kommt es richtig gut gelaunt zurück.

„Ich bin schon eine Weile hier und sitze gemütlich in der Sonne, da, wo der Fluss ins Meer mündet. Lauf über die Brücke und dann nach rechts am Ufer entlang. Eigentlich müsstest du mich ja sehen. Ich habe das rote T-Shirt an."

Angestrengt spähe ich über die breite *Ria Sella* und suche das gegenüberliegende Ufer ab. Und tatsächlich, dort drüben entdecke ich ihn ausgestreckt in der Sonne liegen. Freudig winke ich ihm zu. Allerdings dauert es dann ein Weilchen bis ich die Brücke mit meinen lädierten Füßen überquert habe. Irgendwo auf dieser Seite der Ria soll sich die Pilgerherberge befinden und gemeinsam machen wir uns auf die Suche. Unsere Enttäuschung ist jedoch groß, als wir auf einem Schild an der Türe lesen, dass diese Unterkunft erst in ein paar Wochen geöffnet wird. Eine junge deutsche Pilgerin steht ebenso verärgert davor wie wir. Überhaupt befindet sich der Großteil dieses Badeortes von *Ribadesella* noch im Winterschlaft. Die Hotels und Restaurants sind geschlossen oder werden gerade für die Badesaison hergerichtet. Zufällig entdecken wir einen kleinen geöffneten Kiosk. Dort bekommen wir zumindest etwas zum Trinken und wir beratschlagen, was wir jetzt machen. Auch die junge Frau ist unschlüssig und weiß nicht so recht, ob sie weiterlaufen oder hier bleiben soll. Sie entscheidet sich dann aber dafür, sich im alten Ortskern auf der anderen Seite des Flusses nach einer Unterkunft umzusehen. Leander hat sich in den Kopf gesetzt, nach *La Isla* weiter zu wandern. Dort soll es eine schöne neue Herberge direkt am Strand geben. Ich dagegen würde gerne hier bleiben, mir reicht es für heute mal wieder. Aber so ganz alleine? Und eine Pension müsste ich mir auch erst noch suchen. Nein, alleine mag ich hier nicht übernachten! Und schon gar nicht gottverlassen alleine in einer Pension. Es bleibt mir nichts anderes übrig, dann muss ich eben auch nach *La Isla*. Nur, die fünfzehn Kilometer bis dorthin sind mir beim besten Willen in meinem jetzigen Zustand zu viel. Also werde ich den Bus nehmen und mich dort für uns beide um eine Unterkunft kümmern. Leander begleitet mich noch zur Haltestelle und verabschiedet sich danach fürs Erste von mir. Wenigstens mit dem Bus habe ich Glück. Der lässt nicht lange auf sich warten. Ein freundlicher junger Spanier packt meinen Rucksack und hievt ihn mir auf meinen Nebensitz. Jetzt, da ich gemütlich in diesem bequemen Sessel kauere, spüre ich, wie erschöpft ich bin. Seit fünfzehn Tagen laufe ich bereits ohne Unterbrechung, dann ständig die Probleme mit meinem Bein. Ein Ruhetag wäre dringend fällig.

Während der Busfahrt blicke ich neugierig aus dem Fenster und beobachte die Landschaft, die sich allmählich verändert, bergiger und zerklüfteter wird. Zu den Berghängen hin erstrecken sich dichte, hauptsächlich aus Nadelbäumen und Steineichen bestehende Waldgebiete. Sehr lange dauert diese Fahrt nicht und der Fahrer deutet mir an, dass die Haltestelle von *La Isla* erreicht sei. Ich klettere ins Freie und stelle verdrießlich fest, dass ich mich irgendwo im Nirgendwo an der Landstraße befinde. Da soll ich richtig sein? Aber der Bus braust schon davon, und verunsichert stehe ich vor einigen verlassenen und verwahrlosten Häusern am Straßenrand. Mit mir ist zum Glück noch ein weiterer Pilger aus dem Bus gestiegen, der mir auf Englisch zu verstehen gibt, dass ich ihm folgen solle. Bis zum Ortsanfang sei es noch ein Stück zu laufen. Dieses Nest ist kleiner als klein und befindet sich definitiv noch im allertiefsten Winterschlaf. Das Hotel *Sol y Mar*, das Pilgerzimmer anbietet, natürlich geschlossen. Die nette private Herberge am Meer, geschlossen. Alles noch eingemottet. Die Saison beginnt hier erst Mitte Juni. Mich beschleichen so meine Zweifel, was eine Übernachtungsmöglichkeit betrifft, und ich sehe mich schon mit dem Taxi einen Ort weiter fahren. Da hätten wir ja in *Ribadesella* noch mehr Möglichkeiten gehabt. Deprimiert stehe ich an einem kleinen Platz im winzigen Ortszentrum und frage eine ältere Bewohnerin, die mir gerade über den Weg läuft, nach der städtischen Herberge. Die allerdings soll nicht besonders komfortabel sein. Die betagte Spanierin ist sehr darum bemüht, mir zu helfen und begleitet mich höchstpersönlich zu *Angelita*. *Angelita* muss man kennengelernt haben, denn *Angelita* ist eine Institution in *La Isla*! Die Dorfstraße führt einen Berg hinauf bis vor ein sehr altes, leicht windschiefes Bauernhaus, und auf das Rufen der alten Spanierin hin öffnet sich die Türe und ein ebenfalls sehr betagtes, hageres Mütterchen erscheint im Türrahmen - *Angelita*.

„Ja, ja, fünf Betten sind noch frei bei mir. Da kannst du noch eines haben."

In kaum verständlichem Spanisch erklärt sie mir das.

„Ich brauche aber zwei. Kann ich für einen Freund ein Bett reservieren. Nur weiß ich nicht, wie lange er noch braucht, bis er hier eintrifft. Er läuft gerade von *Ribadesella* nach *La Isla*. Eigentlich müsste er in der nächsten Stunde ankommen."

Sie schüttelt energisch mit dem Kopf.

„Nein, das kann ich nicht machen, heute nicht. Ständig kommen neue Pilger an. Ich weiß nicht, was gerade los ist. Sonst sind hier nicht so viele."

Und tatsächlich, während wir hier reden, schleppt sich bereits der nächste den Anstieg herauf. Sehr wichtig setzt sich *Angelita* an den Tisch, der vor dem Eingang steht, und notiert akribisch in einem dicken Buch Personalausweis-Nummer, Adresse und Pilgerpass des ankommenden Mannes. Sie nimmt es sehr genau mit der Verwaltung der städtischen Herberge und wacht streng darüber, dass jeder Pilger sich bei ihr vorschriftsmäßig registriert. Nach dieser wichtigen Handlung drängt sie mich dazu, erst mal auf der Bank vor ihrem schiefen Bauernhäuschen Platz zu nehmen. Rührend besorgt um mich, nötigt sie mich beinahe, ihre frisch gebackene Tortilla zu essen. Sie stellt mir eine Flasche Wasser daneben und als Nachtisch auch noch eine Banane und eine Orange. Dabei wird mir bewusst, dass ich bis jetzt wieder einmal nur gefrühstückt habe. *Angelita* ist eine energische alte Dame, ich schätze sie mal nahe an die 80 Jahre. Aber sie besitzt einen messerscharfen Verstand und noch immer ein feurig-spanisches Temperament! Alle ankommenden Pilger, die einfach in ihr Haus stürmen möchten, weist sie rigoros in die Schranken. Das, so stelle ich fest, mag sie überhaupt nicht. Ihr Haus ist privat und da drinnen hat niemand etwas zu suchen. Noch hat sie drei Betten in der etwas entfernt liegenden Herberge frei. Aber Leander taucht noch immer nicht auf und es ist erst vier Uhr nachmittags. Ständig treffen neue Wandervögel ein, aber viele von ihnen marschieren weiter. Wo kommen die eigentlich wieder alle her? Den ganzen Tag trifft man keinen von ihnen. Die Lage für einen Schlafplatz hier wird zunehmend kritischer. Aber die alte Dame ist rührig und gibt mir zu verstehen, dass ich mir keine Sorgen zu machen brauche. Sie könne mir und meinem Begleiter bei einer Bekannten im Haus ein Doppelzimmer für dreißig Euro reservieren. Das hört sich doch mal gut an. Glück muss der Mensch haben und ich willige sofort ein. Leider erreiche ich Leander auch jetzt noch immer nicht über Smartphone und es wird immer später. Ich lasse meinen Rucksack bei *Angelita* und humple gemächlich Richtung Strand. Hier nur rumsitzen bringt auch nicht viel. Oberhalb des Strandes auf einem kleinen Hügel mache ich es mir auf einer Bank gemütlich. Von dieser Stelle aus kann ich den ganzen weitläufigen, zum Teil felsigen Sandstrand überschauen. Eine malerische Kulisse erstreckt sich vor meinen Augen und eine wohltuende Ruhe umgibt mich. Einzig die Möwen, die, gierig nach Futter heischend, ihre Kreise über mir ziehen, unterbrechen mit ihren Schreien die Stille. Nahe dem Ufer türmen sich vereinzelt hohe Felsbrocken im Meer und der Küstensaum fällt seicht ins Wasser ab. Die großen flacheren Steine, die direkt in Ufernähe liegen, sind überzogen mit einem samtigen grünen Algenpelz. Flache Sanddünen durchziehen den langgezogenen Strand, hinter dem sich eine kleine Kapelle zwischen wenigen Kiefern versteckt. Am Ende des Strandes entdecke ich die leider noch geschlossene, nach Leanders Worten wunderschön gelegene Herberge. Schade, hier wäre wirklich ein perfekter Ort gewesen. Dieses Fleckchen beschauliche Natur stimmt mich versöhnlich, denn es ist wieder solch ein

Moment, in dem man im Stillen für sich ein Gebet spricht. Nach einem Weilchen rapple ich mich auf und schlendere zurück zu *Angelita*. Mitten im Ort entdecke ich auf dem Rückweg sehr gut erhaltene, imposante *Hórreos*. Das sind die für *Asturien* typischen quadratischen Getreidespeicher. Auf Steinstelzen sich große Steinplatten angebracht und darauf eine Art Holzhaus. Auf diese Weise ist das Getreide vor Mäusen geschützt, denn diese kleinen Nager sind nicht in der Lage, die Stelzen und die Steinplatten zu überwinden. Auch in Galicien gibt es *Hórreos*, die allerdings haben eine längliche Form. Werden diese *Hórreos* nicht mehr als Getreidespeicher benötigt, richtet man sich inzwischen gerne kleine Zimmer darin ein.

Noch immer treffen bei *Angelita* vom Wandern verschwitzte, müde Pilger ein in der Hoffnung, noch ein freies Bett zu ergattern. Als einer der letzten kommt der alte Koreaner gemächlich die steile Straße herauf. Und selbst jetzt macht er einen richtig entspannten Eindruck, im Gegensatz zu manch anderem vor ihm. Leider ist die Herberge mittlerweile endgültig belegt bis unter das Dach und es gibt das ein oder andere betrübte Gesicht. Mit dem Koreaner allerdings hat *Angelita,* wohl wegen seines Alters, ein Einsehen. Für ihn richtet sie in der Herberge auf einer Matratze noch einen Plätzchen her. Und dann erscheint auch noch Rocco, der sein Rad den Stich hinauf schiebt. Eigentlich fehlt jetzt nur noch Nora. Überraschen würde mich das nicht, wenn auch sie hier noch auftauchen würde. Nur Leander lässt sich nicht blicken. Rocco hat Pascal, einen vierzehnjährigen Jungen, im Schlepptau. Ein redefreudiges Bürschchen mit wachen Augen und kurzen dunklen Haaren. Pascal, der, wie ich erfahre, in einem Heim für schwer erziehbare Kinder lebt, ist mit seinem Betreuer unterwegs auf dem *Camino del Norte.* Eine Art Therapie, bei der diese Kinder lernen, Verantwortung zu übernehmen und dadurch mehr Selbstbewusstsein aufbauen. So wie der Junge strahlt, scheint ihm das gut zu bekommen. Mittlerweile versammelt sich hier vor dem alten Dorfhaus eine beträchtliche Anzahl abgekämpfter Wanderer, die alle von der energischen alten Hüterin der Herbergsbetten bedauernd abgewiesen werden. Die Enttäuschung steht ihnen ins Gesicht geschrieben. Notgedrungen müssen sie ins einige Kilometer entfernte *Colunga* weiterziehen, um dort ihr Glück zu versuchen.

La Isla ist *completo*.

Endlich meldet sich Leander und verkündet mir, dass er kurz vor *La Isla* sei. Ihm fällt ein Stein vom Herzen, als er erfährt, dass das Schlafproblem für heute Nacht bereits gelöst ist, denn nun ist es bereits nach sechs. Die Übernachtungsmöglichkeit, die uns *Angelita* besorgt hatte, stellt sich als ein Zimmer in einer Einliegerwohnung heraus im Haus von Rosa, einer guten Bekannten von ihr. Ein zweites Doppelzimmer darin wurde noch an zwei ältere englische Pilgerdamen vergeben. Rocco bekniet uns Frauen förmlich, ebenfalls in dieser Wohnung übernachten zu dürfen. Er würde sich auch mit einem kleinen Sofa zufrieden geben oder zur Not auf dem Boden schlafen. Hier in *La Isla* ist wirklich der Betten-Notstand ausgebrochen. Die englischen Ladies und ich haben kein Problem mit Rocco und Leander mit Sicherheit ebenso wenig, also stimmen wir zu. Da dieses Haus am Ortsbeginn etwas außerhalb in den Gärten liegt, kommt Rosa mit dem Auto, um uns abzuholen. Rocco bietet sich an, Leander mit dem Rad entgegen zu fahren, damit er nicht die ganze Strecke erst bis zu *Angelitas* Haus laufen müsse, nur um mit Rosa nahezu dieselbe Strecke danach wieder zurück zu müssen.

Keine halbe Stunde später stehe ich gemeinsam mit den englischen Ladies vor einem hübschen Einfamilienhaus, das tatsächlich ein ganz beträchtliches Stück außerhalb des Ortes zwischen Obstgärten und Wiesen himmlisch ruhig liegt. Den nervenden Umständen der letzten Stunden kann ich nur dafür danken. Mit dieser Unterkunft haben wir den Sechser im Lotto gezogen, denn im Nachhinein erfahre ich nämlich, dass die städtische Herberge sehr spartanisch gewesen wäre und zudem sehr renovierungsbedürftig. Die Einliegerwohnung bietet alles, was wir benötigen, auch eine Waschmaschine. Nur an Essen hatte in der ganzen Aufregung niemand gedacht. Rosa bietet sich an, wenn wir damit zufrieden wären, Tortilla zu backen. Und wie wir damit zufrieden sind! Sogar ein paar Flaschen Wein und *Sidra* besorgt uns ihr Mann. Mittlerweile trifft auch Rocco mit Leander ein und noch immer haben sie Pascal im Schlepptau. Wir Frauen teilen die Zimmer auf, und da in beiden Räumen nur *Cama Matrimonios* stehen, gibt es nicht viel zu überlegen. Zwischenzeitlich ist das für Leander und mich kein Problem mehr wie in *Santoña*. Die Fronten sind geklärt und nach den Beichten, die wir uns gegenseitig abgenommen haben, gibt es keinerlei Berührungsängste mehr. Auch für Rocco finden wir ein Plätzchen, allerdings nur einen wirklich kleinen zierlichen Schlafsessel, in den er sich regelrecht hineinfalten muss, fast wie in eine Schachtel. Aber er ist glücklich darüber, überhaupt eine Bleibe bekommen zu haben. Einer nach dem anderen verschwinden wir nach diesem langen Tag unter die Dusche und unsere Wäsche in die Waschmaschine. Wenig später versammeln wir uns alle zufrieden auf der kleinen Terrasse in der

Abendsonne und lassen uns die frische heiße Tortilla von Rosa schmecken. Da erscheint Rosa noch einmal.

„Gerade hat *Angelita* angerufen. Bei ihr liegt ein kleiner roter Fotoapparat. Gehört der jemandem von euch?"

Ich schrecke auf.

„Oh mein Gott, das ist meiner. Den habe ich in dem ganzen Durcheinander vollkommen vergessen."

Völlig verzweifelt klage ich: „Jetzt muss ich den ganzen Weg zurück laufen. Da bin ich ja länger als eine Stunde unterwegs. Das schaffe ich nicht mehr", ich könnte heulen.

„Lass mal", beschwichtigt mich Pascal, „wenn Rocco mir sein Rad leiht, dann flitze ich schnell rüber in den Ort und hole dir die Kamera. Ich fahre doch so gerne Fahrrad", dabei strahlt er über das ganze Gesicht. Der Junge ist ein Schatz, und schneller als ich dachte, ist er wieder zurück und freut sich, dass er mir helfen konnte. Und ich freue mich noch mehr darüber, mein gutes Stück mitsamt meinen Bilderinnerungen unversehrt wieder zurück zu haben.

„Hab nur noch schnell zwei Fotos von mir gemacht, damit du eine Erinnerung an mich hast", er grinst wie ein Schneekönig. Im Grunde ist er ein lieber Kerl, nur was ihm mit Sicherheit fehlt, ist Verständnis und Zuneigung und jemand, der ihm Grenzen setzt. Leander unterhält sich ziemlich lange mit ihm, bis Pascal feststellt, dass es für ihn Zeit wird zu gehen. Sein Betreuer erwartet ihn bereits zurück. Bevor er sich verabschiedet, schenkt er Leander und mir jeweils einen kleinen Stein.

„Die Steine habe ich ganz speziell für jeden von euch beiden ausgesucht. Die sollen euch an mich erinnern."

Dieser Junge versprüht so viel Zuneigung und Wärme und hat doch selbst so viel davon nötig. Ich hoffe, er wird seinen Weg im Leben finden und vor allem Menschen, denen er vertrauen kann.

Eine der Engländerinnen kommt zu mir:

„Hello my dear, ich habe hier noch einige Schmerztabletten. Meine Tochter ist Ärztin und hat mir dieses Medikament mit auf den Weg gegeben."

Sie drückt mir eine Schachtel in die Hand.

"Du kannst sie beruhigt nehmen. Mir haben sie auch schon gute Dienste geleistet, denn ich hatte ein ähnliches Problem wie du." Sie schaut mich aufmunternd an.

„Oh, danke, daran habe ich überhaupt noch nicht gedacht, mal Tabletten zu nehmen", freue ich mich. „In meinem ganzen Haushalt gibt es keine Schmerzmittel, da ich so etwas in den seltensten Fällen nehme."

„Drei Stück genügen, dann ist wieder alles in Ordnung", versichert sie mir noch.

Da haben wir mal die Gelegenheit, uns einen lustigen Abend zu machen und was tun wir? Wir verkrümeln uns alle brav um zehn in unsere Betten, wie es sich für einen vernünftigen Pilger gehört. Rocco kuschelt sich zur allgemeinen Belustigung in seine „Schachtel". Er wird morgen Richtung *Oviedo* auf den *Camino Primitivo* abbiegen, sofern er sich nach dieser Nacht noch bewegen kann. Die beiden Engländerinnen schlafen bereits, und auch Leander und ich kriechen in unsere Betten, wobei ich mir ein Grinsen nicht verkneifen kann. Bei einem lang verheirateten Ehepaar könnte es nur wenig anders aussehen. Mister Sonnyboy in seiner hautengen schwarzen Hightech-Sportunterwäsche und ich in meinem schlabbrigen Tchibo-Schlafanzug.

„Schlaf gut, Erika", und ich antworte „schlaf du auch gut, Leander", und fange herzhaft an zu lachen.

„Was ist so lustig bei dir?" will mein Bettgenosse wissen.

„Ach weißt du, ich komme mir vor wie bei den „*Waltons*"
… „Gute Nacht, John-Boy" … „Gute Nacht, Elizabeth!"

Durch das geöffnete Fenster kann ich den sternenklaren Himmel sehen. Kaum ein kühlendes Windchen weht in den Raum, denn noch immer ist die Luft bleischwer. Ab und an stimmen die Grillen ein Konzert an und vereinzelte Vogelrufe hallen durch die Nacht. Alles hat sich mal wieder prima geklärt, sogar die Wäsche ist gewaschen und ich habe Werner angerufen, um ihm zu berichten, was gerade so los ist.

Und wenn Du glaubst es geht nicht mehr,
kommt von irgendwo ein Lichtlein her
(Alter Kindrspruch)

La Isla - Ruhetag

Schmetterlinge, Sterne und ein wunderbarer Kamerad

Ein unübertreffliches Konzert aus wer weiß wie vielen Vogelstimmen weckt mich gegen sechs Uhr in der Früh aus meinem Schlaf. Leander schnarcht noch selig vor sich hin. Er spricht doch tatsächlich im Traum - auf Englisch. Gibt es denn so etwas! Zuerst konnte ich es nicht glauben, aber es war tatsächlich so. Inzwischen muss doch auch er am Limit sein, so wie er die Kilometer frisst. Es hat den Anschein, als ob er sich mit Laufen betäubt. Gestern klagte er darüber, dass sich sein linker Oberschenkel taub anfühle. Kein Wunder, er pilgert ja auch nicht, er rennt vor seiner Vergangenheit davon. So etwas Bescheuertes! Was geschehen ist, kann nicht rückgängig gemacht werden und ist vorbei. Ändern lässt sich nur die Gegenwart oder die Zukunft. Und auch nur, wenn man aus der Vergangenheit lernt. Aber mache ich es anders als er? Ich hetze doch genauso wie eine Irre durch Nordspanien, gönne mir keine Pause. Und jetzt präsentieren mir meine Füße die Quittung. Unsere drei Mitbewohner rumoren schon fleißig in der Küche. Inzwischen liegen wir beide wach in unseren Betten und beratschlagen, was wir heute anstellen. Leander möchte gerne noch eine weitere Nacht hier verbringen und sich ein wenig ausruhen. Mich zieht es weiter ... oder doch nicht? Ich bin unschlüssig. Wollte ich mir nicht auch einen Tag Auszeit gönnen? Das täte mir wirklich gut und ich ringe heftig mit mir. Gegen sieben Uhr krabbeln wir aus den Betten, genehmigen uns eine ausgiebige Dusche und laufen in den Ort, nachdem wir Rocco und die Engländerinnen verabschiedet haben. Rocco haben wir wohl heute das letzte Mal gesehen, da ihn jetzt sein Weg Richtung *Oviedo* führt. Unsere Vorstellung, irgendwo in *La Isla* in einer Bar frühstücken zu können, entpuppt sich als Wunschdenken. Hier ist wirklich der Hund begraben. Seit einer Stunde laufen wir jetzt durch diesen Sommerurlaubsort und finden tatsächlich kein einziges geöffnetes Lokal und zudem so gut wie keinen anderen lebenden Menschen. Langsam bin ich gefrustet und überlege ernsthaft, doch weiterzuziehen und unterwegs etwas zu essen. Durch Zufall entdecken wir den winzigen, unscheinbaren *Supermercado*, der um neun Uhr seine Pforte öffnet. Auf die wenigen Minuten, die wir darauf noch warten müssen, kommt es auch nicht mehr an. Mit frischem Stangenweißbrot, Käse, Salami, Eiern, Butter, Kaffee

und was man sonst noch alles für ein ausgedehntes Frühstück und einen hungrigen Magen benötigt, machen wir uns schließlich auf den Rückweg.
„Leander, hör mal, nach dem Frühstück werde ich doch verschwinden. Ich kann einfach nicht hier bleiben, mich zieht es weiter."
Diese innere drängende Unruhe treibt mich an, gerade so, als ob ich Angst hätte, etwas zu verpassen. Nach einem Weilchen meint er nachdenklich:
„Vielleicht ist es ganz gut, wenn jetzt wieder jeder von uns seine eigenen Wege geht."
Wir haben uns mit der Zeit aneinander gewöhnt und es fühlt sich an, als ob wir schon ewig gemeinsam unterwegs wären. Auf eine gewisse Weise gibt mir Leander auf diesem Weg Sicherheit und eine innere Ruhe, wenn ich mal wieder zu aufgewühlt bin.
Aber jetzt sitzen wir erst einmal gemütlich auf der Terrasse und lassen uns unser opulentes Frühstück schmecken, ein typisch deutsches Frühstück. Und wir genießen es. Es ist so wunderbar friedlich hier und die morgendliche Sonne ist noch angenehm zu ertragen. Unser Gesprächsstoff reißt nicht ab. Wieder reden wir sehr viel über seine und meine Trennung, über unsere Partner. Ich habe das Gefühl, dass ich über die zurückliegende Zeit inzwischen ohne Groll sprechen kann, zumindest jetzt gerade. Trotzdem macht sich noch immer diese bittere Traurigkeit im Herzen breit, aber auch die schöne Erinnerung an ein wunderbares vergangenes Leben.
Die Zeit vergeht wie im Flug.
„Oha, bereits halbzwölf. Ich packe jetzt meinen Rucksack und mache mich auf den Weg. Sonst wird das heut nichts mehr", kommt es mir, allerdings sehr halbherzig, über die Lippen. Leander sitzt da und sinnt:
„Wegen mir musst du nicht gehen. Bleib doch hier, wenn du möchtest. Gönn' dir noch ein bisschen Ruhe. Deinen Beinen wird das guttun."
Und eigentlich will ich ja auch nicht gehen.
„Wenn das für dich in Ordnung ist, dann bleibe ich gerne", kommt meine Antwort ziemlich schnell.
„Ein Tag Pause tut mir auf alle Fälle mehr als gut. Vorhin habe ich eine Schmerztablette genommen und merke, dass die verdammt stark sind. Die macht mich sowas von schläfrig, da könnte ich jetzt ohnehin nicht laufen."
„Dann leg dich doch hin und schlafe. Ich räume hier alles auf", schlägt er mir vor. Das ist ein Angebot! Und wirklich, ich dämmere sofort weg,

kaum dass ich im Bett liege. Irgendwann steckt Leander den Kopf in das Zimmer und flüstert:

„Erika, es ist super Wetter. Ich gehe jetzt mal für eine Weile an den Strand. Vielleicht kann ich sogar schwimmen und später kaufe ich noch ein und koche heute Abend für uns."

Froh, mich einfach um nichts kümmern zu müssen, schlafe ich schnell tief und fest wieder ein. Irgendwann später wache ich mit dem unangenehmen Gefühl auf, in einem Dampfbad zu liegen. Draußen brennt die Sonne vom Himmel und durch die Nähe zum Meer entsteht eine Feuchtigkeit in der Luft, die durch alle Fugen und Ritzen kriecht. Ausgeschlafen wie schon lange nicht mehr und gut gelaunt setze ich mich in den Garten. Mit Erleichterung stelle ich fest, dass die Schmerzen nachgelassen haben. Seit langem ein angenehmes Gefühl. Es scheint, dass ich gerade völlig alleine im Haus bin und diese Ruhe kommt mir mehr als recht. Zufrieden lehne ich mich in meinem Stuhl zurück und beobachte die Natur. In den prächtigen Zitronenbäumen hier im Garten hängen leuchtend gelbe Zitrusfrüchte und die anmutigen weißen Blüten verströmen ihren unverwechselbaren zarten Duft. Das Besondere bei Zitrusgewächsen ist, dass sie gleichzeitig blühen und Früchte tragen. Ich liebe diesen Duft der kleinen Blüten, die aussehen, als ob sie in Wachs getaucht wurden. Meine Erinnerungen werden sehr häufig über die verschiedensten Düfte abgerufen und durch diesen süßen Geruch steigen in mir Bilder der wohlvertrauten Orangenplantagen auf Mallorca auf. Wer lugt denn da um die Ecke? Eine freche neugierige Eidechse huscht eilig über den Terrassenboden, um auf einem warmen Fleck auf einer kleinen Mauer lustvoll in ihrer Eidechsenstarre zu verharren. Dabei reckt sie ihren kleinen Hals keck in den Himmel. Ab und an bellt der Hund der Hausbesitzer Passanten am Gartenzaun an, um ihnen klar zu machen, wer hier Herr im Hause ist. Hoch am nahezu wolkenlosen Himmel schnappen Schwalben nach Insekten und zeigen ihre waghalsigen Flugkünste. Schmetterlinge gaukeln über die Wiese und machen auf den Blumen Rast. Hab ich nicht mal gelesen, dass die Engel uns in Gestalt eines Schmetterlings grüßen? Die Engel schicken uns Zeichen, und wenn wir die Augen offen halten, dann entfaltet sich die ganze Magie des Weges für uns. Da bin ich wohl gerade von einer Heerschar Engeln umgeben. Ein schöner Gedanke. Die unterschiedlichsten Vögel zwitschern und tschilpen in den Büschen und Bäumen, und vor mir auf dem Boden streiten sich kleine freche Spatzen um die herabgefallenen Krümel vom Frühstück. Ich weiß nicht, wann ich das zu Hause zum letzten Male gemacht habe, einfach nur so da sitzen, um die Natur ringsherum ganz bewusst zu betrachten? Dabei bekommt man im normalen Leben ja beinahe ein schlechtes Gewissen, denn es ist doch immer alles wichtiger als Nichtstun. Jetzt habe ich den Garten ganz alleine für mich und kann meine Seele baumeln lassen. Es war absolut richtig, hier zu bleiben und mir diese Pause zu gönnen. Später am Nachmittag kommt Leander nicht nur mit einer vollen Einkaufstüte zurück, sondern auch mit zwei guten Bekannten:

„Eeerika!", ruft er mir schon von weitem gut gelaunt entgegen, „schau mal, wen ich mitbringe!"

Na, das ist wirklich eine Überraschung, er hat doch tatsächlich Emely und Petra im Schlepptau, die beiden Rotkäppchen. Das ist schon spaßig, man trifft sich doch immer wieder. Wie die kleinen Kinder freuen sich die beiden Frauen über das freigewordene Doppelzimmer und noch mehr darüber, Leander und mich hier anzutreffen. Das Hallo ist groß und nachdem beide ihr Zimmer bezogen haben, verschwinden sie erst einmal, um sich salonfähig zu machen. In der Zwischenzeit werkelt unser Mann im Bunde in der Küche und zaubert für uns alle ein perfektes Abendessen, *Spaghetti con frutti di mare*. Ist das nicht wunderbar? Die laue Nacht und der grandiose Sternenhimmel über uns sorgen dafür, dass uns das Essen nochmal so gut schmeckt. Kein Gourmetrestaurant könnte da mithalten. Es ist ein besonderer Moment, der uns näher zusammen rücken lässt und uns ein Gefühl der Zusammengehörigkeit beschert. Da wir uns abseits von irgendeiner größeren Stadt befinden und keine Beleuchtung die Gegend erhellt, funkeln Milliarden von Sternen am Firmament, die man in unserer lichtverschmutzten Großstadtzivilisation nicht mehr erkennt. Kann man sich an so etwas Gewaltigem jemals satt sehen? Unsere beiden Rotweinflaschen leeren sich wie von Geisterhand, eine nach der anderen. Dieser Abend ist so unbeschwert und wir können herzhaft über alle möglichen Erlebnisse lachen. Aber irgendwann lasse ich die drei dann trotzdem alleine und verschwinde ins Bett. Vor Müdigkeit kann ich kaum mehr die Augen offen halten. Aber es ist ein großartiges Gefühl zu wissen, man ist nicht alleine, da sind auch Freunde neben dir.

Irgendwann schleicht sich Leander ins Zimmer und ich werde wieder wach. Es vergeht garantiert kein Abend, an dem er nicht seiner Frau noch eine Nachricht vor dem Schlafengehen sendet und postwendend Antwort bekommt. So auch heute.

„Ich glaube, es geht ihr wieder besser", flüstert er mir erleichtert zu. „Weißt du, unsere Kinder waren heute bei ihr und unsere Enkeltochter war auch dabei. Das ist schön für sie."

Seine Frau leidet sicher genauso sehr unter der Trennung wie er. Dieser Mann, der ständig den gut gelaunten Sonnyboy vorgibt, dieser Mann wird zuweilen ganz sentimental. Vielleicht haben die beiden ja doch noch eine Chance. Ich wünsche es ihnen von Herzen.

Entspanne Dich,
lass' das Steuer los,
trudle durch die Welt.
Sie ist so schön!
Kurt Tucholsky

La Isla - Colunga - Villaviciosa

Falsch gelaufen, Brückenmonster, Pilgerhimmel und Fürstenzimmer

Von unserem gestrigen Frühstück sind noch Reste übrig. Was wir nicht essen können, lassen wir in der Küche zurück. Kurz nach sieben Uhr macht sich Leander auf den Weg, ich verlasse ein wenig später das Haus in Richtung *Villaviciosa*, dem heutigen Tagesziel. Emely und Petra trödeln herum und zögern den Aufbruch noch hinaus. Eigentlich sind wir alle Glückspilze was das Wetter betrifft, denn ein weiterer, herrlich schöner Frühsommertag mit blauem Himmel und Postkarten-Wölkchen kündigt sich an. Die weniger schöne Seite dabei bedeutet allerdings, schweißtreibendes Laufen entlang der Straße auf heißem Asphalt. In einiger Entfernung vor mir kann ich Leander noch als kleinen Punkt ausmachen, wie er zügig den Berg hinauf marschiert. Dann verliere ich ihn aus den Augen, denn ich kann nicht erkennen, an welchem Punkt er von der Straße abbiegt. Da ich auch nirgends einen Wegweiser entdecke, tripple ich einfach am Straßenrand weiter. Es geht stetig bergauf, aber das Bilderbuchpanorama auf den Atlantik vor mir und auf die Berge hinter mir entschädigt mich dafür. Über den Gärten, die schier zu bersten drohen vor lauter Blütenpracht, und auf den Obstplantagen liegt bereits eine träge Schwüle, und der Mistgeruch der Viehwirtschaft ist auch jetzt mein Begleiter. Ab und an stehen schmuck hergerichtete, quadratische *Horreos* in den kleinen Ortschaften, die nahezu ausgestorben sind. Als ob der Erdboden ihre Einwohner verschluckt hätte! Was mich gerade allerdings mehr beunruhigt, ist, dass ich keine anderen Pilger treffe. Nur hin und wieder braust ein Auto an mir vorbei. Bin ich hier überhaupt noch auf dem richtigen Weg? Von der blauen Kachel mit der gelben Muschel ist schon längere Zeit nichts mehr zu sehen. Garantiert ist mir eine Abzweigung entgangen! Wie ein Bandwurm schlängelt sich die schmale Straße in vielen Windungen einen Hügel nach dem anderen hinauf und wieder hinab. Langsam wird es Zeit für eine Rast und ich mache es mir auf einer Bank vor einem älteren Bauernhof gemütlich. Er erinnert mich ein wenig an die alten Holzbauernhöfe im Allgäu mit ihren farbenfrohen, fröhlichen Bauerngärten. Dieser hier gleicht einem wuchernden Paradiesgärtchen. Von meiner Bank aus blicke ich direkt auf eine wundervolle Calla-Staude, deren weiße Blütenkelche mit ihrem gelben Stab in der Mitte mich fast blenden, so strahlen sie in der Sonne. Da kommt mir eine Idee. Ich platziere meinen roten Rucksack direkt vor diese Pflanze, um ihn mitsamt meinen sämtlichen Glücksbringern zu fotografieren. Den rot-schwarzen Marienkäfer setzte ich auf einen Pfosten, den lila-karierten Muskelkater platziere ich in einem Blütenkelch einer Calla und den silbernen Schutzengel lasse ich am Rucksack baumeln. Auf solche Kindereien kommt man wohl nur, wenn man sich völlig alleine fühlt und keine Ahnung hat, wo um alles in der Welt man sich gerade befindet. Mal wieder habe ich meine Weggefährten verloren und den richtigen Weg obendrein. Jedenfalls sieht es so aus. Es bleibt mir nichts anderes übrig, als einfach der Straße entlang weiter zu trotten, vorbei an den unzähligen Bauernhöfen, Kühen mit ihren Kälbern, Pferden mit ihren munteren Fohlen … und Hunde, Hunde, Hunde. Knurrt, kläfft und zerrt so viel ihr wollt an euren Ketten. Ihr macht mir keine Angst mehr. Irgendwann muss ja wieder ein Straßenschild auftauchen. Gestern hatte mir eine Freundin geschrieben:

„Du weißt doch, der Camino spiegelt dein Leben im Kurzdurchlauf wieder!"

Auweia, wo bitte und an welchem Punkt in meinem Leben befinde ich mich denn gerade? Genau an dieser Stelle ging in meinem Leben ja dann wohl auch die Orientierung flöten!

Es gibt sie noch, die Zivilisation. Erleichtert atme ich auf. Vor mir in einiger Entfernung taucht ein großer Verkehrskreisel auf und ein Ortsschild kündigt die Stadt *Colunga* an. Noch mehr beruhigen mich aber die beiden Gestalten, die ich dort ausmachen kann. Es sind Emely und Petra. Endlich wieder bekannte Gesichter. Ich winke heftig mit den Armen und rufe den beiden zu, bis sie mich schließlich entdecken und stehen bleiben.

„Wo kommst du denn her?", fragen sie mehr als verdutzt.

„Irgendwie muss ich unterwegs eine Abzweigung übersehen haben", bemerke ich zerknirscht. Petra lacht.

„Wir haben uns auch verlaufen. Die Markierungen waren so was von verwirrend. Egal, wir sind in *Colunga*, das ist die Hauptsache."

Gemeinsam trotten wir in Richtung Stadtmitte und staunen nicht schlecht, als wir Nora dort gemütlich vor einer Bar sitzen sehen. Noch größer ist die Überraschung als ich feststelle, mit wem sie sich da angeregt unterhält. ALFRED! Den hatte ich schon wer weiß wo vermutet.

„Mensch Erika, das hätte ich nicht geglaubt, dass wir uns noch mal sehen", sichtlich erfreut strahlt sie mich an.

„Ich war überzeugt, dass wir uns aus den Augen verloren hätten. Aber gehört habe ich genug von dir. Auf dem ganzen Weg spricht man von der deutschen Pilgerin, die überall humpelnd ankommt und nicht aufgibt", grinst sie.

„Einen Spitznamen hast du auch schon, *„The Iron-Woman of the Jakobsway."* Sie rückt mir einen Stuhl an den Tisch, damit ich mich zu ihr setzen kann. Emely und Petra allerdings wollen keine Pause machen und ziehen weiter. Natürlich platzt Nora fast vor Neugierde.

„Hast du eine Ahnung, wo Leander steckt? Seit *Llanes* habe ich von ihm nichts mehr gehört."

Nicht ohne eine gewisse Genugtuung berichte ich daraufhin:

„Tja, und ich habe ihn in *Nueva* wiedergefunden."

Ich erzähle ihr von den letzten beiden Tagen und dass auch Rocco noch aufgetaucht sei. Zufälle gibt es nicht, denn hätte ich mich nicht im Weg vertan, hätte ich Nora nicht getroffen. Irgendwie fügt sich immer alles so, wie es gut für uns zu sein scheint auf einem Pilgerweg. Nora schlägt vor, dass wir gemeinsam nach *Villaviciosa* laufen. Mir soll das recht sein. Für heute bin ich bereits genug durch die Landschaft geirrt. Wenig später verabschieden wir uns von Alfred und begeben uns auf die nächsten Kilometer. *Villaviciosa* ist die Apfelstadt der Region und demzufolge säumen weitläufige Apfelplantagen unsere Strecke. Leider kommen wir auch häufig in die Nähe der Küstenautobahn, die sich wie ein Tatzelwurm durch die Landschaft frisst. Von *Pernús* aus, das von einer kolossalen Kirche beherrscht wird, geht es weiter durch den kleine Flecken *La Llera* und zu unserer Freude endlich durch schattige Wälder und über angenehme, weiche Waldwege. Denn das Thermometer klettert unbarmherzig weiter nach oben, die Luft flirrt, der Schweiß fließt und der Durst wird größer und größer. Da Nora schneller unterwegs ist als ich, verliere ich sie irgendwann aus den Augen. Vor dem Dorf *Sebrayo* unterquere ich eine der gigantischen Autobahnbrücken. Entgeistert schaue ich nach oben und lasse die Höhe dieses Viaduktes erst mal auf mich wirken. Eine Brücke in diesem Ausmaß hatte ich noch nie gesehen. Ehrlich gesagt, weiß ich nicht, was ich davon halten soll. Für die umliegende Landschaft ist sie ein Fremdkörper, für die Dörfer ringsum sicherlich ein Segen, quält sich doch der Verkehr nicht mehr durch die engen Gassen. Andererseits gehen den kleinen Läden sicher auch beträchtliche Einnahmen flöten.

So langsam macht mir mein linker Fuß wieder Kummer, nachdem die letzten Stunden problemlos verliefen. Auch meine Wasservorräte gehen rasant zur Neige. Bei der Hitze heute habe ich fast schon alle meine Flaschen geleert. Es wird Zeit, dass ich irgendwo Nachschub herbekomme. Vorbei an den vielen Apfelbäumen und Gärten schleppe ich mich durstig eine heftig ansteigende, schmale Straße hinauf. Über ihrem Asphalt vibriert die Hitze und wird unangenehm reflektiert. Da stolpere ich beinahe über ein Paar Wanderstöcke, die gekreuzt vor einer Garteneinfahrt eines kleinen Anwesens auf dem Boden liegen. Noch während ich überlege, was das bedeuten könnte, vernehme ich ein bestens gelauntes Rufen:

„Hallo Erika, wir sind hier hinten im Garten."

Verdutzt schaue ich mich um und entdeckt Nora. Mein Gott, ist das idyllisch hier! Das Paradies öffnet abermals die Tore. Meine Pilgerkameradin räkelt sich bereits behaglich in einem Liegestuhl und winkt mir zu.

„Ich habe extra meine Stöcker auf den Weg gelegt, damit du bemerkst, dass ich hier drin bin."

Sie sagt wirklich immer „Stöcker", nicht etwa Wanderstöcke.

„Hier gibt es etwas zu trinken und frisches Wasser", unterrichtet sie mich sofort. Dieser herrliche schattige Flecken gehört zu einem privaten Wohnhaus, das auf dem angrenzenden Grundstück steht. Die Eigentümer, die ein Herz für Pilger besitzen, haben hier für diese einen erholsamen Rastplatz geschaffen. Selbst an einen geräumiger Unterstand mit Tischen und Sitzgelegenheiten für schlechtes Wetter wurde gedacht und an einen Automaten mit kalten Getränken und Süßigkeiten. Auf einer kleinen Wiese, die teilweise von Bäumen eingerahmt ist, stehen ein paar Liegestühle und auf der angrenzenden Weide beäugt uns neugierig ein Esel. Im Liegestuhl neben Nora aalt sich ein junges Mädchen. Franzi, wie sich herausstellt, kommt aus Hamburg. Ihre Beine stecken in knappen kurzen Hosen und ihre dunklen, wuscheligen Haare sind zu einem Zopf geflochten. Der stille, erholsame Garten wäre perfekt, wenn da nicht plötzlich unser Caminoschrecken um die Ecke biegen würde, poltrig laut und unsensibel wie immer. Mit einem genüsslichen Seufzer lässt sich Alfred auf einen Hocker sinken und entledigt sich seiner Wanderstiefel, nicht, ohne jeden Handgriff wie gewohnt geräuschvoll zu kommentieren. Und immer wieder berichtet er von „der besten aller Ehefrauen". Damit meint er natürlich seine Frau, nicht die von Ephraim Kishon, wie er zu betonen pflegt. „Das ist doch eine tolle Frau, die mir so einfach und ohne weiteres die Erlaubnis gibt, ein paar Wochen von zu Hause fort zu bleiben, um diesen Weg zu laufen", pflegt er dann auch noch pathetisch hinterherzuschieben. Nora und mich beschleicht dabei mittlerweile das Gefühl, dass diese tolle Frau wohl froh ist, einen Plagegeist wie Alfred für ein paar Wochen los zu sein. Ihm eilt mittlerweile ein eher fragwürdiger Ruf als nervender Schwätzer voraus und er ist gefürchtet als schlafraubender Schnarcher.

„Na Mädels, wo übernachtet ihr denn heute?" will die Nervensäge von uns wissen.

„Habt ihr auch vor, zu Rosa in die Herberge zu gehen? Mir wurde gesagt, bei ihr soll es richtig schön sein."

Nora ist um eine Antwort nicht verlegen.

„Na klar laufen wir dorthin. So wie diese Unterkunft empfohlen wird. Dann treffen wir uns dort später alle wieder. Was meint ihr?"

Völlig entsetzt schaue ich sie an. Was soll das denn jetzt? Keiner will mit Alfred in derselben Herberge nächtigen. Sie zwinkert mir beruhigend zu und ich frage erst mal gar nichts. Zu unserer Erleichterung macht sich Alfred bald wieder auf den Weiterweg und wir dösen noch eine Zeitlang in angenehmer Stille vor uns hin. Die Übernachtungsfrage für heute wurde von Nora bereits gelöst. Sie hatte unterwegs auf einer Informationstafel die Adresse des Hotels „*Carlos I*" in *Villaviciosa* entdeckt. Dort werden Zimmer zu Pilgerpreisen angeboten. Franzi fragt, ob sie sich uns anschließen darf. Selbstverständlich darf sie und zu dritt nehmen wir die letzten wenigen Kilometer in Angriff. Gegen fünfzehn Uhr erreichen wir die ersten Häuser der Kleinstadt und fragen uns zum besagten Hotel durch. Verschwitzt betreten wir dort eine kühle, herrschaftliche Lobby. Diese Unterkunft stellt sich als absoluter Glücksgriff heraus. Aber Nora besitzt dafür ja ein Händchen, wie sie uns schon öfter beweisen konnte. Die Einrichtung und die Bauweise lassen darauf schließen, dass das Gebäude einmal ein feudales Herrenhaus war, ähnlich dem in *Santillana de Mar*. Die Übernachtung in einem großzügigen Dreibettzimmer kostet jeden von uns nur fünfzehn Euro. Auch unsere Wäsche bekommen wir dafür noch gewaschen und am nächsten Tag ein Lunchpaket mit auf den Weg. Wir fühlen uns wie Edelfrauen, und Franzi, dieses verrückte Hamburger Huhn, wie eine Prinzessin. Sie nimmt das übergroße Einzelbett, das hier in einem Alkoven steht, sofort mit Begeisterung in Beschlag. Wenn uns irgendjemand beobachtet, dann muss derjenige wohl denken, die Hitze hätte uns den Verstand geraubt. Denn beim Anblick des Badezimmers führen wir einen Freudentanz auf. Es ist mit wunderhübschen weißen, blau bemalten Kacheln ausgestattet. Dazu passen die schönen altmodischen Wasserarmaturen, wie man sie ganz früher auch bei uns in Deutschland in den Häusern kannte. Erstaunlich, über welche Kleinigkeiten wir uns mittlerweile freuen.

Frisch geduscht sitzt Franzi im Schneidersitz auf ihrem „Prinzessinnenbett", mit einem weißen Handtuchturban um ihre langen gelockten Haare gewickelt, und schmiedet Pläne für den heutigen Abend. Noch keine dreißig Jahre, sucht sie nicht die „innere Erleuchtung" auf dem Weg, sondern Spaß und Party. Auch Nora und ich verschwinden nacheinander unter dem heißen Wasserstrahl und, wie immer, ist dieses Ritual nach solch einem schweißtreibenden Tag der pure Luxus, und hier schon zweimal. Vor allem erst die wunderbar flauschigen, weichen Handtücher, in die man sich danach einwickeln darf. Auch mein Sorgenbein bekommt eine gehörige Portion stinkende Salbe verabreicht, wobei momentan weniger das Gelenk schmerzt, sondern zur Abwechslung mal wieder die Ferse. Gelenk und Ferse sind sich wohl im Abwechseln einig. Nora beobachtet mich und muss dabei lachen.

„Weißt du, du puzzelst dich hier wacker durchs Land wie eine kleine tapfere Ameise."

„Ja toll, das habe ich mir allerdings auch anders vorgestellt", frotzle ich zurück. „Aber da muss schon etwas anderes kommen, um mich klein zu kriegen. Dieser Weg auf keinen Fall!"

„Lass uns mal in die Stadt gehen, ich brauche dringend noch eine kurze Hose", schlägt Nora vor. „Und einen Kaffee könnten wir auch trinken."

Ja, ja, die kurze Hose ... natürlich findet Nora auch hier keine, wie sie sich sie vorstellt. Gibt es so eine Hose überhaupt? Dafür sitzen wir jetzt entspannt vor einem Café in der sanften Abendsonne, trinken *Xchocolate* und essen Apfelkuchen mit einem riesen Berg Schlagsahne. Im Laufe der Zeit haben wir beide ganz ordentlich an Körpergewicht verloren. Der Hosenbund sitzt beängstigend locker und daher machen wir uns keinen Kopf mehr darüber, was und wie viel wir in uns hineinessen.

Meine Fersenschmerzen sind gerade so heftig, dass ich kaum mehr auftreten kann. Auch Noras Schienbeine melden sich immer häufiger. Ich könnte wetten, dass sich das zu einer ausgewachsenen *Tendinitis* entwickelt. Gemeinsam suchen wir nach einer *Farmacia*. Die Apothekerin schaut uns nur an. Ohne erst groß zu fragen, legt sie uns eine Packung Ibuprofen 600 auf den Ladentisch. Erstaunt blicken wir sie an.

„Ihr seid nicht die einzigen Pilger, die Probleme haben. Früher oder später brauchen die meisten etwas", nickt sie uns verschwörerisch zu. Uns soll es Recht sein, Hauptsache, sie helfen. Beim Verlassen des

Geschäftes laufen uns Emely und Petra wieder in die Arme und wir verabreden uns für den Abend zum gemeinsamen Pizzaessen.

Es hilft nichts, ich muss zurück ins Hotel und mich hinlegen. Inzwischen kann ich kaum mehr auftreten. Wenn ich nur wüsste, was das ist. Zuhause würde man sicher zum Arzt gehen und wäre fürs erste krankgeschrieben, um seinen Fuß zu schonen. Wer humpelt schon gerne so ins Büro? Aber hier? Entweder du hörst auf und fliegst nach Hause, oder du läufst und läufst und läufst …

Ein wenig verrückt ist das schon, denn trotz allem habe ich Spaß und bin neugierig auf jeden Tag und auf all das Neue, das ich erlebe und sehe. Und irgendwie geht es immer vorwärts. Mir kommt dabei ein Spielfilm in den Sinn, der im 2. Weltkrieg spielt. Dort schleppen sich die deutschen Soldaten, die in Russland stationiert waren, die ganze Strecke bei Schnee und Kälte zu Fuß zurück in ihre Heimat. Die hatten nicht diese perfekte Ausrüstung und die Schuhe wie wir inzwischen. Was müssen diese Männer für Qualen durchgestanden haben! Das lässt sich nur annähernd erahnen und ich habe mächtig Respekt davor. Im Vergleich dazu sollten die paar Kilometer nach Santiago für mich doch ein Klacks sein. Ein Mensch kann viel erreichen, wenn er nur möchte. Wie heißt das bei den Sportlern? Mentales Training. Und mental bin ich verdammt gut drauf, denn bisher habe ich noch keinen Gedanken ans Aufhören verschwendet. Im Gegenteil, ich will in Santiago ankommen und das werde ich auch! Hallo liebe Beine, wenn wir zuhause sind, dann dürft ihr euch erholen. Jetzt erwarte ich Leistung von euch.

Auch Franzi, unsere Partymaus, kommt am Abend mit uns zum Pizzaessen. Auf ihrer Tour durch die Stadt hat sie sich den Australier Randy angelacht. Einen Mittvierziger, der sich uns ebenfalls anschließt. Wir sind eine übermütige Gruppe, die sich beim „Italiener" versammelt. Randy fühlt sich wie der Hahn im Korb unter fünf Frauen und sorgt für Stimmung am Tisch. Auch er hat Probleme mit den Beinen. Wer hat die eigentlich nicht? Wir haben die Wahl zwischen Blasen, Tendinitis, Sehnenproblemen und Fersenspornen. Er kämpft mit einer Tendinitis und mit Blasen. Bereits leicht angetrunken säuselt er mir über den Tisch verschwörerisch zu: „Erika, I love your eyes". Ja danke, du mich auch, denke ich. Sofort schäkert die nicht mehr ganz nüchterne Franzi sehr direkt und offensichtlich mit Randy und spielt mit dem Gedanken, ihn auf den *Camino Primitivo* zu begleiten. Dabei weiß sie weder, wie die morgige Strecke auf dem *Norte* weiter verläuft, noch weiß sie irgendetwas über den *Primitivo*. Wahrscheinlich weiß sie noch nicht einmal, wo sie sich überhaupt auf diesem Planeten befindet. Im Moment ist das Leben für sie eine unbeschwerte große Party und der Camino die Disco. Auch die beiden Rotkäppchen leeren munter ein Weinglas nach dem anderen und kichern angeschwipst in die Runde. Nora schüttelt ständig mit dem Kopf und schleudert ab und an eine männervernichtende Bemerkung in Richtung Randy.

„So Mädels, jetzt will ich noch in die Tangobar, die ich vorhin entdeckt habe."

Franzi, dieses aufgedrehte Frauenzimmer, hat noch immer nicht genug.

„Randy, du kommst mit, und wie sieht es bei euch aus?"

Emely und Petra sind sofort Feuer und Flamme und schließen sich den zweien an. Bei mir macht sich die berauschende Mischung von Ibuprofen und Wein bemerkbar. Ich verabschiede mich lieber gleich Richtung Bett. Vermutlich geht es Nora nicht besser, denn sie schließt sich mir sofort an. Heute Nacht werden zumindest wir beide mit Sicherheit tief und fest schlafen.

Die große Herausforderung besteht darin,
überhaupt aufzubrechen,
vermeintliche Sicherheiten hinter sich zu lassen
und stattdessen der Ungewissheit des Weges zu
begegnen.
Der Weg entsteht dann wie von selbst.
(Gregor Sieböck, Weltenwanderer und Autor)

Villaviciosa - Péon - Gijon

All-Inclusive-Pilger, eine erboste Hausbesitzerin, zwei BH-s im Straßengraben, kochender Asphalt und Herbergssuche

Franzi hatte sich irgendwann spätnachts - oder war es bereits früher Morgen - ins Zimmer geschlichen und schläft demzufolge noch tief und fest, als wir kurz vor sieben Uhr aufstehen. Bei Nora findet das übliche Morgenritual statt, d.h., sie ist erst mal wieder damit beschäftigt, ihre sämtlichen Utensilien einzusammeln. Irgendwie schafft sie es jedes Mal, den kompletten Inhalt ihres Rucksackes in irgendeiner Ecke des Zimmers auf einem Haufen zu verteilen. Vor dem Aufbruch gönnen wir uns den kleinen Luxus und springen noch schnell unter die Dusche. Franzi blinzelt verschlafen unter der Bettdecke hervor und haucht uns, noch reichlich entkräftet, ein leises „Guten Morgen" und „bis später" zu, als wir das Zimmer verlassen. Wir sind mal gespannt, ob und wann sie uns wieder über den Weg läuft. Frühstück gibt es in derselben Bar, in der wir gestern unseren Apfelkuchen gegessen hatten. Und für unterwegs haben wir ja das Lunchpaket aus dem Hotel. Inzwischen humpeln wir beide, denn für Nora werden die Probleme mit ihren Schienbeinen täglich größer, und ich komme gerade kaum vorwärts und werde wieder mal von allen Seiten mitleidig gemustert. Ohne meine Wanderstöcke bin ich aufgeschmissen. Aber inzwischen weiß ich, dass nach einiger Zeit die Gelenke wieder gut geschmiert sind und dann geht es zügiger voran. Gemeinsam verlassen wir die Apfelstadt *Villaviciosa*, wo auf dem Platz vor dem Rathaus ein übergroßer umgedrehter, gusseiserner Hut liegt, aus dem Äpfel heraus kullern. Ein Sinnbild dafür, dass hier in der Apfelanbaugegend der *Sidra*, der nordspanische Apfelwein, gekeltert wird. Da sich diese Stadt relativ weit im Landesinneren befindet, kann man kaum glauben, dass *Villaviciosa* tatsächlich auch eine Hafenstadt ist. Sie liegt am Ende der gleichnamigen, neun Kilometer langen Bucht an der *Biscaya* in der Nähe von *Gijon*. Schon unter den katholischen Königen wurde für die damaligen Pilger auf der Nordroute des Jakobsweges nach *Santiago de Compostela* hier ein Hospiz, eine christliche Pilgerherberge, errichtet. Der junge spanische Thronfolger, der spätere Kaiser Karl V, hatte in der noch heute bestehenden *Casa de Hevia* übernachtet, als er 1517 hier mit seinen Schiffen landete.

Nora und ich trennen uns kurze Zeit später am Stadtrand und jede geht den Weg seinem Tempo entsprechend alleine weiter. Heute ist der Geburtstag meines zweitältesten Sohnes. Dreiunddreißig Jahre wird er, unglaublich, wie rasend schnell die Jahre vergangen sind. Es war doch erst gestern, als er auf die Welt kam. Da vergeht ein Tag nach dem anderen und wir denken, wir hätten unendlich viel Zeit zur Verfügung. Dabei verrinnt sie im Eiltempo und wir sind uns dessen überhaupt nicht bewusst. Meine Gedanken schweifen ab, nach Hause und zu meiner Familie. Wäre ich jetzt gerne bei ihnen? Ich könnte diese Frage in diesem Moment nicht einmal beantworten, so gerne bin ich hier in Spanien unterwegs.

Gut mit Wasser versorgt stelle ich mich wieder auf einen weiteren heißen und schweißtreibenden Tag ein, eine völlig untypische Wettersituation für diese Jahreszeit in dieser Ecke Spaniens. Bevor ich das Ortsende von *Villaviciosa* erreiche, zieht mich die kleine romanischen Kirche *San Juan*, die aus dem 13./14. Jahrhundert stammt, in ihren Bann. Sie thront linkerhand der Straße auf einem kleinen Hügel. Eine schmale Allee führt zu ihr hinauf. Das gleißende Licht der Morgensonne, die hinter der Kapelle hervorlugt, fasziniert mich. Wie eine leuchtende Strahlenaura umhüllt sie das kleine Gotteshaus und sorgt damit für einen wunderbaren, intensiven Moment, den ich mit einem Staunen wahrnehme. In unserer hektischen Zeit verliert sich der Blick für die Schönheit, die uns umgibt. Überhaupt werden beim Pilgern sämtliche Sinne wieder geschärft und man wird sich der Verbundenheit mit der Natur und dem Universum bewusst. Durch jeden Atemzug fühlt man das Leben in sich, wird der Kraft gewahr, die die Erde ausstrahlt, nimmt die Energie der Bäume wahr und die beruhigende Wirkung der Pflanzen. Man spürt den Regen auf der Haut, den Wind, der die Haare zerzaust und einem entgegenbläst, und die Sonne, die die Haut erhitzt. Das würzige Aroma der Wiesen und der Wälder ist Balsam für die Sinne, ebenso wie der erfrischend salzige, nach Seetang und Meerestieren schmeckende Duft des Atlantiks.

Ungern reiße ich mich von diesem spirituellen Anblick der kleinen Kirche los, um meinen Weg auf der Hauptstraße fortzusetzen. Bevor unmittelbar nach dem Ortsende von *Villaviciosa* die Asphaltstraße allmählich ansteigt, passiere ich einen wichtigen Markierungsstein. Hier zweigt der älteste der Jakobswege, der *Camino Primitivo*, in Richtung *Oviedo* ab. Dieser Weg zieht sich durch das Landesinnere über die Berge, um sich dann entweder mit dem *Camino Frances* oder wieder mit dem *Camino del Norte* zu vereinen. Ein weiterer lokaler Pilgerweg, der *Camino de Cuadonga (Covadonga)* beginnt ebenfalls hier und seine Wegmarkierung, weitere gelbe Pfeile, verwirren ein wenig, da auch der *Camino del Norte* neben dem Muschelzeichen ebenfalls durch gelbe Pfeile gekennzeichnet wird. Dieser lokale Weg führt in das Gebiet, in dem 722 n.Chr. ein kleines asturisches Heer, angeführt von Don Pelayo, den Mauren ihre erste Niederlage zugefügt hatte. Damit legten sie den Grundstein für das Königreich Asturien. In Gedenken an diesen geschichtsträchtigen Vorfall wurde dieser Pilgerweg geschaffen.

Wenig später überquere ich den Fluss *Valdediós* und ziehe auf einer kleinen Landstraße Richtung *Grases* weiter, die sich unaufhörlich bergauf zieht. Dabei überholt mich eine bunt gemischte deutsche Pilgertruppe, die kurz zuvor vergnügt und laut schwatzend aus einem Reisebus geklettert war. Mit leichtem Gepäck ziehen sie nun lockeren Schrittes und eifrig schnatternd an mir vorbei. Wahrscheinlich werden sie, wenn überhaupt, gerade mal zehn Kilometer zu Fuß zurücklegen, um dann von ihrem Fahrer wieder eingesammelt zu werden. So lässt es sich natürlich bequem wandern. Aber jeder so, wie er es gerne möchte und kann. Das wäre allerdings keine Alternative für mich. Ich nehme gerne die Mühen des Pilgerns auf mich, um am Ziel meiner Sehnsucht die wahre Größe *Santiagos* und die des *Caminos* erkennen zu können. Um mich herum wird es immer grüner, je weiter ich mich von der Stadt entferne, und auch die Wälder werden wieder dichter und dunkler, ähnlich den Wäldern im Baskenland. Leider wird auch hier wieder sehr viel schnell wachsender Eukalyptus gepflanzt. Diese Bäume sehen interessant aus mit ihren Stämmen, die sich immer wieder schälen, dem herb-aromatischen Duft der Blätter und ihren kleinen Früchten mit dem kreuzartigen Stempel in ihrer Mitte. Aber ich mag diese Plantagen trotzdem nicht. Wo Eukalyptus angebaut wird, werden viele andere Bäume verdrängt, da diese Art von Baum sehr viel Wasser benötigt. Eine Steigerung des vielen Grüns um mich herum habe ich wahrhaftig nicht mehr für möglich gehalten. Aber es ist tatsächlich so, denn es ist die Natur, die sich selbst mit allem übertrumpfen kann. Bis dorthin, wo die Wälder beginnen, erstrecken sich die Apfelplantagen, die nur unterbrochen werden durch zahlreiche Gärten. Die gigantischen Brücken der Küstenautobahn wirken einmal mehr wie interstellare Fremdkörper, die sich auf hohen Stelzen durch die Landschaft bewegen. Die Hitze brütet bereits schwer über allem und mein Trinkwasser-Vorrat nimmt rapide ab. Angestrengt halte ich nach einem Brunnen oder einer Bar Ausschau, aber nichts ist in Sicht.

Mittlerweile bin ich von der Landstraße auf eine breite Betonpiste abgebogen, die mich einen fatal steilen, langgezogenen Berg erklimmen lässt, vorbei an versprengten kleinen Häusern. Nur nicht an einer Bar. Meine Kehle trocknet langsam mehr und mehr aus, aber den kleinen Rest in meiner Flasche möchte ich mir dennoch aufsparen. Wer weiß, wie lange ich noch gehen muss, um frisches Wasser zu bekommen. Bevor die Piste in einen noch steileren und holprigen Waldpfad übergeht, passiere ich ein nicht eingezäuntes Haus ohne Hundebewachung. Meine Hoffnung auf frisches Wasser steigt. Allerdings kann ich weder im Garten noch vor dem Haus einen Bewohner ausfindig machen. Auf mein Klopfen hin rührt sich nichts. Auch am Fenster an der Rückseite des Gebäudes kommt keine Reaktion. Hier scheint offensichtlich gerade niemand zu Hause zu sein. Dafür entdecke ich einen Wasserhahn für die Gartenbewässerung. Ob ich mir da wohl meine Trinkflaschen auffüllen darf? So einfach ohne zu fragen? Ganz wohl ist mir nicht dabei, aber ich brauche dringend frisches Wasser und so fülle ich mir zumindest eine Flasche damit. Auch wäre hier ein angenehmer Platz, um eine kurze Rast einzulegen, denn mir ist schon ganz flau im Magen. Auf dem Absatz der kleinen Terrasse setze ich mich nieder, packe mein Hotel-Lunchpaket aus und schrecke auf. Denn plötzlich öffnet sich hinter mir eine Tür. Eine aufgebrachte junge Frau kommt äußerst unwirsch auf mich zu.
„Überhaupt keine Ruhe hat man mehr hier", zetert sie.
„Ständig klopft von euch lästigen Pilgern einer ans Fenster oder lungert hier im Garten herum. Langsam habe ich die Nase voll. Man kann ja noch nicht mal in Ruhe schlafen!"
Sie redet sich so richtig in Rage.
„Oh, *perdona*, aber ich war wirklich der Meinung, es sei niemand zu Hause", beeile ich mich, mich bei ihr zu entschuldigen.
„Außerdem brauche ich dringend Wasser. Meine Flaschen sind bereits alle leer bei dieser Hitze."
Grimmig mustert sie mich von oben bis unten und meint dann gnädig:
„Meinetwegen bleib sitzen, aber wenn du mit Essen fertig bist, dann verschwinde von hier!"
Mit diesen Worten dreht sie sich auf dem Absatz um und schlägt die Türe energisch hinter sich zu. Es gibt also auch Menschen in Nordspanien, die uns Pilgern nicht wohl gesonnen sind. Ich weiß ja nicht, wie viele hier bei ihr am Haus vorbei ziehen. Aber große Massen können das nicht sein. Wenn sie gewitzt wäre und ein wenig freundlicher, könnte sie hier, indem sie den Vorbeilaufenden frisches Obst und Getränke anbietet, ein

kleines Geschäft machen anstatt sie anzugeifern. Also packe ich meine Siebensachen und trolle mich weiter. Der Appetit ist mir jetzt sowieso vergangen. Mein Handy summt:

"Hey Erika, wo steckst du denn? Ich mache mir Sorgen, wie es dir geht. " Die mütterliche Nora scheint sich tatsächlich Gedanken um mich zu machen.

„Bis jetzt ganz prima! Gerade bin ich auf dem steinigen Waldpfad, der nach dem letzten Haus beginnt. So langsam müsste ich doch die Passhöhe erreicht haben?"

„Ja stimmt, da bist du bald oben und gar nicht so weit hinter mir. Wie machst du das eigentlich? Dann mal einen guten Weiterweg."

Bin gespannt, wann ich auf sie treffe. Keine Viertelstunde später krabble ich wortwörtlich aus dem dichten Wald heraus auf die Landstraße. Aber der Anstieg ist noch nicht zu Ende. Es geht weiter den Berg hinauf, nur jetzt auf Asphalt. Endlich auf der Bergkuppe angekommen, studiere ich interessiert die große Informationstafel, die dort Auskunft über dieses dicht bewaldete und bergige Gebiet gibt. Zwei pilgernde Ehepaare, die, wie sich herausstellt, aus dem Schwarzwald stammen, diskutieren über ihre weitere Strecke. In einem Gespräch mit ihnen erfahre ich, dass sie lediglich zwei Wochen unterwegs sein können und ihren Pilgerweg im kommenden Jahr fortsetzen möchten. Als sie von mir hören, dass ich bereits in *Irún* gestartet bin, beeindruckt sie das sichtlich und mich macht es ein klein wenig stolz. Wir verabschieden uns voneinander, die kleine Gruppe legt eine Vesperpause ein und ich folge der Landstraße hinunter in das beschauliche Tal, in dem mich der Ort *Péon* erwartet. Der Anstieg kostete mich Kraft, umso angenehmer ist es jetzt, bergab marschieren zu können. Harziger Kiefernduft, der sich mit dem Eukalyptusgeruch mischt, begleitet mich dabei. Auch hier klaffen kahle Flecken zwischen den Kiefern, auf denen Eukalyptus gerodet wurde. Und auch wenn diese Lichtungen gleich wieder mit jungen Pflanzen aufgeforstet werden, so ist der Anblick ein trauriger. Ich empfinde diese Flecken immer als eine tiefe schmerzende Wunde.

Viele Autos fahren nicht auf dieser Straße, dafür kommt immer mal wieder ein Radfahrer in halsbrecherischem Tempo an mir vorbei gesaust. Vor mir in der Ferne entdecke ich zwei Gestalten hinter der Leitplanke am Waldrand sitzen. Beim Näherkommen erkenne ich die beiden älteren Engländerinnen, die mit uns in *La Isla* übernachtet hatten. Quietschfidel winken mir die beiden schon von weitem zu. Sie haben es sich bei dieser Hitze ein wenig leichter gemacht und hocken nur noch mit BH und

Wanderhose bekleidet im Schatten und lassen sich ihre Wegzehrung schmecken. Sofort erkundigen sie sich bei mir, wie es meinen Beinen geht.

„Erika, da hat eine junge Frau nach dir gefragt, ob wir dich unterwegs gesehen hätten. Die kam erst kurz vor dir an uns vorbei", meinte eine der beiden. Das kann nur Nora gewesen sein. Dann ist sie wohl unmittelbar vor mir. Ich verabschiede mich herzlich von den beiden englischen Ladies. Mal sehen, ob sich unsere Wege noch einmal kreuzen. Es kommt mir unendlich lang vor, wie sich die Straße in endlosen Kehren den Berg hinunter zieht. Dabei ist es so herrlich friedlich in diesem Tal und es duftet wunderbar nach Holz. Ich mag den Holzgeruch, es ist ein warmer, angenehmer, würziger Duft, der mich an meine Kindheit erinnert und an meinen Großvater, der Zimmermann war.

So langsam schimmern durch die weit verstreuten Gärten die ersten Häuser von *Péon* und die Kirche reckt hinter Bäumen ihre Turmspitze empor. Kurz überlege ich, direkt in das winzige Dorf abzubiegen, um dort nach einer Bar zu suchen. Aber irgendetwas hält mich davon ab, zudem lockt mich in der Ferne die Reklame eines Restaurants. Prima, den Umweg in den Ort kann ich mir also ersparen und steuere zielstrebig auf das Schild zu. Die Bar *Casa Pepito* liegt tatsächlich direkt an der Straße.

„Hallo! The Ironwoman of the Jakobsweg!", schreit mir Nora erfreut entgegen. „Ich kann das nicht glauben wie du das machst! Du bist fast so schnell wie ich. Ich bin erst kurz vor dir angekommen."

„Ja, frag mich nicht. Ich laufe einfach wie ein Uhrwerk", gebe ich lachend zur Antwort.

„Ihr Mädels habt mich ganz schön veräppelt", ertönt da das laute Organ von Alfred aus dem Hintergrund. „Ich war in der Herberge bei Rosa, nur ihr seid nicht gekommen."

Er ist tatsächlich deswegen ein wenig verschnupft ... aber wir hatten dafür eine ruhige Nacht.

Nora bemuttert mich wie ein kleines Kind. Sie flitzt in die Bar und kommt zurück mit Bier für uns beide und dick belegten *Bocadillos*. Selbst an Wasser denkt sie. Nur leider werden auch ihre Schmerzen an den Schienbeinen mit jedem Kilometer heftiger und darüber ist sie nicht glücklich. Ich schlüpfe aus meinen Wanderstiefeln und strecke genießerisch meine Beine aus. Es steht uns ja noch ein weiterer Anstieg bevor. Alfred verabschiedet sich bald von uns und streicht von dannen, nicht ohne uns vorher noch ausführlich von seinen letzten Stunden zu berichten. Wir sind immer mehr davon überzeugt, dass „die beste aller

Ehefrauen" froh ist, ihren Mann für einige Wochen nicht ertragen zu müssen.

Nach dieser ausgiebigen Stärkung stiefeln Nora und ich erst mal gemeinsam los, bis ans Ende des Ortes. Dort stoßen wir auf eine *Sidra*-Kelterei, eine Apfelwein-Kelterei. In meinem ganzen Leben habe ich noch niemals solche großen Fässer gesehen. Bei diesen Ausmaßen könnte man komplette Zimmer darin einrichten oder Partys feiern. Wir zwei Frauen fühlen uns wie Zwerge vor diesen Giganten und schießen jede Menge Fotos in allen möglichen Positionen, bevor sich hier fürs erste unsere Wege wieder trennen.

Auf kochendem Asphalt erklimme ich den kräftezehrenden Anstieg, der aus diesem Tal herausführt. Die Hitze schmort mich von oben und von unten und ich komme mir vor wie eine Scheibe Brot im Toaster. Erleichtert kann ich auf einen Pfad abbiegen, der durch ein schattiges, kühlendes Waldstück führt. Dafür wird es zur Belohnung noch steiler. Kurz vor dem höchsten Punkt gelange ich erneut auf die Straße und steuere direkt auf eine Kreuzung zu. Mein Herz vollführt einen Luftsprung, als ich ein paar Meter weiter vertraute Gesichter erblicke. Auf einer Mauer vor einem Gasthof sitzen aufgereiht wie Hühner auf der Stange Emely, Petra, Nora und Alfred. Wie wild winken mir alle zu und feuern mich auf meinen letzten Metern nach oben an. Jetzt ein kühles Radler! Aber zu unser aller Leidwesen ist die Wirtschaft geschlossen. Dafür entschädigt uns ein unfassbar schöner, erster Blick auf *Gijón* und den Atlantik für die Plagerei der letzten Stunden. Über der Stadt liegt ein feiner Dunstschleier und das Meer dahinter glitzert und funkelt angenehm vertraut im Sonnenlicht. Mein Wortschatz für diese unbeschreiblich herrlichen Landschaften, die ich auf diesem Weg erleben darf, ist restlos erschöpft. Oberbayern am Meer! Das ist der Ausdruck für Asturien, der es für mich am treffendsten beschreibt.

Nora und ich beschließen, gemeinsam die letzten Kilometer nach *Gijón* zurückzulegen und uns dort eine Pension zu suchen. Der Rest der Mannschaft macht sich getrennt auf den Weg. Alfred möchte auf einem Campingplatz nächtigen, und Emely und Petra wissen noch nicht so genau, wo sie bleiben wollen. Kurz vor *Deva*, einem Vorort von *Gijón*, kommt uns beiden wieder die Autobahn in die Quere. Dieses Monstrum werden wir bis *Ribadea* nicht mehr loswerden. Da wir bis in die Innenstadt möchten, lassen wir die Herberge, die sich in einem Campingplatz von *Deva* befindet, links liegen und steuern zielstrebig auf die Hafenstadt zu. Irgendwie verzetteln wir uns aber in diesem

Straßengewirr der weitläufigen Vororte. Eine Straße sieht aus wie die andere, in denen sich gepflegte Einfamilienhäuser oder Villen mitsamt ihren Gärten aneinanderreihen. Von einer Jakobsmuschel weit und breit keine Spur. So langsam wird das Laufen für jeden von uns zu einer Tortur. Es schreit nach einer Pause und das Restaurant, das am Weg liegt, bietet sich förmlich dazu an. Da es auf drei Uhr nachmittags zugeht, sitzen die letzten Gäste noch gemütlich auf der Terrasse und trinken nach einem sicherlich reichhaltigen Mittagsmenü ihren Café oder einen Schnaps. Wir suchen uns Schatten, fallen erschöpft auf die Stühle und bestellen zwei große *Claras*. Von hier aus können wir in der Ferne einen Turm erkennen, und gehen deshalb davon aus, dass das eine Kirchturmspitze sei. Also befinden wir uns bereits in der Nähe des Stadtzentrums … denken wir. Nora verweigert inzwischen jeden unnötigen Schritt und hat keine Lust mehr zu laufen. Ihr schmerzen die Schienbeine immer heftiger und sie möchte deshalb gerne mit dem Taxi in die Innenstadt fahren. Mir ist es mittlerweile vollkommen egal, ob gelaufen oder gefahren wird, Hauptsache wir kommen heute irgendwie an. Also bitten wir den Kellner, uns ein Taxi zu rufen. Während der Fahrt erklärt uns unser gesprächiger Chauffeur die verschiedenen Gebäude, die an uns vorbeiflitzen. Der vermeintliche Kirchturm stellt sich als Turm der alten Universität von *Gijón* heraus. Und diese befindet sich sehr, sehr weit außerhalb des Zentrums, denn dieses ganze Vorstadtgewirr hier dehnt sich unendlich in die Weite. Unsere Entscheidung für diese Taxifahrt erscheint uns bei dieser Feststellung mehr als richtig, denn dieser heiße dampfende Asphalt und der harte Untergrund hätten uns den Rest gegeben. Bis in die Stadtmitte wären wir noch mehr als eine Stunde zu Fuß unterwegs gewesen. Wenig später setzt uns der Fahrer vor dem Touristoffice in der belebten Stadtmitte ab. Jetzt heißt es erst mal eine Unterkunft finden, aber eine günstige Pension kann uns die Dame dort nicht nennen. Es bleibt uns zwei Frauen nicht anderes übrig, als uns zu der Pension durchzufragen, die in unserem Pilgerführer empfohlen wird. Die stellt sich allerdings als eine muffige Wohnung im zweiten Stock eines Hauses in der Fußgängerzone heraus. Die nicht gerade freundliche Inhaberin dieses Etablissements bedauert, keine freien Betten mehr zu haben. Wirklich traurig sind wir darüber nicht, nur unser Übernachtungsproblem ist dadurch auch nicht gelöst und etwas ratlos finden wir uns abermals im Feierabendtrubel dieser Großstadt wieder. Das erste Mal sehe ich eine hilflose und genervte Nora vor mir stehen. Kein Bett und Schmerzen in den Schienbeinen.

„Erika, jetzt haben wir ernsthaft ein Problem", klagt sie.
„Wo finden wir jetzt etwas zum Schlafen?"
„Mach dir darüber mal keinen Kopf", ich bin zuversichtlich.
„Das sollte hier doch kein Problem sein. Wir laufen jetzt einfach durch die Gassen und schauen nach oben auf die Häuser. Viele Pensionen befinden sich in den spanischen Großstädten in einem der oberen Stockwerke in ehemaligen Wohnungen. Mir ist das noch sehr gut in Erinnerung von *Leon* und *Burgos* und hier wird das hoffentlich nicht anders sein. Das wäre ja gelacht, wenn wir nichts finden."
Nora macht trotzdem einen skeptischen Eindruck. So auf gut Glück, das ist nicht ihre Sache. Sie verlässt sich auf ihren Wanderführer und weiß gerne im Voraus, wo sie am Abend unterkommt. Aber wir müssen tatsächlich nicht lange suchen. Ein Hinweisschild an einem Hauseingang erscheint vielversprechend. Bepackt mit unseren Rucksäcken stapfen wir in den ersten Stock und eine nette Dame mittleren Alters öffnet die Tür. Wir betreten einen langen Flur, der, typisch für Spanien, mit allerlei Nippes, Plastikblumen und Schränkchen vollgestopft ist. Und wir haben Glück und bekommen ein Zimmer. Auch wenn es nicht gerade groß ist, so ist es zumindest angenehm und sauber und das Doppelbett, das fast den ganzen Raum einnimmt, macht einen bequemen Eindruck. Und selbst für den kompletten Inhalt ihres Rucksackes findet Nora ein Eckchen. Ich dagegen packe wie immer nur das Notwendigste aus. Jeder hat so seine Gewohnheit. Nach der dringend notwendigen Dusche kommen unsere Lebensgeister wieder auf Trab und wir schleppen uns mit unseren Blessuren anschließend tatsächlich noch durch die lauten, von Menschen bevölkerten Gassen von *Gijón*. Im nächstbesten Sportladen kaufe ich mir für meine Wanderstiefel Gel-Keile, die ich unter die Fersen legen kann, in der Hoffnung, dass sie mir ein wenig Linderung verschaffen. Nora ist noch immer auf der Suche nach einer kurzen Wanderhose und findet natürlich auch hier keine. Vielleicht sollte sie sich die am besten selbst nähen, keine Ahnung, wie die Hose ihrer Träume aussehen muss. Nach dem heutigen anstrengenden Tag verspüren wir beide kein großes Bedürfnis nach einem Stadtrundgang. Unsere Füße wollen einfach ihre Ruhe haben. Ein wenig ärgert mich das schon, denn diese Stadt wäre durchaus interessant und ich hoffe darauf, später all diese Orte einmal mit dem Auto bereisen zu können. In einem Informationsblatt aus dem Touristenbüro lese ich, dass *Gijón* als Hafen- und Industriestadt ein wichtiges wirtschaftliches Zentrum in Asturien ist. Die ersten großen Werften wurden hier 1920 eröffnet. Im Hinterland

hatte man Steinkohlevorkommen entdeckt und begann 1935 damit, die erste Kohle aus der „*La Camocha*"-Mine zu fördern. Noch heute gibt es hier ein Stahlwerk. Aber auch in der jetzigen Zeit bietet diese Stadt dem Besucher so einiges, z.B. sehenswerte Museen. Immer einen Besuch wert ist wohl das „Apfelwein-Viertel", das „*El Barrio de la Sidra*", und in den unzähligen Restaurants werden typische asturische Gerichte angeboten. Sehr gerne isst man einen beliebten Eintopf mit weißen Bohnen, geräucherter Wurst, Blutwurst, Vorderschinken und Meeresgetier oder *Arroz con Leche*, einen Milchreis, den ich selbst auch sehr gerne mag. Vor einer bereits gut gefüllten Bar am Yachthafen ergattern wir auf der Terrasse einen freien Platz in der Abendsonne. Die vielen bunt gemischten Menschen, ob alt oder jung, mit Kind oder Hund, einheimisch oder Tourist, sitzen hier ausgelassen beieinander, unterhalten sich, lachen, hören Musik und genießen den Abend. Wir zwei müde Pilgerinnen wachen wieder richtig auf, sinken entspannt in die weichen Polster der Chillout-Bar und lassen uns nach diesem Wandertag das wohlverdiente Glas Wein mit Genuss schmecken. Leben, du kannst so schön sein, vor allem dann, wenn die milde Abendsonne nach einem heftigen Tag das Gesicht streichelt und wir uns ausgelassen über dies und jenes amüsieren, bis sich der Hunger bemerkbar macht. Ach ja natürlich, da war doch noch etwas. Wir sollten essen. Nach einem Abstecher in eine Pizzeria in der Nähe unserer Pension haben wir anschließend nur noch Sehnsucht nach unserem Bett. Morgen knacken wir die 500 km-Grenze und das größte Stück des Weges liegt dann bereits hinter uns.

Wer pilgert, spürt eine Sehnsucht,
er ist auf der Suche.
(Michael Kaminski
Religionspädagoge und Pilgerbegleiter)

Gijón – Avilés – Esteban de Pravia-
Puerto de San Esteban

Ballast abwerfen mit Irrwegen,
Hitze und Staub, Shawn-das-Schaf, vier Freunde sollt ihr sein!

Einstimmig beschließen wir am Morgen, mit dem Bus nach *Avilés* zu fahren. Auf die zähen Kilometer entlang der stark befahrenen Straße durch das staubige Industriegebiet und den weniger schönen Vororten von *Gijón* haben wir bei der momentanen Hitze keine Lust. Aber bevor wir uns zum *Alsa*-Busterminal durchfragen, frühstücken wir noch in einer Bar. Auf dem *Camino Francés* wäre mir Busfahren nie in den Sinn gekommen. Aber hier? Endlose Kilometer auf Asphalt durch ein ödes Industriegebiet laufen? Das hat nicht viel mit Pilgern zu tun und ist nicht spaßig. Das ist nur Kilometerfressen und tut den Beinen nicht gut. Spanier besitzen offensichtlich dieselbe Eigenschaft wie Engländer, sie stellen sich ordentlich an der Haltestelle in einer Schlange an und steigen nacheinander ohne Gedränge in den Bus. Zumindest hier gerade. Auch Nora und ich reihen uns artig ein und warten, bis wir mit dem Einsteigen an der Reihe sind. Gemütlich in unseren Sesseln sitzend betrachten wir anschließend die Gegend, die am Fenster vorbeifliegt und sind froh bei dem, was wir sehen, uns gegen das Laufen entschieden zu haben. Und beileibe sind wir nicht die einzigen Pilger, die das heute so handhaben. Die fünfundzwanzig Kilometer bis *Avilés* vergehen wie im Flug und dort angekommen, schauen wir uns erst einmal nach einer Apotheke um. Nora braucht Schmerztabletten und ich irgendetwas, um das linke Knie zu entlasten. Langsam erleidet dieses Bein einen Totalschaden. Meine reizende Mitpilgerin reißt darüber einen Witz nach dem anderen.
„Erika, alle Leute schauen dich mitleidig an", feixt sie.
„Ich glaube, die würden dich am liebsten sofort in ein Krankenhaus einliefern. Du kommst garantiert schon in den Abendnachrichten als humpelnde Pilgerin. Sicherlich folgt dir heimlich bereits ein Reporterteam."
Nora immer mit ihren witzigen Bemerkungen. Sie schüttelt sich dabei vor Lachen und ich kann einfach nicht anders, auch wenn ich den Schaden habe, ich lache herzhaft mit.

Endlich verlassen wir das laute Stadtgebiet und marschieren, ständig leicht bergauf, dem Vorort *San Cristóbal* entgegen. Jeder fällt wieder in sein eigenes Tempo und schließlich verliere ich Nora aus den Augen. Die Strecke heute schlängelt sich durch schmucke, wohlhabendere Siedlungen, die verstreut in der Landschaft liegen. Eine davon trägt den Namen *Bástian* und ich denke sofort an meinen ältesten Sohn, der Sebastian heißt. Das wiederum lässt mich an Zuhause denken und plötzlich wirbeln die Gedanken wieder im Kopf herum. Diese Gedanken- und Gefühlsflut, die immer wieder über einen hereinbricht, will ertragen werden. Man lacht, man weint, man schreit, man tobt, mal freut man sich unbändig, dann hadert man wieder mit sich, man redet mit sich selber, fängt an zu singen, ist glücklich und traurig zugleich, aber man läuft einfach immer weiter. Würde man stehen bleiben, dann wäre der Weg zu Ende. Man selbst wäre am Ende, denn aufgeben müssen, aus welchem Grund auch immer, ist für jeden bitter und schmerzt zutiefst. Also setzt man einen Fuß vor den anderen, ganz mechanisch und ohne nachzudenken. Und genau das mache ich jetzt, einfach nur laufen und versuchen, die Gedanken auszuschalten. Wenigstens ist die Besiedelung hier dichter als in den Tagen zuvor, aber ich nehme die zahllosen kleinen Villen und die gepflegten Häuser, die sich zwischen den Gärten ducken, nur vage wahr. Viele Autos stehen am Straßenrand, Hunde kläffen mir hinter den Zäunen energisch entgegen und auf den zahllosen Koppeln tollen prächtige Pferde umher. Nur Menschen bekomme ich auch hier kaum zu Gesicht und die wenigen Pilger, die ich treffe, sind mir unbekannt. Endlich kann ich von einer Anhöhe aus meinen wohlvertraute Atlantik sehen und davor den Badeort *Salinas* mit seinen zum Teil hoch aufragenden Häusern am Strand. Hochhäuser am Strand! Für die Orte hier an der Küste ein ungewohntes Bild. Aber erst muss ich noch einen steilen Hügel hinabsteigen und kurz vor dem Ortseingang über eine kleine schmale Autobrücke einen breiten Bach überqueren. Dessen Ufer sind üppig bewachsen mit Schilf und Wasserpflanzen, die in einem satten Grün leuchten. Die Wasseroberfläche reflektiert die Sonnenstrahlen wie tausend kleiner, funkelnder Kristalle und auf dem Grund blitzen die unterschiedlichen Steine im glasklaren Wasser. Unmengen von großen und kleinen Fischen tummeln sich darin und eine Entenmutter mit ihren flauschigen Küken lässt sich laut schnatternd auf den kleinen Wellen treiben. Eine ganze Weile stehe ich in den Anblick dieser Idylle versunken am Geländer. Eine Freundin bemerkte einmal vor vielen Jahren beim gemeinsamen Wandern in den Alpen, dass ich jede noch so winzige Kleinigkeit wie eine Ertrinkende in mich aufsaugen würde. Nichts würde meinen Blicken entgehen. Sie hatte es damals schon richtig gesehen. Ich bin hungrig nach Eindrücken und Neuem, ganz so, als ob ich nicht genug Lebenszeit für alles zur Verfügung hätte, was ich gerne noch sehen, erleben und wissen möchte. Selbst den noch so kleinen Käfer auf dem Boden, vierblättrige Kleeblätter, klitzekleine Moosblüten, winzigste Vögel und was sonst noch so alles kreucht und fleucht, nichts entgeht meinem Blick. Deshalb liebe ich das Pilgern so sehr. Durch die ständig wechselnden Eindrücke ist kein Tag wie der andere.

Ungern reiße ich mich von diesem friedlichen Ort los und versuche den Weg zum Postamt zu erfragen, da mir mein Rucksack inzwischen wieder schwer auf die Schultern drückt. Noch immer schleppe ich zu viel Ballast mit mir herum. Mindestens zehn unterschiedliche Antworten bekomme ich zu hören und jedesmal sind es nur „5 Minuten zum Laufen". Leicht entnervt und mittlerweile schweißdurchnässt, hetze ich in die verschiedensten Richtungen und finde es schließlich, gut versteckt in einer Einkaufsgalerie. Dort erstehe ich einen gelben Kunststoff-Postbeutel, in den ich rigoros alles hinein stopfe, was ich garantiert nicht mehr brauche. Auch eine Wanderhose, die mir mittlerweile um die Hüften schlottert und Muscheln, die ich seit Laredo mit mir trage, verschwinden darin. Überglücklich, dieses ganze Gewicht jetzt loszuwerden, händige ich den Beutel der Schalterbeamtin aus. Die schaut mich mit bedauerndem Kopfschütteln an.

„No funcionada! Es tut mir leid, aber unsere Rechner funktionieren nicht. Deshalb kann ich deine Sendung nicht annehmen."

Ich stehe fassungslos vor dem Schalter. Irgendwie erreichen diese Worte nicht mein Hirn und ich überlege fieberhaft, was tun? Dann komme ich auf eine, wie ich meine, geniale Idee.

„Wo bitte befindet sich das nächste Postamt?"

„Da musst du nach Piedra Blanca, in den nächsten Ort", erklärt mir die Beamtin und reicht mir eine Plastiktüte, damit ich mein Päckchen besser tragen kann. Nach Piedra Blanca sind es etwa sechs Kilometer, das bedeutet, mehr als anderthalb Stunden Fußmarsch.

„Fährt da ein Bus hin?" möchte ich wissen. Es fährt ein Bus und ich lasse mir erklären, wo ich die Haltestelle finde.

Da ich nun aber nicht weiß, wo sich in Piedra Blanca die Post befindet, rolle ich das Feld von hinten auf, fahre bis zum Ortszentrum und steige aus. Jetzt beginnt das gleiche Spiel noch einmal wie in Salinas, zehn

Fragen, zehn unterschiedliche Antworten. Was für ein bescheuerter Tag ist das heute nur!

Zu allem Übel brennt die Sonne erbarmungslos heiß vom Himmel. Völlig planlos irre ich durch diese nicht wirklich große Stadt und lege dabei tatsächlich die ganze Strecke bis zum Ortsanfang wieder zu Fuß zurück. In einem Laden decke ich mich dabei mit Wasser, Bananen und Schokoriegeln ein. Man kann ja nie wissen! So wie der heutige Tag bisher verläuft, wer weiß, wann es wieder etwas zum Essen gibt. Am Ortsanfang, gut versteckt im Tiefparterre eines mehrstöckigen Wohnhauses, entdecke ich dann schließlich das Postamt … durch Zufall. Überglücklich, mein Päckchen nun endlich loszuwerden, klettere ich die Stufen hinab und erblicke freudestrahlend sofort einen freien Schalter. Der bedauernde Blick der Beamtin und ein „*no funcionada*" lässt mich dann allerdings beinahe hysterisch aufschreien. Mein Gott bin ich dämlich! Wie kann ich auch auf die Idee kommen, dass hier der Computer funktioniert, wenn der Zentralcomputer abgestürzt ist? Diese ganze Irrfahrt hätte ich mir ersparen können. Zumindest kann ich über mich selbst lachen. Hilft ja nichts, dann schleppe ich eben mein Päckchen weiter mit mir herum. Soll das so eine Art Metapher für den seelischen Ballast sein, den ich mit mir herum trage? Dieser Computer muss doch irgendwann mal wieder seine Arbeit aufnehmen, nur wer weiß schon, wann dieses Wunder geschieht? Bevor ich mich allerdings an den Weiterweg mache, suche ich mir in dem kleinen angrenzenden Park ein schattiges Plätzchen und stärke mich mit Bananen und Schokolade und lösche gierig meinen Durst.

Wo befinde ich mich eigentlich und wo verläuft der Jakobsweg? Es wird Zeit, dass ich meine Gedanken wieder sortiere, denn ich habe keinen blassen Schimmer, wo ich gerade bin. *Piedra Blanca* liegt am Camino, aber wo und in welche Richtung verläuft er? Der heutige Tag ist einfach zum Durchwinken. Ich will nur noch raus aus dieser kochenden Stadt. Die Leute sehen mich schon an wie ein Männlein vom anderen Stern. Anscheinend kommen nicht viele Pilger bis hierher in diese Ecke des Ortes. An einer Bushaltestelle studiere ich den Fahrplan. *La Luz* lese ich. Vorsichtshalber schaue ich in meinem Führer nach und stelle fest, dieser Bus fährt zurück nach *Salinas*, genau dorthin, woher ich gerade gekommen bin. Glücklicherweise spricht mich ein Mann an, bevor ich völlig resigniere.

„Bist du auf der Suche nach den gelben Pfeilen? Lauf diese Straße entlang bis zum Ortsanfang, dort wirst du wieder auf sie treffen."

Überschwänglich bedanke ich mich bei ihm und ziehe los. Kurze Zeit später entdecke ich tatsächlich das erste Zeichen. Der *Camino* hat mich wieder. Da bleibt plötzlich ein altes Weiblein vor mir stehen und spricht mich an.

„*Cariña*", sie hält mich an einer Hand und macht mir mit ihrer anderen das Kreuzzeichen auf die Stirn.

„Du pilgerst nach Santiago, Gott sei mit dir, gesegnet seist du."
Fest blickt sie mir dabei in die Augen, dann wendet sie sich wieder ab und geht ruhig ihren Weg weiter. Völlig verdattert stehe ich da und weiß nicht, wie mir geschehen ist. Mir schießen die Tränen in die Augen und ich heule los wie ein Schlosshund. Alles, was sich in den letzten Tagen in mir aufgestaut und auf die Seele gelegt hatte, bahnt sich in diesem Moment seinen Weg nach draußen. Mir wird ganz warm ums Herz und ich spüre, wie sich unendliche Freude in mir ausbreitet. Was soll mir jetzt noch passieren? Mit einem tiefen Glücksgefühl pilgere ich, endlich wieder auf dem richtigen Pfad, weiter. Leichter wird es trotzdem nicht, denn die steile Anhöhe hinauf in den Vorort *La Cruz* liegt in der prallen Sonne. Es ist ja prima, wenn man beim Pilgern schönes Wetter hat, aber so gut wie in diesem Mai meinte es der Wettergott wohl schon länger nicht mehr mit Asturien. Selbst für mich, der ich die Hitze liebe, ist sie schwer zu ertragen. Der Schweiß rinnt in Strömen. Jetzt mündet die Straße in einen staubigen Schotterweg, den *Camino Real de Castrillón*, ein asturischer Wanderweg. Noch immer geht es in der brütenden Sonne vorwärts, noch immer keine schattenspendenden Bäume in Sicht. Der leidige Durst hat seine wahre Freude mit mir, denn mein Wasservorrat ist mal wieder bis auf einen kleinen Rest aufgebraucht. Vor meinem inneren Auge taucht ein herrliches eiskaltes, schäumendes Bier in einem eisbeschlagenen Glas auf. Ich kann es körperlich spüren, wie der eiskalte Gerstensaft meine Kehle hinunterrinnt. Und das ausgerechnet mir, die ich doch Weintrinkerin bin. Fange ich jetzt auch noch an zu phantasieren? Zumindest erreiche ich bald darauf ein Waldgebiet, in dem mir Kiefern, ein paar Laubbäume und Eukalyptus ein wenig Schatten spenden. Alleine lege ich Kilometer um Kilometer zurück, vorbei an Wiesen und Feldern, in denen die Grillen ihr Zirpen erklingen lassen, und auch vorbei am umzäunten asturischen Flughafen. Hin und wieder donnert ein Flugzeug über meinem Kopf hinweg. Einsam zieht sich der Weg, bergauf, bergab, bis ich in den winzigen Ort *Santiago del Monte* gelange. Bei der kleinen Dorfkapelle bleibe ich stehen und halte erwartungsvoll nach einer Bar Ausschau. Man findet in Spanien immer

eine Bar in Kirchennähe, nur hier nicht. Dafür entdecke ich einen Brunnen und fülle dort meine Flaschen. Einen ordentlichen Schwall kühles Wasser kippe ich mir über den Kopf und über die Arme. Aber das kühlende Nass verdampft in kürzester Zeit bei diesen Temperaturen. Ein kleiner ungepflegter, struppiger Hund trottet daher und streicht mir bettelnd um die Beine. Der Arme ist ebenfalls durstig und ich gebe ihm zu trinken. Nachdem ich meinen Wasserbedarf mehr als gestillt habe und auch der kleine vierbeinige Kerl, mache ich mich humpelnd auf den Weiterweg. Noch immer lässt sich keine Menschenseele blicken. Wer treibt sich auch bei dieser Mörderhitze auf der Straße herum? Jeder vernünftige Mensch sucht da den kühlen Schatten und döst vor sich hin. Also tripple ich weiter das Sträßchen entlang und passiere dabei nur Felder und Wiesen. Eine Steigung führt mich aufwärts, bis ich auf die gut ausgebaute Nationalstraße stoße, die zum Flughafen führt. Diese Straße ist so breit und großzügig angelegt, die hat wohl jemand in einem Anfall von Größenwahn gebaut ... oder mit EU-Geldern. Die Fahrzeuge, die hier vorbeikommen, lassen sich ohne Mühe zählen. Als ob es heute nicht schon vertrackt genug wäre, sind hier die Wegzeichen äußerst schwer zu finden. Dann orientiere ich mich eben nach meinem Gefühl. Bisher ließ mich das noch selten im Stich. Bei einer Gabelung biege ich von der Hauptstraße ab auf eine kleinere, die mich noch weiter den Berg nach oben führt. Bald darauf stehe ich wieder an einer Verzweigung. Jetzt verunsichert mich die Situation doch ein wenig. Die hilfreichen gelben Pfeile sind nirgends zu finden und ich stelle fest, wie blind wir diesen Kennzeichnungen folgen und wie sehr wir uns auf sie verlassen. Im Grunde laufen wir auf diese Weise gar nicht „unseren Weg", sondern einen vorgegebenen, den bereits tausende Menschen vor uns gegangen sind und den wir einfach nur nach laufen. Nach kurzer Überlegung bin ich mir sicher, mich für die richtige Abzweigung entschieden zu haben. Ich bin schon am Weitergehen, da stolpert mir eine ziemlich verschwitzte, zerkratzte und abgehetzt wirkende Pilgerin aus Deutschland in die Arme. Sie scheint etwas jünger zu sein als ich, schlank und mit längeren blonden, lockigen Haaren.

„So ein Mist, jetzt bin ich schon das zweite Mal vom Weg abgekommen!" schimpft sie aufgebracht.

„Erst bin ich auf dem Flughafengelände gelandet und dann musste ich mich über Zäune und durch Brombeersträucher kämpfen."

Wie kann man überhaupt auf dem Flughafengelände landen, wenn man nicht gerade auf die Idee kommt, über einen Abgrenzungszaun zu klettern? Denke ich mir im Stillen. Sie mault weiter.

„Der Weg hier ist garantiert auch falsch. Ich gehe jetzt wieder zurück bis in den Ort dort unten."

Diese Frau verunsichert mich und am Ende schließe ich mich ihr an. Gemeinsam schauen wir uns nach den Muschelzeichen um, werden aber auch nicht fündig. Schließlich höre ich doch lieber auf meinen Bauch und versuche ihr zu erklären, welchen Weg ich einschlagen möchte. Bis zum Ort werde ich auf keinen Fall zurücklaufen. Definitiv nicht, basta! Eva, so heißt die Pilgerin, kommt dann schließlich doch mit mir mit, ein wenig zögerlich zwar, aber so ganz alleine weitergehen ist ihr auch nicht geheuer. Nach einem Weilchen bereue ich es allerdings bereits. Sie redet wie ein Wasserfall und es dauert nicht lange, bis ich letztendlich ihre ganze Geschichte kenne. Geboren in Regensburg, arbeitet sie inzwischen an einer Waldorfschule in München. Nachdem sie gerade wegen eines Burnouts zur Kur auf Teneriffa war, hatte sie beschlossen, einen Teil des *Camino del Norte* zu laufen. Damit hofft sie ihr inneres Gleichgewicht wiederzufinden. Kur auf Teneriffa, wo gibt es denn so etwas? Manch einer hat schon Mühe, überhaupt eine Kur verschrieben zu bekommen! Eva ist erst seit *Gijón* unterwegs und es ist ihre erste Pilgerreise. Was das Pilgern anbelangt, ist sie also ziemlich unbedarft. Irgendwie beschleicht mich das Gefühl, dass sie sich das hier als einen spaßigen Freizeitevent vorstellt. Mal abwarten, wie das nach ein paar weiteren Pilgertagen aussieht. Gerade kämpfen wir uns einen nächsten steilen Anstieg hinauf. Die wenigen Bäume am Rand bieten wiedermal nur spärlich Schatten. Bevor wir auf einem staubtrockenen Schotterweg landen, in dem von schweren LKWs tief eingegrabene, knochentrockene, staubige Spurrillen das Gehen mühsam machen, überqueren wir über eine Brücke die Autobahn. Der holprige Weg passiert eine ausgedehnte Mülldeponie. Eva ist nur pessimistisch eingestimmt und zweifelt ständig an der Richtigkeit des Weges.

„Wir sind garantiert wieder falsch", lamentiert sie unentwegt.

„Lass uns umdrehen."

„Auf keinen Fall", versuche ich sie zu beschwichtigen.

„Niemals zurücklaufen. Es gibt immer einen richtigen Weg. Sicher treffen wir bald auf irgendwelche Wegweiser."

Ich bete im Stillen, dass es wirklich so ist. Irgendwann müssen doch Hinweisschilder oder Ortsschilder auftauchen und dann können wir uns neu orientieren. Eva redet und redet. Mir klingeln die Ohren. Ihre negativen Ansichten über das Leben an sich und die Menschen im Allgemeinen nerven. Nun denn, sie trägt eben auch ihr Päckchen mit sich und muss noch lernen, einfach loszulassen. Witzigerweise schleppt sie als Handtasche einen kleinen „*Shawn-das-Schaf*"-Rucksack mit sich herum. Den hatte ihr ihre Schulklasse als Andenken und Maskottchen mit auf den Weg gegeben. Die Meisten würden diese Tasche zuhause lassen, da sie unnötiges Gewicht bedeutet. Zumindest erreichen wir nach einiger Zeit ein Waldgebiet, das uns kühlenden Schatten spendet. Aber auch hier wurde der breite Forstweg durch schweres Gerät, das bei Holzfällarbeiten eingesetzt wird, tief ausgefurcht. Das erschwert das Laufen. Und weit und breit kein menschliches Wesen in Sicht. Jetzt ist Eva vollends irritiert, denn das ist sie noch nicht gewohnt. Aber plötzlich tauchen die vertrauten gelben Pfeile wieder auf und man kann förmlich hören, wie ihr ein ganzes Gebirge vom Herzen poltert. Ich muss eingestehen, mir ebenfalls.

Unser Durst wird mit jedem zurückgelegten Meter stärker und auch mein Bein meldet sich immer heftiger. Nach einer gefühlten Ewigkeit, die in Wirklichkeit wohl eher kurz war, geht es durch den Wald seicht bergab und schlussendlich auf eine Asphaltstraße. Die Erde hat uns wieder und die ersten Häuser tauchen auf.

El Castillo, ein kleiner Ort mit gleichnamiger Burg, bleibt links liegen, aber eine kleine Bar, die ein wenig außerhalb liegt, rettet uns vor dem Verdursten, bevor wir den nächsten Hügel erklimmen dürfen. Das Auf und Ab nimmt heute kein Ende. Eine Schmalspurbahn, der *Feve*, schlängelt sich hier durch das streckenweise sehr schwierige Gelände. Mit Sicherheit wird so mancher Pilger dazu verleitet, sich mit dem Regionalzug der spanischen Nordküste bequem zum nächsten Ziel bringen zu lassen. Vor allem dann, wenn das Wetter regnerisch und nebelverhangen ist, was hier durchaus nicht selten vorkommt.

Endlich, in Sichtweite vor uns, taucht das Ortsschild von *Soto de Barco* auf, aber bis zu unserem heutigen Ziel, *San Esteban de Pravia*, sind es noch einige Kilometer weiter. Für Eva, die erst den zweiten Tag unterwegs ist, übersteigt die heutige Distanz inzwischen ihre Kräfte. Naiverweise ist sie felsenfest davon überzeugt, dass, wenn wir das Ortsende von *Soto de Barco* erreicht hätten, wir den Herbergsvater der Jugendherberge von *San Esteban* anrufen könnten. Der würde uns dann mit dem Auto abholen, so dass wir das letzte Stück an der Straße entlang nicht mehr laufen müssten. So steht das angeblich in ihrem Pilgerführer.

Ihr Wort in Gottes Ohren, aber ich bin mir sicher, dass das so nicht funktioniert.

Über eine breite, auffällig lange Brücke, die Autofahrer und Fußgänger gleichermaßen nutzen, überqueren wir den *Nalón*. Rechts und links entlang der Ufer dümpeln Fischerboote in den unterschiedlichsten Größen vor sich hin und Holzhütten reihen sich dicht an dicht. Das Wasser des Flusses ist undurchdringlich dunkel und schimmert geheimnisvoll tiefgrün. Trotzdem entdecke ich eine Unmenge an Fischen, die zwischen den Algen hin und her huschen. Dieser *Nalón* flößt mir Angst ein und ich beeile mich, ihn zu überqueren. Schon des Öfteren habe ich erlebt, dass mir gewisse Orte Unbehagen verursachen. Wer weiß, welche alten Erinnerungen aus meinen Vorleben damit wohl zusammenhängen mögen. Unmittelbar nach dem Überqueren erreichen Eva und ich eine große Kreuzung, und Eva, die nach wie vor felsenfest davon überzeugt ist, dass der *Hospitalero* kommt, um uns abzuholen, versucht tatsächlich, diesen am Telefon zu erreichen. Jetzt bin ich doch mal gespannt. Ich könnte meinen Rucksack verwetten, dass daraus nichts wird. Evas Gesichtsausdruck und ihre Reaktion geben mir Recht. Ernüchtert und enttäuscht steht sie am Straßenrand. Wo kämen die *Hospitaleros* auch hin, würden sie für jeden Pilger Taxi spielen, um sie hier an der Kreuzung mit dem Auto einzusammeln?

Diese letzten Kilometer dehnen sich wieder einmal ins Unendliche. Erst jetzt bemerke ich, dass Nora bereits mehrmals versuchte, mich über Smartphone zu erreichen, um mir mitzuteilen, dass sie bereits ein Zimmer für sich und mich in der Jugendherberge gebucht hätte und … tatatataaa … Überraschung … Leander sei ebenfalls hier. Langsam habe ich den Eindruck, für Nora ist Leander das Bonussternchen, das man für eine Fleißarbeit am Ende des Tages zur Belohnung bekommt. Natürlich freue ich mich darüber unbändig, aber egal, die Beine schmerzen trotzdem höllisch und so langsam wird es Zeit, dass dieser vermaledeite Ort auftaucht. Selbst die nervigste Etappe hat irgendwann einmal ein Ende und selten habe ich ein Ortsschild so herbei gebetet wie dieses. San *Esteban*, ein Ort, der für mich nicht gerade zu den schönsten auf meinem Weg zählt, liegt langgestreckt an der Mündung des *Rio Nalón* und war zu seinen Glanzzeiten sicher ein stolzer Hochseehafen. Jetzt dümpeln die Überreste davon traurig vor sich hin. Die letzte Werft von *San Esteban* baut heute Jachten und Sportboote, aber ansonsten bietet dieser Flecken nicht viel.

„Hallo Erika", tönt es mir schon von weitem fröhlich entgegen, als Eva und ich entlang des Flussufers Richtung Herberge laufen. Vor einem kleinen Häuschen gegenüber der Unterkunft mitten auf einem Platz sitzt Nora in der Sonne, ihre Beine bequem auf einen Stuhl gelegt, und lässt sich ein Bier schmecken. Teufel noch mal, genau das brauche ich jetzt auch. Als ob wir uns seit Jahren das erste Mal wieder sehen, laufen wir aufeinander zu und fallen uns in die Arme. Leicht irritiert nimmt Eva diesen Freudenausbruch zur Kenntnis. Auf sie wirkt das alles noch sehr befremdlich. Dann reckt Leander seinen Kopf aus einem der Herbergsfenster heraus und brüllt in seinem bayrischen Dialekt über den ganzen Platz:

„Ja glaub ich's denn, meine Erika ist da!"

Nun denn, jetzt weiß der ganze Ort, dass ich angekommen bin, und Eva blickt noch entgeisterter drein. Ich freue mich unbändig, *Frodo* hat seine Gefährten wieder. Dieses unglaubliche Gefühl, nach solch einem chaotischen Tag wieder in Gesellschaft von Freunden zu sein, ist einfach unbeschreiblich wohltuend. Jetzt erst fällt mir die Frau auf, die neben Nora sitzt. Sie stellt sich mir als Britta vor, eine Hamburgerin, etwas älter als ich, mit blonden halblangen Haaren. Wie sie so dasitzt, macht sie auf mich einen ruhigen, bedachten Eindruck. Auch sie hat Probleme mit den Füßen, denn sie hantiert ganz fleißig mit jeder Menge Pflaster und Binden herum. Wie sich später herausstellt, ist Britta Ärztin. Nora flitzt los und taucht mit einer Flasche Bier wieder auf, die sie mir in die Hand drückt. Was das betrifft, ist sie wirklich ein Schatz! Erst mal in Ruhe trinken und ankommen, bevor ich mich bei unserem *Hospitalero* für die Nacht anmelde.

Nora hat tatsächlich ein Zimmer ganz alleine für uns beide belegt. Sie kommt mit, um es mir zu zeigen und entschuldigt sich sofort dafür, dass es sich ganz oben im letzten Stock befindet.

„Ach weißt du, das ist jetzt auch nicht mehr schlimm, die Treppen hier, die schaffe ich gerade noch", beschwichtige ich sie und stelle an ihrer Gangweise fest, dass sich auch ihre Schienbeinprobleme noch immer nicht gebessert haben. Im Flur treffen wir auf Leander.

„Mensch Mädel, schön dich hier zu sehen. Ich verschwinde zum Strand. Vielleicht kann ich noch ein wenig schwimmen. Wir sehen uns später."

Er drückt mich und weg ist er. Der lässt wirklich keine Gelegenheit aus, am Meer zu liegen und seine Zehen ins Wasser zu strecken. Und endlich kann ich meine Füße von den überhitzten Stiefeln befreien und mich der nassgeschwitzten Kleider entledigen … und duschen. Das ist heute mehr als nötig. Bevor wir später alle gemeinsam essen wollen, nutze ich die Zeit und strecke mich entspannt auf meinem Bett aus. Erst mal möchte ich meine Ruhe. Was für ein verrückter Tag heute! Und mein Päckchen, das eigentlich schon auf dem Weg in die Heimat sein sollte, trage ich noch immer mit mir herum. Unnötiger Ballast, wie so manche Grübelei oder Erinnerung, die mich plagt. Bevor mir Eva über den Weg lief, gab es jede Menge Turbulenzen in meinem Kopf und dabei hatte sich ein Gedanke mehr und mehr herausgeschält. Seit meiner Scheidung fühle ich mich wie ein entwurzelter Baum. Und dieser Baum braucht wieder Boden, um zu gedeihen. Ich muss wissen, wohin ich gehöre, wo ich zu Hause bin, damit ich mich richtig entfalten kann. Fatalerweise haben zwei meiner Söhne um diesen Zeitraum herum auch noch das Elternhaus verlassen. Das machte die Angelegenheit damals doppelt so heftig für mich. Mann fort, Kinder fort. Wie nennt man das? Das „Leere-Nest-Syndrom"? Von heute auf morgen seinen Lebensmittelpunkt zu verlieren, ist wie ein kalter Entzug, man leidet und man steht plötzlich ziemlich alleine da. Aber jetzt auf diesem Weg erkenne ich ganz klar, was ich will und was ich möchte und dabei fühle ich mich seltsam erleichtert.

Mit dem Kennenlernen von Britta ziehen wir heute Abend das erste Mal als Quartett los, Nora, Britta, Leander und ich. Eva möchte lieber in der Herberge bleiben. Wir irritieren sie wohl etwas und sind zudem mit Sicherheit nicht ganz auf ihrer Wellenlänge. Eine große Auswahl an Restaurants gibt es in diesem Flecken nicht und so fällt die Wahl nicht schwer. In einem der wenigen, aber dafür gutbesuchten Lokale, in dem es, typisch für Spanien, auch sehr laut zugeht, ergattern wir noch einen Tisch. Das Abendmenü, das auf der Tageskarte angeboten wird, klingt vielversprechend und zur Feier des Tages gönnen wir uns alle dieses sechzehn Euro teure Festmahl. Und wir werden nicht enttäuscht von den leckeren Speisen. Richtig aufgekratzt und in blendender Laune bitte ich nach dem Dessert meine Kameraden, einmal still zu sein, denn ich möchte meinen Lebenspartner anrufen. Bei diesem Lärmpegel kein einfaches Unterfangen. Damit meine Weggefährten mithören können, was ich zu sagen habe, stelle ich das Handy auf Lautsprecher.
„Hallo Werner?", schreie ich ins Telefon.
Die Verbindung ist miserabel.
„Ich muss Dir etwas sagen …
… ich möchte gerne heiraten."
Jetzt ist es raus!

Stille auf der anderen Seite, das Gespräch wird unterbrochen. Verdutzt stehe ich da und starre auf das Display. Es klingelt, Werner ruft zurück. „Kannst du mal den Lärm abstellen. Ich kann dich kaum verstehen", er hört sich sehr irritiert an. Hier im Raum funktioniert das nicht, also gehe ich vor die Türe. Dann eben ein zweites Mal.

„Ich möchte gerne heiraten."

Stille ...

Noch immer sichtlich irritiert, antwortet er mir daraufhin:

Lass uns mal darüber reden, wenn du zu Hause bist. Das muss ich erst sacken lassen. So am Telefon geht das schlecht."

War das alles, was er mir dazu zu sagen hat? Diese Antwort ist nicht das, was ich erwartet habe und schon gar nicht das, was ich hören will. Dementsprechend enttäuscht stehe ich da. Meine Euphorie hat soeben einen gewaltigen Dämpfer bekommen, und wohl ziemlich niedergeschlagen betrete ich die Bar und setzte mich wieder an den Tisch. Alle drei starren mich völlig entgeistert an. Leander findet als erster die Sprache wieder.

„Das glaube ich jetzt nicht, was du da eben gemacht hast, Erika!"

Er schüttelt nur den Kopf.

„Du weißt schon, dass das jetzt ein Heiratsantrag von dir war. Nach all dem, was du mir so erzählt hast! Das bist du nicht! Das passt nicht zu dir! Das willst du nicht wirklich! Ist das tatsächlich dein Ernst? Du bist einfach nur in einem Camino-Flow, das vergeht wieder, wenn du zu Hause bist."

Und Nora bläst ins selbe Horn. Aber sie hat ja ohnehin eine Männerphobie. Britta ist ruhig. Sie kennt mich ja noch nicht und kann sich deshalb nicht dazu äußern.

„Hat er wenigstens JA gesagt?", möchte Leander wissen.

„Ja nun, dass war jetzt ganz komisch", erkläre ich geknickt, „er muss sich das noch durch den Kopf gehen lassen und meinte, wir sollten da nochmals darüber reden, wenn ich zu Hause bin."

Ich klinge sehr verunsichert. Leander schüttelt nur immer den Kopf.

„So ein Verhalten, das geht überhaupt nicht! Wenn du ihm schon so ein Angebot machst! Da sagt man JA und nicht, ich muss mir das noch durch den Kopf gehen lassen. Bist du dir sicher, dass du das auch wirklich willst?"

Ich will mich jetzt nicht verunsichern lassen, aber Leanders Worte bringen mich schon zum Zweifeln.

„Natürlich möchte ich das", erwidere ich trotzig. „Schließlich habe ich ja lange genug Zeit gehabt, mir darüber Gedanken zu machen!"

Jetzt habe ich es nun mal gesagt und jetzt bleibe ich dabei.
„Na dann", er hebt sein Glas, „trinken wir darauf, dass du heiratest.
Aber eines muss feststehen, ich bin dein Trauzeuge."
„Und ich bin natürlich auch dabei", meldet sich Nora.
„Das ist ja wohl selbstverständlich, auch Britta ist dann eingeladen",
beteure ich.
Für Diskussionsstoff ist an diesem Abend gesorgt und dementsprechend
ist auch unser Weinkonsum. Später im Bett kann ich nicht einschlafen,
döse nur vor mich hin. War meine Entscheidung die richtige? Und warum
war die Antwort meines Partners so zurückhaltend? Andererseits, jemand
der bereits schon zweimal geschieden ist, macht sich über eine weitere
Ehe wohl so seine Gedanken. Irgendjemand macht Lärm unter dem
Fenster, das Müllfahrzeug rumpelt durch die Straße und verliebte Katzen
jaulen und fauchen sich gegenseitig an. Was für ein verrückter Tag.
Und ich finde keinen Schlaf.

*An den Scheidewegen des Lebens
stehen keine Wegweiser
(Charlie Chaplin)*

Puerto de San Esteban – Cudillero – Soto de Luiña

Bunte Schwalbennester und Charlton Heston-Feeling

Ich kann fast wie geschmiert laufen, stelle ich heute Morgen nach dem Aufstehen erfreut fest. Schnell sind unsere Siebensachen marschfest verpackt und wir vier treffen uns zum gemeinsamen Frühstück am großen Tisch im Aufenthaltsraum, an dem sich noch jede Menge der anderen Pilger einfinden. Trotzdem mir mein Magen Hunger signalisiert, bekomme ich nicht viel herunter. Wenigsten ist der Kaffee hier trinkbar. Da ich noch immer mein Päckchen mit mir herum schleppe, frage ich den *Hospitalero* nach einem Postamt. Aber hier in *San Esteban* gäbe es keine Post mehr, ist seine Antwort. Na prima, so ein Mist, fluche ich in mich hinein. Das sei aber kein Problem, meint er. Er könne mir das Päckchen am Montag mitnehmen, wenn er nach *Soto de Barco* fährt. Er würde nur schnell nach den Tarifen fragen, damit ich wüsste, was es kostet. Wie schwer es denn sei, will er noch wissen. So wirklich weiß ich das nicht, aber drei Kilo könnten es schon wiegen, schätze ich. Er telefoniert und nennt mir den Preis, einundvierzig Euro. Mir erscheint das ein wenig teuer, gibt es denn nicht Pilgertarife? Aber wenn er schon so hilfsbereit ist und mir meine Last abnimmt, dann diskutiere ich jetzt nicht über diesen Betrag. Ich bin froh darüber, den ganzen Ballast schlussendlich los zu sein. Und kurze Zeit später mache ich mich um weitere Kilos erleichtert alleine wieder auf den Weg, denn meine Truppe ist bereits unterwegs.

Ein wunderbar frischer, klarer Morgen empfängt mich vor der Türe. Es ist ein überirdisch schönes Gefühl, in der Sonne am Meer entlang zu schlendern. Genau das sind diese Glücksmomente, die uns vorwärts tragen. Alles ist noch so friedlich und still, die Natur ist gerade am Erwachen. Da sich meine Gelenke erst warmlaufen müssen, spaziere ich gemächlich entlang der hohen Hafenmauer, auf der in großen Lettern *„Puerto de San Esteban"* geschrieben steht. Dort, wo der Fluss ins Meer mündet, erklimme ich eine Steintreppe, die mich auf eine Aussichtsplattform bringt. Die kleine Kapelle *Espiritu Santo* thront dort oben über dem Atlantik. Und jetzt bin ich wirklich und wahrhaftig nicht mehr imstande, diesen atemberaubenden Blick über dieses Meer und entlang der Steilküste in Sätze zu fassen. Ich stehe einfach nur vollkommen in diesen Anblick versunken da und versuche zu begreifen, wie einzigartig schön die Natur ist. Azurblauer Himmel, die gleißende

Morgensonne auf dem irisierenden Wasser, graue Felswände und auf der Klippenkante grüne Vegetation. Ein gigantischer Ausblick, beim dem das Herz zu zerspringen droht und man zum wiederholten Male eine unbestimmte Angst verspürt, all dieses nicht aushalten zu können. Wieder einer der magischen Momente, an denen ich so gerne meine Familie zu Hause teilhaben lassen möchte. Der Küstenweg *El Pito,* auf dem ich gerade unterwegs bin, ist ein kleiner aber angenehmer Umweg. Unter einem schattenspendenden Baldachin der Baumkronen erstreckt sich der Pfad in einem leichten Auf und Ab. Immer wieder eröffnen sich mir grandiose Ausblicke auf das Meer und auf die wilde, zerklüftete Felsenküste. Vereinzelt führen steile Treppen in die Tiefe zu kleinen versteckten, lauschigen Buchten mit ihren gelben Sandstränden. Gegen den mich bereits jetzt schon heftig plagenden Durst, sicher ist das üppige Essen von gestern Abend schuld daran, finde ich hier unzählige Brunnen, an denen ich trinken kann. Bei einer dieser Wasserstellen treffe ich auf ein lustiges Gespann, dem ich auf dem weiteren Weg noch ab und an begegnen sollte. Zwei ältere Französinnen, die offenbar großes Vergnügen an ihrer gemeinsamen Pilgerreise haben, lehnen an einem Zaun oberhalb der Küstensteilwand und lachen und gackern nur so vor sich hin. Da ich ansonsten mal wieder alleine auf weiter Flur bin, bahnt sich mein Grübelmonster erneut hinterlistig seinen Weg in mein Hirn. Was habe ich da gestern Abend nur gemacht? War das richtig, Werner damit zu überfallen, dass ich gerne wieder heiraten möchte? Vielleicht hat Leander ja Recht, wenn er meint, ich sei auf einem Höhenflug und sollte erst mal abwarten, wie das in der Normalität zu Hause wieder aussieht. Das Für und Wider zerrt in meinem Kopf und ich kann zu keiner vernünftigen Antwort kommen. Hinzu kommt, dass das nicht die Reaktion bei meinem Partner war, die ich erwartet hatte. Tausend Zweifel gegen meine Entscheidung arbeiten sich an die Oberfläche und dann wieder tausend Argumente dafür. Bis ich irgendwann überhaupt nicht mehr weiß, was ich denke und was ich glaube. In der einen Sekunde bin ich mir sicher, in der anderen wieder nicht. Aber ich liebe ihn doch? Oder etwa nicht? Sehe ich auch das verklärt durch die momentane Situation? Will ich einfach nur wieder das Gefühl haben, eine verheiratete Frau zu sein und damit einen vermeintlichen Makel ausradieren? Leander und Nora haben mich ganz schön ins Schleudern gebracht mit ihren Kommentaren. Eine Nachricht in irgendeiner Form habe ich weder gestern Abend noch heute Morgen von ihm bekommen. Ich fühle mich von meinem Lebensgefährten nicht angenommen, nicht wichtig in seinem Leben. Von einem Moment auf den anderen stürze ich in ein tiefes schwarzes Loch. Aber ich will jetzt nicht weiter darüber nachdenken, davon schmerzt mir der Kopf. Ich will, dass meine Gedanken jetzt endlich Ruhe geben! Eine Pilgerin in Hape Kerkelings Buch hatte sehr treffend bemerkt: „Du musst die Gedanken ausschalten!" Wenn das so einfach wäre, den richtigen Schalter dafür zu finden. Vielleicht klappt es ja, wenn ich ein Mantra aufsage.

Vor der *Playa Aguilar* endet dieser pittoreske Weg und steile Steintreppen führen zu dem bizarren Strand hinab. Ich scheine immer bei Ebbe die Strände zu erreichen. Aber auch das birgt einen Reiz, denn das zurückgezogene Wasser legt die gewaltigen Felsbrocken frei, die wie Skulpturen auf dem Sand verteilt liegen oder als Stelen kunstvoll aufgestellt in den Himmel ragen. Einige Ausflügler vergnügen sich weit draußen an der Wasserkante und auf dem breiten Sandstreifen. Zu meiner Überraschung treffe ich in der kleinen geöffneten Bar auf Nora und Britta. Die beiden befinden sich bereits wieder im Aufbruch und wir verabreden uns für abends in *Soto de Luiña*. Entspannt sitze ich alleine auf der Terrasse, trinke und esse etwas und schaue den Menschen am Strand zu. Vor allem den Hunden, wie sie mit Begeisterung über den Sand tollen und ihren Herrchen unermüdlich die geworfenen Stöckchen oder Bälle zurück bringen. Wer da wohl mehr Spaß dabei hat, die Hunde oder die Herrchen?

Der angenehme und schattige Weg, der hoch über die Klippen führte, ist zu Ende. Jetzt erwarten mich wieder zähe Asphaltkilometer immer stur der Straße entlang, die sich am Ende der Bucht mehr als einen Kilometer in Serpentinen steil durch den Wald hinauf auf die Anhöhe windet. Vorbei an einem Campingplatz erreiche ich *Arancés*. Stoisch durchquere ich danach schattenlose, dichter besiedelte Gebiete mit viel Verkehr, brütender Hitze und heißem, stickigem Asphalt. Wenigstens wird diese unangenehme Stecke immer wieder durch Felder und Wiesen unterbrochen. Die Temperaturen werden dadurch aber auch nicht erträglicher. In *El Pito* schließlich vereint sich der gleichnamige Küstenweg wieder mit dem eigentlichen Jakobsweg. Mir fällt beim Durchlaufen des Ortes eine mächtige, imposante Kirche auf, die zu meiner großen Freude geöffnet ist. Bisher waren hier auf dem Pilgerweg, im Gegensatz zum *Camino Francés*, die meisten Kirchen verschlossen. Ich überlege nicht lange und betrete den hohen, kühlen Innenraum. Tief atme ich den schweren Weihrauchduft ein und, wie so oft, überkommt mich dabei ein tiefer Frieden und eine wohltuende innere Ruhe. Durch

Zufall treffe ich auf den Küster und ich bitte ihn, mir einen Kirchenstempel in mein *Credenzial* zu geben. Anschließend entzünde ich Kerzen für meine Eltern, meine Söhne, meine Enkeltochter und meine Schwiegertochter mit ihrem ungeborenen Kind. Ein liebgewordenes Ritual, denn ich bin mir sicher, dass da jemand ist, der über uns alle wacht. Still setze ich mich in eine der langen Kirchenbänke und bete. Und ich weine. Die Tränen fließen unaufhörlich und es tut gut, denn es sind Tränen der Freude und der Dankbarkeit. Und auch das Beten wird hier auf dem *Camino* zu einer Selbstverständlichkeit.

Mahatma Ghandi meinte dazu:

" Beten ist nicht bitten. Es ist ein Sehnen der Seele".

Die meisten von uns haben das Beten verlernt, denn für so manchen ist es nicht mehr zeitgemäß. Aber niemand sollte es unterschätzen, denn man gewinnt an innerem Frieden, an Ehrfurcht und an Achtsamkeit, man wird genügsamer und empfänglicher für die alltäglichen Wunder des Lebens.

Ich vergesse mich völlig, wenn ich so ruhig und in mich gekehrt in der Stille einer Kirche sitze. Wieder breitet sich ein Gefühl der Leichtigkeit in mir aus und alle Last scheint von meinen Schultern zu fallen. Aber irgendwann wird es Zeit, aufzustehen und weiterzuziehen. Ich trete durch das schwere Kirchenportal, hinaus in die andere Welt dort draußen, in die Hitze und in das blendende Sonnenlicht, und mit Freude im Herzen.

Cudillero, das müsste der nächste Ort sein. Nur irgendwie ist die Markierung des Jakobsweges gerade ziemlich lückenhaft. Einen älteren Einwohner, der mir am Straßenrand entgegen kommt, bitte ich um Hilfe. Begeistert gibt er mir Auskunft und erzählt mir sofort, dass er ebenfalls schon nach Santiago gepilgert sei, allerdings den *Camino Primitivo*. Der sei sehr wild, sehr schön und sehr schwer.

Der alte Teil von *Cudillero* mit seinem Fischerhafen schmiegt sich in einer muschelförmigen, engen und sehr steilen Bucht einem Amphitheater gleich an die Hänge. Wie Schwalbennester kleben die bunten, verschachtelten kleinen Häuser in diesem Halbrund. Über grobes und holpriges Kopfsteinpflaster gelange ich in das kleine Zentrum am Meer. Ein wirklich sehenswerter und malerischer Ort, aber von Touristenscharen völlig überlaufen. Ein lautes, buntes Gewimmel, Souvenirläden, Restaurants und eine Bar an der anderen. Dieser Trubel erschreckt und irritiert mich zutiefst und führt mir vor Augen, wie oberflächlich und gedankenlos viele Menschen ihre Zeit verbringen. Auf der Suche nach einem freien Platz in einem der restlos überfüllten Lokale entdecke ich durch Zufall Nora und Britta wieder. Vor ihnen steht eine große Flasche *Sidra* und beide machen bereits einen recht übermütigen Eindruck. Der freie Stuhl an ihrem Tisch kommt mir gerade gelegen, ich setzte meinen Rucksack ab und lasse mich durstig darauf nieder. Zu unserer Überraschung taucht auch noch Leander aus der Menge auf. Somit wären wir wieder komplett. Wir ordern beim Wirt eine weitere Flasche Apfelwein und sicherheitshalber auch noch etwas zum Essen. Der Weiterweg könnte sonst kritisch werden. Meine zwei Pilgerfreundinnen sind tatsächlich schon mehr als angeheitert und ihr Benehmen ist dementsprechend albern. Leander gibt sein Bestes, schnell mit ihnen gleichzuziehen. Unser Sonnyboy sitzt am Tisch und schneidet eine Grimasse nach der anderen. Entsprechend fidel und laut geht es bei uns zu. Egal wie, wenn wir nicht hier in *Cudillero* versacken wollen, müssen wir uns allmählich auf die Socken machen. Aufgekratzt vom vielen *Sidra* suchen wir schließlich die Markierungen, die uns nach *Soto de Luiña* leiten sollen. Vorbei an der Hafenanlage geht es am Ende der Bucht durch ein Waldgebiet den Hang wieder hinauf. Der kurvenreiche Anstieg ist noch steiler als der Weg zuvor in die Bucht hinab. Nora und Britta verschwinden langsam aus meinem Blickfeld. Leander trödelt irgendwo hinter mir herum. Er braucht noch Fotos von diesem Postkartenidyll. Oben angekommen dehnt sich die Strecke immer leicht ansteigend über eine harte Betonpiste bis nach *San Juan de Piñera* in die Länge. Die schnurgerade, wenig befahrene Asphaltstraße flimmert wie heißer Sand in der Wüste. Ich könnte wetten, dass ich auch noch eine Fata Morgana zu sehen bekomme, wenn das mit der Hitze so weitergeht. Bis nach *La Magdalena* ist es kein Vergnügen, denn nicht nur das Gehen, auch das Atmen wird durch den kochenden Asphalt erschwert. Aus dem Nichts taucht Leander plötzlich wieder neben mir auf und unweit vor uns entdecken wir Nora und Britta. Nicht lange, und wir schlurfen wieder als Vierergespann nebeneinander her. Die Streckenführung ist verwirrend, mehrmals wird die Nationalstraße gekreuzt oder überquert und der Neubau der Autobahn behindert obendrein unseren Weg. An einem riesigen Kreisverkehr verlieren wir die Markierungspfeile völlig. Wir beratschlagen uns und wählen, anstatt in das vor uns liegende Tal hinab zu steigen, wie es richtiger wäre, den Weg über eine alte, stillgelegte Autobahnbrücke. Ein seltsames Konstrukt, denn über der alten spannt sich bereits die gigantische neue Brücke und alles wird, wie man auf einem überdimensionalen Schild lesen kann, auch hier wieder aus EU-Geldern mitfinanziert. Ein Gefühl wie in einem Science Fiction, über eine kolossale, komplett autofreie und menschenleere Brücke zu spazieren. Irgendwie unheimlich und gruselig. Jedenfalls für mich. Dabei kommt mir ein Kinofilm mit Charlton Heston in den Sinn, *„Der Omega-Mann"*. Darin kämpft er in einer menschenleeren Stadt gegen Mutanten, die nur nachts die Häuser verlassen, um sich auf die Suche nach den wenigen noch lebenden Menschen zu machen. Ich würde mich jetzt nicht wundern, wenn uns Heston mit dem Gewehr über der Schulter entgegen kommt und breitbeinig vor uns steht. Anstatt dessen taucht aus der Gegenrichtung ein älteres Ehepaar auf.

Nora ist derweil auf und davon und nur noch als Punkt in der Ferne zu erkennen. Leander überlegt es sich mitten auf der Brücke anders, macht kehrt und läuft zu einem nahe gelegenen Strand, um noch zu schwimmen. Also traben Britta und ich alleine weiter und atmen auf, als wir auf der andern Seite endlich das Betonmonster verlassen können. Beständig geht es jetzt auf einer kleinen Landstraße auf und ab. Um uns herum wird es immer ländlicher. Britta tut sich schwer mit dem Gehen. An den Fußsohlen und an den Zehen machen ihr schlimme Blasen das Laufen zur Tortur. Jeder Schritt wird zur Qual für die Ärztin. Die kleinen Siedlungen, die am Weg liegen, sind da eine willkommene Unterbrechung und wir legen häufig eine Pause ein. Leider finden wir keine Bar oder wenigstens einen Brunnen, um die Wasservorräte aufzufüllen. In dieser Hitze haben wir bereits alles verbraucht und unsere Zungen kleben am Gaumen. Britta ist kurz davor aufzugeben. Sie bewegt sich nur noch aus purem Selbsterhaltungstrieb vorwärts, aber der letzte Anstieg auf Asphalt ist zu viel für sie. An der Abzweigung zu einem kleinen Waldpfad, der den Berg hinab Richtung *Soto de Luiña* führt, weigert sie sich vehement, weiterzugehen. Tränen stehen ihr in den Augen.

„Nein Erika, ich laufe da keinen Meter hinunter. Lieber quäle ich mich an der Straße entlang weiter nach oben. Da bin ich mir wenigstens sicher, dass die in den Ort führt."

Sie klingt verzweifelt.

„Wer weiß, wo der Pfad endet. Dann verlaufen wir uns noch und dann müssen wir wieder zurück. Ich kann einfach nicht mehr."

Sie verlässt sich gerne auf Google Maps. Damit orientiert sie sich, und dieser Pfad wird nicht angezeigt. Ich dagegen habe damit rein gar nichts am Hut. Ich höre lieber auf meine Intuition und vertraue auf meinen Orientierungssinn und auf ganz althergebrachte Landkarten. Aber ich kann sie beim besten Willen nicht dazu überreden, mit mir mitzukommen. Verzweiflung steht ihr ins Gesicht geschrieben.

Klack, klack, klack ... das Wanderstock-Stakkato kommt mir doch bekannt vor. Wie aus dem Nichts taucht plötzlich hinter uns Nora auf, von der ich angenommen hatte, dass sie schon längst am Ziel sei. Wo hat die sich denn herumgetrieben?

„Na ihr zwei", plappert sie fröhlich, „was diskutiert ihr denn aus?"

„Britta mag nicht mehr. Sie weigert sich standhaft, mit mir diesen Pfad hier hinunter zu laufen. Dabei ist das der kürzeste Weg in den Ort. Sie will partout entlang der Straße weiter", erkläre ich.

„Ne, ne Britta! Du kommst jetzt mal ganz brav mit uns mit. Die Abzweigung hier ist schon richtig und der Weg vor allem kürzer. Außerdem geht es angenehm durch den schattigen Wald."

Energisch versucht sie, unsere Mitpilgerin umzustimmen.

„Wir bleiben bei dir und helfen dir. Du schaffst das schon!"

Im Geiste sehe ich uns bereits dabei, Britta über Stock und Stein zu schleppen. Die ist noch immer unschlüssig, aber letztendlich willigt sie doch ein, und gemeinsam machen wir uns an den Abstieg. Auch wenn die Strecke durch die Bäume verwurzelt, steinig und holprig verläuft, so sind wir doch schnell im Tal. Britta atmet hörbar auf, als wir schließlich vor dem Ortschild von *Soto de Luiña* stehen. Gleich in das erste Lokal fallen wir ein wie Verdurstende, die der ausgedorrten Wüste entkommen sind. Das Zischen unserer Radler muss jeder hier wohl laut und deutlich vernommen haben. Und was für ein Hallo, als plötzlich auch noch Emely und Petra vor uns stehen. Trotzdem es hier im Ort eine Pilgerherberge gibt, entscheiden wir drei uns für ein Hotelzimmer. Natürlich hat Nora unterwegs bereits recherchiert und eine entsprechend günstige Unterkunft gefunden. Emely und Petra haben sich bereits in einer anderen Pension einquartiert. Aber sie versprechen, gemeinsam mit uns im Hotel zu Abend zu essen. Es gäbe in unserm Hotel günstige Dreibettzimmer, aber Britta zieht ein Einzelzimmer vor. Also teilen Nora und ich uns ein Doppelzimmer. Inzwischen sind wir darin ein eingespieltes Team. Über die letzten Tage hat sich bei uns beiden mal wieder ordentlich Schmutzwäsche angesammelt, die wir nun im Handwaschbecken bearbeiten. Wenn man nicht gerade in einer Herberge übernachtet, ist das Trocknen der Kleidungsstücke immer so eine Sache. Da es dann häufig an passenden Möglichkeiten fehlt, die nasse Wäsche aufzuhängen, ist Erfindungsreichtum gefragt. So auch jetzt. Über unsere Wanderstöcke, die wir irgendwie über Stühle und Schränke legen, drapieren wir die Wäsche so, dass sie hoffentlich am nächsten Morgen soweit trocken ist, dass wir sie im Rucksack verstauen können.

In einem der Speiseräume gibt es später Abendessen und, nachdem wir uns ausgehfein gemacht haben, setzen wir uns hungrig zu einigen anderen Pilgern an den großen Tisch. Im Schlepptau von Emely und Petra findet sich auch Leander zum Essen ein. Der Mann muss einen eingebauten Motor besitzen, so wie der die Kilometer abspult. Das Pilgermenü erfüllt nur den Sättigungszweck, ansonsten ist es zerkocht und geschmacklich eine Katastrophe. Wir lassen uns davon aber nicht die Laune verderben. Mal wieder gibt es genug, das wir uns gegenseitig erzählen können und über das wir herzhaft lachen. An einem der Nebentische fällt uns ein älterer, sehr auffällig gekleideter spanischer Pilger auf, der ungewöhnlich heftig hofiert wird. Er wird von einer aufgetakelten Frau in ähnlichem Alter, die sich in ihrer „Was-auch-immer-Rolle" sehr wichtig fühlt, begleitet. Wie wir bald erfahren werden, ist dieser Mann ein Berufspilger und „bepilgerte" offensichtlich bereits die ganze Welt. Die schrille Frau neben ihm, eine Reporterin, weicht ihm dabei nicht von der Seite und berichtet über seine Erlebnisse. Auf die Art und Weise kann man also auch sein Geld verdienen und, wie es scheint, nicht schlecht.

Während des Essens berichtet uns Britta von einem Vorfall in der Herberge von *Angelita* in *La Isla*. Da sei doch tatsächlich ein angetrunkener Pilger aus einem der oberen Stockbetten gefallen und hätte sich eine ziemlich übel blutende Wunde am Kopf zugezogen. Zudem wäre er kurzzeitig bewusstlos gewesen. Da sie ja Ärztin sei, hätte sie ihn bis zum Eintreffen des Krankenwagens erstversorgt. Sein Freund hätte nur lakonisch gemeint, bevor er sich umdrehte und weiterschlief, das sei nicht weiter tragisch, der sei nur betrunken, der würde schon wieder aufwachen. Wahrscheinlich war der wohl genauso besoffen und hatte noch nicht mal realisiert, was seinem Kumpel passiert ist. Mich wundert das gar nicht, dass tatsächlich mal jemand aus diesen hohen Betten fällt, vor allem in alkoholisiertem Zustand.

Ausgerechnet heute ist das Halbfinale der Champions League und Barcelona gewinnt. Die anwesenden fußballbegeisterten Einheimischen sind aus diesem Grund komplett außer Rand und Band und der Geräuschpegel steigt ins Unermessliche. Uns weniger fußballbegeisterte Pilger zieht die Müdigkeit allerdings sehr schnell ins Bett. Aber Brittas Zimmer liegt direkt über dem Fernsehraum und der frenetische Lärm hindert sie am Schlafen. Entnervt lässt sie sich kurzerhand ein ruhigeres geben. Leander, der sich in die preisgünstigere Herberge verdrückt hatte, hatte uns zuvor berichtet, dass auch die nervige „Shawn-das-Schaf"-Eva dort übernachtet. Von Alfred hätte er gehört, dass der tatsächlich auf den Camino Primitivo abgebogen wäre. Zumindest ihn sind wir los.

Als ich so im Bett liege und meine Erlebnisse aufschreibe, stelle ich mit einem Mal fest, dass ich mit meiner Zeitrechnung völlig danebenliege. Ständig war ich der Meinung, dass meine Zeit, die mir noch zur Verfügung steht, um nach Santiago zu kommen, knapp wird. Dabei sind es noch ganze sechzehn Tage, die ich habe. Also mehr als genug. Warum hetze ich mich dann so durch die Gegend?

Die Schwierigkeiten, auf die wir stoßen,
wenn wir ein Ziel zu erlangen trachten,
sind der kürzeste Weg zu ihm.
(Khalil Gibran)

Soto de Luiña - Cadavedo - Canero (Tag 20)

Dschungelwege, Zeitgefühl, Lachsfischer aus Santiago

Heute sind es drei Wochen, die ich bereits unterwegs bin. Knapp 600 km habe ich schon zurückgelegt und es kommt mir vor wie eine Ewigkeit. Alles wird so selbstverständlich.
Laufen, essen, schlafen, laufen, essen, schlafen.
Nicht nur mein Rucksack hat inzwischen an Gewicht verloren, sondern meine Hüften ebenfalls. Meine Kleider schlottern, was ich durchaus nicht als unangenehm empfinde. Nach einem gemeinsamen Frühstück brechen wir drei Frauen getrennt auf, um uns in *Cadavedo* am Abend wieder zu treffen. Laut Wetterbericht soll das Wetter in den kommenden Tagen schlechter werden, aber noch ist es trocken und sehr schwül. Die Feuchtigkeit ist enorm und die Luft selbst zum Schneiden zu dick. Eine gefährliche, drückende Gewitterstimmung. Die ersten Schritte fallen mir jeden Tag schwerer und heute ganz besonders. Die linke Ferse ist eine absolute Katastrophe. Wenigstens liegt heute mit nur zwanzig Kilometern eine kurze Etappe vor mir, die allerdings gleich mit einer Steigung auf einer Asphaltstraße beginnt. Wenige Kilometer später entschließe ich mich dazu, nicht auf der eigentlichen Route entlang der Straße zu bleiben, sondern die Strecke, die abseits durch die Wälder verläuft, zu wählen. Auch wenn die tiefen Taleinschnitte, die sich entlang der Küste meerwärts ziehen, ein ständiges Rauf und Runter bedeuten und die Markierungen in dieser wildromantischen Gegend größtenteils fehlen oder kaum zu erkennen sind. Dichtes Gestrüpp überwuchert die Hohlwege und die Äste der Bäume bilden ein grünes, schimmerndes Dach über mir. Das zumindest hat den Vorteil, einigermaßen vor dem inzwischen einsetzenden Regen geschützt zu sein. Ich komme mir vor, als ob ich durch einen verhexten Zauberwald laufe. Kreuz und quer liegen Baumstämme auf dem schmalen Pfad, an dem zierliche Zwergpalmen neben Esskastanien, Kiefern und allen möglichen anderen Bäumen und Sträuchern wie Unkraut gedeihen. An den kleinen, lauschigen Bächen, die sich durch diese Einschnitte schlängeln, wuchern enorme Bambuspflanzen. Solche riesigen Exemplare habe ich bisher noch nirgends in der Natur gesehen. Ein regelrechter Urwald. Ab und an, wenn der Pfad sich wieder bergaufwärts auf die Straße windet, tauche ich aus dieser verwunschenen Welt auf, um in einem der kleinen Orte zu landen. In *Santa Maria* treffe ich unverhofft auf Britta, die aber entlang der

Straße weiterziehen möchte. Ich klettere wieder ins Dickicht der wilden Schluchten. Aber so schön wie es hier ist, es ist anstrengend. Das ständige Auf und Ab über unwegsames Gelände zehrt an meiner Kraft und noch mehr an meinen Fußgelenken. Zudem habe ich momentan keine Ahnung, wo ich mich befinde. Deshalb verlasse ich über einen Hohlweg dieses unwegsame Terrain, um wieder auf die eigentliche Strecke zu gelangen. Dabei komme ich an einem Wiesenrain vorbei, der dicht an dicht mit den orangeroten Blüten der Kapuzinerkresse überwuchert ist, eine grandiose Farbenorgie. Begeistert bleibe ich stehen und knipse mein wohl tausendstes Foto. *Ballota* steht auf dem Ortschild, das ich kurz darauf am Straßenrand entdecke. Na also, die Erde hat mich wieder. Und wie es der Zufall will, sitzt auch hier Britta an einem großen runden Brunnen an der Durchgangsstraße, mal wieder völlig entnervt und mutlos. Sie mag nicht mehr und will für den Rest der heutigen Strecke den Zug nehmen. Der hält in *Ballota* allerdings erst in eineinhalb Stunden. Solange möchte sie nicht bei diesem trüben Nieselwetter hier herumhängen. Deshalb ruft sie ein Taxi und fragt mich, ob ich nicht bis *Cadavedo* mitfahren möchte. Da der Regen mittlerweile stärker wird und die Schmerzen in meinen Gelenken ebenfalls, stimme ich zu … und außerdem ist heute nicht mein bester Tag, was meine Kräfte anbelangt. Inzwischen bin ich zu der Überzeugung gekommen, dass es keine Zufälle gibt, und ich Britta deshalb aus gutem Grund hier wieder angetroffen habe. Kurze Zeit später sitzen wir in einer Bar in *Cadavedo* zusammen mit Nora, die dort auf uns gewartet hat, am Tisch und trinken heißen Kaffee. Am Nebentisch sitzt „Shawn-das-Schaf"-Eva. Wie es so Noras Art ist, hat sie bereits die Lage hier im Ort ausgekundschaftet und erfahren, dass es für uns keine Übernachtungsmöglichkeit zu bieten hat. „Wisst ihr, eigentlich könnten wir gleich mit dem Taxi weiterfahren nach *Canero*. Mir hat jemand gesagt, dass es dort eine super Herberge gibt. Aber zum Laufen habe ich für heute keinen Nerv mehr. Meine Schienbeine schmerzen wie Hölle", und das aus Noras Mund! Da sitzen wir nun, wir Fußkranken, Britta mit ihren Blasen, Nora mit „Schienbein" und ich mit „Ferse". Die nette Chauffeurin von vorhin hatte uns ihre Visitenkarte zugesteckt und einstimmig beschließen wir, sie wieder herzubeordern. Ein Grund mehr für Eva, uns drei vom Nebentisch aus zum wiederholten Male entgeistert anzustarren. Wir grinsen nur. Mit ihren „paar Kilometern" seit *Gijón* ist sie ja noch ein Frischling in unseren Augen.

Die Taxifahrerin muss lachen, als sie uns alle wieder am Straßenrand stehen sieht, meint aber, dass das mit Sicherheit eine gute Entscheidung wäre. Der Weg nach *Canero* sei nicht der beste und es ginge nur entlang der Straße und das Wetter würde eher noch schlechter werden. Das *Hostal Canero,* vor dem sie uns schließlich absetzt, liegt abseits des Ortes in einer Senke direkt an der Hauptstraße. Eine der monströsen Autobahnbrücken spannt sich genau hier über das Tal, in dem der *Ria Esva* in den Atlantik mündet. Zu beiden Seiten seiner Ufer erstrecken sich dichte Waldgebiete. Bei Hitze ganz bestimmt eine kühle Ecke, bei Regen eher trist. Zumindest werden wir in der Herberge herzlich empfangen und bekommen ein Dreibettzimmer, das jeden von uns um fünfzehn Euro erleichtert. Ich staune nicht schlecht, als mich hier mein Koreaner mit der gleiche Gelassenheit und Fröhlichkeit begrüßt wie die Male davor. So langsam taut dieser alte Herr richtig auf. Eine kleine Gruppe galicischer Fischer steht, gut geschützt vor dem Regen, unter einem Vordach am Eingang und unterhält sich angeregt. Sie sind zum Lachse fischen hierher gekommen. Einer sieht mich die Eingangstreppe emporhumpeln: „Hola Chica, wie wäre es, wir nehmen dich morgen im Auto mit nach *Santiago de Compostela?"*
Da kommen die Fischer nämlich her.
„In drei Stunden sind wir dort, dann brauchst du nicht zu Fuß zu laufen." Dabei lacht er über sein braungebranntes Gesicht. Drei Stunden im Auto nach Santiago ... wie verrückt ist das denn! Das klingt so unwirklich. Und wie lange brauchen wir eigentlich dazu? Mit Sicherheit noch mehr als zehn Tage. Wenn man zu Fuß unterwegs ist, dann verändern sich die Distanzen. Man denkt in anderen Zeitabschnitten. Vier bis sechs Kilometer sind etwa eine Stunde zum Gehen. Mit dem Auto fahre ich hundert Kilometer in einer Stunde. Seltsamerweise vermisse ich mein Auto nicht. Im Gegenteil, ich genieße es, nicht auf dieses Fortbewegungsmittel angewiesen zu sein. Es fühlt sich angenehm befreit an.
Nora schmeißt in unserem Zimmer wie immer ihre Besitztümer auf einen Haufen, ich packe auch hier nur das Nötigste aus und Britta, die Akkurate unter uns, hat alles in diversen Beuteln verstaut, die sie vor ihrem Bett ausbreitet. Einer nach dem anderen verschwinden wir unter der Dusche und danach machen wir fußkranken, verrückten Hühner uns tatsächlich noch auf den Weg Richtung Strand anstatt auszuruhen. Als ob wir für heute nicht schon genug hätte. Wenigstens hat es zu regnen aufgehört und wir humpeln, hinken und lahmen auf einem bequemen Fußweg bis

zur Flussmündung. Die grauen, schweren, mit Regen gefüllten Wolken hängen noch immer beängstigend über unseren Köpfen tief am Himmel. Es ist kein Sandstrand, den wir hier vorfinden, sondern es gibt grobe Kieselsteine, die sich zuhauf am Ufer türmen. Britta sucht sich einen bequemen Platz zum Niedersetzen und hockt nach einer Weile ganz in Gedanken versunken im Schneidersitz da. Nora steht bis zu den Knien im Wasser und betrachtet andächtig die kleinen Wellen, wie sie mit rollenden Bewegungen an den Strand branden. Wenn sie sich dann wieder zurückziehen, schleppen sie die Kieselsteine mit sich, die dadurch ein gleichmäßiges Rasseln verursachen. Keiner spricht. Versunken in unsere Gedanken lassen wir diese Stimmung auf uns wirken. Dieser Strand, der rechts und links eingebettet ist zwischen dichten Wäldern und dem Mündungsgebiet des Flusses, hat etwas angenehm Beruhigendes, fast Meditatives nach diesem Tag an sich. Ich sitze da und betrachte die unterschiedlichen Farben, die Maserungen und die Formen der Steine, die vor mir liegen, und kann mich kaum zurückhalten, nicht ein paar davon einzupacken. Wunderschöne Stücke gibt es darunter, wahre Kunstwerke, mit Mustern in den verschiedensten Farbtönen. Erst als ich mit der Zeit zu frösteln beginne, mache ich mich als erste von uns dreien wieder an den Rückweg.

„Du hast doch schon wieder den Bus genommen!", feixt es mir aus dem Fenster unseres Nebenzimmers laut entgegen. Warum wundert mich das nicht? Da reckt doch tatsächlich Leander seinen rotblonden Schopf heraus. Ich steige die Treppe hoch und klopfe an seine Türe.

„Komm nur rein", ertönt es ein wenig müde sofort von drinnen. Mein Pilgerkamerad liegt auf dem Bett und macht einen äußerst angeschlagenen Eindruck.

„Mir geht es überhaupt nicht gut. Meine Schienbeine schmerzen wie der Teufel. Inzwischen kann ich kaum mehr auftreten", dabei verzieht er schmerzhaft sein Gesicht. Die Beine müssen ihn tatsächlich sehr quälen, sonst wäre er schon längst am Strand.

„Da brauchst du dich gar nicht wundern", tadle ich ihn.

„Du rennst jeden Tag mehr als vierzig Kilometer, und das in einem Tempo, als ob ein Tiger hinter dir her wäre. Und außerdem auch noch vor und zurück wie ein kleines Kind. Keinen Strand kannst du auslassen. Du könntest ja etwas verpassen."

Ratlos schaut er aus der Wäsche und hantiert mit seiner Schmerzsalbe.

„Magst du mal ein paar Schmerztabletten von mir haben? Die helfen

zumindest ein wenig", schlage ich ihm vor und, oh Wunder, er nimmt sie dankend an. Da muss der Schmerz wohl wirklich enorm sein.
Auch Emely und Petra treffen unterdessen hier im Hostal ein. Da es erst um halb neun Abendessen gibt, lege ich mich auf mein Bett und versuche ein wenig zu schlafen. Ein Lebenszeichen an zu Hause gibt es heute nicht. Mal wieder sind wir von der digitalen Welt abgeschnitten.
So schlecht wie das Essen gestern Abend zubereitet war, so schmackhaft ist es heute. Ausgelassen sitzen wir am Tisch und langen mit Appetit zu. Dabei haben wir eine Mordsgaudi, uns mit unseren diversen Wehwehchen gegenseitig zu hänseln. Mittlerweile bilden wir mit Britta eine Vierergruppe. Sie ist der ruhende Pol in unserer Mitte. Wie werde ich sie alle vermissen - irgendwann. Leander scheint es tatsächlich sehr schlecht zu gehen. Er ist heute Abend kurz angebunden und verschwindet schnell wieder in sein Zimmer. Kein gutes Zeichen! Auch Britta will ihre Ruhe und legt sich bald ins Bett. Die ewig gut gelaunte und vor Energie sprühende Nora steht vor der Herbergstüre und unterhält sich angeregt mit einem jungen Münchner Pärchen.
„Da ist sie, unsere Ironlady."
Sie lacht das für sie typische breite Lachen und weist mit dem Finger auf mich, als ich vor die Türe trete. Das Paar dreht sich um und schaut mich ganz interessiert an.
„Du bist also die Erika?", fragen sie mich ganz ungläubig.
„Von dir spricht schon der ganze *Camino*. Die deutsche Pilgerin, die humpelnd einen Kilometer nach dem anderen zurücklegt."
Die beiden scheinen von mir ja mächtig beeindruckt zu sein.
„Das kann ich jetzt nicht ganz glauben, dass ich Gesprächsthema sein soll. Da gibt es interessantere Menschen unterwegs als mich. Außerdem haben doch so viele Pilger ähnliche Probleme. Eigentlich doch alle irgendwann", gebe ich froh gelaunt zur Antwort.
„Sag mal", fragt da die junge Frau überrascht. „Wie alt bist du denn? Du hast so eine junge Stimme!"
„Ist ja lustig, das ist nicht das erste Mal, dass ich das höre", stelle ich fest. „Kurz vor dem Loslaufen bin ich 58 geworden. Aber das ist mir meistens nicht bewusst, denn so alt fühle ich mich noch nicht."
Eine Zeitlang stehen wir auf der Terrasse und unterhalten uns angeregt, lachen viel und sind einfach nur mit uns und der Welt zufrieden. Aber allmählich wird es immer kühler und wir beschließen, in unsere Zimmer zu verschwinden. Das Wetter schlägt mehr und mehr um, die Temperatur sinkt zunehmend und unangenehm kalter Regen und Wind setzen ein.

Auch an diesem Abend liege ich wieder einmal in meinem Bett und freue mich trotz meiner Blessuren, diesen Camino laufen zu dürfen. Es ist ein grandioses Erlebnis und jeder Tag birgt neue Erfahrungen. Hin und wieder frage ich mich auch, was mich dieser Weg lehren möchte. Heute kam mir so ein Gedanke. Kann es sein, dass ich loslassen soll, einfach Ballast abwerfen und Verantwortung abgeben? Ich lache in mich hinein, denn Ballast habe ich ja bereits abgeworfen. Zwei Päckchen sind auf dem Weg nach Hause und einige Kilos auf den Hüften sind ebenfalls verschwunden. Und gebe ich nicht auch Verantwortung ab? Mit Begeisterung organisiert Nora die Etappen und sucht die Herbergen aus. Ich lebe einfach in den Tag hinein, mich interessieren weder Uhrzeit noch Kilometer. Kein Radio, kein Fernsehen, keine Nachrichten. Meine Seele atmet auf. Nichts, was zu Hause von Belang ist, ist hier wichtig. Ich wandere, und dabei ist nicht das Ziel das Wichtigste, bedeutsamer ist der Weg dorthin. Ohne diesen Weg, den wir gehen, ist das Ziel nur halb so eindrucksvoll.
Bis Santiago sind es noch etwa 250 km.
NUR noch 250 km!
Ich lasse mich überraschen, was morgen passiert. Ein neuer Tag, ein neues Ziel ... nicht mehr und nicht weniger.

Nur Unterwegs entdeckt man das Gefühl märchenhafter Verwunschenheit.

(Erich Kästner)

Canero - Luarca - Vilapedra

Sturzbäche, Verzweiflung, Nebel, Schwüle und ein Schloss zum Wohnen

Um sieben Uhr werden meine Zimmergenossinnen unruhig, wobei ich bereits seit geraumer Zeit wach auf meinem Bett liege und höre, wie der Regen vor dem Fenster wie aus Kübeln zu Boden prasselt. Das verheißt für heute nichts Gutes. Routiniert packen wir unsere Rucksäcke und sind erstaunlich schnell marschbereit.

Es überrascht mich, dass ich Leander noch am Frühstückstisch sitzen und nachdenklich seinen Kaffee trinken sehe. Ich hätte schwören können, er sei längst auf und davon.

„Guten Morgen, Leander", begrüße ich ihn. „Geht es deinen Schienbeinen heute besser?"

Seinem unglücklichen Gesichtsausdruck nach zu urteilen wohl eher nicht.

„Meinst du nicht, es wäre sinnvoll, mal eine Etappe mit dem Bus zu fahren? Vielleicht müssen sich deine Beine einfach nur erholen".

Davon will er nichts wissen. Das geht gegen seine Ehre.

„Nein, ich laufe!"

Trotzig wirft er mir diese Worte an den Kopf.

„Mit den Stöcken wird das schon irgendwie klappen. Wo treffen wir uns heute Abend? In *Vilapedra*?"

Dieser Dickschädel will einfach nicht vernünftig sein.

„So haben wir es jedenfalls vor. Nora hat bereits etwas zum Übernachten ausgesucht. Wir bleiben wieder über unsere Handys in Kontakt", schlage ich ihm vor. „Wir haben uns überlegt, dass wir bei diesem Mistwetter heute alle entlang der Straße laufen. Alles andere wäre nur eine Schlammschlacht."

Auch Emely und Petra erscheinen abmarschbereit in der Gaststube. Gegenseitig helfen wir uns dabei, in die Regenumhänge zu schlüpfen. Auch das geht nicht ohne lautes Gelächter und Herumalbern ab, denn hier stehen drei Rotkäppchen, nur mit der Statur von *Quasimodo*, dem Glöckner von Notre Dame. Unsere Rucksäcke wirken unter den Ponchos wie unförmige Buckel. Nora hat es da praktischer. Sie muss lediglich ihr Gepäck vor Regen schützen. Ansonsten ist ihre Bekleidung wasserdicht. Und Leander, unser Hightech-Pilger, verschwindet unter einem langen jägergrünen Umhang, der sich bequem von vorne schließen lässt.

Vor der Türe des Hostals nimmt uns die Sintflut in Empfang. Dicke schwere Tropfen klatschen in unsere Gesichter und auf der abschüssigen

Straße schießt uns das Wasser in Sturzbächen entgegen. Wir haben Mühe, den Fontänen auszuweichen, die durch die vorbeifahrenden Autos aufspritzen. Was zu Hause ein tägliches Thema ist, nämlich das Wetter, ist für uns Pilger nebensächlich. Scheint die Sonne, ist es in Ordnung. Regnet es, ist es in Ordnung. Kälte, Hitze, es ist, wie es ist. Wir können nichts daran ändern und nehmen es, wie es kommt.

Bis zu dem kleinen Ort *Barcia* arbeite ich mich in diesem Hundewetter mal auf den Asphaltstraßen, mal auf Schotterpisten vorwärts. Leander ist bestimmt schon wieder über alle Berge, denke ich, denn er ist vor uns allen aufgebrochen. Trotz ihrer Schienbeinschmerzen ist Nora schnell auf und davon, und auch Britta mit ihren von Blasen geplagten Fußsohlen findet ihr eigenes Tempo. Mal wieder tapse ich alleine als Schlusslicht hinterher. Eingemummelt in meinen Regenumhang nehme ich nicht viel wahr von der Landschaft. Das Auf und Ab schlängelt sich durch Waldstücke, Felder und Wiesen. Dazwischen liegen verstreut kleinere Ortschaften. Und dieser ständige Güllegeruch, der mich regelrecht verfolgt und den ich selbst am Abend nicht mehr aus der Nase bekomme! Mit einem Mal taucht Leander hinter mir auf und macht einen sehr gehetzten Eindruck.
„Wo kommst du denn jetzt her?"
Über sein plötzliches Erscheinen bin ich mehr als erstaunt. Wahrscheinlich ist er wieder wie ein kleines Kind durch den Wald gehopst und kam irgendwo nicht weiter.
„In meinem rechten Schienbein habe ich höllische Schmerzen", stöhnt er. „Wenn das so weiter geht, kann ich kaum mehr auftreten."
„Hast du jetzt endlich mal eine Schmerztablette genommen?", will ich wissen.
„Bisher reibe ich die schmerzenden Stellen nur immer mit *Voltaren* ein. Aber das hilft überhaupt nicht."
Das klingt gerade sehr niedergeschmettert.
„Hier, jetzt probiere es mal endlich mit einer Ibuprofen. Es kann nur besser werden", und ich reiche ihm die Tablettenpackung. Tatsächlich bekomme ich ihn soweit, dass er zumindest eine schluckt. Wenigstens in den nächsten Ort sollte er gelangen. Jetzt setzen wir erst mal gemeinsam den Weg fort, bis gegen Mittag die ersten Häuser von *Vilar*, einem vornehmen Vorort von *Luarca*, auftauchen. Elegante Wohnhäuser und Villen säumen die Straßen und schicke, teure Autos stehen davor. Das malerische Städtchen *Luarca,* das hier an der Costa Verde liegt, ein

Abschnitt der nordspanischen Atlantikküste, lebt vom Fischfang und vom Tourismus. Seine Lage ist äußerst imposant. Die weißen Häuser des alten Ortskernes wurden in die steilen Klippen einer S-förmigen Bucht gebaut, an deren Ende ein markanter, rot-weiß gestreifter Leuchtturm thront. Der *Rio Negro*, über den sich angeblich sieben Brücken spannen, schlängelt sich durch die kleine Stadt und verbindet die einzelnen Ortsteile miteinander. Aber da sich das Wetter noch immer nicht bessern will, gesellt sich hier zu dem heftigen Regen noch dicker Nebel, der *Luarca* vollkommen einhüllt und unseren Blicken entzieht. Schade, also keine Postkartensicht über die hübsche Bucht. Stattdessen stapfen wir über durch die Nässe rutschigen Treppen und grobes Kopfsteinpflaster, immer darauf bedacht, nicht auszurutschen, hinab in den alten Stadtkern am Hafen. Und mal wieder spielt der Zufall seine Karten aus. Vor einer Bar stolpern wir über unsere restliche Truppe. Britta, Nora und die beiden Rotkäppchen. Scheinbar sind sie schon vor geraumer Zeit hier angekommen und befinden sich nun bereits im Aufbruch. Dann setzen wir uns eben alleine unter die breite Jalousie, die uns vor der Nässe schützt, löschen unseren Durst und essen eine Kleinigkeit. Unnatürlich still sitzt Leander neben mir und grübelt vor sich hin, um dann mit einer für ihn sicherlich nicht leichten Entscheidung heraus zu platzen.

„Erika, ich bleibe für heute hier in *Luarca*. Meine Schienbeine schmerzen so sehr, jeder Schritt ist eine Qual."

Das muss ja tatsächlich heftig sein, denke ich mir, überlege kurz, ob ich ebenfalls bleibe, entscheide mich dann allerdings fürs Weiterlaufen.

„Wenn du meinst. Ich mag nicht hier übernachten. Mir ist es noch zu früh, und um die Stadt anzusehen, ist das Wetter zu schlecht. Das macht keinen Spaß. Ich laufe lieber weiter und treffe mich in *Vilapedra* mit den Anderen."

Schweigend sitzen wir da, denn das könnte jetzt bedeuten, dass wir uns aus den Augen verlieren.

„Oder soll ich doch mit dir kommen? So alleine hier bleiben macht auch keine Laune, was meinst du?"

Mister Hundertausendvolt ist sich unsicher und hirnt.

„Bis *Vilapedra* sind es noch ein bisschen mehr als zehn Kilometer. Meinst du, du schaffst das?"

Er runzelt die Stirn und überlegt.

„Ach, was soll's, ich komme mit. Die paar Kilometer überstehe ich auch noch. Wir müssen ja nicht rennen."

Na, das sagt ausgerechnet der Richtige!

Der „Camino Real de Santiago", wie der Jakobsweg in *Luarca* heißt, windet sich über steile Gassen und Treppen heraus aus der Bucht. Die Markierung für diesen Abschnitt des Pilgerweges sind hier Metallplatten, die sich auf den Gehwegen befinden. Darauf sind wunderschöne Jakobsmuscheln und der Schriftzug „Camino Real de Santiago" eingraviert. Tatsächlich wird der Wettergott durch irgendetwas milde gestimmt und zeigt ein Einsehen mit uns. Der Regen hört auf, der Nebelschleier über der Bucht lichtet sich. Endlich können wir weit oben über der Stadt von einer Aussichtsplattform aus eine imposante Sicht auf das Hafengebiet erhaschen. Da taucht eine pittoreske Kleinstadt-Idylle am Meer aus dem Nebel auf, mit weißen Häusern, mit vielen Brücken über dem sich schlängelnden Flusslauf, einem Fischerhafen und einem Bilderbuch-Leuchtturm.

Auch wenn es jetzt nicht mehr nass vom Himmel kommt, angenehmer wird es dadurch keineswegs. Es ist genau die Wetterlage, die ich schon zu gut kenne. Die Sonne drückt mit aller Macht hinter den Wolken hervor und die feuchtigkeitsgeschwängerte Luft erschwert uns das Atmen. Innerhalb kürzester Zeit sind unsere Kleider durchgeschwitzt bis auf die Haut und der Schweiß rinnt in Strömen. Schritt für Schritt geht es vorwärts über heißen Asphalt und staubige Feldwege. Die Sonne trocknet den Untergrund schneller als man denken kann. Obwohl alles um uns herum in sattem Grün protzt, die bewaldeten Hügel genauso wie die Wiesen und Äcker, empfinde ich diesen Abschnitt der heutigen Etappe nicht wirklich angenehm. Es ist schlichtweg mühsam zu gehen, denn dieses Wetter gerade ist der Supergau. Ständig müssen Hügel und Täler überwunden werden, und die alles beherrschende Küstenautobahn, die sich auch hier ihren Weg weiterbahnt und sich auf dicken hohen Stützpfeilern über die Täler spannt, befindet sich noch teilweise im Bau. Dieses Monstrum wird kein Freund von mir werden und wirkt noch immer bedrohlich und hässlich und vor allem störend auf mich. In den Orten wie *Carral* und *Hervedosas* treffen wir noch nicht mal auf eine noch so winzige Bar, um unseren Durst zu bekämpfen, und Leander fällt mittlerweile das Laufen zunehmend schwerer. Er schleppt sich auf seinen Stöcken mühsam vorwärts und legt übermäßig viele kurze Pausen ein. Zu meiner Freude funktionieren dafür meine Füße besser als die Tage zuvor. Gleichwohl befinden wir uns beide im Wechselbad der Gefühle und des Wetters. War gerade noch eitel Sonnenschein, prasselt im nächsten Moment starker Regen auf uns herab. Irgendwo finden wir bei einem wieder plötzlich einsetzenden Regenguss Unterschlupf in einer kleinen geöffneten Kapelle in einem winzigen Ort. Zwei uns unbekannte Pilger gesellen sich zu uns. Noch immer hat sich nichts an dem Umstand geändert, dass man hier auf dem *Camino del Norte* tagsüber nur wenigen Pilgern begegnet. Deshalb freut man sich über jeden Gleichgesinnten, den man trifft, umso mehr.

„Erika, warte mal, ich muss mich setzten und die Schuhe wechseln."
Das klingt nicht gut.

„Beide Schienbeine schmerzen unerträglich heftig. Ich kann das kaum mehr aushalten."

Im Grunde sollte Leander jetzt mindestens zwei Tage Pause einlegen, während dessen keinen Schritt mehr laufen und darauf hoffen, dass sich die Entzündung legt. Nur so können sich die Nerven beruhigen. Aber was rede ich da, ich bin ja in einer ähnlichen Situation, wobei ich keine Ahnung habe, was die Ursache für meine Schmerzen ist.

„Setz' dich doch dort auf den Steinklotz, eine Bank werden wir gerade so schnell nicht finden und eine Kneipe auch nicht", schlage ich ihm vor. Dafür gibt es allerdings sehr viele Hunde, die uns umrunden und uns wütend ankläffen.

„Ich schmiere jetzt ordentlich *Voltaren* auf meine Schienbeine und Schmerztabletten nehme ich auch noch und am besten wickle ich noch eine Binde um die Waden."

Oha, der toughe Leander, der doch immer so energiegeladen und kraftstrotzend durch die Gegend hirscht, sitzt wie ein Häuflein Elend am Straßenrand und würde vor lauter Verzweiflung alles schlucken und schmieren, was ihm in die Finger kommt, nur damit die Plagerei aufhört. Der *Camino* bremst viele aus, die zu forsch ihrem Ziel entgegen eilen. Er erteilt uns eine Lektion nach der anderen. Die Langsamkeit entdecken in einer Gesellschaft, in der Zeit Geld ist, das tut vielen von uns gut. Und schnell laufen macht die Strecke nicht kürzer.

Zum wiederholten Male mühen wir uns heute, und im Augenblick wieder bei sengender Hitze, einen Berg hinauf und passieren kurz vor *Vilapedra* die kitschig dekorierte „*Rancho Mendez*". Da hat sich ein spanischer Pilgerfreund mit allerlei absonderlichen Schnickschnack wie Holzschnitzereien und kuriosen Blumenkübeln in und vor seinem Garten ausgetobt. Sogar an lauschige Sitzgelegenheiten aus Holzstämmen dachte der umsichtige Mensch. Wir packen die Gelegenheit beim Schopfe und machen es uns auf einer der gemütlichen Bänke im Schatten bequem. Der Eigentümer werkelt in seinem Garten und nickt uns wohlwollend zu.

Ich will gerade meinen Proviant auspacken, da stoppt mich Leander
unverhofft.

„Lass mal deine Brote im Rucksack. Ich glaube, hier lassen wir das Essen
lieber sein."

„Warum das denn?" frage ich enttäuscht und überrascht.

„Hier sitzt man so gemütlich im Schatten."

„Schau dir mal die Kanister an, die auf dem Nebentisch stehen",
und er zeigt mit den Fingern auf zwei große weiße Kübel, auf denen ein
Totenkopf prangt.

„Da sind Pestizide drin, damit spritzt der doch tatsächlich seinen Garten
gerade!"

Und wirklich, unser netter Gastgeber hantiert fleißig mit einem
Spritzgerät in den Obstbäumen und nebelt die Baumkronen ein. Also
nichts wie zusammenpacken und weiter. Von Unkrautvertilgungsmittel
möchten wir nicht beglückt werden.

Mein Handy fiept.

"Wo seid ihr beiden denn?"

Noras Stimme kräht mir ungeduldig entgegen.

„Ich bin mit Britta bereits in *Vilapedra* und habe die Übernachtung für
uns klar gemacht. Dort, wo wir eigentlich unterkommen wollten, ist noch
geschlossen um diese Jahreszeit. Lasst euch überraschen, was ich
gefunden habe."

Sie klingt ganz aufgeregt und ich bin davon überzeugt, dass sie wieder
etwas Besonderes ausfindig gemacht hat, so geheimnisvoll wie sie tut.

„Kommt einfach direkt in die Bar am Ortsende an der Durchgangsstraße.
Die könnt ihr nicht verfehlen. Wir warten auf euch."

Die Schwüle und die Luftfeuchtigkeit werden durch die Hitze und die
Regengüsse, die sich noch immer abwechseln, zunehmend höher und
drückender. Aber an diese nordspanischen Wetterkapriolen habe ich
mich in den vergangenen Tagen gewöhnt und nehme es einfach stoisch
hin, morgens Sintflut, nachmittags Hitze. Aber nicht gewöhnen kann ich
mich an den quälenden Durst. Der kann so heftig werden, dass man kaum
mehr vorankommt und sich am liebsten in den Straßengraben wirft. Nur
noch wenige Kilometer trennen uns von *Vilapedra* und unserem heutigen
Nachtlager. In wie vielen fremden Betten habe ich seit Beginn meiner
Pilgerreise bereits geschlafen? Wie lange bin ich überhaupt schon
unterwegs? Mein Zeitgefühl ist irgendwo auf der Strecke verloren
gegangen. Morgens aufstehen, Rucksack packen, Stiefel schnüren, das
wird mit den Tagen zur selbstverständlichen Routine …

... laufen, essen, schlafen ...

Das mit Inbrunst herbeigesehnte Ortsschild von *Vilapedra* taucht endlich auf. Die leicht abschüssige Ortsstraße führt am Friedhof vorbei und direkt auf die besagte Bar zu. Auf diesem Friedhof stehen die typischen kleinen Begräbnishäuschen mit ihren spitz zulaufenden, grauen Steinaufbauten auf den Grabsteinen. Sie wirken auf mich immer ein wenig geheimnisvoll, aber wunderschön. Was mir hier ganz besonders auffällt, ist ein Glockenturm, den eine mit türkisfarbenen Mosaiksteinen besetzte Kuppel ziert.

Auf der Terrasse der Bar sitzend, erwarten uns die beiden Frauen. Nora, deren Schienbeine mit Eisbeuteln bepackt sind, platzt fast vor Vorfreude darüber, was wir sagen werden, wenn wir erfahren, welch' tolle Übernachtungsmöglichkeit sie für uns gefunden hat.

„Da seid ihr ja endlich. Ihr werdet staunen, wenn ihr das Haus seht. Ein ganzes Haus für uns alleine. Unsinn, was sage ich, ein kleines Schloss!"

Vor Begeisterung kann sie gar nicht so schnell reden, wie sie möchte. Ein völlig erschöpfter Leander lässt sich erst mal auf einen der Stühle fallen und bittet den Wirt ebenfalls um Eiswürfelbeutel für seine malträtierten Schienbeine. Die bestellte *Clara* stürzen wir gierig hinunter.

„Was kostet denn diese super Übernachtung überhaupt?", will er missmutig wissen.

„Für ein Doppelzimmer mit Frühstück verlangt der Eigentümer fünfundvierzig Euro. Er ist übrigens auch der Wirt der Bar hier. Der Preis ist in Ordnung", schwärmt Nora noch immer.

„Außerdem ist die Herberge im Ort sowieso noch geschlossen und die nächste befindet sich in *Piñera*. Da laufe ich heute nicht mehr hin."

Unser Sparfuchs ist nicht begeistert.

„Ihr wisst ja, ich bin noch ein paar Wochen länger unterwegs als ihr. Da muss ich auf jeden Cent achten. Mir ist das ehrlich gesagt zu teuer. Und das Geld für das Abendessen kommt ja auch noch dazu."

Das glaube ich jetzt nicht, was ich da von ihm höre! Da schleppt sich dieser dämliche Kerl mit Mühe und Not bis hierher, weil er kaum mehr auftreten kann, und jetzt das Rumgeknicke wegen des Geldes? Was geht dem wieder durch den Kopf und wo will er dann schlafen? Auf der Parkbank?

„Wisst ihr was, ich laufe nach *Piñera* zur nächsten Herberge, das sind noch drei Kilometer."

Jetzt verschlägt es mir wirklich die Sprache. Der spinnt doch inzwischen völlig. Der will sich tatsächlich wegen ein paar Euro, die er ein andermal wieder einsparen könnte, in den nächsten Ort quälen?

„Wenn du meinst, Leander, aber das ist vollkommen bescheuert von dir. Bei aller Freundschaft, aber du spinnst gewaltig!"

Mehr fällt mir dazu nicht ein, denn ich kann das jetzt beim besten Willen nicht nachvollziehen.

„Du bekommst doch kaum mehr einen Fuß vor den anderen gesetzt, was soll das also?"

Er bleibt stur. Keine Ahnung, was ihn plagt. Ob es wirklich das Geld ist? Vielleicht will er auch einfach nur seine Ruhe und sich verkriechen. Aber das kann er ja sagen. Jeder von uns würde das verstehen. Keiner zwingt ihn dazu, den Abend mit uns zu verbringen. Er kippt sein Radler hinunter und schleppt sich, wirklich böse humpelnd, in den nächsten Ort davon. Wir Frauen schütteln nur den Kopf, und von Nora fallen die gewohnten Kommentare von wegen Machogehabe und Knauser.

Unser freundlicher Wirt packt uns Mädels mitsamt unseren Rucksäcken in sein Auto und befördert uns den Anstieg hinauf direkt vor unsere Unterkunft. Mir bleibt die Spucke weg! Der Wahnsinn! Und ganz für uns alleine! Eine herrliche, kleine Villa. Ach was sage ich, das ist tatsächlich ein kleines Schloss. Da hat Nora uns nicht zu viel versprochen. Kein Wunder war sie so aufgeregt. Dieses Haus hier gehört zu den „El Indios"- Bauwerken, erklärt sie uns stolz. Die seien von den Spaniern erbaut worden, die als Kolonisatoren nach Kuba, Mexiko und Peru auswanderten und später wieder in die Heimat zurückkehrten. Dort hätten sie dann große Paläste und Villen errichtet. Man hätte diese Heimkehrer "Indianos" genannt. Diese Häuser hatte ich ja bereits in Colombres bewundert und jetzt stehen wir vor solch einem Prachtbau und wagen kaum, die Türe zu öffnen. Ehrfürchtig treten wir ein. Was uns dort erwartet, übertrifft unsere kühnste Vorstellung. Eine angenehme Kühle empfängt uns, trotzdem das Interieur in gemütlich warmen Farben gehalten ist. Geschmackvolle braun-beige Naturtöne dominieren die Einrichtung und alles ist liebevoll dekoriert und, für spanische Verhältnisse ungewöhnlich, nicht mit Kitsch überladen. Sogar auf die Kunstblumen, die hier in den Haushalten nicht wegzudenken sind, wurde verzichtet. Natursteinwände und in hellem Beige gestrichene Wände wechseln sich ab. Wuchtige, aber trotzdem elegante cremefarbene Polstermöbel und die dazu passenden Kommoden, Stühle und Tische sorgen für eine behagliche Stimmung. Vor den Fenstern wurden Vorhänge aus schweren, ebenfalls cremefarbenen Stoffen drapiert. Alles ist blitzblank geputzt, nichts wirkt steril und kühl, sondern so, als ob dieses Haus ständig bewohnt wäre.

Britta beschlagnahmt sofort das Einzelzimmer. Sie ist lieber mit sich alleine. Also teile ich mit Nora wieder ein Doppelzimmer. Ein Traum von einem großen französischen Bett befindet sich darin und darauf, dekorativ verteilt, jede Menge großer und kleiner Kissen.

„Mensch, da ist ja nur eine große Zudecke", stellt meine Bettgenossin entsetzt fest.

„Ich nehme meinen Schlafsack, das wird sonst nichts mit nur einer Decke. Da bin ich viel zu unruhig. Die ziehe ich dir ständig weg".

Ihr breites Lachen zieht sich von einem Ohr zum anderen. Sie ist tatsächlich ein Unruhegeist beim Schlafen. Sie zappelt und wirft sich unentwegt hin und her.

„Mach, wie du das für dich richtig hältst. Für mich ist das kein Problem", antworte ich. „Die Decke ist doch riesig und groß genug für zwei."

Sie ist ganz aufgeregt vor lauter Begeisterung über dieses Haus und bereits dabei, einen Teil ihrer Habseligkeiten wieder auf einen Haufen in eine Ecke des Zimmers zu werfen. Den anderen verteilt sie quer im Raum. Auch dieses ulkige Ritual bin ich zwischenzeitlich gewöhnt.

Nacheinander verschwinden wir unter der heißen Dusche und pflegen uns und die strapazierten Füße danach ausgiebig, denn dieses Prozedere kam in den letzten Tagen einfach zu kurz. Da habe ich mir doch tatsächlich vor einiger Zeit an meinem linken Fuß am „Zeigefinger-Zeh" eine winzig kleine Blase gerieben. Direkt am Ende des Nagelbettes. Jetzt sieht es ganz danach aus, als ob sich der Nagel ablösen wird. Etwas, das ich verschmerzen kann, denn er wird mit der Zeit wieder nachwachsen.

Und dann der Moment, auf den ich mich immer wieder freue! Ausgestreckt auf das weiche Bett fallenlassen und ausruhen! Wieder ein Tag vorüber, gefüllt mit unvergesslichen Empfindungen. Wehmütig stelle ich fest, dass das Ziel immer näher rückt. Vor dem Essen telefoniere ich noch mit Werner zu Hause. Er ist so weit weg von mir, nicht nur durch die große Entfernung, sondern auch durch die Erlebnisse und die vielen Eindrücke, die hier täglich auf mich einprasseln. Und irgendwie scheint er auch nicht ganz meine Begeisterung für dieses Pilgern teilen zu können.

Der Hunger treibt uns Frauen gegen neunzehn Uhr ausgeruht und bestens gelaunt in die Bar von vorhin. Wir sind, wie auch in der kleinen Villa, die einzigen Gäste und die Frau des Wirts zaubert uns höchstpersönlich ein

3-Gänge-Menü auf den Tisch. Was sie uns da serviert, schmeckt vortrefflich, auch der Wein, von dem wir ein wenig zu viel erwischen. Wir schütteln noch immer den Kopf über Leander. Denn auch über die neun Euro, die jeder für sein Menü berappen muss, gibt es keinen Grund zur Klage. Wie eine kleine verschworene Truppe sitzen wir zusammen und halten einen konspirativen Weibertratsch. Er wird lang der Abend, bis wir uns kichernd und schwankend auf den Weg in unser kleines Schloss begeben. Mitternacht ist bereits vorbei, sehr spät für einen Pilger, und todmüde, glücklich, satt und zufrieden fallen wir in unsere Betten, nicht ohne zum wiederholten Male Leander dafür zu bedauern, dass er dieser Nobelunterkunft eine einfache Herberge vorgezogen hat.

Ich bin noch nicht da wo ich hin will!
Aber zum Glück bin ich auch nicht mehr dort wo ich einmal war!
Ich gehe weiter auf meinem Weg
(Quelle unbekannt)

Vilapedra - Tapia de Casariego

Auch Männer kommen an ihre Grenzen, eine Herberge auf den Klippen, Möweninvasion, Tausend-Sterne-Restaurant

Trotz dieses wunderbar bequeme Bettes habe ich diese Nacht nicht die Erholung gefunden, die mir gut getan hätte. Auch Noras Schlafgewohnheiten treffen keine Schuld. In mir steckt einfach eine Unruhe, die mich schlecht träumen lässt. Als gegen halb acht Britta an unsere Türe klopft, schnarcht meine Bettnachbarin noch tief und fest, und ich liege da und sinniere vor mich hin. Wir haben keine Eile. In aller Gemächlichkeit beginnen wir, uns für den Tag fertig zu machen. Auch meine Beine wollten sich nicht über Nacht entspannen und dementsprechend schwer fallen mir heute Morgen die ersten Schritte wieder. Frühstück gibt es in der gestrigen Bar, und wir staunen nicht schlecht, als wir Leander, bereits auf der Terrasse sitzend und die Schienbeine mit Eisbeuteln bepackt, antreffen. Inzwischen leidet er endgültig unter massiven Problemen beim Laufen und hat daher beschlossen, mit dem Zug nach *Tapia de Casariego* zu fahren. Aus diesem Grund musste er heute Morgen schon zu Fuß zurück von *La Piñera* nach *Vilapedra*, denn im Nachbarort gibt es weder Bus noch Bahn und die Zughaltestelle ist nun mal bei uns hier im Ort. Das hätte er bequemer haben können. Auch Nora lässt sich Eisbeutel für ihre Schienbeine bringen, und während des Frühstückens beratschlagen wir Frauen, ob wir laufen oder ebenfalls den Zug nehmen und Leander begleiten. Die Entscheidung fällt eindeutig in Richtung bequemere Variante, da mittlerweile keiner mehr von uns von irgendwelchen Fußproblemen verschont ist. Nach dem Frühstück, zu dem es das beste Brot gibt, das wir bisher auf dem Jakobsweg gegessen haben, zieht unsere kleine Invaliden-Karawane unter mächtigem Herumblödeln los Richtung Bahnhof. Zumindest ist bei keinem von uns der Humor abhandengekommen. Das, was wir schließlich ein Stück außerhalb von *Vilapedra* als „Bahnhof" vorfinden, erinnert uns stark an den Western *„12 Uhr mittags"*. Es fehlen auf der staubigen Straße nur noch die vom Wind getriebenen Dornenbüschel. Dass hier überhaupt ein Zug hält, können wir kaum glauben. Ein ganzes Stück außerhalb des Ortes und umgeben von vertrocknetem brachliegendem Gelände und Dornengestrüpp macht die winzige, mit Graffiti beschmierte Station keinen vertrauenerweckenden Eindruck. Die besagte Bahn, die hier fährt, hält nur zweimal am Tag, einmal am Morgen und einmal am Abend. Ob die Zeitangabe, die uns der Wirt genannt hatte, wirklich korrekt ist? Wir sind skeptisch! Mit einer ähnlichen Situation hatte ich ja schon vor *Llanes* mein Erlebnis. Wie die Hühner auf der Leiter sitzen wir gespannt im Plexiglas-Wartehäuschen auf einer Bank und harren der Dinge, die da kommen. Nach unsicheren zähen Minuten rauscht tatsächlich pünktlich um 10.23 Uhr die Schmalspurbahn wie ein Geisterzug aus dem Nichts daher und stoppt vor uns. Eilig klettern wir hinein, um ja mitgenommen zu werden, und genauso schnell fährt der Zug wieder los und verschwindet im Nichts.

Erleichtert darüber, dass diese Bahn tatsächlich hier gehalten hatte, lassen wir uns auf die gepolsterten Sessel fallen und betrachten stumm die vorbeifliegende Landschaft. Das gleichmäßige Rattern der Schienen macht müde und schläfert ein. Bis nach *Tapia de Casariego* sind es etwa sechzehn Kilometer. Je näher wir wieder dem Atlantik kommen, desto mehr verändert sich die Landschaft um uns herum. Allmählich verlieren sich die Berge, werden seichter und verschwinden ganz. An der kleinen Station von *Tapia de Casariego* verlassen wir die behagliche Bahn und machen lange Gesichter. Auch diese winzige Station befindet sich weit abseits vor den Toren des kleinen Atlantikbadeortes. Vor uns liegen fünf Kilometer unbarmherziger Asphalt und um uns herum herrscht eine lähmende Stille. Nur in den Gräsern und Büschen am Rand der Straße zirpen die Grillen, niemand und nichts ist unterwegs. Wir vier stehen hier im Nirgendwo, reichlich konsterniert, denn die Sonne sticht von einem stahlblauen, wolkenlosen Himmel herab. Es wird uns nichts übrigbleiben, als diese paar Kilometer zu Fuß zurückzulegen. Nora und Britta, die trotz allem noch immer die schnelleren Beine besitzen als Leander und ich, verschwinden langsam als kleine Punkte vor uns in der Ferne. Wir beide haben noch nicht mal einen halben Kilometer zurückgelegt, da höre ich Leander hinter mir klagen:

„Mach mal langsam, Erika, ich kann beim besten Willen nicht mehr."

Ich drehe mich um und stelle fest, dass er kaum mehr auftreten kann und sich mühsam mit Hilfe seiner Stöcke vorwärts schindet. Seine Stimme klingt auf das Äußerste verzweifelt und ich habe den Eindruck, es treibt ihm bereits die Tränen in die Augen. Besorgt überlege ich, wie ich ihm helfen kann.

„Setzt dich einfach an den Straßenrand. Mal sehen, ob es mir gelingt ein Auto anzuhalten. So wird das heute nichts mehr mit dir", versuche ich ihn zu beschwichtigen. Aber das mit dem Auto ist einfacher gesagt als getan. Hier kommt so gut wie keines vorbei. Und die, die hier fahren, halten nicht an. Warum wundert mich das nicht? Soweit ich weiß, ist Autostopp in Spanien nicht erlaubt. Ein Taxi zu rufen, ohne eine Telefonnummer zu wissen, ist ebenfalls Wunschdenken. Man könnte das ja googeln, nur hier habe ich blöderweise keine Netzverbindung. Es bleibt uns nichts anderes übrig, als auf eine göttliche Fügung zu warten. Und die erscheint tatsächlich in Gestalt eines Radfahrers, der auch sofort bereit ist, nach einem Taxi zu telefonieren. Na bitte, es geht doch! Leander, der auf dem Seitenstreifen hinter mir im Gras sitzt, höre ich erleichtert aufatmen. Wenig später hält ein Auto neben uns und ein überaus freundlicher, junger Fahrer sammelt uns ein und bringt uns direkt bis vor die Türe der städtischen Pilgerherberge. Allerdings nicht ohne uns während der Fahrt davon überzeugen zu wollen, doch ein Zimmer in einer von ihm empfohlenen Pension zu nehmen. Mit Sicherheit gehört diese Pension einem Familienmitglied von ihm.

„Wisst ihr, direkt an der Herberge wird mit Baggern und Traktoren gearbeitet. Da hat es beim letzten Unwetter einen Erdrutsch gegeben und ein Teil der Klippe ist eingestürzt."

Damit versucht er uns umzustimmen. Wir zwei wollen uns allerdings nicht überreden lassen, schließlich warten Nora und Britta dort auf uns.

„Wenn sie uns nicht zusagt, dann könnten wir uns ja noch immer anders entscheiden", wiegle ich seinen Vorschlag ab.

Das kleine unscheinbare, zweistöckige Haus, vor dem das Taxi am Ende hält, steht auf einer Klippe direkt oberhalb des Atlantiks, umgeben von ein bisschen Wiese. An sich ein romantisches Plätzchen am Ortsende von *Tapia de Casariego*. Dort, wo unterhalb das Meer sein sollte, herrscht schon wieder Ebbe. Schroffe, zum Teil nadelspitze, braune, ausgewaschene Felsen ragen aus dem Boden und erinnern mich an eine karstige Mondlandschaft. Die Bagger, die direkt nebenan dabei sind, den abgerutschten Hang zu befestigen, stören nicht im Geringsten. Abends hören sie ja auf zu arbeiten und morgens verlassen wir Wanderer sehr früh das Haus. Mit uns stehen noch vier weitere Pilger vor der verschlossenen Türe, denn den Schlüssel dafür muss man sich auf dem Tourismusbüro holen. Leander und ich sind froh darüber, dass sich zwei von ihnen auf den Weg machen, um das zu erledigen. Derweilen genießen wir auf einer Bank vor der Herberge die Ruhe und den imposanten Blick auf den Atlantik und atmen tief die salzige Meeresluft ein.

Im ebenerdigen Geschoß des kleinen Hauses reihen sich fünf Stockbetten aneinander und wir beide belegen für unsere Vierergruppe vorsorglich die ersten beiden direkt an der Türe. Kurze Zeit später trudeln dann auch schon Nora und Britta ein und ein wenig nach ihnen schließlich noch Emely und Petra. Wir bereiten unsere Betten für die Nacht vor und dösen anschließend im Schatten auf der Wiese vor uns hin, um uns später dann am Nachmittag auf den Weg in den kleinen Fischerort zu machen. Der Großteil der Häuser hier ist ebenso strahlend weiß gekalkt wie die in *Luarca*. Aber hier in *Tapia de Casariego* machen es sich überall schreiende Möwen bequem, auf den Kaminen, den Fenstersimsen, auf den Terrassen und Balkonen, ja selbst in den offenen Fenstern. Hitchcocks „*Die Vögel*" lässt grüßen. Wenn man das Geklecksle hier im Ort sieht, dann ist das eine ganze Möwen-Armada, die diese Gegend unter Beschuss nimmt. Ich muss direkt befürchten, während des Gehens von einer Möwe mit Kot beschissen zu werden.

Außer vom Fischfang, der winzige Hafen befindet sich mitten im Zentrum, lebt die Bevölkerung hier hauptsächlich vom Tourismus. Denn durch die Nähe des Golfstromes herrscht ein nahezu mediterranes Klima. Mich begeistert dieser kleine Ort und seine Strände, die von Felsen umrahmt werden. Ein wahrer Traum! Sogar ein großes Meerwasserschwimmbecken wurde in die Klippen gehauen. Das ist eine interessante Konstruktion, denn durch die natürlichen Gezeiten wird das Becken gefüllt und gelehrt. So findet ein permanenter Wasseraustausch statt. Eine bequeme Uferpromenade entlang der wilden Steilküste verbindet den Ort und die unterschiedlichsten Strände miteinander. Schäumende Wellen brechen sich an den langen Hafenmolen und den Klippen und die Brandung spritzt weit in die Höhe. Es ist immer wieder faszinierend zu beobachten, wie das Wasser im Licht der Sonne seine azurblaue Farbe verändert und sich in der Gischt kleine Regenbogen bilden.

Zwischenzeitlich hat sich Leander zu einen der schönen Sandstränge verabschiedet. Das ist schon etwas Merkwürdiges mit diesem Mann. Die Schmerzen können noch so groß sein, sobald er das Meer nur wittert, ist er auf und davon. Uns drei Frauen treibt es in eine Bar am winzigen Fischerhafen und wir entdecken einen gemütlichen Platz in der Sonne. Zu unserem bestellten Wein gibt es außer Oliven nichts mehr zu essen. Für das Mittagessen sind wir zu spät und für das Abendessen zu früh. Dumm nur, dass unsere Mägen beängstigend knurren. Nora, die ihre Schienbeine wieder mit Eisbeutel kühlt, lümmelt burschikos und munter schnatternd auf einem Stuhl. Unser Plappermaul merkt wieder mal nicht, dass wir zwei gerne die Ruhe und das malerische Fleckchen genießen möchten. Sie hat sich in ihr ausgesprochenes Lieblingsthema, die Männer im Allgemeinen und Leander im Besonderen, verbissen und dabei ist ihre Ausdrucksweise nicht zuvorkommend. Jeder hat so sein Päckchen geschnürt und schleppt es mit sich. Britta, die Bedächtige und Ruhige unter uns dreien, sitzt dann immer nur da, hört sich Noras Kommentare geduldig an und gibt hin und wieder eine knappe, aber treffende Antwort dazu. Selbst erzählt sie sehr wenig aus ihrem Leben. Die Arme! Noch immer wird sie von Blasen der übelsten Sorte gepeinigt. Irgendwie wollen diese Plagegeister nicht verschwinden. Und das, obwohl sie sie mehrmals täglich vorbildlich verarztet und am Ende des Tages nur noch in Badeschlappen durch die Gegend läuft. Über meine Ferse und den Fußgelenken mache ich mir mittlerweile keine Gedanken mehr. Es ist wie es ist, ich habe mich damit arrangiert. Ist der morgendliche Anlaufschmerz vorüber, geht es ganz prima durch den Tag. Was ich im Augenblick brauche, ist Stille, einfach ein wenig Zeit zum Abschalten ohne die Anderen und ohne die Bemerkungen von Nora. Ich bezahle und schlendere nochmals alleine den Fußweg an der Steilküste entlang. Gedankenversunken stehe ich da und starre auf den flirrenden Horizont, dorthin, wo nur noch ein tiefblauer Strich das Wasser vom Himmel trennt. Morgen erreiche ich Galicien, nur noch fünfzehn Kilometer trennen mich von dieser Provinz. Die Zeit verfliegt und das Ende der Pilgerreise rückt unaufhörlich näher. Soll ich mich darüber freuen oder bin ich deshalb eher traurig?

Müdigkeit macht sich breit. Auch meine Gelenke melden sich unangenehm zurück, es wird Zeit, in die Herberge zurückzukehren. Inzwischen umspült dort die aufkommende Flut die hoch aufragenden Felsen tief unter dem Häuschen und die Wellen lecken gierig an den Klippen empor.

Auf meiner Matratze ausgestreckt, versuche ich zu schlafen. Aber kurze Zeit später öffnet sich die Türe und Leander taucht auf. Er sieht mich auf meinem Bett liegen, beugt sich zu mir herunter und flüstert:

„Wie geht es dir, Erika? Haben sich deine Gelenke ein wenig erholt?"

Wichtiger ist doch, wie es seinen Schmerzen gerade geht.

„Ich bin mehr als drei Stunden alleine an einem Strand gelegen. Das war richtig herrlich. Einkaufen war ich auch noch. Meine Schienbeine machen allerdings noch immer Probleme."

„Na, das kann ich mir denken, dass die noch schmerzen. Das geht nicht so von jetzt auf nachher weg. Du brauchst da schon ein bisschen Geduld. Eigentlich solltest du einen Tag Pause machen und keinen Schritt laufen."

Für einen Mann, der vor nicht allzu langer Zeit fast geheult hätte vor Schmerzen, ist er schon wieder sehr rege unterwegs.

„Mal abwarten, wie das morgen aussieht", meint er zuversichtlich.

„Ich trage mal das Essen raus, dass ich für uns eingekauft habe. Stangenbrot, Tomaten, Oliven, Käse, Thunfisch, Wein. Eine Küche gibt es hier nicht, deshalb essen wir kalt."

Leander ist ein Schatz, hat er doch tatsächlich auch noch das Einkaufen erledigt, an das ich noch nicht einmal gedacht hatte. Gemeinsam setzen wir uns wenig später an den imposanten Steintisch im Garten, der wegen seines Aussehens durchaus aus dem kleinen Dorf von Asterix und Obelix stammen könnte. Kann es etwas Schöneres geben, als direkt am Atlantik unter freiem Himmel zu Abend zu essen? Auch heute speisen wir zum wiederholten Male in einem schicken Tausendsterne-Restaurant, wenngleich auch ohne weiße Tischdecke, Stoffservietten und Kellner. Denn so langsam beginnt es zu funkeln und zu blinken am Abendhimmel und Myriaden von winzigen Himmelslichtern entzünden sich am Firmament. Als ob Irgendjemand gerade dort oben sein eigenes privates Feuerwerk entzündet. Völlig hingerissen betrachte ich dieses inzwischen unendlich tiefdunkle Universum. Unsere Nächte in den Städten sind verschmutzt durch andauernde Lichtquellen. Wir leben nicht mehr im Rhythmus von Tag und Nacht, von hell und dunkel. Ewig könnte ich hier sitzen und diesen Himmel betrachten. Warum ziehen uns kleine Erdenmenschen diese leuchtenden Himmelskörper so magisch an? Bei nüchterner Betrachtung sind es doch nur kahle graue Gesteinsbrocken, die vom Sonnenlicht angestrahlt werden, und doch sind sie durch diese unbegreifliche Entfernung wunderschön und geheimnisvoll für uns.

Der Rest der ebenfalls hier übernachtenden Pilger trudelt allmählich ein und steuert noch mehr Leckereien zu diesem gemeinsamen Dinner bei. Wir sind eine große Runde heute, Nora, Britta, Emely, Petra, dazu eine junge Stuttgarterin, und Gerti und Ann-Marie, beide Anfang Fünfzig. Zwei rustikale Österreicherinnen aus Klagenfurt im besten Alter. Gerti schäkert ziemlich auffällig mit Leander und der scheint das sichtlich zu genießen. Das wiederum gießt bei Nora Öl ins Feuer. Dieses Gebaren wird von ihr sehr argwöhnisch beobachtet und gibt ihr wiederholt Anlass dazu, über unseren „Caminogockel" zu lästern. Warum werde ich das Gefühl nicht los, dass sie ein Auge auf ihn geworfen hat? Auch wenn sie das vehement bestreitet? Der Rotwein, der bei diesem Gelage nicht fehlen darf, sorgt dafür, dass es mit der Zeit in der Runde lustiger und lauter wird. Als einziger Mann am Tisch unter lauter Frauen dreht Leander ordentlich auf und wird seiner Rolle als Hahn im Korb mehr als gerecht. Dabei vergisst er offensichtlich vollkommen seine schmerzenden Beine. Es ist bereits nach zweiundzwanzig Uhr und ich kann vor Müdigkeit kaum mehr die Augen offenhalten. Meine Gedanken wollen nicht mehr, mein Kopf braucht Ruhe. Auch Britta kann sich nicht mehr länger wachhalten und wir verabschieden uns in unsere Schlafsäcke. Drinnen hören wir noch, wie die anderen draußen lauthals „Halleluja" singen, und das in allen möglichen Variationen. Wenigstens sind wir hier so weit vom Ort entfernt, dass niemand dadurch gestört wird. Wahrscheinlich steht diese kleine Herberge nicht ohne Grund so weit abseits.

„Erika, komm' doch noch mit an den Strand", säuselt mir plötzlich ein beschwipster Leander ins Ohr. Jetzt war ich gerade eingeschlafen. „Komm, sei kein Spielverderber. Wir trinken dort noch den restlichen Wein."
Blödmann, denke ich bei mir, ich bin müde, lass mich schlafen. „Was ist eigentlich mit deinen schmerzenden Beinen?", will ich gereizt von ihm wissen. „Da schleppe ich dich mit Mühe hierher und jetzt hampelst du die ganze Nacht irgendwo herum!"
Ich bin sauer.
„Lass mich jetzt in Ruhe weiterschlafen und verschwinde!"
Er lässt nicht locker.
„Jetzt gib dir doch einen Ruck und komm' mit. Das wird ein Heidenspaß."
„Hör jetzt auf und lass mich schlafen. Ich will morgen laufen. Wie das mit dir aussieht, weiß ich ja nicht", und ziehe mir meinen Schlafsack über den Kopf. Endlich trollt er sich mit den beiden Klagenfurterinnen sowie Emely und Petra davon. In denen hat er ein paar willige und begeisterte Opfer gefunden und ich kuschle mich wieder in meinen Kokon und träume weiter. Endlich Ruhe im Raum. Die währt allerdings nur so lange, bis sich irgendwann jemand vergeblich bemüht, die Herbergstüre leise zu öffnen. Das war ja zu erwarten! Es ist weit nach Mitternacht und ein mittlerweile deutlich alkoholisierter Leander schwankt herein, sein weibliches Gefolge, das sich ebenfalls lautstark bemüht, leise zu sein, im Schlepptau. Er weiß nichts Besseres, als mir

mit seiner Stirnlampe ins Gesicht zu funzeln. Wenn er so dasteht wie ein kleiner Junge und über beide Ohren grinst, kann man ihm kaum böse sein. Und so schlecht kann es seinen Beinen auch nicht mehr gehen. Jetzt kniet er sich auch noch an mein Bett, drückt mir ein paar Küsse ins Gesicht und hört nicht auf, mich mit seiner Lampe zu blenden. Na danke doch, jetzt bin ich endgültig wach.

„Mir geht es so richtig gut. Das war so geil am Strand, und der Sternenhimmel erst! Da hast du etwas verpasst! Wir haben wohl ein bisschen zu viel Wein getrunken. Schlaf gut, Erika, gute Nacht, bis morgen früh."

Er strahlt mich an und ich bekomme gleich noch einen Kuss auf die Backe gedrückt.

„Du Hornochse, verschwinde endlich in deine Koje und sei ruhig." Für jemanden, der heute Morgen noch fast geweint hatte vor Schmerzen, ist er ganz schön fidel beieinander.

Was man nicht erfliegen kann,
muss man erhinken.
Viel besser ist hinken als völlig zu sinken ☺
(Al-Hariri, irakischer Dichter 1054-1122)

Tapia de Casariego - Ribadeo

Schwindelerregende Grenze, Kaffeeklatsch im Waschsalon,
rote Nelke und Pulpo

Leuchtende Sonnenstrahlen blinzeln in unseren Raum und kitzeln mich aus dem Schlaf. Es ist kurz nach sechs Uhr und alles ist noch ruhig, kein Wunder bei dem Tumult heute Nacht. Leise schleiche ich mich zum Duschen. Ein seltenes Vergnügen morgens in einer Herberge, denn normalerweise steht man auf, packt und zieht los. Als ich zu meinem Bett zurückkehre, kommt Britta gerade langsam zu sich. Nora schnarcht noch immer. Und Leander?

Irgendwann sind alle wach und ein geschäftiges Rascheln klingt durch den Raum. Die nächtliche Exkursion war für unseren Sonnyboy alles andere als förderlich für seine Probleme, was zu erwarten war. Seine Beine versagen endgültig ihren Dienst. Laufen ist für heute gestrichen und daher beschließt er schweren Herzens, noch einen Tag hier in der Herberge zu bleiben. Normalerweise ist es nicht gestattet, in einer städtischen Pilgerunterkunft mehr als eine Nacht zu verbringen, es sei denn, man ist krank oder verletzt. Da gelten andere Regelungen und man kann solange bleiben, bis man fit genug ist zum Weitergehen. Aber wer weiß, was bei diesem Mann den Dienst versagt? Mit Sicherheit auch der Kopf. Bei dem Weinkonsum heute Nacht. Also ziehen wir drei Frauen alleine los und lassen erneut ein Schaf aus der Herde krank zurück. Irgendwo wird er schon wieder zu uns stoßen.

Der Morgen ist noch sehr frisch, aber ein leuchtend blauer Himmel wölbt sich bereits über die kleine Stadt und die Morgensonne lässt die Häuser noch weißer erstrahlen. Entlang der westlichen Strände von *Tapia de Casariega* verabschieden wir uns von diesem Ort, für mich einer der schönsten hier an der asturischen Küste. Nachdem wir den örtlichen Fußballplatz und einen Campingplatz passieren, verschlucken mich die mit Schilfgräsern und allerlei Gestrüpp und Farnen überwucherten Wanderwege regelrecht, so hoch gewachsen sind diese Pflanzen. Was für Nora wieder ein Grund zum Witzereißen ist und sie gleichzeitig zu lautstarken Lachsalven animiert. Es wäre einfach zu komisch, wie ich kleiner Zwerg mich mit einem großen roten Rucksack auf dem Rücken durch das Gestrüpp pusseln würde.

Im Wechsel zwischen sandigen Pfaden, Betonpisten und Asphalt zieht sich der *Senda Costera*, wie dieser Küstenweg hier genannt wird, entlang der kleinen Sandbuchten und Strände, aber hauptsächlich durch ausgedehnte Wiesen, Felder und winzige verstreute Dörfern. Die letzten Hügel verschwinden weit hinter uns in der Ferne und somit verläuft die heutige, im Grunde recht kurze Strecke, gemütlich flach entlang der Küste. Durch einen kühlen Wind, der uns mittlerweile ungestüm ins Gesicht bläst, legen wir Kilometer um Kilometer zurück. Das Laufen macht mir gerade kaum Probleme, dafür aber Nora umso mehr. Ihre Schienbeine peinigen sie immer heftiger. Im Grunde plagt sie sich mit genau demselben Problem herum wie Leander. In einer Bar an der ausgedehnten, sehr flachen und malerischen *Playa de Peñarouda* gibt es deshalb eine längere Rast. Jetzt bin ich diejenige, die die Eisbeutel für Nora besorgt, damit sie ihre Schmerzen beruhigen kann. So selten kommt so etwas wohl nicht vor, denn der Wirt weiß auch hier sofort, was ich von ihm möchte. Britta verarztet sich mit Blasenpflaster, Desinfektionsmittel und Wattebäuschen ganz so, wie es sich für Frau Doktor geziemt.

Mit einem „Hallo Mädels" steigen die beiden Klagenfurterinnen die Treppen zur kleinen Terrasse herauf.

„Weit seid ihr aber noch nicht gekommen", frotzeln sie.

„Na, ihr ja ebenfalls nicht. Wahrscheinlich habt ihr heute Nacht alle zu tief in die Gläser geschaut", kontern wir keck.

„Mit einem Brummschädel laufen ist eben heftig!"

Alles bricht in Gelächter aus.

„Wir sind ja drei Fußkranke. Da darf man schon mal einen gemächlicheren Gang einlegen. Wenigstens haben wir gleich den Arzt mit dabei", antwortet Nora schlagfertig und grinst vielsagend in Richtung Britta, um damit für eine weitere Belustigung zu sorgen. Ab hier beschließen wir fünf Frauen, die letzte Strecke nach *Ribadeo* gemeinsam zu bestreiten. Das kann was werden! Wahrscheinlich kommen wir vor lauter Albernheiten kaum vom Fleck. Ein Gutes hat es allerdings. Die lästige Gedankenmühle in meinem Kopf hört wenigstens für ein paar Stunden auf, mich zu bearbeiten.

Ribadeo rückt näher und näher und damit auch das gelobte Land *Galicien*. Recht früh am Nachmittag erreichen wir die Mündung des *Rio Eo*. Über ihn spannt sich in schwindelerregender Höhe eine lange Brücke, die die asturische Seite mit der galicischen verbindet. Beim Überqueren wird mir beim Blick in die Tiefe verdächtig flau in der Magengegend, und meine Knie mögen diese Tiefe auch nicht wirklich. Einigen anderen scheint es ebenso zu ergehen, denn sie versuchen genau wie ich, zügig das andere Ufer zu erreichen und dabei wenig in die Tiefe zu schauen. Auf der anderen Seite angekommen, biegen wir von der Hauptstraße ab in Richtung Ortsmitte, da wir nicht in der in unmittelbarer Nähe der Brücke liegenden Herberge übernachten möchten, sondern eher im Zentrum von *Ribadeo*. Die beiden Österreicherinnen sind aus Zeitmangel gezwungen, ihre Pilgerreise hier zu beenden und wollen noch am selben Tag mit dem Bus nach *Muxia*, einem kleinen Fischerörtchen, das sich 30 km hinter *Finisterra* befindet, reisen. Also traben wir gemeinsam zum kleinen Terminal und erkundigen uns nach der Abfahrtszeit. Nach *Muxia* fährt von hier kein Bus, aber dafür um fünfzehn Minuten vor sieben einer nach *Santiago de Compostela*. Die beiden werden heute Abend schon am Ziel unserer Sehnsüchte sein. Nicht zu fassen, so nahe ist diese Stadt, und doch noch so weit für uns Fußgänger entfernt. Es ist gerade mal zwei Uhr mittags und Hunger macht sich bemerkbar. Gemeinsam machen wir uns auf die Suche nach einem „Italiener". Alle haben wir Heißhunger auf Pasta oder Pizza. Aber da kommt uns in der Innenstadt der bunte Wochenmarkt in die Quere. Und wie wir Frauen nun einmal sind nach wochenlanger Abstinenz, dieser Markt mit seinen bunten Ständen muss einfach erkundet werden. Vielleicht bekomme ich hier endlich eine Hut, den ich schon so lange vergeblich in den Strandorten suche. Und tatsächlich werde ich fündig. Gleich einer der ersten Stände ist vollgepackt mit unzähligen Modellen. Unter der Mithilfe meiner Begleiterinnen und nicht ohne deren fachkundigen Kommentaren und einem neckischen Gelächter entscheide ich mich für einen kleinen Strohhut mit einem mit kleinen Stofffröschen verzierten Band. Meine Gefährtinnen haben danach genug vom Marktbummel und verziehen sich schon mal in die Pizzeria, die wir entdeckt hatten. Also schlendere ich alleine weiter durch die bunten Reihen, bis mich der frische Duft großer herrlicher Nelken an einem der Stände lockt. Ich liebe Nelkenduft, er strahlt so etwas Klares und Reines aus.

„Hola Señor, was kostet eine Nelke bitte?", frage ich den Standinhaber. Der schaut mich an und lacht: „Für dich nichts, *Peregrina*. Hier, die schenke ich dir und viel Glück auf deinem Weg!"

Er zieht eine große leuchtendrote Blüte aus dem Kübel und reicht sie mir. Freudig bedanke ich mich bei ihm, schnuppere begeistert an der prallen Blüte und sauge ihren frischen Duft tief ein.

„Das ist ja mal wieder bezeichnend für dich. Jetzt bekommst du auch noch Blumen geschenkt", feixt Nora und setzt mal wieder ihr typisches Grinsen auf, als ich kurze Zeit später in der Pizzeria aufkreuze. Die Nelke findet ihren Platz an meinen Hut und ihr frischer Duft weht mir später beim Laufen immer wieder um die Nase. Zwischenzeitlich hat Britta uns ein günstiges Dreibettzimmer in einem Hostal gebucht. Also wäre auch diese Frage gelöst. Nach dem Essen verabschieden wir die beiden Klagenfurterinnen Gerti und Ann-Marie. Wenn wir heute Abend in unseren Betten liegen, werden beide bereits in *Santiago* sein.

Nach einer ausgiebigen Dusche nutzen Nora und ich die Gelegenheit und marschieren mit unserer Schmutzwäsche los, um den Waschsalon zu suchen, den wir bei unserer Ankunft in *Ribadeo* entdeckt hatten. Keine von uns beiden hat bisher jemals in einem Waschsalon seine Wäsche gewaschen und schon auf dem Weg dorthin kommen wir aus dem Gelächter nicht heraus. Kurz darauf stehen wir vor den riesigen Ungetümen der Waschmaschinen und kämpfen uns mühsam durch die spanische Bedienungsanleitung. Natürlich nicht, ohne über alles gebührend loszuprusten. Geschafft! Die Wäsche dreht sich in der Trommel und wir sitzen auf den Stühlen davor und starren gebannt auf das große Bullaugenfenster.

„Nora, ich schau mal schnell um die Ecke, ob ich nicht irgendwo einen Kaffee auftreiben kann. Das dauert hier ja noch eine Weile und so auf dem Trockenen zu sitzen, ist ja oberblöd. Und außerdem, das muss doch fotografiert werden, so wie wir hier sitzen. Ich quatsche jetzt den Erstbesten an, der mir auf der Straße begegnet, der muss uns knipsen", bemerke ich nach einiger Zeit. Sie gluckst vor Lachen: „Das kannst du nicht machen. Das ist doch peinlich."

„Klar mache ich das. Außerdem mach dir mal keinen Kopf, uns kennt hier ja niemand. Und wir Pilger sind doch eh alle ein wenig gaga", grinse ich und hinke auf die Straße. Mir läuft auch gleich ein Opfer in die Arme, ein adrett gekleideter älterer Herr in Anzug und Krawatte.

„Señor, kommen sie bitte mit in den Waschsalon und machen ein Foto von meiner Freundin und mir?"

Der Spanier schaut mich ziemlich verständnislos an, versteht erst nicht, was ich möchte. Also erkläre ich es ihm nochmals und tatsächlich begleitet er mich daraufhin. Beide betreten wir den Waschsalon, was zur Folge hat, dass Nora wieder in laute polternde Lachsalven ausbricht. Wahrscheinlich denkt dieser nette Mensch jetzt wirklich, wir seien vollkommen meschugge. Na wenn schon, man muss auch Spaß haben im Leben. Die Fotos sehen dann allerdings auch dementsprechend schräg aus. Artig bedanken wir uns anschließend bei diesem liebenswürdigen

Herren und sitzen kurze Zeit später mit Kaffee versorgt brav da und warten, bis unsere Wäsche gewaschen und getrocknet ist.

In Galicien wird Krake gegessen, *Pulpo*. Und wir drei Frauen beschließen, gemeinsam am Abend in ein Restaurant, in dem ausschließlich diese Spezialität angeboten wird, in eine *Pulpería* zu gehen. Davor gehe ich einer lieb gewonnen Gewohnheit nach und statte der kleinen Kirche, die in unserer Straße steht, einen Besuch ab. Jedes Mal, wenn ich ein Gotteshaus betrete und den balsamischen Duft des Weihrauches rieche, ist es, als ob ich für eine kurze Zeit in eine andere, friedlichere Welt eintauche. Meine Gedanken kommen zur Ruhe, denn der Trubel der belebten Straßen bleibt draußen vor der geschlossenen Türe.

Noch ist das Lokal nicht geöffnet, aber bereits jetzt wartet eine beachtliche Menschentraube davor. Dem Anschein nach ist diese *Pulpería* sehr beliebt und dementsprechend sind die Plätze rar.

Ich bin ein wenig skeptisch, was mich erwartet. Auf meinem ersten Camino habe ich in *Melide* schon einmal davon probiert und mir danach geschworen, nie wieder Krake zu essen. Die festen, weißen, kleinen Stückchen Fleisch, die von einer gallertartigen Schicht umgeben waren und in scharfer roter Tomatensauce schwammen, lösten bei mir puren Widerwillen und Ekel aus. Aber alles verdient eine zweite Chance und wenn so davon geschwärmt wird, dann muss das doch einen Grund haben.

In einer Ecke des nicht sehr geräumigen Restaurants bekommen wir Frauen einen Tisch zugewiesen. Neben *Pulpo* bestellen wir uns sicherheitshalber auch noch Tintenfischkringel, *Chipriones*, Pellkartoffel und Knoblauchsauce. In mundgerechte Stückchen geschnitten und mit rotem Paprikapulver bestäubt, bekommen wir die *Krake* auf einem runden Holzbrettchen serviert. Und, oh Freude, ohne diese unappetitliche schwabbelige Gallertmasse, nur festes weißes Fleisch. Den Weißwein reicht man uns in weißen Tonkrügen, der ebenfalls aus weißen kleinen Tonschälchen, ähnlich der *Sake-Schalen* in Japan, getrunken wird. Alles schmeckt wunderbar lecker und wir bekommen nicht genug davon. Diese zweite Chance, die ich dem *Pulpo* gegeben habe, hat sich gelohnt, und ich werde ihn mit Sicherheit noch öfter genießen.

Der kurzweilige Abend verfliegt schnell und auch heute liegen wir brav um zweiundzwanzig Uhr in den Betten, obwohl Nora gerne in ihren Geburtstag hinein gefeiert hätte. Morgen wird sie 47 Jahre, aber an

Hineinfeiern ist überhaupt nicht zu denken, so müde sind wir, wohl auch wegen des vielen Weißweins zum Abendessen.

Ribadeo, die kleine Stadt am äußeren Zipfel von Galicien, hatte nach ihren Bauwerken zu urteilen wohl einstmals adelige und wohlhabende Bewohner. Der *Porcillán*-Hafen, der an der Atlantikmündung des *Ría Eo* liegt, wurde bereits in der Römerzeit gegründet. Auch in diesem Ort findet man ein bedeutendes Jungendstilhaus, das Stammhaus der Brüder Moreno. Wenn man die nötige Zeit dazu hat, lohnt es wohl, sich auch den Strand *As Catedrais* nicht entgehen zu lassen. Er soll einer der schönsten Strände von Galicien sein, denn seine natürlichen Felsenbögen erinnern an Kathedralen, die ihr Aussehen mit Ebbe und Flut verändern. Aber für mich heißt es morgen, weiterziehen Richtung Santiago. Wieder einmal bin ich es, der zu Hause anruft, um mit Werner zu sprechen, wie immer ein kurzes, knappes Gespräch. Zum Thema Heirat noch immer keine Reaktion. Enttäuschung und Einsamkeit breiten sich in mir aus. Habe ich ihn so vollkommen überrumpelt mit diesem Wunsch oder bin ich ihm gleichgültig? Seltsam, obwohl ich ihn vermisse, fühle ich mich von ihm nicht angenommen, und das stimmt mich schlagartig wieder traurig.

Morgen ist Feiertag in Deutschland, Christi Himmelfahrt. Benjamin wird ein Radrennen fahren und Werner wird danach meinen jüngsten Sohn besuchen. Deutschland, Familie, Freunde ... wo liegt dieses Land eigentlich?

Am Ende der Welt?

Alles ist so weit weg von hier, belanglos, unwichtig ...

Kein Weg ist lang mit einem Freund an der Seite

(Quelle unbekannt)

Ribadeo - Vilela - Gondán - San Justo

Ein Erlebnis der unbekannten Art, Hitze, Durst, Enttäuschung,
Gewitterstimmung, Frust und eine bizarre Herberge

Wie gerädert wache ich sehr früh am Morgen auf. Wieder einmal war mein Schlaf unruhig und nicht tief. Ständig musste ich auf die Toilette und ein unsäglicher Durst plagt mich auch jetzt noch immer. Ich könnte ein ganzes Meer leertrinken. Die *Pulpos* von gestern Abend wollen wohl Wasser zum Schwimmen. Zur Feier des Tages, wir müssen ja auf alle Fälle auf Noras Geburtstag anstoßen, gibt es zum Frühstück den *Cava*, den wir schon seit gestern Abend im Waschbecken kühlen. Am Nebentisch entdecke ich zu meiner Verblüffung die beiden älteren Französinnen, die ich auf dem Klippenweg hinter *San Esteban* getroffen hatte. Ebenfalls mit einem Glas Sekt vor sich auf dem Tisch und bereits schon früh am Morgen sehr heiter gestimmt. Nora schnattert ganz aufgedreht und frei von jeglichen Hemmungen drauf los. Britta und ich essen schweigend vor uns hin, werfen nur ab und an ein paar Bemerkungen ein. Was mag wohl ihr Problem sein? Wenn sie nicht darüber reden mag, wird es keine Lösung geben. Die beiden werden noch eine Nacht in *Ribadeo* bleiben, Nora wegen ihrer schmerzenden Schienbeine, Britta bremsen die Blasen an den Fußsohlen aus. Also schnüre ich mein Päckchen und begebe mich alleine auf den Weiterweg. Irgendwie wollen wir uns in *Mondoñedo* wieder treffen. Fast vergesse ich, meinen Vorrat an Bargeld aufzufüllen. Mit nur fünf Euro in der Tasche bekäme ich auf den kommenden Kilometern durch galicisches, ländliches Gebiet wohl ein Problem, denn bis Mondoñedo gibt es keine Bank mehr. Jetzt bin ich also in Galicien! Ein berauschend grünes Land, da es hier oft und viel regnet, im Grunde ständig ... außer heute. Heute ist es bereits am Morgen wieder unerträglich heiß und erdrückend schwül. Aber sobald dieser galicische Nieselpiesel einsetzt, dann fühlt es sich an, als ob der Himmel die Gartenschläuche aufdreht. Dann ist es einfach nur noch NASS! Wasser von oben, Wasser von unten, alles trieft und tropft und überall gluckern und rauschen dann kleine Bäche. Das Wasser steht auf den Wegen und verwandelt die Pfade in schweren, schlammigen Morast. Durch diese Feuchtigkeit gedeihen in den Wäldern

Moose und Farne, vor allem Frauenhaarfarne, und alle Pflanzen sprießen in gigantischer Fülle.

Viele kleine Weiler und Streusiedlungen liegen wie hingewürfelt in diesem hügeligen Teil Spaniens, und hatte man in den letzten Tagen wenig Landwirtschaft gesehen, so beherrscht sie hier wieder die Gegend mit ihren Viehherden und dem Ackerbau. Bereits in vorrömischen Zeiten siedelten hier die Kelten und haben die *Gaita*, eine Art Dudelsack, als Andenken hinterlassen. Auch an den Bestattungshäuschen auf den Friedhöfen mit ihren spitz aufragenden Dächern lässt sich noch das keltische Andenken erkennen, und der Glaube an Geister und Dämonen ist auch heute noch allgegenwärtig. Neben Spanisch ist Galicisch die offizielle Sprache. Da es eine romanische Sprache ist, ähnelt ihre Schreibweise und ihre Aussprache eher dem Portugiesischen. Viele nehmen fälschlicherweise an, dass sie aus dem Keltischen komme, was aber so nicht zutrifft. Auch bei den Jakobsweg-Zeichen müssen wir Pilger uns umgewöhnen. Ab hier weisen die Strahlen der Muscheln, die auf Monolithen angebracht sind, in Richtung Santiago. Und auch die Kilometer bis zum Ziel werden angegeben, die unerbittlich weniger werden. Jeder, der noch niemals gepilgert ist, wird sich wundern, warum ich mich nicht freue, da doch das Ziel immer näher rückt. Da ist so ein seltsamer Zwiespalt, den man nicht wirklich erklären kann, und hier bekommt der Satz „Der Weg ist das Ziel" eine völlig andere Wertigkeit. Mit gefüllten Wasserflaschen, Rosinen, Müsliriegeln und Äpfeln versorgt, marschiere ich los und finde erst mal nicht den richtigen Weg aus *Ribadeo* heraus. Man muss es mir angesehen haben, denn sofort kommt ein hilfsbereiter Einwohner auf mich zugeeilt und dreht mich in die richtige Richtung. Nun kann ich zügig die Stadt verlassen. Auf einer Anhöhe verabschiede ich mich mit einem letzten Blick von ihr und auch vom Atlantik, der in der Ferne im Sonnenlicht glänzt. Von nun an geht es ins Landesinnere. Unweit nach dem Ortsende gelange ich auf einen Wirtschaftsweg, der leicht unterhalb, verdeckt hinter Gebüsch und Bäumen, an der Landstraße entlangführt. Bereits jetzt treib mir die Hitze den Schweiß aus allen Poren. Da ich mich ständig in Gesellschaft anderer Pilger befunden habe, hatte mein gebetsmühlenartiges Gedankenkarussell die letzten Tage Pause. Aber jetzt, da ich wieder einsam und alleine unterwegs bin, nimmt es abermals an Fahrt auf. Oft werde ich gefragt, ob ich denn so gänzlich alleine als Frau keine Angst hätte. Darüber habe ich mir, offen gestanden, niemals Gedanken gemacht. Allerdings gehöre ich auch nicht zu den weiblichen Wesen, die sich über solche Dinge einen Kopf machen. Nur wer die Angst zulässt, wird unsicher und, ehrlich gesagt, was soll schon passieren? Negative Erlebnisse hatte ich bisher noch nie auf den *Caminos* und ich fühle mich nach wie vor zu jeder Zeit absolut sicher unterwegs. Also werde ich mir auch weiterhin darüber keine Gedanken machen. Unter diesem Aspekt ist es auch interessant, dass ich auf diesem Weg bisher mehr Frauen als Männer beim Pilgern angetroffen habe, nicht nur junge Frauen, auch sehr viele, zum Teil weitaus ältere, als ich selbst. Mir hatte einmal ein Mann gesagt, Frauen seien die besseren und stärkeren Kämpfer und somit prädestiniert, körperliche Herausforderungen und lange Distanzen zu laufen. Sobald zwei Männer dasselbe täten, gäbe es immer einen Wettkampf. Jeder möchte noch besser sein als der andere. Keiner von ihnen will auf seinen Körper hören und käme dadurch sehr schnell an seine Grenzen oder übernimmt sich. Müsse der dann sein Ziel aufgeben, bräche für ihn eine Welt zusammen und er zweifle an sich selbst. Nicht so bei Frauen. Da gäbe es kein Konkurrenzdenken, da wird in sich hineingehört, das Tempo den körperlichen Möglichkeiten angepasst, mal langsam, mal schneller, Kilometer um Kilometer. Und sollte es das erste Mal nicht klappen, es gäbe ja auch ein zweites Mal. Na ja, ganz so ist es wohl nicht immer und man möge mir verzeihen, es gibt auch Heulsusen unter uns, die der erste Windhauch bereits aus den Schuhen bläst. Und es gibt ehrgeizige Frauen, die genau wie manche Männer versuchen, Rekorde aufzustellen. Ausnahmen bestätigen eben die Regel.

Noch einmal werfe ich einen Blick zurück Richtung Meer und dem *Riá Eo*, bevor es mit gleichmäßigem Schritt auf dem breiten, staubtrockenen Wirtschaftsweg vorangeht. Nur spärlich werfen die Büsche und die Bäume Schatten. Ein kleiner, weißer Kastenwagen mit einer roten Firmenaufschrift eines Päckchendienstes, dem ich nicht weiter Beachtung schenke, rattert an mir vorbei und der Fahrer winkt mir freundlich zu. Es ist das erste Fahrzeug, das mir auf dieser Strecke begegnet. Auch keine andere Menschenseele habe ich bisher getroffen. Wenige Minuten später entdecke ich das weiße Auto in einer Einbuchtung auf der rechten Seite des Weges vor hohen Büschen stehen.

„Ja so etwas", denke ich mir, „jetzt steht dieser dämliche Kerl vor seinem Auto und pinkelt! Kann der sich nicht hinter seinen Karren stellen?"

Beim Näherkommen entdecke ich schließlich, was dieser Schlawiner da wirklich treibt. Der steht doch tatsächlich und wahrhaftig mit heruntergelassenen Hosen da und rubbelt sich einen ab! Dieses Arschloch hat auf mich gewartet. Ich bin wütend! Im ersten Moment bin ich versucht, diesen Typen anzuschreien, so aufgebracht bin ich. Aber was sich da jetzt innerhalb von Sekundenbruchteilen in meinem Kopf abspielt, ist enorm:

- die Oberschenkel von diesem Idioten haben aber noch keine Sonne gesehen, so bleich sind die,
- wie bescheuert sieht das denn aus, so mit runter gelassenen Hosen, das ist ja die Oberpanne,
- hey, du Arsch, ich rufe die Polizei, aber davor fotografiere ich dich und dein Auto,
- das gibt ein tolles Foto vom Nummernschild,
- dein Chef wird sich freuen,
- das gibt eine saftige Strafe,
- halt stopp, was, wenn der dann aus Zorn auf mich losgeht?
- aber eigentlich sind solche Typen doch harmlos – und wenn nicht?
- der ist mit seinem Auto schneller,
- mit meinen lädierten Gelenken und mit dem Rucksack kann ich nicht rennen,
- meine Stöcke kann ich als Waffe einsetzen,
- am besten die Klappe halten und so tun, als ob ich ihn überhaupt nicht beachte,
- SCHEISSE!!!
- ist das irre, ich muss gleich laut losprusten, der sieht so dämlich aus,
- nicht beachten und nicht ansprechen, das will er ja nur!

Ich entscheide mich einfach fürs Weiterlaufen und so tun, als ob ich diesen notgeilen Deppen überhaupt nicht bemerkt hätte. Dabei verkneife ich mir mit aller Gewalt das Lachen.
„Si, si, si, siiiiii...!", ertönt es da plötzlich lustvoll hinter mir. Vor meinen Augen sehe ich einen Rodeoreiter, der auf seinem Pferd sitzt und das Lasso schwingt und „yeah, yeah, yeah" ausruft. Aha, der feine Herr hat sein Ziel erreicht! Ich kann mich nicht mehr zusammenreißen und breche in schallendes Gelächter aus. Einfach nur irre und kein anderer Mensch in Sicht. Seltsamerweise jagt mir diese Situation keine Angst ein, denn das ist jetzt auch zu schrill. Im Grunde sind diese Typen harmlose Würmchen. Ich lache weiter vor mich hin und setzte meinen Weg unbeirrt fort.
Schwupps ...

... jetzt fährt der auch noch ganz frech an mir vorbei. Der macht das nicht zum ersten Mal. Der weiß, dass hier auf diesem Weg kaum ein anderer Passant vorbei kommt und er vor Blicken geschützt ist. Dieser notgeile Vogel passt irgendwo die Pilgerinnen ab und fährt ihnen unauffällig hinterher. Seine Strecke führt mit Sicherheit an der oberhalb liegenden Straße entlang und nicht über diesen Wirtschaftsweg. Was soll's, dann habe ich jetzt eben auch „meinen Exhibitionisten". Gehört habe ich da schon manches von anderen Pilgerinnen, aber selber erlebt, weder auf den *Caminos* noch woanders, habe ich das noch nie.

Kurze Zeit später stoße ich wieder auf die Landstraße und folge dieser. Weiter geht es, erst durch schattige Wälder, bis sich die Strecke schließlich nur noch durch schattenlose Wiesen und Felder zieht, abwechselnd auf Asphalt, mal auf steiniger Erde. Einmal mehr freue ich mich über den Hut, den ich endlich in *Ribadeo* ergattern konnte, denn der glühende Planet oben am Himmel scheint kein Erbarmen zu kennen. Meine Wasservorräte gehen schneller zur Neige als mir lieb ist, obwohl ich äußerst sparsam damit umgehe. Bis jetzt habe ich in den winzigen Weilern, durch die ich komme, noch keinen einzigen Laden oder eine Bar angetroffen. Und schließlich ist nur noch ein kleiner Rest an Wasser in meiner Flasche übrig. So heftig wie heute habe ich noch nie auf diesem Camino geschwitzt, und schneller als mir lieb ist, gleicht mein Gaumen einer ausgedörrten Steppe. So in etwa fühlt sich das wohl in der Sahara an, ohne Wasser. Nur, ich bin hier verdammt noch mal nicht in der Wüste! Irgendwo muss es doch etwas Trinkbares geben. Noch nicht mal der kleinste Brunnen taucht auf. Wieder komme ich durch ein winziges Bauerndorf, *Vilela*, und auch hier halte ich vergeblich Ausschau. Im Schatten eines kleinen Wartehäuschens einer Bushaltestelle, die auch schon bessere Zeiten gesehen hat, ruhe ich mich, hilflos, wie ich gerade bin, ein wenig aus. Mein Blick fällt auf ein Hinweisschild auf der anderen Straßenseite. „Die nächste Herberge mit Restaurant in 500 m am Ortsrand" lese ich da. Soll ich das glauben? Ich bin skeptisch und erkundige mich bei einem alten Bauernehepaar, das auf der anderen Straßenseite vorüberläuft, ob denn diese Herberge tatsächlich geöffnet sei? Ja, ja, bestätigten mir beide mit einem kräftigen Nicken, die Herberge wäre auf und auch das Restaurant. Da könne ich ganz sicher sein. Ihr Wort in Gottes Ohren. Noch nie habe ich mich so über etwas gefreut wie über diese Antwort und trinke, unvernünftig wie ich bin, den letzten Wasserrest aus meiner Flasche. Es gibt ja bald Nachschub. Ein eiskaltes prickelndes Glas Radler vor Augen und in Erwartung eines

Mittagessens treibt es mich die Straße bergauf, um kurze Zeit später dann voller Vorfreude vor dem herbeigesehnten Gebäude zu stehen. Aber irgendetwas stimmt da nicht, keine Menschen, keine Autos, nichts, nur gähnende Leere und Stille. Lediglich ein großer Schäferhund hält davor Wache. Wie vom Donner gerührt stehe ich vor der Eingangstüre und begreife die Situation nur im Zeitlupentempo.

GESCHLOSSEN UND VERLASSEN!

Da war schon lange niemand mehr. Ich rüttle ungläubig an der Klinke, nichts bewegt sich. Fassungslos stehe ich davor. In meinem Kopf ist totale Leere, außer der Gedanke: Ich brauche dringend Wasser! Meine Kehle lechzt nach Flüssigkeit. Die einzige Türe, die unverschlossen ist, ist die zur nicht wirklich einladenden und heruntergekommenen Toilette. Wenigstens pinkeln kann ich dort in Ruhe. Aus dem Spülkasten fließt Wasser, aus dem Wasserhahn am Waschbecken nicht mal ein Tropfen. Ich setzte mich in den Schatten auf einen verlassenen Stuhl und denke nach. Aber über was eigentlich? Es gibt KEIN Wasser. In meinem Etappenführer lese ich lediglich, dass ich entlang der Strecke immer wieder Brunnen finden werde. Kein einziger war bisher zu sehen. Mir bleibt also nichts anderes übrig, als meinen Weg durstig fortzusetzen und darauf zu hoffen, dass wieder einmal ein Wunder geschieht. Denn ich habe keine Ahnung, wann ich auf eine Quelle stoßen werde.

Und das Wunder geschieht!

Dort, wo in meinem Etappenführer eigentlich kein Brunnen angekündigt wird, treffe ich auf einen kleinen unscheinbaren Steinklotz am Wegesrand, an dem sich ein Wasserhahn befindet. Und es gibt untrügliche Zeichen dafür, dass das nicht nur eine Attrappe ist. Wie eine Verdurstende stürze ich darauf zu und kann es kaum fassen: frisches, klares, kaltes WASSER! Mit beiden Händen fange ich das sehnsüchtig herbeigewünschte Nass auf, sauge es gierig ein. Ich kann gar nicht genug davon bekommen. Ich halte meinen Hut unter den Wasserstrahl, fülle meine Flaschen und kippe mir das Wasser über Schultern, Kopf und Hemd. Tropfnass stehe ich auf dem staubigen Weg und freue mich wie ein kleines Kind. Ich empfinde Durst inzwischen als äußerst unangenehm und bedrohlich. Dadurch habe ich gelernt, auf diesem Weg jedes Wasser zu trinken, sogar das gechlorte aus den Wasserhähnen in den Unterkünften. Geschadet hat es mir bisher noch niemals. Einer triefenden Wasserratte gleich setze ich zufrieden unter der sengenden Sonne meinen Weg fort, und es dauert nicht lange, bis auch die letzte Faser an mir wieder trocken ist.

Nach gefühlten Stunden erreiche ich *El Fonte*, einen winzigen Weiler, der aus nicht mehr als einer Handvoll Häuser und einer kleinen Kapelle besteht. Ein von Bäumen und Sträuchern gesäumter Bach, den ich über eine alte Steinbrücke überquere, plätschert unmittelbar an diesem Kirchlein vorbei. Mein Blick fällt hinunter zur seichten, steinigen Uferböschung und ich entdecke die beiden älteren Französinnen. Die sitzen dort gemütlich und strecken ihre nackten Beine ins kalte Wasser. Dabei lassen sie sich ihren Proviant schmecken und sind dabei, eine Flasche Rotwein zu leeren.

„Hola", rufen sie mir fröhlich zu und winken, „komm runter. Setzt dich mit auf die Steine und iss und trink mit uns. Wir haben genug dabei."
Diese beiden sind einfach immer gut gelaunt. Allerdings sind sie auch immer leicht vom Alkohol umnebelt. Die Aufforderung klingt verlockend und ich schwanke kurz.

„Oh nein, lieb von euch, aber besser nicht. Da komme ich anschließend mit Sicherheit keinen Schritt weiter. Aber danke für das Angebot. Wir sehen uns garantiert noch einmal heute. Bis später und lasst es euch schmecken."
Diese Entscheidung ist die bessere für mich und ich verbschiede mich von den zweien. Jetzt bei dieser Hitze Rotwein, mit nichts im Magen! Ich sehe mich schon unter einem Baum schnarchen. Und diese Böschung wäre ich sowieso nur mit Mühe runtergekommen. Ich schüttle den Kopf und tapse weiter, um gleich nach dem letzten Häuschen wieder einmal steil bergauf über Wurzeln und Gestein zu klettern. Zumindest spenden mir dichtstehende Nadel- und Laubbäume Schatten, bis diese dann irgendwann von großflächigen Eukalyptusplantagen abgelöst werden. Mit diesen Plantagen werde ich mich nie anfreunden können. Ihr aromatischer Duft vermischt sich hier mit dem würzigen der dicken runden Futterballen. Die liegen in großen Haufen auf den Viehweiden, die sich zwischen den Baumkulturen befinden. Mächtige Stauden des roten Fingerhutes zieren die Wegränder und wieder weht mir hier der unvermeidliche Mistgeruch in die Nase. Begleitet der mich bis vor die Tore von Santiago?
Keine Ahnung, wo ich mich momentan befinde. Nirgends entdecke ich einen Anhaltspunkt. Das völlige Irgendwo im Nirgendwo, bergauf, bergab, endlose Wiesen, Wälder, Kühe, Landwirtschaft. Schritt für Schritt vorwärts. Kein Mensch kreuzt meinen Weg, noch nicht einmal Bauern, die die Ländereien bewirtschaften. Und wieder plagt der Durst und jetzt gesellt sich auch noch der Hunger zu ihm. Mein Körper braucht dringend

Süßes, aber meine Vorräte sind aufgebraucht. Nur noch meine eiserne Reserve, eine Packung Rosinen, ist übrig. Den Durst kann ich am nächsten Brunnen löschen und dabei fülle ich auch gleich meine Flaschen. Es sind Unmengen an Wasser, die ich trinke und mir klingen noch die Worte meiner Oma in den Ohren: „Vom Wassertrinken bekommt man Läuse im Bauch". Wenn ich mir das dann als Kind versucht hatte, bildhaft vorzustellen, einen Bauch voller Läuse! Igitt, wie ekelig ist das denn! Und jetzt? Demnach müsste ich wohl schon komplett verlaust sein. Wo aber bekomme ich etwas zum Essen her? In dieser Einöde haben die winzigen Dörfer ja nicht mal einen Laden, geschweige denn eine Bar. Über einen knochentrockenen, staubigen Wirtschaftsweg geht es einen Hang hinunter Richtung *Villamartín Pequeña*. Hinter mir höre ich die beiden Französinnen schäkern. Mein Gott, so wie die zwei schwankend den Berg herunter taumeln und vor sich hin kichern, war das vorhin nicht nur eine Flasche Rotwein. Wahrscheinlich ist der Inhalt in ihren Wasserflaschen auch kein reines Wasser. Sprühend vor guter Laune schunkeln sie an mir vorbei und winken freudig. Die zwei älteren Damen machen es richtig, die haben Spaß am Leben.

Außer einem großen Friedhof am Straßenrand und ein paar Häusern am Hang gibt es nichts in *Villamartín Pequeña*. Überdeutlich lässt sich erkennen, dass dieser Zipfel von Spanien offensichtlich nicht zu den wohlhabendsten gehört. In der Talsenke angekommen, zieht sich die Asphaltstraße, auf der ich mich inzwischen befinde, auf der gegenüber liegenden Seite wieder gehörig nach oben in den Ort *Villamartín Grande*. Aber auch, wenn das jetzt das „große" *Villamartín* ist, so erwachsen, um einen Laden oder eine Bar zu besitzen, ist es wohl doch nicht. Offensichtlich steht der heutige Tag unter dem Motto: suche Wasser und Essen. So langsam wird mir flau im Magen, aber es hilft nichts, wenn ich etwas zum Beißen finden möchte, bleibt mir nichts anderes übrig, als meinen Weg fortzusetzten. Auch mit Unterkünften sieht es hier mager aus. Aber in *Gótan*, meinem heutigen Zielort, soll die Herberge wunderschön liegen und auch komfortabel sein. Nach schier endlos scheinenden Stunden durch einsames Gebiet, tauchen schließlich die ersten Häuser meines heutigen Tagesziels auf. Das Gebäude liegt tatsächlich herrlich auf einer Anhöhe mit einer wunderbaren Aussicht ins Tal. Nur kann ich von weitem bereits erahnen, dass auch da wieder etwas nicht in Ordnung zu sein scheint. Mich beschleicht ein ungutes Gefühl in der Magengegend. Beim Näherkommen erkenne ich die zerschlagenen Fensterscheiben und ein heruntergekommenes marodes

Gebäude. Mutlos, müde und enttäuscht stehe ich da. Für heute reicht es mir allmählich. Hunger, Durst und Schmerzen plagen und irgendwie ist kein Ende dieses unsäglichen Tages in Sicht. Die nächste Schlafmöglichkeit befindet sich in *San Justo*, das weitere fünf Kilometer entfernt liegt. Nochmal eine Stunde auf den Beinen. Irgendwie scheint das nicht mein Tag zu sein. Auch das Wetter bereitet mir mittlerweile Sorge. Ein gewaltiges Gewitter braut sich über mir zusammen. Dunkle Wolken türmen sich bedrohlich auf und der Himmel verfärbt sich in ein beängstigendes schwefelgelbes Licht. Die Schwüle steigert sich ins unerträgliche, die Natur hält den Atem an. Alles wird unnatürlich still. Die Luft ist wie elektrisiert.

Auf der einsamen Landstraße nach *San Justo* hole ich eine ältere Pilgerin ein. Wie sich herausstellt, ist die wasserstoffblonde Frau ein paar Jahre älter als ich und Polin. Mühsam schleppt sie sich mit einem dicken groben Stock, den sie irgendwo im Wald gefunden hatte, vorwärts. Ihre beiden Füße sind dick verbunden und stecken in Sandalen. Da sie weder Englisch noch Deutsch und schon gar kein Spanisch kann, verständigen wir uns mit einem seltsamen Kauderwelsch und mit Händen und Füßen. Müde und erschöpft sieht sie aus und sie ist überglücklich darüber, eine Gleichgesinnte zu treffen. Noch immer sind kaum andere Pilger zu sehen und nur wenige Bewohner sind noch unterwegs. Immer schwüler und drückender wird die Luft, die sich mehr und mehr auflädt. So schnell wie es unsere Füße zulassen versuchen wir, vor dem hereinbrechenden Unwetter die schützende Herberge zu erreichen. Gegen achtzehn Uhr stehen wir zwei Frauen dann schließlich in *San Justo* vor einem Haus, das die Herberge sein soll und blicken äußerst desillusioniert und skeptisch aus der Wäsche. Das freistehende, gelbe, zweigeschossige Gebäude, sicherlich in seinen besten Zeiten einmal eine Schule, sieht nicht sehr einladend aus. Da die Türe nicht verschlossen ist, steigen wir über die schmale Treppe in den 1. Stock hinauf. Wir sind offensichtlich die einzigen hier, alle kleinen Schlafräume sind vollkommen menschenleer. Irgendwie unheimlich. Die Fenster lassen sich nicht schließen, sondern sind zwei Handbreit über dem Fensterbrett arretiert. Auch die Eingangstüre besitzt kein Schloss, nur einen Haken zum Einhängen. Und da sollen wir Frauen heute Nacht alleine schlafen? Die Polin schaut mich verängstigt und fragend an und verdeutlicht mir, dass sie nur hierbleiben möchte, wenn auch ich dabliebe. Jetzt gibt es nur noch zwei Möglichkeiten: mit dem Taxi in den nächsten Ort oder gemeinsam hier nächtigen. Was soll's! Ich für meinen Teil bin hundemüde. Wir haben ein

Dach über dem Kopf, sitzen im Trockenen, haben eine heiße Dusche und ein Bett. Ich entscheide mich fürs Bleiben. Dieser Tag muss ein Ende haben. Und was soll uns hier schon groß passieren? Jede belegt ein Zimmer für sich alleine und endlich kann ich mich auf ein Bett fallen lassen. Meine Stiefel bekomme ich kaum noch von den Füßen und nach gefühlten Stunden schaffe ich es, mich unter die mehr als einfache, aber zumindest saubere Dusche zu schleppen. Die pure Glückseligkeit nach solch einem Tag. Minutenlang stehe ich unter dem heißen Wasserstrahl und spüre, wie so oft in den letzten Wochen, wie das prickelnde Wasser den Staub und den Schweiß und die Anspannung von meinem Körper spült. Jede einzelne Muskelfaser entfaltet sich und blüht wieder auf.
So bleiern und feuchtwarm wie heute war die Witterung bisher noch nie auf diesem *Camino*. Mensch und Tier warten sehnsüchtig auf das erlösende Gewitter und verharren wie in einer Starre. Und bald zuckt der erste grelle Blitz durch den dunklen Himmel und wird sofort gefolgt von einem mächtigen Donnergrollen. Aber die Erwartung auf den darauffolgenden erlösenden Wolkenbruch wird enttäuscht. Lediglich ein sanfter Regen rieselt aus den dunklen Wolken herab und hält nicht lange an. Dieses Gewitter bringt den Menschen und Tieren keine Abkühlung. Im Gegenteil, jetzt wird es noch drückender und stickiger.
Die Polin liegt erschöpft auf ihrer Matratze und mag keinen Schritt mehr gehen. Ich vermute, dass auch sie mit einer Entzündung der Schienbeine zu kämpfen hat. Zu allem Übel plagen sie auch noch schlimme Blasen an Fersen und Zehen. Also raffe ich mich alleine auf und ziehe los, nachdem sich dieses Gewitter verzogen hat und der Niesel wieder vorbei ist. Einen Supermarkt gibt es hier in diesem winzigen Flecken nicht, nur eine kleine Bar, Dreh- und Angelpunkt des kleinen Dorfes. Mein Magen braucht dringend Input, sonst wird die Lage kritisch. Außerdem, so steht es in einer Anweisung in der Herberge, sollen sich die Pilger doch bitte in der Bar *A Curva* (die heißt so, weil sie in einer Kurve liegt) anmelden, wenn man hier in der Herberge nächtigt. Wenigstens ist dann bekannt, dass heute Nacht zwei Pilgerinnen in der Unterkunft schlafen. Wegen meiner Humpelei werde ich von den wenigen Gästen in der Kneipe auch hier mit bedauernden Blicken bedacht. So könne ich doch kaum nach Santiago laufen, bekomme ich zu hören. Erst um zwanzig Uhr gibt es *Platos*, also ein Tellergericht, kein Menü. Da ich bis dahin noch mindestens eine Stunde ausharren müsste, bleibt mir wieder nichts anderes übrig als mit *Bocadillos con Atún*, *Tortilla*, Bier, Milchkaffee und zum Nachtisch Magnum-Eis vorlieb zu nehmen. Was für eine Zusammenstellung! Zu

Hause würde es mir davon den Magen umdrehen. Über WhatsApp bekomme ich in diesem Lokal tatsächlich noch Kontakt zur Außenwelt und ich schreibe Werner und einigen Freunden. Ab und an sehnt man sich nach einem Lebenszeichen aus der Heimat. Und vor allem nach solch einem Chaostag. Da täten ein paar Streicheleinheiten für die Seele gut. Durch diese merkwürdige Wetterlage sind die Einsamkeit und die Trostlosigkeit in diesem Ort buchstäblich greifbar, und dieses Nest wirkt gespenstisch auf mich, dunkel, unheimlich. Nachdem mein Hunger und mein Durst gestillt wurden, möchte ich nur noch in meinen Schlafsack und nichts mehr von der Welt da draußen hören und sehen. Wie ein Vogel Strauß, den Kopf in den Sand stecken und Ruhe, sprich, die Augen zu und dieser Traurigkeit entfliehen. Aber die Stille ist übermächtig. Kein Geräusch, kein Vogelschrei, kein Hundegebell, NICHTS! Auch die Tiere haben sich verkrochen und die Stimmen der Natur sind verstummt. Wie eine Bleidecke liegt die drückende Schwüle noch immer über dem Ort.

Am Ende wird alles gut werden,
und wenn es noch nicht gut ist,
dann ist es noch nicht das Ende.
(Oscar Wilde)

San Justo - Mondoñedo

Eine Tote auf dem Francés, Glücksklee im Kirchengarten,
bei Carmen im Asterix-und-Obelix-Haus

Zwei Uhr nachts und ich kann nicht schlafen. Liegt es an dieser ungastlichen Unterkunft, die mich kaum ein Auge zu machen lässt? Es ist unheimlich ruhig hier. Wenigstens weht inzwischen ab und an ein frischer Luftzug durch die Fensteröffnung. Meine Regenerationsphasen sind mittlerweile sehr kurz, denn mein Körper hat sich völlig auf das Laufen eingestellt und braucht nicht mehr so viel Erholung wie in den Anfangstagen. Aufstehen, Laufen, Essen, Trinken, Schlafen - ein Rhythmus, der zur Gewohnheit wird. Ganz so, als ob man noch nie etwas anderes getan hätte. Da ich alleine im Raum bin, schalte ich das Licht an, das, wer hätte es bei diesem Kasten vermutet, tatsächlich hell erstrahlt. Im Lichtschein sehe ich etwas an der Wand krabbeln. Ich beäuge es misstrauisch, aber für eine Wanze ist das Insekt zu groß. Die Polin schläft tief und fest im Nebenzimmer und schnarcht dabei. So weiß ich wenigstens, dass ich nicht ganz alleine bin. Um mich müde zu machen, fange ich an, Sudokus zu lösen. Aber das Krabbelvieh an der Wand nervt und lässt mir keine Ruhe. Wenn das doch eine Wanze ist? Es wuselt die Wand rauf und runter, weiß nicht, was es will. Also dann doch mit dem Badelatschen drauf und Ruhe. Am Abend hatte ich noch erfahren, dass Leander bei Nora und Britta in Ribadeo eingetroffen sei. Gemeinsam hatten sie noch den Geburtstag von Nora begossen. Einerseits bin ich ganz froh, dass ich alleine hier bin. Ein Nora-freier Tag tut zwischendurch ganz gut. Andererseits ...
Ich kann mich nicht konzentrieren und lege mein Rätselheft zur Seite. Augenblicklich beginnen die kleinen Gedankenmonster fies und hinterhältig eine Betrachtung nach der anderen, wie auf einer Perlenschnur aneinandergereiht, zu Tage zu fördern. Ganz so, als ob sie nur auf diesen Moment gelauert hätten:

... meine Jungs muntern mich immer wieder auf, durchzuhalten, weiterzulaufen. Was anderes kommt jetzt auch gar nicht mehr in Frage. Noch 175 Kilometer, ein Klacks gegen das, was bereits hinter mir liegt ...

... ich habe abgenommen, mein Gesicht ist schmaler, die Beine dünner und muskulöser. Und ich bin glücklich wie schon lange nicht mehr. Es kommt mir vor, als würde ich schon ewig laufen. Wo war ich denn vor einer Woche? Keine Ahnung. Was passiert in der Welt? Ich weiß es nicht und es interessiert mich nicht. Seit Wochen höre ich weder Nachrichten noch Musik, sehe nicht fern und lese keine Zeitung und ich bin mir sicher, dass, wenn ich wieder nach Hause komme, sich nichts geändert oder verändert hat. Täglich werden wir zugeschüttet mit Informationen, die doch alle so wichtig zu sein scheinen. Sind sie das wirklich? Müssen wir wissen, wenn auf der anderen Seite der Erdkugel eine Stecknadel zu Boden fällt? Leben wir besser, wenn wir von allen Kriegen und Gräueltaten in Sekundenschnelle erfahren? Und ist es von Belang, ob Frau Soundso mit Herrn Soundso ein Verhältnis hat?

Die Sensationshascherei, die inzwischen die Medien regiert, trägt nicht zum Wohle des Einzelnen bei. Es ist reine Gier und Schaulustigkeit. Überall, wohin wir gehen in den Städten, wird unser Gehirn mit Musik, mit Lärm, mit lauten Geräuschen „verschmutzt". Da sind ein paar Wochen Abstinenz Balsam für die Seele ...

... warum hat mir das Schicksal Nora und Britta zur Seite gestellt und warum schickte es mir Leander in mein Leben? Leander! Ich werde ihn vermissen am Ende. Mit seiner Frau, das wird nichts mehr werden und von der anderen sollte er die Finger lassen. Er muss für sich selbst erst wieder Frieden finden, dann wird sich vieles zeigen. Was wäre, wenn ich 10 Jahre jünger wäre ...

... was Werner wohl gerade macht? Vermisst der mich überhaupt? Kein Wort hat er fallen lassen, was eine Heirat betrifft. Bin ich ihm egal? War das richtig, ihn zu fragen? Hat Leander Recht, als er meinte, ich wolle das doch im Grunde gar nicht? Das kommt nur durch die Euphorie, die der Weg in mir auslöst. Was will ich überhaupt? Will ich nur Sicherheit? Aber was heißt Sicherheit? Nichts ist sicher im Leben!

... Nora meinte vor einiger Zeit, sie würde richtig gerne einen Film über mich drehen: „Der *Camino*-Troll". Sie findet, dass alles so schräg und unglaublich lustig sei, was ich so mache und was mir passiert. Nun denn, aber dann bitte mit Saskia Veester in der Hauptrolle ... hat die nicht bei den *„Dienstagsfrauen"* mitgespielt?

... man hat schon seltsame Überlegungen ab und an. Aus welchem Grund entscheide ich mich rechts oder links auf einem Weg zu gehen?

... zu Anfang dieses *Caminos* habe ich mich gefragt, welchen Sinn denn dieser Weg für mich bereithalten würde. Der Weg hier hat seinen ganz besonderen Spirit. Jede Begebenheit, und ist sie noch so klein, ergibt Sinn. Und sei es nur, dass ich genau im richtigen Moment den Kopf erhebe, um ein Zeichen nicht zu übersehen ...

... irgendwie ist es unheimlich hier in diese Herberge. Wäre ich der Polin nicht begegnet, ich wäre ganz alleine. Es gibt keine Zufälle! Was, wenn da doch einer rein kommt heute Nacht? Unsinn, ich mache mich jetzt nicht verrückt ...

... werden Übeltäter, die sich an Pilgern vergreifen, nicht härter bestraft als andere hier in Spanien? Irgend so etwas habe ich mal gehört ...

... eigentlich war doch meine Scheidung ein Glücksfall für mich. Was habe ich seitdem nicht alles auf die Beine gestellt? Die meisten Frauen werden dadurch mutiger und selbstbewusster ...
Und trotzdem, ich vermisse den Vater meiner Söhne so sehr! Hört denn das nicht irgendwann einmal auf?

... ich sollte das Licht ausmachen, aber dann liege ich nur wach im Bett und kann nicht einschlafen. Ich bin einfach nicht müde!

... am besten, ich laufe jetzt einfach mitten in der Nacht los ... oder doch nicht? Schon unheimlich, so im Dunkeln und ganz alleine unterwegs. Das wäre nun doch gewagt ...

... ok, ich bleibe hier bis zum Morgen. Die Polin ist ja auch noch da, die kann ich nicht alleine lassen ...

Irgendwann schalte ich das Licht wieder aus. Keine Ahnung, wann der Schlaf mich endlich in seine Arme genommen hat.

Um sieben Uhr verabschiedet sich die Polin, von der ich noch nicht mal ihren Namen weiß, von mir. Sie wird mit einem Taxi in den nächsten größeren Ort fahren. Ich bin noch müde und liege bis kurz vor acht Uhr im Bett, bevor auch ich mich zum Aufbruch fertigmache. Es nieselt, galicischer Pieselniesel, die Steigerung von Nass! Noch immer ist es schwül, wenn auch nicht mehr so heftig wie am Vortag. Ich möchte gerne frühstücken, bevor ich mich auf den Weg mache. Aber die Bar *A Curva* ist noch geschlossen. Warum wundert mich das nicht? Wer will hier in der Einöde schon morgens in einer Bar frühstücken? Die zwei Kilometer bis *Vilanova de Lourenzá* werde ich auch mit leerem Magen überstehen. Momentan könnte ich sowieso marschieren wie ein Uhrwerk, trotz meiner Schmerzen an den Fersen. Gestern war es zur Abwechslung eher die linke. Der Weg soll angenehmer werden hinter *Mondoñedo*, wenn es in die galicischen Berge geht, versicherten mir zwei Spanier. Dann seien die Asphaltstraßen vorbei. Zudem stehen in den nächsten Tagen keine allzu langen Etappen bevor. Denke ich jedenfalls. Steil bergauf geht es heraus aus *San Justo*, direkt in den dichten Wald hinein. Vom Regen schwer hängen die Äste über den Waldweg, überall Wasser und Nebelschwaden. Die Nacht hat keine Abkühlung gebracht und die Luft könnte man in Scheiben schneiden. Schneller als ich dachte, erreiche ich den Nachbarort. Endlich gibt es etwas zu essen und ich lange ordentlich zu, denn gestern war die Auswahl sehr mager. Anschließend decke ich mich mit Proviant für unterwegs ein und begebe mich mit vollem Bauch frohgelaunt auf den Weiterweg. Weiche Waldwege erleichtern das Gehen ungemein und die Einsamkeit der Wälder kommt mir heute sehr entgegen. Der erdige, harzige Duft der dichten, hohen Nadel- und Mischwälder wird durch die Nässe noch verstärkt und auch der herbe Eukalyptus taucht dazwischen auf. Leben hier in dieser Ecke der Welt überhaupt Menschen? Nicht einmal ein anderer Pilger oder wenigstens ein Bauer begegnet mir hier. Es ist still im Wald, nur hin und wieder erschallt eifriges Vogelgezwitscher. Der Boden ist aufgeweicht durch den Regen und unzählige Wasserrinnsale bahnen sich ihren Weg. Nebelfetzen hängen zwischen den Büschen und lassen den Wald unheimlich erscheinen. Aber es macht mir keine Angst, im Gegenteil, ich fühle mich wohl und geborgen zwischen den Bäumen. Die Wirkung des Waldes und der Natur auf die Seele und auf den Körper bewirken Wunder. Andreas Danzer, der Sohn von Georg Danzer, einem berühmten Musiker aus Österreich, beschreibt es einmal mit folgenden Sätzen:

„Jeder Mensch verspürt tief im Inneren den Drang nach der Nähe zur Natur. Wir haben Wurzeln und die sind definitiv nicht in Beton gewachsen".

Und Erich Fromm, Psychotherapeut und Philosoph (1900 – 1980), drückte es in folgendem Wort aus: *„Biophilia"*, die Liebe des Menschen zur Natur und zum Lebendigen. Das Wort *„Biophilia"* stammt aus dem Griechischen und heißt übersetzt „Liebe zum Leben". Genau das empfinde ich hier mitten im Wald und zunehmend mehr mit jedem Tag, den ich auf meinem Pilgerweg laufen darf. Ich komme endlich wieder „nach Hause", dorthin, wo die Natur unserer Seele, meiner Seele ist, dorthin, wo unsere ursprüngliche Heimat ist. Das ständig aufnahmebereite Unterbewusstsein nähert sich seiner eigentlichen Mutter, der „Mutter Natur". Tief sauge ich die modrig-feuchte und doch so klare und reine Luft in mich ein und fühle mich verbunden mit allem, was um mich herum geschieht. Fasziniert betrachte ich die unterschiedlichsten Moose, die hier in Hülle und Fülle in diesem Dampfbad gedeihen. Es ist ja nur ein Bruchteil dieser interessanten Gebilde, die wir zu sehen bekommen. Der weitaus größere Teil von ihnen sucht sich unterirdisch, gut versteckt im Waldboden, seinen verzweigten Weg. Die weichen grünen Polster, die unser Auge sieht, stellen jedes für sich ein kleiner Mikrokosmos dar und bergen ein lebendiges Universum in sich. Es riecht angenehm nach Harz und Holz, ein Geruch, der mir die Spaziergänge mit meinem Opa wieder ins Gedächtnis ruft. Wie er mit mir durch den Wald und durch die frischen Holzstapel eines Sägewerkes geschlichen ist, wie wir dann in ihrem Schatten saßen und er mir allerlei „geheime" Dinge erzählte, und wie ich mit großen staunenden Kinderaugen an seinen Lippen hing. Kleine blaue Blumen wuchsen zwischen den mächtigen Holzstapel und es bereitete mir Freude, meiner Oma einen Strauß davon mit nach Hause zu bringen. Leider starb mein Opa sehr früh, und über die Jahre habe ich ihn oft schmerzlich vermisst.

Ein weißes Stück Papier aus einem Notizheft, das wohl einer der Pilger vor mir an einen Baumstamm geheftet hat, springt mir ins Auge:

No Pain
No Gain!
Never give up, Kleines!
Buen Camino

Das erinnert mich an den *Camino Francés*, an meine Etappe nach *O'Cebrereo*. Ohne Frühstück bin ich damals am Morgen gemeinsam mit meiner Schwester losmarschiert. Das flaue Gefühl im Magen wurde immer größer und mein Unmut ebenfalls. Just in dem Augenblick, in dem mir fast übel war vor Hunger, habe ich diesen Satz gelesen, den ein Unbekannter mit schwarzer Farbe an eine Betonwand gesprüht hatte:

„Erika, you can!"

Und wie ich dann konnte! Wer rechnet schon damit, dass sein Name an einer Wand geschrieben steht? Und dann noch genau in solch einem Moment. Irgendjemand wacht über uns und weiß genau, wann wir diese Aufmunterungen nötig haben.

Über einsame Pisten und Hohlwege, den *Corredores*, wie diese Art von Wegen in Galicien heißen, und durch kleine rustikale Bauerndörfer wie *Arroxo, San Pedro, Reguengo* und *San Pelayo* bringe ich Kilometer um Kilometer hinter mich. In irgendeinem dieser Orte spricht mich eine ältere Spanierin an.

„*Buenas dias Peregrina*, wie lange bist du denn schon unterwegs?", möchte sie wissen.

„Ich bin in Irún bin gestartet. Jetzt habe ich es ja bald geschafft", entgegne ich.

„Warum laufen eigentlich so viele Frauen immer alleine diesen Pilgerweg? Das ist doch gefährlich. Habt ihr schon davon gehört? Drüben auf dem *Francés* bei *El Acebo* hat man eine junge Pilgerin tot aufgefunden", sichtlich besorgt mustert sie mich.

„Die Arme wurde umgebracht. Jetzt sucht man fieberhaft nach dem Täter. Überall hängen Plakate am Weg, ob jemand diese Frau kennt. Hast du wirklich noch nichts davon gehört?"

„Nein, wirklich nicht. Das haben wir hier tatsächlich noch nicht gehört. Wer weiß, was für ein Verrückter das war, der diese Frau getötet hat. Aber das macht mir beim Pilgern keine Angst. Bisher habe ich mich überall sicher gefühlt. Sogar sicherer als zu Haus", beruhige ich die alte Dame, „außerdem ist mir aus der Vergangenheit nichts bekannt, dass so etwas schon mal passiert wäre. Diebstähle ja, aber ein Gewaltverbrechen? Das kann keiner von dort gewesen sein."

„Ihr Frauen solltet nicht alleine unterwegs sein. Die Gegend hier ist so einsam. Ich bekäme da Angst", sie ist tatsächlich ernsthaft besorgt um uns Pilgerinnen.

„Du musst dir keine Sorgen. Bisher ist unterwegs noch nichts Schlimmes passiert und ich bin überzeugt davon, dass das auch so bleibt. Solche

Verbrechen können überall passieren und durch diesen Vorfall lasse ich mich jetzt nicht verunsichern."

„Buen Camino, *Niña*. Gott behüte dich auf deinem Weg", verabschiedet sich die besorgte Frau von mir und nimmt mich dabei in ihre Arme. Ein Stückchen weiter überhole ich ein älteres Pilgerehepaar, Winni und Gerti, die ich schon mehrmals unterwegs getroffen habe. Sie berichten mir, dass sich Nora und Britta nicht allzu weit hinter mir befinden würden. Die beiden seien mit dem Taxi von *Ribadeo* nach *Vilanova* gefahren. Nora, die ewige Taxifahrerin! Allerdings sei Leander nicht dabei. Eine Zeitlang marschieren wir gemeinsam und unterhalten uns, bis dann doch wieder jeder in seinem eigenen Tempo weiterzieht.

Mein Smartphone schreckt mich aus meinen Gedanken.

„Erika, wo steckst du gerade?", Noras laute Stimme hallt mir entgegen. „Ich muss unweit vor dir und Britta sein. Gerade habe ich Winnie und Gerti getroffen und die haben mir gesagt, wo ihr seid."

„Dann treffen wir uns in *Mondoñedo*. Falls wir dich nicht sehen, melde ich mich noch mal bei dir. Bis später", und schon legt sie auf. Dann wären wir also bald alle wieder vereint, fast jedenfalls. Denn von Leander fehlt jede Spur. Schade, ich hatte gehofft, ihn heute wieder zu sehen. Er will tatsächlich von *Ribadeo* nach *Mondoñedo* laufen. Spielt er jetzt den Märtyrer? So schnell können sich seine Schmerzen nicht beruhigt haben.

Irgendwann später am Nachmittag biege ich aus der Landeinsamkeit auf eine belebte Hauptstraße ab, die mich geradewegs nach *Mondoñedo* und dort bis auf die *Praza de Catedral*, dem großen Platz vor der Kathedrale, führt. Diese kleine Stadt soll in Galicien auf dem Nordweg die schönste in Richtung Santiago sein. Ich weiß nicht so recht. Sicher, die romanisch-gotische Kathedrale, die aus dem 13. Jahrhundert stammt, ist sehr eindrucksvoll. Vor allem die barocke Außenfassade aus dem 18. Jahrhundert. Auch am Hochaltar birgt die Kirche im Inneren eine kleine Besonderheit, die *Nuestra Señora de la Inglesia*, eine Marienstatue. Ursprünglich hatte sich diese in der St. Pauls Kathedrale in London befunden und wurde während der Reformationszeit hierher nach Galicien gebracht. *Mondoñedo* ist Bischofssitz und besitzt ein Priesterseminar. Keltische Flüchtlinge aus Südengland, die im 6. Jahrhundert vor den angelsächsischen Eroberern hierher geflohen waren, haben dem Ort, der ursprünglich *Britonia* hieß, angeblich seinen Namen gegeben. Hier befindet sich der Rand des Kantabrischen Küstengebirges, und von hier sind es nur noch 160 Kilometer bis *Santiago de Compostela*.

Im Moment jedoch wirkt diese Kleinstadt auf mich düster und mystisch. Vielleicht liegt das aber nur am trüben Wetter, denn der Himmel ist nach wie vor wolkenverhangen und grau.

Ich betrete das Kirchenschiff und wieder umhüllt mich ein angenehmer, harziger Weihrauchduft. War es vor dem Gotteshaus auf dem Platz noch unruhig und laut durch die vielen parkenden Autos und Menschen, so ist es hier im Inneren erholsam still und kühl. Ein Kirchendiener sieht mich und kommt auf mich zu.

„Willkommen in unserer Kirche, *Peregrina*, möchtest du gerne einen Pilgerstempel dieser Kathedrale für dein *Credenzial?*"

„Oh ja, sehr gerne. Es sind ja leider nicht viele Kirchen auf dem *Camino del Norte* geöffnet", bedauere ich und reiche ihm meinen Pilgerpass. Andächtig lasse ich mich in eine der Kirchenbänke nieder und bete auch hier wie selbstverständlich. Und wieder spüre ich, wie sich eine innere Ruhe einstellt und wieder fließen vor Dankbarkeit Tränen über meine Wangen. Tiefempfundene Dankbarkeit, diesen Weg laufen zu dürfen.

Gegenüber der Kathedrale ergattere ich vor einer Bar einen freien Platz unter dem Schutz der Arkaden und bestelle mir etwas zum Trinken. Den ganzen Bereich vor mir im Blick sitze ich da und warte auf meine Pilgerfreundinnen. Es vergeht kaum eine halbe Stunde, bis ich die beiden mir wohlvertrauten Gestalten auf den großen Platz einbiegen sehe. Nora mit energischen Stakkato-Schritten vorneweg, Britta ein wenig mühsam hinterher. Ich winke ihnen zu. Die Begrüßung fällt aus, als ob wir uns seit Jahren nicht mehr gesehen hätten. Wenn man den ganzen Tag durch einsame Gegenden läuft und keine Menschenseele kennt, dann freut man sich über wohlbekannte Gesichter. Es ist, als ob man seine Familie wiedersieht.

„Erika, stell dir mal vor, was ich über Eric gehört habe", prustet Nora los. Mittlerweile sitzen die Beiden bei mir mit am Tisch.

„Der hat doch tatsächlich die Wanderstiefel bekommen, die er im Internet bestellt hatte."

Sie kommt aus dem Kichern nicht heraus.

„Der verrückte Kerl ist noch bis *Vicente de la Barquera* gelaufen. Dort ist er dann hängengeblieben, weil er auch starke Schienbeinschmerzen bekam. Und dann hat er sich dort aber so wohl gefühlt, dass er gleich ein paar Wochen bleiben will. Na ja, dazu hatte er dort auch noch eine Gruppe Gleichgesinnter und ähnlich verrückter junger Leute getroffen, mit denen er sich auf Anhieb prima verstanden hat. Santiago würde ihm nicht davonlaufen, meinte er wohl."

Eric, der „Kleine Muck", an ihn hatte ich gar nicht mehr gedacht. „Was ist mit Natalie und Alba? Weißt du etwas über die beiden?", jetzt bin ich schon neugierig.

„Alba hatte ja nur zwei Woche Urlaub und musste dann zurück nach Barcelona. Natalie hat es irgendwann nicht mehr geschafft, weiterzupilgern, hat dann abgebrochen und ist nach Hause geflogen. Für sie war das alles zu heftig", weiß Nora zu berichten.

Obwohl es hier im Ort eine kleine Pilgerherberge gibt, möchte Nora, die immer das Besondere sucht, unbedingt in das ein paar Kilometer entfernte *Mariz*. Irgendjemand hatte ihr den Floh von einer privaten Herberge ins Ohr gesetzt, die einer deutschen Künstlerin gehören soll. Britta und ich waren eigentlich der Ansicht, hier in *Mondoñedo* am Ziel unserer Etappe zu sein, also was soll das jetzt? Die Ärztin ist schon fast den Tränen nahe mit ihren Blasen, und ich reiße mich auch nicht darum, nochmals ein paar Kilometer zu laufen. Aber Nora gibt einfach keine Ruhe, und außerdem sei dort auch der „kuschelige" Däne, den sie heute unterwegs getroffen hätten. Was sind das jetzt für Anwandlungen bei ihr, pirscht sie sich inzwischen doch noch an die Männer heran? Telefonisch versucht sie, in dieser Herberge jemanden zu erreichen, um für uns Betten zu reservieren, da es nur acht davon gäbe. Kein Mensch meldet sich, also beschließt unser Unruhegeist, alleine bis nach *Mariz* zu laufen. Wenn es noch Betten geben sollte, wird sie uns verständigen. Wir könnten dann ja mit dem Taxi nachkommen. Und weg ist sie. Das kann dauern, bis sie sich meldet. Wer weiß, wie weit es noch bis zu dieser Unterkunft ist. Hier in der Bar herumsitzen wollen wir zwei Zurückgelassenen nicht. Also begeben wir uns auf Erkundungstour durch die alten Gassen. Im sauberen alten Ortskern fällt uns das einheitliche Stadtbild auf. Die Dächer der gepflegten Granithäuser sind, typisch für Galicien, mit grauen Schieferschindeln gedeckt. Ich komme mir vor, als wandle ich durch Asterix-und-Obelix-Land. Eine kleine Kirche weckt unser Interesse, aber leider ist sie verschlossen. Dann spazieren wir eben im Kirchgarten über den weichen Rasenboden um das Gotteshaus herum. Gedankenversunken betrachte ich mir die Gräser und den Klee zu meinen Füßen und entdecke ein vierblättriges Kleeblatt, und noch eines, und noch eines ... einen ganzen Strauß voller Glück.

„Schau mal, Britta, hier ist alles voller Glücksklee. Hast du auch schon einen entdeckt?", rufe ich ihr begeistert zu. Britta beobachtet mich ganz ungläubig.

„Wie machst du das? Ich sehe keinen einzigen vierblättrigen Klee", wundert sie sich.

„Aber schau doch mal, da ist alles voll davon", und ich pflücke weitere Blätter. Der Flecken, auf dem ich stehe, ist übersät davon. Bereits auf dem *Francés* habe ich zuhauf diese Glücksbringer gefunden. Vielleicht bin ich ja doch ein Glückskind, vielleicht glaube ich einfach auch nur daran. Oder kann es sein, dass jeder Mensch eine völlig andere Wahrnehmung der Realität besitzt? Britta sieht tatsächlich nichts, kein einziges Blättchen. Dann schenke ich ihr eben ein paar von meinen. Die anderen lege ich als Erinnerung vorsichtig in meine Tagebücher. Ein bisschen Glück für unterwegs kann nichts schaden. Auf dem Rückweg zur Kathedrale versorgen wir uns in einem kleinen Lebensmittelladen mit Proviant für den nächsten Tag. Man kann ja nie wissen und sicher ist sicher, denn *Mondoñedo* befindet sich direkt am Anstieg in die galicischen Berge. Wer weiß, wann und wo wir morgen unter Tag etwas zum Essen bekommen.

Und dann meldet sich Leander aus *Vilanova*, um zu berichten, dass er dort übernachtet. Kurz danach verständigt uns Nora, dass die Herberge so was von supertoll sei. Carmen, der das Haus gehöre, würde malen und sei wahnsinnig nett. Sie hätte uns zwei Betten reserviert. Ihre Herberge heißt „*Bizone*" - und der schnuckelige Däne sei auch dort mit seiner Gitarre. Am besten sollten wir uns von einem Taxi hinbringen lassen. Einfach dem Fahrer sagen, dass wir zu Carmen möchten. Dann wüsste der gleich Bescheid. So ist Nora. Immer um das Wohl der anderen bemüht, immer für alles eine Lösung parat. Inzwischen ist es sechs Uhr abends. Die Wolken ziehen sich immer mehr zusammen und ein leichter Niesel setzt wieder ein. Britta und ich schauen uns fragend an. Nein, auf keinen Fall mehr laufen, da sind wir uns einig. Wir suchen ein Taxi, und der Fahrer weiß tatsächlich sofort, wo wir hinmöchten, packt unsere Rucksäcke in den Kofferraum und braust los, heraus aus der Stadt, hinauf in die bewaldeten Berge.

Die letzten Etappen verliefen angenehm flach oder mäßig hügelig und bis *Ribadeo* hatte sich die Strecke am Meer entlang gezogen. Jetzt erinnert mich die Gegend wieder ein wenig an das Baskenland. Nur diese Berge hier sind nicht so hoch und steil, obwohl tiefe Taleinschnitte die Landschaft durchziehen. Die Laub- und Nadelwälder drängen sich bis an die Straße, aber hier stehen sie nicht so dicht und undurchdringlich. Und trotzdem macht diese Gegend einen beklemmenden Eindruck auf mich. Vielleicht aber auch nur, weil es mittlerweile immer düsterer und nebeliger wird. Mit dem Auto erreichen wir schnell unser Ziel, ein kleines graues, aus groben Steinen erbautes Haus mit Schindeldach. Es duckt sich mutterseelenalleine und einsam direkt unterhalb der Straße bergabwärts an den steilen Hang, weit außerhalb einer Ortschaft. Na prima, so habe ich mir das vorgestellt. Jetzt übernachten wir auch noch bei Asterix, schießt es mir bei diesem Anblick durch den Kopf. Wahrscheinlich taucht auch gleich noch ein Druide mit Zauberhut und langem weißen Bart auf und kocht einen Zaubertrank. Aber stattdessen trippeln Hühner pickend und gackernd über den kleinen Hof und hinter dem Haus meckern Ziegen und Schafe. Schwanzwedelnd begrüßt uns gutmütig der Haushund und genauso herzlich nimmt uns Carmen, eine etwa 30-jährige Frau, in Empfang. Ludwig, ein älterer Dauerpilger, der für einige Zeit bei der Künstlerin wohnt, zeigt uns die Räume. Im Inneren des Hauses ist es einfach, aber kuschelig warm und gemütlich. Ein Holzofen bullert im Wohn- und Esszimmer, in dem sich ein großer Holztisch mit vielen Stühlen befindet. An der groben Steinwand stehen Sofas mit wärmenden Decken und Kissen, und überall hängen oder stehen die bunten und fröhlichen Kunstwerke von Carmen. Zum Schlafraum, der sich unter dem Giebeldach befindet, führt eine schmale, steile Holztreppe hinauf. Mir macht es ein wenig Mühe, mit meinen kaputten Füßen da hochzuklettern. Dicke Matratzen liegen verteilt auf dem Boden und auf ihnen jede Menge warme Decken und Kissen. Das einzige Fenster in diesem Raum besitzt noch nicht einmal Scheiben, sondern wird am Abend lediglich mit einem Fensterladen verschlossen. Durch die Ritzen der grob behauenen Steine fällt Licht, was bedeutet, dass hier auch der Wind hindurchpfeifen kann. Insgesamt sind wir für heute Nacht sieben Pilger und für uns alle, auch für Carmen und Ludwig, gibt es nur eine Toilette und eine Dusche. Da haben Britta und ich zumindest Glück, dass wir als letzte ankommen. Wir müssen nicht Schlange stehen. Die alte, urige Küche wird von einem großen Holzherd beherrscht und sein Anblick erinnert mich an die Küche meiner Oma. Nach den Beschreibungen von Nora habe ich mir dieses Haus in etwa schon so vorgestellt, nur nicht ganz so einfach. Ein Sammelsurium der unterschiedlichsten Dinge, bunt und fröhlich mit einer liebenswürdigen spanisch-künstlerischen Unordnung. Letztendlich bin ich froh, heute irgendwo angekommen zu sein und hier ist es allemal heimeliger und familiärer als in einer nüchternen Pilgerherberge, vor allem nach dem Erlebten der letzten beiden Tage. Die Freude auf die heutige Dusche wird allerdings durch ein dünnes Rinnsal des Wasserstrahls getrübt. Egal, Hauptsache heiß und zumindest etwas, um den Schmutz abzuspülen. Und danach erst mal ab in meinen Schlafsack. Ich bin todmüde, ich friere, wohl eher vor Erschöpfung, und meine Beine brauchen Ruhe. Carmen ist rührend um unser aller Wohl bemüht und bringt mir sofort noch eine weitere Decke. Jetzt, da ich so warm eingekuschelt auf meiner Matratze liege und mir alles genau betrachte, muss ich schon zugeben: ja, es ist gemütlich, es ist sogar sehr gemütlich dieses Asterix-Haus mit seinem ganz besonderen Charme. Ich döse vor mich hin und werde einige Zeit später von einem unwiderstehlich leckeren Duft geweckt. Kurz darauf steckt Nora ihren Kopf durch die Türe und holt mich zum Essen, denn unten sitzen bereits alle um den mächtigen gedeckten Tisch. Carmen und Ludwig tragen große Töpfe mit dampfender Gemüsesuppe, mit Couscous und Salat herbei. Gibt es etwas Schöneres, als nach einem langen Pilgertag abends gemeinsam mit Gleichgesinnten am Tisch zu sitzen und zu essen? Der Holzofen bullert im Hintergrund und verbreitet eine heimelige Atmosphäre und alle langen mit großem Appetit zu. Während wir genüsslich kauen, erzählt uns Carmen ein wenig über sich.

„Wisst ihr, ich bin vor ein paar Jahren ebenfalls den *Camino del Norte* gepilgert und auch den *Francés*. Aber hier auf dem Nordweg gefällt es mir sehr viel besser. Hier ist es ruhiger und ich habe mich sofort in diese Landschaft verliebt. Auf meinem Weg kam ich an diesem Haus vorbei und wusste gleich, da will ich bleiben und habe beschlossen, es zu kaufen, um hier eine Pilgerherberge zu eröffnen. Es macht mir Spaß, wenn jeden Tag andere Menschen zu mir kommen".

„Ja, genau so war das", bestätigte Ludwig.

„Seit ich das erste Mal bei Carmen übernachtet habe, komme ich, seit ich in Rente bin, immer wieder für ein paar Wochen hierher und helfe ihr bei der Bewirtung der Pilger. Mir macht das ebenfalls Freude und ich habe eine sinnvolle Aufgabe."

„Morgen früh werde ich sehr bald mit Freunden nach *Tapia de Casariego* fahren", wirft Carmen in die Runde.

„Dort findet ein Open-Air-Konzert statt und da möchten wir gerne dabei sein. Ich muss früh schlafen gehen, damit ich morgen bald aus den Federn komme."

Da fährt sie dann mal schnell mit dem Auto in den Ort, von dem aus wir drei Tage gebraucht haben, um hierher zu laufen ... krass. Irgendwie verliert man völlig das Gefühl für Zeit und Entfernungen. Gegen zehn Uhr verschwinden wir auch hier brav in unsere Schlafsäcke, aber nicht, ohne vorher gemeinsam mit Carmen das Geschirr zu spülen und die Küche aufzuräumen. Britta und ich sind zum Umfallen müde. Die steile, schmale Holzstiege fällt mir sichtlich schwer und ich hoffe inständig, in der Nacht nicht auf die Toilette zu müssen. Normalerweise bleibe ich davon verschont, aber bei den Mengen an Flüssigkeit, die ich tagsüber trinke, weiß man ja nie. Nora ist noch immer munter wie ein Stehaufmännchen. Am liebsten würde sie die ganze Nacht mit ihrem Gitarre spielenden Dänen, der im übrigen Malte heißt, neben dem knisternden Holzofen verbringen. Er spielt auf der Gitarre, sie liegt ihm zu Füssen und lauscht. Mir ist aufgefallen, dass es ihr weniger um den jungen Mann geht, sondern mehr um sein Gitarrenspiel, das ihn so interessant für sie macht.

Es kommt niemals ein Pilger nach Hause
ohne ein Vorurteil weniger und eine neue Ideen
mehr zu haben.
(Thomas Morus 1478 –1535)

Mondoñedo (Mariz) - Gontán

Triefende Nässe, Adrian und Rocky, zu später Stunde in die Herberge

Der aromatische Duft von Kaffee und getoastetem Brot zieht zwei Stockwerke nach oben bis zu uns unter den Dachgiebel und signalisiert: "Frühstück ist fertig". In meinem Schlafsack und unter zwei Decken ist es mollig warm und eigentlich möchte ich jetzt nicht aufstehen. Gerade jetzt, wo es so richtig gemütlich ist und ich den ganzen Tag verdösen könnte. Malte öffnet den Fensterladen ... Pieselwetter, mal wieder ... und Nebel. Das leise Bimmeln der Ziegenglocken ist zu hören und ab und an bellt in der Ferne ein Hund. Es hilft nichts, ich muss mich aus meinen wärmenden Kokon herausschälen. Das morgendliche Ritual, eine schnelle Katzenwäsche und das Zusammenpacken meiner wenigen Besitztümer, ist inzwischen Routine. Der Holzofen im Untergeschoß verbreitet bereits eine wohlige Wärme, und die meisten haben sich schon um den großen Tisch eingefunden. Und es gibt richtig guten deutschen Kaffee. Während wir alle mit großem Appetit essen, versorgt uns Ludwig nebenbei noch mit einigen wertvollen Tipps für unterwegs. Carmen, die doch schon längst auf dem Weg nach *Tapia de Casariego* sein wollte, sitzt ebenfalls mit in der Runde. Seit gestern hatte sich das Wetter an der Küste wohl dramatisch verschlechtert und es regnet, was das Zeug hält. Das Open-Air-Konzert ist dadurch buchstäblich ins Wasser gefallen und wurde abgesagt. Die Zeit vergeht wie im Fluge und es geht bereits auf acht Uhr zu. Für uns Pilger wird es Zeit, aufzubrechen. Malte möchte noch eine weitere Nacht bei Carmen bleiben und erst am nächsten Tag seinen Weg fortsetzen. Vor der Herbergstüre wabert der Nebel, aber wider Erwarten ist es nicht kalt. Dafür verwandelt ein unangenehmer, feuchtwarmer Pieselniesel die ganze Gegend in ein römisches Dampfbad. Wir drei Frauen verpacken uns wasserfest in unsere Regenbekleidung, bevor Carmen uns zum Abschied in die Arme nimmt und uns herzlich drückt. Ludwig begleitet uns noch vor die Türe und winkt uns hinterher, bis der Nebel uns alle verschluckt. Durch dieses trübe Wetter kommt mir die Lage dieser Herberge noch einsamer vor, ein kleines graues Steinhaus abseits der Straße, umgeben von Wald und Bergen. Und wahrscheinlich hüft irgendwo ein Druide um seinen Topf und braut einen Zaubertrank.

Jetzt sind über Nacht meine Füße offensichtlich komplett eingerostet. Ich laufe mein Tempo, gemächlich, langsam und verliere dadurch Britta und Nora rasch aus den Augen. Auch heute bleibt mir ein Auf und Ab der schmalen Straße, die sich den Berg hinauf windet, nicht erspart. Heftige kurze aber steile Anstiege wechseln sich ab mit seichteren Abschnitten. Kaum ein Auto schreckt mich aus meiner Monotonie. In den Wasserpfützen kringeln sich fette, lange Regenwürmer, und in den Grasbüscheln am Straßenrand versammeln sich Scharen kleiner Schnecken. Durch den Nebel um mich herum herrscht eine dumpfe Stille, alles dringt nur noch gedämpft an mein Ohr. Eingehüllt in Nässe, bin ich mit meinen Gedanken allein. Ich höre mich selber atmen, ruhig und gleichmäßig

… einatmen … ausatmen … laufen …

Die Nebelschleier umhüllen mich wie ein schützender Kokon. Die hektische, laute Welt dort draußen ist weit entfernt, so nichtsagend und unwichtig. Was zählt, ist der ruhige pochende Herzschlag, den ich höre, meinen Herzschlag. Ich spüre das Leben in mir, spüre mein pulsierendes Blut in den Adern, spüre jede Faser meines Körpers. Mehr als drei Wochen bin ich nun unterwegs. Die Aufgeregtheit der ersten Tage ist mittlerweile einer inneren Ruhe und Gelassenheit gewichen. Am Morgen loslaufen, am Abend ankommen. Und dazwischen nichts als pures, reines Leben! Wir sind so reich und doch so arm in unseren Städten, in unseren Wohlfühlzonen, mit unserem Wohlstand, unseren Absicherungen. Wir verfallen dem Gruppenzwang und der Marketingmaschinerie, die Begehrlichkeiten in uns wecken. Wir leben schneller, schlafen schneller, essen im Vorbeigehen, versuchen, immer produktiver zu arbeiten. Dadurch gerät unser Leben immer mehr aus dem Gleichgewicht. Wir häufen Dinge an, die wir nicht brauchen und beäugen misstrauisch unsere Nachbarn. Je mehr wir besitzen, desto mehr Probleme schaffen wir uns, denn Besitz führt nicht zwangsläufig zu Glück und Zufriedenheit. Hektik und Zeitdruck diktieren unseren Tagesablauf. Wir lassen uns fremdbestimmen. Unser Körper und auch unsere Seele erkranken daran, denn wir vergessen das Wesentliche, nämlich zu leben. Denn nur dafür wurden wir geboren. Es ist ein Privileg, morgens aufstehen zu können, zu atmen, zu essen, sehen, denken, riechen, schmecken, zu lieben. Hier auf dem Weg lernt man zu begreifen, dass nicht der, der wenig hat, arm ist, sondern der, der viel braucht. Je länger ich laufe, umso unwichtiger und belangloser werden die Wünsche, die Begierden und die Probleme des normalen Alltages. Hier lege ich meine Maske ab, höre auf, mich selbst zu belügen und werde wieder zu dem Menschen, der ich in meinem tiefsten Inneren seit jeher bin. Auf meinem Weg nach Santiago wird das

Denken klarer und einfacher und ich lebe im Augenblick. Ich lerne wieder, wie ein Kind zu staunen und mich über einfache Dinge zu freuen. Ich begegne dem Schmerz, in meinem Herzen und an meinem Körper, und nehme ihn dankbar an. Vaclav Havel stellte einmal fest:

„Das Leben ist viel zu kostbar, als dass wir es entwerten dürften, indem wir es leer und hohl, ohne Sinn und ohne Liebe und letztlich ohne Hoffnung verstreichen lassen".

Ab und an im Leben muss man zuerst den falschen Weg einschlagen, um den richtigen zu finden. Hier auf meinem Weg spüre ich mit jedem Atemzug die Kostbarkeit des Lebens, aber auch seine Vergänglichkeit, nehme mich bewusst wahr und werde eins mit der Natur. Hier komme ich dem Himmel ein kleines Stück näher.

Wo bin ich eigentlich gerade? Völlig in mich versunken bin ich endlose Kilometer gelaufen und stehe plötzlich an der neu erbauten Autobahn, die sich auch hier durch die Landschaft frisst. Noch immer ist alles in nahezu undurchdringliches Grau gehüllt. Langsam wachsen mir Schwimmhäute zwischen den Fingern und das Wasser rinnt mir über das Gesicht. Aber meine Kehle ist trotzdem ausgetrocknet und ich merke, dass ich vergessen habe, genug zu trinken. Ist das nicht paradox? Da versinkt rings um mich herum die Welt im Wasser und ich leide an Durst. Die Trinkflasche ist wie immer gut verpackt unter meinem Regenumhang. Das ist einfach lästig, denn ich komme nicht an sie heran. Seit Stunden bin ich kaum einem Menschen begegnet und gerade ist auch niemand greifbar, der mir helfen könnte. Also trabe ich stoisch weiter und schlecke mit der Zunge die Wassertropfen ab, die mir über das Gesicht rinnen. Irgendetwas wird sich schon ergeben, denn sich dem Regenschutz entledigen und dann den Rucksack vom Rücken packen bei dieser Nässe … da brauche ich meinen Umhang anschließend gar nicht wieder überzuziehen. Üppige Ginsterbüsche, die mindestens mehr als doppelt so hoch sind wie ich groß bin, wachsen als Sichtschutz am Rande der Autobahn. Ihre überaus großen und leuchtend goldgelben Blüten faszinieren mich und ich knipse begeistert Fotos davon. Zufällig fällt mein Blick auf das Gras darunter und aus einem Kleenest lacht mich ein vierblättriges Blättchen an. Vorsichtig pflücke ich es und packe es zu meinen anderen. Zögernd stehe ich da und überlege, ob ich weiterlaufen soll oder nicht. Irgendetwas in meinem Inneren hält mich davon ab. Ich lausche still in den Nebel hinein und denke dabei an Leander. Er muss hier irgendwo sein. Mit jeder Faser meines Körpers kann ich seine Nähe fühlen. Noch immer zaudere ich. Ich drehe mich in die Richtung aus der ich kam, starre auf die undurchdringliche Nebelwand und kann meinen Augen kaum trauen. Eine, in einem jägergrünen Regenmantel eingehüllte Gestalt löst sich aus dem milchigen Schleier und kommt mit energischen Schritten auf mich zu.

Leander!

Ist das zu fassen?

Das grenzt schon bald an Magie. Er hebt den Kopf und schaut mir direkt ins Gesicht. Wie war das in diesem Film mit Rocky Balboa und seiner Frau Adrian? Nach einem harten Boxkampf stürmen die beiden mit ausgebreiteten Armen aufeinander zu und umarmen sich...

ADRIAN ... ROCKY!

Und auch wir stürzen uns regelrecht in unsere Arme und freuen uns wie die kleinen Kinder. Ausgerechnet hier treffen wir uns. Wusste ich's doch, irgendjemand wird kommen, der mir meine Wasserflasche gibt. Aber an ihn hatte ich dabei nicht gedacht.

Offensichtlich haben sich seine Schienbeine sehr gut erholt und das Gehen macht ihm keine Probleme mehr. Jetzt setzten wir gemeinsam unseren Weg nach *Góntan* fort und die restlichen Kilometer schmelzen wie Eis in der Sonne, so viel haben wir uns zu berichten.

Die Witterung ändert sich nicht am heutigen Tag und der Niesel und der Nebel begleiten uns bis an unser Ziel. Durstig, wie wir mal wieder sind, überfallen wir die erste Bar am Ort und stolpern als erstes gleich über Britta und Nora. Auch Winni und Gerti sitzen gemütlich an einem Tisch und lassen sich bereits ihr Bier schmecken. Da wären wir also wieder beisammen, und alles ist wie gehabt. Sofort lässt Nora einen spitzen Kommentar los, als sie uns beide gemeinsam hereinkommen sieht.

„Dachte ich es mir doch! Unser *Camino*-Troll hat die ganze Zeit gewusst, wo Leander steckt. Und uns sagt sie kein Wort."

Ich verkneife mir eine Bemerkung, Britta lacht uns nur an, sagt kurz Hallo und schweigt. Ganz hinten in der Bar ist ein kleiner Lebensmittelladen angeschlossen, und da Leander sich anbietet, für uns beide etwas zu kochen, decken wir uns mit Spaghetti, Tomatensauce, Thunfisch und diversen anderen Zutaten ein, bevor wir uns auf den Weg in die Herberge machen. Man merkt, man ist in Galicien, denn hier in den städtischen Unterkünften hat alles seine Ordnung. Schon der Preis

für eine Übernachtung ist mit sechs Euro mehr als günstig. Zudem gibt es für die Matratzen und Kopfkissen dünne Vliesüberzüge. Diese Herberge hier ist offensichtlich noch nicht alt, denn alles ist nahezu neu und gut durchdacht. Die höchstens zwanzig Stockbetten sind bereits ordentlich belegt, aber wir beide finden noch ein freies und richten uns für diese Nacht häuslich ein. Wie ein altes Ehepaar, das blind aufeinander eingespielt ist. Für jeden von uns ist es beruhigend, eine vertraute Konstante auf diesem einsamen Weg zu haben und vor allem jemanden, dem man sich anvertrauen kann. Nach einer dampfend heißen Dusche zaubert Leander mit dem wenigen Geschirr, das in der kleinen Küche vorhanden ist, ein leckeres Nudelgericht. Kurze Zeit später sitzen wir an einem der nüchternen Tische im Aufenthaltsraum und stopfen einen Berg davon in uns hinein. Dieses ständige Laufen fordert seinen Tribut an gehaltvoller Nahrung, und trotzdem schwinden die Kilos am ganzen Körper. Nena, eine schlanke Dänin Mitte Vierzig mit blonden, halblangen, lockigen Haaren, die sich kaum bändigen lassen, sitzt mit einem etwa fünfzehn Jahre alten Mädchen am Nebentisch und beobachtet uns interessiert. Belustigt stellt sie fest:
„So einen Mann hätte ich auch gerne dabei, der mir abends das Essen kocht."
Wir müssen schmunzeln.
„Na ja, dafür darf ich dann hinterher das schmutzige Geschirr spülen, ganz wie zu Hause", und lache sie dabei vielsagend an.
„Wie lange seid ihr zwei denn schon unterwegs?", fragt sie interessiert.
„Das sind bestimmt schon zweieinhalb Wochen ... oder länger? Keine Ahnung", beantwortet Leander ihre Frage, „ich kann es dir nicht genau sagen. Eine Ewigkeit, wie es scheint."
Dabei verzieht er sein Gesicht zu einem sympathischen Grinsen.
„Wir gehen gleich in die Bar und schauen uns das Champions-League Endspiel *Juventus Turin* gegen *Barça* an. Komm doch auch mit?", fordert Leander sie auf.
„Oh nein, ich verkrieche mich lieber in mein Bett. Bin sowieso schon hundemüde", entschuldigt sie sich. Also ziehen nur wir beide los, denn Nora und Britta wollen ebenfalls lieber in ihre Schlafsäcke. Stellt sich nur die Frage, wie kommen wir spätnachts wieder in die Herberge hinein? Denn die wird ja um zweiundzwanzig Uhr verschlossen. Also muss Nora uns, bevor sie sich schlafen legt, ein Fenster anlehnen, damit wir einsteigen können. Zu unserer Überraschung finden sich noch weitere Pilger in der gefüllten Kneipe ein, um das Fußballspiel zu verfolgen. Wir

ergattern noch einen Platz am Tresen und beobachten amüsiert eher die Reaktionen der Einheimischen als das Spiel selbst. Bei jedem Tor für *Barça* bricht ein Orkan der Begeisterung unter ihnen aus und frenetische Jubelschreie ertönen. Das Spiel selbst ist ein mühseliges Gehackle und letztendlich gewinnt *Barça mit 3:1.* Kurz vor Mitternacht ist das Match beendet, und wir hasten nicht gerade leise, bedingt durch die vielen Gläser Wein, im Stockdunkeln zurück zu unserer Unterkunft. Es bleibt uns erspart, über das Fenster einzusteigen. Irgendjemand hatte vorsorglich einen Stock in die Eingangstüre geklemmt und wir und die anderen, die uns folgen, können bequem durch die Türe ins Haus spazieren. Allerdings klopfen später dann trotzdem noch ein paar Nachzügler, die sich wohl in der Bar festgesessen hatten, an die Türe und hoffen auf Einlass. Und tatsächlich erbarmt sich jemand und steigt die Treppe hinab, um sie hereinzulassen.

„Den Puls des eigenen Herzens fühlen,
Ruhe im Inneren, Ruhe im Äußeren,
wieder Atem holen lernen"
Christian Morgenstern

Gontán - Vilalba

Aberglauben und Friedhof,
lähmende Hitze und Wassernot,
Blumenteppich und erfinderische Hospitaleras

Nach dieser langen Nacht hätte ich nicht gedacht, dass mich meine innere Uhr wieder pünktlich gegen sechs Uhr in der Früh weckt. Aber tatsächlich bin ich hellwach und ausgeschlafen. Es ist noch still und dämmrig im Raum und ich kann die gleichmäßigen Atemzüge der anderen hören, die noch tief und fest schlafen. Meine Gedanken schweifen ab zu meiner kilometerweit entfernten Familie nach Hause. Benjamin ist gerade über das Wochenende mit Kameraden in Amsterdam, um den Junggesellenabschied seines engsten Freundes zu feiern. Wie das aussieht, kann ich mir lebhaft vorstellen. Und die anderen, was mögen die heute machen? Was macht Werner? Zum wiederholten Male frage ich mich, ob er mich denn überhaupt vermisst? Wir hören so wenig voneinander. Ab und an fehlt mir hier seine Nähe, seine Umarmung oder einfach nur ein aufmunterndes Wort. Ohne dass Leander und ich es besprochen hätten, machen wir uns nach dem üblichen Morgenritual gemeinsam gegen sieben Uhr auf den Weg nach *Vilalba*. Nora und Britta schlafen noch. Vor der Herbergstüre empfängt uns das gleiche graue Nieselwetter wie tags zuvor. Für den Regenumhang zu wenig Regen und ohne zu viel. Scheißwetter, denke ich ein wenig missmutig. Eines, das mal wieder nicht weiß, was es will. In meinen nervenden Plastikponcho mag ich nicht schlüpfen. Das fühlt sich an, als ob man mit einer Sauna durch die Gegend läuft. Ich begnüge mich mit meiner Outdoorjacke, die gibt am Morgen warm und hält die Feuchtigkeit ein wenig ab. Nena hatte mir gestern Abend noch den Tipp gegeben, mir meine linke Ferse zu tapen. Fürs erste habe ich ein gutes Gefühl damit. Das Mädchen, das mit ihr unterwegs ist, ist nicht, wie ich angenommen hatte, ihre Tochter. Das ist die gleiche Konstellation wie mit Patrick und seinem Betreuer in *La Isla*. Auch Nena pilgert mit verhaltensauffälligen Kindern die Jakobswege.
Unsere knurrenden Mägen verlangen nach einem Frühstück, also steuern wir die nächste offene Bar am Straßenrand an. Wir sind die einzigen Gäste, der ganze Ort schläft wohl noch. Kaffee, Croissant, das übliche am Morgen, und *Bocadillos*. Langsam vermisse ich unser typisches Vollkornbrot, Laugengebäck, Dinkelbrötchen, das deutsche Frühstück

eben. Und natürlich plärrt wie selbstverständlich auch um diese Uhrzeit bereits der Fernsehapparat im Hintergrund. Ich werfe nur einen kurzen Blick auf die laufende Sendung. Diese permanente Dauerberieselung durch die Medien ist für mich zu etwas absolut Nebensächlichem geworden.

Einigermaßen gesättigt nehmen wir die heutigen zwanzig Kilometer in Angriff. Nur zwanzig Kilometer! Eigentlich ein Klacks für uns, denn das bedeutet lediglich einen Fünfstundenmarsch. Wenn nur meine Fußgelenke besser mitmachen würden. Jeden Morgen dauert es länger, bis sie sich wieder an die Bewegung gewöhnen. Und auch die Schienbeine von Leander haben sich doch noch nicht vollständig erholt. Aber trotz dieser Einschränkungen kommen wir bis jetzt zügig vorwärts. Irgendwann überqueren wir die *Ria Arnela*. Farbenfrohe Blumenwiesen, bunte Felder und Wälder liegen am Weg und angenehme Pfade wechseln mit steinigen Pisten und Asphaltstraßen - und wunderbaren *Corredores*. Durch die galicischen Hohlwege läuft man nicht einfach nur schnöde. Man lustwandelt über einen mit groben, von tausenden von Schritten glattgelaufenen Steinen unregelmäßig gepflasterten Boden, über den sich Wurzeln ihren Weg suchen. Was für Geschichten könnten diese Wege uns erzählen! Begrenzt werden sie von hohen Natursteinmauern oder felsigen, zum Teil mehr als mannshohen, erdigen Wänden. Darüber spannt sich ein herrliches Dach aus dicht belaubten Ästen. Schreitet man in den Morgenstunden durch diese natürlichen Tunnels, dann blitzen immer wieder neugierige Sonnenstrahlen durch die Lücken im Blätterbaldachin. Vögel unterhalten sich, gut geschützt, aufgeregt im Laub, und Insekten summen eifrig von Blüte zu Blüte. Man fühlt sich auf wundersame Weise behütet in diesen wundervollen Gängen. Selbst bei tristem Regenwetter verbreiten sie ein angenehmes Gefühl und bei Hitze bieten sie einen wohltuenden Schutz gegen die Sonne. Was mir schon von Asturien her bekannt ist und auch in Galicien zum ländlichen Erscheinungsbild gehört, sind die *Horreos*. Allerdings sind diese Getreidespeicher hier nicht quadratisch wie in der vorherigen Provinz, sondern langgezogen und schmäler und verziert mit allerlei Kreuzen und keltischen Zeichen. Wohl, um die bösen Geister abzuhalten. Mit jedem Schritt vorwärts kommen wir unweigerlich dem magischen 100 km-Stein näher. Die letzten 100 km auf dem Camino muss jeder, der zu Fuß nach Santiago unterwegs ist, gelaufen sein, möchte er die *Compostela* erhalten. Für einen Radpilger gilt die 200 km-Marke, die auf dem Rad zurückgelegt werden muss.

Das Sprichwort „Der Weg ist das Ziel" bekommt beim Pilgern eine ganz spezielle Bedeutung. Die Bewältigung des Weges ist das eigentliche Ziel. Das Ankommen beim Apostelgrab in der Kathedrale von *Santiago de Compostela* ist nur die Belohnung für die Mühsal des *Caminos*. Ohne diesen Weg gelaufen zu sein, erschließen sich einem nicht die Freuden und das überwältigende Glück des Ankommens. Für mich selbst bin ich zu der Überzeugung gekommen, dass es eine ganz andere Wertigkeit hat, meinen Weg in einem Stück zu pilgern, anstatt ihn zu stückeln. Dadurch tauche ich ein in eine ganz andere Welt, und dieses Eintauchen braucht Zeit und geschieht nicht in zwei Wochen. Mit jedem Tag, den man mehr zurücklegt, geschieht eine innere Wandlung.

Zum wievielten Male schneidet sich diese hässliche Autobahn in dieses wunderschöne Land? Wie eine dicke fette Schlange zieht sich das breite Asphaltband durch dies Gegend. Oft treffen wir auf kleine, idyllisch erscheinende Bauernhöfe. Bei näherem Hinsehen fällt auf, in welcher Einfachheit und zum Teil auch in welcher Armut viele dieser Landwirte leben. Im Laufe des Vormittags entschließt sich das pieselige Nebelwetter dazu, endgültig der Sonne den Vortritt zu lassen und damit auch wieder den schwül-heißen Waschküchentemperaturen. Unser Durst steigt und die Trinkvorräte nehmen rapide ab. Mittlerweile überschreitet das Quecksilber die 30-Gradmarke. Morgens kalt und nass, später heiß und schwül. Irgendwann werden diese Wetterkapriolen zur Selbstverständlichkeit. Kein Wunder explodiert hier die Natur. Ein zischendes Radler oder ein kaltes Bier wäre gerade das Paradies, aber auf der ganzen Strecke taucht keine geöffnete Bar auf. Über eine imposante Brücke aus dem Mittelalter überqueren wir den *Rio Batán*, nachdem wir *Castromaior* hinter uns gelassen haben. Unsere ganze Hoffnung auf ein kühles Nass liegt auf dem Ort *Goiriz*. Hunger ist zu ertragen, Durst ist nach wie vor quälend. Und endlich, am Ortsende hat der Herrgott ein Einsehen mit uns, und lechzend nach kalter Flüssigkeit poltern wir in die Wirtschaft.
„Hola Señor, zwei große Clara bitte", rufe ich dem Wirt schon von der Eingangstüre aus zu, „und zwei große Flaschen Wasser."
Das Radler verpufft augenblicklich in unserem Mund, so ausgetrocknet sind wir.
„Wollt ihr auch etwas zum Essen? Gerade kommt die Tortilla frisch aus der Küche", der Wirt blickt uns fragend an.

„Prima Idee", meint Leander „und mir gibt's du dann noch bitte einen Beutel mit Eiswürfel."

Warum wundert mich das nicht, dass der Wirt sofort wusste, für welchen Zweck Leander das Eis braucht? Ob das meinem linken Fuß auch helfen könnte? Probieren könnte nichts schaden. Mit gefüllten Wasserflaschen und nach dieser herrlichen Stärkung, die Tortilla war heiß und saftig, nehmen wir für heute die restlichen Kilometer in Angriff. Weit kommen wir nicht, gerade mal bis zur Kirche von *Goiriz*.

„Erika, lass uns hier im Schatten noch mal Pause machen. Ich leg mich dort auf die Steinmauer und schlafe eine Runde. Ich glaube, meinen Beinen tut das jetzt gut. Wir müssen uns heute ja nicht beeilen. *Vilalba* kann nicht mehr weit sein."

„Wenn du meinst, es spielt ja keine Rolle, wann wir dort ankommen. Ich laufe mal durch den Friedhof hier hinter der Kirche. Der sieht interessant aus."

Von jeher üben Friedhöfe, und die im europäischen Süden noch mehr, einen besonderen Reiz auf mich aus. Leander zieht sich also die Stiefel von den Füßen und macht es sich unter einem Baum auf der niedrigen Mauer bequem. Über seine Ohrstöpsel hört er Musik.

„Mr. Spotify", auch ein Ausdruck von Nora, pilgert ständig mit Beschallung. Für mich wäre das nichts. Ich muss die Geräusche der Umgebung wahrnehmen können. Nur im Zusammenspiel von Hören, Sehen und Riechen erschließt sich mir die Gesamtheit der Natur und auch der Weg.

Mir ist nicht nach Mittagsschlaf, außerdem zieht mich diese galicische Begräbnisstätte magisch an. Wie ein steinernes Bollwerk steht die graue Friedhofsmauer vor mir. Diese typischen Gräber jagen mir einen Schauer über den Rücken, denn bei ihrem Anblick muss ich immer an die *Nosferatu*-Filme denken, und ich würde mich keineswegs wundern, stünde nicht plötzlich Graf Dracula vor mir. Alle sehen sie so düster aus. Jede einzelne Gruft ist ein Monument aus Stein, wie ein kleines Häuschen mit hoch aufgerichtetem langem Giebel. Und oben auf der Giebelspitze ragt ein steinernes Kreuz Richtung Himmel. Ehrfürchtig laufe ich an einem Spalier von eng aneinander gereihten, kleinen grauen Häusern mit Kreuzen vorbei. Kaum eine Blume ist dort zu finden, wenn nicht die kleinen Gänseblümchen wären, die zwischen den Reihen im Rasen erblühen. Diese Ruhestätten sind ein Überbleibsel der Kelten. Noch heute scheint der Glaube an Geister in Galicien allgegenwärtig zu sein, anders ließen sich die vielen aneinandergereihten Kreuze nicht erklären.

Zudem haben sie die Aufgabe, das Böse abzuwehren. Ich habe genug gesehen und schlendere langsam zurück zu Leander, der noch immer im Schatten döst, und suche mir ebenfalls einen angenehmen Platz. Einige Zeit liege ich da und träume vor mich hin, beobachte dabei die kleinen Wölkchen über mir und höre dem Summen der Bienen zu. Fast gleichzeitig schrecken wir beide in die Höhe und schauen Richtung Straße. Da kommt uns doch eine Stimme sehr vertraut vor. Nora marschiert ein Stück von uns entfernt mit Britta an der Straße vorbei. Das monotone „Klack, Klack, Klack" ihrer Stöcke und ihr munteres, lautes Geplapper hallen zu uns herüber.

„Jetzt sei mal ganz ruhig, nicht rufen", mahnt Leander.

„Lass die zwei vorbei laufen. Die treffen wir sowieso wieder in *Vilalba*." Hoppla, was ist da schon wieder zwischen Leander und Nora in *Ribadeo* passiert, was ich nicht weiß? Ich mache mir so meine Gedanken und verhalte mich still.

In gehörigem Abstand zu den zweien setzen wir schließlich ebenfalls unseren Weg fort und können nach kurzer Zeit die Hauptstraße verlassen und auf bequemeren Pfaden weiterziehen, bis wir wieder auf eine breitere Asphaltstraße einmünden, die direkt nach *Vilalba* hineinführt. Hier ist die Straße staubig und der Asphalt strahlt die Mittagshitze unbarmherzig zurück. Unsere Wasservorräte, wir trinken wie die Kamele in der trockenen Sahara, sind schon wieder restlos aufgebraucht und wieder klebt uns die Zunge am Gaumen. Der Durst heute erreicht Olympianorm, einfach unerträglich! Leander geht es wohl ähnlich. Unmittelbar neben dem klotzigen Bau der Feuerwehr befindet sich die alte städtische Herberge gleich am Ortsbeginn. Nena sitzt davor und winkt zu uns herüber.

„Wollt ihr nicht auch hier übernachten?"

„Nein, wir laufen weiter", ruft ihr Leander zu.

„Wir suchen die neue Herberge. Die muss sich im alten Ortskern befinden. Wie wir gehört haben, soll es dort sauber und gemütlich sein. Mal sehen, was uns erwartet. Bis zum nächsten Treffen und lasst es euch gut gehen."

Die Buschtrommeln verbreiten so manches auf diesem Weg und so auch die Beschaffenheit der Herbergen.

Die staubig heiße Hauptstraße scheint sich für uns durstige Wanderer unendlich lange durch die Stadt zu ziehen. Heute am Sonntag ist der Ort wie leergefegt, kaum ein Mensch ist unterwegs. Fieberhaft suchen wir die Häuserreihen nach einem geöffneten Lokal ab und stolpern heute zum zweiten Mal wie Verdurstende in eine Bar. Noch im Stehen kippen wir die kalten Getränke in unsere ausgedörrten Kehlen. Für die nächste Runde nehmen wir draußen im Schatten auf den Stühlen Platz und lassen uns dazu noch Knabbereien bringen. Noch immer sind es mindestens zwei Kilometer bis zur Herberge, denn dieses *Vilalba* zieht sich wie ein Gummiband in die Länge, und wir mobilisieren unsere letzten Kräfte. Mein linker Fuß wehrt sich heftig dagegen. Schweiß und Staub vermengen sich durch die Hitze auf dem Körper zu einer klebrigen Schicht. Und irgendwie habe ich für den Moment die Nase voll. Ich will duschen, will einen kühlen Ort, will mich ausruhen, will einfach nur ankommen. Das zu dem Thema, heute sind es ja nur zwanzig Kilometer.

Der längere Weg zur Unterkunft hat sich auf alle Fälle gelohnt, denn wir finden eine sehr neue und sehr gepflegte Herberge vor, die sich in einem modernen, von außen nüchternen Gebäude hinter dem Altstadtkern versteckt. Gastfreundlich werden wir von den jungen, hilfsbereiten und um unser Wohl besorgen *Hospitaleras* empfangen. Hellgraue Wände mit farbigen Elementen und ein freundlicher Ess- und Aufenthaltsraum laden zum Verweilen ein. Im hellen, großzügigen Schlafsaal stehen die Doppelbetten mit weitem Abstand zueinander in Reih und Glied. Er bietet sicherlich Platz für mindestens 100 Personen, die größte Herberge bis jetzt auf dem Nordweg. Bei weitem sind nicht alle Schlafgelegenheiten belegt, und somit haben Leander und ich freie Auswahl und können uns direkt an den Fenstern einquartieren. Die sind gerade weit geöffnet und man kann von der Rückseite der Herberge her lachende und plantschende Menschen hören. Der typische Freibadgeruch, Chlor vermengt mit den unterschiedlichsten Sonnencreme-Düften, steigt mir in die Nase. So ein Freibadbesuch wäre auch mal nicht schlecht. Aber an Badebekleidung denken wohl die wenigsten Pilger bei der Zusammenstellung ihrer Ausrüstung.

Wir richten unsere Schlafkojen für die Nacht her und schlurfen zu den Duschräumen. Ich verschwinde in einer der Kabinen und lasse das heiße Wasser über meinen Rücken rieseln, und meine Muskeln und müden Beine entspannen sich augenblicklich. Für mich immer mehr der absolute Höhepunkt eines Pilgertages. Wann habe ich das letzte Mal meine Schmutzwäsche gewaschen? Ich frage Leander, wie es bei ihm aussieht und wir nutzen die Gelegenheit, denn in einem kleinen Raum stehen Waschmaschinen und Trockner bereit. Mühsam humpelnd hangle ich mich an den Betten entlang, um nach einer freien Maschine zu schauen.

„Erika, lass mal die Wäsche hier bei mir stehen", ruft Elisa, eine der jungen aufmerksamen *Hospitaleras* mir zu, als sie mich sieht.

„Ich kümmere mich darum. Du kannst ja kaum mehr gehen. Leg dich ein wenig hin. Ihr könnt später die gewaschenen Kleider bei mir abholen." Dankbar packe ich die verschwitzen Teile von Leander und mir in eine Plastikwanne und stelle sie ihr hin. Eigentlich hätte das Waschen auch Leander übernehmen können, aber durch die Tatsache, dass man uns beide oft gemeinsam antrifft, schließen viele daraus, wir beide wären ein Paar. Folglich bin ich auch verantwortlich für die Wäsche ... denken die *Hospitaleros*.

„Komm nachher mal zu mir", ruft mir Elisa noch zu.

„Ich gebe dir etwas für deine Schuhe, damit die Fersen entlastet werden. Du bist nicht die einzige, die sich mit solch einem Problem herumschlägt."

„Oh danke, da bin ich mal gespannt. Du hast Recht, ich lege mich erst mal hin, bevor wir essen gehen. Die Etappe heute war nicht übermäßig lang, aber trotzdem anstrengend. Heute war wohl einer der heißesten Tage", meine ich.

„Da kannst du Recht haben. Diese Temperaturen sind absolut zu hoch. Das ist auch für uns ungewöhnlich", pflichtet sie mir bei. Jetzt bin ich wirklich gespannt, was Elsa mir geben möchte. Der Gel-Keil, den ich mir in *Gijon* gekauft hatte, ist mittlerweile nur noch eine klebrige Masse. Im Saal ist es angenehm ruhig und kühl, und der Schlaf tut mir gut. Es erstaunt mich immer wieder, wie schnell sich der Körper an diese Strapazen gewöhnt und wie schnell er sich am Ende des Tages erholt.

„Sieh mal, das sind ganz normale dicke Damenbinden. Da nimmst du jetzt eine und faltest sie zu einem viereckigen Päckchen zusammen. Das drückst du hinten im Schuh in die Ferse. Dann nimmst du eine zweite, lässt sie auseinandergefaltet und legst sie der Länge nach in den Schuh hinein. Diese neuen haben ja Flügelchen, die man unter der Einlegesohle festkleben kann. Da verrutscht nichts. An der Ferse hinten kannst du auch noch eine zweite drauflegen, dann wird alles noch ein bisschen weicher. Und wenn es sich zusammengetreten hat, dann nimmst du das alles wieder heraus und packst dir frische rein."

Völlig perplex starre ich Elisa an.

„Ja was glaubst du, was wir hier jeden Tag erleben? Wir haben so unsere Erfahrungen. Hier, da hast du ein paar, probiere es aus." Das also ist es, was Elisa mir geben wollte. Zweimal lasse ich mir das nicht sagen. Sie wird schon wissen, was gut ist, und inzwischen probiere ich alles aus, was helfen könnte. Heute Abend allerdings ziehe ich nur meine bequemen Wandersandalen an, also muss es bis morgen warten, bevor ich diese geniale Idee teste. Kurz vor achtzehn Uhr raffen Leander und ich uns auf und schlendern gemächlich zum nahen Kirchplatz, um dort noch in der Abendsonne in aller Ruhe etwas zu trinken. Die Hitze hat ein wenig nachgelassen, aber noch immer ist es angenehmer, im Schatten eines Sonnenschirmes zu sitzen. Und als ob wir uns alle hier verabredet hätten, biegen auch noch Nora und Britta um eine Straßenecke. Die beiden nächtigen in einer Pension, mal wieder. Wie die Schulkinder sitzen wir vier auf der Bordsteinkante vor einer Bar, trinken Radler und Bier und beobachten die Menschen auf dem kleinen Platz vor uns. Ein paar Frauen sind gerade dabei, großzügig Blumen und Blütenblätter in einer angrenzenden Gasse auf das Pflaster zu verstreuen. Wenig später taucht ein Prozessionszug auf, den Ministranten anführen, die ein Kreuz tragen, gefolgt von einem Geistlichen. Dahinter reihen sich Kommunionskinder und deren Angehörige in die Schlange und alle verschwinden in der Kirche hier am Platz. Irgendwann öffnet sich die schwere Holztüre wieder und die ganze Gesellschaft quillt erneut ins Freie. Eifrig springen jetzt Fotografen durch die aufgeregte Menge, dabei bemüht, so viele Bilder wie möglich zu schießen. Grüppchen stehen beieinander, unterhalten sich laut und gestikulieren aufgeregt. Also ob wir uns einen Film betrachten würden, sitzen wir da und verfolgen diese Szenerie gebannt, bis uns der Hunger in eines der naheliegenden Restaurants treibt. Mit Gerti und Winni, die ebenfalls zu uns stoßen, dinieren wir heute Abend zu sechst und lassen uns ein galicische Menü auftischen. Britta, die sich beim Weingenuss sonst immer zurückhält, schaut heute tatsächlich ein wenig zu tief ins Glas, und auch Nora trinkt ordentlich über den Durst. Irgendetwas muss mir da entgangen sein, denn zwischen ihr und Leander brennt die Luft, die Kommentare werden zunehmend heftiger und giftiger und die Stimmung immer kritischer. Ganz knapp vor 22 Uhr, bevor die Türe verschlossen wird für die Nacht, erreichen wir unsere Herberge. Auf Zehenspitzen schleichen wir zu unseren Betten und bemühen uns, möglichst geräuscharm in die Schlafsäcke zu kriechen. Irgendwie schafft es Leander, sich von seinem oberen Bett zu mir herunterzubeugen und mir einen Kuss auf die Backe zu drücken.

„Schlaf gut, Erika", flüstert er.

„Schlaf gut Leander" … "Die Waltons" lassen grüßen.

Vilalba - Baamonde

Ein bisschen Glück, Männerpanik, wieder alleine, die jüngste Hospitalera

Ich kann noch so müde sein vom Tag, in letzter Zeit wache ich oft mitten in der Nacht auf, liege wach im Bett und dann folgen lange zermürbende Gedankenspiele. Trotz der vielen Menschen, die im Raum schlafen, ist es ruhig, kaum ein Schnarcher befindet sich unter ihnen. Das wievielte fremde Bett ist das jetzt, in dem ich liege? Langsam vermisse ich meines zu Hause. Für die Daheimgebliebenen fängt heute die Arbeitswoche wieder an, für mich die letzte Woche, die ich pilgere.

Und der 100-Kilometerstein rückt unbarmherzig näher.

Frühstück gibt es um sieben. Danach bastle ich mir die Damenbinden in meine Wanderstiefel. Bin gespannt, wie es sich damit läuft. Wir verlassen *Vilalba* über einen kleinen Pfad und marschieren später unter der immer wieder präsenten Autobahn hindurch. Mit meinen genialen Einlagen laufe ich tatsächlich fast wie auf Wolken, jeder Schritt wird gedämpft. Bin gespannt, wie lange das anhält. Irgendwann erreichen wir eine steinerne mittelalterliche Brücke, die in einem schattigen Wäldchen ihren Bogen über einen kleinen Flusslauf spannt. Leander stapft zu dem schmalen Gewässer hinab, und ich mache es mir auf der niedrigen Brückenmauer bequem. Sanft und beruhigend rauscht das Wasser unter mir hindurch und funkelt grünlich in den Sonnenstrahlen. Am flachen Ufer wuchern Büsche, deren Äste über das Wasser hängen, und hoch gewachsenen Bäume, die kühlen Schatten spenden. Es herrscht eine göttliche Ruhe, nur Bienensummen und Vogelzwitschern ist zu hören, und weit und breit kein Mensch zu sehen. Die Zeit steht still für einige Minuten, bis wir uns schweren Herzens losreißen, um immer tiefer in das galicische Hinterland hineinzuwandern. Die wenigen, zum Teil verfallenen Weiler, auf die wir treffen, wirken ärmlich. Nicht selten stehen große, von surrenden Fliegenscharen umschwärmte, dampfende Misthaufen vor den alten kleinen Gehöften. Krakeelende Hähne sorgen unter ihren aufgeregt gackernden Hühnern, die die Höfe bevölkern, für Ordnung, Katzen rekeln sich träge in der Sonne und die Wachhunde liegen angekettet und gelangweilt vor ihren Hütten. Selbst für uns Vorbeiziehende zeigen sie kaum Interesse. In den Anwesen und ihren

Bauerngärten schießen in einer überbordenden Pracht allerlei Pflanzen und Sträucher in die Höhe. Goldregen, Jasmin, Clematis, Rittersporn, Rosen, Calas, Phlox, Hortensien, Akelei, ich habe den Eindruck, als stünde ich vor einem impressionistischen Gemälde, wenn da nicht das Ziegenmeckern und Schafeblöken wäre. Diese kleinen Bauernhöfe sind, jeder für sich genommen, bezaubernd wirkende Kleinode. Das tägliche Leben allerdings muss hier sicherlich nüchtern und hart sein. Nicht selten kann man beobachten, wie wunderschön anzuschauende Pferde über die Koppeln galoppieren und keck ihren Kopf nach hinten werfen, dass die Mähne nur so fliegt im Wind. Sogar ein großes Storchennest samt seinen Bewohnern können wir auf einem hohen Gerüst mitten auf einer Wiese entdecken. Störche, die auf dem *Camino Francés* ein täglicher Anblick waren, sind hier Mangelware. Und etwas, das mir noch nachts in meinen Träumen in der Nase hängt, trumpft hier zu Hochform auf: das unverkennbare Gemisch aus Kuhmist und Schweinestalldung.

Diese Etappe heute lässt sich gut laufen, denn die meiste Zeit schlängelt sich unser Weg unter schattigen Bäumen und durch kühle Hohlwege hindurch. Selten plagen uns Asphalt und Steinböden. Nachdem ich meine Spezialeinlagen geschmeidig gelaufen habe, funktioniert es mit ihnen prima und ich pilgere seit langem fast schmerzfrei. Leander ist ständig irgendwo in meiner Nähe und um mein Wohlergehen besorgt, reicht mir meine Trinkflasche oder auch etwas zum Essen. Mich beschleicht das Gefühl, dass er meint, sich um mich kümmern zu müssen, nachdem ich für ihn da war, als ihn seine Schienbeine so schmerzten. Am Rande eines kleinen Hohlweges lacht mich doch tatsächlich wieder eine ganze Ansammlung vierblättriger Kleeblätter an, und abermals könnte ich einen ganzen Strauß davon pflücken, begnüge mich aber dieses Mal mit einigen wenigen von ihnen. Ein Stückchen weiter entfernt sitzt mein Wegbegleiter bereits vor einer Bar und wartet auf mich. Er schimpft wie ein Rohrspatz.
„Die sind sowas von unfreundlich und pampig da drin. Das sieht gerade so aus, als ob die nichts verkaufen wollten. Ich habe mir gerade eine Cola geholt. Probier' du mal, ob die zu dir freundlicher sind. Und zum Essen rücken die jetzt um diese Uhrzeit noch gar nichts heraus, erst später."
Die Bar ist leer bis auf einen Gast, mit dem sich die Wirtsleute angeregt unterhalten. Ich bestelle mir eine *Clara* und bekomme ebenfalls in knappen ruppigen Worten erklärt, dass es jetzt kein Essen gäbe, noch

nicht mal ein belegtes Brötchen. Die sind hier wohl nicht gut zu sprechen auf Pilger. Draußen kauere ich mich zu Leander auf die Bordsteinkante.
„Hier, schau mal, ich schenke dir eine Portion Glück", und reiche ihm vier Kleeblätter.
„Wo hast du die denn schon wieder her? Ich hab' auf dem ganzen Weg noch keines gefunden." Erstaunt schüttelt er den Kopf.
„Britta geht es genauso. Die stand sogar in *Mondoñedo* mit mir im Kirchgarten. Da war alles voll und sie konnte kein einziges Blatt sehen", jetzt muss auch ich darüber lachen.
„Glück kann ich gebrauchen, und gleich viermal! Danke Erika, die presse ich jetzt in meinem Pilgerführer."
Er packt die Blättchen vorsichtig zwischen die Seiten und verstaut alles in seinem Rucksack.
„Sag mal", frage ich ihn, „möchtest du auch in Santiago in der *Hospedaje San Martino* übernachten? Das ist die, die direkt an der Kathedrale steht", fällt mir gerade ein.
„Das wäre nicht schlecht, ich habe dort noch keine Unterkunft", überlegt er.
„Dann ruf ich da mal an und frage nach, ob die noch zwei Pilgerzimmer haben."
Sie haben nichts mehr, alles ausgebucht. Das war zu erwarten, denn diese kleinen Kämmerchen sind heiß begehrt. Macht nichts, ich habe ja schon für mich ein Zimmer in einem kleinen Hotel gebucht. Aber diese Pilgerunterkunft, die in einem großen, herrschaftlichen Klostergebäude untergebracht ist, das sich unmittelbar gegenüber der Kathedrale befindet, wäre schon schön gewesen und vor allem preiswert.
Nachdenklich schaut mich Leander an und meint dann etwas zögerlich:
„Du kannst ja jetzt schon wieder ganz gut alleine laufen. So wie es aussieht, geht es deinen Füßen besser als gestern. Eigentlich will ich heute eine längere Etappe marschieren ... oder morgen ...."
Leander ist sich unsicher, wie schon so oft.
„Und wenn wir uns aus den Augen verlieren, ich warte auf alle Fälle in Santiago auf dich, bevor ich nach *Finisterra* weiterziehe. Wenn du ankommst, dann werde ich an der Kathedrale stehen und dich gebührend in Empfang nehmen."
„Das würdest du tun? Auf mich warten? Aber hör mal, das geht trotzdem nicht, dass du alleine weitergehst", ich zwinkere ihm zu.
„Zum einen ist das für deine Beine nicht gut und zum anderen kannst du mich doch jetzt nicht einfach so einsam zurücklassen."

Er sitzt still da und schaut ernst vor sich auf den Boden. Was geht wohl in diesem Moment in seinem Kopf vor sich? Heute hat er noch kein einziges Mal von seiner Frau gesprochen. Plötzlich schaut er zu mir herüber und leicht gereizt bricht es aus ihm heraus:

„Keine Fesseln, keine Fesseln!"

Ist das sein Problem? Wenn es zu eng wird, dann verschwindet er? Wurde ihm seine Ehe zu eng und er ist deshalb ausgebrochen? Keine Nähe zulassen, keine Gefühle zeigen, das ist wohl eines der großen Probleme vieler Männer. Trotzdem brechen wir noch gemeinsam Richtung *Baamonde* auf. Als sich allerdings der Pfad entlang eines Feldes, das an einen Wald grenzt, immer seicht den Berg hinaufzieht, ist Leander mit einem Male nur noch ein roter Punkt in der Ferne. Wenn er die Flucht ergreift, dann heißt das, er will alleine sein. Es macht mich ein wenig traurig. Aber was soll's, ich hatte ursprünglich sowieso geplant, alleine zu pilgern.

Ein paar Kilometer vor *Baamonde* verlasse ich den angenehmen Pfad, um entlang einer breiten, befahrenen Straße in den Ort zu gelangen. Dieser ewige Asphalt ist mir mittlerweile verhasst. Er ist unangenehm hart, strahlt die Hitze des Tages gnadenlos zurück und lässt mich schneller durstig werden. Freia, das junge Mädchen, mit dem Nena, die Sozialarbeiterin, diesen Jakobsweg bestreitet, taucht neben mir auf und plappert munter drauf los. Sie spricht kein Deutsch und wir unterhalten uns auf Englisch.

„Sag mal, Freia, macht dir das Spaß, mit deiner Betreuerin hier zu pilgern?", interessiert stelle ich ihr diese Frage.

„Ja schon", antwortet sie mir bereitwillig. „Am Anfang musste ich mich allerdings an das tägliche Laufen gewöhnen. Aber jetzt bin ich ganz begeistert. Ich lerne viel dabei. Ich kaufe ein, kümmere mich um die Wäsche, erkundige mich, wie die Strecke verläuft. Nena vertraut mir und ich habe viele Freiheiten."

„Weißt du, Freia, ich finde das eine ganz tolle Sache. Vor einiger Zeit ist mir schon mal ein Junge begegnet, der mit seinem Betreuer unterwegs ist. Die beiden sind allerdings auf den *Primitivo* abgebogen. Aber ich kann mir vorstellen, dass das eine sehr große Verantwortung für Nena ist. Das kann ja in die Hose gehen."

Vor der Leistung dieser Betreuer bin ich schwer beeindruckt. Sie sind verantwortlich für ihre Schützlinge und müssen selbst auch noch die gesamte Strecke bewältigen. Soweit ich von Nena weiß, ist sie in diesem

Jahr bereits das zweite Mal mit einem Jugendlichen auf einem der Jakobswege unterwegs.

„Wo ist denn dein Mann eigentlich? Ist der schon in *Baamonde*?"

Freia schaut mich fragend an. Jetzt muss ich wirklich lauthals lachen.

„Nein wirklich, das ist ja schon spaßig. Leander und ich sind nicht verheiratet, Freia. Wir haben uns hier in der ersten Woche hinter *Bilbao* kennengelernt und seitdem sind wir mehr oder weniger gemeinsam unterwegs."

Jetzt ist es an Freia, erstaunt zu schauen.

„Aber ihr beiden harmoniert so prima miteinander und schaut immer so glücklich aus!"

„Das macht dieser Weg aus den Menschen. Außerdem braucht fast jeder hier jemanden, bei dem er sich aufgehoben fühlt. Viele sind doch alleine unterwegs und es gibt ein bisschen Sicherheit zu wissen, dass da eine Person in der Nähe ist, die dich versteht und an die du dich wenden kannst, wenn du Hilfe brauchst. Und Leander und ich, wir verstehen uns einfach prima, mehr nicht", kläre ich Freia auf.

Aber es gibt mir trotzdem zu denken. Es ist tatsächlich so, dass wir aufeinander eingespielt sind wie ein altes Ehepaar, alles ist vertraut und so selbstverständlich zwischen uns beiden. Vielleicht ist es auch das, was ihn bewogen hat, die Flucht zu ergreifen.

Das Ortsschild von *Baamonde* taucht auf, kein großer Flecken und auch nicht wirklich schön. Dafür ist die Herberge, die gleich am Ortsbeginn liegt, gemütlich, großzügig und sauber. Der Innenbereich wurde mit viel Holz ausgestattet und der dazugehörige Garten lädt zum Verweilen ein. Die *Hospitalera* Nuria soll die jüngste und hübscheste *Hospitalera* auf der ganzen Strecke sein. Hübsch ist sie in der Tat mit ihren langen dunklen Haaren und den leuchtenden großen Augen, aber ob sie die jüngste ist?

„Ja hallo, willst du hier über Nacht bleiben?"

Ein mir flüchtig bekannter Pilger spricht mich an, als ich durch die Türe trete.

„Dein Mann kam vor einer guten halben Stunde hier vorbei, ist dann allerdings weitergezogen."

Jetzt wird es langsam kurios. Kein Wunder, dass Leander auf und davon ist. Zum einen sind wir beiden wohl auf der ganzen Strecke bekannt wie ein bunter Hund, zum anderen glauben die meisten tatsächlich, wir wären ein Paar.

„Ja, ich bleibe in der Herberge. Mir langt es für heute. Danke für die Info", ich grinse, „das braucht Leander ab und an. Wenn er mit sich alleine sein will, dann rennt er einfach Kilometer um Kilometer runter. Den werde ich schon irgendwo wieder treffen. Übrigens, wir sind nicht verheiratet, und wir sind auch kein Paar. Wir sind nur Pilgerfreunde." Und auch dieser Herr im mittleren Alter schaut ein wenig verdutzt ob dieser Antwort. Dass Leander Richtung *Miraz* weiterlaufen würde, hatte ich bereits vermutet. Irgendetwas rumort wieder in ihm.

Im unteren Bereich der Herberge, gleich im ersten Zimmer, bekomme ich ein Bett in einem Schlafraum mit drei Stockbetten zugewiesen. Gemeinsam mit mir richtet dort ein älteres französisches Ehepaar sein Nachtlager her. Die beiden hatte ich schon einige Male unterwegs auf der Strecke getroffen. Mir fällt auf, dass ich alle Pilger seit langem nicht mehr gesehen habe, die in den ersten Tagen meinen Weg gekreuzt hatten. Was mag wohl aus Gabi geworden sein oder dem mallorquinischen Ehepaar, aus Jakob, und wo mag Johannes aus *Buelna* stecken, was macht die forsche Roswita, und Emely und Petra, und vor allem die bemitleidenswerte Polin, mit der ich gemeinsam die Nacht in der verlassenen Herberge in *San Justo* verbracht hatte? Alfred, der Schrecken der Nacht, ist ja auf den *Primitivo* abgebogen, genau wie Pascal mit seinem Betreuer und auch Rocco.

Die Türe der Herberge fliegt auf und Nora und Britta platzen herein. Mittlerweile sind auch diese beiden ein eingespieltes Team.
„Hey Erika, ist Leander auch da?", sofort will Nora das wissen.
„Das ist ja schön, dass ihr auch hier über Nacht bleibt. Nee, der ist weitermarschiert. Keine Ahnung, wo der jetzt steckt", erwidere ich. Ohne unseren „*Caminogockel*" ist Nora ein ganz anderer Mensch, kein bisschen streitsüchtig, sondern handzahm und rührig. Nach unserem Duschritual verschwinden wir in eine nahegelegene Bar, bestellen uns *Café con Leche*. Und auch beim Mandelkuchen lange ich gerne zu, denn ab und an verlangt der Körper nach Zucker. Auch heute werden unsere Tageserlebnisse mit viel Gelächter ausgetauscht, bevor wir uns in einem kleinen *Supermercado* mit Lebensmitteln für das Abendessen eindecken und mit Proviant für die morgige Etappe. Auch heute Abend bedauern mich einige und fragen, wie ich denn überhaupt den ganzen Tag laufen könne. Das, wenn ich selber wüsste! Ich laufe einfach - *paso y paso* -, als ob es das selbstverständlichste der Welt wäre. Ein herrlich milder Abend belohnt uns für die Hitze des Tages, und wir drei Hühner sitzen im Garten und genießen unser Abendessen, spanische Salami, Käse, Baguette, Wein, Tomaten. Die Hauskatzen streichen um unsere Beine

und betteln um den einen oder anderen Leckerbissen. Außer Nena und Freia und uns dreien ist nur noch eine Handvoll weiterer Pilger zum Übernachten hier. Es werden von Tag zu Tag weniger, die man auf diesen Streckenabschnitten antrifft.

Es gibt Wichtigeres im Leben,
als beständig dessen Geschwindigkeit zu erhöhen
(Mahatma Gandhi)

Baamonde - Miraz - Roxíca

*Im Geisterwald, der Tod gehört zum Leben, Reggae-Musik im Nirgendwo,
ein unheimlicher Ort und einsame Highlands*

Da das französische Ehepaar noch schläft, ich würde ebenfalls noch
gerne weiterdösen, wache aber mal wieder sehr früh auf, bleibe
ich liegen und warte, bis die beiden aus ihren Betten krabbeln.
Britta und Nora schlafen sowieso immer etwas länger, also brauche ich
mich nicht zu beeilen. Aber schließlich entsteht im ganzen Haus eine
allgemeine Unruhe und ich krieche ebenfalls aus meiner Koje. Meinen
Füßen geht es furchtbar, ganz so, als ob die Gelenke über Nacht in
Generalstreik getreten wären. Ich komme kaum vom Bett hoch,
geschweige denn zur Toilette. Dafür brauche ich gefühlte Stunden. Was
soll das heute nur werden? Meine genialen Schuheinlagen haben also
nicht sehr viel geholfen, meine Wundersalbe versagt den Dienst.
Mitfühlende Blicke von allen Seiten und die Frage, wie ich wohl die
Etappen durchhalte. Wieviele Tage liegen jetzt noch vor mir? Vier, wenn
alles gutgeht, und keine Sekunde zweifle ich daran, diese vier Tage noch
zu überstehen, so kurz vor dem Ziel!
Unser Trio frühstückt in der Bar vom Abend zuvor. Wie habe ich
inzwischen dieses eintönige spanische Frühstück satt. Mein Verlangen
nach Körnerbrot, nach Laugenbrezeln, nach bekömmlichem Kaffee, nach
deutschem Frühstück wird immer größer. Mittlerweile schätze ich es,
alleine unterwegs zu sein. Ich muss auf niemanden Rücksicht nehmen
und kann gehen, wie ich möchte. Also werden wir heute nicht
gemeinsam pilgern.
Das D-Zug-Tempo von Nora kann ich nicht mehr mithalten, und auch
Britta wandert, noch immer blasengeplagt, ihre eigene Geschwindigkeit.
Noch ein Stückchen geht es entlang der Nationalstraße heraus aus
Baamonde. Ein Ort, der, wie mir scheint, so gar nichts Aufregendes zu
bieten hat. Von was leben eigentlich die Menschen hier? Was arbeiten sie
und vor allem, wo? Fahren alle in die nächstgelegenen größeren Städte?
Plötzlich und unvermutet steht der Monolith mit der magischen Zahl
„100 km" bis Santiago vor mir am Wegesrand zwischen Bahngleisen,
Unkraut und Nationalstraße. Ein hässlicher, unspektakulärer, alter und
verwitterter Stein. Die Zahl 100 hat jemand mit Kreidestift auf den Stein
gekritzelt, da das ursprüngliche Schild nicht mehr vorhanden ist.
Wahrscheinlich hatte es irgendein „Andenken-Freak" herausgebrochen

und mitgenommen. Wenigstens ist das blaue Emailschildchen mit der gelben strahlenförmigen Muschel intakt. Ab hier muss alles zu Fuß zurückgelegt werden, um im Pilgerbüro in Santiago die ersehnte „*Compostela*" zu erhalten. Ich kann mich noch sehr gut an diesen „Meilenstein" auf dem *Camino Francés* erinnern, der am Rande eines kleinen Waldpfades stand, über und über mit allerlei Unterschriften und aufmunternden Sprüchen verziert. Ganz ehrfürchtig und gebannt stand ich damals davor. Das sah nicht hässlich aus, denn der Stein wirkte auf mich wie ein kleines Kunstwerk. Dieser Monolith hier ist verwahrlost, verschmutzt, zerschunden und unscheinbar. Vielleicht hätte ich ihn noch nicht einmal wahrgenommen, würde er nicht direkt an der Stelle stehen, an der der Weg von der Nationalstraße weg nach links auf eine Brücke abzweigt. Aber möglicherweise empfinde ich diesen Stein auch nur so, weil mir dieser Weg meine letzten Kräfte abverlangt. Also wende ich mich der massiven Steinbrücke zu, um den *Ria Paga* zu überqueren. Unter mir gurgelt grün irisierendes Wasser hindurch, lang gewachsene Algen und Gras winden sich in der leichten Strömung und Heerscharen von Fischen schaukeln in dem nicht allzu tiefen Gewässer. Auch hier hängen die Bäume und das Gebüsch an der Uferböschung ihre Äste und Zweige weit über das Wasser oder auch in die Fluten hinein. Und ab hier verschluckt mich das galicische Hinterland. Ab hier laufe ich durch dunklen Wald. Ab hier wird die ländliche Gegend noch einsamer. Zumindest bis *Sobrado dos Monxes*.
Erbarmungslos klettert das Quecksilber auch heute wieder in die Höhe und das viele Grün und die unzähligen kleinen Bäche verwandelt die Feuchtigkeit in der Luft in eine schwer einzuatmende dicke Masse. Dankbar genieße ich den kühlenden Schatten, den die dicht stehenden Bäume spenden. Kurz nach der Brücke treffe ich mitten im Dunkel des Waldes auf eine einsame kleine Klosterkirche, die gotische Kapelle *San Alberte*. Mystisch, nahezu gespenstisch wirkt dieses kleine Gotteshaus mit dem hohen schmalen Steinkreuz davor auf mich. War es ein Kreuz, waren es drei Kreuze? Ich weiß es nicht. Dieser Platz ist mir unheimlich und ich ziehe schnell weiter einen seichten Anstieg hinauf. Auch wenn alles trotz dieser gespenstischen Stimmung einen friedlichen Eindruck macht, lange aufhalten möchte ich mich hier nicht. Der enge Pfad bahnt sich einsam seinen Weg durch die mit Flechten bewachsenen Bäume, die teilweise wild durcheinander wuchern oder umgeknickt auf dem Boden liegen. Es ist schummrig, denn nur spärlich fällt Licht durch die Baumkronen. Ein modrig-feuchter Geruch von Fäulnis, nasser Erde,

Moosen, Pilzen und Tannennadeln hüllt mich ein, und zum ersten Mal fühlt sich diese Abgeschiedenheit für mich bedrückend an. Die Stille ist beklemmend und jedes Knacken im Unterholz jagt mir einen Schauer über den Rücken. Kleine Quellen gurgeln im Gehölz. Keine Menschenseele weit und breit. Werde ich jetzt noch ängstlich auf die letzten Tage? Dieser Wald hier erinnert mich an das Märchen der Gebrüder Grimm mit Hänsel und Gretel. Es würde mich nicht wundern, wenn hinter einem dieser knarzigen Bäume eine krumme, gebeugte Hexe zum Vorschein kommt und mit ihrem durch Gicht verkrüppelten Finger nach mir winkt.

Endlich taucht wieder Licht vor mir auf, und ich gelange an eine satte grüne Wiese, auf der majestätische Reitpferde grasen. Ich durchwandere die winzigen Weiler *Toar* und *Bandoncel*, und der süßliche Geruch der Futtersilos schwebt in der Luft. Landwirtschaft pur, Viehzucht, Ackerbau, Holzwirtschaft, Kuhmist ... aber wo sind die Menschen? Selbst in den kleinen Dörfern lässt sich niemand blicken. Gelegentlich müht sich ein alter Bewohner mit gebeugtem Rücken und mühsam am Stock spazierend die Straße entlang. Keine Bar und kein *Mercado*. Aber es muss hier in diesem entlegenen Flecken einen Busverkehr geben. Am Straßenrand stehen kleine geduckte Wartekabinen aus grauem schmutzigem Plastik mit einer Sitzgelegenheit darin, die Schutz bieten vor den oft heftig einsetzenden Winden und Regenfällen. Die meisten sind mit Graffiti verschmiert. Mich erinnern diese Kabinen stark an die kleinen Boxen, die für die Kälberaufzucht verwendet werden. Die zum Schneiden dicke Luft drückt schwer auf die Brust und der Schweiß schießt aus allen Poren. Bis jetzt bin ich noch gut mit Wasser versorgt, und an Quellen mangelt es nicht. Wieder heißt es einfach nur einen Fuß vor den anderen setzen, einatmen, ausatmen, gehen.

Es gibt keine Eile mehr.

Die feuchte, mit dunkler Erde verschmutze Landstraße, die ich gerade passiere, wird von einem dichten Nadel- und Laubwald begrenzt. Mein Blick richtet sich zufällig zum Boden auf eine stattliche, wunderschöne, in allen Blau- und Grüntönen schillernde Smaragdeidechse. Es ist schon Tage her, seit ich zum letzten Mal eine gesehen habe. Dieses Tier vor mir auf dem Boden ist tot. Sein schöner großer Körper ist vollkommen intakt, fast jedenfalls. Es sieht noch so lebendig aus und starrt mich mit fragenden Augen an. Ganz so, als ob es noch nicht begriffen habe, dass das Leben aus seinem Körper entschwunden ist. Sein eindrucksvoller Schwanz fehlt. Das Hinterteil wurde, so wie es aussieht, wohl von einer

Kuh zermalmt. Man kann den Hufabdruck noch gut erkennen. Dieses arme Geschöpft wurde mitten in der Flucht erwischt. Wie lange braucht es wohl, bis der Tod im Kopf ankommt? So schnell ist das Leben vorbei, nur ein Huftritt entfernt. Minutenlang stehe ich da, schaue auf dieses verendete Tier. Mir steigen Tränen in die Augen und ich weine tatsächlich um diese Eidechse, laufe schluchzend, nachdenklich und alleine meinen Weg, bis ich einen abseits gelegenen Bauernhof erreiche. Schwarz-weiße Milchkühe recken ihre Hälse gelangweilt aus den Ställen zu mir herüber oder stapfen in ihren Gattern durch schwarzen, morastigen Boden. Ein paar wenige Tiere stehen unbeweglich in einer kleineren Umzäunung vor ihren Stallungen. Auch hier ist der Boden mit knöchelhohem Schlamm bedeckt. Mein Blick bleibt an einem kleinen schwarz-weißen Bündel hängen, das in der Mitte der Koppel mitten im Schmutz liegt. Ein kleines Kälbchen, geboren um sofort zu sterben. Das Fell ist mit Schleim und Blut verschmiert. Um den kleinen Körper windet sich die Nabelschnur. Die Nachgeburt liegt wie ein Eitergeschwür daneben. Selbst im Tod sieht das winzige Wesen herzzerreißend zerbrechlich und schutzbedürftig aus. In gebührendem Abstand zu diesem armen Geschöpf stehen einige Kühe im Gatter, teilnahmslos, unbeeindruckt. Ob ihnen bewusst ist, dass da ein totes Kälbchen neben ihnen liegt? Sehr lange kann diese unglückliche Geburt noch nicht her sein. Was ist das für ein Tag? Erst diese Eidechse, jetzt ein neugeborenes Kälbchen. Das wühlt meine Gefühle heftig auf und ich heule Rotz und Wasser. Abrupt drehe ich mich um und stapfe trotzig weiter. In der Gutseinfahrt parkt ein Geländewagen, eine junge Frau mit Gummistiefel überquert den Hof und blickt kurz zu mir herüber. Ob sie weiß, was sich dort hinten abgespielt hat? Zwingt mich dieser vermaledeite Weg dazu, mich auch noch mit dem Tod auseinander zu setzen? Ausgerechnet in dieser gottverlassenen Ecke Galiciens? Vor meinem inneren Auge taucht der dunkle Sensenmann auf mit wehenden Gewändern. Warum wird er immer dunkel und schwarz dargestellt? Welche Farbe hat der Tod denn eigentlich? Wer weiß das schon? Für mich ist er rot, blutrot und leuchtend. Eine Farbe des Lebens. Nichts ist so eng miteinander verbunden wie Leben und Tod. Nichts von beidem kann ohne das andere bestehen. Kein Leben ohne Tod, kein Tod ohne Leben. Der Tod macht mir keine Angst. Im Grunde ist er das einzig Beständige im Leben. Und er ist das einzig Gerechte, er holt jeden, egal ob arm oder reich. Wir alle sollten uns vor Augen halten, dass er unsere Zukunft ist. Und er ist das Wichtigste in unserem Leben, deshalb kommt er am Schluss. Ich bin überzeugt davon, dass er nicht unser Ende bedeutet. Schwierig und Angst machend ist nur das Sterben für uns. Das Abschiednehmen von Menschen, die man liebt, vor der Art und Weise, wie man stirbt. Wir haben in unserer hektischen, durchorganisierten Zeit verlernt, unsere Angehörigen in Achtsamkeit und Selbstbestimmtheit sterben zu lassen. Anstatt in unpersönlichen Krankenhausräumen oder Pflegeanstalten das Lebensende zu erwarten, wäre es doch etwas Wunderbares, seinem Ende in einer friedvollen und besänftigenden Umgebung entgegen sehen zu dürfen. Jeder sollte sich seinen Platz und auch den richtigen Zeitpunkt dafür selbst wählen dürfen. Stattdessen bekommen wir per Gesetz vorgeschrieben, wie und wann wir zu sterben haben, ereilt uns nicht die Gnade des Todes von alleine. Mitten im Wald auf einer Lichtung, an einem kleinen Bach oder See, mit dem Gesang der Vögel. Oder auf einem Berg, dem Himmel nahe und mit den Sonnenstrahlen im Gesicht, wäre das nicht wundervoll und versöhnlich? Meine Stimmung kippt beängstigend, die Tränen rinnen ungehindert über mein Gesicht. Ich will mich jetzt nicht beruhigen, ich will vor mich hin heulen. Sterben, was bedeutet das eigentlich?

In Frieden loslassen?

Losgelassen werden in Frieden?

Gehen dürfen?

Mit unserer Geburt bekommen wir alle Aufgaben für unser Leben gestellt, die wir zu lösen haben. Hat derjenige, der früh stirbt, diese Aufgaben schneller bewältigt? Und muss wiederum der, der lange lebt, deshalb länger leben, weil er mit den ihm gestellten Aufgaben nicht zurande kommt? Warum haben wir Angst davor? Wenn es ein Leben nach dem Tod gibt, dann müssen wir uns nicht fürchten. Ist danach alles zu Ende, dann sowieso nicht. Also warum fürchten wir uns? Einzig und allein vor dem Ungewissen, denn kein Gestorbener kann uns Lebenden davon berichten, wie es im Jenseits aussieht. Aber vielleicht ist ja unser Leben im Jenseits unser wirkliches Leben und unsere Zeit auf Erden nur eine Pflichtübung, die uns gestellt wird. Besteht nicht alles, auch alle Lebewesen, aus Atomen? Geht man davon aus, dann muss es auf irgendeine Weise weitergehen. Atome verschwinden nicht einfach, lösen sich nicht auf, wenn der Körper verwest oder verbrannt wird. Atome bestehen fort. Demzufolge schwirren doch alle Atome sämtlicher verstorbener Menschen und Lebewesen in der Luft um uns herum. Und somit ihr ganzes angesammeltes Wissen. Das sind ungeahnte Quellen, die man sich zu Nutze machen könnte. Spielte so etwas nicht auch in dem

Kinofilm „Avatar" eine Rolle? Durch den „Baum der Seelen" konnten sich die *Na'avi*, die Einwohner von Pandora, mit den Seelen ihrer Ahnen verbinden. Vielleicht nehmen wir ja in unseren Träumen mit unseren Vorfahren Kontakt auf. Nach einem sehr intensiven Traum habe ich ab und an das Gefühl, alles real erlebt zu haben. Wer weiß, was in unserem Unterbewusstsein alles so passiert …

Es wird Zeit, dass ich wieder auf Menschen treffe. Je länger ich diesen *Camino* laufe, umso spiritueller und schrulliger beginne ich zu denken. Allmählich beruhige ich mich wieder, der Heulkrampf, der mich beim Anblick des toten Kälbchens geschüttelt hatte, hört auf und fröhlichere Gedanken kehren zurück. Wo mögen die Anderen gerade alle stecken? Der Waldweg verzweigt sich. Ein Hinweisschild macht auf eine Herberge im Weiler *Eirexe* aufmerksam und eine kleine Bar, die sich ebenfalls dort befindet, lockt mit kühlen Getränken. Ein wenig unsicher stehe ich da und überlege, ob ich diesen Umweg von ein paar hundert Metern auf mich nehmen soll. Aber irgendetwas zieht mich magisch dorthin und ich biege in die Abzweigung ein. Ein kleines, uriges Steinhaus empfängt mich inmitten dieser Einsamkeit. In einem Gatter davor springen vergnügt einige Ziegen umher und dazwischen picken Hühner vom Boden Körner auf. Auf der kleinen Terrasse zwischen den Stühlen und Tischen sonnen sich Katzen und leuchtende Blumen wachsen üppig auf der angrenzenden Wiese. Und als ob ich es hätte fühlen können, im Schatten vor dem Eingang sitzen Britta und Nora.

„Sag mal, wie machst du das eigentlich? Solange sind wir auch noch nicht hier. Und du mit deinem Humpelschritt bist fast genauso schnell."
Immer wieder dieselbe erstaunte Frage von Nora an mich beim Zusammentreffen. Wie gewöhnlich sitzt Britta still da. In einigem Abstand vor ihr fläzt sich ein weiterer Pilger ausgestreckt in einen Stuhl. Das Einzige, was er mit sich trägt, ist eine kleine Umhängetasche, in die sein Hab und Gut verstaut ist, und das kann nicht viel sein. Er spricht wenig und nach einem Weilchen steht er auf und macht sich ohne Gruß auf den Weiterweg.

„Oh mein Gott, der stinkt wie ein Iltis!",
Nora rümpft angewidert die Nase.
„Der hat ja noch nicht mal Wäsche zum Wechseln dabei und rennt ständig in den gleichen Klamotten durch die Gegend."
„Das ist Peter, der ist sowieso ein merkwürdiger Typ", meldet sich auf einmal Britta zu Wort.

„Das ist der Kerl, dessen Freund in der Herberge in *La Isla* vom Stockbett gefallen ist und sich dabei so schlimm verletzt hat, dass er bewusstlos war. Der hat keinen Finger gerührt, um ihm zu helfen."

Die Pause hier in der wohltuenden Abgeschiedenheit tut gut und in Ruhe trinke ich meine *Clara*. Hier mitten im Wald kann man die Zeit vergessen, vor allem so, wie wir dasitzen und quatschen. Nach mehr als einer halben Stunde rappeln wir uns alle drei auf. Mehrmals haben wir uns überlegt, ob wir nicht hier übernachten sollten, entscheiden uns aber dagegen. Auch ich, obwohl meine Füße nach der Rast wieder Zeit zum Einlaufen brauchen. Schnell eilt Nora uns voraus und ist bald über alle Berge und außer Sichtweite. Britta schließt sich fürs erste mir an. Wir haben schon ein ganz gehöriges Stück seit der Herberge zurückgelegt, da bleibt sie ruckartig stehen.

„Mensch Erika, ich weiß nicht wo, aber ich habe meinen Regenschutz für den Rucksack verloren. Ich laufe zurück und schaue, ob ich den wiederfinde."

„Du willst jetzt nicht tatsächlich wegen einem Regenschutz zurück gehen? Meinst du wirklich, dass du den noch findest und dass du ihn heute noch brauchst?", frage ich sie verständnislos.

„Ich glaube nicht, dass es zu regnen anfängt. Das hält jetzt, das Wetter."

Hoffe ich zumindest, blicke aber trotzdem ein bisschen unsicher in den Himmel. Leicht gewittrig sieht es ja schon wieder aus. Britta bleibt dabei. Sie kehrt um und ich marschiere wieder alleine weiter. Keine halbe Stunde später setzt der typische nasse Sprühregen ein und ich krame verdrossen meine Regenhülle für den Rucksack hervor. Auf meinen Plastikumhang verzichte ich. Durch den Dampf wird man von innen nasser als von außen. Die Landschaft ändert sich nicht viel. Stille, beschauliche Wege durch noch stillere Wälder, bäuerliche Wiesen, Felder, beschwerlicher Asphalt und dazwischen kleine einsame Orte wie *Santa Leocadia, Raposeira, Carballedo* ... und noch immer kaum eine Menschenseele auf der Straße. Wo bitte sind die Menschen alle, die hier wohnen? Mein Smartphone summt:

„Erika", schreit es mir verzweifelt entgegen.

„Hast du irgendwo unterwegs Wanderstöcke an einem Baum lehnen sehen?"

Ein aufgeregter Leander möchte das wissen.

„Nein, nicht wirklich", stelle ich fest. „Allerdings habe ich auch nicht darauf geachtet, was da so herumsteht. Seid ihr heute alle dabei, irgendetwas zu verlieren?"

„So ein Mist, ich war im Gebüsch pinkeln und hab die dann vergessen. Die waren SAUTEUER!"

Das nervt ihn jetzt offensichtlich sehr.

„Tut mir leid, da kann ich dir nicht helfen. Ruf mal Britta an, die ist hinter mir. Vielleicht fällt der etwas auf. Die sucht gerade ihren Regenschutz für den Rucksack."

„Ja danke, das mache ich gleich. Aber ich hab' da nicht viel Hoffnung. Die hat sicherlich schon ein anderer gefunden und freut sich jetzt darüber. Mach's gut und bis dann."

Das Gespräch ist beendet. Leander und seine Hightech-Ausrüstung. „Mann" sollte dann eben auch ein bisschen darauf Acht geben. Der, der die Stöcke findet, kann sich wirklich darüber freuen, die sind tatsächlich vom Feinsten.

In der Zwischenzeit trübt es sich immer heftiger ein, der Himmel ist wolkenverhangen, die Natur triefend nass. Auch ich, trotz meiner regenfesten Jacke. Wie so oft schon, tropft mir das Wasser von den Haaren und von der Nasenspitze, meine Hände fühlen sich an wie Schwimmflossen. Aber viel Feuchtigkeit soll ja gut für die Haut sein und Faltenbildung vorbeugen, also was soll's! Auch daran habe ich mich mittlerweile gewöhnt.

Irritiert vernehme ich schon von weitem sehr laute, beschwingte Reggae-Musik, die durch den kleinen Ort *Seixón* schallt. Neugierig laufe ich auf die Geräuschquelle zu. Ein ansonsten menschenleerer Flecken, nur diese dröhnende Musik. Verwundert stehe ich kurze Zeit später vor einem leuchtend blauen Haus mit einem großzügigen Garten, in dem allerlei Steinskulpturen stehen. Etwas zögerlich steige ich die wenigen Treppenstufen hinauf und stehe sichtlich perplex vor einem exotisch wirkenden Haus inmitten von Kunstwerken. Das intensiv leuchtende Blau dieses Domizils erinnert mich an das „Blaue Haus" der Malerin Frida Kahlo. Begeistert betrachte ich mir die Vielzahl der Steinmetzarbeiten. Und das mitten in der galicischen Wildnis! In der Türe taucht ein älterer Mann auf, der sich mir als *Chacon* vorstellt. Überaus freundlich holt er mich in sein Atelier, das eher einer Werkstatt gleicht, und ich bekomme von ihm einen meiner schönsten Stempel in meinen Pilgerpass gedrückt, einen aus blutrotem Siegellack. Wobei ich bei der Prozedur mit Feuer und heißem Lack schon ein wenig Angst um mein kostbares Stück habe. Wie schnell könnte das in Flammen aufgehen. Und dann bittet mich *Chacon* in sein Wohnhaus. Das macht mich endgültig sprachlos.

Abgesehen von den vielen großen und kleinen Kunstwerken, die sich darin befinden, empfängt mich eine Farbenpracht, die ich hier in diesem kleinen Ort niemals vermutet hätte. Genau so stelle ich mir mein eigenes kleines Häuschen vor, bunt und fröhlich, mit einem Flair südamerikanischer Leichtigkeit. Aber so selbstlos ist dieser ältere Herr nicht. *Chacon* weiß genau, dass er mit den Pilgern, die er in sein Haus bittet, Geld verdienen kann. Auf einem Tisch liegen mehrere kleine behauene Steine fein ordentlich aufgereiht, die allesamt die Jakobsmuschel zeigen. Und natürlich suche ich mir einen aus, einen kleinen dunkelgrauen mit einer großen Muschel auf der Vorderseite und dem Kreuz der Kreuzritter und der Inschrift *„In Hoc Signo Vincis"* (Mit/In diesem Zeichen werdet ihr siegen) auf der Rückseite. Ich kann mir gut vorstellen, dass so ziemlich jeder Pilger, der dieses Haus betritt, sich solch ein Andenken mitnimmt. Auf diese Weise ist diesem gewieften *Chacon* ein kleines Einkommen sicher. Nach einer ganzen Weile verabschiede ich mich von diesem liebenswerten Künstler und seinem farbenfrohen Heim, um wieder in den trüben, wolkenverhangenen Tag hinaus zu stapfen. Bis nach *Miraz* durchquere ich nun, immer entlang einer Asphaltstraße, kleine Dörfer wie *Seixón de Arriba, Subcampo* und *Laguna*. Ortschaften, die mir das Gefühl vermitteln, am Drehort eines Draculafilmes zu sein, halb zerfallen und menschenleer. Und ständig dieser süßliche Geruch der Futtersilos. Ein Geruch, den auch die Verwesung alles Lebenden an sich hat. Wie mechanisch setze ich einen Schritt vor den anderen. Meine Füße schreien, sie wollen wieder einmal nicht mehr, als ich gegen vierzehn Uhr die ersten Häuser von *Miraz* erreiche. Wo bin ich hier nur gelandet? Das ist kein Ort, in dem ich mich wohlfühle. Die grauen Steinhäuser mit ebensolch' grauen Schieferschindeln, mit denen die Dächer gedeckt sind, wirken beklemmend und beunruhigend auf mich. Sicherlich sind dafür, wie auch in *Mondoñedo*, das triste Wetter und meine Müdigkeit schuld. Dieses Dorf mag ich trotzdem nicht, es macht mir Angst. Es fühlt sich an, als ob die Seelen der Verstorbenen um die Häuser schleichen. Hier mag ich nicht über Nacht bleiben, und schon gar nicht alleine. Zu meiner grenzenlosen Erleichterung treffe ich in der kleinen Ortsmitte in der einzigen geöffneten Bar auf Nora. Nora! Ein Lichtblick an diesem trüben Ort. Ich setze mich beruhigt zu ihr an den Tisch und bestelle mir beim Wirt etwas zu Essen und zu Trinken. Auch der stinkende Iltis-Peter lümmelt an der Theke.

„Die Herberge hier öffnet erst um vier. Ich habe keine Lust, bei diesem Mistwetter solange davor zu sitzen und zu warten", mault Nora.

„In *Roxico* gibt es eine kleine private Herberge. Das sind gut zehn Kilometer, bis dahin laufe ich auf alle Fälle noch."

Wie ein Häuflein Elend sitze ich jetzt auf meinem Stuhl und starre meine Tortilla an.

„Ich mag diesen Ort nicht. Der ist unheimlich und irgendwie gespenstisch. Alles hier drückt mir auf die Seele und macht mir Angst. Wenn du nach *Roxico* weiterläufst, dann laufe ich da auch hin. Diese zehn Kilometer schaffe ich noch. Das sind ungefähr drei Stunden und bis zum Abend ist ja noch reichlich Zeit", kommt es wie aus der Pistole geschossen von mir. Die Türe springt auf und eine genervte und völlig durchnässte Britta stolpert herein. Ihren Regenschutz hat sie natürlich nicht gefunden, sich aber dafür verlaufen. Zu dritt sitzen wir am Tisch und beratschlagen.

„Ich bleibe auch nicht hier, auf keinen Fall!"

Britta klingt genauso unglücklich wie ich.

„Aber noch zehn Kilometer gehen stehe ich heute nicht mehr durch. Da fahre ich lieber mit dem Taxi bis zu dieser Herberge."

„Sag mal Nora, wenn die Herberge in *Roxico* so klein ist, sollten wir da nicht besser anrufen und drei Betten reservieren?", gebe ich zu bedenken. „Sonst quälen wir uns da noch umsonst hin und es gibt keinen Platz mehr."

„Keine schlechte Idee", meint sie. „Vielleicht weiß die Wirtin die Telefonnummer?"

Sie weiß die Nummer und ruft gerne für uns an. Die Betten wären somit schon mal sicher.

„Für mich kann sie doch auch gleich ein Taxi rufen."

Britta will tatsächlich nicht mehr zu Fuß weiter. Jetzt hat sie nur ein Problem, Iltis-Peter will sich ihr anschließen. Aber zu ihrem Glück entscheidet er sich dann doch dafür, in *Miraz* zu bleiben.

Britta fährt nun bequem alleine Taxi, und Nora und ich machen uns getrennt auf in Richtung *Roxico*. Bis auf das, dass zumindest der Niesel aufgehört hat, wird sich das Wetter heute nicht mehr viel ändern, sondern eher noch trüber werden. Auch jetzt setzt mir die Schwüle noch mächtig zu. Endlich hört am Ortsende der Asphaltbelag auf und ein steiniger Pfad führt mich mitten in die galicische Hochebene, in der sich Hund und Katz' Gute Nacht sagen. Leicht ansteigend bringt er mich in eine verlassene und sehr einsame Heidelandschaft mit hohen

Heidekrautbüschen, Wacholdersträuchern, Ginster und kleinen Krüppelkiefern. Dazwischen ducken sich niedrige Steinmauern. Immer wieder liegen mächtige Felsblöcke mitten im Weg und auch der Pfad ist übersät mit großen, durch Wind und Wasser glatt geschliffenen Felsplatten. Der Himmel über mir ist abweisend grau und die Wolken hängen mehr als tief. Fast sind sie zum Greifen nahe. Wenigstens bleibe ich vom Nebel verschont. Der hätte mir hier noch gefehlt. Mein Blick schweift weit über diese leicht hügelige Gegend. Genau so stelle ich mir die schottischen Highlands vor und garantiert gibt es auch hier Moore. Vorsichtshalber schaue ich auf mein Smartphone. Kein Netz! Na prima, und wenn mir hier etwas zustößt? Nach mir kommt heute garantiert keiner mehr und vor morgen früh würde mich dann niemand mehr finden. Doch, Nora! Nora würde nach mir suchen. Sie weiß, dass ich am Abend ebenfalls in *Roxico* sein sollte. Sie würde nachfragen, wenn ich nicht eintreffe. Aber soll mich das jetzt beruhigen?

Es ist hier einfach SCHEISSEINSAM!

Unwillkürlich beschleunige ich meinen Schritt, soweit es mir möglich ist, und versuche, so zügig wie es nur geht, wieder auf die Straße zu gelangen. So unheimlich wie hier war mir noch nicht mal heute Morgen im Wald. Mit Sonnenschein und blauem Himmel ist diese Heide sicherlich ein hübscher Flecken. Aber nicht, wenn die grau-schwarzen Wolken über mir einen Totentanz vollführen. Vielleicht hilft ja singen, um diese beklemmende Situation zu durchbrechen. Wenn man singt, haben keine anderen Gedanken Platz im Gehirn. Spontan fällt mir „Im Frühtau zu Berge" ein, ein Lied aus meiner Jungscharzeit. Nicht nur meine Füße, auch meine Stimme ist eingerostet. Egal, hier hören mich sowieso nur Ziegen und Vögel. Vor mich hin krächzend tapse ich ein bisschen mehr als eine Stunde durch diese karge Heide, singe, rede mit mir selber, schweige, bis ich endlich am Ortsbeginn von *Braña* wieder die Straße erreiche. Jetzt ist mir spürbar wohler, die Zivilisation hat mich fast wieder. Trotzdem sind es noch einige Kilometer bis zur besagten Herberge und die Straße zieht sich. Noch nicht mal ein Auto scheint hier zu fahren. Dafür drängt sich im Wald neben der Straße eine große Herde mit Milchkühen unter den Bäumen zusammen. Es ist bedrohlich gewittrig und die Tiere suchen Schutz unter dem Blätterdach. Die alte Bäuerin, die diese Herde hütet, winkt mir zu. Sie sitzt geduckt in einer dieser Plastikboxen-Wartehäuschen an einer gegenüberliegenden Bushaltestelle. Ob hier überhaupt jemals ein Bus vorbeikommt? In einem naheliegenden Teich vollführen Frösche ein lautstarkes Konzert. Die

Froschmännchen versuchen wohl alle bei den Froschdamen Eindruck zu schinden mit ihrer Quakerei. Mein Netz meldet sich zurück, denn mein Smartphone dudelt. Erleichtert vernehme ich Noras laute Stimme.

„Wo um Himmels Willen steckst du denn? Ich mache mir schon Sorgen. Hier in der Unterkunft ist es richtig schön gemütlich und Britta ist auch da."

Auf Nora ist einfach Verlass, und ich versuche ihr zu erklären, wo ich in etwa sein könnte.

„Du bist nicht mehr so weit entfernt, wenn du schon an diesem Quaketeich vorbei bist. Bald hast du es geschafft", muntert sie mich auf. Und wirklich, nach einem kurzen Anstieg kann ich das kleine Anwesen in der Ferne bereits erkennen. Ganz alleine steht das bäuerliche Gehöft am linken Straßenrand. Ringsherum nur Wiesen, Felder und Bäume. Für diese Strecke habe ich länger gebraucht als ich dachte, denn es ist schon beinahe sechs Uhr. Außerdem spüre ich, wie die inzwischen heraufziehende Kälte und der klamme Nebel, der sich jetzt wieder über die Gegend legt, langsam durch meine Kleider dringt. Erschöpft und glücklich betrete ich den kleinen Gastraum, in dem ein kleiner Holzofen bullert, und augenblicklich umhüllt mich wohlige Geborgenheit. Nora hat Recht, es ist gemütlich hier und meine Füße und mein Kopf sind einfach nur dankbar, diesen Tag beenden zu können. An einem der beiden kleinen Tische sitzen meine beiden Pilgerinnen gemeinsam mit weiteren Frauen in unserem Alter beisammen. Am Nebentisch lassen sich zwei ältere Herren ihre deftige Brotzeit schmecken. Es sind Holländer, die wir schon ab und an unterwegs getroffen hatten. Das Frauenkränzchen hat wohl bereits ordentlich dem Rotwein zugesprochen, so übermütig wie sie sich gebärden.

„Darf ich vorstellen, das ist unser *Camino*-Troll."

Na, dieser Name bleibt mir wohl bis zum Ende der Pilgerreise, denn Nora kann es nicht lassen, mich überall so vorzustellen. Außerdem möchte ich nicht wissen, was sie denen alles bereits über mich erzählt hat.

„Komm, stell' deinen Rucksack in die Ecke und setz dich erst mal zu uns", ihre Backen glühen bereits, und das nicht nur von der Wärme hier im Raum.

„Der Käse hier schmeckt lecker und das Brot erst! Elena, die *Hospitalera* stellt das hier auf dem Hof alles selbst her. Später kocht sie uns noch ein Abendessen."

Froh darüber, endlich angekommen zu sein, lasse ich mich auf einen Stuhl fallen, probiere den Wein, den man mir einschenkt, und koste vom

Käse, vom frisch gebackenen Brot und den Oliven. Ein wenig später zeigt Elena mir den Schlafraum und die Duschräume und ich verstaue meine Habseligkeiten für diese Nacht. Der Moment, die heiß gelaufenen Schuhe ausziehen zu können, fühlt sich jeden Abend an wie eine Befreiung. Meine geplagten Füße wollen nicht mehr und zeitweise kann ich kaum mehr auftreten. Mühsam hangle ich mich von Bett zu Bett und dann zum Türrahmen, um mich wie jeden Abend unter der Dusche vom heißen Wasser verwöhnen zu lassen. Jetzt aber liege ich, bevor es ans Essen geht, langgestreckt auf meinem Bett, döse vor mich hin und fahre meine unsteten Gedanken völlig herunter. Mittlerweile klappt das wunderbar, nichts denken, Augen zu und Dunkelheit um mich herum.

Die drei anderen Frauen, die mit uns noch hier nächtigen, stammen aus Österreich. Irgendwie scheinen alle Österreicherinnen, die ich unterwegs treffe, liebend gerne zu reden. Und eine von denen, die älteste der drei, strapaziert meine Nerven ganz besonders.

„Wer weiß, was das mit deinen Füßen ist. Da kann ja auch eine Sehne gerissen sein, oder ein Ermüdungsbruch. Wie kannst du da überhaupt weiterlaufen? Das ist doch absolut unvernünftig!"

Ja, Frau Doktor! Ich habe keine Lust, ihr zu antworten.

„Ich benütze ja immer meine Weihrauchsalbe. Die hilft bei allen Wehwehchen. Die kann ich dir ja morgen früh mal geben."

„Danke, aber ich habe bereits eine Wundersalbe", wiegle ich ab.

„Das Einzige, was meinen Füßen jetzt noch hilft, ist einfach Ruhe. Aber die paar Kilometer bis Santiago stehen sie noch durch und dann ist Erholung angesagt."

Noch so eine stinkende Creme brauche ich jetzt wirklich nicht.

Zugegeben, mein Laufstil sieht weder flüssig und schon gar nicht sportlich aus, aber ich muss ja auch keinen Wettbewerb im Schön- und Elegant-Laufen absolvieren.

Noch höchstens drei Tage und ich bin am Ziel.

Zum Abendessen bereitet uns Elena einen wunderbaren, schmackhaften galicischen Eintopf zu. Als zweiten Gang gebratenes Fleisch frisch vom Hof mit Kartoffeln und Gemüse und als Nachtisch den typischen spanischen Milchreis. Alle acht reihen wir uns um einen großen Tisch und schlemmen, was das Zeug hält. Nicht einmal der kleinste Rest bleibt übrig. Elena kommt mir vor wie eine Souffleuse, die an der Kante einer großen Bühne mit dem Textheft in der Hand die Akteure beobachtet. Denn sie lehnt mit verschränkten Armen am Kopfende des Tisches auf dem Brett einer Durchreiche, die sich in der Wand zur Küche befindet, um von dort aus alles mit Argusaugen zu beobachten. Sobald ein Teller leergegessen ist, fordert sie denjenigen mit gebührender Strenge auf, ihr den zu reichen, damit sie ihn wieder füllen kann. Leider ist mein Hunger nicht mehr der, der er zu Beginn der ganzen Lauferei war. Mit der Zeit gewöhnt der Körper sich an die tägliche Bewegung und stellt sich darauf ein, was für mich bedeutet, ich brauche nicht mehr solche Mengen an Energie zum Verbrennen. Es ist eine gemütliche Runde und ganz besonders für Nora, denn ihre Backen leuchten feuerrot und sie redet wie ein Wasserfall. Wie schon des Öfteren in den letzten Tagen ist sie dabei, zu tief ins Rotweinglas zu schauen, gemeinsam mit den Österreicherinnen, in denen sie dankbare Zuhörer gefunden hat. Die stille Britta trinkt kaum Alkohol und für mich ist so oder so nach höchstens zwei Gläsern Schluss. Mehr geht selten.

Ein ungemütlicher Wind pfeift inzwischen um das Haus und dicker schwerer Regen trommelt gegen die Hauswand und die Fenster. Wir verkrümeln uns nach dem üppigen Abendmahl ziemlich rasch in unsere warmen Schlafsäcke. Trotzdem teilt Elena noch Decken aus, damit uns nicht doch noch kalt wird in der Nacht. Behaglich zusammengerollt und angenehm müde liege ich in meinem Bett. Endlich hat dieser seltsame Tag ein Ende. Was war das heute nur? Meine Stimmung passt sich wohl dem Wetter an, ein ständiges Hin und Her. Es wird Zeit, dass ich ans Ziel komme, und gleichzeitig wir mir wehmütig ums Herz. Nur noch etwa 55 Kilometer … nächste Woche um diese Zeit bin ich bereits zu Hause. Und was kommt dann?

„Es gibt eine Stille, in der man meint,
man müsse die einzelnen Minuten hören,
wie sie in den Ozean der Ewigkeit hinunter tropfen"

Adalbert Stifter

Roxico - Sobrado dos Monxes - Boimorto

Dem Ziel so nahe am Ende,
ein Sprung in den Straßengraben,
die Eine-Million-Herberge

Warum stehe ich nicht jeden Morgen gleich um sechs Uhr auf und ziehe los? Meine innere Uhr hat sich auf kurz nach fünf Uhr eingependelt. Definitiv zu früh für diesen Nordweg. Die wenigsten pilgern hier vor dem Morgengrauen los. Also wozu die Eile? Auch heute rühre ich mich noch nicht, denn nach den gleichmäßigen Geräuschen hier im Raum träumen die restlichen sieben noch selig vor sich hin. So sitzen wir später zumindest alle noch gemeinsam beim Frühstück und unterhalten uns, denn untertags ist es still genug. Nur kann ich dieses getoastete Weißbrot, das die Angewohnheit besitzt, wie ein Klumpen Blei im Magen zu liegen und die Verdauung träge zu machen, die immer gleich schmeckende Marmelade dazu und den kräftigen *Cafe con Leche*, der mir mittlerweile ab und an Übelkeit verursacht, wirklich und endgültig nicht mehr sehen, geschweige denn essen und trinken!

Bis *Boimorto* liegen heute nur läppische zweiundzwanzig Kilometer vor mir, und für heute Abend verabredet sich unser Dreiergestirn in der von den Baukosten her teuersten Herberge am *Camino*. Eineinhalb Millionen Euro soll diese Unterkunft verschlungen haben und wurde, so wie ich das lese, warum wundert mich das nicht, von der EU mitfinanziert. Da bin ich gespannt, was mich erwartet, das muss ja ein Palast sein. Meine zwei Mitpilgerinnen sind bereits über alle Berge, als mich Elena herzlich verabschiedet, um mich anschließend in den feuchten galicischen Morgennebel vor der Türe zu entlassen. Die trübe Stimmung von gestern ist verflogen und der Tag schickt sich an, ein freundlicheres Gesicht zu zeigen. Ich liebe es, im Morgendunst zu laufen, wenn die ersten Sonnenstrahlen über die nassen Wiesen huschen und sich in den Wassertropfen, die wie kleine Diamanten glitzern, die Umgebung spiegelt. Die Welt ist noch so friedlich und unschuldig und die Luft wunderbar frisch und klar. Mein Pilgerführer verspricht mir für heute schmale Landstraßen und Pisten, also im Klartext zermürbender Asphalt. Nach etwa fünf Kilometern erreiche ich ziemlich unspektakulär den höchsten Punkt des Küstenweges, 714m über dem Meeresspiegel. Da es beständig leicht bergauf ging die letzten Tage, hatte man hier im

„galicischen Outback" den Anstieg nicht gespürt. Umso spürbarer ist dafür aber jetzt der Abstieg, obwohl es keineswegs steil nach unten geht. Es zieht sich eher bedächtig abwärts, und je weiter ich an Höhe verliere, umso bewohnter wird die Gegend wieder. Üppige Wiesen und fruchtbare Felder, die sich über sanfte Hügel erstrecken, verdrängen das karge und einsame Heideland. Einzig die Kilometer ziehen sich endlos dahin, wenn man Blei in den Beinen hat. Es ist fast so, als ob ein unsichtbares Seil mich am Gehen hindert. Irgendetwas in meinem Unterbewusstsein weigert sich standhaft, ans Ziel zu kommen. Und dann dieses Wetter, das nie weiß, was es will. War es gestern auf der Höhe noch ein grauer regen- und nebelverhangener, schwermütiger Tag, so hat sich heute die Sonne wieder dazu entschlossen, mich mit ihrer schweißtreibenden Hitze zu begleiten. Von einem blendenden, azurblauen Himmel herab hat sie mal wieder Freude daran, das Quecksilber in die Höhe schnellen zu lassen. Wo zum Teufel laufen all die anderen Pilger? Seit ich heute Morgen aufgebrochen bin, ist mir noch kein einziger begegnet. An einer Straßenkreuzung taucht ein Verkehrsschild auf, „*Melide* 16km". Keine Tagesetappe entfernt. Unglaublich! Hier könnte ich einfach auf den *Camino Francés*, auf diesen anderen Pilgerweg wechseln. Umgekehrt stoßen die Pilger, die den *Camino Primitivo* gewählt hatten, hier wieder auf den Nordweg. So treffen sich die Wege wieder. Bis zur nächstgrößeren Stadt, *Sobrado dos Monxes*, liegen noch acht Kilometer vor mir. Mich trifft fast der Schlag. So wenig Strecke habe ich bisher zurückgelegt! Heute ist wohl auch nicht mein Tag. Alles fällt schwer, alles plagt. Blei in den Beinen, der Durst, die Hitze und am meisten die Einsamkeit. Ich beginne mit mir zu hadern und verwünsche diesen Weg. Das erste Mal, dass mich dieses Alleinesein belastet und auf mein Gemüt drückt. Ein großer Stein am Straßenrand lädt mich zu einer Rast ein, ich trinke etwas und esse ein paar Rosinen und Nüsse. Schutz vor der Sonne suche ich vergeblich, nicht die Spur eines kühlen Schattens. Plötzlich taucht aus dem Nichts ein ebenfalls alleine wandernder Pilger auf und lässt sich neben mir auf den Stein sinken. Die Begrüßung fällt sparsam aus, wir nicken uns lediglich kurz zu. Keiner von uns mag reden. Beide sehen wir müde, durchgeschwitzt und abgekämpft aus. Still sitzen wir nebeneinander, bis sich der Mann erhebt, in meine Richtung nickt und weiterzieht. Auch ich raffe mich kurze Zeit später auf, schleppe mich die schier endlose, flirrende Asphaltstraße entlang. Die vereinzelten Orte, durch die ich komme, wirken wie ausgestorben bei dieser Hitze, die, wie schon so oft in den letzten Tagen, wie Blei über den Häusern liegt. Ob Mensch oder Tier, jeder sucht den Schatten. Und dann passiert das Unvermeidliche. Ich falle endgültig in ein tiefes schwarzes Loch und fange an zu weinen. Das Weinen geht über in einen regelrechten Heulkrampf. Ich tobe, ich schreie, verwünsche diese verfluchte Straße. Wieso bin ich überhaupt auf diese Idee gekommen, diesen bescheuerten Nordweg zu laufen? Nie, nie, nie wieder werde ich pilgern gehen, niemals, basta, aus! Besteht dieses nach ekliger Gülle riechende Galicien nur aus harten Straßen, stinkenden Rindviechern und Schweinen, kläffenden Hunden und streunenden Katzen? In welche Löcher habt ihr euch alle versteckt! Ich tobe!

Hier hört und sieht mich ja keiner, also ist es vollkommen gleichgültig, wie ich mich benehme. Eine mir bekannte Pilgerin, Wiebke Beyer, betitelte ihr Buch über den Jakobsweg: „Manchmal muss man einfach nur weiterlaufen". Genau das mache ich gerade, einfach nur wie ein stoisches Maultier weiterlaufen. Diese Momente sind die schwersten beim Pilgern. Nicht die täglich zurückzulegenden Kilometer. Es ist diese greifbare Stille, die Einsamkeit, das Lernen, sich selbst auszuhalten. Die Gedanken, die kaum zur Ruhe kommen, die seelischen und körperlichen Schmerzen und der melancholische Wunsch nach Geborgenheit und Nähe. Die Sehnsucht nach einem vertrauten Menschen steigt ins Unermessliche. Du willst nur in den Arm genommen und getröstet werden, wie ein kleines, verletzliches Kind. Zudem versucht fortwährend eine innere Stimme dich zu überreden und zu locken, dir vorzuschwärmen, wie schön es wäre, einfach stehen zu bleiben, aufzuhören, aufzugeben ... aber das wäre ja auch zu einfach. Denn gleichzeitig ist da etwas in dir, das genauso beständig zu dir sagt:
„Lauf weiter, lass dich nicht kleinkriegen, kämpfe! Du schaffst das!" Und du läufst weiter, weil du es willst. Und weil es herrlich und wunderbar ist. Aber heute ist alles nur beschissen! Wie ferngesteuert durchstreife ich die langgestreckten kleinen Orte, die an der Strecke liegen. Alles funktioniert mechanisch. Einzig die vielen Hunde und Katzen fallen mir auf. Hin und wieder treffe ich auf einen Bewohner. Selten fährt ein Auto an mir vorbei. Weit und breit kein anderer Pilger. Ich mag nicht mehr, ich kann nicht mehr, ich bin am Ende. Wie viele Kilometer laufe ich jetzt bereits schluchzend? Die Tränen rinnen mir noch immer über die Wangen, so dass ich kaum mehr etwas von meiner Umgebung wahrnehme. Auf merkwürdige Weise tut dieses Weinen auch gut und wirkt befreiend, so als ob eine innere Anspannung von mir abfällt. Meine

letzte Hoffnung ist eine vertraute Stimme von zu Hause zu hören. Ich versuche Werner über Smartphone zu erreichen ... Mailbox ... wie so oft. Enttäuscht stehe ich da, innerlich leer. Auch Sebastian, meinen ältesten Sohn, erreiche ich nicht. Niedergeschlagen setze ich mich in eines dieser verkommenen Plastik-Bushäuschen und versinke vollends in meinem Kummer. Soll das hier jetzt das Ende meines Weges sein?

Ist es das jetzt gewesen?

Das Ziel zum Greifen nahe?

Aber welchen Trost können mir die Menschen zu Hause überhaupt geben? Von ihnen kann doch keiner nachvollziehen, welcher Kampf sich in diesem Moment in mir abspielt. Meine letzte Hoffnung ist Leander.

„Leander!", schreie ich fast ins Telefon,

„Leander, ich kann nicht mehr. Ich bin völlig am Ende. Sag irgendetwas, damit ich weiterlaufe."

„Wo bist du denn gerade? Siehst du irgendwo einen Kilometerstein?", versucht er mich zu beruhigen, aber seine Stimme klingt besorgt. Ich nenne ihm den Namen, der an diesem Unterstand zu lesen ist: *„Méson".*

„Bis *Sobrado dos Monxes* hast du es bald geschafft. Das ist nicht mehr weit, und wenn du dort bist, dann mach eine längere Pause. Du schaffst das! Nicht aufgeben, nicht so kurz vor dem Ziel. Seltsam, mir geht es heute genauso beschissen wie dir. Am liebsten würde ich alles hinschmeißen. Erika, wir lassen uns nicht unterkriegen. Wir sehen uns in Santiago. Ich warte auf dich!"

Ein wenig beruhigt es mich, dass es nicht nur mir so schlecht geht und ich schöpfe neuen Mut, werde ruhiger. Mein Handy meldet sich.

„Hey Mutter, was ist los?"

Ich vernehme die Stimme meines Sohnes und schluchze ins Telefon.

„Was soll das Gejammere?"

Er hört sich ziemlich ungehalten an, wohl aber eher deshalb, weil ich ihn in seiner Arbeit gestört habe.

„Reiß' dich zusammen und laufe weiter. Du wolltest das machen, also zieh das jetzt durch! Aufgeben kann jeder."

So, das hat gesessen! Er hat ja Recht, alles ist nur eine Kopfsache. Ich kann alles schaffen, wenn ich nur will, und ich muss daran glauben. Und ich will in Santiago ankommen! Wäre ja gelacht, so kurz vor dem Ziel. Noch während ich in dieser Plastikbox sitze, kehrt mein Kämpfergeist zurück.

„Genau, meine Liebe, aufgegeben wird bei der Post. Hier wird gekämpft", feuere ich mich an. Gierig trinke ich noch einige Schlucke

Wasser, der Anfall von Mutlosigkeit ist vorüber und ich ziehe meinen Rucksack straff und mache mich beherzt ans Weitermarschieren.

Kurz vor *Sobrado dos Monxes*, unmittelbar neben der Straße, taucht ein kleiner See auf, an dessen Ufer prächtige Seerosen und hohe Schilfgräser wuchern. Er könnte aus einem impressionistischen Gemälde gefallen sein, denn das Seerosenbild von Henri Matisse kommt mir in den Sinn, und meine Augen wandern begeistert über dieses Kleinod. Eine erfrischende Abwechslung, seit ich vom Atlantik ins galicischen Hinterland abgebogen bin. Bisher haben mich die vielen herrlichen Strände kaum ins Meer gelockt, aber hier würde ich am liebsten ins Wasser springen. Bei dieser Hitze wäre das eine willkommene Abkühlung. Eine Begegnung der unangenehmen Art erlebe ich dann schließlich kurz vor den Toren der Klosterstadt. Ein LKW rast so dicht und schnell an mir vorbei, dass ich mich nur noch mit einem beherzten Sprung in den Straßengraben retten kann. Dabei fegt mir der Fahrtwind meinen Hut vom Kopf, so dass der einige Meter weit davonkullert. Fassungslos starre ich diesem Rüpel hinterher. Das wäre es jetzt noch gewesen ... deutsche Pilgerin vor den Toren von *Sobrado dos Monxes* von LKW überrollt. Schon oft habe ich andere Pilger über solche Erlebnisse berichten hören, aber selbst habe ich etwas Vergleichbares noch nie erlebt. Dieses eine Mal genügt mir voll und ganz. In Zukunft werde ich gehörig Abstand halten, wenn ich einen Lastwagen herandonnern sehe. Ich rapple mich auf, sammle meine wertvolle Kopfbedeckung ein und klettere unversehrt aus dem Graben wieder heraus, um verschwitzt und durstig gegen Mittag den Platz vor dem großen Zisterzienserkloster zu erreichen. Endlich wieder unter Menschen. Von einem schönen Marktplatz, wie es in meiner Pilgerbeschreibung steht, kann wohl bei diesem großen, nüchternen Gebilde, das zudem noch mit parkenden Autos zugestellt ist, nicht die Rede sein. Ich halte Ausschau nach einer Bar, setze mich dort erst einmal auf die gut gefüllte Terrasse und bestelle mir ein großes Radler. Mittlerweile esse ich tagsüber nicht mehr viel. Mir genügen die *Pintxos*, die ich zu meinem Getränk serviert bekomme. Jetzt einfach nur den Rucksack absetzen und in Ruhe dasitzen und die Menschen beobachten, die an mir vorüberlaufen. Heißt man das nicht auch Achtsamkeit? Inzwischen habe ich das Ruhelose in mir abgestreift und kann gelassen und bewusst wahrnehmen, was um mich herum passiert. Da ich zur Toilette muss, lasse ich meinen Rucksack am Tisch zurück. Dieses Monstrum immer in die meist engen WCs mitzuschleppen, ist mir zu umständlich. Ich vertraue auf die Ehrlichkeit der Menschen und wurde bisher noch nie enttäuscht.

Der Ort ist überschaubar, und die imposante, aus grauen verwitterten Steinen bestehende Klosteranlage überragt alles. Diese Abtei war im 10. Jahrhundert ursprünglich ein Benediktinerkloster und wurde zu Anfang des 12. Jahrhunderts verlassen. Später dann im 12. Jahrhundert führten die strengeren Trappisten es wieder als Zisterzienserkloster. Die auffällige Klosterkirche wurde später während des 17. Jahrhunderts geweiht, bis sie ein Jahrhundert danach dann zerfällt. Erst Mitte des 20. Jahrhunderts wird das Gebäude wieder neu errichtet. Eine bewegte Vergangenheit, die dieses Kloster aufweist, und es könnte vieles berichten, aber sicherlich nicht immer nur Gutes. Dicke, hohe und verwitterte Mauern umfrieden das Kloster, und ich trete durch ein großes geöffnetes Tor in den weitläufigen Innenhof. Hier ist alles still und ruhig und es sieht verdächtig geschlossen aus. Mittagszeit, Siesta, die Eingangspforte zum Klostergebäude ist tatsächlich verriegelt. Schade, gerne hätte ich es mir von innen angesehen. Auch die Kirche ist verriegelt. Enttäuscht stehe ich davor und betrachte mir das Gotteshaus von außen. Ein wenig erinnert es mich mit seinen grauen, verwitterten Steinen an die gewaltige Kathedrale in *Santiago*. Hinter diesen Klostermauern befindet sich eine Pilgerherberge und ich könnte eigentlich schon hier übernachten. Aber all das hier macht heute keinen einladenden Eindruck auf mich. Es wirkt düster und menschenleer. Noch nicht mal einen Stempel für mein *Credenzial* kann ich zur Siesta-Zeit bekommen. Dann muss eben wieder ein Stempel einer Bar herhalten. Außerdem öffnen die Pforten erst um sechzehn Uhr. Bis dahin könnte ich bereits in *Boimorto* sein. Und dort erwarten mich Nora und Britta. Da mein Nervenkostüm für heute ziemlich ramponiert ist und ich mich nach der Gesellschaft von Menschen sehne, die mir vertraut sind, überlege ich nicht lange und mache mich einigermaßen erholt auf den Weiterweg. Wie selbstverständlich, oder sollte ich eher sagen, wie fremdgesteuert, folge ich dem gelben Pfeil, der mich entlang der Hauptstraße zum Ortsausgang führt. Unschlüssig stehe ich an einer Straßengabelung, an der ich keine weiteren Markierungen entdecken kann, und biege schließlich auf eine kleine Landstraße ab. Die zieht sich zwischen blumenübersäten Wiesen einen kleinen Hügel hinauf, um hinter einer Kuppe wieder hinab in ein bewaldetes Tal zu verschwinden. Nachdem ich bereits ein paar Meter abwärts gelaufen bin, bleibe ich zögerlich stehen. Ein aufmüpfiges Bauchgefühl meldet sich und schreit:

„Umdrehen, auf keinen Fall weiterlaufen!"

Noch nicht einmal die Spur einer Muschel kann ich hier entdecken, geschweige denn einen noch so kleinen, verblichenen gelben Pfeil. An dem Haus, vor dem ich gerade stehe, könnte ich ja klopfen und fragen. Aber mir kommt eine andere Idee. Auf meinem Smartphone betrachte ich mir die Fotos näher, die mir Nora und Leander von *Sobrado dos Monxes* geschickt hatten. Beim Verlassen des Ortes kann man auf allen Bildern die Kirchturmspitzen des Klosters erkennen. Hier sehe ich noch nicht einmal den kleinsten Zipfel davon, auch nicht, nachdem ich bereits wieder ein Stück zurück marschiere. Das hier muss definitiv falsch sein. Wieder am Ortsende angekommen, springen mir dort tatsächlich an einer Hauswand sofort eine Jakobsmuschel und ein gelber Pfeil ins Auge. Die habe ich doch glatt weg übersehen, denn vorhin ist da noch ein Lieferwagen gestanden, der mir offensichtlich den Blick versperrte. Da muss man erst den falschen Weg gehen, um den richtigen zu finden. Auch im wirklichen Leben ist das ab und an so.

Da mir auf diesem Abschnitt, der jetzt folgt, häufig der harte Straßenasphalt erspart bleibt, wird das Gehen angenehmer. Die oft schnurgeraden Wege führen mich durch kühle Waldgebiete, freundliche, helle Laubwälder, keine dunklen Nadelwälder mehr. Oder sie schlängeln sich ohne nennenswerte Steigungen durch farbenfrohe, blumenübersäte Wiesen und Felder, auf denen das Getreide bereits hoch steht. Die Orte *Pontdepedra, Vilarchao, Peruxil, Froxa* und *Casanova* sehen längst nicht mehr so ärmlich und bescheiden aus wie die Orte der vergangenen Tage. Schmucke Familienhäuser mit großen, hübsch angelegten Gärten, nicht ohne den dazugehörigen Haushund und jeder Menge Katzen, reihen sich entlang der Straßen, aber auch kleine Gehöfte, die immer wieder dazwischen auftauchen. Auch sehe ich wieder eine Vielzahl an herrlichen Reitpferden, die über die gepflegten Koppeln galoppieren, und die nicht wegzudenkenden Kühe, die träge auf den Weiden liegen. Vor den großzügig angelegten Schweineställen suhlen sich die Säue und neugierige freilaufende Hühner rennen mir gackernd zwischen die Füße. Nach dem kargen Hochland der letzten Tage zieht Mutter Natur hier sämtliche Register, was die leuchtende Farbenpracht und die unendliche Fülle an blühenden Pflanzen betrifft. Und auch dieses wohlvertraute Gemisch aus Kuhmist, Schweinestall und Futtersilos hat sehr an Intensivität zugenommen.

Trotzdem diese Gegend sehr abwechslungsreich ist und ich häufig auf Passanten treffe, sogar auf vereinzelte Pilger, die restlichen Kilometer bis *Boimorto* wollen nicht weniger werden. Bei jeder Straßenbiegung erwarte ich sehnlichst das Ortsschild. Aber dann stehe ich doch mit einem mal, vollkommen unerwartet, an einer Straßenkreuzung in *Corredoiras* einem großen Verkehrsschild mit der Aufschrift „Santiago *de Compostela*" gegenüber. Mit dem Auto sind es ab hier noch knappe 40 Kilometer bis zu meinem Ziel. Nur noch zwei Tage Fußmarsch. Manch einer legt diese Distanz in einem Tag zurück. Vermutlich stehen nicht wenige Pilger an dieser Stelle ein wenig überrascht da. Mir jedenfalls geht es gerade so. Der Kopf will nicht sofort begreifen, dass diese gewaltige Strecke von vielen hunderten von Kilometern bald zu Ende ist. Ich muss an *Irún* denken, als ich dort zögerlich aus dem Bus gestiegen bin, an die Strecke entlang des Atlantiks und an das galicische Hochland. Und, so Gott will, werde ich übermorgen wirklich und wahrhaftig auf dem Platz vor der Kathedrale in Santiago ankommen. Ich könnte lachen und weinen zugleich, so undenkbar glücklich und fassungslos bin ich beim Anblick dieses Schildes. Aber jetzt bleibt mir ab hier erst einmal nichts anderes übrig, als auf dem Seitenstreifen der stark befahrenen Hauptstraße bis zum Ortsbeginn von *Boimorto* zu laufen. Nach der Hitze des Tages kühlt sich der Asphalt am Abend nicht merklich ab, die vielen Autos nerven gehörig und ihr Fahrwind wirbelt mir immer wieder Staub und Schmutz entgegen, der überall am Schweiß kleben bleibt. Diesen Verkehr bin ich nach den vergangenen stillen Wochen nicht mehr gewöhnt. Wie ferngesteuert lege ich diese sich ewig in die Länge ziehenden letzten zwei Kilometer zurück. Und dann prangt es endlich vor mir, das Hinweisschild zur 1,5 Millionen teuren städtischen Herberge von *Boimorto*. Zwischen einem winzigen Badesee und einem kleineren Fabrikgebäude starre ich auf einen nüchternen, gelb-grauen, kantigen Betonbau. Puristisch klar, ohne jeglichen Schnörkel. Im Grunde ein Baustil, den ich liebe, nur eben keinen Beton.

„Ja endlich! Mein *Camino*-Troll! Wir warten schon sehnsüchtig auf dich", werde ich sogleich lautstark von Nora empfangen. Sie sitzt an dem kleinen Gewässer und wärmt sich in der Abendsonne.

„Britta und ich sind schon eine ganze Weile hier. Geh erst mal rein und melde dich an."

Das nüchterne, kühle Konzept setzt sich im Inneren der Unterkunft fort. Hohe graue und trotzdem helle Räume, viel Beton und Stahl und wenig Farbe. Die junge *Hospitalera* hinter dem Empfangstresen blickt mir erwartungsvoll entgegen.

„Du musst Erika sein", stellt sie fest. „Herzlich willkommen. Deine Freundinnen haben dich bereits angekündigt. Schön, dass du jetzt da bist. Geht es dir gut?"

Sie schaut mich besorgt an. Was hat Nora bloß wieder alles über mich erzählt! Völlig erschlagen lasse ich mich auf den bereitstehenden Stuhl fallen und fülle das Anmeldeformular aus.

„Du hast ein Bett im Zimmer mit deinen Freundinnen. Da seid ihr ganz unter euch. Es sind gerade nicht viele Pilger hier und es werden heute wohl kaum mehr welche kommen."

Sie zeigt mir unsere Privatsuite, denn genau so könnte man diesen Raum betiteln, und die sanitären Anlagen. Mir verschlägt es fast die Sprache, eine Fünfsterne-Pilgerunterkunft. Alles ist sauber und durchdacht, nur die Atmosphäre ist kühl und nüchtern. Unser wirklich großes und vor allem hohes Zimmer mit den kahlen, grauen Betonwänden beherbergt vier bequeme Stockbetten. Wäre es voll belegt mit acht Personen, wir hätten noch immer genug Platz zum Tanzen. Wären Gitterstäbe vor der Türe, es könnte auch eine übergroße Gefängniszelle sein. An alles ist gedacht worden, nur nicht an ein kuscheliges Wohlfühl-Ambiente. Britta liegt auf ihrem Bett und liest. Ihre Blasen, die sie bereits gut verarztet hat, werden sie wohl bis nach Santiago begleiten. Die wollen sich einfach nicht von ihr trennen. Noras üblicher Wäschehaufen hat ebenfalls schon eine Ecke gefunden und man kann unschwer erkennen, welches der Betten das ihrige ist. Herzlich willkommen zu Hause. Wie werde ich dieses sympathische Drunter und Drüber vermissen.

Die drei Österreicherinnen aus der letzten Herberge sind hier im Nebenzimmer untergekommen. Was sicher bedeutet, dass ich mir auch heute Abend wieder irgendwelche Kommentare zu meinen lädierten Füßen anhören darf, und der Gesprächsstoff später wird nicht ausgehen. Die älteste von ihnen plappert genauso gerne wie Nora. Nur noch ein jüngeres kanadisches Pärchen belegt einen weiteren Raum. Gerade mal acht Personen in diesem großzügigen Haus.

„Geh du mal erst duschen", Nora platzt geräuschvoll ins Zimmer.

„Ich war vorhin schon im Ort einkaufen."

Mal wieder ist von ihr bereits alles bestens organisiert worden.

„Da läufst du locker mindestens noch zwanzig Minuten hin. Die Herberge hier ist am Arsch der Welt. Nicht mal eine Bar ist in der Nähe. Wenn man noch Lebensmittel oder etwas zum Trinken braucht, kann man auch in dem kleinen *Mercado* anrufen. Die bringen das dann schnell mit dem

Auto her. Aber ich glaube, ich habe an alles gedacht. Auch an Wein. Wir machen es so wie immer und teilen uns die Kosten wieder."

Auch wenn es tagsüber unerträglich heiß wird, die Abende und die Nächte sind kalt. Glücklicherweise ist diese Herberge trotz der kühlen Ausstrahlung angenehm beheizt und mollig warm. Ich trolle mich in die Duschräume und drehe in einer Kabine das heiße Wasser auf. Heute kann ich so richtig lange trödeln, denn ich bin die letzte, die sich duschen möchte. Was ist das nur wieder für ein Tag gewesen und vor allem, was war heute mit mir los?

Warum war ich so völlig am Boden zerstört?

Geht das jetzt so weiter bis *Santiago*?

Ein waschechter Camino-Koller!

Mir fehlt ein vertrauter Mensch an meiner Seite, meine Söhne, und wie mag es meinen Eltern wohl gehen? Eine Woche noch und ich bin wieder zu Hause in meiner gewohnten Umgebung. Und was kommt dann? Trotz der Vorfreude auf das Ziel, schwingt auch sehr viel Wehmut mit. Die Ankunft übermorgen bedeutet den Abschied vom Pilgerleben. Aber nach dem Camino ist vor dem Camino, vor allem, wenn man einmal Feuer gefangen hat und man ständig diese leise Sehnsucht im Herzen spürt. Für Nora und Britta wird es das erste Mal sein, dass sie auf dem großen Platz der Kathedrale, auf dem *Plaza de Obradoires*, ankommen. Ich weiß ja, was mich erwartet, und trotzdem bekomme ich heftiges Herzklopfen, wenn ich an Übermorgen denke. An dieses unbeschreibliche Gefühl, angekommen zu sein, an das Wiedersehen mit etwas Vertrautem, an die Klänge des Gaitaspielers unter dem Torbogen, an die vielen glücklichen, lachenden Menschen und an die Gerüche. Genau, Gerüche! Sie erwecken für mich Erinnerungen zum Leben und ich verbinde nahezu alle denkwürdigen Momente mit einem ganz bestimmten Duft. Schon lustig, erinnere ich mich an meine Oma, dann steigt mir sofort der Duft von Mousson-Creme in die Nase. Oder auch Farben. Denke ich an das Baskenland zurück, so kommen mir dunkle, mystische Töne wie tiefes Braun oder dunkles Tannengrün in den Sinn. Kantabrien ist Umbra, aber auch Siena und sattes Grün, ein wenig heller, freundlicher und vermischt mit etwas Indigo. Asturien dagegen sehe ich in einem leuchtend klaren Ultramarin bis hin zum Türkis, in strahlendem Sonnengelb, vermengt mit den unterschiedlichsten Grüntönen, vom zarten Lindgrün bis hin zum samtigen Moosgrün. Und Galicien erstrahlt in sämtlichen Facetten, die die grüne Farbpalette hergibt, und dazu das schwärzliche Blau eines Gewitterhimmels ...

„Ich koche für euch", verkündet Nora lauthals.

„Es gibt Spaghetti mit Tomatensauce und eine riesen Schüssel Salat."
Auch gut, so kann ich mich noch ein wenig hinlegen und meinen Beinen
Ruhe gönnen. Dieser Weg lehrt mich tatsächlich, Hilfe zuzulassen und
anzunehmen und Schwäche zu zeigen. Und noch etwas anderes stelle ich
fest, ich bekomme genau die Menschen in mein Leben geschickt, die ich
in bestimmten Momenten am nötigsten brauche. Es gibt keine zufälligen
Treffen. Jeder Mensch in unserem Dasein stellt uns eine bestimmte
Aufgabe, an der wir wachsen und lernen dürfen. Ich bin überzeugt, auch
meinen Lebenspartner hat mir die Vorsehung ins Leben geschickt. Wir
sollen uns wohl gegenseitig spiegeln, beide aneinander lernen. Eine
heftige Aufgabe, die uns gegenseitig viel abverlangt.

Ich muss eingeschlafen sein, denn unsere Kompaniemutter steckt den
Kopf ins Zimmer und zitiert Britta und mich an den gedeckten Tisch. Die
drei Österreicherinnen lädt sie ebenfalls gleich mit ein, denn den großen
Topf, gefüllt mit dampfenden Spaghetti, bekämen wir drei alleine nicht
leer gegessen.

„Jetzt sag mal, warum nennst du Erika immer meinen *Camino*-Troll?",
will die ältere, die mit der Weihrauchsalbe, von Nora wissen. Die grinst
schelmisch.

„Ist doch ganz klar. Weil Erika einfach so klein ist und sich tapfer wie ein
winziger Troll durch Nordspanien puzzelt. Wenn man sie von hinten
sieht, dann erkennt man nur Rucksack und Füße. Ein roter wandernder
Rucksack. Eben ein *Camino*-Troll."

Nora und ihre Vergleiche. Einzig Britta hat noch keinen Spitznamen
abbekommen. Oder doch? Eigentlich nennen wir sie ja alle *Misses
Google*, weil sie ohne ihr Smartphone und Google Maps aufgeschmissen
wäre. Mir fallen inzwischen vor Müdigkeit beinahe schon beim Essen die
Augen zu. Es hat etwas Angenehmes und Befriedigendes an sich, wenn
man nach einem langen Pilgertrag abends rechtschaffen müde ins Bett
fällt. Auch Britta sitzt ganz still auf ihrem Stuhl und gähnt. Die fidelen
Österreicherinnen und Nora kümmern sich noch fleißig um den Rotwein
und albern dabei heftig umher. Trotzdem stehe ich auf, spüle mein
Geschirr noch ab und werfe in die Runde: „Gute Nacht, Mädels, ich muss
in meine Koje, sonst falle ich hier vom Stuhl. Schlaft gut, bis morgen
früh. Für heute reicht es mir."

Britta schließt sich mir an. Im Halbschlaf höre ich noch, wie die Frauen
sich am Tisch unterhalten und lachen, aber heute verlangt mein Körper
ziemlich schnell sein Recht auf Schlaf.

,,Ein Stück des Weges liegt hinter dir,
ein anderes Stück hast du noch vor dir.
Wenn du verweilst, dann nur,
um dich zu stärken,
nicht aber, um aufzugeben".

Augustinus

Boimorto - Arzua - O Pedrouzo

Das Ende naht,
ein erfreuliches Wiedersehen,
wie paralysiert in Disneyworld

Ein Gutes hat es, wenn man früh ins Bett geht und nichts trinkt. Der Kopf ist klar am nächsten Morgen. Um sieben Uhr bin ich aufbruchbereit und Tag 30 kann beginnen. Meine zwei Kameradinnen schicken sich gerade an, aus ihren Betten zu kriechen. Nora schaut etwas zerknittert und mitgenommen aus der Wäsche. Und auch Britta ist leicht zerknautscht, obwohl sie ebenso frühzeitig in ihren Schlafsack gekrochen war wie ich. Heute möchte ich auf alle Fälle bis in das 30km entfernte *O Pedrouzo* gelangen. Dort werde ich das letzte Mal übernachten, bevor ich *Santiago* erreiche.

„Dann sehen wir uns heute Abend, ich ziehe schon mal los", verabschiede ich mich von den beiden.

„Ihr seid sowieso schneller. Irgendwo überholt ihr mich sicher. Außerdem frühstücke ich noch im Ort. Hoffentlich gibt es da schon eine offene Bar. *Bon Camino* ihr zwei."

Nora blinzelt mich verschlafen an, gähnt herzhaft und meint nur: „Ja mach mal, bis später dann" und dreht sich wieder um und döst weiter.

Sie hatte Recht, die Straße bis ins Zentrum von *Boimorto* zieht sich in die Länge. Gestern Abend hätte ich das nicht mehr laufen mögen. Noch ist es kühl und der frische Tau liegt auf den Wiesen wie glitzerndes Perlengeschmeide. Es ist genau diese frühe, morgendliche Stimmung, die ich so sehr liebe. Noch sind erst wenige Menschen unterwegs auf der Straße, die Natur erwacht langsam, aber in den Bäumen begrüßen die Vögel bereits mit einem munteren Konzert den neuen Tag. Verschlafene Katzen rekeln und putzen sich träge in den frühen klaren Sonnenstrahlen, und auch die Hunde liegen noch faul und müde vor den Häusern und vergessen ganz das mürrische Bellen. Ein weiterer heißer Tag erwacht zum Leben, und wer weiß, vielleicht empfängt mich morgen *Santiago* mit Sonnenschein und nicht mit Regen wie das letzte Mal. Direkt an der Hauptstraße lädt mich eine geöffnete Bar zum Frühstück ein und bereits jetzt um diese frühe Uhrzeit ist sie schon gut besucht. Einige Anwohner trinken vor Arbeitsbeginn ihren *Cafe con Leche*, essen dazu das übliche klebrigsüße Gebäckstück. Am Tresen lehnen zwei Männer der *Policia*

Local, und aus dem Augenwinkel heraus kann ich beobachten, wie der Wirt ihren *Café solo* in einen *Café carajillo,* einen Kaffee mit Schuss, verwandelt. Ein Mann mit Anzug beugt sich an einem kleinen Tischchen über die neueste Zeitungsausgabe und trinkt dabei seinen *Café.* Handwerker diskutieren lautstark über das Fernsehprogramm. Denn auch hier flimmern bereits die morgendlichen Sendungen geräuschvoll über den Bildschirm. Ich bestelle mir Milchkaffee, Croissant und frischen Orangensaft und setze mich damit nach draußen in die Sonne. Meinen vorletzten Pilgertag möchte ich genießen und was ich jetzt gar nicht mag, ist dieser plärrende Kasten dort drinnen. Wehmütig wird mir bewusst, dass morgen diese Zeit der Freiheit und des Losgelöstseins aus dem Alltag sein Ende findet. Schluss mit dem täglichen Laufen in der Natur. Umso mehr genieße ich in diesem Moment die Ruhe hier draußen und die wärmenden Sonnenstrahlen. Erst als Britta und Nora plötzlich auftauchen wird mir bewusst, wie die Zeit verging. Sie gesellen sich zu mir an den Tisch, und wie sonst auch, albern wir herum und lachen. Trotzdem fühlt es sich heute merkwürdig anders an. Wir spüren, dass sich unser gemeinsamer Weg dem Ende zuneigt und eine untrügliche Melancholie macht sich breit. Wenig später verlassen wir zu dritt den Ort und jede läuft, ohne zu sprechen, still vor sich hin. Keinem ist nach reden zumute, noch nicht mal unserem Plappermaul. Spätestens übermorgen verliert der Zauber des Weges seine Wirkung.

„Der Weg ist das Ziel", dieser Spruch bekommt gerade eine besondere Schwere. Solange wir laufen, haben wir ein Ziel vor Augen. Sobald wir dort ankommen, ist der Zweck des Pilgerns erfüllt. Seltsamerweise löst dieses Ankommen nicht nur pure Freude aus. Sicher, am Ende des *Caminos* auf der *Praza de Obradoiro* zu stehen, ist ein berauschendes Hochgefühl, aber spätestens am Tag darauf schwingt eine Spur Schwermut mit. Man gehört „nicht mehr dazu", man ist kein Pilger mehr. Es dämmert einem, dass die Tage der Freundschaften, des Miteinanders, der gegenseitigen Fürsorge, aber auch die Zeit der Entbehrungen, die unbeschwerte Einfachheit des Pilgerlebens und die Verbundenheit mit der Natur gezählt sind. Und was kommt dann? Viele sind orientierungslos, ziellos, fallen in ein Loch. Denn das Erreichen des Ziels ist nicht das Wesentliche. Es ist letztendlich die Belohnung für unsere Strapazen. Das einzig Wahrhaftige ist, diesen Weg zu LAUFEN. Keiner kommt in Santiago als derselbe Mensch an, als der er zu Beginn seiner Pilgerreise losgezogen ist. Dieser Weg verändert uns alle, auf die eine oder andere Weise. Aber noch habe ich zwei Tage vor mir. Neben der Schwermut schwingt auch die Vorfreude, diese enorme Strecke morgen bezwungen zu haben, in mir. An diesen letzten Kilometern werde ich nicht mehr scheitern. Eine unbändige Freude im Herzen und ein Glücksgefühl im Bauch, das man niemals in Worte fassen kann, lassen unaufhörlich Tränen über meine Wangen rinnen, und ich nehme, innerlich stark, die letzten Kilometer in Angriff. Irgendwann Richtung *Arzúa* verlieren wir drei Frauen uns schließlich aus den Augen. Jeder von uns geht, unbewusst, diese letzten Kilometer für sich alleine. Keine anstrengenden Steigungen erschweren mehr das Laufen. Im seichten Auf und Ab windet sich der Camino durch ertragreiches Bauernland. Es ist ein angenehmes Gehen auf weichen Böden. Meine geliebten *Corredores* beflügeln den Schritt. Ich könnte endlos durch diese herrlichen, lichtdurchfluteten Laubgänge wandeln und die Zeit vergessen. Irgendwie scheine ich wieder völlig alleine auf weiter Flur unterwegs zu sein. Wo sind die Menschen, wo sind die Pilger hin? Blicke ich mich um, sehe ich nur große sanfte Kuhaugen. Kann es sein, dass irgendwann diese beständigen Ausdünstungen von Kuhmist, von Schweinekoben und Futtersilos ein Würgegefühl im Magen verursachen? Mir jedenfalls geht es inzwischen so. In einer Hofeinfahrt beobachte ich vier große Hunde, die sich um ein totes Katzenbaby balgen. Diese Tiere haben eine wahre Freude daran, sich den leblosen Körper gegenseitig aus dem Maul zu reißen. Eine makabre Vorstellung. Die bemitleidenswerte Katzenmutter kauert verängstigt und hilflos in gehörigem Abstand unter einem Busch und beobachtet dieses grausame Treiben. Jede Hilfe kommt für ihr Junges zu spät. Wie unbarmherzig doch auch Tiere sein können.

Langsam sollte *Arzúa* auftauchen, denn die kleinen Orte *Sendelle*, *Vilar* und *O Castro* liegen bereits hinter mir. Ich erreiche *O Viso*, und eine lange steile Straße führt mich direkt zu den ersten Häusern von *Arzua*, das den Küstenweg mit dem *Camino Francés* vereint. Je näher ich dem Zentrum komme, umso mehr Menschen bevölkern die Straßen. Mit einem Male ist es so, als ob ich, wie auf der Zubringerspur einer Autobahn, den Blinker setzen müsste, um in diesen Menschenstrudel einzufädeln. Von jetzt auf nachher bin ich umzingelt von einer lauten, fröhlich lärmenden Pilgerschar. Aus aller Herren Länder, darunter sehr viele Asiaten, ziehen sie hier in Grüppchen durch den Ort. Alle sind ausgelassen, lachen, reden laut, rennen hin und her, sind so ganz anders als wir Pilger vom Nordweg. Ich habe den Eindruck, für diese Menschen ist das alles eine große ausgelassene Party, denn die meisten von ihnen machen einen munteren und übermütigen Eindruck. Viele tragen lediglich einen kleinen Rucksack mit ihrem Tagesgepäck bei sich. Der Rest wird durch ein Servicefahrzeug zum jeweiligen Zielort gebracht. Völlig paralysiert und unfähig, einen Fuß vor den anderen zu setzen, stehe ich am Straßenrand und kann für den ersten Moment nicht begreifen, was hier vor sich geht. Der *Camino del Norte* war ein Weg der Stille und der Einsamkeit, und jetzt stehe ich in diesem Tumult und mitten im Lärm. Das irritiert mich und macht mir Angst und ich fühle mich dem hilflos ausgesetzt.

„Jakob?", ich glaube es nicht.

„Hola Jakob, mein Gott, wie freue ich mich, dich hier zu treffen! Ich habe mich schon oft gefragt, wie es dir wohl gehen mag."

Ein bekanntes Gesicht in diesem ganzen Gewirr und dann auch noch „Jesus". Er steht an dem kleinen Informationsbüro, an dem ich mir meinen *Credenzial*-Stempel geben lasse.

„Mensch. Erika, das ist ja eine Überraschung. Schau mal, ich habe neue Schuhe bekommen."

Stolz reckt er mir einen Fuß entgegen, damit ich sie begutachten kann. Wir fallen uns in die Arme und freuen uns wie kleine Kinder. Es scheint ihm gutzugehen, denn er macht einen gesünderen Eindruck als noch vor einiger Zeit, als ich ihn das letzte Mal gesehen hatte.

„Was machst du? Bleibst du hier? Ich laufe gleich weiter Richtung *Perdrouzo*. Aber ich hoffe, wir sehen uns in Santiago wieder", freudestrahlend und völlig aufgekratzt lacht er mich an.

„Das hoffe ich doch sehr, Jakob. Morgen sind wir dort und irgendwo werden wir uns bestimmt über den Weg laufen. So groß ist die Altstadt nicht."

Er drückt mich noch mal und verschwindet begeistert im Strom der Pilger.

Es ist Mittagszeit und mein Magen knurrt. Alle Lokale sind überfüllt mit übermütigen, aufgedrehten und singenden Pilgern, die sich alle genauso sehr darüber freuen wie ich, morgen in Santiago anzukommen. Planlos und von Minute zu Minute irritierter lasse ich mich vom Strom der Pilger die Hauptstraße entlang mittreiben, unschlüssig, irgendein Lokal zu betreten. Zu laut, zu voll. Bis ich Britta entdecke. Sie sitzt wie ein Häufchen Elend an einem Tisch vor einem überfüllten Restaurant und wartet auf einen Kellner.

„Hey Britta, ist das schön, dich hier zu treffen. Ist der Platz da noch frei?" Sie nickt und strahlt mich an, ebenso erleichtert wie ich, ein vertrautes Gesicht zu sehen.

„Du, ich bin völlig geschockt. Das hier geht über meinen Verstand, das ist Chaos pur. Das hat doch mit Pilgern nichts mehr zu tun, das ist Karneval!"

Ihr Gesichtsausdruck spricht Bände, meiner ebenfalls. Wie verängstigte Katzen sitzen wir zusammengekauert auf unseren Stühlen und beobachten das karnevalistische Treiben. Wie still war es doch auf unserem Weg. Der Kellner kommt und wir bestellen. Massenabfertigung für Touristen! Das kenne ich vom letzten Pilgern anders hier. Vor drei Jahren war *Arzúa* noch ein ruhiger und beschaulicher Ort. Wie sich die Zeiten ändern und vor allem, wie erschreckend schnell.

Lange halten wir zwei es nicht aus auf unseren Stühlen. Wir beeilen uns mit dem Essen und wollen nur schnell fort von hier. Die leisen, stillen Tage sind ab sofort vorbei. In einem übermütigen Pulk von Pilgern werden wir unweigerlich bis an den Ortsrand mitgezogen. Dort verabschieden wir uns wieder voneinander, denn Britta möchte einige Kilometer entfernt von hier in einem kleinen Hotel übernachten. Mich zieht es weiter nach *Pedrouso* und, wie ich befürchtet habe, reißt der endlose Strom der Pilger auch auf dem weiteren Weg nicht ab. Ein paar Kilometer entfernt von *Arzúa* läuft mir allerdings eine leicht orientierungslose Britta wieder in die Arme. Hilflos hantiert sie mit ihrem Smartphone.

„Mensch, ich habe mich irgendwie total verlaufen", stöhnt sie.

„Ich finde dieses Hotel nicht, zu dem ich möchte. Das muss aber hier irgendwo sein und dieses Google Maps schickt mich ständig im Kreis."

Warum kommst du nicht mit nach *Pedrouzo* oder *Santa Irene?*", frage ich sie. „So weit ist das jetzt nicht mehr und es ist noch früh am Tag."

„Nein, ich will in dieses Hotel. Das soll ein kleines gemütliches Haus sein mitten zwischen Wiesen und Feldern. Und ich hoffe, dass es dort ruhiger zugeht."

Ich kann nicht ganz nachvollziehen, dass sie kilometerweit in der Gegend herum irrt, nur um ein Hotel zu finden. Und dass es da ruhiger zugehen soll, kann ich auch nicht so recht glauben. Bei der Masse an Menschen, die hier unterwegs ist, kommen sicher noch mehr auf die Idee, dort zu übernachten.

„Dann mal viel Glück, Britta. Ich drück dir die Daumen, dass du den richtigen Weg findest", und reihe mich wieder in den Strom der Menschen ein.

Dadurch, dass sich die Struktur der Landschaft ändert, findet auch die galicische Einsamkeit endgültig ihr Ende. Es reihen sich Dörfer und kleine

Ansiedlungen wie *Tabernavella, A Calzada, Calle* und *Boavista* aneinander, unter ihnen *Calle*, das für so manchen ein galicisches Musterdorf sein soll. Viele Orte in Nordspanien tragen den Beinamen „*de la Calzada*". Ein Spanier auf dem *Camino Francés* hatte mir diesen Zusatz damals folgendermaßen erklärt: Diese Bezeichnung sei noch ein Vermächtnis aus den Tagen des römischen Herrschertums und bedeutet „an der Straße gelegen", so bekamen viele Orte, die an den Handelswegen lagen, diesen Beinamen. Demzufolge bedeutet der Name des Ortes *A Calzada* „an der Straße".

Beinahe hätte ich sie schon vermisst, die Autobahn taucht wieder auf, das Straßennetz wird dichter und somit auch der Autoverkehr. Etwas, an das ich mich erst wieder gewöhnen muss. Mit der Zeit kommen mir hier auf diesem Etappenabschnitt wieder einige Orte, Lokale und Wegstrecken bekannt vor. Vor *Salceda* mache ich Pause in einer Bar, in der ich auch vor drei Jahren Rast gemacht hatte. Damals war ich die letzten vier Tage mit Neusa, einer Amerikanerin Mitte Sechzig, die in Brasilien lebt und mit der ich nach wie vor Kontakt habe, unterwegs. Neusa war ein fröhlicher, lebenslustiger Farbklecks in der Landschaft und wir hatten viel Spaß miteinander. Wir trafen uns damals im strömenden Regen, als sie in einem buntgestreiften Regenponcho vor mir lief. Damals war wenig los in dieser Bar, heute habe ich Not, einen freien Platz zu finden. Aber meine Füße brauchen eine kurze Ruhepause, denn langsam versagen auch meine genialen Einlagen wieder. Ich hole mir an der Theke ein großes Radler und sichere mir im Garten einen freien Stuhl. Völlig in meine Gedanken vertieft, sitze ich da und lasse den Geräuschpegel an mir abprallen. Der überwiegende Teil dieser Pilger ist den *Francés* gelaufen und sie übertrumpfen sich gegenseitig lautstark mit ihren Erlebnissen. Still höre ich zu und denke zurück an die hinter mir liegenden erlebnisreichen und auch stillen Wochen. Zwischen diesen vielen aufgedrehten Menschen fühle ich mich gerade nicht zu Hause, deshalb schultere ich nach einiger Zeit meinen Rucksack und reihe mich wieder in den unaufhörlichen Strom der Pilger ein. Es werden immer mehr, die Richtung Santiago ziehen. Ganze Gruppen, die ihre Rucksäcke transportiert bekommen, Schulklassen, Radfahrer, Familien. Viele von ihnen sind erst in *Sarria* gestartet, um die letzten 100 Kilometer auf dem *Camino* zu pilgern. Kein Wunder, dass eine Menge unter ihnen noch frisch und munter ist. Zwei jüngere, gut gelaunte italienische Pärchen, die mir heute schon mehrfach meinen Weg gekreuzt haben, sitzen an der Seite eines Hohlweges auf Baumwurzeln und beobachten mich, wie ich entlang humple.

„Ciao Bella, wo kommst du denn her? Wir haben dich heute schon ein paarmal gesehen. Was ist mit deinem Fuß passiert?", wollen sie wissen. Ich muss lachen.

"Na ja, das weiß ich selbst nicht … die Ferse, eine Sehne … keine Ahnung. Aber die letzten Kilometer wird er noch durchhalten. Ich bin in *Irún* gestartet. Dieser Trubel hier irritiert mich ziemlich. Bei uns war es so still und auch einsam. Und wo kommt ihr denn her?"

„Wir kommen vom *Primitivo*. Das sind nicht so viele Kilometer wie bei dir. Alle Achtung, *Irún* ist da nochmal eine Ecke weiter", einer der Männer hält den Daumen hoch.

„Viel Glück. Wir drücken dir die Daumen. Aber wenn du es bis hierher geschafft hast, dann erreichst du auch Santiago."

Unter dem grünen Blätterdach ist es noch immer wohltuend kühl bei der Hitze heute. Meine schweißnassen Kleider kleben am Körper und in Gedanken stehe ich bereits unter der Dusche. Das Laufen wird mit jedem Kilometer mühsamer, und ständig ärgert mich ein unstillbarer Durst. Mal wieder habe ich ein Wasserproblem, denn ich habe über diesen ganzen Trubel dummerweise vergessen, die Flaschen in der letzten Bar zu füllen. Ein Restaurant, das direkt am Straßenrand vor *Santa Irene* liegt, ist meine Rettung. Von hier sind es nur noch drei Kilometer bis nach *O Pedrouzo*. Auf der Strecke dorthin galoppiert eine eindrucksvolle Reitertruppe an mir vorbei, die mit ihren zehn Pferden ordentlich Staub aufwirbelt. Einige der Tiere sind mit kunstvollen Sätteln und Zaumzeug ausgestattet. Viele der Reiter tragen einen Lederschutz über ihren Hosen und einen breitkrempigen Hut gegen die Sonne. Eine buntgemischte Truppe, bestehend aus Männern und Frauen, und so wie sie alle aussehen, sind sie nicht erst seit gestern unterwegs. Mitten im Wald treffe ich die Reitergruppe wieder. Alle haben sich dort inzwischen auf einer ausgedehnten Wiese zur Rast niedergelassen. Die Pferde grasen friedlich am Waldrand im Schatten, und die Reiter versammeln sich um ein großes Lagerfeuer. Eine romantische Szenerie, aber ob es das tatsächlich ist? Ich weiß nicht, ich stelle mir das anstrengend vor. Wir Läufer bekommen Blasen an den Fußsohlen und die Reiter vielleicht an ihrem Allerwertesten. Und am Abend muss man sich nicht nur um sich, sondern auch noch um sein Pferd kümmern. Außerdem sollten die Etappen wohl überlegt sein, denn nicht jede Herberge kann diese Tiere aufnehmen, denn es gibt nicht überall Unterstellmöglichkeiten bzw. Wiesen für sie.

Seit *Arzúa* konnte ich keine bekannten Gesichter mehr entdecken. Wo mögen die anderen alle stecken? Wir sind so viele Kilometer gemeinsam gepilgert, jetzt sind wir alle verstreut. Der letzte Ort vor *O Pedrouzo*, in einer Talsenke eingebettet zwischen Wiesen und Feldern, ist das kleine Dorf *Ría*. Die schmale Straße steigt von dort geradewegs bergauf zur Hauptstraße, die mich zu meinem letzten Etappenziel vor *Santiago* bringt. Jetzt ist es schon fast siebzehn Uhr, und mit jedem Schritt, den ich mache, freue ich mich mehr und mehr auf ein Bett und eine Mahlzeit. Zwei Pilger, die ich die letzten Tage ab und an traf, kommen mir am Ortsanfang entgegen und winken.

„Grüß dich, deine Freundinnen sitzen bereits dort hinten vor einer Pizzeria. Das sollen wir dir ausrichten, falls wir dich sehen. Sie warten auf dich, du kannst sie nicht verfehlen. Gleich auf der linken Seite der Hauptstraße."

Das kann doch nur Nora sein, und wer sind die anderen?

„Dank euch für die Info. Da bin ich mal gespannt, wer da alles wartet. Eine Unterkunft muss ich mir ja auch noch suchen."

„Na, da wünschen wir dir mal viel Glück. Das wird schwierig. *O Pedrouzo* ist absolut überfüllt. Hast du nichts reserviert?", fragen die beiden besorgt. Warum sollte ich hier etwas reservieren? Diesen Ort kenne ich noch vom letzten Mal, das dürfte doch kein Problem darstellen. Aber da irre ich mich gewaltig. Dieses *O Pedrouzo*, das ich heute vorfinde, hat so gar nichts mehr mit dem gemeinsam, das ich kenne. Hier herrscht eine Goldgräberstimmung wie seinerzeit in Kalifornien. War es in *Arzúa* schon voll, so ist das hier definitiv der Supergau. Wie hat sich dieser Ort gewandelt! Eine Herberge und eine Pension nach der anderen. Menschentrauben bevölkern die Gehsteige und die Restaurants quellen über. Fassungslos arbeite ich mich mühsam auf dem Gehweg durch die Menschenmassen vorwärts und treffe tatsächlich vor einer Pizzeria auf Nora und, ich kann es kaum glauben, auf Petra und Emely, die gerade dabei sind, eine Pizza zu verdrücken.

„Hallo ihr drei, das ist ja eine Überraschung. Mit Nora habe ich gerechnet, aber dass ich euch beide hier treffe, hätte ich nicht geglaubt."

Ich freue mich wirklich, die zwei wieder zu sehen.

„Mensch Erika, wir haben oft an dich denken müssen und uns gefragt, wie es dir wohl so ergeht", Emely drückt mich in ihre Arme und danach gleich Petra. „Das ist so super, dich wiederzusehen. Weißt du, wo Leander steckt?"

Und immer sofort die Frage nach Leander.

„Nein, ehrlich gesagt keine Ahnung. Ich vermute mal, er wird bereits in Santiago sein. Seit er mich mal angerufen hatte und wissen wollte, ob ich seine Stöcke gesehen hätte, habe ich nur noch einmal etwas von ihm gehört. Hat er sich bei euch nicht gemeldet? Nein? Bei dir auch nicht, Nora?"

„Nö, keine Ahnung."

Kurz und knapp kommt ihre Antwort.

„Hast du denn schon eine Unterkunft? Die Herbergen sind alle randvoll. Hoffentlich bekommst du noch etwas. Das ist ja grausam der ganze Rummel hier. Mir hat *Arzúa* schon gelangt und jetzt das. Wo steckt eigentlich Britta?"

Ich hätte jetzt vermutet, dass Nora das wüsste.

„Die habe ich in *Arzúa* getroffen und wir haben gemeinsam noch gegessen. Sogar Jakob war dort. Der sah richtig gut aus. Sie wollte in irgendeinem Hotel ein paar Kilometer außerhalb der Stadt übernachten. Jedenfalls ist sie mir da noch mal über den Weg gelaufen. Seid ihr noch ein Weilchen hier? Ich suche mir jetzt erst mal etwas zum Schlafen und dann komme ich zurück. Ich habe einen Bärenhunger und Durst vor allem", erwidere ich. „Habt ihr eine Ahnung, wo ich fragen kann?"

Nora zeigt mit dem Finger eine Seitenstraße hinunter.

„Lauf mal da runter, dort ist auch noch eine Pilgerherberge. So wie ich gehört habe, haben die noch etwas frei. Wir warten, bis du wieder zurück bist."

„Dann versuche ich mal mein Glück. Wenn es länger dauert, rufe ich an." Nach einer gefühlten Ewigkeit, meine Füße weigern sich standhaft, einen schnelleren Gang einzulegen, erreiche ich die etwas abseits liegende Herberge. Schon beim Eintreten kommt mir eine Gruppe übermütiger Pilger entgegen, und im Gebäude ist es laut und unruhig.

„*Hola Señor*, kann ich hier noch ein Bett bekommen", frage ich hoffnungsvoll den *Hospitalero*.

„Es tut mir leid, wir sind komplett. Aber ich kann in einer anderen Herberge oben an der Hauptstraße nachfragen. Das kann sein, dass es da noch etwas gibt."

Der junge Mann ist bemüht, eine Unterkunft für mich zu finden. Habe ich das Wort *„completo"* ein einziges Mal auf dem *Camino del Norte* zu hören bekommen? Kaum, da gab es immer freie Betten und man musste keine Sorge haben, abgewiesen zu werden. Das kann ja heiter werden. „Die Unterkunft hätte noch ein Bett frei. Sie sollten aber gleich hingehen. Wer weiß, wie lange es das dort noch gibt", ruft mir der *Hospitalero* zu und erklärt mir auch gleich, wie ich laufen muss. Ich bedanke mich für seine Hilfe und mache mich auf den Weg. Irgendwie ist mir aber die Lust auf eine dieser lärmenden und überfüllten Nachtquartiere vergangen. Dieser ganze Tumult verdirbt mir die Laune. Was hat das noch mit Pilgern zu tun? Das ähnelt der Schinkenstraße auf Mallorca. In einer Seitenstraße springt mir das Schild einer kleinen Pension ins Auge. Genau, das ist das Richtige! Ich stoße entschlossen die Türe auf und steige in den ersten Stock hinauf.

„*Bon Dia, Señora*, gibt es noch ein freies Einzelzimmer?"
Bitte sag ja, bete ich im Stillen, heute Nacht will ich meine Ruhe haben und alleine will ich ebenfalls sein. Und wirklich, der Himmel zeigt Gnade. Nachdem das ganze Anmeldeprozedere erledigt ist und ich fünfundzwanzig Euro bezahlt habe, will ich schon zur Treppe humpeln. „Halt, halt, wir haben einen Aufzug. Gib mir deinen Rucksack", hilfsbereit eilt mir die Inhaberin entgegen, nimmt mir mein Gepäck aus der Hand und begleitet mich zum Lift. Im dritten Stock angekommen, öffnet sie mir eine Türe und ein kleines, kuscheliges Reich tut sich auf. „Das Bad und die Toilette sind allerdings hier gegenüber. Das musst du dir mit den anderen Gästen auf diesem Stock teilen. Wenn du schmutzige Wäsche zum Waschen hast, dann wasche ich die gerne für dich. Du bekommst sie dann trocken morgen früh wieder."
Am liebsten würde ich ihr jetzt um den Hals fallen. Das tut meiner Seele so unwahrscheinlich gut, wie rührig besorgt sie um mich ist. Ich schließe die Zimmertüre hinter mir, öffne das große Dachfenster und lasse mich erst mal auf das frische, duftende Bett fallen. Seltsam, alles fühlt sich schon ein wenig nach ENDE an. Sogar der Himmel, der zum schrägen Dachfenster herein lugt. Gewitterstimmung liegt in der Luft, es ist drückend schwül und kein Windhauch ist zu spüren. Hier oben ist es angenehm ruhig und die Geräusche der Straße sind kaum zu vernehmen. Die Herberge in *Boimorto* sollte meine letzte Pilgerherberge auf diesem *Camino* gewesen sein. In Santiago wartet bereits ein Zimmer in einem kleinen Boutique-Hotel auf mich. Aber jetzt schäle ich mich endlich raus aus den quälenden Schuhen, aus den verschwitzen Kleidern und verschwinde unter die Dusche. Keine Gemeinschaftsduschen mehr, ab heute gibt es wieder so etwas wie Privatsphäre. Noch immer kann ich es nicht wirklich begreifen, dass morgen das Ziel erreicht ist. Ein

flauschiges, großes weißes Badetuch hängt bereit und ich wickle mich damit ein, gehe zurück in mein kleines Reich und lege mich wieder auf das Bett. Der ganze Körper entspannt sich, kräftig dehne ich meine Glieder und lasse meine Füße kreisen. Was habt ihr euch plagen müssen, aber ihr habt tapfer durchgehalten und dafür bin ich euch unendlich dankbar.

Wenn ich mich noch mit meinen drei Pilgerfrauen treffen möchte, dann sollte ich mich sputen. Rasch ziehe ich mich an, raffe meine Schmutzwäsche zusammen und fahre mit dem Lift hinab ins Parterre. Die Pensionsinhaberin nimmt mir meine Wäsche ab und ich verlasse gut gelaunt und frisch geduscht das Haus.

„Oh Mann, ich habe schon befürchtet, ihr seid weg bis ich komme", mit diesen Worten lasse ich mich auf einen leeren Stuhl neben Petra fallen.

„Wo bist du untergekommen?", will Emely wissen.

„Ich habe mir jetzt kurzerhand ein Zimmer in einer Pension genommen. Ehrlich gesagt hatte ich keine Lust mehr auf Herberge, und schon gar nicht auf so eine laute und überfüllte."

„Das hast du richtig gemacht", pflichtet mir Nora bei.

"Da, wo wir sind, ist es absolut chaotisch. Da kann man nur hoffen, dass heute Nacht Ruhe herrscht. Die feiern jetzt schon Party. Können wir in die Pizzeria rein gehen? Ich befürchte, dass es demnächst zu regnen anfängt."

„Mir ist völlig egal, wo wir sitzen. Hauptsache, wir sitzen und ich bekomme jetzt endlich etwas zum Essen, sonst wird mir übel."

In meinem Magen breitet sich bereits ein flaues Gefühl aus, denn seit dem Mittag hat er nichts mehr bekommen. Drinnen ist es, wie zu erwarten, überfüllt und laut. Wir erwischen mit Glück noch einen kleinen Tisch am Fenster. Obwohl eine Gruppe lärmender Jugendlicher mit ihren Betreuern den größten Teil des Restaurants belagert, steht ein gigantischer Hamburger mit Pommes in Windeseile vor mir auf dem Tisch.

„Sag mal, Erika, jetzt rück schon raus mit der Sprache. Du weißt doch, wo Leander steckt."

Nora platzt vor Neugierde. Auf diese Frage war ich schon gefasst.

„Nein, glaub mir, ich habe keine Ahnung. Ich kann nur vermuten, dass er bereits in Santiago ist."

„Das glaube ich nicht. Wenn jemand weiß, wo er steckt, dann du!"
Sie lässt nicht locker.

„Sag doch endlich, was du weißt."

„Nora, bitte, ich weiß es wirklich nicht!"

Glaubt sie etwa, ich habe ihn in meinem Zimmer versteckt, und kann das sein, dass sie eifersüchtig ist? Ausgerechnet auf mich? Jetzt fährt sie wieder zu Hochform auf mit ihren spitzen Bemerkungen gegenüber Leander im Besonderen und Männern im Allgemeinen! Schon vorhin habe ich gespürt, dass sie sich mir gegenüber merkwürdig anders verhält. Macht sie mich dafür verantwortlich, dass sie bei ihm nicht punkten konnte? Das ist doch kindisch. Und überhaupt, was unterstellt sie mir eigentlich? Ihr Männerproblem wird langsam lachhaft. Emely und Petra schauen uns beide nur entgeistert an und können nicht verstehen, was da gerade vor sich geht. Zugegeben, Leander hatte mir geschrieben, dass er mich in Santiago erwarten würde, bevor er nach *Finisterra* weiterzieht. Aber wenn ich ihr das jetzt erzähle, dann springt sie mir ins Gesicht. Einerseits hatte sie ständig versucht, ihn mit ihren spitzen Bemerkungen zu provozieren und andererseits machte sie ihm schöne Augen. Was hatte sie sich denn von ihm erhofft?

Allzu lange sitzen wir nicht mehr beieinander. Die beiden „Rotkäppchen" wieder zu treffen, war mehr als erfreulich. Über das Verhalten von Nora möchte ich mir heute Abend keinen Kopf mehr machen. Vielleicht sind wir tatsächlich schon zu lange unterwegs und es wird Zeit, nach Hause zu kommen. Die Wochen, die hinter uns liegen, waren auf das Äußerste emotional beladen. Unsere Seelen haben gebrannt, unsere Herzen standen in Flammen und mit unseren Tränen löschten wir diese Feuer. Wir haben gelacht und wir haben gemeinsam geweint, wir haben gelitten und wir haben uns gefreut, wir haben himmelhoch gejauchzt und wir waren zu Tode betrübt ... gemeinsam und auch alleine. Niemand von den Daheimgebliebenen wird je nachvollziehen können, wie tief wir empfunden haben, durch welche Höhen und Tiefen wir gegangen sind. Unsere Fotos haben für sie nicht dieselbe Bedeutung, die sie für uns bedeuten. Unsere Erinnerungen werden für sie nicht die Kraft besitzen, wie sie für uns besitzen werden. Das Erlebte wird in unseren Herzen eingeschlossen bleiben, aber wir werden alle als veränderte Menschen heimkehren. Still und nachdenklich mache ich mich auf den Weg zurück in meine Pension. Ein wenig traurig und auch enttäuscht über das Verhalten von Nora kuschle ich mich müde von diesem langen Tag unter meine Bettdecke. Ich will jetzt nur noch alleine sein, aber die Gedanken kreisen und lassen sich nicht abstellen. Während der letzten Wochen habe ich abends oft Sudokus gelöst, denn dadurch konnte ich die

Grübeleien unterbrechen. Jetzt liege ich in meinem Bett und starre auf das schräge Dachfenster. Mittlerweile tobt sich draußen ein Gewitter über der Stadt aus und heftiger Regen prasselt auf das Dachfenster herab. Grelle Blitze erhellen den Nachthimmel und das Donnergrollen folgt augenblicklich. Alles hat ein Ende, auch dieser Weg und ich spüre, wie unsere Pilgergemeinschaft am Zerbrechen ist. Ich rufe Werner an und berichte ihm, dass ich morgen am Ziel bin. Freut er sich denn auf meine Rückkehr? In fünf Tagen hat mich die Welt wieder.

Wie ist das vor drei Jahren gewesen, als ich hier in *O Pedrouzo* eintraf? Es gab nur wenige Herbergen und Pensionen, und die Straßen waren bei weitem nicht so bevölkert wie jetzt. Auf meinem Spazierweg durch den Ort führte mich der Weg zu einer kleinen Kirche am Stadtrand. Darin musste wohl kurz zuvor ein Trauergottesdienst stattgefunden haben, denn die ganzen Gäste standen noch vor der Kirche und unterhielten sich. Nachdem sich die Trauergesellschaft aufgelöst hatte, betrat ich das Gotteshaus, um zu beten. In den Bänken saßen bereits einige Pilger, die auf den Beginn einer italienischen Pilgermesse warteten. Ich blieb sitzen und hörte aufmerksam hin, denn ab und an konnte ich durch meine Spanischkenntnisse ein paar Wortefetzen verstehen. Damals war das für mich der Moment, in dem ich begriffen hatte, „ich bin angekommen". Ich weiß noch wie sehr ich weinte, weil alle Anspannung von mir abfiel, weil ich so dankbar und glücklich war. Ich saß nur still da und betrachtete den Altar. In dieser Kirche gibt es kein Kreuz, sondern eine anmutige, lebensgroße Marienstatue, die in einer übergroßen Jakobsmuschel steht. Nach dem Gottesdienst rief ich damals Werner an, um ihm schluchzend mittzuteilen, dass ich es geschafft hätte. Damals wie heute ...

... morgen bin ich in Santiago.

O Pedrouzo - Monte do Gozo - Santiago de Compostela

Rummel auf dem Berg der Freude, Santiago weint,
keine Verbindung,
Freude und Schmerz, mein Camino-Engel, Abschied

Wenn auf etwas Verlass ist, dann auf meine innere Uhr. Mal wieder weckt sie mich frühzeitig. Das Gewitter der Nacht hat sich verzogen, aber der Regen brachte nicht viel Abkühlung, eher das Gegenteil. Durch die Nässe wird der Tag sicher noch schwüler werden. Jetzt, da ich so kurz vor dem Ziel bin, trödle ich herum. Es ist der 31. Tag und nur noch 17,5 Kilometer, die vor mir liegen.
17,5 Kilometer von mehr als 800, und diese letzten Kilometer sind etwas ganz Besonderes. Man zelebriert sie. Es besteht also kein Grund zur Eile. Meine frisch gewaschene Kleidung finde ich fein säuberlich zusammen-gelegt in einer Wanne vor der Zimmertüre liegen. Nach dem Duschen beginne ich, meinen Rucksack zu packen. Alles passiert ruhiger, achtsamer und bewusster als die Tage zuvor. Dann sitze ich da und betrachte nachdenklich meine Füße. Sie erinnern mich an aufgeblasene Gummihandschuhe und ihnen würde eine Lymphmassage guttun. Der kleine Zehennagel, an dem ich die winzige Blase entdeckt hatte, verabschiedete sich bereits vor einiger Zeit. Jetzt muss ich doch herzhaft lachen, überall Kollateralschäden. Zum letzten Mal schultere ich für diesen *Camino* als Pilger mein Gepäck. Aber bevor es endgültig auf die letzten Kilometer geht, suche ich mir zum Frühstücken eine Bar an der Hauptstraße. Selbst jetzt gegen acht Uhr morgens ist die Straße bereits rege mit aufgedrehten Menschen gefüllt, die beflügelt ihrem Ziel entgegen streben. Ich schaue mich suchend nach einem freien Platz auf der Terrasse um und entdecke ausgerechnet „Shawn-das-Schaf-Eva", die Waldorf-Tante. Sie hat es tatsächlich auch geschafft, aber auf sie und ihre nach wie vor problembeladene Unterhaltung steht mir momentan nicht der Sinn. Zu meiner Erleichterung finde ich einen etwas abseits gelegeneren Tisch.
Und dann endlich geht es gestärkt auf die letzte Etappe. Da sich meine Fußgelenke erst wieder warm laufen müssen, ernte ich auch hier so manch' mitleidigen Blick. Aber ich lache allen nur gut gelaunt zu, denn das letzte Stück bis *Santiago* stellt kein Problem mehr dar. Meist eben

zieht sich der angenehme Weg durch Wiese und Wald. Getrost verzichte ich darauf, auf die Pfeile und Muschelzeichen zu achten, denn der unaufhörliche Sog des Pilgerstromes erfasst mich wieder und ich lasse mich einfach mitreißen. Menschen, die mich von unterwegs her kennen und die mir jetzt begegnen, strecken die Daumen nach oben, klopfen mir auf die Schulter, gratulieren mir. Ich laufe wie in einem Taumel und bemerke kaum, wie die Kilometer weniger werden, wohl aber, dass mir so wenig bekannt vorkommt. Wahrscheinlich habe ich vor drei Jahren eine andere Variante erwischt. Alles stürmt heftig auf mich ein und lässt mich schon wieder weinen ... Glück, Freude, Schmerzen, Erleichterung ... wohl alles zusammen. Wo kommen nur all diese Tränen her! Aber es befreit ungemein. Als ob ich berauscht wäre, treibt mich ein unbändiger Drang vorwärts, denn jetzt will ich ankommen. An einem kleinen Restaurant, das ich ebenfalls noch vom letzten Mal kenne, mache ich Rast. Ein Schild mit dem Hinweis:

„Bitte die Stiefel anbehalten und nicht ausziehen"
fällt mir ins Auge. Ich kann mir schon denken warum, und grinse. Der Geruch, der dann durch die Stube ziehen würde, hätte mit Chanel No.5 wenig gemeinsam. Unaufhörlich zieht eine Masse an Menschen jeglicher Nationalität an mir vorbei, und alle in eine Richtung:
Santiago de Compostela.
Als ob diese Stadt ein riesiger Magnet wäre, der alles an sich zieht. Wie mögen wohl die Bewohner der anliegenden Orte das empfinden?
Nahe der Ortschaft *Labacolla* orientiert sich der Weg entlang des Begrenzungszaunes des Flughafengeländes von *Santiago de Compostela*, und im Zaungeflecht stecken Blumen und Kreuze aus Ästen, die dort immer wieder von Pilgern angebracht werden. Ein Stückchen weiter passiert man in einem kleinen Waldstück eine Stelle, an der zwei kleine Bäche zusammenfließen. Die verstaubten und verschwitzten Wallfahrer reinigten sich dort im Mittelalter, bevor sie in die Pilgerstadt eingezogen sind. Heute macht das niemand mehr. Heute ziehen sie weiter in das übergroße Pilgerzentrum am *Monte do Gozo*.
Nach dem heftigen Gewitter der vergangenen Nacht ist es, wie ich am Morgen befürchtet hatte, drückend schwül. Zudem setzt auch noch leichter Regen ein. Ich verspüre aber keine Lust, meinen Regenumhang umständlich aus dem Rucksack zu kramen, sondern hoffe darauf, dass es bei einem leichten Niesel bleibt. Schließlich erreiche ich den Punkt, an dem die meisten Pilger die letzte Nacht verbringen, bevor sie am Morgen ausgeruht und frisch gewaschen in *Santiago* eintreffen. Das kirchliche

Pilgerzentrum auf dem *Monte do Gozo*, dem „Berg der Freude", ist eine kleine Stadt für sich. Ein gigantischer Bereich mit Herbergen, Hotelbauten und Wohnblöcken. Wohl mehr als 3.000 Betten warten hier auf die müden Wanderer. Dazu gibt es unzählige Restaurants und Geschäfte. Über allem thront ein futuristisches Papstdenkmal, das ich heute in voller Größe bestaunen kann. Beim letzten Mal hatte dicker Nebel das Monument verhüllt. Hier sammeln sich die Pilgermassen zu einem übermütigen Getümmel, wie auf einem Jahrmarkt. Nahe dem Denkmal steht eine winzige Kapelle, aber von andächtiger Stille kann keine Rede sein. Dabei wäre gerade hier eine wunderbare Gelegenheit, noch einmal innere Einkehr zu halten. Aber einer nach dem anderen drängt sich rücksichtslos in das kleine Gotteshaus. Und um dem allem die Krone aufzusetzen, reihen sich vor dem schmalen Eingang auch noch mehrere Souvenirstände und Imbissbuden, die alles zu einem riesigen Spektakel verkommen lassen. Mich erschlägt dieser Kirmestrubel hier regelrecht und ich sehe zu, dass ich weiterkomme. Ab jetzt geht es nur noch bergab und es dauert nicht lange, bis ich die ersten Häuser der Vororte von *Santiago de Compostela* sehen kann. Noch hält man vergeblich Ausschau nach den Turmspitzen der Kathedrale. Nach dem Überqueren einer breiten Autobahnbrücke beschleunige ich unbewusst meinen Schritt und stehe endlich dem wichtigsten und heiß herbei gesehnten Ortschild auf dem *Camino del Norte* gegenüber:
„Santiago de Compostela".
Andächtig verharre ich davor mit einem Gefühl, als ob Weihnachten, Geburtstag und Ostern gleichzeitig sei und juble lauthals heraus. Aber bis zur mächtigen Kathedrale liegen noch gute vier Kilometer vor mir. Große Metallmuscheln, die auf den Gehwegen im Boden eingelassen sind, leiten mich sicher durch das Gewirr der Vorortstraßen und Gassen. Der Gedanke, dass mich Leander auf dem großen Kirchenplatz erwartet, spornt mich an. Ich wähle seine Handynummer ...
"Dieser Anschluss ist momentan nicht zu erreichen."
Ja prima! Inzwischen komme ich dem eigentlichen Stadtkern immer näher und, als ob der Himmel mich beobachtet und mir noch einen letzten Streich spielen möchte, fängt es genau in diesem Moment an zu schütten, was die Wolken hergeben. Nein, meinen Regenponcho will ich jetzt definitiv nicht mehr auspacken! Ich stürze in den nächstbesten Laden und schaue mich nach einem Klappschirm um. Der asiatische Inhaber kann mir nur noch einen schreiend pinkfarbenen anbieten. Egal, dafür kostet er nur fünf Euro. Einigermaßen geschützt vor dem

Wolkenbruch tapse ich weiter und versuche noch einmal mein Glück bei Leander. Noch immer schallt mir die Ansage von vorhin entgegen. Mittlerweile erreiche ich bereits die *„Porta de Camino"*, das Tor, durch das schon seit jeher die Pilger, die aus nördlicher Richtung eintreffen, die Stadt betreten. Das Regenwasser strömt mir in heftigen Bächen auf dem nassen Kopfsteinpflaster entgegen. Die Chance, *Santiago* trockenen Fußes zu erreichen ist ein wenig Glückssache, denn was es im Überfluss in Galicien gibt, ist Regen. Erreicht man die Stadt aus dieser Richtung, aus der ich gerade komme, dann begibt man sich zur Kathedrale hinab. Bereits das erste Mal schon hatte mich dieser Umstand ein wenig verwirrt, denn man nähert sich diesem Gotteshaus von der Rückseite. Zielsicher lenke ich meinen Schritt durch die verwinkelten Altstadtgassen, vorbei an den überladenen Souvenirläden, die bei genauerer Betrachtung alle die gleichen Andenken anbieten. Vorbei an Restaurants, die in den Fenstern ihre Speisen zur Schau stellen. Vorbei an den Auslagen der vielen Schmuckläden und vorbei an kleinen Hotels arbeite ich mich durch den Strom der Passanten. Die meisten von ihnen strömen Richtung *Praza de Obradoiro,* dem großen Vorplatz, der sich vor der Hauptfassade der Kathedrale befindet. Zu den Fuß- und Radpilgern gesellen sich auch diejenigen, die mit dem Bus hierher reisen und natürlich ganz normale Stadttouristen. Noch einmal probiere ich mein Glück bei Leander, noch immer dieselbe Ansage. Ich bin enttäuscht und traurig, denn ich hatte so gehofft, dass er mich hier erwarten würde. Sollte ich mich so sehr in ihm getäuscht haben? Auch Nora und Britta sind nicht zu erreichen. Die beiden sollten doch ebenfalls schon angekommen sein. Alles ist so vertraut, so, als ob ich erst gestern hier gewesen wäre. Und dann vernehme ich die vertrauten, quäkenden Klänge der *Gaita* in meinen Ohren. Im Tordurchgang zwischen Kirche und *Hospedaje San Martín* empfängt mich, wie beim ersten Mal auch, ein Dudelsackspieler in seiner galicischen Tracht. Vor Euphorie bekomme ich Gänsehaut. Mit vielen anderen Ankommenden werde ich regelrecht durch diesen Tordurchgang hindurch gespült, um zum zweiten Mal mit staunenden Augen und ergriffen auf diesem beeindruckenden Platz zu stehen. Es ist Freitag der 12. Juni, 13.50 h, und hinter mir liegen 31 Tage mit mehr als 850 Kilometer Fußmarsch und etwa 19.500 Höhenmetern, die bewältigt werden mussten. Ehrfürchtig blicke ich zur Kathedrale empor. Aus dem Wolkenbruch ist mittlerweile ein feiner Nieselregen geworden. Einsam und alleine stehe ich da und weiß in diesem Moment nicht so richtig, was ich tun soll, wohin mit meinen Emotionen. Ein wenig neidisch schaue ich auf die Gruppen und Paare, die ihr Ziel gemeinsam erreichen. Es ist ein merkwürdiger Zwiespalt, in dem ich mich gerade befinde. Zum einen bin ich unbändig glücklich, dass es mich beinahe zerreißt, zum anderen aber auch tief traurig, denn dies ist ein Moment, den man gerne mit einem nahestehenden Menschen teilen möchte. Gegenüber dem großen Kirchenportal mit einer beeindruckenden Treppe befindet sich das weitläufige Rathaus mit seinem bemerkenswerten Säulengang. An einer dieser Säulen kauere ich mich auf einen Vorsprung nieder und versuche zu begreifen. Noch immer kann ich es nicht glauben.

ICH BIN ANGEKOMMEN!

Diese vielen Kilometer, die Schmerzen, die Freuden ... alles vorbei, alles zu Ende. Still schluchze ich vor mich hin, und dieses Mal bahnen sich Tränen der Erleichterung ihren Weg über mein Gesicht. Tief in meine Gedanken versunken sitze ich da und spreche ganz leise ein Dankesgebet, denn es ist nicht selbstverständlich, dieses Ziel erreichen zu dürfen. So manch einer muss aufgeben oder verliert sogar sein Leben auf diesem Weg.
„Werner", brülle ich ins Telefon, „ich habe es tatsächlich geschafft, diese vielen Kilometer! Ich habe *Santiago* erreicht und stehe vor der Kathedrale."
Auch jetzt kann ich meine Tränen noch immer nicht zurückhalten.
„Was ist denn los mit dir?", will er verwundert wissen.
„Das ist doch prima. Deshalb muss man doch nicht heulen wie ein kleines Kind. Warum weinst du also? So habe ich dich ja noch selten erlebt."
Aber wie soll er denn auch verstehen, welcher Gefühlssturm sich in mir gerade entlädt, nachdem, was ich alles durchgemacht habe? Dieser Weg hatte mich vor eine enorme Herausforderung gestellt. Er war ja nicht mit dabei. Es ist schön, seine Stimme zu hören und mit ihm zu reden, und mein aufgewühltes Gemüt beruhigt sich ein wenig. Nur einer fehlt, Leander, mein „*Camino*-Engel". Allmählich fasse ich mich wieder und ich bitte ein älteres Pilgerpärchen das obligatorische „Ich-bin-angekommen-Foto" mit der Kathedrale im Hintergrund von mir zu schießen. Auch der Regen hört auf, nur die grauen Wolken bedecken noch den Himmel. Unermüdlich spukt der Torbogen neue, überglückliche und erschöpfte Ankömmlinge auf den Platz, zu Fuß, mit Fahrrädern, alleine, in Gruppen. Hier herrscht ein lustiges, ausgelassenes Treiben. Die Menschen fallen sich erleichtert in die Arme, springen vor Begeisterung in die Luft

oder lassen sich erschöpft auf den Boden fallen. Ich bin beileibe nicht die Einzige, die humpelnd ankommt. Wenige erreichen diesen Platz ohne Blessuren. Da fällt mir wieder ein, was ich dachte, als ich das erste Mal vor diesem ehrwürdigen Gotteshaus stand, nämlich, dass diese Kathedrale aussieht wie die ehrwürdige alte *Morla*, die Schildkröte aus der „Unendlichen Geschichte" von Michael Ende. Und sie wirkt auch heute so auf mich, alt, weise und wissend. Die Schildkröte in der Geschichte ist alt, grau, verwittert und weise und auf ihrem Panzer wachsen Bäume. Auch diese Kathedrale ist verwittert, alt und grau, teilweise sogar fast schwarz, und aus ihren Ritzen wachsen kleine Bäume und Farne. Moose und gelbe Flechten bedecken das Mauerwerk. Wer weiß, was diese Steine uns alles erzählen könnten? Über die Jahrhunderte haben sie viel mitansehen und aushalten müssen. Jetzt umgeben große Teile des Mauerwerkes hohe Gerüste, und man ist dabei, die altehrwürdige Dame in neuem Glanz erstrahlen zu lassen.

Es wird Zeit, mein kleines Boutique-Hotel „*Artillero*" zu suchen, das sich in einer ruhigen Ecke der Stadt befindet. Ein Stück weit hinter dem prächtigen *Parador*, einem edlen Luxushotel, in dem Viertel *Vista Alegre*. Für den kappen Kilometer brauche ich gefühlt Stunden. Meine Füße haben mich bis hierher getragen, aber jetzt wollen sie wirklich nicht mehr. Sie stellen wohl gerade ebenfalls fest, dass die Zeit des Pilgerns vorüber ist.

„*Hola* Erika! Schön, dass du jetzt hier bist."

Der freundliche junge Mann an der Rezeption begrüßt mich überschwänglich und vermittelt mir das Gefühl, mich schon ewig zu kennen.

„Ich zeige dir erst mal dein Zimmer. Dusche dich und ruh dich aus. Die Meldeformulare kannst du auch später noch ausfüllen. Das hat Zeit." Dankbar lächle ich ihn an.

„Und gib mir deinen Rucksack, den trage ich dir nach oben. Wir haben leider keinen Lift. Was ist denn mit deinem Fuß?"

Dieser mitfühlende Blick auch bei ihm. Aber gerne reiche ich ihm meinen treuen Gefährten. Das Hotel ist klein, geschmackvoll und heimelig eingerichtet. Jedes der acht Zimmer besitzt eine andere Einrichtung und ist in einer anderen Farbe gehalten. Mein kleiner Raum ist lila-pink-violett, Farben, die fröhlich stimmen. Schaue ich aus den Fenstern, so kann ich die Turmspitzen der Kathedrale sehen. Miquel, so heißt der junge Mann, der sich später als Sohn des Hauses entpuppt, stellt meinen Rucksack ins Zimmer, öffnet die Fenster und wirft einen

Blick in die Dusche, ob alles in Ordnung ist, bevor er mich alleine lässt. Ein letztes Mal ziehe ich meine Stiefel von meinen geplagten Füßen und stelle sie für diesen Camino endgültig in die Ecke. Da stehen sie nun, zerschunden, verstaubt, schweißnass ... meine wackeren Schuhe, sie haben ihr Bestes gegeben und mich weit getragen. Und mein roter ausgebleichter Rucksack, mein tüchtiger Begleiter bei Sonne, Sturm und Regen! Meinen ganzen Besitz für die letzten Wochen hat er in seinen Tiefen gut beschützt. Müde, überglücklich und zufrieden falle ich rücklings auf mein Bett.

Ein lautes Ding-Dong durchbricht die Ruhe im Raum. Mein Handy hat wieder Kontakt zur Außenwelt. Nora teilt mir mit, dass sie bereits in Santiago sei. Auch Britta wäre mittlerweile angekommen. Und endlich kommt eine WhatsApp von Leander.

„Bist du schon da? Wo steckst du denn?"

Bevor ich lange schreibe, rufe ich ihn an.

„Hallo Leander, was ist denn los bei dir? Ich habe schon ein paarmal versucht, dich zu erreichen und hab nie eine Verbindung bekommen. Ich bin schon eine ganze Weile hier. Wo bist du?"

„Mensch Erika, ist das jetzt dumm gelaufen. Ich wollte dich doch so gerne vor der Kathedrale in Empfang nehmen und jetzt bist du schon hier. Ich hab's auch schon ein paarmal versucht bei dir. Die ganze Zeit hatte ich keine Verbindung. Hier gibt es so viele Funklöcher. Hast du schon eine Unterkunft? Ich bin gerade wieder aus meiner Herberge ausgezogen. Das war heute Nacht zum Wahnsinnigwerden. Noch so eine und ich bin reif für die Klapsmühle. Ständig haben die Kirchturmglocken unmittelbar neben der Herberge geschlagen, und dazu der Lärm der Gäste im Haus. Die feiern die ganze Nacht Party und geben keine Ruhe. Da bekommst du kein Auge zu. Ich dachte, wir nehmen uns ein Doppelzimmer zusammen?"

Sein Redeschwall nimmt kein Ende und er klingt ziemlich genervt.

„Das ist jetzt blöd", bedauere ich „ich hatte bereits ein Einzelzimmer vorgebucht. Aber ich kann gerne mal hier im Hotel nachfrage, ob noch ein Zimmer frei ist."

„Ja, mach das mal. Das wäre ja super, wenn das klappt."

Es gibt natürlich weder ein freies Doppelzimmer noch ein freies Einzelzimmer. Es fügt sich alles im Leben so, wie es für uns gut ist, und auch das hat seinen Grund. Also verabreden wir uns auf siebzehn Uhr am Westportal der Kathedrale, denn zuvor muss Leander noch eine ruhigere Unterkunft für diese Nacht finden.

Seltsam gedrückt stehe ich unter der heißen Dusche und wasche mir ein letztes Mal den Staub und den Schweiß eines Pilgertages vom Körper und aus den Haaren. Alles nimmt irgendwann ein Ende, aber noch bin ich hier. In ein großes flauschiges Handtuch eingewickelt stehe ich vor dem langen Spiegel im Zimmer und betrachte mich nachdenklich. Wenn ich mich so anschaue, dann habe ich das Gefühl, in den vergangenen Wochen um Jahre gealtert zu sein, und trotzdem bin ich jünger als zuvor. Da ging so viel Ballast über Bord. Sämtliche Fettspeicher um die Hüften, an den Beinen, Armen und im Gesicht sind dahingeschmolzen. Ich sehe hager aus. Und nicht nur dieses Gewicht ist verschwunden, auch sehr viel von diesem ganze Seelenschutt, den ich auf meinen Schultern mit mir getragen hatte, der mir den Kopf schwer machte, ging unterwegs verloren. Nicht alles davon, aber sehr viel. Die Sonne hat meine Haut gestreichelt, meine Augen haben den Ozean und die Freude gespiegelt, die Haare wurden vom Wind zerzaust, Regentropfen sind wie Perlen über mein Gesicht gekullert, meine Seele wurde vom Grün der Wälder und der Wiesen besänftigt, und der Atem der Natur hat mir die drückenden Gedanken aus meinem Kopf gefegt. Ich habe mich wieder gespürt! Ich war raus aus dem eingefahrenen Alltagsleben und ganz bei mir. Ich habe gelebt, wirklich und wahrhaftig.

Wenn ich rechtzeitig um fünf Uhr am verabredeten Platz sein möchte, dann sollte ich mich langsam sputen. In meinem Bummelzugtempo brauche ich Ewigkeiten bis dorthin. Unterwegs erhalte ich eine Nachricht von Leander, dass er sich verspätet. Also kann ich mehr als gemächlich durch die Gassen schlendern. Der Menschenstrom, der zur Kathedrale fließt, will nicht abbrechen, denn noch immer erreichen überglückliche, müde Pilger die Stadt. Schließlich spaziere ich zurück zum Westportal und setzte mich dort wartend auf eine kleine Mauer. Und dann biegt mein „Camino-Engel" um eine Häuserecke. Er sieht leicht gehetzt aus, denn mittlerweile ist es halb sieben.
„Entschuldige, das war eine Warterei. Überall sind die Herbergen überfüllt. Im Seminario Minor habe ich noch das letzte Bett ergattert. Aber dafür musste ich ewig lang anstehen. Und dann ist das auch noch eine Herberge, die sich weit außerhalb am Stadtrand befindet."
Wann und wo hatten sich unsere Wege getrennt? So lange ist das doch noch gar nicht her. Und jetzt stehen wir uns nicht mehr als Pilger gegenüber. Jetzt stehen hier ein Mann und eine Frau, und für einen Moment macht sich eine eigenartig verlegene Stimmung zwischen uns

breit. Aber dann fallen wir uns um den Hals, drücken uns und halten uns eine gefühlte Ewigkeit in den Armen. Die Verbundenheit, die noch immer zwischen uns beiden herrscht, kommt wieder zum Vorschein und es tut gut, sie zu spüren. Wir haben uns gegenseitig so manche Last geteilt. Wir sind uns tagelang so nahe gewesen.

„Lass uns in einer Bar etwas trinken und danach irgendwo essen gehen", schlägt er vor.

„Prima Idee", erwidere ich.

„Inzwischen habe ich einen Bärenhunger. Vor Begeisterung, endlich anzukommen, habe ich seit dem Frühstück nichts mehr gegessen. Ich bin gelaufen wie im Delirium."

Natürlich muss ein Foto von uns her, auf dem wir gemeinsam vor der Kathedrale stehen. Dazu erklärt sich immer gerne ein freundlicher Pilger bereit. Da ich auf diesem Platz einen guten Handyempfang habe, rufe ich noch schnell Werner an und gebe das Smartphone an Leander weiter. Irgendwie bin ich der Ansicht, diese beiden Männer sollten zumindest einmal miteinander reden, wenn ich schon so viel von jedem berichte. Ich bin der Überzeugung, würden sie sich kennen, sie wären die besten Freunde und hätten mächtig Spaß miteinander.

In einer Seitengasse finden wir in einer Kaffeebar einen freien Platz. Ein letztes Mal gönne ich mir eine heiße, dicke *Xchocolate* und ein Croissant dazu. Diese Schokolade werde ich vermissen, denn sie ist tödlich für die Hüften. Beide wissen wir nicht, wo wir mit Erzählen beginnen sollen. Es ist, als ob sich unsere Wege nie getrennt hätten.

„Erika, ich habe versucht, Nora zu erreichen. Erst kam gar keine Nachricht. Dann habe ich es nochmal probiert und dann schreibt sie zurück, dass sie keine Zeit hätte, sich mit mir zu treffen. Ist das nicht seltsam?"

Was ist nur passiert zwischen den beiden in der Herberge vor *Llanes*? Seit die beiden dort gemeinsam den Abend verbracht hatten, ist gewaltig der Wurm drin. Irgendwie kann ich mir trotzdem ein Grinsen nicht verkneifen.

„Ich habe sie, Emely und Petra in *O Pedrouzo* getroffen, und Noras Verhalten mir gegenüber war sehr seltsam. Keine Ahnung, was in ihr vorgeht. Irgendwie hat sie wohl ein Auge auf dich geworfen."

„Ne jetzt? Die hat doch ständig nur auf allen Männern herumgehackt. Die ist doch die absolute Männerhasserin! Und mich hat sie doch auch andauernd angegriffen. Was soll das denn jetzt?"

Manchmal sind Männer etwas schwer von Begriff.

„Aber hör mal, das war doch am Schluss offensichtlich, was Nora wollte. Ich bin gespannt, wie das morgen wird. Zumindest gehe ich dann nochmal gemeinsam mit ihr und Britta zum Abschluss essen."

Da war er doch so mit sich und seinen Beziehungsproblemen beschäftigt, dass er überhaupt nicht mit bekommen hatte, wie Nora ihn auf ihre Weise ständig angebaggert hatte. Unsere nächste Station ist ein Tapas-Restaurant. Und mit viel Glück bekommen wir da einen freien Tisch, denn die Lokale sind allesamt zum Bersten gefüllt. Hier treffe ich ein letztes Mal wieder auf das fidele österreichische Frauentrio.

„Dass du das tatsächlich bis hierher geschafft hast! Gratulation. Wir hätten nicht daran geglaubt. Wie hast du das nur gemacht?"

„Wisst ihr, ich wollte das einfach! Aufhören stand für mich nie zur Diskussion. Macht's gut ihr drei und kommt gesund nach Hause."

Es dauert nicht lange und Schälchen, gefüllt mit den leckersten Köstlichkeiten, die die galicische Küche hergibt, stapeln sich vor Leander und mir auf dem Tisch. Während wir mit Hochgenuss essen und Wein dazu trinken, reden wir ununterbrochen … über seine Familie, seine Frau, seine Enkeltochter, die sein ganzer Stolz ist, über uns beide, über Werner, meine Familie, über Gefühle, Sehnsüchte, Träume.

„Erika, ich denke mal, du hast Recht damit, dass meine Frau und ich schon zu lange getrennt leben. Ich werde mich wohl damit abfinden müssen, dass unsere Ehe zu Ende ist. Aber irgendwo hat man doch immer diesen Funken Hoffnung. Wir hatten doch so eine schöne gemeinsame Zeit. Ich werde sie einfach loslassen. Vielleicht findet sie dann wieder zurück zu mir."

Es fällt mir auf, dass Leander während des *Caminos* ruhiger geworden ist, er hadert auch nicht mehr so mit seinem Schicksal. Die Hoffnung allerdings trägt er noch immer in sich.

„Sieh es einfach so", versuche ich ihm zu erklären, „sicherlich hat sich deine Frau in der ganzen Zeit, seit sie alleine lebt, bereits ein Leben ohne dich aufgebaut. Es wird schwer werden, da wieder zueinander zu finden. Die Zeit bleibt nicht an dem Punkt stehen, an dem man sich trennt. Freue dich darüber, dass es ihr langsam gutgeht und warte ab, was die Zeit bringt."

„Ich weiß, dass du Recht hast", seine Augen blicken traurig drein, „aber ich habe trotz allem noch immer Hoffnung."

„Die darfst du auch haben. Aber erwarte nicht zu viel und sei nicht enttäuscht, wenn sich alles anders entwickelt."

„Und wie geht es dir, Erika?", will er wissen.

„Bist du dir denn tatsächlich sicher, dass du deinen Partner heiraten möchtest? Ich bin immer noch der Meinung, dass das nicht gut überlegt war. Du warst so richtig in einer *Camino*-Euphorie."

„Du machst mich ganz unsicher. Bis jetzt habe ich von ihm ja auch noch keine richtige Aussage dazu bekommen. Ich spreche es zu Hause erst mal nicht an und lasse alles auf mich zu kommen. Wenn er meint, dass das auch für ihn richtig ist, dann wird er schon irgendwann etwas sagen. Aber ich bin mit so vielen anderen Problemen ins Reine gekommen. Mit meiner Scheidung zum Beispiel. Wenn ich darüber ganz nüchtern nachdenke, konnte mir für meine eigene Weiterentwicklung nichts Besseres passieren. In den Jahren danach haben sich so viele Dinge ereignet, die wären sonst nicht passiert, und die Menschen, die ich kennenlernen durfte, hätte ich nie getroffen. Inzwischen bin ich dankbar für jeden Stein, der mir in den Weg gelegt wird. Denn jeder Stein lässt mich stärker werden."

Langsam steigt mir der Wein zu Kopf und zeigt seine Wirkung. Ich brauche dringend frische Luft um die Nase.

„Komm, lass uns durch die Gassen ziehen. Wir können ja später noch in einer *Bodega* etwas trinken", schlägt mein Pilgerkamerad vor, denn mittlerweile haben wir alles weggeputzt, was uns serviert worden war.

Es ist unglaublich, wie viele Menschen sich am Abend noch immer durch die engen Gassen drängen. Sie verbreiten eine ausgelassene Lebensfreude, denn es wird getanzt, musiziert, gelacht, geliebt, getrunken, gefeiert, gesungen. Eine Gruppe galicischer Musiker, die im Hüpftanz durch die Straßen zieht, lässt mit ihren *Gaitas*, den *Flabiols*, *Guitarrons* und *Tamborins* galicische Volksmusik erklingen. Eine Fröhlichkeit, die ansteckt, und wir lassen uns gerne von diesem Menschenstrom mitreißen. Vorbei an den Auslagen der Restaurants, in denen sich Kraken, Langusten, Miesmuscheln, Jakobsmuscheln und die verschiedensten Arten von Fischen stapeln. Vorbei an den vielen *Bodegas*, an deren Decken dicht an dicht würzig duftende Schinkenkeulen baumeln und sich an den Wänden die Weinflaschen stapeln. Dazwischen die Unmengen an Souvenirläden, überladen mit allerlei Schnickschnack, den im Grunde kein Mensch wirklich braucht, den man sich hier aber liebend gerne als Andenken mit nach Hause nimmt. In den Auslagen der Juwelierläden reiht sich ein Schmuckstück an das andere. Natürlich gehört zu den beliebtesten Motiven neben der

Jakobsmuschel, die es in einer Vielzahl an Variationen gibt, oder auch dem roten Kreuz der Kreuzritter, ein silberner Kugelanhänger, *„Llamado el Angél"*, einen „Engelsrufer". Um eine silbern- oder goldfarbene Kugel, die in sich einen kleinen Klangkörper trägt, der bei einer Berührung einen zarten Glockenton von sich gibt, befindet sich eine kunstvoll ziselierte und durchbrochene äußere Kugel. Mittlerweile kann man sich diese Anhänger auch in Deutschland kaufen, aber ursprünglich stammen sie aus *Santiago de Compostela*. Damit diese Engelsrufer auch ihre helfende Kraft entfalten können, heißt es, muss man sie geschenkt bekommen. Vor einem der unzähligen Schmuckläden bleibt Leander stehen.

„Was meinst du dazu? Ich möchte meiner Frau etwas Typisches vom Jakobsweg als Erinnerung mitbringen. Was könnte ich da nehmen? Ich habe an eine Kette mit Ohrringen gedacht ... oder nur eine Kette, oder nur Ohrringe? Ein Ring ist wohl nichts. Wenn das Schmuckstück zu groß ist, dann meint sie sicher, ich will sie damit beeindrucken, und ist es zu klein, dann hat es keine Wirkung. Was mache ich jetzt?"

Überfordert von der Vielfalt des Schmuckangebotes steht er vor dem Schaufenster und betrachtet die ausgestellten Stücke.

„Da kann ich dir nicht helfen. Ich kenne ja ihren Geschmack nicht. Aber diese großen Anhänger da würden mir nicht gefallen. Ich würde eher etwas Kleineres nehmen. Schau mal, das sieht doch hübsch aus."

Vor mir liegt eine feine Kette mit einer kleinen, in grün und blau emaillierten Jakobsmuschel. In derselben Art gibt es Ohrringe und auch einen Ring.

„Das ist nicht protzig, Wie gefällt dir das? Das gibt es auch ohne Farben, nur in Silber. Das ist schlicht und einfach."

Er wird immer unsicherer in der Wahl.

„Soll ich ihr überhaupt etwas mitbringen?"

Er hängt immer noch an ihr, und ich könnte wetten, dass keine Stunde vergeht, in der er nicht an sie denkt.

„Ich finde, das ist eine schöne Geste. Und wenn du das machen möchtest, dann mache es. Später ärgerst du dich wahrscheinlich, wenn du nichts gekauft hast. Du kannst es dir zuhause ja noch immer überlegen, ob du ihr das wirklich schenken möchtest. Wenn nicht, dann gib es deiner Tochter oder deiner Enkelin."

„Wahrscheinlich hast du Recht", beipflichtend nickt er mir zu.

„Komm, lass uns nach einer *Bodega* schauen und noch was trinken. Morgen laufe ich weiter nach *Finisterra*. Dort kann ich sicherlich auch noch etwas finden."

Die rustikale Weinkneipe, in die wir durch Zufall stolpern, ist urgemütlich und wir bekommen noch zwei Plätze im hinteren Bereich auf einer langen Bank. Vom Wein beseelt, rutschen wir immer näher zusammen.

„Sag mal", fragt Leander plötzlich.

„Wie wirke ich eigentlich auf Frauen?"

Das glaube ich jetzt nicht, dass er ausgerechnet mir so eine Frage stellt und mir dabei auch noch ganz ernst in die Augen schaut. Nimmt der mich jetzt auf den Arm oder will er das tatsächlich wissen?

„Darauf willst du jetzt nicht wirklich eine Antwort von mir hören, oder?"

Jetzt muss ich doch lachen.

„Doch, ich meine das jetzt im Ernst, das will ich jetzt wissen!"

Nun denn, dann soll er es eben hören:

„Wie ein *Camino*-Gockel!"

Jetzt ist es an ihm, verdutzt zu schauen.

„Ja genau, Nora hat es schon richtig getroffen. Deine Art kommt bei Frauen so rüber, als würdest du alles anmachen, was nicht bei drei auf den Bäumen ist. Aber man muss dich eben ein bisschen näher kennen, um festzustellen, was sich da so hinter deiner Fassade verbirgt."

Betroffen schaut er mich an, fast wie ein kleiner Junge.

„Du bist eben, wie nennt man das, sehr kommunikationsfreudig. Das deuten einige Frauen als oberflächlich und gehen davon aus, dass du mit allen gleich ins Bett steigst. Ich kann mich irren, aber ich denke mal, du bist ein Mann mit viel Gefühl und Tiefgang, ein Mann, der nicht sofort sein wahres Wesen zeigt. Du trägst eine Maske mit dir und überspielst mit deinem Kokettieren dein wahres Ich. Vermutlich möchtest du nicht verletzt werden."

Ich muss ihn einfach in den Arm nehmen und drücken.

„Und wenn wir schon mal dabei sind ... Nora ist ja felsenfest der Überzeugung, wenn sie gewollt hätte, dann hätte sie dich ins Bett bekommen. Stell dir nur vor, irgendwann kam sie ganz stolz zu mir und verkündete: Ich habe Leander sogar schon nackt gesehen, als wir am Strand von *Llanes* waren. Da war ich mir dann nicht mehr so sicher, was ich von ihr halten sollte, denn das grenzte schon an ein absolut pubertäres Verhalten."

Er schüttelt nur mit dem Kopf.

„Kann das sein, dass Nora tatsächlich auf dich eifersüchtig ist?",
naiv und ungläubig stellt er mir diese Frage.

„Hab ich dir das nicht schon mal gesagt? Das ist schon eine ganze Weile
meine Vermutung. Wenn wir drei Frauen alleine waren, dann war alles
bestens. Sobald du mit von der Partie warst, fing sie an zu spinnen.
Abgesehen davon ist sie sowieso der Meinung, dass du dich durch den
Camino vögelst, um es mal ganz krass auszudrücken."

Jetzt verschlägt es Leander völlig die Sprache und es dauert eine Weile,
bis er wieder Worte findet, und in einem ernsten Tonfall platzt es
regelrecht aus ihm heraus:

„Erika, das muss ich dir wirklich sagen, die spinnt doch vollkommen. Ich
habe andere Probleme. Nora ist ein Mensch, mit dem man Spaß haben
und herumalbern kann. Sie ist hilfsbereit und kümmert sich. Das ist aber
auch schon alles. Ansonsten ist sie sehr einfach gestrickt, primitiv in
ihrer Ausdrucksweise und oberflächlich."

Uups, das war heftig von ihm. Aber was weiß ich schon, was zwischen
den beiden vorgefallen ist. Vorsichtshalber essen wir jetzt zu unserem
kräftigen Rotwein doch noch würzigen *Serano*-Schinken, Käse und Brot,
denn der Wein vernebelt zu sehr den Kopf. Immer wieder blickt er auf
die Uhr.

„Meine Herberge schließt um Mitternacht, und wenn ich zu spät komme,
stehe ich vor verschlossener Türe."

Er winkt nach dem Kellner und bezahlt unsere Rechnung, aber er zögert,
aufzustehen und zu gehen. Sentimental sitzt er neben mir und betrauert
ständig seine Ehe, will sich erheben und bleibt doch wieder sitzen.

„Ach weißt du, egal wie, ich will einfach meine Frau zurück. Ich war so
dumm. Und die Frau, mit der ich ein Verhältnis hatte, macht mir jetzt
auch noch die Hölle heiß und nervt mich ständig mit Anrufen und
Nachrichten. Ich will von ihr nichts mehr wissen."

„So ist das eben", besänftige ich ihn, "in Trennungssituationen lernst du
den Menschen erst richtig kennen."

Was sind Männer eigentlich für Narren. Da haben sie ein Juwel zu Hause,
aber über die Jahre vergisst das manch einer im Alltagsgeschehen und
vergnügt sich mit einfachem Katzengold. Und wenn das Kind dann in den
Brunnen gefallen ist, wundert er sich, dass er von seiner Frau vor die
Türe gesetzt wird. Wieder schaut er auf seine Uhr, aber dieses Mal
springt er auf.

„Ich muss gehen. Es ist schon fast Mitternacht."

Hastig nimmt er mich in den Arm und drückt mir einen Kuss auf den Mund. Er zögert, der Abschied fällt uns beiden schwer. Bereits im Gehen umarmt er mich ein zweites Mal und küsst mich noch einmal. Dieses abrupte Ende schmerzt zutiefst und hilflos stehen wir uns gegenüber.
„Das ist das Ende unseres gemeinsamen *Caminos*. Wir sehen uns bald wieder, versprochen."
Und er verschwindet im Getümmel. Es tut weh, ihn gehen zu sehen … er war mir ein Freund und Vertrauter, so viele gemeinsame Kilometer, so viele Erlebnisse, so viel Freude, Schmerzen, Glück. Wie betäubt verharre ich noch still auf der Bank, trinke mein Weinglas leer. Nach einer Weile, die mir unendlich lange erscheint, erhebe ich mich und bahne mir teilnahmslos einen Weg durch die aufgekratzte Menge ins Freie. Die Nacht ist kühl und ich fühle mich das erste Mal seit meiner Ankunft in *Santiago* vollkommen alleine und verlassen.
Wie nennt man das jetzt?
Die Einsamkeit des Pilgers nach dem *Camino*?
Kraftlos und vor Einsamkeit frierend mache ich mich auf den Weg zurück ins Hotel. Fast hätte ich ihn vermisst, diesen feinen Niesel, der sich wieder auf die Dächer legt. Jeder, der mich sieht, muss denken, ich sei betrunken, aber ich war selten so klar wie jetzt. Auch mein fröhliches lila-pinkfarbenes Zimmer kann meine Stimmung nicht erheitern. Ich verkrieche mich unter die Bettdecke und versuche zu schlafen. Jetzt ist solch ein Moment, in dem ich mir nichts sehnlicher als einen vertrauten Menschen an meine Seite wünsche.

„Ein Freund ist ein Mensch,
der Dich ein Stück des Weges in deinem Leben
begleitet und trägt"

Santiago de Compostela - Tag 2

Ein Benediktinermönch, Pilgersouvenir, ein ganz normaler Tourist,
Herumgezicke, der nächste Abschied

Es ist so völlig ungewohnt, nicht den Rucksack zu packen, die Stiefel zu schnüren und loszulaufen. Ich lasse mir Zeit nach dem Aufwachen, trödle mit der Morgentoilette, sitze lange beim Frühstück. Gegen später mache ich mich auf den Weg ins Zentrum zum Pilgerbüro, um mir endlich meine *Compostela* ausstellen zu lassen. Und prompt verlaufe ich mich. Genervt irre ich kreuz und quer durch die überfüllten Gassen. Ich kann mich nicht konzentrieren und finde den Weg einfach nicht. Bis ich dann doch, eher durch Zufall, vor dem richtigen Gebäude stehe. Hier sieht einiges verändert aus. Vor drei Jahren hatte sich das Pilgerbüro noch in dem kleineren, gegenüberliegenden Haus befunden und die Schlange der dichtgedrängten wartenden Pilger zog sich über eine lange Treppe nach oben in den ersten Stock. Jetzt befindet es sich ebenerdig und ist um ein Vielfaches größer, denn die Pilgermassen, die jährlich hier in der Stadt eintreffen, werden immer gewaltiger. Zumindest hier habe ich Glück, die Reihe der Wartenden, die geduldig anstehen, ist noch überschaubar. Trotzdem braucht es fünfundvierzig Minuten, bis ich vor einem Tresen lande und ein junger Mann mir ziemlich gelangweilt meine *Compostela* aushändigt. Sicherlich mag es nicht sonderlich Spaß machen, den ganzen Tag nur Urkunden auszustellen und immer wieder dasselbe zu fragen. Aber wäre es denn zu viel verlangt, ein wenig freundlicher zu sein? In unseren Beinen stecken jede Menge Kilometer und wir sind alle mächtig stolz darauf. Da hätten wir doch ein Lächeln verdient? Jemand klopft mir auf die Schulter, ich drehe mich um und blicke in das strahlende Gesicht von Jakob. Er lacht mich an und freut sich wie ein Schneekönig.
„Jakob, das gibt es ja nicht. Ist das ein Zufall! Das ist so schön, dass wir uns noch mal sehen."
Ich freue mich wirklich. Dieser Mann hat erstaunliches geleistet, den ganzen Weg von Lettland hierher und alles zu Fuß und kein Geld in der Tasche.
„Sag mal, wie kommst du denn jetzt wieder nach Hause? Du kannst das doch nicht alles wieder zurücklaufen?"

„Nein, keine Sorge, meine Brüder schicken mir Geld, damit ich heimfliegen kann. Aber erst möchte ich noch zur Heiligen Fatima nach Portugal pilgern und von dort geht es dann zurück in die Heimat."
Ich bin sprachlos. Hat er denn noch immer nicht genug? Aber er sieht so zufrieden und glücklich aus. Es sollte sich später herausstellen, dass Jakob einem Kloster der Benediktiner in Lettland angehört und von seinen Brüdern auf diesen langen Weg geschickt wurde. Das straft so manchen Lügen, der leichtfertig von ihm behauptet hatte, er wäre ein Landstreicher und ein Schmarotzer, der auf Kosten anderer diesen Weg pilgert. Und es beweist mal wieder, dass kein Mensch nach seinem Äußeren beurteilt werden sollte.
Mit meiner Urkunde in der Tasche bahne ich mir den Weg zurück auf die Straße. In einem angrenzenden Reisebüro besorge ich mir noch das Zugticket für meine Rückfahrt nach Bilbao. Ich möchte langsam heimkehren und nicht, wie es die meisten bevorzugen, hier in Santiago in ein Flugzeug einzusteigen, um in wenigen Stunden zu Hause in den Alltag geworfen zu werden. Wie der alte Indianer, der seiner Seele Zeit gibt, dem Körper zu folgen. Die vielen Kilometer, die ich gelaufen bin, werde ich in gut zehn Stunden gemütlich in einem Zug zurücklegen. Es wird eine kurzweilige Reise werden, denn in spanischen Waggons geht es meist sehr unterhaltsam zu. Beim Verlassen des Reisebüros läuft mir Jakob noch einmal über den Weg.
„Nach dir habe ich Ausschau gehalten, Erika. Ich möchte dir noch etwas schenken, denn du warst immer freundlich zu mir."
Er drückt mir ein kleines, in Zeitungspapier eingewickeltes Päckchen in die Hand, nimmt mich in den Arm und zieht mich an sich.
„Gott segne dich. Komm gut nach Hause", und ehe ich mich versehe, verschwindet er in der Menge. Tief berührt stehe ich da und schaue ihm hinterher.
Vorhin auf der Suche nach dem Pilgerbüro ist mir ein Tattoo-Studio aufgefallen. Dort möchte ich jetzt gerne hin, denn bei meinem ersten *Camino* habe ich mir eine schwarze Jakobsmuschel in *Finisterra* stechen lassen. Jetzt soll sich das rote Kreuz der Tempelritter dazugesellen.
Einen Termin bekomme ich erst für den Nachmittag um halb vier. Da ich mich um vierzehn Uhr mit Nora und Britta treffe, bleibt mir noch genug Zeit, durch die Stadt zu schlendern. Im Gegensatz zu gestern fühlt sich heute alles ganz anders an. Da war ich noch eine Pilgerin und freudetrunken vor Glück bei meiner Ankunft. Und heute? Heute ist das Geschehene von gestern bereits Vergangenheit. Heute gehöre ich nicht

mehr zu diesem euphorisch gestimmten Strom der ankommenden Pilger. Der Zauber des Ankommens ist in dieser schnelllebigen Stadt am nächsten Tag bereits verflogen. Wir gestrigen Wallfahrer hatten unseren großen Moment bereits. Heute gehört die Bühne anderen. Ich bin keine Pilgerin mehr, oder doch? Ist man nicht für alle Zeiten ein Jakobspilger? Aber über Nacht vollzieht sich trotzdem ein Wandel. Jetzt fühlt es sich an, als sei ich eine ganz normale Touristin und der ganze Wallfahrtsrummel lässt mich eher gleichgültig. Auch den ständig neu eintreffenden Pilgerscharen schenke ich keine Aufmerksamkeit mehr. Aber tief drinnen in meinem Herzen findet das Geheimnis dieses Weges, meines Weges, einen Platz für die Ewigkeit. Jetzt sind die leeren Seiten meines Buches beschrieben, das ich vor vielen Tagen am Flughafen in Bilbao aufgeschlagen habe. Alles, was mir dieser ganz spezielle Weg abverlangte, an Schönem wie auch an Leidvollem, habe ich dort niedergeschrieben, um jederzeit Zugriff auf diesen wunderbaren Erfahrungsschatz und an die Erinnerungen zu haben. Und da ist noch etwas, das ich tief in mir spüre. In diesen vielen Wochen hat sich in mir eine Veränderung vollzogen. Ich bin nicht mehr der Mensch, der ich war, als ich in *Irún* meinen ersten Schritt auf dem *Camino del Norte* gemacht habe. Genau diese Wandlung konnte ich bereits nach meinem ersten Pilgerweg spüren, nur wird sie mit jedem neuen Weg stärker.

Nora und Britta warten bereits auf mich, als ich auf dem *Plaza do Obradoiro* eintreffe, und mit ihnen auch die unzertrennlichen "Rotkäppchen": Emely und Petra. Nach einem lautstarken Hallo werden in den unmöglichsten Stellungen und Verrenkungen Fotos vor der Kirche geschossen, und noch einmal macht sich eine ausgelassene, fröhliche und unbeschwerte Stimmung breit, wie schon so oft in den vergangenen Wochen. Befreit von den täglichen Wanderstrapazen albern wir herum wie Teenager. Während unseres gemeinsamen Mittagessens fragen Emely und Petra natürlich nach Leander und ich informiere alle darüber, dass er bereits auf dem Weg ans „Ende der Welt" sei. Allerdings spüre ich sofort, dass das kein gutes Gesprächsthema für unsere ausgelassene Stimmung ist, denn das Verhalten Noras mir gegenüber wird immer unterkühlter. Jetzt bin ich mir ganz sicher, auch wenn ich es die ganze Zeit nicht wahrhaben wollte, sie neidet es mir, dass ich so viele Tage mit Leander verbracht hatte. Wie dämlich ist das denn! Trotzdem verabredet sie sich mit mir und Britta noch zum Abendessen, bevor ich die Gruppe verlassen muss. Mein Tattoo-Termin rückt näher und in meinem

Schleichgang brauche ich um etliches länger als normal, also sollte ich mich sputen. Petra, Emely und ich nehmen uns Reihum zum Abschied in den Arm, wünschen uns gegenseitig für den Heimflug alles Gute und versprechen, auf alle Fälle in Kontakt zu bleiben. Die beiden waren auf ihrem ganzen Weg ein eingeschworenes Team, und ich habe sie nur immer gut gelaunt und scherzend erlebt.

Das Stechen meines Tattoos ist eine kurzweilige Angelegenheit und außer einem leichten Kitzeln bemerke ich davon so gut wie nichts. Der Inhaber des Studios unterhält sich sehr angeregt mit mir. Er ist ganz begeistert, als ich ihm erzähle, dass ich aus Stuttgart stamme.
„Ich kenne Stuttgart gut", erklärte er mir freudig. „Nächste Woche fliege ich sogar hin und besuche einen Freund. Der ist dort Rapper und produziert coole Musik."
Stolz teilt er mir augenzwinkernd mit:
„Von ihm habe ich schon ein paar deutsche Worte gelernt …
Scheiße, Fick dich, Guten Morgen."
Wir müssen beide herzhaft lachen.
„Ja, ja", meint er darauf hin kleinlaut, „die deutsche Sprache ist nicht einfach, aber solche Worte lernt man eben am schnellsten. Die bleiben im Kopf hängen. Anständige Worte sind schwerer zu merken."
Schneller als ich dachte, ist mein rotes Tempelritter-Kreuz fertig. Auf die beiden Tattoos, die an meinem rechten Fuß über dem Außenknöchel prangen, bin ich stolz, habe ich sie mir doch hart „erlaufen". Wenn ich daran denke, welch ein Schlag das für mich war, als mein ältester Sohn, kurz nachdem er Achtzehn wurde, mit einem Tattoo am Oberarm nach Hause kam! Ich habe mich heulend in mein Bett verkrochen. Da behütet man sein Kind jahrelang, damit alles an seinem Körper unversehrt bleibt, und dann lässt es sich Bilder darauf stechen. Das war damals schlicht weg unbegreiflich für mich. Und heute ist ein Tattoo das Normalste der Welt. Ein Blick auf meine Smartphone sagt mir, dass das heute Abend wieder nichts wird mit der Pilgermesse. Um neunzehn Uhr will ich mich mit dem Rest der Truppe am Pferdebrunnen treffen. Eilig haste ich - ha, ha, ha - zurück in mein Hotel, um mich frisch zu machen. Schon wieder war ich den ganzen Tag auf den Beinen und meine Füße wehren sich mittlerweile heftig gegen jeden Schritt. Dieses Kopfsteinpflaster in der Stadt versetzt ihnen endgültig den Rest. Bevor ich mich wieder auf den Weg mache, öffne ich das kleine Päckchen von Jakob und finde darin ein kleines

Marienmedaillon mit einem Heiligenbildchen. Unwillkürlich steigen mir vor Rührung Tränen in die Augen.

Britta, „*Mrs. Google*", hat in einem Stadtführer von einem superguten galicischen Restaurant gelesen und möchte unbedingt, dass wir gemeinsam dort essen. Per Google Maps versucht sie uns nun dort hinzulotsen. Nur führt uns dieses System ständig im Kreis und keineswegs zu diesem Lokal. Entnervt beschließen wir, einfach mit dem nächstbesten Restaurant vorlieb zu nehmen, das sich in der Straße befindet. Der Zufall will es, dass dies ebenfalls ein galicisches ist, allerdings wohl weniger chic als das gesuchte. Dummerweise begehen wir dann den Fehler, uns für das Abendmenü und nicht für ein Gericht auf der Speisekarte zu entscheiden. Ein kulinarischer Tiefschlag, aber zumindest schonend für den Geldbeutel.

Vielleicht hätte ich mich doch lieber für die Pilgermesse entscheiden und auf das Treffen mit den beiden verzichten sollen. Das Essen ist miserabel, und die Beziehung zwischen Nora und mir ist mehr als angespannt und grenzt bei ihr langsam an das Herumgezicke eines pubertierenden Teenagers. Und das alles wegen eines Mannes, wo doch Nora diesem Geschlecht so feindlich gegenüber steht. Nicht zu fassen! Leider merkt sie nicht, dass sie selbst ihr größtes Problem ist. Ich mag mir darüber keinen Kopf mehr machen, und Britta schweigt wie immer zu allem. Sie versteht dieses Verhalten genausowenig und lässt nur ab und an ihre trockenen Kommentare fallen. Dabei wird mir jetzt erst so richtig bewusst, dass wir alle von ihr am Wenigsten wissen. In ihrer ruhigen und bedächtigen Art ist Britta einfach immer nur anwesend, so auch heute Abend. Schade, dass eine Pilgergemeinschaft, die durch Dick und Dünn gegangen ist, so auseinanderbricht, denn viel zu sagen haben wir uns nicht mehr. So also kann das Ende einer Pilgerfreundschaft auch aussehen.

Santiago de Compostela - Tag 3

Allein, unerwartetes Wiedersehen, angekommen

Jetzt bin nur noch ich übrig. Britta erwartet eine Freundin aus Deutschland und wird mit ihr noch eine Woche Urlaub in Portugal verbringen. Nora wird am Vormittag zurück nach Deutschland fliegen. Leander befindet sich bereits auf dem Weg zum *Capo de Finisterra*. Dass ich heute noch ein bekanntes Gesicht treffe, kann ich mir nicht vorstellen. Als ich auf dem *Camino* unterwegs war, hatte ich immer Angst, die Zeit würde mir knapp werden, denn irgendetwas trieb mich unermüdlich vorwärts. Jetzt schlage ich die Tage tot, denn mein Flug geht erst am Mittwoch von Bilbao aus in die Heimat. Im Grunde hätte ich noch jede Menge Zeit, zumindest mit dem Bus nach *Finisterra* zu fahren. Für den Pilger gibt es keinen schöneren Platz zum Abschluss seiner Reise. Auf dem Felsen am „Ende der Welt" am Kap zu sitzen und zu beobachten, wie eine brennende Sonne in einem Symphonierausch aus Gelb, Orange und Rot bis hin zu den zartesten Rosa- und Violett-Tönen in einem feuerglühenden Meer eintaucht. Wenn das Sonnenlicht verschwunden ist, lassen Millionen von Sternen ihr Leuchten am Himmel erstrahlen. Bei dieser Gelegenheit werden die alten abgenutzten Socken, T-Shirts oder Hemden oder was man auch immer dazu verwenden möchte, feierlich verbrannt. Ein Ritual, das für viele Pilger irgendwie dazu gehört, nur, mich zieht es merkwürdigerweise dieses Mal nicht dorthin. Wieder regnet es, als ich das Hotel verlasse. Heute möchte ich endlich zu Mittag an der Pilgermesse teilnehmen. Aber etwas zupft mich von hinten an meiner Jacke, als ich vor der Kathedrale stehe. Ich drehe mich um und schaue direkt in das freudig erregte Gesicht von Roswita.
„Dass wir uns nochmal treffen und ausgerechnet hier!"
An dieses quirlige Energiebündel aus *Markina-Xemein* hätte ich zu allerletzt gedacht.
„Ist das nicht wunderbar, Erika? Ich habe oft an dich denken müssen und daran, wie es deinen Füßen geht."
Auch jetzt komme ich kaum zu Wort, sie quasselt noch immer so viel.
„Das hätte ich im Traum nicht vermutet, dass ausgerechnet du mir hier noch über den Weg läufst. Wann bist du denn angekommen? Ich bin

davon ausgegangen, dass alle, die ich kenne, Santiago bereits verlassen haben. Seit zwei Tagen bin ich hier. Stell dir vor, Jakob habe ich gestern in der Kirche gesehen. Unterwegs habe ich ihn ab und an getroffen und ihm in den Herbergen die blutigen Füße verarztet. Unglaublich, wie er damit laufen konnte. Gestern Abend zelebrierte er in der Messe das Abendmahl und hat mir die Hostie gegeben. Warst du schon beim Gottesdienst?"

Sie redet ohne Punkt und Komma.

„Nein Roswita, ständig kam irgendetwas dazwischen. Es ist wie verhext. Eigentlich möchte ich jetzt in die Mittagsmesse."

„Erika, ich will heute Abend nochmal in die Kirche",
fällt sie mir ins Wort.

„Lass uns doch gemeinsam gehen. Der Gottesdienst beginnt um halb acht. Was meinst du?"

„Das wäre natürlich auch eine Möglichkeit und gemeinsam ist es schöner. Dann treffen wir uns doch heute Abend", schlage ich Roswita vor.

„Prima, ich freue mich und wer zuerst da ist, belegt einen Platz für den anderen. Wir werden uns schon finden. Aber jetzt muss ich mich beeilen. Ich treffe mich mit den deutschen Pilgerfreunden", ruft sie mir noch zu, winkt und wuselt davon. Der Gottesdienst heute Abend ist meine letzte Gelegenheit. In *Santiago* ankommen und nicht bei einer Messe gewesen zu sein, das geht überhaupt nicht. Da ich nun Zeit habe, schlendere ich im Schneckentempo ein letztes Mal durch diese ehrwürdige alte Stadt. Die Sonne strahlt inzwischen vom Himmel und vertreibt die grauen Wolken. In den Gassen ist es gerade angenehm still, keine Menschenmassen wie gestern. In aller Ruhe kann ich die schönen Prachtbauten, die Bogengänge und die wunderbaren Plätze betrachten. Die typische Bauweise der alten Häuser und die engen Gassen faszinieren mich immer wieder. *Santiago de Compostela* heißt im Übrigen übersetzt „Heiliger Jakobus vom Sternenfeld". Neben einer Wallfahrtstadt ist *Santiago* auch noch Universitätsstadt und zudem Sitz des katholischen Erzbischofes. Seit 1985 gehört sie zum UNESCO Weltkulturerbe und der *Camino de Santiago* wurde zwei Jahre später zum ersten europäischen Kulturweg ernannt.

Eine Legende besagt, dass Jakobus der Ältere, einer der zwölf Jünger Jesu, sich damals in die römische Provinz Hispania begeben hatte, um das Land zu missionieren. Leider musste er ohne Erfolg nach Palästina zurückkehren. Im Jahre 44 n.Chr. wurde er dort auf Befehl von König Herodes enthauptet. Daraufhin legte man seinen Leichnam in ein Boot, das später an die Küste von Spanien trieb. Es gibt sehr viele unterschiedliche Auslegungen über diese Geschichte und keiner weiß wirklich, wie und ob überhaupt sein Leichnam in dieses Land kam. Man hatte seine Gebeine angeblich auf dem heutigen Stadtgebiet beigesetzt. Irgendwann zwischen den Jahren 818 und 834 entdeckte man aufgrund einer angeblichen Lichterscheinung schließlich sein Grab. Der Bischof von damals, Theodemir, verkündete daraufhin, dies sei das Grab des Heiligen Jakobus. König Alfons II. von Asturien ließ dann an dieser Stelle eine Kirche errichten. Mit der Zeit entstand um diese Kirche herum ein Dorf, das sich nach und nach zu einem Wallfahrtszentrum entwickelte, woraus im 10. Jahrhundert die Stadt Santiago entstanden ist. Heute ist *Santiago de Compostela* neben *Rom* und *Jerusalem* einer der bedeutendsten Wallfahrtsorte der Christen. Aber nicht nur Christen pilgern inzwischen hierher. Aus aller Herren Länder und mit den unterschiedlichsten Glaubensrichtungen kommen die Menschen, um die Gebeine des Heiligen Jakobs zu sehen.

In einem italienischen Lokal gönne ich mir eine große Pizza, mir steht mein Sinn nach etwas anderem als der spanischen Küche. Frisch angemachter Salat, Rotwein, *Panna Cotta* … ich lasse mir Zeit und schlemme in aller Ruhe. Bei meiner Rückkehr ins Hotel liegt meine frisch gewaschene Kleidung fein säuberlich zusammengelegt in einer Wanne vor meiner Zimmertüre. Dieses gemütliche kleine Hotel ist ein Familienbetrieb und besitzt keine Wäscherei, aber die Mutter von Miquel hatte sich sofort angeboten, mir meine Wäsche zu waschen. Inzwischen ist es fünf Uhr abends. Noch einmal mache ich mich auf in Richtung Kathedrale und besorge unterwegs noch ein paar Souvenirs für die Familie zu Hause. Es gibt die erstaunlichsten Zufälle, denn mir läuft die Polin, mit der ich die Nacht in der einsamen Herberge in *San Justo* verbracht habe, über den Weg. Vor Freude, mich zu sehen, schießen ihr Tränen in die Augen. Sie umarmt mich stürmisch und lässt meine Hände nicht mehr los. Auch für mich ist dieses Treffen sehr bewegend, denn ich habe nicht gewagt, daran zu glauben, dass sie die Kraft besitzen würde, bis nach Santiago zu gelangen. Bei unserem letzten Zusammentreffen konnte sie sich nur noch mühsam mit Hilfe eines unförmigen Stockes vorwärts bewegen, so schmerzten ihre wundgelaufenen Füße. Wir setzen uns gemeinsam auf eine Mauer vor dem Westportal der Kathedrale. Unsere Bemühungen, uns zu verständigen, muss für die Vorbeigehenden recht lustig aussehen. Das war ja bereits in der Herberge ein schwieriges

Unterfangen. Aber irgendwie klappt es immer. Also lächeln wir uns an, nehmen uns in den Arm, fuchteln mit den Händen erklärend durch die Luft und lassen Passanten Fotos mit unseren Apparaten von uns schießen. Schließlich umarmen wir uns ein letztes Mal und verabschieden uns leidenschaftlich voneinander. Auch sie wird morgen die Heimreise antreten.

Und endlich betrete ich voller Ehrfurcht die Kathedrale. Seit meiner Ankunft hier habe ich merkwürdigerweise noch keinen Fuß in das Innere dieses Gotteshauses gesetzt. Und dabei ist das für uns Pilger doch einer der bewegensten Momente am Ende des Wegs. Wie das letzte Mal auch, strahlt es für mich Würde und Erhabenheit aus, Frieden und Ruhe. Die dicken Mauerwände und die massiven Türen halten die Regsamkeit und den Trubel und auch die Schwüle der Straßen fern. Die weihrauchgeschwängerte Luft ist kühl und angenehm. Das Innere der Kirche ist prunkvoll ausgeschmückt, und der Altar im Mittelschiff ist über und über beladen mit goldenen Engeln, verzierten Heiligen und verschnörkelten Ornamenten. Viele Nebenkapellen reihen sich im Halbkreis hinter dem Altar aneinander. Bevor ich mich dem Mittelschiff zuwende, entzünde ich für meine Familie zu Hause noch Kerzen und bete wie selbstverständlich im Stillen für sie. Mein Blick fällt auf den Hauptaltar, den ein vergoldeter Baldachin schmückt. Dahinter über eine Treppe gelangt man unter diesen Altar in die Krypta, in der die Reliquien des Heiligen Jakobus aufbewahrt werden. Eine weitere Treppe führt hinter den Altar, hinauf zu einer *Santiago*-Figur. Fast jeder Besucher legt seine Arme um sie, um in einem kurzen Moment ein Dankesgebet zu sprechen. Normalerweise reihen sich hier Menschen an Menschen und man braucht viel Geduld, um diese Treppen hinauf oder hinab steigen zu können. Heute Abend bin ich hier nahezu alleine. In aller Ruhe begebe ich mich zuerst hinab in die Krypta, um anschließend zur Jakobus-Figur hinauf zu steigen, um sie zu umarmen. Still bete ich dabei und danke ihm dafür, dass er mich auch dieses Mal sichereren Weges hierher geleitet hat. Anschließend setze ich mich in eine der vorderen Bänke des Mittelschiffes, direkt vor den großen Hauptaltar. Über diesem an der hohen Kirchendecke ist an einem 65 m langen Seil der etwa 1,60 m große Weihrauchkessel, der *Botafuemeiro*, befestigt. Bei vielen Pilgermessen wird dieser Kessel nach dem Hochamt von acht Priestern in Schwingung versetzt, so dass dieser bis hoch unter die Decke der Seitenschiffe hin und her pendelt. Was diesen Kessel ebenfalls in Schwingung versetzt, ist eine Spende über mehrere hundert Euro. Viele Reisegruppen lassen sich dieses Spektakel etwas kosten. Die eigentliche Aufgabe dieses Weihrauchgefäßes bestand in vergangenen Zeiten allerdings darin, den strengen Geruch der Pilger nach ihrem langen Weg ein wenig zu neutralisieren. Diese verbrachten nach ihrer Ankunft eine ganze Nacht betend und wachend in der Kirche. Wie viele tausende von Wallfahrern mögen das in den vielen hunderten von Jahren bereits gewesen sein, die sich auf diese glattgeschliffenen und harten Bodensteine niederknieten und darüberliefen? Und jedes Mal frage ich mich auch, wie viele Pilger bereits von diesem Kessel erschlagen wurden. Denn er saust knapp über den Köpfen der Wallfahrer hinweg und man sollte in der vordersten Reihe tunlichst vermeiden, sich zu erheben. In der Tat gab es in den letzten Jahren mehrere Opfer zu beklagen. Die Jakobsmuschel, das sichtbare Zeichen eines jeden Jakobspilger, wird heute bereits zu Beginn der Wallfahrt am Rucksack befestigt. In früheren Zeiten bekam der Pilger diese Muschel erst am Ende in der Kathedrale überreicht. Man heftete sich diese an den Hut oder den weiten Umhang als Beweis für die Ankunft. Eine andere Version lautet, dass sich die Pilger später am Strand von *Finisterra* diese Jakobsmuschel selbst suchten. Denn angeblich gibt es diese Muschel nur dort am Strand. Durch diese Muschel bekam der Pilger Ansehen und Schutz verliehen, und man sprach ihr sogar heilende Kräfte zu.

Schon alleine dadurch, dass ich hier ganz still in dieser Kathedrale sitze, überkommt mich ein tiefer Friede. Es fühlt sich an, als ob alles Schwere und jede Last augenblicklich von mir abgefallen sei. Nichts ist mehr zu spüren, was mein Herz bedrückt. Alles fühlt sich so leicht und wunderbar an. Schon oft wurde ich gefragt, was das denn sei, das mich dazu bewegt, diese Wege zu pilgern. Es ist nicht einfach zu erklären, da jeder von uns anders fühlt. Für eine Zeitlang schalten wir auf den Pausenknopf in unserem Leben und lassen alles außen vor, was uns in Hektik und Unruhe versetzt. Man übt Verzicht in vielem. Vielleicht ist es aber auch dieses Gefühl, am Ende zu wissen, man ist angekommen, am Ziel, und auch ganz nahe bei sich selbst. Ankommen bedeutet nicht nur, sein Ziel zu erreichen. Es bedeutet auch ein Ankommen im inneren Frieden, ein Ankommen im Hier und Jetzt. Man hat Zeit, sein Herz aufzuräumen. Der Weg lehrt mich immer wieder zu erkennen, dass wir Menschen nur authentisch sind, wenn wir wieder lernen, im Einklang mit der Natur zu leben, im Rhythmus von Tag und Nacht. Ich habe nichts vermisst in den letzten Wochen. Die Tage ohne Fernseher und Radio, selbst ohne Auto waren ausgefüllter denn je. Die Nachrichten und die Geschehnisse der Welt waren unwichtig. Da war nichts, was Ängste schüren konnte. Es hatte gutgetan, die Gedanken zu entrümpeln und mit wenig auszukommen, denn das Glücksgefühl wohnt nicht im Besitz, es ist in der Seele zu Hause. Durch die Ruhe im Äußeren habe ich die Ruhe im Inneren wieder gefunden und ich habe gelernt, wieder Atem zu holen. Hier konnte ich jeden Tag Augenblicke des Friedens erleben und wieder habe ich begriffen, wie unsinnig es ist, sich im täglichen Kampf abzuhetzen, denn das ist nicht der eigentliche Sinn des Lebens. Viele Tränen habe ich vergossen und jede einzelne Träne hat die Narben auf meiner Seele gelindert. Ich konnte aus tiefstem Herzen lachen, alleine und mit meinen Kameraden. Ich konnte die Verbundenheit und Fürsorge spüren, denn wir hatten alle ein gemeinsames Ziel. Alle waren wir gleich, da gab es weder arm noch reich, es gab weder den erfolgreichen Geschäftsmann noch den einfachen Arbeiter. Da zählte nur der Mensch. Ich bin dem Himmel ein Stück näher gewesen, denn da gab es irgendetwas, das meine Geschicke lenkte, das mich mit Menschen zusammenführte, die wichtig für mich waren, das Dinge so geschehen ließ, damit sie mir gut taten und ich daran lernen durfte. Ich konnte eine göttliche Kraft spüren in allem, was mich umgab. Ich bin auch dieses Mal kein christlicherer oder besserer Mensch geworden, aber ich werde jedes Mal ein anderer. Denn jedes Mal, wenn ich mich auf Pilgerschaft begebe, bin ich erstaunt, welche Wandlung dieser Weg in mir vollzieht. Von Mal zu Mal werde ich nachsichtiger im Denken und im Handeln. Es ist, als ob ich als Raupe losziehe und als Schmetterling ankomme. Diese Verwandlung bereitet der Raupe Schmerzen und auch mir, aber es lohnt die Mühen. Und die Natur tut ihr Übriges. Wir Menschen sind Wesen der Natur. Aus ihr gehen wir hervor, zu ihr kehren wir zurück. Was bleibt auf dieser Erde, ist unsere Seele.

Roswita nimmt meine Hand. Ich habe nicht bemerkt, wie sie sich leise neben mich gesetzt hatte. Wir reden nicht viel, wir sehen uns nur an. Der Gottesdienst, der folgt, ist so anders als der vom letzten Mal. Heute ist es eine nachdenkliche, ruhige und friedliche Messe. Die Kirche quillt nicht über mit geräuschvollen und aufgeregten Pilgern, nur wenige finden sich ein. Andächtig sitze ich in meiner Bank, lausche den Worten des Priesters und versuche, dem Sinn zu folgen. Ich muss genau hinhören, denn die Liturgie wird auf Spanisch gehalten. Aber es ist auch nicht wichtig, alles zu verstehen, schon allein der Klang der Stimmen sorgt dafür, dass ich vollkommen bei mir bin.

Padre nuestro, que estás en el cielo,
santificado sea tu Nombre;
venga a nosotros tu reino;
hágase tu voluntad en la tierra como en el cielo.
Danos hoy nuestro pan de cada día;
perdona nuestras ofensas,
como también nosotros perdonamos
a los que nos ofenden;
no nos dejes caer en la tentación,
y líbranos del mal.
Tuyo es el Reino, el Poder
y la Gloria por siempre Señor.
Amén.

Wie anders ist die Messe nach meinem *Camino Frances* gewesen. Das Gotteshaus war zum Bersten gefüllt und der Geräuschpegel beachtlich, aber beim Beginn der Messe herrschte eine andächtige Stille. Die Nationalitäten und die Anzahl der angekommenen Pilger wurde verlesen, auch welche Route sie genommen hatten. Natürlich war der Höhepunkt das Schwingen des *Botafumeira*, eine beindruckende Vorstellung. Auch das anschließende Abendmahl entbehrte nicht an gefühlvoller Stimmung. Was am Ende die Emotionen endgültig hochkochen und die Tränen fließen ließ, war das gemeinsame Gebet. Man hielt sich an den Händen und umarmte sich. Egal, ob man den anderen kannte oder nicht. In diesem Moment waren wir alle eins. Wie wohltuend ruhig wirkt heute diese kleine Messe auf mich. Im ersten Moment bin ich enttäuscht, dass ich das Schwingen des *Weihrauchkessels* nicht erleben kann. Aber inzwischen weiß ich, alles passiert so, wie es gut für mich ist, und am Ende erheben Roswita und ich uns gemeinsam mit allen anderen und beten das Vaterunser.

Die letzte Seite meines Buches ist nun auch beschrieben. Und jetzt endlich bin ich angekommen, hier in Santiago und auch ganz tief im Inneren meines Herzens bei mir selbst ... zumindest jetzt für diese Pilgerreise und bis zum nächsten Mal, wenn mich die Sehnsucht nach Freiheit und Abenteuer wieder überfällt. Ich lehne mich in der Kirchenbank zurück und lächle entspannt in mich hinein.

Ein lautes kreischendes Geräusch der Bahnschienen lässt mich jäh aus meinen Gedanken aufschrecken. Der Zug hat inzwischen bereits eine gehörige Strecke zurück gelegt, aber es liegen noch einige Stunden Fahrt vor mir, bis ich in Bilbao ankommen werde. Im Wagon herrscht lebhaftes Treiben. Über die Sitzreihen hinweg unterhalten sich die mitreisenden Spanier angeregt und lautstark. Einige haben bereits vor sich ihren Proviant ausgebreitet, Käse, Schinken, Brot, Obst, Wein, Kuchen. Vor dem Fenster fliegt die Landschaft in Windeseile an mir vorbei, Ponferrada, Astorga, Leon, die Meseta. Das Getreide steht bereits gelb und reif auf den Feldern und ist bereit zum Ernten

… und morgen werde ich zu Hause sein, was wird mich dort erwarten,

… wann wird meine Seele nachkommen?

Nachwort

Leander blieb in *Finisterra* hängen und verbrachte dort noch mehr als eine Woche, bevor auch er wieder nach Hause zurückkehrte. Bei seinem Rückflug von Porto aus traf er noch ein letztes Mal auf Britta. Nach seiner Rückkehr trennte er sich endgültig von seiner Frau, denn ihr beider Weg war kein gemeinsamer mehr. Von Nora hörte ich nichts mehr.

Es stellte sich heraus, dass meine Schmerzen von einem Fersensporn herrührten, den ich mir auf dem harten Asphalt durch meine Wanderstiefel gelaufen hatte. Durch das verkrampfte Gehen hatten sich zudem noch einige Sehnen entzündet. Auf meinen folgenden Pilgerwegen habe ich meine Wanderstiefel gegen bequeme Cross-Trail-Joggingschuhe bzw. Barfuß-Schuhe ausgetauscht und laufe seitdem wunderbar entspannt und befreit.

Mein Trinkflaschenproblem löste ich auf meinen zukünftigen Pilgerwegen durch ein praktisches Schlauchtrinksystem, das mit einem Adapter auf die jeweilige Flasche angeschlossen werden kann.

Ein Jahr nach dieser Pilgerreise haben mein Lebenspartner und ich geheiratet.

Mein erster Gedanke war, im Jahr darauf diesen Weg noch einmal zu pilgern, da er so tiefe Gefühle in mir hervorgerufen hatte. Allerdings waren und sind auch noch heute die Erinnerungen an diese Zeit so intensiv, dass es noch eine ganze Weile dauern wird, bis ich diesen Weg mit unbeschwertem Herzen wieder antreten kann. Mein nächster *Camino* der folgte, war die *Via de la Plata* mit einer Länge von mehr als 1.200km, die ich mit einem Freund, der mir auf diesem Weg ein Seelenvertrauter wurde, zurückgelegt habe. Nach wie vor bevorzuge ich das Pilgern ohne Navigations-App oder ähnlichem und ich liebe es inzwischen, mich auf die unbekannten Wege einzulassen und nehme dabei gerne auch in Kauf, mich zu verlaufen. Das führt mich meist zu wunderbaren Erlebnissen. Selbst die Menge an Kilometern, seien es nun 10 Kilometer oder am Ende 2.000 Kilometer, spielt für mich keine Rolle mehr, denn ich habe inzwischen gelernt, „meinen Weg" zu gehen und ihn so zu gehen, wie es mir gut tut. Letztendlich stelle ich immer wieder fest, es ist nicht die körperliche Stärke, die ausschlaggebend ist, um ein

Ziel zu erreichen. Es ist unser Wille, der uns vorankommen lässt und uns treibt. Nicht nur beim Pilgern, auch in unserem ganzen Leben.

Dankesworte

Ein Buch zu schreiben, ist nicht einfach, es zu veröffentlichen noch schwerer, denn es ist ein ganz persönliches Stück von einem selbst, das man damit preisgibt, und es ist ein weiter Weg von der Idee über das Manuskript bis zum fertigen Exemplar. Mein aufrichtiger Dank gehört deshalb all denen, die mich immer wieder darin bestärkten, dieses Buch zu schreiben, die mich mit wertvolle Tipps und Anregungen versorgt und mich dabei unterstützt haben und die mich forderten, wenn ich wieder einmal den Mut verloren hatte, mein Werk fortzusetzen. Fühlt Euch umarmt von mir, denn jeder einzelne von Euch wird wissen, dass genau er damit gemeint ist. Trotzdem möchte ich hier einen ganz bestimmten Menschen hervorheben, der die Aufgabe übernommen hat, diesen Text nach bestem Wissen und Gewissen zu korrigieren.
Robert, ich danke Dir!

Einem Menschen gebührt ein ganz besonderer Dank, meinem „Camino-Engel", denn er hat mich über so mache schwere Strecke (mit)getragen und aufgemuntert. Und natürlich auch all den anderen Pilgerinnen und Pilgern und den Menschen am Wegesrand, die ich auf diese Weise kennenlernen durfte, um mit ihnen ein Stück des Weges zu teilen. Denn sie alle haben dazu beigetragen, dass dieser Weg ein unvergesslicher und ganz besonderer für mich bleiben wird.

Von ganzem Herzen danken möchte ich aber vor allem meinen Eltern, ohne die es mich ja gar nicht geben würde. Ihr Bestreben in all den Jahren seit meiner Geburt bestand und besteht nur darin, das Beste für mich zu wollen und mit allem, was in ihrer Macht steht, dafür zu sorgen, dass ich ein unbeschwertes und sorgenfreies Leben leben darf, ungeachtet dessen, ob das nun eine Einschränkung für sie bedeutet oder nicht. Dafür liebe ich sie.

Buen Camino

Erika Diemer

Die dreifache Mutter und inzwischen auch vierfache Oma, Jahrgang 1957, erblickte in einem winzigen Örtchen nahe Kelheim a. d. Donau das Licht der Welt. Aufgewachsen ist sie einige Jahre später dann allerdings in der Schwabenmetropole Stuttgart, wo sie die Schule besuchte und ihre Ausbildung in der Hotelerie absolvierte.

Bereits als Kind und Jugendliche konnte sie sich für die Natur, für fremde Länder, insbesondere für fremde Kulturen und für das Meer und die Berge begeistern, und dieses Fernweh treibt sie auch heute noch um. Dazu kommt die Begeisterung für leuchtende Farben, welche sie in ihren phantasievollen bunten Bildern zum Ausdruck bringt. Ihre meist großformatigen und vor allem in Acryl gemalten Werke erreichten seit ihrer ersten Ausstellung im Jahre 2002, in einem kleinen Café in einem Stuttgarter Vorort, internationale Anerkennung. Ausstellungen fanden u.a. in New York, Paris, Venedig und auf Mallorca (Tabaluga-Stiftung Peter Maffay/Pollenca) statt.

Im Jahre 2012 entdeckte sie mit dem *Camino Francés* ihre große Liebe für die Jakobswege, die ihrem Bewegungsdrang und ihrer Neugier auf immer wieder Neues zugutekommen und die bis heute anhält.

Immer wieder entdeckt sie für sich neue Interessensgebiete und kann sich darin vertiefen.

Ruhe und Erholung findet sie neben dem Pilgern in der Meditation, beim Yoga und Thai Chi, aber auch in der Stille der Natur, beim Joggen oder Wandern ... und bei Unternehmungen und in Gesprächen mit Freunden.

oben: am Strand von Laredo
unten: zwischen Islares und Laredo

oben: bei Padre Ernesto in Gümes
unten: im Sturm auf den Klippen vor Santander

oben: im „*El Galeon*" in Vicente de la Barquera
unten: vor Colombres mit den Picos de Europa im Hintergrund

oben: zwischen Puerto de San Esteban und Cudillero auf dem „El Pito"
unten: auf dem Weg nach Cadavedo

oben: Tapia de Casariego

unten: Abschied von Carmen im *"El Bizone"* hinter Mondoñedo (Mariz)

oben: typische Friedhöfe in Galicien
unten: die galicische Hochebene hinter Miraz

oben: die 1-Million-Herberge in Boimorto
unten: ein Straßenschild kurz vor Santiago de Compostela

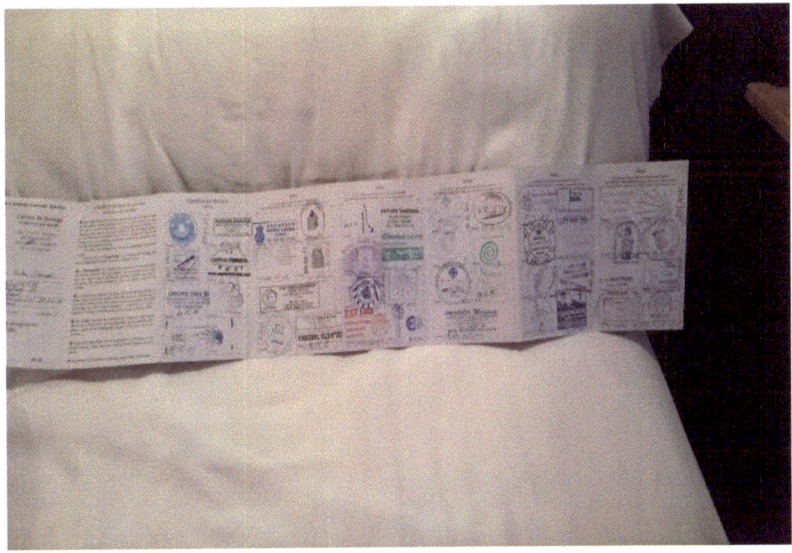

oben: Mancher verliert sein Leben auf dem Camino
unten: mein „Credenzial" (Pilgerausweis) mit Stempel

oben: Ankunft in Santiago de Compostela
unten: die Reise endet, wo sie begann: in Bilbao, Guggenheim-Museum

Literaturhinweis

Deutsche St. Jakobusgesellschaft e.V.
Tempelhofer Straße 21,   52068 Aachen
https://deutsche-jakobus-gesellschaft.de/pilgerberatung/
Rother Wanderführer"Camino del Norte" von Cordula Rabe
Outdoor Nr. 71 "Spanien Küstenweg"
von Raimund Joos u. Michael Kasper
 everest editorial   „Jakobsweges" von José Maria Anguita Jaēn
ISBN 978844413147
Christian Seebauer „Jakobsweg an der Küste" BoD-ISBN 9783863862954
Wiebke B.Beyer   „Manchmal muss man einfach weiter laufen"
BoD - ISDN 9783735767592
Hape Kerkeling "Ich bin dann mal weg" Malik-Verlag ISBN 9783890293127
Clemens G. Arvay   „Der Biophilia Effekt" (Heilung aus dem Wald)
Ullstein Verlag   ISBN 9783548376592
Die Lehren des Rumi   „Weisheiten des Herzen"
Andrew Harvey, Ditte und Giovanni Bandini ISBN 9783423362351
Vaclav Havel   "Biographie eines tragischen Helden"
Von John Keane   e-book/Amazon
„Die Dienstagsfrauen" von Monika Peetz, KIWI-Velag
„Oder du wirst Tauer tragen" von Collins/Lappiere (Amazon)
„Die Waltons"   Amerikanische Fernsehserie von 1972
„Die Muppet Show" (Jim Henson) Fernsehserie von1976
Von Wilhelm Hauff: „Der Kleine Muck" und „Das Kalte Herz" (Amazon)
„Avatar -Aufbruch nach Pandora", Kinofilm (2009)
von James Cameron
„Der Omega-Mann" Spielfilm von 1971 mit Carlton Heston
„Rocky Balboa" von und mit Sylvester Stallone (2007)
Zitate: Zitate.net, Zeitblueten.com, hillwalktours.de, jakobswege-
lebenswege.de
https://www.wikipedia.de (Informationen über die spanischen Städte
und deren Geschichte)

Über Rückmeldungen, Anregungen und auch Fragen freue ich mich und bin gerne bereit, weitere Auskünfte über das Pilgern zu geben.
info@projekt-jakobswege.de

Zudem gibt es weitere Informationen und Bilder zu den verschiedenen Jakobswegen, die ich mittlerweile gepilgert bin, unter folgendem Link:
www.Projekt-Jakobswege.de
oder
www.Erika-Diemer.de (Malerei „Tausend und ein Männchen")

Leserstimmen

„Das Buch ist sehr informativ, kurzweilig, spannend, humorvoll und emotional. Mir hat es große Freude bereitet, es zu lesen. Ich konnte mitfühlen, wie es den Pilgern auf der langen Wanderung ergeht. So eine Wanderung ist schon eine großartige Leistung und diese dann in einem Buch festzuhalten eine weitere. Sehr gut finde ich die persönlichen Empfindungen, die so ehrlich beschrieben werden. Da gehört viel Mut dazu. Ein wunderschönes Buch, das Freude bereitet und zum Nachdenken anregt".
Helmut M.

„Ein sehr spannendes Buch.
Ich konnte es nicht mehr aus den Händen legen".
Carmen L.

„Mein Vater ist noch niemals gepilgert. Er ist restlos begeistert von diesem Buch".
Philipp W.

„Beim Lesen habe ich das Gefühl und den Eindruck,
ich würde jeden Kilometer selbst laufen. Ich bin begeistert und
emotional berührt".
Kerstin St.

„Also dieses Buch ist klasse, es ist sogar SAUGUT,
wenn ich mal die Schreibweise der Autorin übernehmen darf".
Robert L.

„Gestern habe ich das Buch ausgelesen und bin immer noch in einer
anderen Welt. Die Autorin verspricht nicht zu viel, es ist offen und
ehrlich, unglaublich interessant, und ich konnte es kaum aus der Hand
legen. Zuerst war es mir irgendwie unvorstellbar, dass man ein wirklich
gutes und kurzweiliges Buch über das Pilgern schreiben kann (wenn man
nicht Hape Kerkeling heißt). Das Buch ist so geschrieben, dass ich das
Gefühl hatte, mitgelaufen zu sein. Ich habe Hunger, Schmerzen, Trauer,
Einsamkeit und Freude total miterlebt, und auch, als ob ich all' diese
Leute selbst getroffen hätte. Vielen Dank, dass wir durch dieses Buch an
diesen wunderbaren Erfahrungen teilnehmen dürfen.
Meggie St.

Nichts ist vergleichbar mit dem guten Gefühl,
an einen vertrauten Ort zurückzukehren und zu
merken,
wie man sich verändert hat.
(Nelson Mandela)

Notizen